刘子义推理悬疑世界⑥

双子世界悬疑系列小说

白夜密码

背面

刘子义 著

北京时代华文书局

图书在版编目（CIP）数据

白夜密码．背面 / 刘子义著．-- 北京：北京时代华文书局，2021.10
ISBN 978-7-5699-4301-6

Ⅰ．①白… Ⅱ．①刘… Ⅲ．①长篇小说—中国—当代
Ⅳ．① I247.5

中国版本图书馆 CIP 数据核字 (2021) 第 147415 号

白夜密码：背面

BAIYE MIMA BEIMIAN

著　　者 | 刘子义

出 版 人 | 陈　涛
责任编辑 | 张彦翔
装帧设计 | 米　乐
责任印制 | 刘　银

出版发行 | 北京时代华文书局 http://www.bjsdsj.com.cn
北京市东城区安定门外大街 138 号皇城国际大厦 A 座 8 楼
邮编：100011　电话：010-64267955　64267677
印　　刷 | 天津雅泽印刷有限公司　022-29645110
（如发现印装质量问题，请与印刷厂联系调换）
开　　本 | 710mm × 1000mm　1/16　印　　张 | 20.75　字　　数 | 328 千字
版　　次 | 2022 年 1 月第 1 版　印　　次 | 2022 年 1 月第 1 次印刷
书　　号 | ISBN 978-7-5699-4301-6
定　　价 | 98.00 元（全 2 册）

版权所有，侵权必究

白夜密码：背面

虚拟世界

—— 2040 珠峰地震后 ——

本书是一部科幻小说。尽管书中所述量子物理学、名胜建筑、艺术品、历史资料和科学猜想均属实，但其人物、事件和对话皆来源于作者的想象，不必信以为真。与真人（健在或去世）或真事有任何相似之处，纯属偶然。

欲变世界，先变其身。

——莫罕达斯·卡拉姆昌德·甘地

只要爱人的面容仍铭刻于心，世界就还是你的家。

——奥尔罕·帕穆克《我的名字叫红》

目录
CONTENTS

第四章　伟大的隐藏者

第五章　纸牌屋

第六章　谍影重重

白夜密码

背面 WHITE NIGHTS PASSWORD

第一章　双子杀手

"我知道他为什么跟你一样厉害，他就是你。"

——电影《双子杀手》

1. 地震之火

这是一次罕见的跨国强震，中国、印度、尼泊尔均受到强烈波及。震中确定在珠穆朗玛峰。9级地震从高峰的某个区域开始辐射，范围巨大，多处出现了雪崩现象。尼泊尔首都加德满都遭受了前所未有的重创，这座“光明之城”顿时被尘埃、粉尘、垃圾物所笼罩。

他是这次地震的受害者。他不知道自己为何到尼泊尔来，可是他来了，并遇到了9级强震。然后，他就晕了过去。他不知道地震持续了多久，也不知道当时自己身在何处。他只记得自己身处在火海中。那是一场极其壮观的大火。大火就像珠穆朗玛峰一样，如同天幕般耸立在眼前，而他就在火海里。大火燃烧得很旺、很烈，可持续的时间短，被从高处落下的雪球覆盖了，融化了的雪浇灭了大火，也覆盖了大火的迹象。似乎除了他，再也没有人看见喜马拉雅山发生了一场火灾。

当他醒来时，躺在一家简陋的医院里。医院里到处都是遭受地震的伤患者，每个角落都传来痛哭的低吟声。广播里播放着地震遇难人数已经超过了万人，一万多条人命从这个满目疮痍的地球上消失了，伤者更是不计其数。

他就是其中一个伤患者。

他是被大火给窒息的。

他睁开眼时，只看到周身插满了医疗管子。他不知道是在哪里，更不知道怎么到了医院。他惊恐地窥视着这个陌生的世界，企图弄清楚发生了什么事情。可悲哀的是，他的脑子里一片空白，什么也想不起来，仿佛记忆不存在了似的。他痛苦地闭上眼。

“他的记忆出现了问题。”

忽然，他听到了一个男人的声音，男人说的是英语，好在他能听懂英语。

“他失忆了？”

这是一个女人的声音。他努力睁开眼睛，可视力还没恢复，但能模模糊糊瞧见那个女人的容貌。那是一个二三十岁年纪的亚洲女人。他能分辨出来，那女人不是中国人，就是日韩人。女人的英语很流利，正在与医生交谈。

“这女人是谁？”他想问自己，可是语言系统也没有恢复，只能看见他的喉结在动来动去。

“你的朋友很奇怪，他的记忆曾经受过创伤，海马体有损坏。”那个医生告诉女人，“你学的是神经学，很了解海马体的功能。很幸运，海马体只是部分损伤。但有一点很奇怪，这个伤是旧伤。”

“你的意思是，他曾经失忆过？”

“是的。”

“连续性失忆会造成永久失忆吗？”

“不好说。”那个医生忽然发现他的喉结在动，“病人苏醒了。”

那个女人显得非常高兴，伸手在医生的肩上一拍，说：“多谢你，杰克。”

“你在这里好好陪着他，观察病人情况。不过，这里的医疗状况很不理想，如有可能请尽快回国，中国医疗条件好很多。”叫杰克的医生向女人笑了笑，向房外走去。

“你是谁？”他终于能说话了，虽然语速很慢，但能清楚表达了。

“我叫石小夕。”那个女人坐在椅子上，抓住他的手说：“我们是第二次见面。”

“我是谁？”他动了动身子，发现身上并无大碍，“我受伤了？不严重吧？”

“没事。”石小夕微微一笑，“你身体上没有大问题，基本上可以出院了，只是你的脑子……”

他听到“脑子”二字时，只觉脑袋似被针刺了一般疼痛起来，耳旁嗡嗡鸣响。他用双手捂住耳朵，却将手上的针管扯落了。可他顾不及了，那种疼痛让他异常难忍。好在疼痛非常短暂，一分钟后便消失了。

“我是怎么了？”他忍不住抓住石小夕的手腕。

“疼。”石小夕轻声叫道。

他赶紧松开了手：“对不起。”

石小夕不以为意，笑道：“你应该是一个登山运动员，因为你的臂力很大。珠穆朗玛峰发生了9级地震，很不幸当时你正在珠穆朗玛峰。地震过后，你从山上跌落下来，正好落在我身旁。你肯定是个运动员，因为在跌落时你下意识地保护自己，你穿得很厚，衣服都烂了，可是受伤面积不大。只不过，在跌落过程中你的头部遭到了撞击，失忆了。”

“我失忆了？”他皱着眉头问。这才明白他什么都记不得的原因，原来自己失忆了。可是，他脑海里分明还记得自己遭遇了一场大火。

“不碍事的。”石小夕劝他。

“你说我们是第二次见面，那么第一次见面在哪里？”

“第一次见面就在珠穆朗玛峰峰下，你跌落在我面前。”石小夕看着他痛苦的脸，声音轻柔下来，也不再用英语说话，而是用中文，“我先自我介绍一下。”

“你说的我能听懂。”他好奇地问。

“因为这是你的母语。”石小夕笑道，“这是中文，你是中国人。你虽然失忆了，但语言、行为、习惯却不会发生变化。我也是一个医生，学的是神经学，正好懂这点。刚才那位医生叫杰克，是我的一个校友，他是英国人。”

“你是中国人吗？”

“算是中国人。”

他听到石小夕的回答，不禁又皱了皱眉。

“我是中韩混血。”石小夕莞尔一笑，“父亲是中国人，母亲是韩国人，居住在韩国，随母亲姓。”

“我知道韩国。”他看着石小夕，好奇地问：“我失忆了，为何还能记起这些？”

“失忆分多种，有深浅之分，只有‘深空失忆症’才什么都不记得。你是海马体某个部分受到损伤，某些记忆丧失，不是全部。”石小夕握住他的手，“通过治疗，你的记忆是能恢复的。”

“谢谢你。”他莫名的感激眼前这个熟悉的陌生人，至少在目前，她是他唯一记得的人。

“我知道你的名字。”石小夕关切地看着他，轻柔地说。

“我叫什么？”他再次握住她的手腕，见她眉头紧蹙忍受疼痛，慌忙松开手，“对……对不住。”

“没事。”石小夕拿起挂在椅子上的黑色背包，从中掏出一本护照，说：“这是你的背包，我看了，里面只有两件东西，一件是护照，另一件是手机。”她说着将护照递给他。

他迅速接过，翻看护照。护照上写着国家、姓名等信息——

国家：中华人民共和国

姓名：萧痕

年龄：28 岁

“我的名字叫萧痕，中国人。”他喃喃自语，一滴眼泪落在护照上，他赶紧擦拭掉。这本小小的护照，给了他“复苏”的力量。

“萧痕。”石小夕握住萧痕的手，“你要感谢你的国家，珠穆朗玛峰发生地震波及尼泊尔，你的国家是第一个安排航班来接的。如果你觉得能走动，我建议咱们去机场，回中国治疗。”

“手机呢？”萧痕忽然问，“手机里有什么讯息？能联系到我的家人吗？”

“手机根本打不开。”石小夕将手机递给他，“你的手机是款定制机，没有品牌标识，设有密码。”

萧痕接过手机，打开手机屏幕，看到屏幕上摆着 7 朵花的简笔画。他手指轻触花瓣，便出现一个方框和数字框，显然是让他输入密码的。

“我想不起来了！”萧痕只觉脑袋又一疼，“密码是什么？”

2. 中国人的特权

萧痕的脑海里只有那片火海。火似乎将他吞噬了，淹没了，将他推向一个陌生而新奇的世界。在那个世界里，只有白色，混沌的白色。在白色里，那火更显得璀璨与耀眼了。火海时隐时现，巨大的苍白令他感到恐惧不安。

“我的名字叫萧痕，可萧痕是谁？”名字只是一个代号。他这样想着，开始躁动不安起来。他扯落身上的管线，走下病床。

石小夕没有拦他，他的身体机能完好无损，随时可以出院。她看着他满脸迷茫，女性的怜悯和柔情滋生起来，柔声说道：“你知道了自己的名字，就能找回自己。只要回到中国，你就能找回自我了。”

“中国。”萧痕抬起头来，“我要回中国。”

石小夕从背包里拿出一套西装，递给萧痕：“这是你的衣服，把病号服换了，咱们去机场。”

萧痕看着石小夕，感激地说：“谢谢你。”

“不用谢。”石小夕笑道，双手比画一下，“假如咱俩对调一下，我是伤患者，你也会帮我的，何况我是一名医生。”

“你为何在尼泊尔？”

“跟你一样，来旅游的。”

“我也是来旅游的？”萧痕拿出衣服，看了看石小夕，示意她是否离开。

“换吧。”石小夕指着用塑料布隔成的病房，“这是医院，就不用顾忌那么多的。”

“你的中文说得很好。”萧痕开始脱病号服，心里总觉得不好意思，忙背过脸去。

“我在北京大学读书，家族企业跟中国企业有合作，我是家族企业中国区域负责人。趁着工作还没开始，就到尼泊尔旅游来了，谁知遇到了大地震。”

“咱们走吧。”萧痕很快就换好了衣服。

“中国有句古话：人靠衣服马靠鞍。你穿上西装，果然是一表人才。”石小夕笑着欣赏。

“你也很漂亮。”萧痕说这话时，脸竟然红了。

石小夕看到萧痕的表情，不禁扑哧一声笑了出来。

二人走出病房，看到医院走廊里躺满了伤患者。萧痕心里说不出的感激，若非石小夕认识医院的医生，他根本无法这么快得到治疗。地震破坏了城市中枢，电力损坏相当严重。大街上到处都是惊慌失措的人群。加德满都是尼泊尔唯一的大城市，也是旅游胜地，世界各地的游客都选择这个季节攀登珠穆朗玛峰。地震困住了人们。在大灾难面前，人类就显得极为渺小了。可这时也显出人类的伟大来，人类虽然恐惧灾难，可并不屈服，他们在灾难里敏锐地寻找生存的通路和奇迹。

萧痕和石小夕走到大街上，看着满目疮痍的城市，石小夕掏出手机打开城市地图，向西南方向一指，说：“加德满都机场在那里，距离这儿还有很远的路，天快黑了，咱们得赶紧过去，不然就错过了航班。”

大街上到处是损坏的汽车。萧痕目光游移，锁定一辆靠在路边的汽车，对石小夕说：“咱们开车去。”

“都是坏车，没法开。”石小夕说。

萧痕走到汽车旁，看到钥匙还在，便拉开车门坐进去。他扭动钥匙，发现根本打不着火。

“别做无用功了。”石小夕走到汽车旁劝萧痕。

萧痕下了车，走到车头前打开前车盖，拿出工具修理。石小夕见萧痕技术熟练，好奇地看着他修车。几分钟后，萧痕放下汽车前盖，说：“上车。”

“可以开了？”石小夕惊奇地问。

萧痕点了点头，坐进车里打火，车晃动了几下竟然发动了。石小夕进车，笑道：“没想到你还有这本领。”

“我也不知道自己会修车。”萧痕启动车子，“方向？”

石小夕拿出手机，看了一眼，说：“顺着道路向前，该拐弯时我告诉你。”

二人按图索骥向加德满都机场赶去。很快便到了机场。机场上挤满了人。由于发生地震，航班已经取消。石小夕下车寻问。刚一下车，几个黑人便围了上来。一个30岁左右的黑人看似是领头人，他手里拿着刀，向石小夕嘿嘿一笑：“嗨，小妞，中国人？韩国人？日本人？”

石小夕不理他，向身旁一个法国人问：“航班取消了？不能走了吗？”

“取消了。但能走。”那个法国人看了一眼石小夕，“只要你是中国人。”

“为什么？”

“只有中国政府在第一时间安排了航班。”那个法国人向石小夕竖起大拇指，“中国政府了不起。地震刚结束，中国大使馆便安排了航班。这机场太小，中国的飞机一来，都没地了。”

石小夕摇了摇头，道：“可惜，我不是中国人。”

那黑人走到石小夕身旁，说：“不是中国人，今天就没法走了。咱们去乐一乐吧。”他说着向身后几个黑人打招呼，那几个黑人拿着刀和棍子走过来。

那个法国人见势不妙，转身走了。

那黑人更是张狂，伸手去抓石小夕的手腕。眼看抓住，那黑人只觉手腕一疼，他的手腕被萧痕扭断了。那几个黑人呼啦一声围了过来，拿着刀、棍向萧痕招呼。谁知萧痕反应迅捷，出手利落，还没等刀、棍近身，便将那几个黑人的手腕都扭断了。

那黑人大怒，从怀里掏出一把手枪，向萧痕开枪。

“萧痕，小心，有枪。”石小夕见萧痕身手敏捷，不禁看呆了，看见那黑人掏枪慌忙提醒。

萧痕也感到奇怪，不知为何会搏击术。他只想着救石小夕，那些快速进攻的招数就像条件反射似的应运而生。他听到石小夕的喊声，身子猛然一转，单手一挥，只听咔嚓一声，扭断了那黑人的另一个手腕。手枪也跑到了他手里。萧痕没有思考，双手在手枪上一动作，便将手枪“肢解”了。

那些黑人见状，赶紧向人群里跑去。

萧痕迷茫地看着眼前发生的一切，无法确信是他所为。他为何会这些攻击性的动作？他在哪里受到的训练？他究竟是谁？这些令他茫然若失。

石小夕走到萧痕身旁，伸手去握萧痕的手。

萧痕没有发觉，下意识地一翻手，握住了石小夕的手，正要用力，见是石小夕，赶紧松开了手。

“你没事吧？”石小夕伸手抓住萧痕的手。

“我怎么会搏击？”萧痕喃喃地问。

“很多人都练过搏击，这有什么好惊奇的。”石小夕安慰他，“幸亏你会搏击术，要不然我就惨了。”

“可是，我会卸枪。”萧痕摇了摇头，“这不是一般人会的。”

“你肯定不是一般人。”石小夕笑了笑，“中国政府安排了航班，你可以回去了。”

“你呢？”萧痕看着石小夕，“你不走，我也不走。”

“傻瓜。”石小夕轻轻一笑道，“你赶紧回国，赶紧治疗。”

“我回国后做什么？去找谁？”萧痕握紧石小夕的手，“我不走，你是医生，我要跟着你。”

“好。”石小夕在他手背上拍了拍，让他松开了手，“咱们一起回中国。”

“你不是中国人，怎么乘坐中国政府安排的飞机？”

“巧的是，我认识中国驻尼泊尔的大使林家坤先生。”石小夕笑了笑，“他女儿林心湄，正是我的合伙人。我们一起来的尼泊尔。”

“特权。”萧痕忽然想起了这个词。

3. 第一朵花

9 级强震的震中在珠穆朗玛峰，尼泊尔地震专家查清了震中方位。那座耸立于世界屋脊之上的高峰，像人类探知宇宙的思想头颅一样注视着天空，看似平静，腹腔内却杂乱无比。当它怒吼时，大地为之颤抖。强震过后，余震一波接着一波，伤员越来越多，尼泊尔政府已经全部投入到地震灾害后的救助、安抚和未来家园的重建之中。首先，他们需要的是精神家园的重建。电视台新闻实况转播一刻不停，尼泊尔政府在电视里发表声明，尼泊尔得到全世界的帮助，尤其是中国政府的无偿援助和第一时间的支援。尼泊尔政府声称，尼泊尔灾后重建需要全世界的资助，亚投行已经向尼泊尔抛出了橄榄枝。尼泊尔政府得到亚投行的帮助，“高山王国、山中天堂”必将如往昔一样美丽。

萧痕开车向中国驻尼泊尔大使馆方向驶去，他打开收音机收听。收音机有些破损，声音有些吱吱啦啦，时而清晰时而模糊。石小夕听到亚投行要帮助尼泊尔政府灾后重建，不由叹了口气，说：“亚投行抛了橄榄枝，尼泊尔有福了。”

“亚投行？”萧痕的思维有些阻隔，片刻想起了“亚投行”，点了点头，“亚投行是亚洲国家的启明星，只要它在天空中闪烁，漆黑的夜空便有光明。”

“玫瑰集团也受到亚投行垂青，联合参与了泰国一项重大工程。”石小夕看了一眼萧痕，“玫瑰集团就是林心湄老公的公司。玫瑰集团是一家集大型建筑工程、房地产开发、文化旅游项目等于一体的综合型上市公司，实力非常雄厚。”

“玫瑰集团？”萧痕眨了眨眼睛，只觉脑海里像针刺一样，似乎在哪里听说过玫瑰集团似的，可又是想不起来。他晃了晃脑袋，说：“这个集团的名称怎么用花名？”

“因为林心湄喜欢玫瑰花。”石小夕羡慕地说。

“她很有福气，她老公是谁？”

“顾冰清。”石小夕叹了口气，“这个名字也是怪怪的。”

“顾冰清。”萧痕脑海里如湖水一样平静，看来这个人名他从来没有听过。

“到了。”石小夕指着前方一座挂着中华人民共和国国旗的办公大楼，“中国大使馆到了。”

萧痕将车停在与中国大使馆隔着一条道路的街上。大使馆门前围满了人，停泊着几十辆车，有三辆大型卡车没有熄火，一群人正在装运物资。萧痕和石小夕穿过街道，走到大使馆门前。一名中国特警让萧痕出示护照。萧痕将护照递给中国特警。那名中国特警仔细检查了，让他进入大使馆。石小夕从包里掏出一个证件，递给中国特警。中国特警看到证件，向石小夕行了一个标准军礼，让她进去。

“什么证件？”萧痕走入中国大使馆的院子里，好奇地问石小夕。

“临时巡视证。”石小夕将证件在萧痕面前一亮，“我来尼泊尔旅游，住的地方都是大使馆安排的。林心湄的父亲是大使，这证件是他给的。我们这就去找他。”

萧痕随着石小夕进入建筑物里，那是一栋按照中国特色装饰的办公楼。石小夕不是第一次来，熟悉大使馆的布局，很快便找到了林家坤的办公室。办公室没有关门，一个约莫 65 岁年纪的男子正在打电话，叮嘱机场一定确保每一个中国人回到祖国。电话刚放下，他一抬头看到石小夕，兴高采烈地从办公桌后面走出来，笑着说：“老天保佑，你还活着。”

“让林伯伯担心了。”石小夕带着萧痕走了进来。

“你是谁？”林家坤看到萧痕时，眉头猛地一皱，转头问石小夕，“他是谁？”

“他叫萧痕。”石小夕向林家坤解释，“中国人，来登山旅游的，脑袋被震伤了，失忆了。”

“你也叫萧痕？”林家坤显得极为震惊。20 年了，自具茨山形成前所未有的极光后，那场“白夜”让许多人都消失了。譬如萧痕，譬如石小岚。往事的风中，都藏着罪恶，具茨山被水淹了一部分，人们在灾难面前看清了人性丑陋的一面，也下决心改了。只不过，人性更丑恶的是对灾难的遗忘。20年了，那场“白夜”灾难还有多少人记得呢？可是，林家坤却记得清晰，毕竟他将内心的善与恶都刻在了那场灾难里。而对于消逝的萧痕，他心中满是亏欠。猛然看到眼前的年轻人，就是活脱脱的萧痕，自然吃了一惊。可转瞬间便释然了。萧痕若是活着，现在也该是奔五的人了，哪还有这等年轻的模样？

“您听说过这个名字？”萧痕显得兴奋起来。

“那是20年前的事了。”林家坤挥了挥手，微微一笑，“要不要紧，还能坚持回国吗？你放心，只要你有记录，我们一定会帮助你找到家人的。”

“谢谢。”萧痕内心里涌起一股莫名的感动。

“这是我们应该做的。”林家坤看见一个女人走到门前，瞟了一眼后仍对萧痕说，“中国大使馆就是要确保每一个中国人的安全，这是我们的责任和使命。”

那女人没有停留，径直向林家坤走去。那女人走到距离林家坤还有两步左右时，萧痕却突然一个转身，一双眼睛盯在那女人脸上。

那女人吓了一跳，有些失色，但她仍旧稳定情绪，优雅地问：“怎么了，孩子？”

萧痕这才看清那女人的容貌。她脸上已经有了皱纹，可那皱纹看起来并不影响她的美丽，双鬓之间白发丛生，年纪应在60岁左右，但看起来却不到50岁。他转身，是因为他感到背后有人，是因为他恐惧。可那女人的声音似乎能消融他的恐惧似的，能让他平静下来，无法拒绝她的提问，点头道：“我的脑子出了些状况，不好意思。”

“震着了头？”她比萧痕矮了半截，她伸手去摸萧痕的头时，萧痕竟然忍不住稍微躬下腰，垂下头来让她摸。

“没事的。10年前我的头也被撞过，也曾失忆过，可没过多久记忆就恢复了一大半。”那女人柔声说，“别急，别怕，孩子。你来了大使馆，就到家了。”

萧痕发觉他的眼睛湿润了，仿佛在他未失忆前从未享受过这柔声细语似的，就像初生的娃娃被母亲呵护着。

林家坤向那女人问道：“你怎么来了？小湄呢？”

“有些不放心，所以来看看。”那女人回答。

林家坤想起了一件事，向石小夕说道：“我忘了给你们介绍，这是我夫人——叶羽秋。”

石小夕哇了一声，笑着说道：“你就是叶阿姨。”

叶羽秋向林家坤看了一眼，问：“这位是？”

“我叫石小夕。”石小夕显得非常兴奋，“我爸爸是石炜烽，我姐姐是石小岚。”神色忽然黯淡下来，“可惜，他们都不在了。”

“你爸爸是老石？你也叫小夕？”叶羽秋拉住石小夕的手，“我和老林都是你爸的老朋友，你爸爸和你姐姐……我非常抱歉、遗憾。”

“我爸爸是罪有应得，我姐姐为国殉职……”石小夕只觉鼻子一酸，说不出话来。过了片刻，问叶羽秋：“谁还叫小夕？”

“小湄没告诉你吗？”

“没有。”石小夕摇了摇头，“奢城发生的事，她从来不讲。”

“奢城是个伤心的地方。”叶羽秋叹了口气，“小岚和小夕是双胞胎，一个模子刻出来似的，20年前失踪了，你真像20年前的小夕。”

“小夕！”石小夕声音里有些酸楚，“我爸爸只惦记他在中国的孩子，连我的名字都是盗版的。”

叶羽秋轻声说：“孩子，都过去了。一切都会好起来的。”她将石小夕揽在怀里，“没想到老石还有后人，老石要是看到他孩子长得这么好，九泉之下也就瞑目了。”

“我爸年轻时去韩国旅游，跟我妈相识，然后就生下了我。”石小夕低着头说，“他离开韩国后，再也没有回去过。他挂念中国的家。所以，他就没提过他还有我这个孩子。”

“我理解，孩子。”叶羽秋拍了拍石小夕的肩膀，“天下无不是之父母。”她松开石小夕，眼睛里囤积着泪水。

林家坤走到桌前拿起一个证件，递给石小夕，说：“你拿着这个证件，和萧痕一块去机场。”

石小夕正想接证件，叶羽秋忽然说道：“别去机场了，那里人多，需要帮助的人也多，这位——”她忽然想起来还不知道萧痕的名字，不由得顿了一顿。

“我叫萧痕。”萧痕察觉出来，赶紧回答。

“萧痕的头受伤了，要尽快得到治疗。你们乘坐直升机去印度，先给萧痕做个彻底检查，然后再转机回中国。”叶羽秋说着，从手包里掏出一个折叠的宣传品，递给石小夕，“这是小湄刚买的飞机。”

“我跟心湄姐正在合作一个项目。”石小夕接了宣传品，笑道：“这次来尼泊尔，就是她邀请我来的，我可不知道她有飞机。”

“看来石、林两家挺有缘的，你和小湄要好好合作。”叶羽秋笑着点了点头。

石小夕打开宣传品，是一架飞机的照片。那架飞机是私人定制飞机，飞机上的标识是专属的。萧痕扭头去看飞机，忽然，他看到了一个既熟悉又陌生的标识，脑海里陡然升起了一个惊奇的想法。

“这朵花瓣很美丽。”萧痕指着飞机机身上的标识说。

“花瓣？”石小夕忽然想到萧痕手机屏幕上的花瓣组合，见飞机上的花瓣与手机屏幕上的一个花瓣一模一样，顿时知道了萧痕的想法。

“这花瓣是野玫瑰花瓣，是玫瑰集团的标识。”叶羽秋向二人解释，“这是冰清送给小湄的生日礼物。”她指着飞机上另一个蝴蝶标识说，“这只蝴蝶是蝴蝶公司的标识，蝴蝶公司是全球顶级私人飞机制造商。”

“私人定制飞机！”石小夕眉梢一翘，笑道：“心湄姐好幸福，我们要搭顺风机！”

4. 血滴子计划

他一直隐藏在灾民中，手里提着一个小提琴箱子。他看起来如同一个真正的音乐家，那忧郁的眼神令人怜惜，让人想起了一部经典电影《这个杀手不太冷》，他的造型多少模仿影片里的职业杀手，只是更显英俊。当他在加德满都机场看到萧痕迅速制服几个黑人时，他眼里的忧郁不在了，忽然变得犀利起来。

"萧痕？他就是萧痕？"他的眼神里藏着一把锋利的刀，"怪不得他和单大师同名，他们分明就是一个人！只不过年龄差了20岁！"

他是一个职业杀手，隶属于一个神秘的公司：hand特工国际安全顾问公司。他叫赫尔曼·戈林，代号是"肠"，标准的德国人。这个名字是他曾祖的名字，那个被称为德国耻辱的纳粹二号、帝国元帅，那个永远镂刻在德国沉重历史铁柱上的刽子手，正是他的曾祖老赫尔曼·戈林。在审判前，老赫尔曼·戈林自杀了，用一把小刀终结了生命。死去的老赫尔曼·戈林，用生命保存了他的尊严，可他的子孙却永远丧失了尊严。赫尔曼·戈林记得，他父亲在他8岁时，也用一把小刀结束了生命，从此他悲哀、屈辱地活着，内心的痛苦却是如此的深邃和久远。

戈林的痛苦伴随着记忆恢复又如同泡泡般浮了上来，那沉重的家族悲哀令他忧郁起来。

戈林到尼泊尔来，便是接到hand特工"教官"单大师的命令，执行"血滴子计划"。

戈林不知道单大师为何要杀掉萧痕，虽然同名同貌，但也不至于被暗杀？他没有多问，这是他的工作，必须彻底执行。他并没有跟踪萧痕，而是赶往既定的地点：中国驻尼泊尔大使馆。当他赶到大使馆时，看到萧痕走了进去，便潜伏在早就选择好的狙击点，执行"血滴子计划"的序曲：杀掉萧痕！

戈林只是执行“血滴子计划”小组的成员之一。在地震没有发生之前，这个计划就已经制定了。单大师似乎知道一定有强震似的，早在半个月前就安排了这个计划。计划是天衣无缝的，就在年轻的萧痕走进去一分钟后，戈林的手机便响了。他的手机是加密定制手机，所以他知道是大使馆内线打来的。

戈林好奇谁是大使馆内线。他通过狙击枪目镜看见和他通话的人是一名中国特警。

那名中国特警说：“萧痕进去了，我刚检查过他的护照。”

“我看到了。”戈林回答。

“他出来时，我会再查他的证件，你杀了他。”

“好的。”戈林挂了电话。他就在大使馆对面的楼上，一个广告牌成了他的屏障。他选择好射击的位置，瞄准大使馆大门，等着萧痕出现，然后狙杀他。

20 分钟后，萧痕和石小夕出了办公楼。石小夕跟林心湄通了电话，要到停机坪的具体位置。萧痕手里拿着飞机宣传页，机身上火红的玫瑰花瓣就像燃烧的火焰似的，如同凤凰浴火重生似的燃烧了他的记忆，将过往烧成灰烬，什么也寻不到。他只觉脑袋轰鸣，身边的声音骤然大了起来，他似乎能听到每个人的说话声，但听不清楚他们说些什么。石小夕发觉萧痕的异样，忙挽住他的手臂，说来奇怪，那些吵闹声就像退潮的海水似的，一下子消失不见了。

“你还好吧？”石小夕关切地问。

“还好。”萧痕轻轻点了点头，“玫瑰集团的标识是玫瑰花瓣，我手机屏幕上也有玫瑰花瓣，它们之间有什么关联吗？”

“或许，你和我一样，也是被玫瑰集团邀请到尼泊尔旅游的。”石小夕向大街上吵闹的人群望去，“等见到了林心湄，可能就有答案了。”

萧痕心里升起了渺茫的希望，那希望虽渺茫却真实，在他的脑海中，唯有这朵像火焰燃烧般的“玫瑰花”能带他走向生命的彼岸。

两人走到门岗，那名中国特警向萧痕敬了个礼，说：“请出示你的护照。”

“出去还要检查护照吗？”石小夕皱眉问。

“不需要。”那名中国特警不经意间向对面楼上扫了一眼。

“那你为什么要检查他的护照？”石小夕声音大了起来，掏出手机给林家坤打电话。

萧痕陡然从手机屏幕上看到一个红点，下意识地将石小夕扑倒在地。

就在这时，当的一声，一颗子弹射在身边钢制栅栏上，火花四射。

石小夕被萧痕扑倒，吓得惊叫起来。萧痕迅速站起来，一把抱起石小夕向岗哨后面躲去。

狙击枪连续点射，都被萧痕躲过，但围在大使馆门前的人却被射倒了两个。

那名中国特警见萧痕躲过狙击，便从腰间拔出手枪，向躲在岗哨后面的萧痕开枪。

萧痕看见岗哨窗户开着，便像投掷铅球似的将石小夕整个人投向窗户里。然后，他像猴子似的跳起，紧紧地扣住岗哨墙壁的缝隙，躲过那名中国特警的射击。那名中国特警继续瞄准开枪，萧痕在墙面上一个折身，猛地向那名中国特警扑去。

就在他扑向那名中国特警的瞬间，被萧痕投向岗哨里的石小夕，忽然一个漂亮的空中翻转，稳稳地落在岗哨里。

萧痕冒着被射穿胸口的危险，亡命似的扑向那名中国特警。那名中国特警被他的气势震慑，没有选择开枪，而是向后退了一步。

这时，一颗子弹穿过大街上空，噗的一声穿透那名中国特警的背部。

那名中国特警闷哼一声，直直地向萧痕倒去。萧痕赶紧用双手支撑。那名中国特警猛地吐出一口鲜血来，正喷在萧痕的脸上。

萧痕一手扶着那名中国特警，一手捡起手枪，以那名中国特警为盾，向大使馆对面的楼上射击。

戈林知道狙击失败，绝不恋战。他迅速拆卸了狙击枪，放进小提琴箱里。他背着小提琴箱，弓着身子，躲避子弹，走到楼顶边缘，看到一片民居连成一片，果断地跳向民居房顶，然后再跳到另一个房顶，飞快地逃离现场。

萧痕开了几枪，见狙击手不还击，便知狙击手逃走了。他站起身来，将那名中国特警平放在地上，问：“你是谁？为何要杀我？”

那名中国特警知道命不久矣，脸上露出一丝奇怪的笑容，喘着气说："血——滴——子——计——划——"

"什么是'血滴子计划'？"萧痕焦急地问。

"你——死——定——了——"那名中国特警猛一喘气，一歪头死了。

"怎么回事？"林家坤从办公楼里快速走了出来。

"有人要杀萧痕！"石小夕不知何时从岗哨里出来了。

"要杀萧痕？"林家坤疑惑地看着萧痕，"他们为什么要杀你？"说完轻轻哦了一声，"你失忆了，肯定记不得。"

"血滴子计划。"萧痕喃喃地说，"他们在执行'血滴子计划'。"

"血滴子？"林家坤皱了皱眉，"'血滴子计划'是什么？"

"什么是'血滴子'？"石小夕好奇地说。

"血滴子是一种武器，能取人首级于百米之外；也是一种毒药，只一滴便见血封喉全身溃烂；更是一个特务组织，帮助清朝雍正皇帝登基的黑暗力量。"林家坤没耐心给她讲述"血滴子"的意思，简单扼要地说了两句。

"这与我有什么关系？"萧痕摇了摇脑袋，想弄清楚事情缘由，可脑海里空空如也，什么都想不起来。

"你不能回国了。"林家坤向萧痕看了一眼，"把你的护照交出来。"

石小夕心里一惊，叫道："林伯伯！"

"他可能是罪犯。"林家坤义正词严地说，"在尼泊尔，大使馆代表的是中国政府。中国政府对恐怖事件零容忍，所以他必须遣返回国，交由公安部门审查。"

"他失忆了。"石小夕劝说，"林伯伯，您通融一下。"

林家坤向赶到的中国特警招手，要擒下萧痕。萧痕看着荷枪实弹的中国特警，直觉告诉他不能被遣返回国，不能坐以待毙。他来不及思考，敏捷地伸手抓住林家坤，用枪指住林家坤的脑袋。

石小夕被这惊变震惊了，喝问道："萧痕，你在做什么？"

萧痕不看石小夕，盯着中国特警队，说："我不能就这样回国，我要弄明白什么是'血滴子计划'，我要弄明白'我是谁'？"

石小夕一跺脚，道："好，咱们一起闯出去。"

萧痕冷静地说："中国大使在我手里，他们只能放咱们出去。"他手上用力，拖着林家坤向大使馆外走去，对石小夕说：“开车。”

石小夕走到大使馆外，找到一辆可以开的车，将车行驶到大门口，打开车门。

萧痕向后退去，等走到车门前，他先进了车，然后命令林家坤也上车。石小夕发动车子，只等林家坤一上车，便即刻飞速驶离大使馆。

就在这时，叶羽秋出现在中国特警队的前方，对萧痕说：“孩子，放了他吧，他还得忙着输送同胞回国。”

萧痕向叶羽秋看了一眼，一咬牙，对石小夕说：“开车。”他一把将林家坤推开。还没等关车门，车子已经加足马力向前驶去，车门砰的一声撞在另一辆车上，整扇车门被撕裂下来。

林家坤被萧痕一推，借势就地一滚站起来。这一滚虽然狼狈，但没有受伤。中国特警队正要追击，林家坤却挥手制止，叹了口气说：“咱们送国人回国要紧，他们出了大使馆，就跟中国政府没关系了，枪击事件是尼泊尔政府的事。现在，大家都忙着救灾，救灾是咱们的首要任务。唉，希望他们好自为之吧。”

叶羽秋走到林家坤身前，挽住他的胳膊，轻声说：“‘血滴子计划’，我好像在哪里听说过？”

“你听说过‘血滴子计划’？”林家坤吃惊地问。

“你知道，我脑袋受过伤。”叶羽秋轻声笑道，“好像听说过，又好像没听说过。”

5. 第一夫人

加德满都是一个山谷之城，四周都是高山。高山与高山之间，修建有平台、建筑及城市设施。萧痕和石小夕开车驶向一个低缓的山坡，山坡间开满了美丽的花，有的星星点点，有的整片花海。萧痕看着漫山遍野的花，心里纷杂慌乱。丢失了记忆，已令他困扰无比。而手机屏幕上 7 个花瓣，如同 7 个小精灵似的时刻不停地骚扰着他的神经。这些花代表了什么意思？为什么用花来做密码提示？在车上，他掏出手机，仔细检查了手机构造，这是一个比较先进的一体机，没有任何接缝，无须充电，手机内部电池有足够的电量，仿佛电量会用之不竭似的，因为屏幕上根本没有电量显示栏。

“这是什么手机？”石小夕驾车技术娴熟，车子飞速向前驶去，正好经过一个高山隧道。

“隧道里信号也是满格。”萧痕惊奇地看着手机，“这手机上没有任何标识，根本看不出是什么牌子。”

“或许这是某个制造商定制的手机？”石小夕忽然想起一事，“蝴蝶公司是全球最著名的定制公司，他们定制私人飞机，有可能定制这款手机吗？”

萧痕眼前似乎出现了一片光明，说：“有这个可能。”

“有一种花叫蝴蝶花，也就是三色堇，手机屏幕上有没有这种花？”

萧痕打开手机屏幕，看着屏幕上 7 种花瓣，摇了摇头说：“没有。这 7 种花瓣分别是海棠、野玫瑰、紫菀、雏菊、百合、大波斯菊和金盏。”

石小夕感叹道：“如果你不说，没人知道你失忆了。这些花瓣是简笔画，我看了半天，也没有分辨出来是哪种花？没想到你一眼就看了出来。”

“我也很好奇，我怎么知道这么多植物？难道我是植物学老师？”

“有这个可能。”石小夕轻打方向盘，驶出隧道，天已经黑了，山上明月当照，寂静如初。

“蝴蝶公司，蝴蝶公司……”萧痕只觉海马体微微一动，猛然想起蝴蝶公司来，“蝴蝶公司总部在北欧冰岛，三色堇是冰岛国花，三色堇又叫蝴蝶花。蝴蝶公司曾经声称，只要他们扇动一下翅膀，便可搅动全球定制技术风暴。”

“这些你也记得？”石小夕更感到好奇了，“这些你都记得，为何独独不知道自己是谁？”

“我不知道。真的很奇怪！”

“杰克医生说，你的海马体曾经受到过损伤，这次还是老部位受损，看来正是储存人生的神经坏掉了。”

“重复受损会造成永久性损坏吗？”

“这要看受损程度。”石小夕看到远处灯火通明，一个漂亮的庄园隐没于山坳之间，看起来宏伟壮观、富丽堂皇。她指着庄园说：“到了，那就是玫瑰庄园。”

“玫瑰庄园？”萧痕皱了皱眉。

“玫瑰集团在尼泊尔有地产项目，玫瑰庄园是顾冰清自建的，是给他老岳父林家坤定制的庄园。庄园后山整个山坡种满了野玫瑰，那是林心湄的最爱。”

汽车到了玫瑰庄园。玫瑰庄园是一个占地约50亩的生态庄园。汽车进了庄园，驶过三重花园，便到达一桩建筑前。那建筑三层楼高，三个独立的建筑物连成一片，看起来如同玫瑰花的花瓣。建筑物左侧是一个飞机停机坪，一架豪华气派、制作精良的直升机停在那里。

直升机前，站着三个人，正看着石小夕将车停在宽阔的广场上。那三个人是两女一男，男的装饰一看就是飞行员。那两个女人一个看起来50岁左右，一个看起来40岁左右。石小夕和萧痕从车里出来，猛地看到年纪大的女人时不禁一愣。

那个女人竟是在中国驻尼泊尔大使馆出现的叶羽秋。

叶羽秋脸上挂着一抹笑容，那笑容有些淡，似乎有风吹来，便可吹走笑容，有股云淡风轻的意味。

站在叶羽秋身边的女人，向前迎上石小夕，说道："真高兴你还活着。"

"心湄姐。"石小夕笑着迎上去。

那女人正是玫瑰集团第一夫人林心湄。她看到萧痕时，一如父亲一样吃惊。萧痕是她生命里的男人，若非爱上了顾冰清，她很可能就会嫁给他。想起 20 年前相亲的一幕来，只觉那时太任性。看着眼前的年轻人，她似乎想起了 20 年前的欢乐趣事，想起了一些已经遗忘的人。她知道，这个年轻的萧痕，肯定不是她爱上的那个萧痕，可是她还是有些感慨。岁月真的是不饶人呀！ 20 年前，她也同样年轻，现在已不是那个时候的自己了。

"小夕！"林心湄向石小夕笑了笑，"你来了就来了，还捡了一个人。"她向萧痕望去，"我知道你的事了，飞机已经加满了油，直接飞往新德里，那边的医院已经联系好了。"

"谢谢。"萧痕向林心湄微微一点头。

"这就是玫瑰集团的第一夫人。"石小夕向萧痕笑着介绍，"她可是奔 50 的人，看起来和我年龄差不多，保养功夫做得真好。"

林心湄笑起来更年轻："走吧。"

萧痕和石小夕登上飞机。站在飞机舱门，萧痕忍不住回头看了一眼叶羽秋，心里好奇她为何而来，中国特警为何不到这里抓他。

叶羽秋正在和林心湄说话。她抬头看到萧痕的目光，向他微微一笑，和林心湄一起上了飞机。

飞机机体比一般的直升机大了许多，机舱内做了很多特殊处理，看起来如同房车似的，虽只能坐下四五个人，但设计上更近于家庭使用。萧痕坐在一张真皮沙发上，正好与叶羽秋对面。

"看来你有问题要问？"叶羽秋淡笑道。

萧痕点了点头："中国特警为什么不抓我？他们知道我要到这里来！"

"我要说中国特警忙着护送国人回国你一定不信。"叶羽秋向机窗外瞥了一眼。飞机已经起飞，向新德里方向飞去。

"别说他了，我也不信。"坐在萧痕隔壁的石小夕说。

"血滴子计划。"叶羽秋轻声说。

"你知道'血滴子计划'？"萧痕吃惊地问。

“有些模糊的印象。”叶羽秋指了指自己的头说，“我失忆过，发生了车祸。当我听到‘血滴子计划’时，脑海里有些印象。可是，我只是一个平凡的人，怎么会听说过这么奇怪的计划的名字呢？”

“您怎么可能是个平凡的人？”石小夕看了一眼林心湄，“玫瑰集团掌门人可是您的女婿！”

萧痕抬头注视着叶羽秋，说：“或许在车祸前，您真的知道‘血滴子计划’，中国特警之所以不抓我，肯定是您说的情，因为我跟‘血滴子计划’有联系，至少刺客是因为这个计划来杀我的。”

“我只想弄明白‘血滴子计划’是什么东西。”叶羽秋笑了笑，“你会懂的，当一个人失去记忆时，对那些模糊存在的印象更好奇，有时寝食难安。如果不弄明白，我就睡不好觉了。”

萧痕理解叶羽秋的行为，他看了一眼林心湄和叶羽秋，疑问又升了起来，忍不住问：“你们怎么可能是母女？”

“我们怎么不可能是母女？”林心湄的性格豪爽，她拉住叶羽秋的手，笑道：“我妈比我大 10 岁，她是我后妈。”

萧痕轻轻哦了一声，抬头看向窗外。窗外一片漆黑，偶有亮光闪过，是远方的灯塔发出的光亮。在宁谧的夜空中，他只觉前方的路不是漆黑一片，而是透着若隐若现的光亮，是一片混沌的白，宛如行走在“白夜”之中……

白夜密码

背面 WHITE NIGHTS PASSWORD

第二章　12只猴子

“每次看到的感觉不同，

因为我们变了。

昨日疯狂的行径，铺下明日绝望的道路。”

——电影《12只猴子》

6. 七色花组织

飞机在黑幕中向远方飞去，虽在半空中，仍能感到余震还未消失。驾驶员是个中国人，名叫安诺。安诺告诉大家，由于要飞越边境线，所以飞机会飞慢一些，建议大家休息。萧痕感觉浑身倦怠，喝了一杯红酒后想睡会儿，可就是闭不了眼睛。他一日之间经历强震、丧失记忆、遭刺客刺杀，此刻伤处隐隐作痛，心事重重，自然无法入睡。石小夕折腾了一天，早已困乏，一杯酒没喝完便沉沉睡去。叶羽秋似睡非睡，为了让大家感觉舒服，便假装浅睡。林心湄根本睡不着，她沉浸在无比的幸福中，看着老公送给她的定制飞机，一股强烈的爱意涌上心头。

萧痕见石小夕和叶羽秋睡去，瞥了林心湄一眼，轻声说："这飞机制造商是蝴蝶集团？"

"是的。"林心湄轻声回答。

"他们定制手机吗？"萧痕将手机递给林心湄。

林心湄接过手机翻看，见手机别致独特、制作考究，说："这款手机很特别，的确是定制的。"她抬起头来，问："你怀疑这是蝴蝶集团制造的？"

萧痕点了点头，说："如果这款手机是蝴蝶集团制造，就能找到他们取消密码，或许我就知道我是谁了。"

林心湄嗯了一声，说："这倒是个好法子。蝴蝶集团总部我没去过，不过我去过分部。很巧，蝴蝶集团分部就在新德里，是新丝路集团合资公司之一。"

"你在分部见过这款手机吗？"

"没有。"林心湄将手机递还萧痕，"不过，我是半年前去的，或许这是他们研发的新产品。"

“新丝路集团？”萧痕的海马体强烈一震，眼睛微微闭了一闭，“新丝路集团是印度高尔家族的产业之一。高尔家族是一个古老家族，实力雄厚，家族产业涉及印度 19.8% 的产业。”

“你知道新丝路集团？”林心湄好奇地看着萧痕，猜测不出丧失记忆的萧痕竟然还知道这些东西。

“我的海马体受到了损伤，是二次受损，受损的地方就像电脑硬盘的磁道一样，磁道坏掉的地方无法修补，所以记不起来。但没有坏掉的磁道就像一个搜寻框，只要填上关键词，便可搜寻相应信息。”

“你只是丧失部分记忆，具有选择性。”林心湄更加好奇了，“蝴蝶集团分部就在新丝路集团总部，新丝路集团总部有一个私家诊所，专门为高尔家族服务的，据说医疗器材都是世界上最先进的，医生也是印度最专业的医生。到了那里，你便可接受最好的治疗。”

“非常感谢。”

“大家都是中国人。”林心湄看了一眼石小夕，“何况你还是小夕的好朋友，我们是生意上的伙伴，所以必定尽最大努力帮助你。好了，你还是睡会吧。”

萧痕想到很快便可恢复记忆，不禁放松下来，在微微晃动的空间里很快进入梦乡。

夜幕之中，直升机悄无声息地飞越尼泊尔—印度边境线。一片丛林如墨迎面扑来，飞机绕着丛林打了一个弯，降落在一个山岗上。山岗上停靠着一辆加长林肯，车前站着一个中年模样的印度退役军人。飞机的螺旋桨还未停止，那印度退役军人便向飞机走来。萧痕、石小夕、叶羽秋、林心湄从飞机上下来时，那个印度退役军人向四人说道：“我是新丝路集团的保安队长辛格·森，欢迎来到印度。”

林心湄微笑点头，说：“非常感谢卡佳小姐。”

“现在是庄夫人了。”辛格·森面带微笑地说，“我家小姐嫁给了你们中国人。”

林心湄吩咐安诺趁着夜色返回尼泊尔，她们随着辛格·森赶到新德里。加长林肯飞速行驶，几个小时后便到了新德里。新丝路集团以石油开采为主业，总部在新德里城市的郊区。百十平方公里的区域基本上都归新丝路集团所有，规模如同一个小型 CBD。加长林肯停在一个九层如同庙宇的建筑物前，正是新丝路集团的总部大楼。

总部大楼广场上站着一群人，为首是一个约莫四十五六岁年纪的印度女人，正是印度高尔家族接班人卡佳·高尔。她身后竟是 10 名荷枪实弹的雇佣兵。

4 人看到这等场景，都感到吃惊和震撼。林心湄和卡佳·高尔是旧识，她下车后径直走到卡佳·高尔身前，指着那些雇佣兵问："你用这阵势欢迎我呀？"

卡佳·高尔笑道："真的很抱歉。这不是为你们准备的。"

"发生了什么事？"林心湄好奇地问。

"半个小时前，我接到一个神秘电话，声称今晚要炸毁集团总部。"卡佳·高尔脸上并没有惊慌，"真的很抱歉，来不及通知你们。"

"神秘电话？"萧痕皱了皱眉问，眼前闪回着几个小时前的刺杀，"凡是我在的地方，都有恐怖事件发生，这是巧合，还是……"

"你就是伤着头的那位，叫……"卡佳·高尔一时想不起萧痕的名字。

"萧痕。"

"对不起，忘了你的名字。"卡佳·高尔优雅一笑，"这次恐怖事件跟你没关系。这个神秘电话是一个叫'七色花组织'打来的，他们说我的丈夫杀害了单大师，是为他来报仇的。"

"七色花！"萧痕心里吃了一惊，他手机屏幕上也有七朵花瓣，这个"七色花组织"跟自己有关系吗？难道自己也是"七色花组织"的一员。他心里默想着，向石小夕看去。石小夕向他使眼色，示意他不要吭声。

"单大师？"林心湄听到"单大师"三字时，禁不住问道，"单大师死了？"

"你认识单大师？"叶羽秋好奇地问。

"我认识单大师。"林心湄微微点了点头，"单大师不是人名，是一个人的代号。"

"单大师是谁？"叶羽秋问。

"单大师就是你。"林心湄说着向萧痕瞥了一眼，脸上不禁微微一红，"他也叫萧痕，顾冰清最好的朋友，长得跟你一个模样，只是大了 20 岁。"

“单大师也叫萧痕？”萧痕愣了愣，“我们长得一样？”

“这也没什么稀奇的！”叶羽秋淡笑一声，“14亿华人，同貌同名是个大概率。”

“单大师是做什么的？”萧痕蹙眉问，“他怎么死了？”

“单大师是hand特工的‘教官’！”卡佳·高尔摇头说，“我丈夫非常欣赏单大师，带他如己出，不可能杀他的！”

“hand特工是hand公司三大产业之一。”石小夕若有所思地说，“我听说hand公司的前身是五指月组织。”

“五指月组织！”萧痕只觉脑袋一疼，如百根针齐地扎了进去，一些有关五指月的信息呈现出来，快速地说，“五指月组织是一个科学暗黑组织，企图利用量子物理学控制人类，所以才被定性为恐怖组织。”

“五指月组织才不是恐怖组织，只是它研究的领域超过国家层面，才令世界为之胆寒。”卡佳·高尔冷笑道，“真理总是掌握在极少数人手中。”

“五指月组织在12年前就已毁灭！”萧痕更加困惑。

“12年前，五指月组织不是毁灭，而是消隐、改良。”卡佳·高尔的脸上绽放出光芒来，“我丈夫改良了五指月组织，那个恐怖组织消失了，所以才有了脱胎换骨的hand公司。”

叶羽秋叹了口气，向卡佳·高尔望去：“你丈夫是谁？”

林心湄伸手握住叶羽秋的手，抿了抿嘴说：“妈，卡佳的丈夫是中国人，叫庄化蝶。”

叶羽秋轻轻啊了一声：“庄化蝶？！”

卡佳·高尔嗯了一声：“您认识他？”

“算是认识。”叶羽秋在林心湄手上轻轻一拍，“他在吗？”

卡佳·高尔摇了摇头：“他出国了。”

林心湄向卡佳·高尔望去：“你丈夫怎么会杀我朋友？他只是一个安分守己的商人！”

“安分守己的商人？”卡佳·高尔鄙夷地笑了，“他可是hand公司最大的产业hand工业的总裁，世界著名的军火制造商！”

“他是hand公司的股东！”林心湄彻底愣了。作为玫瑰集团第一夫人，她对hand公司并不陌生，这个全球十强的集团公司掌控着世界经济命脉。

“hand 工业？”萧痕听到这个公司名称时，海马体一阵刺疼。他忍住疼痛，说道：“我知道 hand 工业，我好像在 hand 工业工作过。”

“这不奇怪。”石小夕走到萧痕身前，轻轻握住他的手，“hand 公司有三大主业，高科技研发 hand 科技、军工产业 hand 工业、安全顾问 hand 特工，在全球拥有 1 万家公司，职工高达 500 万人。”

“你丈夫是 hand 公司 CEO，为何会杀他的股东？”林心湄问卡佳·高尔，“七色花组织跟 hand 公司有什么关系？”

“跟 hand 公司没有关系。”卡佳·高尔轻叹了口气，“跟单大师有关系，七色花组织是单大师在 hand 工业秘密组建的安全顾问小组。”

7. 代号“红”

佛堂的钟声从远处山麓间传来，夜已经沉睡了，可卡佳·高尔连一丝睡意都没有。她倒是不畏惧“七色花组织”的恐吓，高尔家族屹立千年不倒，时刻经历着死亡与重生的蜕变，虽然她接任高尔集团掌门人的时间不长，但早已习以为常了。她只要做好周全的安排，新丝路集团总部就能固若金汤。新丝路集团雇佣的退役军人不止 10 人，足有一个加强排，那些恐怖分子就是插上翅膀也进不来。何况，她的办公室是防弹的，只要她不出去，那些防弹玻璃足以保护她的安全。

卡佳·高尔睡不着是在担忧，对她丈夫庄化蝶的担忧。三天前，庄化蝶去了珠穆朗玛峰，去寻找中华文明源头——那部黄帝推演、大禹篆刻的《归藏易》。《归藏易》再也不是图案，而是真实存在的宝藏，就藏在珠穆朗玛峰的腹地。一个月了，没有一丝丈夫的讯息。这令她心生恐慌，尤其是白天尼泊尔发生了 9 级强震。大众们不明白地震的起因，可是她明白，她知道这次地震跟她丈夫有关，跟《归藏易》有关。她担忧丈夫会丧命于地震中，9 级强震可以撕裂一切。

这次地震令人生畏，连新德里都感受到了强震的余威。自地震爆发后，她就坐卧不安了，心里再无半点平静。现在，她心中有了更大的期待和憧憬。虽然被“七色花组织”恐吓，可是她遇到了一个熟人，一个与她丈夫有着千丝万缕联系的人。

——年轻的萧痕！

——一个 hand 公司研制的代号“红”的基因战士，陪同她丈夫一起去珠峰寻找《归藏易》。

——此刻，她虽然没有丈夫的信息，可是她看到了萧痕。既然萧痕没有死在地震中，她那个五指月教父的丈夫又岂能死在地震中？

——可是，萧痕丢失了记忆。那个拥有强大力量的“红”特工竟然失去了记忆，可见地震的破坏力有多大。

卡佳·高尔又担忧起来。她无法一个人待在卧室。这卧室并不是她的住处，而是临时休息用的。家人一天几个电话催促她回卡利卡特，可是她不愿回去。新德里与珠穆朗玛峰近在咫尺，卡利卡特太远了，远得足以令她心焦、窒息。她走出卧室，卧室连着一个会客厅，穿过会客厅便是办公室。她在会客厅坐下，茫然地看着一个根雕艺术品发呆。

“小姐。”辛格·森一直在办公室待着，听到里面的动静，便推门进来。

“森。”卡佳·高尔看到辛格·森，心里充实了许多，“坐下来，森，陪我聊聊天。”

“好的，小姐。”辛格·森在靠门的沙发上坐下来。他早已计划周密，靠门坐随时可以应付突发事件。

“我说多少遍了，不要叫我小姐，叫我卡佳。”卡佳·高尔微微一笑，“森，咱们从小一块长大，你就像大哥哥似的一直照顾我、保护我。在我没进高尔家族之前，那时我才七八岁，妈妈只顾着挣钱，都是你陪着我，咱们可是无话不谈的。”

“我心甘情愿。”辛格·森眼里闪烁着奇异的光芒。他从小就喜欢卡佳·高尔，若不是她忽然变成了高尔家族的接班人，他肯定会与她结婚的，肯定会照顾她一生一世的。然而事与愿违，卡佳·高尔竟然是高尔家族唯一的继承人，他也丧失了喜欢她的资格。他整个家族都蒙受高尔家族的照顾，在他的宗教信仰中，阶层之分如同天梯般不可逾越。

“我知道你喜欢我。”卡佳·高尔看着眼前的男人，“森，咱们此生无缘，来生再聚。”

“此生无缘，来生再聚。”辛格·森喃喃地说，“卡佳，有你这句话，我就是死了，这辈子也值了。”

“森，我心里很担忧。”卡佳·高尔抿了抿嘴。

“放心吧，卡佳，庄化蝶是个伟大的人，他配得上你。能配得上你的人，绝不会有什么意外。”辛格·森从腰间拔出手枪，习惯性的拆卸、安装。他就是这样一个无趣的人，他不知道如何表达情感，也不知道如何聊天。

卡佳·高尔了解他，微笑着看他拆枪，说：“你不讨厌化蝶？”

“只要是你喜欢的人，我都不讨厌。”辛格·森低下头看枪，“他是

hand 公司总裁，他虽不是神，是人，却是神一般存在的人。”

卡佳·高尔摇了摇头：“这世上没有不死之人。”

“萧痕还活着，他岂能会死？”

“我接到林心湄的电话，说一个叫萧痕的中国男子在地震中受伤了，丧失了记忆，当时我心里怦怦直跳。萧痕丧失了记忆，化蝶会如何？”

“不要告诉萧痕你认识他。”辛格·森忽然抬起头来，“在回来的路上，我看到萧痕在看手机，他手机屏幕上有 7 个花瓣，我怀疑他跟七色花组织有关联？”

“什么？”卡佳·高尔吃了一惊，“萧痕跟七色花组织有关联？七色花组织今晚要炸掉集团总部大楼，难道执行人就是萧痕？”

“未必。”辛格·森摇了摇头，“这或许是巧合。萧痕的记忆丢失了，就算他跟七色花组织有关，也未必能想到他的任务。”

“我明白你的意思。咱们就装着不认识萧痕。”

“萧痕跟七色花组织有关联也不足为奇，单大师热衷于间谍情报，是 hand 工业的掌权者，‘红’是他的作品之一。单大师被庄先生杀死，‘红’自然会来寻仇的。”辛格·森梳理着思路，“这只是我的猜测。但愿萧痕不是七色花组织的人，他虽然失忆了，但并不好应付。可是，如果萧痕与七色花组织无关，为何会在此时到新德里？”

“萧痕的医生安排好了吗？”

“安排好了。等结果出来再做决定。如果他真的失忆了，就算与七色花组织有关也无妨。”辛格·森忽然冷笑几声，“如果他不是失忆了，今天就是他的死期。”

“辛里·森的医生安排好了吗？”

“也安排好了。”辛格·森声音放缓，“我并不想给你添麻烦，我这个叔叔 20 多年没回来，一回来就病倒了，还是这么奇怪的病。多家医院都检查不出来原因，说他身体无恙，可他就是浑身不舒服。多谢你给他安排医生检查。”

“森。”卡佳·高尔站起身来，走到辛格·森身边，伸出手在他肩上一按，“他是你的叔叔，也是我的叔叔。小时候没有你和你们家的帮助，我可能早就死了。”

“我到外面看看。”辛格·森站起身来，“你好好睡一觉，这几天你都没睡好。放心，我会一直守在外面的。”

“好的。”卡佳·高尔笑着点头，“希望我能睡着。”

8. 时钟

“还有 20 分钟。”辛奇·森警官看了看表，只觉时间难熬，车里憋闷，便下了警车。他倚靠在警车前，从兜里掏出一盒烟，点了一根吸上。夜晚的温度略低，天微凉，他只穿着一件短袖衫，胳膊上都起了小疙瘩，忍不住将双手抱在胸前。可是，他的额头上却出了很多汗。这明显的反差，令辛格·森感到惊奇。

辛格·森从新丝路集团总部大院里走出来，看到辛奇·森和他的警队，眉头竟然皱了起来。辛奇·森警官是他的兄弟，比他小 15 岁。33 岁的辛奇·森至今还是孤身一人，按道理讲，他虽然出生在贫民窟，但在卡佳·高尔的帮助下，18 岁以后辛奇·森便读了警校，现在新德里有一套 90 平方米的公寓，凭他的条件早可以娶一个漂亮的贫民窟姑娘。

可是，辛奇·森警官眼界有些高，至少他瞧不上贫民窟里的姑娘。他有自卑心理，越是自卑，越瞧不起同类人。他想往上爬，爬到一个巅峰，跻身于印度贵族阶层。这就是他的理想。毕业 10 年来，他心高气傲地活着，可现实与理想有很大的距离。他这才明白，他之所以能逃离贫民窟，是因为高尔家族的帮助，若不然他以及他的家族仍在臭气熏天的贫民窟里像老鼠一样活着。所以，他明白了一个道理：要想改变命运，就要与高尔家族走近些。可惜的是，与高尔家族走近的是他哥哥。他企图劝说哥哥帮他，可那个心中只有卡佳·高尔的哥哥对这些并不感兴趣，他哥哥的眼里只有卡佳·高尔一人。

实际上，辛奇·森警官眼里也只有一个女人。

他不知道那个女人叫什么名字。

他只知道那个女人有个绰号：“时钟。”

这是一个很奇特的绰号。当成为抓捕“时钟”的负责人时，他第一次打开“时钟”的档案，心里竟然砰砰乱跳。这个被印度警方及国际刑警组织通缉的要犯“时钟”，竟然长着一张漂亮的脸，一张典型东方美女的脸。“时钟”是个中国人，一个足足有45岁的美艳少妇。可是，他“抓到”“时钟”时，近距离看着那张美艳的脸，他恍惚觉得那女人是个妖精。只有妖精，才会不老。只有妖精，45岁的人看起来不足30岁。辛奇·森的“抓到”是反语，不是他抓到了“时钟”，而是“时钟”抓到的他。一个警队15人，被“时钟”杀了5人，还把他给抓去了。“时钟”没有杀他，而是征服了他。仅仅45分钟，他便被征服了，因为他根本无法抵挡那美艳女子的诱惑与攻势。“时钟”就像女神一般，深深地吸引着他，让他沉落在肉体的迷乱和神秘的漩涡中。

实际上，这只是3天前的事。

这3天来，他与“时钟”无夜不欢。虽然他知道“时钟”是一个杀人不眨眼的魔头，可他就是喜欢上了那个魔头。他也明白，女神不会凭空降临，他要为这场艳遇付出很多，甚至生命。可是，在那个女人面前，生命竟如同飞蛾般渺小，他就是那只带着美丽憧憬和希望扑向灯火里的飞蛾。

终于，他知道了“时钟”的目的。

“我是七色花组织的特工，我要炸掉新丝路集团总部。”那个女人像蛇一样缠着他的身子，带着一股金盏草味道的要命的呼吸令他窒息。

“我愿意为你赴汤蹈火。”辛奇·森警官搜刮满脑子的词汇，发觉只能找到这一句话才能代表他诚恳、真挚的内心。

“我不是螳螂，完事后就吃掉伴侣。”“时钟”抱着他的脸，在他脸上亲吻，“我是一个守时守约的‘时钟’，我选择了你，就会永远守约。”

“我该怎么做？”辛奇·森警官眼里闪烁着火焰一样的光芒。

“很简单。”“时钟”下了床，捡起那件葱绿色的旗袍穿上，“你只需要把我送进新丝路集团总部大院里。”

辛奇·森警官盯在穿着旗袍的女神身上，思维似乎已经停止了，他无力抵抗任何东西，包括高尔家族的感恩之情、未来如何面对哥哥，这些早被那美丽的幻象洗涤得一丝不剩了。

辛奇·森警官吸完一根烟，又接着吸了一根，看着哥哥向他走来，额头上的汗更多了。

"时钟"此刻就在后备厢里。

辛奇·森警官忍不住向后备厢瞟了一眼。

"我告诉过你，警队不用来。"辛格·森看着弟弟额头上的汗，"怎么了？生病了？"

"没有。"辛奇·森警官将烟蒂扔在脚下，"这两天没睡好，身体虚。"他伸脚踩灭烟蒂，接着说："我不知道还罢了，明知道有恐怖分子要炸掉新丝路集团总部，我岂能不来？"

"来了也好。"辛格·森在弟弟肩上一拍，"我给你打电话，并不是想让你来帮忙。我只是告诉你一声，万一我出事了，你要好好活着。不过，小姐不愿警察参与，她怕你们有伤亡，她总是这么善良。"

"警察是保护民众的，怎么会怕伤亡？"辛奇·森警官说话时力量有些弱。

"小姐聘请了雇佣兵，这是合法的，是上面批准的。"辛格·森向停在路边的 5 辆警车看了看，"辛奇，这伙恐怖分子的武器比你们警察强得多，都是军事级别的，所以你们只能在门外守着，去缉捕那些从里面逃出来的漏网之鱼，千万不能到总部大院里去。"

"总部大院还有人吗？"

"小姐用她大婚名义，放了员工 3 天假。现在总部大院里只有小姐、雇佣兵，两个医疗小组。"

"没有其他人了？"

"对了，还有一个蝴蝶公司的设计人员。"辛格·森微微闭眼去想那个设计人员的名字，良久才缓缓说道："他是个德国人，名字叫戈林。"

"他为何不走？"

"小姐定制的机器出了问题，他说要到今晚才能修好，天一亮就回冰岛。"

辛奇·森警官缓缓点了点头，心里长吁了一口气。很幸运新丝路集团总部大楼里没有多少人，就是大楼被炸了，也损伤无多。只要不出人命，高尔家族根本不在乎这栋楼。他又向后备厢看了一眼，问辛格·森："叔叔的病怎么样？"

"正在检查。"辛格·森顺手向总部大院里一指，"若非要给叔叔检查，医疗人员也能回家。”

“这伙恐怖分子真的这么厉害吗？”辛奇·森警官轻声问。

“至少他们很神秘。”辛格·森眼里闪烁着冰冷的光，“我们不知道对手是谁？有几个对手？背景是什么？所以才如临大敌。”

“我去看一下叔叔。”辛奇·森警官又掏出一根烟点上。

“去看一下也好。”辛格·森伸手摘了他嘴里的烟，“少吸烟。”

辛奇·森摇头笑道：“看来，我这烟必须戒了。”

“戒烟？”辛格·森摇了摇头，“你都戒了六次了。”他指着门卫说，“我去安排一下，这些门卫都是雇佣兵，没有我的命令，他们是不会让你进去的。”

“好的。”辛奇·森警官上了车，忍不住向后面看了一眼。他启动车，前灯的亮光照在新丝路集团总部大楼的标识上。他忍不住叹了口气，天亮时，这一切或许都不复存在了。可是，他心里竟没有丝毫后悔，只是感到可惜。辛格·森跟门卫说了几句话，向他招手。他开车驶向门卫。门卫向警车瞟了一眼，给他放行。辛格·森乘坐另外一辆车向大院内部驶去。辛奇·森的车紧紧跟随其后。总部大院足有百十亩地，开车也需要几分钟，他看着在花园里巡逻的雇佣兵，心里竟然狂跳不止。他心里起了担心，这担心不是担心新丝路集团被炸毁，而是担心“时钟”是否能活着出去。这时，他的眼前忽然浮起旖旎的一幕来：“时钟”穿着旗袍深情地看着他，然后捧起他的脸，在他的唇上动情地亲吻着……

9. 基因改良与蚯蚓

萧痕只觉脑袋似被针扎了一般，尤其是头上戴着怪异的医疗头套、身上扎满了管线。他的脑部结构呈现在一个显示屏上，一个医生站在显示屏前惊愕地看着他从未见过的脑部结构图。医生是个中国人，头发全白，银丝铮亮，年纪约莫 70 多岁。那中国医生突然走到萧痕身前，扯掉他头上的头套和管线，用一种极其滑稽的表情说："我从没有见过这么奇怪的脑部结构，尤其是你的海马体。"

"怎么回事？"萧痕惊愕地看着中国医生。

"我叫竺大�，也是个中国人。"竺大筠没有直接回答他的话，"我在中国是个基因专家，也是个脑神经专家。退休后被新丝路集团公司聘用。初始我并不想来，因为落叶归根是咱们中国人的根亲情结。可是我拗不过两个人。一个人是我的女儿，她嫁给了印度人，而我就她一个女儿，没法子，只能女儿在哪家在哪。另外一个人，就是林心湄的父亲：林家坤。你知道的，林家坤是中国驻尼泊尔大使，几年前，他是中国驻印度大使，与高尔家族的关系甚好，所以他在中间牵线，我不得不来。"

"这跟我的病有关系吗？"萧痕皱了皱眉，阻止他的喋喋不休。

"没有关系。"竺大筠嘴一咧笑道，"我一紧张，就爱说话。"

"你紧张？"萧痕眉头皱得更紧了，"我失忆了，你紧张什么？"

"因为我没法跟林心湄交差。"竺大筠走了几步，看着萧痕说，"确切地说，你根本没有失忆。"

"我没有失忆？"萧痕噌的一下从椅子上站起来，"没有失忆，为何记不起我究竟是谁了？"

"怪就怪在这里。"竺大筠指着显示屏上的脑部结构，说："你的脑部结构被改良过？"

"改良？"萧痕彻底被惊懵了。

“这么说吧，DNA 是地球上所有生命的基础，它具有双螺旋结构，犹如螺旋状楼梯，这种结构是费朗西斯·克里克和詹姆·华特森在 1953 年于剑桥的卡文迪许实验室发现的。DNA 中有四种碱基，碱基沿着螺旋楼梯排列的顺序携带遗传信息，它使 DNA 分子在它周围集合有机体并复制自己，在这种复制的过程中，不可避免地造成遗传误差。”

“您是说，我的脑部结构是由于遗传误差造成的？”

“是这个意思，但不能这样表述。”竺大筠看了显示屏一眼，“你的遗传误差，不是 DNA 自身复制，而是人为操纵 DNA 按照既定程序复制。”

“这怎么可能？”萧痕无法理解竺大筠的思维，“如果是这样，在我出生之前就要改变 DNA 复制遗传信息。”

“你叫萧痕，实际上我不知道你是谁，但有件事情我可以告诉你。”竺大筠向门口望了望，见门紧锁着，心里安稳一些，“我有一个学生叫庄化蝶，我以我的学生为傲，因为他学医 3 年便超过了我，而且他不止学医，还学其他，科学、神学、医学、哲学等等这些他无一不精、无一不晓。在多年以前，他给我提出了这样一个基因命题：改变 DNA 复制遗传信息。现在 30 多年过去了，他可能已经完成了这个基因命题的研究。如果完成了，他就可以人为操纵 DNA 按照既定程序复制信息，他称之为‘基因改良’，那些被‘基因改良’的人，会成为超于人类的战士。”

“基因改良。”萧痕微微闭上眼睛，“您是说，我可能是庄化蝶的研究对象。”

“我不知道。我只是听他说过，理论上的。”竺大筠摇了摇手，“生物进化基本上是在所有遗传可能性空间中的随机漫游，掌握其规律是极其复杂的。而且 DNA 复杂性增加率，在最近的几百万年里逐渐地上升到每年 1 比特左右。但是后来，大约 6000~8000 年以前，人类发展了书写语言，这意味着信息从这一代向下一代转移，不必等待缓慢的随机突变和自然选择把它编码到 DNA 的序列的过程，复杂性的量被极大地增加。一本小说就够储存关于猿和人类 DNA 差别的那么多信息，而 30 卷百科全书可以描述人类 DNA 的整个序列。也就是说，这种通过外部的非生物手段的资讯传递，使人类凌驾于世界之上并使人口指数增长。在庄化蝶的基因改良方案里，人类不需等待生物进化的缓慢步骤，就能增加内部记录即 DNA 的复杂性。在最近的1万年中，人类DNA上没有什么显著的改变，但是在以后的1000年人类很有可能将其完全重新设计。”

“重新设计，超越人类。”萧痕喃喃地说。

“当然，人类遗传工程虽被禁止，但防止它很难。为了经济原因，允许植物和动物的遗传工程，那么有些人一定会去对人类进行尝试。除非我们有一个极权的世界制度，否则总有人将在某处设计改良人种。”

“庄化蝶？”萧痕只觉一根针在海马体处一扎，迅速想起这个人来，“庄化蝶是hand公司总裁，全球十强公司，拥有1万家分公司，当然有实力和条件进行基因改良实验。”萧痕惊愕地看着竺大�，又说：“按照您所说的，实现基因改良要从人类胚芽开始，那么需要很多女性来生育。”

“未必。”竺大筠摇了摇手，“在人体之外长大的胚胎，可具有更大的大脑和更好的智力。庄化蝶如果研究基因改良技术，他会先设计一套仪器，通过试管受孕的方式进行基因改良。”他走了两步，又看了看萧痕，“按照时间算，他不可能在你出生前实施这个计划，因为这个理论是在你出生后提出来的。”他指了指桌子上的透析照片，“我能看出你的真实年龄。”

“可是，我的脑部结构如何成为这样子？”萧痕指着显示器说。

“有一种进化叫自然进化。”竺大筠微微一笑，“你属于自然进化的一种。”他走到显示器前，指着海马体说，“你的海马体有些损伤，你看这上面有些线印，或许就是这些线印遮盖了这道线印的记忆，这不是失忆，而是隐藏。这是一项高明的技术。”

“是庄化蝶所为吗？”萧痕忍不住问。

“这更不一定了。”竺大筠笑了，“基因学奇才很多，不过能懂得运用这项高明技术的人，可是不多。这种技术跟基因改良技术原理差不多，是一种定制式，它可以随意添加或改写你的记忆。”

“您的意思是说，就算我想起了这些被遮盖的记忆，也不一定是真实记忆？”

“是的。就像我们拼图一样，图层用的很多，只有找到原始图层才能找到你的原始记忆。只有原始记忆才是最真实的记忆。”

“看来，我要找到庄化蝶。”萧痕昂起头来，“至少他懂得技术原理。”

“你很难找到他的，全世界都在找他，可谁也没有找到。”竺大筠在萧痕肩上轻轻一拍，“想弄清楚原理，不需要找到庄化蝶，找到‘蚯蚓’即可。”

“蚯蚓？”

“你有所不知，看起来卑微的蚯蚓，它的大脑计算机能力，可是远远超过我们现在使用的电脑。”竺大�走到屏幕前，关闭了屏幕，“‘蚯蚓’就是与庄化蝶一起研究基因改良技术的人，找到他，就能弄清楚技术原理了。”

“我一定找到‘蚯蚓’。”萧痕眼里闪烁着冷峻的光芒，“只有找到‘蚯蚓’，我才能找回我的记忆。”

“找回记忆，未必是一件好事情。”竺大�云淡风轻的一笑。

10. 袭击与狙击

“基因改良”“蚯蚓”“人种进化”……这些他似乎从未接触过的信息，沿着像初装网络端接口的“空脑”飞快流进大脑里。这些令他惊骇的基因学和正在改变人种的基因改良计划，让他感到无比的好奇。他与这些计划有什么关联？他与hand公司总裁庄化蝶有什么关联？萧痕看着竺大筠走出病房，看着他轻轻关上了门，一些疑惑陡然升了起来：

——竺大筠的出现是巧合，还是偶遇？

——尼泊尔和印度似乎都与林家坤有某种关联，这是否与“血滴子计划”有关？

——叶羽秋想探究“血滴子计划”的目的是什么？

——为何偏偏这个时候，“七色花组织”要炸掉新丝路集团总部？

他想到这些无法回答的问题时，他的脑海里突然蹦出了一个更为奇怪的联想：

——石小夕为什么要帮他？

——石小夕是他醒来见到的第一个人，是第一个告诉他叫萧痕的人，是愿意无偿提供所有资源帮助他的人，可这一切又是为了什么？如果说是人道主义，是否有些牵强？而且，石小夕与林家坤是旧识，难道这一切都与林家坤有关？

萧痕不断地提出假设，可却无法回答其中一个。他越想脑袋越疼，便索性不想。按照竺大筠的解释，他根本不是失忆，只是记忆封藏，只要找到“蚯蚓”便可找回记忆。这样子，就简单多了，因为有了目标。目标对他来说，就是灯塔，是他前行的灯塔。

忽然，他听到外面轻轻传来“扑通”一声。

那声音虽然很轻，可萧痕依然听到了。根据他的“经验”——他也不知这“经验”从哪里来的——有人被放倒了，是被别人从背后袭击，然后从胯下截住下坠之势，稳托在单腿上，然后轻轻放在地上。

有人来了，来者不善。

萧痕抓起病房里一支针管，悄悄走到门口。从房门的小格子窗户里，他看到一个50多岁的印度男人，正将被击昏的竺大�拉到消防走廊里。

“七色花组织。”萧痕第一个想到的就是七色花组织开始袭击新丝路集团总部了。他不清楚七色花组织来了多少人，不敢轻举妄动，见竺大�只是被击昏，也放下了心。等那个印度男人向医院门口飞速跑去，萧痕便拉开房门，向走廊瞟了一眼，迅速向新丝路集团总部酒店跑去。

他心里记挂着石小夕。

萧痕穿过医院楼，沿着广场向酒店跑去。正跑着，忽然他看到停在医院楼旁的一辆车的后备厢盖缓缓打开，忍不住停了脚步。

从那辆车后备厢盖里跳出一个人，一个美艳女人。

萧痕心里咯噔一声，七色花组织袭击开始了，他们已经进入了新丝路集团总部。那看似防护得固若金汤的防线，根本阻止不了恐怖分子的脚步。

萧痕看得分明，那是一个中国女人，她正从后备厢里拿出一个火箭筒。

那个美艳动人、穿着旗袍的中国女人，正是代号为“时钟”的恐怖分子。

“火箭筒！”萧痕彻底震惊了，他无暇去想，甚至来不及分辨危险，便从背角处跳出来，向“时钟”扑去，那只闪着冷光的针头斜划“时钟”的手指。

“时钟”也察觉有人扑来，整个人向后跌去。她的身子柔软极了，就连印度瑜伽大师也自愧弗如，她的双腿似是钉在了地上，上半身却如直角似的折了下去，这一势，正好将火箭筒对准了萧痕。

萧痕看起来是准死无疑了，只要“时钟”按动按钮，他就会被火箭筒打出一个洞来。

就在这时，只听“铛”的一声，一颗子弹打在火箭筒上。

“时钟”用的是巧劲，被这颗子弹力道一带，手臂一麻，火箭筒滚落在地上。而她，也被这颗子弹余力弄得乱了方寸，失了力道，整个人跌在地上。她反应极快，不等萧痕扑上，便就地一滚，躲在了车后。

萧痕眼见快落在地上，忙将针管扔了，双手在地上一按，一个翻身，向车另一面滚去。

“时钟”反应极快，从身后掏出手枪，瞄准萧痕落地方位。可她不敢抬起头来，她不知道那个神秘的狙击手在何处。

又一颗子弹打在车体上，“时钟”沿着车体后退，突然快速地向病房跑去。

萧痕向总部大楼随意瞟了一眼，耳畔还呼啸着子弹的声音：这声音奇怪极了，他听到过这个声音。忽然他想起了尼泊尔中国大使馆的枪击事件，就是那个狙击手！

这一瞬间，他也分不清这个狙击手到底是帮谁的。萧痕趁着夜色，向大楼边缘跑去，然后飞速跑向酒店。

这时，辛格·森正带着辛奇·森警官去病房看叔叔辛里·森。辛奇·森警官无法集中精神，脑海里一直萦绕着“时钟”的影子。他想起了那些雇佣兵，担忧之心更胜。可当他推开辛里·森的病房时，他的脑海里顿时成为空白。

辛格·森兄弟两人惊呆地看着病房。

病房地上躺着3个人，都是医生，均昏厥。而他们的叔叔——辛里·森却不见了踪影。

“辛里·森是七色花组织成员。”这是辛格·森第一个判断。他迅速掏出手机，拨通卡佳·高尔的手机，说：“不许出来，我叔叔是七色花组织成员。”

辛格·森没有向卡佳·高尔解释，也来不及解释，七色花组织的恐怖袭击已经开始了，此刻他必须集中全部精力应对。

“叔叔是恐怖分子？”辛奇·森警官吃惊地看着哥哥。

“他就是来炸新丝路集团总部大楼的。”辛格·森冷冷地说，扭头向外走去。

辛奇·森警官忽然出了一身冷汗，那些美妙的场景如同幻象一样飘忽，被这条不好的信息像根针似的扎在那美丽的肥皂泡上，扑哧一声漏气了。“时钟”竟然跟辛里·森是一道的，也就是说他被“时钟”抓走，被她征服，都是“时钟”设计好的，那些山盟海誓也是设计好的台词，而他只是这起恐怖事件的小卒子。那些所谓的爱情的糖汁、肉体的迷乱都是虚幻。

“车子。”辛奇·森警官忽然跳了起来，向哥哥吼道。

“车子？”辛格·森被弟弟的吼声吓了一跳，“车子怎么了？”

“车子里有炸药。”辛奇·森警官快速向外跑，对哥哥说道，“现在来不及解释，我的警车被改装成了炸药桶，那才是恐怖分子的武器。”

辛格·森猛然惊醒，他怒视着兄弟，可此刻无言责怪。他如同一只猎豹一样，快速地向医院楼外跑去。

就在这时，那辆停在医院楼外的警车竟然自动启动了。车里分明无人，但车子的启动程序被设计好了，正好在凌晨零点二十分。车子突然启动了，方向盘自动转着，调整着方向，直到车头对准卡佳·高尔所在的总部大楼，方向盘才停下来稳住。车子对准了总部大楼，然后以一二百码的速度向大楼冲去……

11. 我是紫菀

警车被改装成了移动式炸弹，“时钟”的火箭筒只是袭击的甜点。“车体炸弹”直接冲向新丝路集团总部大楼，只听震天的一声轰响，在大楼大厅门前爆炸开来。巨大的爆破力将整个楼的钢筋混凝土撕裂开来，顿时这座象征新丝路石油帝国的大厦倾覆了。一楼大厅已炸得体无完肤，整栋大楼变得支离破碎。

这爆炸声惊醒了许多沉睡的印度人，他们稀里糊涂地醒来，猜想这爆炸声是珠穆朗玛峰 9 级强震的余震的回响，于是，他们倒头又睡。

酒店就在大楼的右边。“车体炸弹”爆炸时，萧痕已经跑到了酒店里。他只觉酒店大楼也是一阵摇晃，便迅速向石小夕住的房间奔去。

石小夕还未睡，她正陪着林心湄聊天，聊些女人之间的私密事。林心湄虽是玫瑰集团第一夫人，可并没有第一夫人的架子。她只是一个具有小资情调的有钱人，与之前唯一不同的是，她更不在乎金钱了。顾冰清送给她私人飞机，就是属于小情调的一种。她就喜欢这种偶尔袭击的调调。她给私人飞机取了个名字，叫“刺猬”，这多少显得不太符合她的习性。

“你为何给飞机取名为‘刺猬’？”石小夕摇晃了一下酒杯，那是 1982 年产的拉菲。

“这有一个小故事。”林心湄想起 20 年前的一幕时，脸上泛起了红晕，“我跟我老公第一次上床时，我告诉他，我们的关系像刺猬。”

“为什么？”石小夕更是好奇了。

“因为我老公真正喜欢的人不是我。”林心湄喝了一口红酒，“都是 20 年前的事了。那个时候，我也不知道我是否真的喜欢他。”

“看来，你当时还有喜欢的人？”石小夕笑着说。

“是的。”林心湄抿了一口酒，“假如小岚姐姐还活着，我们或许能成为情敌。巧的是，他的名字也叫萧痕。”微微一笑，向外一指，“可不是那个萧痕。不过，他们倒像是双生子！”

“怪不得，你和林叔叔见了萧痕都那么吃惊！”石小夕愣了愣，从沙发上站起来，“你那时喜欢的人是萧痕。我姐姐喜欢萧痕，我听妈妈说过。我姐姐死得太可惜了。”

“小岚姐姐因公殉职，她是一个好警察。你爸爸也是一个好警察，只可惜误杀了人。”林心湄幽幽叹道。

“我爸爸不该死。”石小夕眼里有了愤恨，“至少他不该判死刑。”

“死刑是太重了。”林心湄叹了口气，“谁也没想到互联网有这么大的能量。”

“不说这事了。”石小夕一口饮尽杯中酒，“你现在只喜欢顾冰清一人了吧？”

“不知道！”林心湄微微抬起头来，“同名还同貌，这太不可思议了！”

“说不好，他就是克隆人！”石小夕扑哧一声笑了，“你心中那个萧痕的克隆人！”

“怎么可能有克隆人！”林心湄摇了摇头。

“也真是巧了。”石小夕莞尔一笑，“我姐姐喜欢那个萧痕，我却救了这个萧痕，会有这么巧合的故事吗？”

林心湄看着酒杯，静静不语。忽然，她的酒杯裂开了，耳边传来震天的一声响。

“‘七色花’袭击了。”石小夕迅速从包里掏出一把枪。

“你怎么有枪？”林心湄的手差点被酒杯玻璃碎片扎伤。她扔了酒杯，迅速走到衣橱前，脱掉睡衣换衣服。

“这是萧痕的枪，他在尼泊尔抢那名中国特警的。”石小夕听到门外急速的脚步声，箭步走到门前，打开房门，看到萧痕向她的房间跑去，忙喊道：“萧痕，我在这里。”

萧痕戛然顿住，看到石小夕安然无恙，不禁松了口气，说：“她们怎么样了？”

“心湄姐在这里。”石小夕将手枪掷给萧痕。

萧痕接住手枪，对石小夕说：“你们去一楼大厅，我去找林夫人。”走廊里有几条支路，他说着拐了个弯，向另外一个走廊跑去。走廊的尽头是间总统套房，叶羽秋就住在那里。当他经过宽大的窗户时，忍不住向楼下看了一眼。他看到辛格·森如同猎豹似的冲向破碎的大楼。

辛格·森听到爆炸声，整个人如同惊蛰时的蛇，无暇分辨环境的好坏，急着冲出洞穴。大楼倾塌时，他还没跑出病房楼。他听到震天响时，正在走廊上奔跑。当他看到大楼倾塌，来不及思考，从病房楼窗户里跳了出来。他粗壮强硬的身体，重重地撞击在地板上。他只听到咔嚓一声，左手肘处断裂了。他忍住疼痛，接上断骨，掏出手枪冲向总部大楼。

卡佳·高尔就在大楼顶层。

他必须救出卡佳·高尔。

总部大楼开始倒塌了，仿佛被震裂了神经血管的躯体，几近千疮百孔。水泥连着钢筋的碎块不时地掉下来，被任何一块击中都有生命危险。辛格·森无暇这些，他脑子里只有卡佳·高尔。电梯已经坏掉，楼梯也被碎块堵住，他像豹子似的攀附着柱子向上爬去。很快，他到达了目的地。

他看到了卡佳·高尔。

卡佳·高尔站在防弹玻璃后面，正微笑地看着他。她知道辛格·森会来救她的，无论发生任何状况他都会来的，除非他死了。他死了，她活着还有何意义？是的，她是嫁给了庄化蝶，可那不是爱情，而是仰慕，是敬仰。她被他的伟大和神奇震惊了、征服了，所以她义无反顾的嫁给了他。可是，她是爱着辛格·森的，那不是惊天动地的爱恋，而是涓涓流水的依赖。若非高尔家族加入了 H 同盟，她成为七个“顶层”的一员，她或许会选择辛格·森。

辛格·森冲到门前，输入密码，打开房门，朝卡佳·高尔喊道：“你怎么不出去？你站在这里干什么？”

“等你。”卡佳·高尔走到辛格·森前，轻轻拥住了他。

辛格·森知道卡佳·高尔的情感，可他更知道自己的使命，他拉住卡佳·高尔的手腕冲向会客厅。他走到会客厅中央，掀开地毯，露出地板来。地板是中国八卦图案，中间一块图案跟其他的图案明显不一致。他走到中间那块地板前，开枪将地板打烂，露出一个按钮来。辛格·森按动按钮，露出一个暗格。暗格里藏着两套衣服。

“这是什么？”卡佳·高尔皱着眉头问。

“在蝴蝶公司定做的‘救生衣’。”辛格·森拿出形似宇航服样式的“救生衣”，递给卡佳·高尔一套，“这是庄先生定做的，他知道有这么一天，嘱咐我一定要保护好你。”

“救生衣？”卡佳·高尔接过衣服，好奇地看着。

“别看了，赶紧换上。”辛格·森这时也顾不上那么多了，伸手扯下卡佳·高尔的衣服。

卡佳·高尔知道事态的严重性，赶紧换了衣服。当她换好衣服时，辛格·森已经打开了窗户，正向她招手。卡佳·高尔走到窗户前，辛格·森一把揽住卡佳·高尔的腰，从窗口跳了下去。

这是新丝路集团总部大楼的顶层。

这一跳，没有救生衣必死无疑。

那救生衣奇妙极了，就像宇航服似的，里面充满了气体。两人跳下时，轻飘飘地向楼外飘去。

萧痕找到叶羽秋时，正好看到辛格·森和卡佳·高尔两人正“飘”下总部大楼，不禁愣了一愣。

当他转过头去敲叶羽秋的房门时，房门砰的一声开了。叶羽秋走了出来，她身后是一个印度男人。那印度男人手中拿着一支冲锋枪，顶在叶羽秋背后。

萧痕不禁向后退了一步，这一退，他看到了印度男人手腕上刺着一朵花：大波斯菊。

大波斯菊，他手机屏幕上也有大波斯菊的花瓣。

那印度男人正是辛里·森。

萧痕用枪指着辛里·森，边退边想攻击方案，可走廊里太狭窄了，无论如何攻击都无法让叶羽秋安然无恙。

叶羽秋不能有事，或许只有她知道“血滴子计划”的真相。

萧痕的额头上冒汗了。

萧痕无法再退了，他已经靠在墙上了。

这时，辛里·森嘿嘿一笑，冲锋枪一移，对准萧痕——他想先杀了萧痕。

萧痕无法躲避，没有空间和时间让他躲避。

“砰”的一声，一颗子弹打在辛里·森的手腕上。辛里·森吃痛，右手腕乏力，冲锋枪掉在了地上。

那个想要萧痕命的戈林，又开枪了。这一枪，瓦解了辛里·森所有的攻势。

萧痕的双脚在墙上一借力，整个人扑向辛里·森。他的攻击不巧妙，但攻击力很强，方位精准，一出手就扭断了辛里·森的手腕。辛里·森惨叫一声，双脚踢向萧痕。萧痕双手一错，抓住他的一只腿，手上用力，咔嚓一声拧断了辛里·森的脚腕。

这时，雇佣兵冲了进来。辛里·森很快便被制服了。

当萧痕和叶羽秋下到一楼大厅时，却看到林心湄、石小夕被一个女人挟持了。

——“时钟”。

“时钟”在林心湄和石小夕身上绑了两个炸弹，她手里拿着遥控器，正自看着萧痕和叶羽秋下楼。这时，卡佳·高尔和辛格·森也走进了大厅。

辛奇·森警官也走进了大厅，他看到眼前一幕时，向“时钟”喊道：“你……”转头看到辛里·森时，怒吼道：“叔叔，你为什么也骗我？”

辛里·森以一种戏谑般的眼神看着辛奇·森，嘿嘿笑道：“叔叔？你叔叔早就死了。”

“你是谁？”辛格·森怒目问。

“我叫阿里，伊朗军火商。”辛里·森忍住疼痛，“我是七色花组织的‘弹药库’，是伊朗人，只要是伊朗从中国购买的武器，我都可以拿到。所以，距离此处千米远，隐藏着一架直升机，上面装载着中国 C801 反舰导弹。如果我死了，那枚 C801 反舰导弹就会定点袭击这里。”

辛格·森走到阿里身旁，怒目圆睁，抬手一拳打在阿里的脸上。

阿里吐了一口鲜血，说：“咱们做个交易吧。”

“你是苏心。”没等辛格·森回答，叶羽秋忽然走向“时钟”，轻声说道。

“我是苏心。”“时钟”看着叶羽秋，眼睛里隐匿着复杂的情绪，“你是‘紫菀’。”

“紫菀？”叶羽秋愣了愣，“‘紫菀’是什么？”

“是你的代号。”“时钟”的眼角眉梢都绽放着笑意，“你是七色花组织的成员，代号‘紫菀’。”

“时钟”名叫苏心；叶羽秋的代号是“紫菀”。

“这也是手机屏幕上的花瓣之一。”萧痕的脑海里闪现着手机屏幕上的花瓣。

“你是谁？”苏心一看到萧痕时就惊奇了，只是怕身份暴露，这才忍住不问，“你是萧痕？”

“你认识萧痕？”萧痕知道她问的是那个萧痕，便反问她。

“我当然认识萧痕。”苏心摇了摇头，“你不是那个萧痕，那个萧痕已经死了。”

萧痕微微皱眉：“单大师真的死了？”

苏心不再理会萧痕，向卡佳·高尔微微一笑，说：“咱们做个公平交易吧。我不知道‘紫菀’在这里，要是知道的话，我绝不会发动袭击，因为七色花组织需要‘紫菀’活着。我们放弃对新丝路集团的袭击，放了林心湄和这位女士，你们放了阿里，‘紫菀’我们带走。”

“不行。”林心湄叫道，“你们不能带走我妈。”

“你们有得选择吗？”苏心抬起手上的装置，“我只要轻轻一按，你们俩小命就没了。阿里只要一咬牙，那枚 C801 反舰导弹就会在这里定点爆破。”

“我跟你们走。”叶羽秋的声音不大，但有分量，“我需要知道我为什么是‘紫菀’，只有跟她走，我才能知道。你们放心，我和苏心是老相识，她不会对我怎么样的。”她走到林心湄身前，轻轻抱住她，在她脸颊上亲了一下，“放心吧，小湄。”

雇佣兵放了阿里。阿里从嘴里掏出一个小型仪器来，轻轻按动一下。不过几分钟，一架直升机飞进新丝路集团花园，在广场上停落。众人看得分明，驾驶舱里果然载着一枚 C801 反舰导弹。苏心说得不假，七色花组织这次袭击是彻底的，就算阿里身亡，就算“车体炸弹”不爆炸，那枚 C801 反舰导弹也会将这里夷为平地。

叶羽秋随着苏心、阿里登上飞机，但她的眼里并没有丝毫惧意，她仿佛想起来了什么，至少那“为什么是紫菀”云云并不是她要跟苏心走的真正目的，她的目的仍是那久久萦绕着她的“血滴子计划”……

12. 幕府组织的策反

“狙击手！”萧痕向辛格·森喊道，突然转身向正在倾塌的总部大楼跑去。

能够同时狙击病房楼和酒店的狙击位置，只有在总部大楼上。那个曾经狙击他，现在又帮助他的狙击手就藏在总部大楼里。萧痕奔跑的速度超越了众人的想象，仿佛他身上蕴藏着巨大的能量，速度超越常人数倍。众人听到他的喊声时，他已经跑到了大楼前。

辛格·森明白萧痕的意思，他迅速命令雇佣兵包围整栋大楼，守住所有出口，防止狙击手逃逸。那些雇佣兵在七色花组织的袭击面前毫无阻挡能力，大失颜面，这时心中都憋着一口气，要在这个狙击手身上找补回来。他们不但守住了各个出口，更有 10 人拿着武器冲向大楼里。那些从楼顶高空坠下的水泥碎块、装饰品、灯具等阻挡不住他们“复仇”的脚步，虽然“复仇”的对象选择错误，可他们根本不在乎这些。

辛格·森没有冲向大楼，他守护在卡佳·高尔身边，防止再出险情。

辛奇·森警官看着苏心乘坐的直升机飞向远方，向印度圣河恒河的方向飞去，心里颇不是滋味。“苏心。”他喃喃地念着“时钟”的名字，悄然向新丝路集团大门走去。他知道，辛格·森不会将他送进监狱的，他太了解这个重情重义的哥哥了。可是，他也无颜再面对辛格·森了。他要回到警局，好好理理怎么才能抓住“时钟”。

萧痕奔进大楼里，迅速向大楼内部扫视一眼。他没有停留脚步，借助坍塌的、散乱的碎块以及柱子、栏杆、坠落的绳子，只要是入手之物皆成他的平台。他在平台上飞跃、腾挪，迅速攀到他想到达的目的地。

这时，他又听到狙击手的枪声。

狙击手一轮点射，将那些冲进大楼里的雇佣兵打伤几个，阻止雇佣兵冲进大楼。

萧痕奔到狙击手的位置，看到一个德国人正在拆卸狙击枪。

这个德国人正是单大师安排执行“血滴子计划”、代号为“肠”的hand特工戈林，曾是纳粹帝国元帅的后人赫尔曼·戈林。

戈林旨不在射杀雇佣兵，他只是想吓退他们。趁着他们寻找掩体的当空，他迅速拆卸狙击枪，将狙击枪部件放进小提琴箱里。他来此的任务已经完成，可以躬身而退了。但他没想到，萧痕会找到他。

戈林只觉杀气逼人，不禁抬了抬头，便看到一个冷冰冰的枪口，和一张充满疑惑但兴奋的中国人的脸。

“萧痕。”戈林将小提琴负在身上，“你身手果然敏捷，比我想象中还要敏捷。”

“你认识我？”萧痕皱着眉头问。

“我岂止认识你。”戈林笑了。他笑的时候，如同藏在角落里的花，在黑暗处灿烂地盛开。

“我是谁？”萧痕怒吼道。他将枪往前一指，示意要开枪。

“我知道你是谁，但我不会告诉你。我能告诉你的是我是谁，我叫戈林，赫尔曼·戈林。”戈林不惧萧痕的枪，向前走了一步。

“你再走一步，我就开枪。”萧痕闷吼道。

“你打不死我的。”戈林脸上的笑容更胜了。

萧痕奇怪地看着戈林，不惧子弹的人少有，至少他没见过。想到这里，他不禁讪笑。他的海马体被重新设计了，恐怕连他自己也不知见过没见过。他不信戈林能抵挡住子弹，他决定试试。

他向戈林右腿射击，这要不了戈林的命，但可以验证他是否能以血肉之躯抵挡住子弹。

枪响了，子弹打在戈林的右腿上。

戈林右腿一瘸，子弹并没有穿透他的腿。子弹“叮”的一声落在地上。

“我说过，你杀不死我的。”戈林笑道。

为什么戈林能以血肉之躯抵挡子弹？

萧痕连续扣动扳机，一颗颗子弹打在戈林身上，可戈林跟没事人似的仍向他走来，只能耳闻“叮叮叮”子弹落地的声音。

萧痕忍不住看了看枪。

“问题不在枪。”戈林走到他面前三步处站住，“而是子弹。”戈林弯腰捡起一颗子弹，递到萧痕面前，“这些子弹是空包弹，空包弹怎么能杀人！”

“空包弹！”萧痕吃惊地看着子弹，“你究竟是谁？这究竟是怎么回事？”

“想杀你的那名中国特警的手枪子弹被换掉了。”

“谁换掉的？”

“林家坤。”

“林家坤？”萧痕登时愣住，“他为什么换掉那名中国特警的手枪子弹？你为什么杀掉那名中国特警？”

“那名中国特警叫黎强，他是日本一个神秘组织‘幕府组织’的间谍。”戈林向楼下看了看，见雇佣兵开始从一楼攀上来，嘴角边不禁挂起一抹冷笑，“幕府组织企图拿到一份中国机密文件，就策反了黎强，我只是替中国政府除去了一个叛徒。”

“所以，林家坤才不命令中国特警队抓我？”

“若非如此，你在中国大使馆杀了中国特警，中国政府岂能轻易饶了你？”戈林又探头向楼下看了看，从腰间拔出一把手枪，向雇佣兵一阵射击。

雇佣兵们躲避还击，子弹打在墙上、柱子上、栏杆上，一阵砰砰乱响。

戈林伸手拔出一把手枪，塞到萧痕的手里，说：“这把手枪可以杀人，这些雇佣兵可不管你是谁，他们被七色花组织戏弄，此时已经红了眼。”他不看楼下，连续扣动扳机，向楼下胡射一通。

“‘血滴子计划’跟日本幕府组织有关？”萧痕接过手枪，对准戈林。

戈林向萧痕笑了笑，却不回答。他向玻璃碎裂的窗户看了看，忽然加速助跑，一个俯冲向窗外跳去。他在起跳前，按动右手臂机关，从一个钢弩里射出一个铁钩，牢牢地钉在酒店侧墙上。夜幕下，他像一个大猿似的顺着绳索滑到酒店楼下。

萧痕没有开枪，至少他没有开枪的理由。陡然间，林家坤的面容浮现在他的脑海里。

“林家坤不简单。”萧痕喃喃自语，“林家坤不简单，叶羽秋岂能简单了？”转眼雇佣兵就将他包围了。他将枪垂了下来，示意不是敌人。

一个雇佣兵用枪指着萧痕，问：“狙击手呢？”

萧痕向窗外指了指，说：“他在下面。”

另一个雇佣兵走到窗前，看到已经滑到楼下的赫尔曼·戈林成了一个黑点，怒气冲冲地朝戈林扫了一梭子。这距离根本不在射程之内，只能听到枪响，连子弹撞击的尘烟也没有看到。

那些雇佣兵见识过萧痕奔跑的力量，不愿与他为敌，看着碎块等杂物落得更快，急忙下楼。

萧痕和雇佣兵一起走到广场上，回头凝望一眼将要倾塌的大楼，他心里的迷雾更加浓了，“血滴子计划”“幕府组织”“七色花组织”……这些困扰他的神秘事件激发了他的潜能，他咬了咬牙，发誓一定要探究到底。

“你见到狙击手了吗？”辛格·森看着萧痕出来，走上前问。

“他叫戈林。”萧痕回答，“跑掉了。”

“戈林！”辛格·森皱了皱眉，“他是蝴蝶公司的技术员，怎么成了狙击手？”

“蝴蝶公司？”萧痕更加好奇了，忍不住摸了摸裤兜里的手机。

“还好，他没有恶意。说起来，我们应该感谢他，他帮了我们的忙。”辛格·森抿了抿嘴，转身向卡佳·高尔走去。

林心湄向萧痕看了看，走到他身边，说：“我妈抱住我时，跟我说了一句话。”

“什么话？”萧痕问。

“告诉萧痕，海棠。”林心湄眼里尽是迷茫，“我妈为什么要我告诉你？海棠是什么意思？”

——海棠，萧痕手机屏幕上的花瓣之一。

“海棠，就是海棠公司。”萧痕顿时明白叶羽秋早就知道自己是七色花组织成员，她并不是去探究自己为什么是“紫苑”，而是去探究“血滴子计划”。或许，叶羽秋已经找到线索，至少是猜测七色花组织跟“血滴子计划”有某种关联。

——“血滴子计划”“七色花组织”“幕府组织”……

“海棠公司？”林心湄皱着眉头问，“我妈说的海棠，是指海棠公司，是我小姨在星城的海棠公司？”

“你很熟悉海棠公司？”萧痕不答反问。

“当然。海棠公司从一家房地产广告公司转型为国际大型物流公司，都是我亲眼见证的。海棠公司是小姨和姨夫的心血之作，难道我妈她们要去星城？”

“你姨父？”

“白逐尘！”林心湄笑道，“他是星城人民党的党鞭，还有个有趣的网名，叫权先生。”

“权先生？”萧痕喃喃地说，“海棠，你小姨也是七色花组织成员吗？”

林心湄摇了摇头说：“我连最好的朋友是单大师都不知道，怎么能知道这些？我只知道小姨叫叶羽西，从小就喜欢海棠。”她顿了顿，低声说，“还有一件事，我认识那个叫苏心的人，她曾是小夕爸爸的妻子。”

“什么？”石小夕不知何时到了林心湄身后，“苏心是我爸爸的妻子，他从韩国回来就是为了她？”

“小夕。”林心湄拉住石小夕的手，“你没必要知道这些，都是20年前的事了。”

“我恨她，更恨我爸爸。”石小夕咬着嘴唇说，“就是因为她，我爸爸才抛弃了我妈，抛弃了我。”

“小夕。”林心湄轻轻将石小夕拥在怀里。

“星城。”萧痕抬头向夜空看了看，“他们去了星城。”

“咱们去星城。”石小夕松开林心湄，“这一路发生的事情太蹊跷了，这激起了我的好奇心，我一定要弄明白这是怎么回事。咱们一起去星城！”

第三章　不能说的秘密

“我忍住的情绪在很后面，拼命想挽回的从前。”

——电影《不能说的秘密》

13. 地下王国与复仇大计

他坐在星城植物园里，宛如坐在自家里。实际上，星城植物园就是他的家。20 年了，他扳着指头数了数，他到星城已有 20 年了。他一到星城，就在植物园工作了。他没有家，以植物园当家。幸好，政府福利待遇好，他拥有了一套职工用房，就在植物园的一个小角落里。房间虽然不大，但是他的天堂。那小屋是用石头垒的，从外面看就像一个大蘑菇，衬着旁边的植物，也是植物园的一景。

他向小屋瞥了一眼，眼里有了笑意。“家”——那是他的家。他知道自己的名字，可他不想再提起，20 年前到星城后他就改名了，以小石头房为家，就叫石中天吧。于是，他有了一个新名字。

石中天想到家时，心头上也是涌起一丝温馨，但随后却是愤怒和不安。他猛地从草丛里的石块上坐起来，虽然天暖，但他的手却很冰冷。家，他的家早已支离破碎了。妻女甚至连他自己，全都死了，死在他的故乡。他看着植物园里流淌的小河流，便想起了家乡的黄河，想起了那个叫作奢城的城市，想起了他在中国的家。

中国的家，已经不在了。

人不在了，哪还有家？

可是，造成他家破人亡的人还活着，而他却只能躲在异国他乡。因为在中国，他已经死了。

“林家坤、白逐尘、萧痕、顾冰清、林心湄……”他咬着牙，唇印分明，恶狠狠地念这些人的名字。他之所以“死亡”、被执行“枪决”，就是因为这些人的加害。

石中天看到水里的游鱼，整个人顿时有了生气，有了斗志，他知道很快便可以报仇了。

石中天抬头看了看天，天湛蓝湛蓝的，海风从四面八方吹到城市里，没有灰尘，没有雾霾，尤其是在植物园里，更是如同一个花园之国。

他就是这个“花园之国”的国王。

石中天想到这里时，忍不住笑了，然后便负着双手向小屋走去。起初，他打算迷瞪会儿，再去检修装备、工具等。可没想到，此刻他的心情大好，毫无睡意，所以他打算会一会老朋友。

老朋友也在小屋里。

只是不在地上，而在地下。

石中天走进石屋。石屋空间狭小，只能放下一张床和一张桌子。桌子上是一台电视机，看起来很有年头了。他将电视机放在床上，移开桌子，用桌子顶住房门。桌子下是一块破旧的地毯，掀开地毯，露出一个铁盖子。他拉开铁盖子，下面竟有一个地下室。

“别有洞天。”石中天想起这个词时，脸上的笑容更盛了。谁能想到他在植物园里建造了一个地府、一个“地下王国”？地下室并不是一间，而是两层10间。首层是他真正的住处，简直如同总统套房一般，不但有卧室，还有书房、会客厅。下层5间，出口被绘在墙上的手绘图案遮挡了，不仔细查看根本找不到。他为下层取了一个名字，叫“地牢”。他就是从“地牢”里逃出来的，所以他知道怎么不让别人从“地牢”里逃出去。

“地牢”里只有一个人，一个比他年纪稍大已逾70岁的中国男人。

他们是真正的老朋友。基本上，他在这里20年，这个老朋友也在这里20年。他从不喊这个男人的名字，甚至都快忘记了，他只喊“老朋友”。

“老朋友”的待遇还算不错，至少不是待在阴暗潮湿的地方。“地牢”的装饰如同普通的酒店，灯光、通风效果都还不错，甚至还有健身房、盥洗室。20年了，“老朋友”基本上还保持着原貌。

“老朋友——”石中天下楼时，愉快地喊道。

“老朋友”正躺在床上睡觉，被他打扰心里烦闷，不理他。“地牢”房间的门如同监狱的门，保险措施很强，正门是铁栏。石中天站在房间外，看着“老朋友”给了他一个冷屁股，笑意更浓了。

“老朋友，有一个老朋友也快到了。”石中天轻轻敲击着铁栏。

“谁？”“老朋友”翻身起来，脸上没有任何表情，或许封闭环境待了20年，早已没了情绪，“你又把谁弄来了？”

"叶羽秋——"石中天笑了笑，"你该不会忘记她吧？"

"叶羽秋——""老朋友"喃喃念着名字，忽然叹了口气，说："老石头，你待我不薄呀，竟然把我的梦中情人弄来了。"

"女人是祸水。"石中天叹了口气，"你到现在还不明白，假如你不暗恋叶羽秋，庄化蝶会杀你吗？老朋友，你别怪我关了你20年，因为要不是我，你早就死了，你这20年的活命，是我给你的。所以，老朋友，我只想知道那个秘密，只要你告诉了我，我就送你回国。"

"老朋友"嘿嘿笑了一声："我告诉了你，或许早死了。"

"我既然救了你，就不会再杀你。"

"老朋友"在椅子上坐下来，木然地说："就算你把叶羽秋弄来，我也不会告诉你。"

"你会的，你会的——"石中天笑着向楼梯走去，走出"地牢"，走出首层，走出小石屋，他半灰半白的头发在风中扬起，硬朗的脸上筋骨尽现，为了复仇，虽然已过花甲，但他的身体体能一如中年。

他走在风光旖旎的小道上，愉快地想着他的复仇大计，这时他便看到了一个女人。

那女人站在小道的尽头看着他，眼神里的冷漠忽然消失了，忽然变得热情似火起来，对他说道："我回来了。"

"苏心。"石中天向那女人走去。

这女人正是七色花组织的"时钟"：苏心。

苏心就站在那里等他，如同一枝绽放的玫瑰，总能吸引男人的手指。她对吸引石中天有种自负的自信，宛如在20年前她同样迷倒了他一样。他们是老相识，虽然多年不见了，但他们心中依然保持着那股柔情。

石中天伸出粗壮的手臂，紧紧抱住了苏心。苏心回应着他，在他脸上轻轻吻了一下。她知道如何欲扬先抑，更知道石中天的喜好。他是那种略为保守的人，女人的矜持反而更能激发他的欲望。

石中天带着女人进了石屋，进了他的地下宫殿，然后就是尽情地欢愉。苏心很满意石中天的状态，没想到花甲老者还有如此体能。苏心躺在床上，掏出一支烟点上，说："有一件事，我一直没问，为什么要打着为单大师复仇的旗号？"

"因为单大师是我的仇人。"石中天也点了一根烟。

"你怎么知道叶羽秋一定会去新丝路集团？"

"我花了重金，在顾冰清身边安插了卧底。"石中天吐了一口烟雾，"他的飞机驾驶员安诺，是我的人。叶羽秋一上飞机，我就知道了。我才安排你去的。"

"为什么要抓叶羽秋？"

"叶羽秋可不是简单的人。"石中天笑道，"抓了叶羽秋，林家坤就得到星城，顾冰清和林心湄也得来，他们都是我的仇人，在星城我要把他们一锅烩了。"

"你的仇人还真不少？"苏心在石中天侧脸亲了一下，翻身起床。

"你也是我的仇人。"石中天摸着脸上的唇印，"不过，不是所有的仇人都要杀。"

"我并不想成为你的仇人。"苏心穿着衣服，看着镜中的石中天，"我也是迫不得已。"

"所以我才没杀你。"

"接下来做什么？"

"你去会会叶羽秋的妹妹、海棠公司总裁叶羽西。"

"你用什么来杀林家坤、顾冰清他们？"

"秘密武器。"石中天想到秘密武器时，忍不住向地下"地牢"看了看。他所说的秘密武器只有"老朋友"知道，他将叶羽秋擒来，还因为叶羽秋能撬开"老朋友"的嘴，毕竟自古英雄难过美人关……

14. 星城大选与克拉运河计划

他是星城党鞭，职能如同《纸牌屋》的 Frank。星城总统大选已经开始了，他第一次感到局势有些失控。

他掌握着星城国会的命脉，成功确保三届总统皆出自 PAP(人民行动党)。从外界分析来看，PAP 之所以能连任执政星城是因为李氏家族的执政思想，可在他 20 年的党鞭生涯中，他很确定绝非因为如此。星城是一个小国家，面积还不如中国的一个城市大，譬如奢城。操纵整个国家经济命脉的，根本不是如日中天的 PAP 或正在崛起的 MSP（星月党），而是一批极其有能量的少数人。正如货币战争所讲述的一样，政党看似是为国家服务，实际上更是为财团服务，星城也不例外。

对于星城来说，总统大选只是一种形式，总统虽是国家元首，但实权却掌握在总理手中。他感到失控的原因是，李总理已逾七十，已经宣布辞职。也就是说，新总统上任后将委任执政党领袖为国家总理。

“一次风暴式的革命来了！”他很清楚这点，而且他一向以判断精准著称国会。他太了解星城政治了，自建国至今几近 80 年，PAP 党排除异己、一党独大，一方面推动了星城的发展，另一方面也给这个弹丸之国埋下了祸根。那些或被排斥或被打压或被驱逐的政党，如同埋在尘土里的灰烬，只要春风吹起就会死灰复燃。

现在春风吹起了。

李总理垂垂老矣，退出内阁。总统大选在即，各个政党都蠢蠢欲动，企图改变星城长久以来的政治格局。当然，PAP 还没有把其他政党放在眼里，“毕竟 PAP 还是国家机器的操纵者，毕竟星城人还信赖 PAP”，另一个党鞭、他的副手马来族人塞拉·奥恩跟他这样说。白逐尘并不认同，因为一次改变世界格局的“时局图”全面覆盖了星城。

——“克拉运河计划”。

——位于印度洋与太平洋之间、位置更优越于马六甲海峡的新运河计划。

——中国“一带一路”布局战略，以“克拉运河计划”解决“马六甲困局”，选择与泰国共同合作打通克拉海峡，建造克拉运河。

——克拉运河计划的实施，星城的国运和战略遽然改变。

——整个世界格局都会在“克拉运河计划”中改写时局图。

星城人明白国家之所以富强发达，皆因处于马六甲海峡咽喉地带。可“克拉运河计划”一举扼杀了星城的咽喉，一刀革了星城的命。

所以，现下的星城不仅是春风吹起，而且暴风雨也来临了。

这个国家面临着前所未有的恐慌，也让国民首次对PAP的能力产生怀疑。也就是说，PAP从一枚完美无缺的蛋变成了一枚有缝的蛋，其他政党就会像蛆虫一样从这道缝里钻进去，从内部瓦解PAP。

譬如星月党。

星月党的领袖叫白垩纪，这是一个令人难以忘怀的名字。白垩纪的竞选演讲很受国民喜欢，有成为李光耀第二的趋势。

“我的名字好记，叫白垩纪。大家肯定非常奇怪，他为什么叫白垩纪？说实话，我也很奇怪。我的名字是我父亲取的，我很想问问他老人家缘由，可惜我无法问到了，因为他老人家已经去世了，成了天上的一颗星星。”白垩纪的幽默令国民愉悦起来，“我觉得我的名字很有意义，因为白垩纪时代是一次革命的时代，海洋第一次将大陆分开，奠定了地球七大洲、四大洋的格局。我更觉得，星城的格局也需要来一次革命，需要迎接它的白垩纪时代。”

一时间，“白垩纪时代”成为星月党竞选的核心宣传主题。

“国运，我在这里谈一下国运。星城之所以取得了令世界瞩目的成绩，是因为国运鼎盛，我们占据了马六甲海峡的咽喉之地。现在呢，克拉运河将改变我们的国运，国运日衰，星城何去何从？”白垩纪的言语似乎能钻透国人的心，在演讲结束后，星月党民选支持率达到40%，议会席位增加了12席，这可是前所未有的事情。上一届选举PAP虽拿到议会84席位中的81席，但得票率为独立以来最低的60.14%，如果星月党再爆发惊人之举，星城既定格局必将发生改变，“‘克拉运河计划’得到东亚各国的支持，那是民心所向，虽然它革了我们的命，可我们也要清醒认识到这一点，‘克拉运河计划’无法阻挡，它给星城带来的是灭顶之灾。然而，我们无法改变国运了吗？当然不是。如果星月党能成为国家执政党，我们将实施“太极战略’，让星城再次成为世界上最耀眼、最灿烂的星星。”

白逐尘面临着政治断崖风险，倘若星月党成为执政党，他的政治生涯也就结束了。他虽然通过各种手段封锁消息，严禁新闻媒体报道，但无法阻止新闻从国外通过互联网流向国内。

“如果星月党再增加两席，我们就无法确保必胜了。”塞拉·奥恩悲伤地说。

“一席也不能再增加了。”白逐尘重重地在桌上敲击着。

“星月党党鞭孙挺昨日被杀，消息传得满天飞。”塞拉·奥恩沮丧着说，“我们控制了国家的口舌，没想到星月党却向手机用户嵌入病毒，迫使国人看到星月党想要国人看到的信息。”

“孙挺之死，PAP 背黑锅了吧？”

“国人很清楚咱们的操作手法，这黑锅是背定了。”

“民意指数降了多少？”

“12%。”

“又是 12。”白逐尘噌地一下从椅子上站起来，拿起手机向外走，“我要去见一个人，她手里有个席位，我要确保这个席位属于 PAP。”

“谁？”

“我太太。”

“叶羽西，海棠公司总裁。”

白逐尘对 PAP 无疑是忠诚的，至少在他成为党鞭的生涯中，他将全部心血放在了 PAP。甚至说，他的一生都在为 PAP 服务，如果 PAP 下野，他的人生也就此终结。所以，他很明白政治断崖对他来说意味着什么？

生命终结，毫无悬念。

海棠公司是星城港最大的物流公司，无论是海运，还是航运，海棠公司几乎无所不能。这让叶羽西令人瞩目，被李总理亲封星城荣誉国民，并安排她进入议会。20 年前，白逐尘是五指月组织中国分支的一个长老，他和庄化蝶一起进行了清理，他也从那个禁锢中脱离出来，与叶羽西一起来到了星城，开始了新的人生。白逐尘与星城每一个具有能量的人保持着良好的关系，是他职业精髓所在。实际上，他要见的人不是他妻子，而是他的竞争对手，星月党主席白垩纪。

白逐尘到达滨海湾金沙酒店，白垩纪在总统套房里等着。

“你见我为了何事？”白逐尘看着白垩纪，不知他想做什么。

“坐下来聊。”白垩纪呵呵笑道，“坐吧，权先生。”

“腰疼，站着好。”

白垩纪对白逐尘的冷漠并不在意，笑了笑说：“孙挺是我派人杀的！”

“为什么？”白逐尘眉头皱成川字。

“因为我要使星月党成为执政党。”

“卑鄙。”

“卑鄙是通向自由之门的门票。”白垩纪笑了笑，从桌上拿起一根雪茄点了，“我要告诉你星月党的计划。”

“为什么？”白逐尘眉头皱得更紧了，“为什么告诉我？”

“因为我想让PAP从骨子里乱起来。”白垩纪的笑容更灿烂了，“星月党的计划，就是我所说的‘太极战略’。”

“太极战略？”白逐尘本要离去，但他对“太极战略”十分好奇，便决定听听白垩纪的战略思想。

“太极是中国文化的精髓，你我都是华人，应该懂得中国太极之道。中国政府提出的‘一带一路’国家战略思想体系便出于太极之道。”白垩纪吸了一口烟，“星月党的‘太极战略’，分为一阴一阳，阴阳互通，国运再起。‘太极战略”包括两个工程，第一个工程叫‘摘星工程’，是与H联盟合作，也就是说，美总统有支持星月党的倾向，只要推动‘摘星工程’，H联盟就会支持星月党执政星城。通过多年探索，星月党发现了一颗行星上有人类存在的痕迹，那颗行星叫‘双子星’，3天后星月党将向公众公布双子星人类的照片。星月党以‘摘星工程’为阳战略主攻，并告诉公众，‘摘星工程’一来可为星城带来更多、更新型的能源，有了双子星上的能源，就能化解马六甲之厄；二来实现‘星城移民双子星’的设想，彻底摆脱地球的束缚，开创一个崭新的白垩纪时代，星城成为新白垩纪时代的领创者。第二个工程是与‘克拉运河计划’有关的工程，是一个阴战略，具体我不会说。星月党为此提出一个口号：‘不要阻拦，要分享。’我们不阻止‘克拉运河计划’，而是要分享，星月党已经通过各种渠道渗透到‘克拉运河计划’中去，成为既得利益者，并以‘克拉运河计划’获得的财富反哺国民。这两个工程一阴一阳，请问PAP还有还手之力吗？”

白逐尘整个人都懵了，背后全是冷汗，他知道星月党的“太极战略”一旦报道，大多数公众必将倒向星月党，那一天也将是他政治断崖的一天……

15. 萧痕的任务

圣淘沙岛是星城西南方的小岛，这个小岛也在圣淘沙岛的西南方，与海洋一步之遥。小岛很小，大约有三五亩地。小岛虽小，但很精致，处处都是精雕细凿。小岛上只有一栋房子，典型的中国四合院。小岛属于私人领地，周围被水域包裹，唯有一条彩虹桥直通到岛上。彩虹桥末端是一条大路，在大路与桥的连接点设置门墙，有保安把守。

这个中国四合院，也有一个诗情画意的名字：海棠庄。

岛，还是无名岛。

无名岛有无名岛的好处。无名岛不在政府规划的旅游线路上，它便可以消隐藏匿。而且四合院落外四周都种着绿植，从岛外道路上看，它就像一个植物岛一样，在茂密的丛林遮挡下根本看不到建筑物。

此刻，萧痕正站在南房倒座房里，透过密林的缝隙，看着南海海水。他看了看手机，算一下到海棠庄已有两个小时了，可无人来招待他，甚至连石小夕、林心湄也销声匿迹了似的。实际上，石小夕和林心湄就在正房北房里。南房与北房不在一个院落里，南房是书房和客厅，处处透露着中国文化的规制感。

叶羽秋被七色花组织抓走，林心湄自然要详细告诉叶羽西，可要说清楚来龙去脉，就得石小夕解释。

萧痕理解，所以他等着。他在书房里浏览，看墙上的中国字画。忽然，他在一幅字画上看到一个熟悉的标记——花瓣。

——那是一片海棠花的花瓣。

萧痕忽然明白了，叶羽西也是七色花组织的成员，代号就叫“海棠”。

——七色花组织绑架了叶羽秋，叶羽西是七色花组织成员，难道是叶羽西绑架了叶羽秋？

——假如是叶羽西绑架了叶羽秋，林心湄和石小夕不就是羊入虎口吗？

——难怪林心湄、石小夕两人迟迟未归？

萧痕不禁打了一个冷战，习惯性地向腰间一摸，入手空空，才想起来没有带武器。他迅速扫视一眼书房，发现窗户下架着一把刀，便走上前抽出刀来。

他要去救石小夕。

他不知为何一直挂念着石小夕？是因为石小夕是他失忆后见到的第一人。他不明晰，可是只要石小夕有危险，他总会奋不顾身地去营救。

忽然，他听到了脚步声。

脚步声轻柔，一定是受过训练的人来了。

萧痕扬起手中刀，迅速进入攻击状态。这一刹那，他忽然明白自己也是受过训练的，他绝非普通人。

可，自己究竟是什么人？为何能在短短的一瞬间就进入攻击状态？为何能在敌人进入攻击圈时，迅速找到克敌之法？

那人刚走到门口，萧痕这一刀便从门里刺出，然后向左方一偏，长刀就架在那人的脖子上。

“果然是 hand 特工的高手？”那人看了看脖子上的刀，轻轻一笑说。那人是个女人，与叶羽秋长得有几分相似的，年纪已逾 50 的中国女人。

“叶羽西？”萧痕皱眉问道。

“是我。”那女人便是海棠公司总裁叶羽西。她看着萧痕，并没有惊讶。这个和 20 年前的萧痕关系最密切的亲人，他的姑姑，当然希望萧痕重生。无论他是不是那个萧痕，但他就是萧痕，或许真的存在着轮回？

“海棠？”萧痕问。

“海棠，不错，是海棠。”叶羽西笑了笑，“我就是海棠公司总裁。”

“你是七色花组织的‘海棠’！”萧痕紧了紧手中的刀。

“你是怎么知道的？”叶羽西轻轻弹了弹刀面，“把刀放下，这是萧痕的刀。”

“萧痕？”萧痕看出叶羽西没有恶意，便放下了刀，“单大师？”

叶羽西走进书房，在一把楠木椅上坐下，指着另一把楠木椅说：“你也坐下。你的事，她们已经跟我说了，她们并不知道发生了什么事，可我知道。”

“你知道？”萧痕诧异极了，在楠木椅上坐下，“我知道你是单大师的姑姑。”

“我也知道你见过单大师。”叶羽西眼里透着光亮，她虽是叶羽秋的妹妹，但性格上却差别很大，“三个月前，你来过海棠庄。”

“我来过这里？”萧痕再仔细打量书房，只觉眼前影影绰绰，似乎有画面闪过，“我见过单大师？”

“当时你就坐在这把楠木椅上。”叶羽西指了指萧痕坐的楠木椅，“单大师就坐在我这里。而我正在给你们泡茶。”

萧痕眼前的画面感更强了，他似乎能看到画面里有三个人影，三个人影在活动，一个男人在吸烟，一个女人在泡茶。房间里点着宫灯，应该是晚上。

“是在晚上。”萧痕问。

“是。是在晚上。”叶羽西笑了笑，“你有印象了。”

“有些模糊的影子。”

“你们在谈论着一些事情，我并没有参与你们谈话，只是送来泡好的茶。”叶羽西盯着萧痕的眼睛看，“我只是听单大师赞赏你，说你是hand特工的高手。”

“hand特工？”萧痕的海马体剧烈地跳动起来，他眼前又闪现着很多幅画面。画面里有一群人，影影绰绰的，看不清脸。他似乎听到有人在说话。一个人用英语说：“你们是hand特工中的精英，是hand特工最精锐的小组。你们是这个世界的主宰者，你们可以到达世界上任何地方，你们可以任意决定任何人的生死。”这些话时断时续，声音也不似人声，像是从机器里发出来的声音。那些影影绰绰的人影，手里端着一杯东西，似乎在举行一个仪式。他分不清哪是什么仪式，这时头急剧疼了起来。

“你的头疼了！”叶羽西叹了口气，“你不要想了，我把我知道的告诉你。”

“好。”萧痕忍住疼痛，“七色花组织是什么组织？”

“你知道hand公司三大产业吗？”叶羽西起身，走到书桌上拿起一根香点了。那香没有味道，但刚点上便觉室内清爽。

"hand 工业、hand 科技、hand 特工。"萧痕神情为之一振，"单大师，你的侄子萧痕，就是 hand 工业总裁。"

"你可知 hand 公司全球有多少分公司？你可知有多少公司看似与 hand 公司没有瓜葛，实际上也是 hand 公司的产业？"叶羽西走到楠木椅上坐下，"从法律上来讲，海棠公司是独立的公司，跟 hand 公司没有丝毫瓜葛。实际上，海棠公司隶属于 hand 工业。"

"七色花组织为何要绑架叶羽秋？"

"七色花组织出了叛徒。"叶羽西叹了口气，"单大师一死，七色花组织便分崩离析了，'时钟'苏心和'菊花'阿里易主，投靠了日本的幕府组织。"

"幕府组织！"萧痕顿时想起戈林的言辞，"苏心为何绑架叶羽秋？"

"这跟你的任务有关！"叶羽西庄重地说。

"我的任务？"

"单大师不仅是 hand 工业总裁，而且还是 hand 特工的教官。"

"教官？"萧痕的海马体又跳动起来，"我知道教官。"在他眼前影影绰绰的画面中，那个说话声音如同机器人的形象丰满起来。

"hand 工业要在星城实施一项名为'血滴子计划'的行动，需要 hand 特工来协助，单大师挑选了你来执行。"

"血滴子计划！"萧痕噌的一下从椅子上站起来，眼角眉梢似乎都缩在了一起，"我是'血滴子计划'的执行人，'血滴子计划'是我的任务！"

16.hand 工业的不记名公司

"'血滴子计划'是我的任务。"

这大出萧痕的意料。他对"血滴子计划"设想了多种可能，却没想到他是"血滴子计划"的执行人。

"'血滴子计划'是什么任务？"萧痕缓缓坐下来，问叶羽西。

"我不知道。"叶羽西微微叹了口气，"不过，我知道 hand 工业布置任务的手法。Hand 工业在布置任务时，不是通过人，而是通过一部特制的手机。"

"手机？"萧痕心里一动，拿出他的手机，递给叶羽西，"是这种手机吗？"

"不错，是这种手机。"叶羽西接过手机，按开屏幕，看到屏幕上的花瓣简笔画，"这是单大师的手法。"她扬了扬手机，笑道："单大师给这款定制手机取名为'白夜'。"

"'白夜'，永恒的极光。"萧痕点了点头，"这名字倒很贴切，'白夜'手机不用电池。"他皱了皱眉，又问："这款手机是在蝴蝶公司定制的吗？"

"是的。"叶羽西点了点头，"蝴蝶公司是 hand 工业的一个不记名公司。所谓不记名公司，就是在法律上与 hand 工业没有关系，实际上背后还是由 hand 工业来操纵的。"

"玫瑰集团也是 hand 工业的不记名公司吧？"萧痕以极快的速度梳理一下思路，"蝴蝶公司有个叫戈林的设计员，他是谁派出去的？"

"戈林不是蝴蝶公司的设计员。"叶羽西从茶几上拿起一串佛珠，"他跟你一样，也是 hand 特工。"

萧痕看到叶羽西手中的佛珠，心神似乎都跑到了佛珠上。他似乎在哪里见过这串佛珠似的，一些事物的影子如同模糊不清的照片，虽然看不清楚，但似乎能感觉出画面中的故事来。那佛珠名贵极了，而且经大师开过光，他能从佛珠上瞧见隐隐约约的光芒。能拥有这样名贵的佛珠的人物是少而又少的，因为那是泰国王室特制的佛珠。

“戈林也是 hand 特工？”萧痕隐约听见叶羽西说话，顿时清醒过来。

“他是个德国人，是纳粹帝国元帅赫尔曼·戈林的重孙。”叶羽西一只手拨动着佛珠，“他继承了帝国元帅的精神，是全球十大知名杀手之一，死在他枪下的人超过 300 个。”

“他是个杀手，我不也是个杀手？”萧痕奇怪地问叶羽西，不等她回答，指着佛珠问，“这是谁的？我好像见过。”

“这是单大师的佛珠。”叶羽西笑了笑，“全世界只有这一串。你和单大师在海棠庄商榷计划，见过也不稀奇。”

“单大师的佛珠，全世界只有一串。”萧痕在心里低语。

“‘血滴子计划’就藏在手机中。”叶羽西将手机递还给萧痕，“想知道‘血滴子计划’是什么，你就必须破译单大师设计的密码。”

“既然我是‘血滴子计划’的执行人，为何还要设置密码？”

“这是一种检验。”

“检验？”

“单大师总是通过设计一些跟任务有关的东西，来检查执行人的智商和情商。”叶羽西笑了笑，“他要确保万无一失。”

“如果我破解不了密码，就没有资格参与‘血滴子计划’。”萧痕嘿嘿笑了，“就算我是‘血滴子计划’的执行人。”

“应该是这样的。”

“假如我破解不了密码，后果会怎样？”

“死。”叶羽西的回答很干脆。

“我觉得这个密码跟七色花组织有关系。从尼泊尔到印度再到星城，我见到了 3 个七色花组织的成员，他们的代号竟然都出现在我的手机屏幕上。譬如你‘海棠’、‘大波斯菊’阿里、‘紫菀’叶羽秋，你们三人都是七色花组织成员。”

“你见过 4 个人。”叶羽西点头说。

"4 个人？另一个是谁？"萧痕皱了皱眉，"是苏心？"

"不错，就是苏心。"

"苏心的代号叫'时钟'，为何不是花名？"

"'时钟'就是'金盏花'。"叶羽西笑了笑，说："金盏花有一个别名，叫作'家庭主妇的时钟'，因为这种植物固定在早晨的某个时间开花，然后在晚上的某个时间闭合，是一种相当守时的花。"

萧痕哦了一声，说："我的手机屏幕上有野玫瑰花瓣，看来玫瑰集团跟七色花组织有一定的关联。但我确信，林心湄绝不是七色花组织成员，这我看得出来。"

"石小夕呢？"叶羽西似笑非笑地看着萧痕，"你认为石小夕是七色花组织成员吗？"

"我曾经想过。"萧痕将刀放在茶几上，"石小夕出现的时机很微妙，她是我第一个见到的人，可我并不知道她是谁。她很热心，一路上照顾我。我知道她不是医生，虽然她告诉我她学过医。当七色花组织出现后，我第一个怀疑的人就是她，可第一个排除的人也是她。没有道理，没有逻辑，我就是觉得她很亲近，好像在失忆前我们就见过，甚至很熟悉。或许这是一种本能。"

"本能？"叶羽西好奇地看着萧痕。

"如同刚出生的婴儿对母亲的那种本能。"萧痕也好奇自己的想法和感知，"我就是觉得石小夕是我生命中一个很重要的人，虽然我不知道她为什么重要，但我就是感觉她很重要。我也确信石小夕不会害我，更不可能是七色花组织的人。"

叶羽西忽然鼓起掌来，说："石小夕，你进来吧。"

石小夕和林心湄一直在隔壁听着。听到萧痕的心里话时，石小夕眼睛都湿润了，她心里塞进一种莫名的感动，她知道这个男人用他的真诚打动了自己。

石小夕走到萧痕的身边，看着萧痕。萧痕也情不自禁站了起来，看着石小夕。

石小夕突然抱住了萧痕，她的眼泪滴在了萧痕的肩上。

萧痕向叶羽西和林心湄看了看，在石小夕背后轻轻一拍。石小夕松开萧痕，向叶羽西和林心湄讪笑。

叶羽西指着楠木长椅，说："你们坐下。"

石小夕和林心湄坐下来。林心湄笑着对石小夕说："看来我不用操心你的事了，你妈妈说了好几次，要我在中国给你介绍一个好男人。"她向萧痕一指，"这个男人就很好。"

"我是一个杀手。"萧痕看着石小夕，摇了摇头，"我不是一个好男人。"

17. 雏菊工业与牛顿手稿

石小夕确信自己爱上了萧痕，因为她眼里只能看到萧痕的好，而那些不利的因素被她隐藏了，视而不见。

“我知道你是 hand 特工。”石小夕向萧痕看了一眼，“我听叶阿姨说了，hand 特工是有职业操守的安全顾问，并不是杀人不眨眼的杀手，当然你们也杀人，这对常人来说可能无法接受，但对我来说不算太吓人，因为我知道玫瑰集团、百合集团都是 hand 工业的不记名企业，而我家族还是选择跟他们合作。”

“玫瑰集团、百合集团也是 hand 工业的不记名企业？”萧痕向叶羽西看去。

叶羽西点了点头，说：“七色花组织不是指的七个人，而是四个人、三家企业。”

——四个人：“海棠”叶羽西、“菊花”（大波斯菊）阿里、“金盏花”苏心、“紫菀”叶羽秋。

——三个企业：玫瑰集团、百合集团、雏菊工业。

“‘雏菊’也是一个企业？”萧痕只觉海马体猛的一躁动，一个叫“雏菊工业”的企业名字跳入脑海，“雏菊工业，日本核电企业，名义上是私企，实际上由天皇家族操纵，掌握着日本 29.8% 的核电站。”

石小夕看着萧痕，笑道：“你这颗神奇的脑袋，也是我喜欢的。”

“我并没有失忆。”萧痕对石小夕说。

“没有失忆？怎么可能？”石小夕惊起。

“对不起，我没来得及告诉你。”萧痕示意石小夕坐下来，“高尔家族的私人医生竺大�给我做了脑部检查。”

“竺大�？”林心湄皱眉问，“我认识竺大筠。”

“他跟你爸是老朋友。”叶羽西微叹一声，对林心湄说。

“竺大�说，我的海马体是人为损伤，一些记忆被遮盖了。”萧痕继续向石小夕解释，“这件事很复杂，简单地说，我不是失忆，而是部分记忆被隐藏。”

“太好了。”石小夕脸上挂着一抹晴云，笑得灿烂极了，忽然却阴云密布，皱眉问道：“记忆隐藏是怎么回事？”

“很复杂。”萧痕笑了笑，“你放心，我一定会找到开启记忆的法门的。”

萧痕无法向石小夕解释清楚“记忆隐藏”，他也不愿给她增加困扰。因为他们已经被不速而来的种种事情困扰着，他们已经进入了一个巨大的谜团中。

雏菊工业，日本核电企业，背后操纵者是日本天皇家族。

“雏菊工业隶属于hand工业，也是一家不记名企业。”叶羽西示意石小夕和萧痕稍微安静一下，“玫瑰集团和百合集团也是hand工业的不记名企业。七色花组织成立于10年前，但却考察了20年。Hand工业在20年前便决定筹建七色花组织，这个组织的招募人就是竺大筠的兄弟竺小筠。很可惜，竺小筠在设计招募者时被杀害了，七色花组织没有组建成功。后来单大师发现了这个七色花组织，便秘密组建了。”

“是谁杀的他？”林心湄好奇地问，“我记得竺小筠被杀的事，当时在奢城轰动一时。中国警方称案件找不到证据，成了悬案，至今还没找到杀人凶手。”

“竺小筠？”萧痕的海马体剧烈疼痛起来，有关竺小筠的一些讯息像从天而降的瀑布一样，快速奔进他的脑海里。他不想让石小夕担心，忍住疼痛，继续说，“他跟五指月组织有关。”

石小夕看到书桌上有台电脑，便走到书桌前，打开电脑，在搜索栏里搜索“竺小筠”的信息。忽然，她看到了一件奇怪的事情，说道：“竺小筠在研究《牛顿手稿》。”

“他为什么研究《牛顿手稿》？”萧痕心里好奇，起身走到桌前看电脑里的信息。

“很奇怪，中国警方称《牛顿手稿》后来丢失了。”石小夕读着信息，忽然惊了一下，大声说，“是被我姐姐弄丢的！”

萧痕看到石小岚的照片时，只觉海马体一疼，似乎这个女人是一根针，都够唤醒他潜藏的记忆。这个女人是谁？他仔细观察信息，心中莫名的一叹，一个去世的人。她去世了，一个能让他海马体感到刺痛的女人，是一个早不存于世的人。

"石小岚！"林心湄也吃了一惊，忙走到电脑前看信息，"你姐姐就是在竺小筠死后不久出事的，新闻上说你姐姐因公殉职，但并没有公布她侦办的案件。"

"我姐姐的死一定跟《牛顿手稿》有关。"石小夕抬头对萧痕说。

"悬案？！"萧痕喃喃地说，"竺小筠之死是悬案，你姐姐之死也是悬案，这些悬案都跟《牛顿手稿》有关，看来找到遗失的《牛顿手稿》就能找到你姐姐的死因。"

"你会帮我找《牛顿手稿》吗？"石小夕静静地看着萧痕。

"当然。"萧痕握住石小夕的手，"我一定为你找到《牛顿手稿》，一定为你查出你姐姐的死因。"

"你一定能。"石小夕眼睛湿润了，"你是 hand 特工，你一定能找到《牛顿手稿》的。"她莞尔一笑，又说："我说过嘛，我不介意你是一个特工，我还感激你是一个特工。"

萧痕似乎没听见她说话，忽然指着电脑屏幕上的一则新闻，说："打开它。"

石小夕向那新闻看了一眼，心里也是一动，连忙点击打开，说："这几张图就是丢失的《牛顿手稿》。"

萧痕点了点头，指着那几张《牛顿手稿》图片说："这是中国警方的档案资料，你看下公布日期，这个档案是在 12 年前公开的，正是五指月组织被定性为恐怖组织的时候。"

石小夕看了看公布日期，点头道："看来，随着五指月组织瓦解，一些神秘的事件都会相继曝光的。这几张《牛顿手稿》图片是 20 年前在竺小筠死亡现场拍摄的，之后一直存放在奢城警方档案室内。竺小筠一案被定为悬案，这些档案附件一直被保存着。"

萧痕忽然指着《牛顿手稿》图片说："下载下来，放大，这图上有些东西非常奇怪。"

石小夕点击下载原图，然后放大。众人只见这几张《牛顿手稿》图上有一组奇怪的签名，签名上有日期和竺小筠的签字，还有一组花瓣。

——与萧痕的手机屏幕上一模一样的花瓣。

——竺小筠是七色花组织的招募人，他将这些代表七色花组织成员的花瓣绘在了《牛顿手稿》上，然后他就被谋杀了。

——这代表着什么信息？竺小筠为何招募这些人？尤其是为何招募日本核电企业雏菊工业？这里面有什么惊天秘密？

萧痕看着《牛顿手稿》图片上竺小筠亲笔所绘的花瓣，扭头看着单大师书房里挂着的绘制海棠花瓣的字画，眼睛忽然收缩起来，喃喃地说：“海棠花瓣 2 瓣！百合花瓣 3 瓣！野玫瑰花瓣 5 瓣，大波斯菊花瓣 8 瓣，金盏花花瓣 13 瓣，紫菀花瓣 21 瓣，雏菊花瓣 34 瓣……”忽然他大声说道，“我破解了手机屏幕密码，2、3、5、8、13、21、34，这是一个著名的数列：斐波那契数列。”

白夜密码

背面 WHITE NIGHTS PASSWORD

第四章　伟大的隐藏者

“最后我有一句话送给你：

保住性命，要活着看到伟大祖国的荣耀。

如果要死，就成为传奇再死吧。”

——电影《伟大的隐藏者》

18. 牛顿爵士的光学武器

“2、3、5、8、13、21、34，斐波那契数列。”萧痕打开手机屏幕，向石小夕、林心湄、叶羽西解释。“2、3、5、8、13、21、34，就是手机屏幕上的密码，‘七色花’花瓣数目具有斐波那契数列特性，海棠花花瓣是 2 瓣、百合花花瓣是 3 瓣、野玫瑰花瓣是 5 瓣、大波斯菊花瓣是 8 瓣、金盏花花瓣是 13 瓣、紫菀花瓣是 21 瓣、雏菊花瓣是 34 瓣，竺小筠在招募七色花组织成员时，就是根据斐波那契数列规律来拟定代号的。”

“他肯定是受到雏菊工业的启发。”叶羽西点了点头，“雏菊工业有一二百年历史，雏菊工业的诞生与幕府机构的消失在同一时期，幕府机构能还政天皇，雏菊工业功不可没。”

“雏菊工业既然是日本天皇的幕后财团，为何要加入七色花组织？”林心湄好奇地问。

“你可还记得 2020 年发生的事情？”叶羽西问林心湄。

林心湄点了点头：“当然记得，那一年全球爆发了新冠肺炎，那一年具茨山被肴城和禹城两个城市争抢，那一年萧痕的妹妹庄筱娴死了，那一年具茨山被一团白光笼罩出现了‘白夜’，那一年具茨山发生了地震，那一年具茨山监狱崩塌了，那一年萧痕失踪了。那一年是充满痛苦的一年，那一年是我永生永世无法忘却的一年。”

“萧痕失踪了，所以你才嫁给顾冰清？”石小夕显然对感情的事情比较关注。

“我等了他两年，老了，只能嫁了。”林心湄凄楚地笑了，“我等他，不代表我喜欢他，而是我觉得我们没有诀别，没有说 bye bye，总好像没有完全结束似的。”

“谁知 12 年后，萧痕竟然回来了，不过他改名为单大师。”叶羽西叹了口气，“他那时已是 hand 工业总裁。”

"他结婚了吗？"石小夕问道。

"他只爱石小岚一个人。"林心湄叹了口气，"20年来，他都是孤单一人，直到死了也没结婚，也没有孩子。"向萧痕望去，"如果不是知道他没有孩子，我就会认定你是他的孩子，你们长得一模一样。"

"我这张脸就是单大师的脸！"萧痕的头轰然一声响起，只觉那个似从机器里发出来的声音，忽然之间有些血肉，无比鲜活了。那声音就是他的声音，只不过有些苍老。他跟成为单大师的萧痕，根本就是一个人。这怎么可能？究竟发生了什么？

林心湄哦了一声："他是一个暗影者，一个神秘的隐藏者。"

"具茨山发生灾难时，出现了'白夜'，一束光从具茨山山顶射向了宇宙太空，这件奇异的事情被报道后，雏菊工业相当震惊和好奇，就亲自来中国奢城探寻，正好遇到了单大师。雏菊工业听完单大师的计划后，很快就加入了七色花组织。"叶羽西微微叹了口气，"七色花组织并不是恐怖组织，否则我姐姐岂会加入？"

萧痕皱了皱眉，问："七色花组织是一个什么样的组织？"

"我无法用一句话来描述七色花组织，可我知道七色花组织成立只有一个目的：找到竺小�丢失的《牛顿手稿》。"叶羽西向石小夕看了看，"这个组织历经20年都没有找到《牛顿手稿》，你也别期望萧痕能给你找到！"

萧痕看着石小夕失望的表情，握住她的手说："放心，我一定给你找到！"

石小夕嫩滑的脸上笑容绽放，对萧痕说："你一定能找到的。"

"小姨是说，那束神奇的白光跟《牛顿手稿》有关？"林心湄皱着眉问。

叶羽西还没有回答，林心湄的手机响了，她去接电话。

萧痕看着手机屏幕，触动密码框，将"2、3、5、8、13、21、34"依次输入密码框里。只见屏幕一闪，手机打开了。萧痕心里猛一惊，仿佛这一闪就知道了前生与今世、过往与现在。

"白夜"手机模块极为简单，没有任何市面上所能见到的软件，它只有两个键，一个是电话键，一个是消息键。萧痕打开消息键，从屏幕上弹出一个消息框来。这个消息框不是平面的，而是立体的，融合了3D打印技术和全息技术。消息框里是一个记忆盒子，里面有人在活动。萧痕看得分明，盒子里的两个人都是“萧痕”，果然一模一样，若非有岁月痕迹，根本就分辨不出。

另一个人正是 hand 工业领袖单大师。

只见盒子里的萧痕坐在一张楠木椅上，身子有些前倾，似在聆听。从整个房间布局来看，正是海棠庄。记忆盒子存留的记忆，正是他和单大师商榷“血滴子计划”的场景。

盒子里的萧痕说：“我的任务是什么？”

盒子里的单大师正在点一根雪茄，他的举止清晰地出现在画面里。全息技术和 3D 打印技术的结合，让盒子里的人看起来真实极了。

盒子里的单大师说：“保护星城 PAP 党鞭白逐尘。”

盒子里的萧痕说：“‘血滴子计划’不是刺杀计划吗？”

盒子里的单大师说：“‘血滴子计划’不是我们的计划，而是敌人的计划！”

盒子里的萧痕问：“我们的敌人是谁？什么人要杀白逐尘？”

盒子里的单大师说：“幕府组织。”

盒子里的萧痕问：“日本幕府组织知道了 hand 公司参与了星城总统大选？”

盒子里的单大师说：“知道。”

盒子里的萧痕说：“幕府组织只不过是日本恐怖组织之一，就是日本赤军也不敢破坏 hand 公司参与的事，它为何敢与 hand 公司为敌？”

盒子里的单大师说：“利益。只要利益够多，他们纵然恐惧也会冒险。”

盒子里的萧痕说：“看来星城总统大选只是一个幌子，大选背后才是 hand 公司所要的。”

盒子里的单大师吸了一口烟，说：“你果然聪明。Hand 公司之所以操纵星城总统大选，是为了得到一样东西。”

盒子里的萧痕问：“什么东西？”

盒子里的单大师说：“牛顿爵士的遗产。”

盒子里的萧痕问：“牛顿遗产！”

盒子里的单大师说：“一件秘密武器。”

盒子里的萧痕问：“什么秘密武器？”

盒子里的单大师说："一件跟光有关的武器。这件武器是牛顿爵士发明的，他利用光学原理，制造了一件光学武器。这件光学武器设计得非常精巧，可以释放出白光，但凡见到白光的人就会即刻死去。"

盒子里的萧痕问："这件光学武器为什么在星城？"

盒子里的单大师说："这也是幕府组织到星城的原因。幕府组织首领叫德川源濑，是德川家族后人。自德川家族还政于日本天皇后，德川家族不赞同还政派便秘密成立了幕府组织，企图光复幕府机构统治日本的辉煌时代。他们没有想到日本天皇经过明治维新后，大受日本民众的肯定和支持。幕府组织认为，要光复幕府辉煌时代，必须找到神奇武器，所以幕府组织一直在研究《牛顿手稿》，企图从这位创造了光学大统的科学巨匠身上找到希望。功夫不负有心人，还真让幕府组织找到了。他们在《牛顿手稿》庞杂无序的文字和图画中，找到了牛顿爵士发明的光学武器。他们根据线索来到了星城，不幸的是战争爆发了。"

盒子里的萧痕问："第二次世界大战。"

盒子里的单大师点头说："1941 年 12 月，珍珠港事件后，日本向英国宣战，两个月便打败了星城的英军。英军总司令白思华宣布无条件投降，逾 13 万名英国、澳洲、印度等守军沦为阶下囚，这是英国军史上的最大浩劫，史称'星城之战'。星城华侨人口密集，这里也是南洋华侨的抗日运动中心。陈嘉庚领导的'南洋华侨筹赈祖国难民总会'曾发动东南亚八百万华侨，为中国筹集了约合 4 亿余元国币的巨额外汇。此时落入虎口的星城华裔由于先前曾大力援助中国抗日，又组织义勇军进行过英勇的抵抗，因而遭到日本的忌恨和疯狂报复，18 至 50 岁的华裔男性全部被抓，人数超过 3 万人，当中绝大多数被带到郊区或偏远的樟宜、榜鹅海边予以集体枪杀，剩下的则被送到泰国做苦工。"

盒子里的萧痕说："杀死 3 万人，日军之罪罄竹难书。"

盒子里的单大师说："执行屠杀任务的大佐是幕府组织的成员，那时幕府组织的首领叫德川源佑，他正好找到牛顿爵士发明的光学武器，想见证一下光学武器的杀伤力。他让日本大佐聚集万人于一个洞穴中，当他打开武器时，一件神奇的事情发生了。这万人陡然看到一片白光，所有人都死了，他们死的时候，没有任何痛苦，每个人的瞳孔里都有一抹微笑。这令德川源佑震惊极了，也害怕极了。用这样的武器屠杀民众、摧毁弹丸之国易如反掌，可屠杀之后，民众皆死，他屠城有何意义？所以，德川源佑便放弃了幕府组织的使命。”

盒子里的萧痕说：“牛顿爵士的光学武器呢？德川源佑还活着吗？”

盒子里的单大师说：“德川源佑杀死万人华裔后就消失了，连同牛顿爵士的光学武器。那个日本大佐将德川源佑的‘遗物’带回日本，送还德川家族，之后他便剖腹自杀了。德川源佑的重孙德川源濑，10年前成为幕府组织新任首领，他在曾祖父的遗物中找到了一本日记，那日记上记录着这件事情。”

盒子里的萧痕说：“德川源濑到星城是为了寻找牛顿爵士的光学武器，但与刺杀白逐尘有何关系？”

盒子里的单大师说：“根据hand特工潜伏小组传递的信息称，德川源濑到星城执行‘血滴子计划’，是被一个代号为‘石头人’的华裔男性雇佣。”

盒子里的萧痕说：“‘石头人’是谁？”

盒子里的单大师说：“‘石头人’很了解hand公司的运作模式，潜伏小组无法打听到他的信息。”

盒子里的萧痕说：“此人在星城吗？”

盒子里的单大师摇了摇头说：“只能确定在东南亚。”

盒子里的萧痕说：“德川源濑刺杀白逐尘，受益者是PAP反对党。PAP反对党很多，但最有实力的要数星月党。难道‘石头人’是星月党的人？”

盒子里的单大师说：“恐怕脱不了干系。幕府组织刺杀白逐尘，搅乱星城总统大选，星月党趋势而起，成为星城新的执政党，幕府组织就可与星月党合作找到牛顿爵士的光学武器。”

盒子里的萧痕说：“这与hand公司有什么直接关系？”

盒子里的单大师说：“雏菊工业是hand公司的不记名公司，也是日本天皇的幕后财团，它一直支持着日本天皇。幕府组织要光复幕府辉煌时代，首要之事就是摧毁雏菊工业。一旦幕府组织拿到牛顿爵士的光学武器，第一个遭殃的便是雏菊工业。”

盒子里的萧痕说：“看来我的任务不只是保护白逐尘，还要找到牛顿爵士的光学武器。”

盒子里的单大师站了起来，走到一个红点密布的仪器前，关掉仪器。这个记忆盒子忽然便消失不见了。众人一时回不过神来，茫然地看着彼此。

萧痕感觉脑海里不再是空空荡荡的，不再是如同“白夜”似的茫然。他感到兴奋极了，退出消息框，按动电话键。电话菜单中只有一个电话号码，一个标注着“中国上海”的号码。

萧痕坐直身子，按动拨号键，响了六声后，只听一个女人的声音说道：“我是黑玫，玫瑰集团总裁助理……”

19. 黑玫

“黑玫？”

“白夜”手机确切地说是一种全息手机，接话人的影像清晰地出现在手机屏幕上方。那个自称是“黑玫”的女人，年龄与石小夕相仿，典型的东方美女。她坐在一个沙发上，沙发背套上写着“中国航空”四个字，显然是在飞机上。

同样的，萧痕的影像也出现在黑玫的全息手机上。

黑玫的轮廓有些硬朗，波浪卷的头发垂在胸前，手里拿着一杯红酒。她正要继续说话，忽然在萧痕的全息手机里看到林心湄，立刻挂了。

“黑玫？”林心湄皱着眉头说，“那个女人叫黑玫。”她看着萧痕，“你怎么有她的电话？”

萧痕扬了扬手机，说：“我破译了手机屏幕密码，发现了这个号码。黑玫是谁？”

“黑玫是我老公的私人助理。”林心湄显然对这个女人充满了敌意，“你的手机里怎么会有她的号码？你们认识吗？”

“我也很好奇。”萧痕耸了耸肩，“至少，我现在不认识她。”

石小夕站起身来，向林心湄笑了笑，说：“心湄姐，你别为难萧痕了，他哪里还能记得这些！”她说着指了指自己的脑袋。

林心湄轻笑一声，说：“傻丫头，现在就护上了。”

萧痕站起身来，问林心湄：“你对黑玫了解多少？‘血滴子计划’跟黑玫有关系，或许找到你妈妈的突破口就在这个黑玫身上。”

林心湄在楠木椅子上坐下来，示意萧痕和石小夕也坐下来，对萧痕说：“刚才的电话是我爸打来的，尼泊尔地震救援工作还没结束，他无法抽身过来，毕竟国事为大。我跟爸爸说了你的状况，我爸对你赞赏有加，希望你能帮忙寻找我妈妈。”

萧痕坐下来，说："谢谢。我一定尽力而为。"

林心湄双手行合十礼，说："多谢。"她松了口气，接着说："我对玫瑰集团的事务了解不多，但很清楚黑玫的底细。毕竟，一个美女在我老公身边，不太放心，我找了一个私家侦探对她做过调查。黑玫出身很好，她父亲是北京大学的历史教授，母亲是国学大师，自办了一所名叫'青堆国学'的教育机构，做得相当不错，在中国一、二线城市基本上都有分支机构。3年前，黑玫担任青堆国学教育机构首席执行官，不知什么原因，做得好好的她忽然辞职不干，竟加入了玫瑰集团，从一个文秘做起，两年前成为我老公的私人助理。"

"一个是首席执行官，一个是私人助理，身份差别很大，若非有不可告人的目的，常人是不会如此选择的。"石小夕向林心湄眨了眨眼睛，"她该不会是看上顾冰清了吧？"

林心湄苦笑一声："说不准他们已经好上了呢！"

石小夕忽然绷起脸说："黑玫是小三，决不能轻饶她。"

林心湄在石小夕手上一拍，说："第一，没有证据证明她是小三。第二，就算她是小三，我也无法去闹，这样会损失玫瑰集团的利益。中国有句古话：人在江湖，身不由己。我都看开了，你就别气不忿了。"

石小夕哼了一声道："正是你这种心理，黑玫才能上位的。"

林心湄微叹一声说："你也经历过这种事情？要不然为何反应这么大！"

石小夕看了萧痕一眼，脸上微微一红，说："我是恋爱过，但没结过婚，哪里有小三上位之说？我只是想起了我父亲，他在韩国本来有一个好好的家，却被苏心这个小三破坏，最终弄得家破人亡。"

林心湄抓住石小夕的手，放在自己手心里，说："谢谢你的关心，有机会你替我教训教训黑玫。"

萧痕用眼睛余光看了石小夕一眼，问林心湄："顾总裁要到星城来吗？"

林心湄点了点头说："正在路上。我妈妈一被绑架，他就马上赶来了。只是上海雾霾太严重，飞机航班推迟了，来得有些晚。"她看了看手机，又说："这个时候，应该到了吧。"

萧痕问："黑玫一块来吗？"

林心湄答："她会过来。"

萧痕问："就在刚才的飞机上。"

林心湄答："是的。"

萧痕问叶羽西："三个月前，我跟单大师制订计划时，提到过黑玫这个人吗？"

叶羽西摇了摇头说："至少我没有听到过这个名字。"

萧痕皱了皱眉说："黑玫的手机号码不会平白无故地出现在我的手机中，'白夜'这款手机是全息手机，能互相看清对方，她接听电话，至少说明一点，她对我的号码不陌生。难道我和黑玫曾经见过面？难道她也是'血滴子计划'的执行人？"

"什么？"林心湄皱了皱眉，"黑玫也是个杀手！"她心里陡然一惊，为顾冰清担忧起来。

萧痕将手机递给林心湄，示意她看消息框里的记忆盒子，谁知按动消息键后，里面的记忆盒子却消失了。萧痕从林心湄手里拿回手机，翻看电话键，发现连黑玫的手机号码也消失了。

萧痕皱了皱眉，说："难道黑玫的手机号码安装有清除病毒。"

"不好说。"石小夕眼角眉梢一动，"我的前男友是个计算机高手，要是他在一看便知。"陡然想起萧痕在身边，忙闭了嘴，向萧痕莞尔一笑。

萧痕摇了摇头说："有过去是件美好的事情。"他在自己脑袋上一指，"我们需要过去来充实自己。"

林心湄指着手机说："你想让我看什么？"

萧痕说："我的手机里有一个记忆盒子，记载着我和单大师的一段对话，是我们制订破坏'血滴子计划'的过程，里面并没有提到黑玫。至于说黑玫是杀手，那只是猜测。"

林心湄轻轻哦了一声，问叶羽西："小姨，你是七色花组织成员，听说过黑玫是个杀手吗？"

"玫瑰集团、百合集团、雏菊工业、海棠公司是hand公司的不记名公司，hand公司在这四家公司里都占有一定比重的股权，但并不参与公司经营和管理，也就是说我们这四家公司都是干净的公司。"叶羽西向林心湄点了点头，示意她不要惊慌，“我们只是向七色花组织成员苏心和阿里提供经费，以供他们在世界各地寻找《牛顿手稿》。”

“四家上市公司提供经费！”萧痕皱了皱眉，“他们怎么需要这么多经费？”

“苏心和阿里在某处建造了一个实验室，这个实验室在世界各地雇用了科研人员，专门对现存的《牛顿手稿》进行研究和分析，把牛顿爵士的种种猜想付诸实施。”叶羽西微叹一声，“海棠公司每年向这个实验室投入近一亿美元，加上其他三家公司，总共有四五亿美元。”

萧痕边思索边说：“苏心和阿里背叛了七色花组织，这个实验室现在归谁所有了？”

叶羽西摇了摇头，说：“不知道，我对这些根本不感兴趣。我从 hand 工业拿到了资金赞助，海棠公司才有今日之规模，而我每年投入实验室的资金只是应付的利息，如此而已。”

“‘紫菀’的作用是什么？”萧痕看了一眼林心湄，问叶羽西。

“我姐姐——”叶羽西神色里挤进了一些复杂的情绪，“没有人知道我姐姐加入七色花组织的目的，我也不知单大师的想法。反正她就那样加入了，单大师没有强求，我姐姐也没有拒绝。10 年前，我姐姐发生了车祸，就在星城克拉码头，后来她就失忆了。再后来她虽然恢复了记忆，但好像忘记了加入过七色花组织，而单大师直到死去都没有唤醒她。”

“她只是一个花瓶。”萧痕打了一个形象的比喻，“看来，花瓶不全是摆设，至少现在这个花瓶发挥了巨大作用，八方诸侯很快就齐聚星城了。”

20. 三叶葵纹

“杜鹃不啼，而要听它啼，有什么办法？”

“等待它啼。”

“卑屈的懦夫用它遮羞，坚强的巨人把它作为跳板。”

星城圣淘沙岛，香格里拉圣淘沙大酒店，一个年龄在45岁左右的日本人盯着书桌上一本名为《基督山恩仇记》的书看，想起了被他的家族奉为经典的几句话，本来闪烁在他眼神里的急躁光芒霎时间消隐了，如同酒店外正在消隐白天喧嚣的海水般平静。

他走到桌前，拿起大仲马的巨著《基督山恩仇记》，翻到最后一页，轻轻读着最后一句话：“人类的一切智慧包含在这四个字里面：‘等待’和‘希望’！”

“等待，是一个奥秘！”他的眼睛里有了浅浅的笑意，他和他的家族太知道等待的奥秘了。

——等待，忍耐，希望。

——等待不是逃避，更不是消极，只有智者才知道等待的奥秘。

——忍耐不是怯懦，更不是屈服，只有巨人才知道什么是忍耐。

——希望不是梦想，更不是虚无，只有强者才知道希望的价值。

这时，他想起了那种叫作三叶葵的植物。三叶葵遍地可以生长，即使是土壤贫瘠、环境恶劣，依然能够顽强地生存下来，并且成长繁盛。

400年前，他的家族在忍耐与等待中蛰伏，在时机与筹划中崛起，最终成为改变日本的希望，终成统治日本265年的德川幕府。

当然，他不能代表现在的整个德川家族。德川家族自从还政天皇后，历经100多年的发展和流变，如今这个家族虽没有往昔强大，但在日本各个阶层，无论是政坛，还是商界，抑或是黑帮，都有德川家族的势力。这个家族如同他们的家徽三叶葵纹一样，遍地可以生长，依然顽强地成为日本的中流砥柱之一。

他就是日本著名的黑帮幕府组织的领袖："将军"——德川源濑。

德川源濑继承了德川家族的智慧与忍耐，他知道光复幕府辉煌时代需要等待，需要等待一个合适的契机出现。这个契机不知何时出现，或许是在他生前，或许是在死后，但他身上的使命和三叶葵纹给予了他一种无坚不摧的信念：等待，是唯一的希望。

很幸运，在他有生之年，他看到了"契机"的出现，那是德川家族光复幕府辉煌时代唯一的"契机"。

——牛顿爵士的光学武器，一种可以瞬间摧毁一座城市的武器。

——这种武器绝不同于核武器，它没有撕裂大地的核裂变和长久不散的核污染。它能杀人于不觉之间，它将直接摧毁人的神经幻灭致死。

——只要找到牛顿爵士的光学武器，他就可以统一日本，光复幕府辉煌时代。

德川源濑拉开门，走到外挑的阳台前，看海水似在沉睡，如同他的心境一样：在沉睡中，酝酿着一个划时代的风暴。

德川源濑听到开门声，便走回房间，然后他看到那个谜一样的女人，那个让他魂牵梦绕的女人。

"苏心。"德川源濑用中文跟她交流，因为她是一个中国女人。

这个中国女人正是背叛七色花组织、代号"时钟"的苏心。

苏心穿着一件玫红色的风衣，走到德川源濑面前时，她扯下了风衣，露出蕾丝花边的内衣来。她脸上的笑容一直在绽放，似金盏花一样灿烂，散发着一种女性的光辉。

德川源濑看到那种光辉时，心里一个声音似海浪般激起："等待，是一种奥妙。它的奥妙是，有些事情无须等待。"

德川源濑抱起苏心向卧室走去，天还在沉沦，上了一层薄薄的黑雾，还没有完全黑下来。当天完全黑下来时，德川源濑已经穿好了衣服，准备出发了。

他知道一个道理：舍得。得到一些东西，就要舍去一些东西，爱情也不例外。他从苏心身上得到了满足，作为等价交换，他必须为他的满足付出代价。当然，有时候是互相满足。

“我一定能拿到那件秘密武器吗？”德川源濑回头看着躺在床上充满诱惑的女人，内心里还有一丝犹豫，“‘石头人’究竟是谁？”

“‘石头人’叫石中天，他是星月党领袖白垩纪的死党，在星月党他有个代号叫‘践行者’。”苏心用欣赏的眼光看着德川源濑。

“践行者？”德川源濑眉头微微一皱。

“白垩纪是星月党的领袖、谋划者，他需要一个人来实施他的计划，尤其是他的黑暗计划。石中天负责整个计划的布置、安排、统筹和协调。”

“白垩纪的黑暗影子。”德川源濑嗤鼻一笑。

“你可别小看了石中天。”苏心拉起床单，盖在身上，坐了起来，“你有所不知，这次我们面对的是hand公司，它有很多隐蔽力量，尤其是它的前身是五指月组织。你们德川家族的幕府组织应该对五指月组织并不陌生？”

“五指月组织！”德川源濑猛吸了一口气，缓缓吐了出去，“那是一个可怕的组织，没有人知道它的基地在哪里，但它的基地似乎遍布全世界。可以这样说，五指月组织就是幕府组织的灯塔，我希望有一天幕府组织也能成为像五指月组织一样的组织。”

“只要拿到那件秘密武器，幕府组织便可统一日本，超越五指月组织。”苏心的表情严肃而庄重，“20年前，石中天就是五指月组织中国分支机构的一个长老。”

“这么说，石中天的确不可小觑了。”德川源濑眼神里闪烁着喜逢对手的光芒，“要从石中天手里拿到那件秘密武器并不容易。”

“有我在，你还担心什么！”苏心媚笑道，“我的实验室正在研究牛顿爵士其他的发明，或许还会有更好的契机。”

“有你在，我放心。”德川源濑回转身，走到床前俯下身子在苏心额头上亲了一下，“希望你的加盟，能让幕府组织再统日本。”

“是的，我的将军。”苏心在他唇上吻了一下，“叶羽西就在海棠庄。”

“10分钟就到了。”德川源濑站直了身子，“与我一起来的其他幕府组织成员已经就位，明日下午6点准时执行‘血滴子计划’的序曲：马六甲暗杀。”

“白逐尘必死。”苏心声音变得硬朗起来，眼神中却有些迷茫，“白逐尘被暗杀，民众的目光必聚焦于星月党。星月党立于风口，对白垩纪有什么好处？白垩纪和石中天为何要暗杀白逐尘？”

“星月党立于风口便是白垩纪的期待。”德川源濑眼里有了敬佩之色，“或许，暗杀白逐尘便是星月党成为星城执政党的契机。”

“那也是我们的契机。只要星月党成为执政党，石中天就会交出牛顿爵士的光学武器，到时你便可光复幕府辉煌时代。”苏心的声音柔媚了许多。

“为了契机，我去会会叶羽西。”德川源濑从桌上拿起一把弓弩，弓弩上雕刻着德川家族的三叶葵纹，一道月光照在三叶葵纹上，散发着冷幽的光芒……

21. 中国儒商与黑玫财团

光影的世界，总是充满魅惑。圣淘沙岛夜幕里的光影，似乎将整个小岛托了起来，宛如悬在海面上一样。

一辆超级豪车穿梭在光影里，飞速沿着海棠大道行驶到海棠庄的无名岛前。车子还未到门口，安保人员就已打开大门，向超级豪车敬了个军礼。超级豪车径直驶向缆桥，驶进无名岛，在海棠庄大门前停下来。

叶羽西在门口等着，有种翘首以盼的姿态。

她的翘首以盼并非谄媚，而是亲昵。活到这个岁数和境界，坐拥海棠公司百亿资产，似乎已经无人能让她翘首以盼似的等着了。

她眼前闪现了20年前的情景。那个毛头小伙子，在困顿生活中挣扎的小男生，纯洁简单得似乎时刻要被社会遗弃，可20年后却成了一家上市公司的老总，甚至有时候还需要他来为她释放心灵、解读困惑。

“顾冰清。”想到这个名字时，叶羽西脸上有了笑意，“玫瑰集团总裁。”

当然，叶羽西很清楚顾冰清的发家史。没有单大师的支持，顾冰清不可能有今天。

在当今世界里，也唯独她的干儿子能让她翘首以盼。

15年前，白逐尘提出要收顾冰清为干儿子，叶羽西没有反对。因为叶羽西知道顾冰清是她的亲人，甚至有某种层面的血缘关系。叶羽西不能生育，所以对顾冰清视如己出。有了这层关系，顾冰清很快便弃文从商了。顾冰清30多岁才与林心湄成婚，成了当时中国驻星城大使林家坤的乘龙快婿，拥有商政关系的顾冰清和他的玫瑰集团便如日中天了。

从另一个层面上说，顾冰清是叶羽西的骄傲。她不在乎顾冰清拥有多少资产，她在乎的是顾冰清头脑里拥有的知识和智慧。她经常替顾冰清惋惜，没有坚持文学创作——她知道那才是他的爱好。可顾冰清却认为文学因子早与他共生共长，他在商界的好名声就得益于此。

顾冰清从超级豪车里出来，看到叶羽西时，本来绷紧的脸上绽放出笑容来，笑道：“干妈。”

叶羽西笑颜如花，伸出双臂说：“来，抱一个。”

顾冰清对和叶羽西的拥抱总觉得别扭和尴尬，但他从未违过她的意愿。他走上前与叶羽西拥抱了一下。

叶羽西向从超级豪车里下来的中国女人瞟了一眼，问顾冰清：“她就是黑玫？”

那女人向叶羽西一颔首，略带笑容，说：“我就是黑玫。”

叶羽西也对黑玫一颔首，笑着说：“你先进去，我跟顾总说几句话。”

黑玫穿着一件青花瓷色彩的旗袍，举止端庄舒雅，向二人微微一笑，走进院里。她并没有直接进去，而是站在景墙下等着顾冰清。

叶羽西等黑玫离开，对顾冰清说：“怎么把她带来了？你还不知小湄的心思？”

顾冰清苦笑道：“我当然知道小湄的心思，为了讨她开心，刚送她一架飞机。”

叶羽西说：“你心里就只有小湄。”

顾冰清说：“妈妈——有消息吗？”

“没有。”叶羽西摇了摇头，“我不担心你妈的安全，苏心和阿里虽绑架了她，但不敢为难她。”

“这个我倒不担心。”顾冰清点了点头，“无论在哪里，无论遇到什么人，都会被我妈感化的，她总有这种能力。”

“就像你一样。”叶羽西拉住顾冰清的手，“孩子，你身上也有种力量，能感化身边的人。那种力量就是儒家正气。”

“儒家正气？”顾冰清开心地笑了，“我坚信玫瑰集团的理念：‘赠人玫瑰，留有余香’，人类是一个命运共同体，扬善得善，扬恶得恶。”

叶羽西在顾冰清手上轻轻一拍，说：“萧痕死了，你心疼吗？”

“能不心疼吗？”顾冰清叹了口气，“没有萧痕，没有 hand 工业支持，哪里有今日的玫瑰集团？”

“你知道他是怎么死的吗？”叶羽西眼眶里盈满了泪水，“究竟是谁害死了他？”

"庄化蝶。"顾冰清静静地回答。

"庄化蝶！"叶羽西叹了口气，"海棠庄来了一个萧痕。"

"来了一个萧痕？什么意思？"顾冰清微微一愣，"还有另一个萧痕吗？"

"嗯！一个比你老朋友年轻 20 岁的萧痕！"

"一模一样？"

"同名同貌。"

"这太奇怪了！"顾冰清咋舌不已，"他是萧痕的儿子吗？"忽然摇头笑了，"萧痕没有儿子的！不过，也没什么奇怪的！就像我一样，跟庄化蝶长得很像，或者说如同一个模子刻出来的，但从数学概率上来讲，这很正常。"耸了耸肩，轻笑一声，"这个年轻的萧痕就是一个佐证，也可证明我的亲生父亲不一定是庄化蝶。"

"你不会是庄化蝶的儿子。"叶羽西摇了摇头，"3 年前我见过庄化蝶，我曾经问过他这件事。他告诉我，他庄化蝶只有一个儿子。他是 hand 公司总裁，再加上一些私人关系，他绝不会骗我。"

"那你还是这种表情？"顾冰清笑了笑。

"庄化蝶为什么杀萧痕？"叶羽西无法理解，"我说的是 20 年前的萧痕。"

"我也不知道。"

"你怎么知道是庄化蝶杀了萧痕？"叶羽西好奇地问。

"她！"顾冰清向站在景墙下的黑玫一指，"是她告诉我的。"

"她？"叶羽西不用回头也知道他说的是黑玫，这令她更加好奇了，"她怎么会知道？"

"她是 H 联盟 14 局的！"

叶羽西一惊："H 联盟？"

"也叫时间联盟。"顾冰清压低了声音说，"这是一个古老的联盟组织，专门研究'光宇宙'，得到联合国的支持。在一定程度上，算是半个官方。得到联合国的授权，也就是说全世界的政府都会默许。而且，这个 H 联盟买了一艘航母，满世界的乱跑。有消息说，H 联盟的背后是某个超级大国。"

"14 局呢？"

"H联盟的一个特工局。"顾冰清叹了口气，"hand公司就是H联盟的成员之一。"

"H联盟知道hand公司的前身是五指月组织吗？"

"应该知道吧！"顾冰清嘿嘿一笑，"3年前，H联盟14局就盯上了玫瑰集团和百合集团。两家上市公司，每年一个亿美元资金流向海外，早在H联盟14局监控名单上了。后来，H联盟14局通过资金流向监察，发现了'白夜'基金组织。"

"白夜基金组织是我们为科学实验室汇款的基金组织。"叶羽西皱眉道，"这是正常的商业行为，为何会被H联盟14局高度重视？"

"H联盟14局渗透到白夜基金组织，发现雏菊工业每年也向白夜基金组织汇同数目的款子。"顾冰清微叹一口气，"雏菊工业是核电企业，又与日本皇室有关，H联盟14局怎敢掉以轻心？所以，他们安排了特工黑玫打入玫瑰集团。"

"她为什么会告诉你这些？"

"因为萧痕死了。"顾冰清向黑玫瞟了一眼，"萧痕为了保护我们，玫瑰集团、百合集团、海棠公司的资金都是他亲手操办的，他一死，线索全断，H联盟14局再也查不到任何有价值的东西了。"

"所以他们才亮明身份，希望我们能提供帮助。"

"是的，干妈。"顾冰清正色道，"我们是中国人，有义务和责任守护国家安全。"

叶羽西看着顾冰清，心里也激荡起一股豪情，说："你想怎么做？"

顾冰清从衣兜里拿出一个信封，递给叶羽西，说："5月12日下午，珠穆朗玛峰地震爆发时，黑玫找到我，告诉了我一切。当时我就下了这个决定，要为国家做些什么，来弥补我们所犯的错。当天夜里，我便飞往奢城，找到了大白叔叔。大白叔叔听后，对我说：'我老了，百合集团也无力经营了，你来接手吧。'大白叔叔要将百合集团托付给我，我不敢接受。我知道，大白叔叔待我如己出。大白叔叔问我有什么打算，我说要给H联盟14局提供一个契机。"

"什么契机？"叶羽西打开信封，正将信纸抽出来。

"深度调查白夜基金组织的契机。"顾冰清嘴角边挂着一抹笑容。

叶羽西看了一眼信纸，抬头说："你打算将玫瑰集团、百合集团合并，成立黑玫财团。"

"只有这样，玫瑰集团和百合集团的账务才能全面审查，白夜基金组织也要提供财务明细。"

"这是一个好契机。"叶羽西微微一笑，将信纸塞到信封里，递给顾冰清，"三家公司一块合并吧，让这个黑玫财团成为白夜基金组织最大的财团，这样白夜基金组织更要好好配合了。"

"我也是这样想的。"顾冰清接过信封，"我们是新一代的中国儒商，应该明白国家利益至上的道理，没有国家提供安全土壤，中国企业无法茁壮成长。"

"中国儒商！"叶羽西笑了笑，"正如你大白叔叔说的，我也老了，玫瑰集团、百合集团、海棠公司合并后，就由你来主持吧，我们要颐养天年了。"她侧身回眸看了黑玫一眼，眼皮眨了眨，笑道："你取名黑玫财团，不怕小湄吃了你？"

"黑玫财团，可不是黑玫的黑玫，而是林心湄最喜欢的黑色玫瑰花。"顾冰清笑着向院子里走去。

22. 单大师自首

“她是 H 联盟 14 局的？”

“H 联盟 14 局是干什么的？”

当萧痕得知黑玫的身份时，这两个疑问萦绕心头，他的海马体如惊蛰的蛇突然躁动起来，有关 H 联盟 14 局的信息突然涌进了脑海里。

萧痕惊愕地看着黑玫，疑云更浓。

——我的手机里怎么有 H 联盟 14 局特工的号码？

——我与 H 联盟 14 局有什么关系？

黑玫很快便消融了萧痕的疑云。她环视一下四周，知道自己是个不速之客。这里没有人欢迎她来，可是她不能不来。国家使命告诉她，她必须征服眼前这些不怕麻烦的人。她向叶羽西看了看，从包里拿出一部手机——与萧痕的手机一模一样，蝴蝶公司制造的白夜手机。

“这是单大师交给我的手机。”黑玫向众人看了看，“你们一定疑惑，单大师怎会与 14 局的人合作？实际上，早在三个月前，单大师便向 14 局自首了。”

“自首。”萧痕皱了皱眉，“你用了‘自首’这个词？”

“不错，是自首。”黑玫点了点头，“单大师是 hand 公司的权重人物，更是庄化蝶的死党和忠实的门徒。可惜的是，庄化蝶并不尊重单大师。hand 工业大部分业务被总部收回，并且总部与非洲某些国家合作，直接将整个国家作为军火加工厂，这样 hand 工业基本上呈现无生意可做的状态。”

黑玫说着打开手机，在手机屏幕上输入密码，然后一个全息技术制作的记忆盒子呈现在众人眼前。记忆盒子里只有一个人，正是单大师。他所处的空间，是一个暗室。单大师的眼睛微微向上眺望，显然暗室前是个玻璃墙，墙外应该站有其他人。

盒子里的单大师说：“我是来自首的。”

玻璃墙外的人声经过加密改变，听起来像是机器人的声音：“我等你12年了。”

盒子里的单大师眉头一皱：“12年前你便知我是五指月组织的人？”

玻璃墙外的人说：“我就是不明白，石小岚是被五指月组织害死的，你为何加入了五指月？”

盒子里的单大师说：“为什么不抓我？”

玻璃墙外的人说：“抓了你，我们就无法摧毁整个五指月组织。”

盒子里的单大师笑了：“真没想到，H联盟14局的指挥官竟然是个老熟人。”

玻璃墙外的人说：“你为什么要自首？”

盒子里的单大师说：“不自首，也得死。”

玻璃墙外的人说：“你是为了生存？”

盒子里的单大师说：“我无畏生死，可我不能让亲人死。”

玻璃墙外的人叹了口气：“所以你选择了自首。”

盒子里的单大师说：“庄化蝶要退了，他儿子比老子更可怕，他要实施‘H计划’，做全世界的皇帝。”

玻璃墙外的人说：“秦始皇计划。”

盒子里的单大师一愣说：“你怎么知道？”

玻璃墙外的人说：“hand公司有14局的人。”

盒子里的单大师叹了口气：“看来，五指月组织已被你们掌控了。”

玻璃墙外的人说：“还差得远，但我们会一步步清除五指月组织的。”

盒子里的单大师说：“你如何确保我的安全？”

玻璃墙外的人说：“我无法确保你的安全。”

盒子里的单大师笑着说：“你倒是诚恳。”

玻璃墙外的人说：“以我对你的了解，你自首并不那么简单，说说你的目的吧。”

盒子里的单大师笑道：“我千算万算，就是没算到14局的指挥官会是你！”

玻璃墙外的人说：“棋差一招。”

盒子里的单大师说：“我自首是真，目的是假。”

玻璃墙外的人说："什么目的？"

盒子里的单大师叹了口气："实际上，我是必死无疑。庄化蝶娶了卡佳·高尔后，hand公司与高尔集团成为一体，在H联盟占有两个席位，他也取得了前所未有的成就。所以，他开始大清洗。凡忠诚于他的人都被收买或暗杀，我是暗杀对象之一。庄化蝶的内部清洗，让我们这些老人感到震惊与无奈。所以，我也看透了人生。临死之前，我只想把一项发现交给国家，来换取叶羽西、白逐尘、林心湄、顾冰清、白逐之五人的安全，以及海棠公司、玫瑰集团、百合集团的合法化。"

玻璃墙外的人说："什么发现？"

盒子里的单大师说："摘星计划。"

玻璃墙外的人显得颇为激动，说："是不是双子星？"

盒子里的单大师笑道："双子星对你来说意义非凡，只要你答应我的条件，我就答应将'摘星计划'和盘托出，你便可登上双子星。"

玻璃墙外的人说："双子星，摘星计划……"

盒子里的单大师说："苏翙，庄筱娴，双子星……"

玻璃墙外的人说："我答应你。"

盒子里的单大师笑了："我还有一个附加条件。"

玻璃墙外的人说："你说。"

盒子里的单大师说："我会安排一个hand特工与你们合作，万一我死了，他有足够的能力帮你们完成'摘星计划'。"

玻璃墙外的人说："谁？"

盒子里的单大师嘿嘿笑了："他的名字叫萧痕。"

记忆盒子忽然发出吱吱啦啦的声音，陡然一亮便关闭了。黑玫收好手机，对萧痕说："你手机里的电话号码是单大师给你留的，你就是他挑选来完成'摘星计划'的人。"

"'摘星计划'是什么？"萧痕皱了皱眉，"我是来执行破坏'血滴子计划'的，不是来完成'摘星计划'的。"

"破坏'血滴子计划'是完成'摘星计划'的序曲。"黑玫笑了笑，"我们已经跟单大师达成协议，你帮我们完成'摘星计划'，我们确保海棠、玫瑰、百合三家公司的合法化，以及叶羽西、白逐尘、林心湄、顾冰清、白逐之的生命安全。"

叶羽西幽幽地说："萧痕还是爱我的，还是爱我们的。"

顾冰清一手握住林心湄的手，一手握住叶羽西的手，说："希望新成立的'黑玫财团'能帮你们完成计划。"他附耳在林心湄的耳边说，"'黑玫财团'的法人是你的名字，我最后送你一朵黑色的玫瑰花。"

林心湄望着顾冰清，眼里浸满了喜悦、欢愉的泪水，忍不住挽住了顾冰清的胳膊。

萧痕正在思索如何回答黑玫，忽听头顶上传来直升机的声音，忙走出客厅看。众人来到院里，抬头见一架直升机在岛顶上盘旋。飞机上，一个亚洲人扛着一个火箭炮对准了院落。在飞机的另一侧，一个穿着风衣的日本人手里拿着弓弩，向众人喊道："我叫'将军'，'海棠'在哪里？"

"将军"，日本幕府组织的首领德川源濑。

叶羽西抬头看着德川源濑，说："你是德川源濑。"

德川源濑嘿嘿笑道："我今天来就是跟你打声招呼的，明天下午 6 点前刺杀白逐尘。"他说着一抬手，一支箭从弓弩里射出来，正射在叶羽西身前。

德川源濑哈哈一笑，直升机一个旋转向东北方向飞去。

叶羽西看了看弓箭，见上面有张字条，便取下来打开，只见上面写着"马六甲"三字。

"马六甲？"叶羽西皱了皱眉，"这是什么意思？"

"马六甲大厦。"黑玫看了看字条，掏出一个平板电脑，边搜索信息边说，"马六甲大厦是刚刚竣工交付使用的一栋大厦，是白夜基金组织的总部大楼，与国会大厦一步之隔。明天下午 4 点，白逐尘要参加马六甲大厦交付仪式，他们要在那里刺杀白逐尘。"

第五章　纸牌屋

“当风力已经势不可挡时，就没有必要顶风而行了。”

——美剧《纸牌屋》

23. 思想上的恐怖袭击

白逐尘感到太疲倦了。他的疲倦不只是体力上的累，更多的是精神上的乏。尤其是这晚，他基本上是一夜无眠。白垩纪的“太极战略”全盘摆在他的面前，这让他有些措手不及了。从事党鞭 20 年来，他从未遇到过这样的对手。或许，那 20 年里，PAP 一党独大顺应民心，所以一切顺风顺水。从大势上来讲，星城需要变革，需要像白垩纪这样雄才大略的人物来执政星城，带领国家走上新的模式和道路。他虽然忠诚于 PAP，可他也能看出“克拉运河计划”对星城经济的冲突，那不是一次经济下行或金融危机什么的，那是一刀斩断了国家命脉。这时，他想起了白垩纪的“摘星工程”，抛开政见政党来说，这无疑是改变国家命运的伟大工程。如果双子星能适合人类居住，如果星城能移民双子星，星城再也不会时刻行走在剃刀边缘了。

——马六甲海峡是一把剃刀，剃刀一歪，一刀就割开了星城的喉管。

——H 联盟也是一把剃刀，它的战略随时可以终结星城的国运。

白逐尘心里排斥 H 联盟对星城的渗透。那种排斥是骨子里的排斥，可他更明白没有 H 联盟的撑腰，星城将会在海洋上放任自流，迷失方向。

所以，“摘星工程”必将受到星城国民的支持和追捧。

所以，白逐尘更感觉倦乏了。他知道了白垩纪的计划，知道星月党将用“围剿”的方式终结 PAP 的执政党地位。可他却无能为力。甚至，他都不知如何向总理陈述。

这时，他明白白垩纪全盘托出“太极战略”的用意了。“太极战略”只是一种策略，一种伟大的创意，而白垩纪就是想用一个创意摧毁 PAP。依他的老谋深算和拉票经验，尚且感到无能为力，PAP 中谁能化解此厄？就算告诉总理，总理又能如何化解？只不过徒增烦恼而已。如果整个 PAP 都知道了“太极战略”，那么整个政党都会处于恐慌之中。

——思想上的“恐怖袭击”。

白逐尘明白，这是白垩纪有意要在PAP中制造一起思想上的“恐怖袭击”事件。他洞悉了白垩纪的意图，就要终结消化。

这让他的内心充满了愤怒、焦虑与无奈。

这时，他想起了一个人，后悔没有与此人合作、结盟。

——单大师。

三个月前，总统大选还没有开始，单大师忽然来拜访他，提出了一个大胆的策略：与他一起合作改变星城的历史。单大师所谓的“改变”，并不是推翻PAP执政，而是让他成为PAP领袖，成为下届总理。白逐尘当然不能答应，他立刻推却了。此刻，白逐尘感到后悔了，如果他答应了单大师，并且说服整个PAP，那么PAP就能拥有“摘星工程”了。

——单大师幕后操纵PAP的入场券，就是“摘星工程”。

所以，当白垩纪说出“摘星工程”时，他整个人都懵了。那一刻，他只能想到一件事：他的这一推，将PAP推出了星城政坛。

——看来，单大师选择与星月党合作了。

——看来，星月党的幕后人物就是单大师了。

白逐尘微微叹了口气，听到自己的脚步声刺耳响起，才发觉自己迷迷糊糊地走进了新国会大厦。这时候，他听到了烦扰喧哗的人声。然后，他抬起头，看到了一面墙上挂着的钟表。钟表上的时刻正处在“8:15”的位置，下面的汉字显示着“星期六”三个字。

“是周末！”他情不自禁地搔了搔头，看着同事们在忙碌，不禁提了提精神。虽然是周末，可国会并没有休息，总统大选期间太多的事情需要处理了，整个国会已经忙得不可开交。

白逐尘穿过走廊，脑袋还是昏昏沉沉的。他走到走廊尽头的办公室前，猛地推开门走了进去。

他走进去后，顺手将门关住，正要脱掉那件令他难受至极的西服时，不经意间一抬头，却发现他的办公桌后坐着一个二三十岁的中国男人，不禁愣住，问：“萧痕？！你不是萧痕！你是谁？你怎么进来的？”

“我就是萧痕，但不是你认识的那个萧痕。”萧痕笑着站起来，“作为一个hand特工，进你的办公室不算难事。”

“hand 特工？”白逐尘还是觉得头昏昏沉沉的，他被白垩纪的“太极战略”弄晕了，一时没想起 hand 特工是什么，当他想起“hand 特工”的含义时，不禁一振，头脑彻底醒了，“你要干什么？”

白逐尘向后退了一步，侧身去按墙壁上的警报按钮。

“省省吧。”萧痕从椅子上站起来，“我切断了整间办公室的电源。”

白逐尘不信，在警报按钮上连续按了几下，没有任何声响，才知萧痕所言非虚，微微叹了口气，心神倒是镇定了许多，便走到沙发前坐下，问：“你要干什么？”

“保护你。”萧痕说。

“保护我？”白逐尘皱了皱眉，“你为什么要保护我？我为什么要被保护？”

“单大师——”萧痕走到白逐尘对面的沙发上坐下来，“你认识单大师吧？”

“认识。”

“他找过你？”

“找过。”白逐尘警觉地问，“你问这些干什么？”

“是单大师派我来保护你的。”萧痕微微一笑，“你不用害怕。”

“单大师为何会保护我？”白逐尘疑惑不解。

“因为你是单大师的姑父。”

“他还好吗？三个月没见到他了！”白逐尘放松下来，微微叹了口气，“他怎么帮了星月党？”

“单大师死了。”萧痕平静地说。

“什么？”白逐尘骤然起身，“他死了？”

“死了。”

白逐尘又坐了下来，此刻他已经无法思考了。可是，他不能不思考。

——单大师死了！白垩纪的“摘星工程”从何而来？

——是白垩纪杀死的单大师？

——白垩纪有这么大的能量吗？

白逐尘无法回答，他只能看着萧痕，问：“你知道些什么？”

“你知道些什么？”萧痕笑着反问。

“三个月前，单大师找过我一次，他想让我成为PAP领袖，执掌国家大权。”白逐尘只觉胸闷，喘了口气。

“单大师为什么要推你为PAP领袖？”萧痕不解地问。

“我不知道。”白逐尘叹了口气，“想不到他死了！”他皱了皱眉，又说：“单大师的死跟白垩纪有关吗？”

“白垩纪？”萧痕想起刚从网上看到的新闻，新闻标题上写着“星城白垩纪时代来临”，他随意看了几眼，并没有太多留意，听到白逐尘问话，便说：“星月党领袖。”

“是的。”白逐尘坚定地说，“单大师的死一定跟白垩纪有关系。”

“你这么肯定？”

“单大师确保PAP成为执政党的砝码，也是现在星月党的竞选砝码：‘摘星工程’。可惜，我没有答应他。”白逐尘叹了口气。

“你的意思是，白垩纪杀了单大师，拿到了‘摘星工程’？”

“你要知道，现在的选民不同以往，他们已经自我觉醒，而且具有看透事物本质的能力。”白逐尘站起身，来回走了几步，“白垩纪昨天告诉我星月党的战略，其中战略之一就是执行‘摘星工程’。如果他要赢得选票，他绝不可能用一些概念去欺骗选民，他一定是掌握了极其重要的资料。而这些资料，原本在单大师手里。”

“你见过？”萧痕问。

“见过一些。”白逐尘微微叹了口气，“单大师让我看时，我并不相信那是真的。可是，现在那些资料竟成为星月党竞选的武器。”

“白垩纪为何要告诉你？”

“思想上的恐怖袭击。”白逐尘站在窗前，在星城河畔景观带上随意眺望一眼，陡然转身，眼神冷峻起来，“他企图通过思想袭击来击垮PAP！”

24. 马六甲非马六甲

“马六甲大厦彻底清查了，所有死角都看了，幕府组织不可能在这里暗杀白逐尘。”

萧痕的耳边响起石小夕甜美清脆的声音。

——她说的“死角”，实际上指的是狙击位和刺杀地。

萧痕听到石小夕的声音时，整个人都酥了，那一刻几乎忘记了危机四伏。当他看到白逐尘冷峻的眼神时，整个人顿时清澈起来：让石小夕参加他的队伍是不是一个错误？

保护白逐尘，是萧痕的任务。而保护白逐尘，萧痕需要一个团队。海棠庄众人中，叶羽西、林心湄是普通女人，顾冰清是一介儒商，根本没有战斗力。只有他和黑玫受过训练，而他们也有共同的目标，所以很快达成合作协议。石小夕是自告奋勇，她眼神里闪烁着兴奋的光芒，那光芒让她看起来更美了。萧痕看到那光芒时，只觉在那里见过，可就是想不起来。他惊艳那光芒，那光芒似乎能焕发一切，似乎能涤荡灵魂。没有人同意她参加，可石小夕却用一套完美体操和一把弓箭证明了她能够胜任。

——体操展示了她的身姿轻盈，弓箭展示了她的专业能力，“百步穿杨，正中红心”，能使得这一把好弓的人不多，所以石小夕自豪地告诉大家：“我本是韩国女子射箭队的成员，由于一些原因，我失去了参加奥运会比赛的资格，否则我会拿第一名的。”

萧痕按动耳麦，问：“确定？”

“确定。”石小夕望着马六甲大厦一楼大厅交付仪式背景墙，“黑玫很专业，她确定这里不是理想的刺杀地。”

“声东击西，幕府组织的小把戏。”萧痕回答，“马六甲大厦不是刺杀的地方，你们匿名告诉保安加强防范就行了。”

“好。你要小心。”石小夕看着宽幅玻璃中英姿飒爽的自己，不禁扭了扭腰肢孤芳自赏。她手里提着一个小提琴箱子，弓和箭就在小提琴箱子里。

“我知道。”萧痕关了耳麦。

“你在跟谁通话？”白逐尘已经坐在萧痕的对面。他双手抱在胸前，有意无意间流露出提防的意思。

“我的队友。”萧痕微笑。

“你的队友，hand 特工？”白逐尘问。

“嗯！”萧痕点了点头，“单大师就是 hand 特工的教官！”

“马六甲大厦——刺杀——”白逐尘双臂抱得更紧了，“我是刺杀对象吗？”

“是。”

“谁要刺杀我？”

“幕府组织。”

“日本黑帮？”白逐尘皱了皱眉，“他们为什么要刺杀我？”

“因为他们是雇佣者。”

“谁雇佣的他们？”

“不知道。”

“你们想怎么做？”白逐尘放开了手臂，从茶几的隐蔽处拿起一盒烟，向外瞧了瞧，起身把百叶窗放下来，“星城禁止在办公室抽烟。”

“你现在需要抽烟。”

白逐尘点了点头，点了一根烟，抽了一口说：“这两天我太累了，几乎没有睡觉。我能感到危机四伏，可就是不知危机在哪里？”

“取消马六甲大厦的活动。”萧痕站了起来，冷冷地对白逐尘说。

“取消。”白逐尘摇了摇头，“不可能取消。”

“一次交付仪式影响不了总统大选。”萧痕趋步上前。

“马六甲大厦交付仪式不值一提。”白逐尘摇了摇头，“我参加马六甲大厦交付仪式只是一个形式，而我的行程路线才是内容。PAP 现在风雨飘摇，如果中心区的选票达不到80%，对PAP来说是致命打击，而星月党会强势进驻中心区，到那时PAP就无防守之力了。”

“你准备在中心区构筑一道墙。”萧痕看了白逐尘一眼。

“是的。”

“是危墙吧。”

“有墙总比没墙强。”

“君子不立于危墙之下。”萧痕盯着白逐尘看，“是墙重要，还是墙下的人重要？”

“你不懂，你还年轻。”白逐尘深深吸了一口烟，“我理解中国文化的内涵，因为我是在中国长大的。虽然我的国籍是星城，但骨子里我还是炎黄子孙，如同你一样。所以，我明白一种精神：士精神。”

“我懂。”萧痕看着白逐尘，眼神里有了光亮，“士为知己者死。”

“一诺千金。”白逐尘有些欣赏眼前的年轻人了，“单大师死了，你仍然信守承诺来保护我，这就是士精神。同样，我是PAP的人，生是PAP的人，死是PAP的鬼。就算危墙倾塌，我被尘埃压死，但我也忠诚于我的信仰——一诺千金的士精神。”

萧痕敬佩白逐尘的抉择，他不想再劝白逐尘放弃。如果是他，他也会选择坚守。他看到墙上的星城地图，走到前面问：“说说你的行程路线。”

“你要想清楚了。”白逐尘看着地图说，“我死的概率远比活的概率大，如果你保护我，很可能也会死去。你虽与单大师有约定，但与我没有约定，单大师死了，你不必遵守信诺。”

“说说你的行程！”萧痕冷冷地命令白逐尘。

白逐尘被萧痕的气势折服，向萧痕深深地鞠了一躬，走到地图前，地图上指着说：“马六甲大厦是最终目的地，但我此次行程规划是画了一个圆，从新国会大厦穿过星城河，第一站到马六甲清真寺，第二站到陈氏宗祠，第三站到克拉码头，这一站是中心站，将由万人参加。然后再穿过星城河，绕回马六甲大厦。”

“马六甲清真寺？”萧痕在图上找到这几站位置，手指着马六甲清真寺的地方，“咱们折中一下。”

“怎么折中？”

“再结实的城墙也需要人来筑成，譬如中国的万里长城。所以，活着比什么都重要。如果你死了，这墙不攻自塌。”萧痕看着白逐尘，手指在克拉码头处一指，“既然中心站是克拉码头，那么我们就直接奔赴目的地，不再去马六甲清真寺和陈氏宗祠。”

“为什么？”

“因为我们获得了消息，幕府组织今天要在‘马六甲’刺杀你。起初，我们以为‘马六甲’指的是马六甲大厦，但现在已经确定那里很难实施刺杀计划。”

“你认为马六甲清真寺才是刺杀地点？”白逐尘在马六甲清真寺的地方一点。

“有这个可能。”萧痕微微点了点头，“幕府组织崇尚武士道精神，他们不会信口雌黄。”

“你能确定他们会在马六甲清真寺刺杀我？”白逐尘反问。

“不能确定。”萧痕看着地图说，“但我敢肯定他们的刺杀地点一定与‘马六甲’有关。”

“你很欣赏幕府组织？”白逐尘笑了笑。

“德川家族的三叶葵纹，他们的子孙不会轻易玷污的。”萧痕向窗外看了一眼。

“你要通知你的团队吗？”白逐尘指了指萧痕的耳麦。

“不用。”萧痕摇了摇头，“我们的对话，她们一直在听着。此刻，她们已经去了马六甲清真寺和陈氏宗祠。”

“咱们现在要做什么？”白逐尘看了看手表，“9点就要出发了。”

“等。”萧痕平静地说。

“等？”白逐尘皱了皱眉，“过了9点，还要等？”

“等。”萧痕看了白逐尘一眼，“我要确保你的安全。”

这时，萧痕的耳麦里传来黑玫的声音。只听黑玫说：“我看到了德川源濑。”

萧痕按动耳麦，问：“在哪里？”

“马六甲清真寺。”黑玫回答。

“这么快就到了马六甲清真寺？”萧痕微微皱了皱眉。

“石小夕跟你通话时，我便去了。”黑玫轻笑一声。

“你早就猜到了？”萧痕吃惊地问。

“我可是H联盟14局的特工。”

萧痕关了耳麦，对白逐尘说：“你安排吧，取消马六甲清真寺这一站。”

“你的队友很迅速！”白逐尘笑着摇了摇头，“马六甲清真寺和陈氏宗祠这两站都取消，取消一站会打草惊蛇。我们直接去克拉码头。”

25. 克拉码头刺杀

“克拉码头！”

当萧痕陪着白逐尘到达克拉码头时，他忽然灵光一闪。那灵光宛如从天而降，直入他的脑海中。

“真正的刺杀地点在克拉码头！”

萧痕立刻按动耳麦，他的声音通过蓝牙传送到石小夕和黑玫耳中。她们两个几乎异口同声地问：“为什么？”

萧痕看着克拉码头，眉头紧紧皱着。克拉码头简直就是一个集市，人群嘈杂、混乱，刺客最容易混迹人群中。更令他头疼的是，克拉码头百米之内竟然有几栋写字楼，这为刺客狙击提供了有利位置。PAP 统治了星城将近 80 年，国民早已习惯，甚至漠视。国民对谁执政不甚关心，他们关心的是自己的利益。当然，如果 PAP 能够提供建设性的改革方案，国民还是愿意支持 PAP 的。所以，PAP 党鞭的演讲吸引了上万人，此刻他们正聚集在码头上。整个克拉码头上都挤满了人。

——幕府组织一定会将克拉码头作为刺杀的场所。

“‘马六甲’刺杀并非幌子。”萧痕这样回答石小夕和黑玫，“星城大选危机的爆发根源，就是中泰合资开凿克拉运河，直接冲击马六甲海峡，造成星城国民恐慌。星月党正是抓住这一点，才获得国民支持。幕府组织刺杀白逐尘，肯定与星城大选有关，星月党脱不了干系。”

“‘马六甲’刺杀其实不在‘马六甲’，而在与‘马六甲’对应的‘克拉’——克拉码头。”石小夕抬头看着陈氏宗祠的门额，兴奋地说。

“我尽快赶到克拉码头。”黑玫看到星城河里刚停下一艘快艇，她来不及细想，便飞奔跳到快艇上，伸手将驾驶员推进河里。那艘快艇还没有熄火，黑玫熟练地操作方向盘，向克拉码头方向驶去。

“我也尽快赶去。”石小夕骑着一辆摩托车，加速向克拉码头驶去。

萧痕抬头看着高达165米的摩天巨轮，看着看着，只觉那转动的摩天巨轮形成了一道光影。那光影里竟然闪出火光来。忽然，他的头痛了起来。那团火又扑面而来。火势极旺。他耳畔轰鸣起来，似乎听到有人的笑声。他愣住了。大火起时，并非只有他一人。那笑声是个男人的笑声，他似乎听到那个男人说着话："萧痕——萧痕——"

"萧痕——萧痕——"他的耳畔响起了石小夕的声音。

萧痕登时清醒过来，问："怎么了？"

"我遇到了伏击。"石小夕喘着气，"有人向我射箭。"

"德川源濑！"萧痕喊道，"一定是德川源濑！你不要硬拼！"

"我的箭术也不差——哎呀——"石小夕惊叫道。

"小夕，去花园，去花园。"萧痕抬头看到白逐尘走上码头的制高点，心头不禁一振，快速向白逐尘那里跑去，"小夕，你的箭术虽然不差，但那不是杀人的箭术。德川源濑用的是杀人的箭！"

"好。我去花园，等你信息。"石小夕知道不是逞强的时候，躲过不知从哪里射来的弓箭，调转车头，沿着一个小巷子向前驶去。

萧痕一边拨开人群奔跑着，一边审视周围地形。情况糟透了，只要在附近的写字楼设置狙击点，站在高处将自己完全暴露的白逐尘就成了活靶子，必死无疑。

忽然，他觉得情况更糟了，因为他看到了一个人。那人就站在白逐尘不远处的人群里，穿着衣兜帽，手里拿着一把弓弩。

——德川源濑！

幕府组织的"将军"德川源濑竟然早已混迹在人群中。

以德川源濑距白逐尘的距离，他只要抬手射箭，必定射中其心脏。

萧痕这时距离白逐尘还有几步之遥，忽然，他看到两道亮光在空中一闪，他知道最糟糕的情况发生了。德川源濑安排了两名狙击手，现在枪口正对着白逐尘，加上德川源濑的弓弩，就成了三个狙击点。

任凭萧痕有通天之能，也无法一人破三点。

"白逐尘必死无疑了。"萧痕跨越最后几步时，心里不觉叹息。保护白逐尘是他的任务，而他却将白逐尘引入了死亡之地。就在那短短的几秒时间里，萧痕的脑海里闪出一系列的形象来——他自己的形象。作为一个

hand 特工，他与幕府组织成员一样也是一个杀手。“杀手！”萧痕只觉振聋发聩，他的善良本性再次流露出来，这让他心里猛地一痛。那一系列刺杀画面组成了一道幕墙，他就在那幕墙上奔跑着，似乎在他的生命里奔跑是一种动力——一种力量的源泉。

突然，他整个人如同踏空了一般，左脚在一个石基上一蹬，右脚一个大跨步向前一跨。这一跨，步距超越了他的想象。这一跨，他右脚便踢倒了白逐尘。

这一瞬间，他便听到子弹头打在白逐尘脚下石阶上的声音。那声音清脆刺耳，一颗子弹头就在他的耳畔跳起——那一跨，萧痕整个人便跌在了地上。

萧痕看到那颗子弹时，他眼前忽然又闪烁起那耀眼夺目的光芒来，火光中那道声音又起了：“萧痕——萧痕——”然而，这道声音却是一个女子的声音。

萧痕的眼前只有火焰，只有通红的焰火烘烤着面颊。他无法看清白逐尘的位置，更无法确定狙击手和德川源濑的位置。

几颗子弹打在石阶上，萧痕一个翻滚向河边滚去。他抓住了栏杆，双手用劲，让自己站了起来。

这时，他看到了德川源濑！

德川源濑正站在白逐尘面前，他那把刻着德川家族三叶葵纹的弓弩，正抵在还未完全从地上站起的白逐尘的额头前。

白逐尘必死无疑了！

萧痕叹息着，可他无法在极短的时间内冲到白逐尘面前。

这一瞬间，萧痕放弃了希望。

那幅由他执行过的刺杀事件的画面突然又竖立在面前。他似乎能看清每一个画面，而他只要用手指轻轻一拨，便能提取出画面内容，清晰地看到画面里的动作细节。忽然，他看到了一个眼神——他自己的眼神。那是在一个极其瑰丽神秘的空间里，他虔诚地跪在一片虚无里，眼前悬浮着一个晶莹剔透的悬棺，周围环绕着日月星辰，悬棺里有一对双胞胎女孩，夺人双目。而他的眼神，由冷峻到温暖，他那张硬朗的脸上竟绽放出笑容来。

萧痕忽然做了一件奇怪的事情，他朝德川源濑喊道：“血滴子——”

“血滴子！”德川源濑听到“血滴子”时，不禁一愣，朝萧痕看了一眼，问：“你怎么知道‘血滴子计划’？”

德川源濑问萧痕时，他的左手在半空中握住，竖起了大拇指——这是告诉狙击手暂停的手势。

“因为我是‘血滴子计划’的执行人。”萧痕清醒过来，朝德川源濑走过去。

“你是‘血滴子计划’的执行人？”德川源濑忽然笑了，“那我是什么？”

“你也是‘血滴子计划’的执行人？”萧痕心里也奇怪，可他脸上没有表露出来。

德川源濑看着萧痕，眉头微微皱起，说：“我好像在哪里见过你？”他思索着，忽然眉头舒展起来，“一个半月前，你在靖国神社前杀死了井上河。”

萧痕眼前浮现出一个半月前他在靖国神社前杀死雏菊工业副总裁井上河的画面来，那画面清晰无比，他将一根细如筷子的形如箭的木杆直接插在了井上河的胸口前，快捷、狠绝地结束了井上河的命。

“你怎么知道？”萧痕又向前走了两步。

“因为我就在那里。”德川源濑眼角里有了笑意，“我也是刺杀井上河的执行人。”

萧痕觉得诧异极了，可是他不能问，一问就露馅。他又向前一步，距离白逐尘仅一米之遥，已经到了可以攻击的距离。

德川源濑似乎看清了萧痕的心思，他在半空中的手——那根大拇指忽然蜷曲，向拳头一按，示意狙击手开枪。

这一刻，空间和时间似乎停顿了。

萧痕似乎能看到有子弹从远处射来，一颗子弹射向白逐尘，一颗子弹射向他。

可令萧痕和德川源濑吃惊的是：没有枪声，没有子弹，什么都没有。

德川源濑愣了愣，将举在半空中的手向下一甩，那意思是连续不断地射击。

可是，枪声还是没有响起。

萧痕忽然想起了一个人：赫尔曼·戈林。

一个枪法精准、时刻出现在他周围的杀手：赫尔曼·戈林。

这一定是赫尔曼·戈林的杰作，在这空当，赫尔曼·戈林已经找到幕府组织狙击手的位置，然后射杀了他们。

可是，赫尔曼·戈林怎么知道这一切的？赫尔曼·戈林又为何帮他？

萧痕来不及去想，就在德川源濑甩手的那一瞬间，他跳起来一拳打在弓弩上，另一只手攥住白逐尘的胳膊，顺着他向前的冲劲，冲向星城河里。

德川源濑惊诧之际遭萧痕袭击，本能地扣动弓弩扳机，嗖的一声，两支弓箭射出，射在从远处赶来的警察身上。那警察不防，胸前被两支弓箭穿过，来不及惊叫便重重地摔倒在地上，鲜血汩汩流出，瞬间淌了一地。

德川源濑再举起弓弩时，一艘快艇忽然驶来，快艇上一个中国女人手持手枪向他射击，他急忙跳入人群，子弹从他头顶掠过。

驾驶快艇、袭击德川源濑的人正是黑玫。

这时，萧痕和白逐尘浮出水面，看到黑玫，萧痕拉着白逐尘向快艇游去。

快艇上的黑玫正要向萧痕驶去，忽然看到快艇玻璃上有亮光一闪，她反应极快，猛地向河里跳去。只听轰的一声，快艇被子弹打中，着起火来。

萧痕只觉眼前一片大火，那个女子的声音又在耳边响起："萧痕——萧痕——"在令他心生恐惧的火焰面前，他并没有停下来，而是拉着白逐尘迅速游到岸边，抢下一辆刚下客人的出租车，快速向前方驶去……

26. 石头人与石炜烽

出租车在植物园门口微微停顿了一下。

萧痕向植物园望去，果然看到石小夕正在门口焦急地等着他。

“花园”，指的就是植物园，这是萧痕与石小夕的暗约。

萧痕看到石小夕后，向石小夕微微一点头，又驱动车子向前驶去，拐进一个小巷子里。他知道这辆出租车已被星城警方监控了，他要将车子隐匿，或者误导警方。他选择了后者。当车子拐进小巷子时，萧痕看到一个 30 岁左右的印度人。萧痕迅速做了一个决定。他用枪逼着那个印度人开着出租车向西北区方向驶去。然后，萧痕和白逐尘徒步走向植物园。

“为什么要去植物园？”白逐尘不解。

“植物园人多，容易藏匿。”萧痕向白逐尘解释，可这种解释连他自己都不会相信。

“你没有计划？”白逐尘走着走着，忽然站住，问萧痕。

“当然有计划！”萧痕向白逐尘一点头，率先向植物园门口走去。

石小夕看到萧痕和白逐尘，向萧痕微微一点头，径直向植物园里走去。因为是周六，植物园里到处都是人，许多国外游客正在兴致勃勃地拍照留影，人声鼎沸。

萧痕挽着白逐尘的胳膊，目光只看向前方，小声说：“不要左顾右看，盯住前方直走，注意隐蔽。”

“你的计划是什么？”白逐尘追问。

“第一步，到图书馆。”萧痕走向一条蜿蜒小道。小道两旁开满了花，一个女子骑车的雕塑看起来充满了力量感、活力与热情。

萧痕和白逐尘无心欣赏花园里的美景，他们迅速走向图书馆。当他们到达图书馆时，石小夕已在门口等着。图书馆门口挂着一个大牌子，上面写着：“很抱歉，图书馆翻修，谢绝游览。”

“这倒是一个好的藏匿点。”白逐尘看到牌子时，心里稍微舒缓了一口气。

但当他走进图书馆，看到一个强壮的老人站在阅览室前厅入口处时，他才知道好的藏匿点也是好的阴谋点。他知道，这次真的完蛋了。

“石炜烽。”白逐尘看着那个强壮的老人时，忍不住叹了口气。

“石炜烽？”跟在白逐尘身后的石小夕吃惊地问，她看着那个强壮的老人，无论如何也不能相信这个代号为“石头人”的怪人就是她的父亲石炜烽。

这个强壮的老人正是植物园的清洁工“石中天”。

这个叫“石中天”的人却是在中国奢城被枪决过的人，他的名字竟然是“石炜烽”。

石小夕看着石中天，眼神里全是不相信，她不明白父亲为何还活着，很显然这20年时间里，他的容貌发生了极大的变化，可她从他的眼神里能看到父亲的影子。

“你真的是石炜烽？”石小夕待在那里，无法思考。

“他当然是石炜烽。”白逐尘又叹了口气。

“石炜烽不是死了吗？他被中国警方枪毙了？”石小夕的思维还在混沌中。

“这得感谢白逐尘。”石中天竟然承认了他是石炜烽，“白逐尘买通了具茨山监狱的监狱长，他当然有方法救我。”

“我救你是因为我欠石小岚的，你不必感谢我。”白逐尘冷冷地问答，他转头看着萧痕说：“你怎么跟他有联系？”

萧痕回答白逐尘：“我并不知道你们认识。昨晚德川源濑大闹海棠庄后，他也去了海棠庄。”萧痕向石炜烽一指，接着说：“我不知道他是谁，只知道他的代号是‘石头人’，我的朋友被他绑架了，为了救我的朋友，我要答应他一件事。”

“什么事？”白逐尘问。

“把你交给他！”萧痕微微闭了闭眼睛。

“你可知他为何找我？”白逐尘看了看萧痕，忽又叹了口气，“他要拿到寻找牛顿爵士光学武器的线索。”

萧痕不禁愣住，问："你有线索？"

"只有我一个人有线索。"白逐尘摇了摇头，"你把我交给了恶魔，这比刺杀我更危机四伏，这个城市恐怕会毁于一旦，因为他就是白垩纪的践行者。"

"践行者？"萧痕又是一愣。

"白垩纪是星月党的领袖，表面看起来为人正直，但我却通过各种渠道得知，白垩纪为人心狠手辣，是个不折不扣的伪君子，是个阴谋和阳谋并用的人。可以说，白垩纪是践踏着法律走上政坛的。"白逐尘向石炜烽一指，"而所有违背法律的事情，都是由践行者来完成的。"

"石炜烽？"萧痕盯着石炜烽，"践行者？"

"不错，我就是践行者。"石炜烽昂起头来，向萧痕诡秘一笑，"昨天我是可以杀你的，可我看到你的脸，听到你的名字时，我就放弃了杀你。知道吗？你就是一个样本，冷冻人的样本。"

"我不是冷冻人。"萧痕冷冷地说。

"你是一个奇迹，对吧？"石炜烽嘿嘿一笑，"你就是一个奇迹，萧痕。"

"如果你是白垩纪的践行者，刺杀白逐尘就是你指使的。"萧痕向前走了一步，眼神冷峻起来，"要杀白逐尘的是你，要救白逐尘的也是你，为什么？"

"政治。"石炜烽笑了起来，"你一个杀手，怎么会懂政治？"

"我也不懂政治。"石小夕向前走了几步，看着石炜烽将手枪举起对准她，心里忽觉悲哀极了，"可我懂得什么是爱，什么是思念。我思念我的父亲，我爱我的父亲，我以为我的父亲在天堂，谁知我的父亲却在地狱。"

"你是谁？"石炜烽皱了皱眉。

"她是你女儿。"萧痕轻声说，"你韩国的女儿。"

"小夕？"石炜烽震惊了，他想不到有一天还能看到自己的女儿。

"我是小夕，但不是你的小夕。"石小夕向后退了一步，"我父亲不是恶魔。"

石炜烽冷笑道："恶魔？哈哈，恶魔！20年前，我石炜烽是一名警察，为了正义，我牺牲了个人、家庭，可我得到了什么？枪毙！死亡！不得不枪毙！不得不死亡！我没得选择，组织抛弃了我，我无怨无悔，可我的大女儿死了，我的二女儿也死了，她们为什么要死？她们是为了我而死的。我是为了谁而死的？我是为了我的朋友死的。可笑吧，我是被我的朋友们害死的！”

“爸爸？”石小夕被石炜烽的态度吓了一跳。

石炜烽对20年未见的女儿没有任何印象，或许他早忘了那段异国恋，或许他早忘了还有一个女儿。他看着石小夕有些陌生，陌生到他无法产生骨肉情感。他冷冷地对石小夕说：“回韩国去！回到你妈妈身边去！”

石小夕被父亲的态度激怒了，冷冷一笑说：“我到星城并不是来找你的，因为我根本不知道你还活着。你已经死了，在我心里你早死了！”

“我本来早已死了！”石炜烽冷笑道，“活着的只是个‘石头人’。你可知我为何叫‘石头人’，是因为我已经没有人类的情感，我的心就像石头一样又冷又硬。”

石小夕忍不住哭了起来。她蹲在地上，双肩抽搐着。

萧痕走到石小夕身边，轻抚她的头顶。石小夕站起来，看着萧痕，一下子将萧痕抱得紧紧的，眼泪瞬间打湿了萧痕的肩膀。

“我把白逐尘交给你了，我的朋友呢？”萧痕在石小夕肩上一拍，二人松开了。

“我是个‘石头人’，我说的话就像石头一样又冷又硬。”石炜烽看着石小夕，眼神里仍是冰冷之色，“我绝不会食言。”

27. 新闻大爆炸

这是一次前所未有的新闻大爆炸。

这次新闻大爆炸，类似军事演习，从拟稿到传送如同早就预设、演练好似的。白逐尘在克拉码头遇刺事件，事发后半个小时内全城皆知、满城风雨，各种新闻消息通过手机、互联网、自媒体等尖端科技，像突然降临的大雪般从天而降，纷纷扬扬地传递到每一个用户手里，传送到每一个星城国民的眼球里。

最令星城国民惊奇的是，连传统纸媒也在半个小时内发送到订阅户手中。

这令举国上下顿时集体失语了。

半个小时内，采编、排版、印刷、派送，在传统媒体上一个新闻事件的发酵过程根本无法完成。

在传统媒体界，如果连星城都做不到这一连串的行动，这个世界恐怕再也没有一个国家能够为之了。星城媒体的高效是闻名于世的，由于国家小、体制强，国家随时可以利用媒体制造声音、炮制焦点，但传统媒体有其自身的局限性，就连星城也不可能在半小时内完成！

半个小时连印刷完毕都做不到，更别说派发到全城了。虽然星城整个国家面积只有北京的五分之一。

看来，白逐尘被刺的事件是有预谋的。

从新闻内容上看，每个字眼都坚定无比地将刺杀白逐尘的凶手指向星月党。但联想到这铺天盖地的新闻大爆炸，就无法不让人生疑了，浮想联翩了。国民虽然没有证据，但会将所有的线索串联起来，用文学的想象去创造这个故事。

刺杀白逐尘是 PAP 所为。

PAP 刺杀白逐尘，是为了栽赃星月党。

星月党党鞭孙挺被杀，也应该是PAP所为。

PAP做这一系列刺杀事件，就是为了排挤对手：星月党。

PAP擅长做这些刺杀事件，控制媒体更是它常用的手段。

当这些桥段融成一个故事时，PAP的民意迅速下降，而总统候选人华裔冯世鉴也不得不站出来批评指责PAP。

“我是星城总统候选人冯世鉴。”冯世鉴在直播电视上说，“在星城，总统只是一种形式，由无党派人士候选。很幸运，我是一个无党派。作为一个无党派人士，我无意批评任何一个政党，尤其是改写星城历史的人民行动党。可是，当我耳闻这些噩耗时，我无法保持中立了。就像一旦第三次世界大战爆发，一直是中立国的星城还会一如既往的平静和中立吗？至少，我不会。这几天，星城的天是黑暗的！孙挺，星月党党督，5·12这天被杀，距离我们国家不远的珠穆朗玛峰发生了9级强震，这是全世界黑暗的一天。今天，5月14日，PAP党督白逐尘被杀，尸体被烧焦了——当我想到他在那艘起火爆炸的快艇上苦苦挣扎求生不得时，我的心痛极了，不禁想叩问当局：星城的治安为何到了如此地步？谁能想象，一个法治国家，一个以治安严谨著称的发达国家，竟然接连发生两起谋杀事件，为此我痛心不已。今天的媒体投放有问题，它似乎代表了一种黑暗力量，这种黑暗力量左右着我们的思想——可是，他们似乎忘了，国民觉醒了，国民总要觉醒的！听听，民意是如此的一致，各方声音都在猜测这个既定的事实。为什么我要用既定事实这个词？因为如果这不是事实，那什么才是事实？PAP为了确保执政党的地位，不但杀了星月党党督，还杀了自己的党督！这样的政党，还如何执掌星城？”

总统候选人的发言，让人们的猜测成为了事实。PAP的民意从62%一下子滑落到38%。

塞拉·奥恩看着冯世鉴发言时，他的头上冒着汗，冷汗。他知道这些都不是事实，是编造出来的。可是这编造的故事，看起来比真实还真实。

“冯世鉴！”塞拉·奥恩向他的助手看了一眼，嘴角边荡起一丝笑意。眼前浮现出晚上的亲昵画面，只觉身体出现了异样。他忍不住握住莎拉·牛顿的手。莎拉·牛顿是一个金发美女，美英混血，长条的身材和迷人的笑容令塞拉·奥恩无法抵挡。就算昨天是他妻子的生日，他依然选择与莎拉·牛顿在滨海湾金沙酒店偷情。

而在滨海湾金沙酒店里，他发现了一个令他震惊的“新闻”：PAP党鞭白逐尘竟然去见星月党领袖白亚纪。

当然，这个令他大跌眼镜的“新闻”，也没有阻挡他与莎拉·牛顿幽会的热情。

可是，就在12小时后，白逐尘被刺——在克拉码头的一艘快艇上被烧成灰炭。

他敢肯定，白逐尘之死一定与白亚纪有关。白逐尘对塞拉·奥恩有知遇之恩，若非白逐尘的提携，他不可能成为国会的上榜人物。塞拉·奥恩认识白逐尘15年了，这15年里，他目睹了白逐尘所做的一切——“毫无瑕疵！”这就是塞拉·奥恩对他的评价。白逐尘所有的时间都放在了PAP上，他每一分钟时间都花在了如何确保PAP成为执政党。这样的白逐尘，PAP绝不会抛弃的——因为他才是PAP的中流砥柱。

“冯世鉴？”莎拉·牛顿微微一笑，她虽然成了塞拉·奥恩的情人，但身上依然保留着英国贵族的高贵气质与不可逼视的威严。这令塞拉·奥恩为之气夺。他知道若非莎拉·牛顿垂青，他是不可能泡上这个气质高贵的金发美女。这让他的自豪之中略带些深邃的自卑来。

“冯世鉴有问题。”塞拉·奥恩拿起遥控器，锁定屏幕，屏幕上显示出冯世鉴的大头像。

“有什么问题？”莎拉·牛顿微微皱了皱眉，有些不明白。

“冯世鉴是白亚纪的人。”塞拉·奥恩敏锐地盯着冯世鉴的头像，“冯世鉴原本是中国籍，20年前是中国奢城一家报社的总编，15年前与妻子林家茹移民星城，成了星城公民。冯世鉴虽是无党派人士，但他的妻子林家茹却是星月党的顾问，身份地位仅次于白亚纪，是星月党的二号人物。”

“只要冯世鉴是无党派人士，他就有资格参加总统大选。”莎拉·牛顿盯着冯世鉴的头像看，“有问题的应该是他妻子——林家茹，白夜基金会负责人。”

“白夜基金会！”塞拉·奥恩忽然叹了口气，“白夜基金会是PAP背后财团之一。”

“他们也支持我们？”莎拉·牛顿眉头又皱了起来。

“他们是支持我们，但绝非只支持我们。”塞拉·奥恩咬了咬牙，“白逐尘早就启动了对白夜基金会的调查预案，发现他们不但支持 PAP，也支持星月党，或许他们支持所有的星城党派。”

“机会主义者。”

“营销学上讲：不要把所有的鸡蛋放进一个篮子里。看来林家茹很懂营销学。”塞拉·奥恩走到保险箱前，挡住莎拉·牛顿的视线，输入一个密码，打开保险箱，从中拿出一沓资料，递给莎拉·牛顿，“这就是白夜基金会的秘密资料。我和白逐尘花了 10 年时间才收集到的。”

莎拉·牛顿接过资料，粗略地翻看着，忽然眉头一皱，说：“几何实验室？这是什么？”

“别小看这个几何实验室！”塞拉·奥恩走到莎拉·牛顿身前，一只手轻轻揽住她的腰，一只手指着资料说，“白夜基金会每年向这个实验室投入四亿美元。”

“几何实验室在哪里？”莎拉·牛顿侧脸在塞拉·奥恩脸上吻了一下。

“不知道。”塞拉·奥恩摇了摇头，“我和白逐尘调查了 10 年，都没有找到几何实验室。不过，我清楚一件事：白逐尘之所以调查白夜基金会，是受人所托。”

“这个人是谁？”

“叶羽秋！”塞拉·奥恩耸了耸肩，“一个中国女人，是当时中国驻星城大使林家坤的妻子。”

白夜密码

背面 WHITE NIGHTS PASSWORD

第六章　谍影重重

“我知道我是谁。我什么都想起来了。”

“什么都记得，不代表你什么都了解。”

——电影《谍影重重 5》

28. 计中计与谍中谍

“石头人”从来不会食言，因为他是践行者，无言的践行者。

石炜烽双手在空中一击，从一排书架后走出两个人——两个中国女人。一个中国女人在前，一个中国女人在后。后面的中国女人拿着一把枪，抵在前面的中国女人腰间。

萧痕看得分明，在前的中国女人是叶羽秋，在后的中国女人正是“时钟”苏心。

苏心是石炜烽的妻子，领过结婚证的合法妻子。

石炜烽看着叶羽秋，轻轻叹了口气，说：“我跟你说过，我不会为难你。20年前，你试图救过我，我很感激。”

叶羽秋走到石炜烽跟前，微笑道：“老石，你活着，我很高兴。我知道小岚、小夕都是好孩子，她们姐俩死了，我也很伤心。可是，人死不能复生，何况都过了20年？时间还消融不了你的仇恨？你这样逼自己，又是何苦呢？”

“我在具茨山监狱里弄明白一件事，我是被网络暴力活活逼死的，而这一行为是林家坤、白逐尘、林心湄、顾冰清、萧痕、庄一等共同运作的结果，那时我的心便死了。”石炜烽眼神里忽然塞进了巨大的悲伤，“他们都是我的朋友，可他们却众志成城地把我推向了断头台。萧痕一个月前死了，一了百了啦，他去陪我的女儿是他的福气。白逐尘落入我的手中，我要亲手杀了他。我绑架你来，就是为了让林家坤、顾冰清、林心湄同到星城，我好一块宰了他们，可惜呀林家坤竟然没来。”

“他不能来。”叶羽秋微笑着看石炜烽，“国家使命永远比个人的性命重要，尼泊尔的华侨更需要他。”

“这个我懂。”石炜烽微微垂下头，“当年，我也是将国家使命看得比个人性命还重要的。”

“那你现在怎么忘了呢？”叶羽秋竟然伸出手去拉石炜烽的手，而石炜烽竟然没有拒绝，“你是中国人，永远也不能忘了这一点。”

石炜烽忽然放开叶羽秋的手，说：“你可以走了。”

“不一起回国？”叶羽秋仍微笑着说。

“中国我是回不去了。”石炜烽叹了口气，“因为我在中国是个死人。”

叶羽秋知道此刻无法劝说石炜烽，向萧痕和石小夕点了点头，说：“咱们走吧。”

白逐尘看了萧痕一眼，萧痕面无表情地回望一眼。石小夕一手挽着叶羽秋的胳膊，一手挽着萧痕的胳膊，头也不回地走出图书馆，走出植物园，向海棠庄的方向走去。

等萧痕、叶羽秋、石小夕离开后，白逐尘叹了口气，看着石炜烽说：“我可是救过你的命。”

“你说过，你是欠小岚的。”石炜烽冷冷地说。

“你可知石小岚是怎么死的？”白逐尘诡秘地一笑。

“难道你知道？”这次轮到石炜烽吃惊了，说着举起手枪对准白逐尘，“小岚是怎么死的？”

“石小岚根本就没死！”白逐尘笑得更诡异了，“靳名琛救了她！”

“小岚还活着！”石炜烽愣住了，“不可能！ 20年了，小岚若还活着，我岂能不知道？”

“她不在这个时空里！”白逐尘笑了，“她在另一个平行时空里！是她的爱人萧痕，把她弄到了另一个时空里！”

“怎么可能！”石炜烽瞪大了眼睛。

“双生子佯谬实验。”白逐尘笑了笑，“听说过吗？五指月组织最神秘的实验，她是实验对象。她没有死，而是消失了，而是在我们的世界里消失了！”

“消失？另一个时空？这太荒谬了！”石炜烽不镇定了，“是谁杀了小岚？为什么杀她？”

“因为石小岚找到了瓦解五指月组织的方法。”白逐尘的笑容里挤进了一丝悲哀。

“她找到了方法？”石炜烽忽然冷静下来。

“《牛顿手稿》。瓦解五指月组织的方法，就藏在竺小筠研究的《牛顿手稿》里。”白逐尘诡异地笑了，“那里面还有一个秘密武器的线索。”

“牛顿爵士的光学武器？”石炜烽眼睛里闪烁出光芒来。

“不是。”白逐尘摇了摇头，“那是一件比牛顿爵士的光学武器更加伟大的武器！”

“什么武器？”石炜烽握枪的手一用力，对准了白逐尘的额头。

“放下你的武器吧！”白逐尘笑得更奇怪了，“你不会开枪的。我要是死了，那两件神奇武器的线索也就断了。”

“未必。”石炜烽向前走三步，便到了白逐尘跟前，他将手枪抵在白逐尘额头上，“你的一个老朋友也在我这里。”

“谁？”白逐尘皱了皱眉。

“庄一。”石炜烽笑了，笑得灿烂极了，“你所知道的线索他都知道，不是吗？你说我能不能打死你？”

“庄一也活着？”白逐尘的声音低了，低得只能耳闻。

“具茨山那场地震，制造了许多奇迹。”石炜烽冷笑道，“很幸运，我找到了庄一。”

“如果你真幸运的话——”白逐尘的声音大了起来，“如果你真幸运的话，你应该找到你的女儿——石小夕。地震那天，石小夕为你报仇到具茨山监狱刺杀庄一，石小夕死了，而庄一活着，很显然庄一才是杀死你女儿的真正凶手。”

石炜烽忽然表情皆无了，这个消息就像毒药一样灌入肠中，疼得他不知道什么是疼痛了。他咬了咬牙，将手枪放了下来，他知道自己无法开枪打死白逐尘了，因为他要杀了庄一。

那个藏在他的石房子地下二层“地牢”里的老朋友。

石炜烽径直走了出去，出了图书馆，向一个形似原始森林的景观丛林走去。

苏心看着石炜烽走了，心里忽然挤进了悲伤。“小夕。”她轻轻念着这个名字，眼前浮现出她的音容笑貌来。她的悲伤，是为石小夕而悲的，是为她们的爱情而伤的。她知道，在她的一生中，她遇到了许多形形色色的男人和女人，譬如白逐尘，譬如靳名琛，譬如石炜烽，可是真正为她好、真正疼她、怜惜她的人却不多，而在这为数不多的人中，石小夕就是其中一个。想到石小夕时，她心里却流淌着一股暖流。她知道，她是爱着石小夕的。在石炜烽死后的一段时间里，她们互相取暖，互相扶持过了那个飘雪的冬天。后来，当她得知石小夕死在具茨山监狱时，她整个人都崩溃了，是那种一泻千里的崩溃。她知道，从那以后再也没有一个人会像石小夕一样疼她、怜惜她……

苏心的伤悲全化作了暴力，她走到白逐尘面前，用枪把狠狠地砸在白逐尘的头上。她看着从白逐尘额头上流下的鲜血，心里快意极了。然后，她用枪抵在白逐尘的腰间，带着他向植物园里的石房子走去。

石炜烽走到原始森林景观丛林里，四顾周围，见无人便从兜里掏出手机，拨通一个号码，说："萧痕，别忘了我们的约定。"

萧痕和石炜烽之间还有约定？

萧痕背着叶羽秋和石小夕，接通了石炜烽的电话，说："正在履行约定。"

萧痕的目光向叶羽秋背后飘去，眼神中似乎有股神秘的力量涌动着，他仿佛能从叶羽秋的背影中读懂"血滴子计划"，读懂石炜烽与他结盟的意义……

29. 神秘基因一号

从这里看海洋，只觉海洋是天堂，在目光所及的海洋某处，仿佛天与地融为了一体。除了几片热带植物林以外，从房间里能毫无遮拦地看海。樟宜村度假区是一片美丽的地方，几十栋别墅掩隐在植物与植物之间，或植物与人工岛之间，基本上一天都是宁静的，除了偶尔传来樟宜国际机场飞机升降的噪声。

夜幕下的度假区，更是宁谧。整个空间不是透亮，路灯的光线有些弱，压低了视野的挑高度。风从海边吹来，摇动植物的枝叶，沉寂的空间里有了鲜活的生气。度假区中央别墅，是整个度假区的核心，那栋楼王的存在，几乎蔑视了其他建筑群落。从中央别墅的前院，一条中央景观带直接延伸到海边，几无遮拦。

此刻，白垩纪就坐在中央别墅二楼的阳台上，看海。前面是一张石桌，桌上放着一杯红酒和一支雪茄。白垩纪抽着雪茄，没有喝红酒，而是从石桌下的小角落里拿出了一瓶二锅头。他喜欢喝中国的二锅头，似乎能喝出中国味道来。

没有人了解白垩纪，就像没有人了解星月党一样。

星月党 10 年前还是一个默默无闻的小党派，直到他来了。六七年后，星月党成为星城第二大政党，若从财力上来说，星月党早就超越了 PAP，只是星城是个独特而专制的国家，想一举打破、粉碎 PAP 的统治并非易事。从另一个意义上讲，白垩纪喜欢星城的专制，因为他也是一个专制的人。

白垩纪看着眼前几十台屏幕上闪烁的满屏新闻，欣赏他主导的事件，脸上有了笑意。可在他的笑意背后，竟然隐藏着一种无法与人言的悲哀。为了自由，他筹划了 10 多年。想到这里，他忍不住叹了口气。

“自由！”

像白垩纪这样的人物都没有自由，何人才有自由？他要的自由，是他的自由，还是别人的自由？

莎拉·牛顿看到白垩纪脸上的悲哀时，她也觉得自己悲哀极了。可当她知道白垩纪终极追求是自由时，她就感到震惊了。

“自由？你的终极目标是自由？”莎拉·牛顿坐在白垩纪的对面，伸手去拿那杯红酒。如同往常，那杯酒是为她留的。

“你不明白，我这一生无论达到何种巅峰，但那都不是我想要的。”白垩纪喝了一口二锅头，“我这一生，只有这个目的，就是为了获得自由，我想要的自由！”

“我们俩远走高飞，找一个无人之地，不也是自由自在吗？”莎拉·牛顿用她火热的眼神盯着白垩纪看。

“五指月组织遍布全球，无人知道它的基地在哪里，或者说何处不是它的基地。”白垩纪更加悲哀了，“你说我们能去哪里？”

“唯有摧毁它，才能真正自由。”莎拉·牛顿一口饮尽杯中酒。

“谁也无法摧毁它！”白垩纪叹了口气，“五指月组织就是一个恶魔，而这个地球就是由恶魔统治的，我无法摆脱恶魔缠身。”他见雪茄被风吹灭了，便重新点了，吸了一口，“世界各国都在寻找五指月组织，可是谁找到了？H联盟可谓下了血本，竟然买了一艘‘H号’航母，整日地穿行在海洋之中，企图找到五指月组织基地，明天就会达到星城。”

“摆脱不了恶魔，就成为恶魔。”莎拉·牛顿伸手握住白垩纪的手，“我喜欢你成为恶魔。”

白垩纪笑了，他喜爱莎拉·牛顿就是因为她了解他，虽然她并不知道他真正的身份，可她就是了解他。白垩纪拉着莎拉·牛顿的手，向屋里走去，屋里才是春光无限的天堂。在那个天堂里，他们拥有了自由，像恶魔一样疯狂的自由。

等平静下来，莎拉·牛顿斜靠在白垩纪身上，将从塞拉·奥恩那里拿到的资料递给白垩纪，说：“他们已经找到了突破口。”

“叶羽秋。”白垩纪没有看资料。他接过资料后就放在床头的柜子上，侧身吻了一下莎拉·牛顿。

“你怎么知道是叶羽秋？”莎拉·牛顿眸子里闪烁着蔚蓝色的光芒。

“10 年前，叶羽秋在星城发生车祸，便是因为她知道了‘血滴子计划’。”

“为什么没有杀她？”

“因为她失忆了。”

“失忆？”莎拉·牛顿只觉身体里涌起一股细微的躁动，她的意识忽然被一种不知从哪里来的醋意给淹没了，问：“你是喜欢她吧？”

“怎么可能？她是我长辈。”白垩纪起身穿衣服，“那起车祸是我制造的，我本来就是要杀她的，可惜她命大。我赶到医院去杀她，却发现她失忆了。”

“所以，你饶了她的命。”莎拉·牛顿也起身穿衣服。

“我派人监视了她 10 年。她的确忘了‘血滴子计划’。”

“‘血滴子计划’——”莎拉·牛顿拉上礼服后背拉链，“SEC-1 病毒真有这么神奇吗？”

“那可是神秘基因一号。”白垩纪脸上有了得意笑容，“你不是一直想去密室吗，今天我带你去。”

白垩纪和莎拉·牛顿乘坐室内电梯向下，约莫两分钟，便到了白垩纪口中的“密室”。密室在度假村下方，大约是整个度假村三分之一的面积。如果能俯视，密室便如同一个格子状的办公室，到处都是暗门房间。每一个房间都是封闭的，房门中间是防弹玻璃。透过玻璃可以看到，每个房间里都有一副玻璃棺材，棺材里躺着一个“活死人”。

“这些人都是‘活死人’。”白垩纪的手指在半空中画了一个弧，“用靳老的话说是‘马王堆女尸’。这些‘活死人’都是从中国运来的。”

“你是怎么做到的？”莎拉·牛顿依然风采依旧，但眼神里有了折服神色。

“通过海棠公司的货船。”白垩纪神采飞扬地说，“海棠公司能成为全球上市公司，有我很大的功劳。这是海棠公司给我的‘利息’。”他打开一间房，走了进去，走到玻璃棺材前，笑着说：“这是人类科技史上又一次伟大的创造。”

莎拉·牛顿被眼前的一切震撼了，她无法想象白垩纪是如何将这 1000 多个“活死人”从中国运到星城的。她看着白垩纪，只觉白垩纪头上升起了光芒。她只能臣服于比她更加强大的男人，塞拉·奥恩与白垩纪比起来无疑渺小多了。

白垩纪拿起玻璃棺材前的针筒，针筒里是无色液体。他扬了扬针筒说："这就是 SEC-1 病毒，神秘基因一号，他们的身体里都被注入了 SEC-1 病毒，再次注入便可稀释化解。"

"从中国到星城需要好几天时间，他们还能再复活吗？"莎拉·牛顿满脑子疑惑。

"几天！"白垩纪忽然笑了，"你可知他们是什么人？"

莎拉·牛顿当然无所知，茫然地摇了摇头。

"他们是中国具茨山监狱的犯人。"白垩纪的笑容似乎全部绽放了，"他们在 20 年前就已经'死'了！"

莎拉·牛顿无语了，她茫然地看着白垩纪，企图在他脸上找到虚妄之语的表征，可是白垩纪的脸上却呈现出万分之万的准确性。

"在中国母亲河之畔的具茨山上，20 年前发生了地震，具茨山监狱塌陷了，这些人本来要被大自然杀死的，可我将他们全救了。"白垩纪眼前似乎又浮现起 20 年前的具茨山地震，他似乎还在那次地震中晃动着，"我救他们，是为了打造一支武装军队。他们在成为军人之前，必须要成为'活死人'——利用 SEC-1 病毒。"

莎拉·牛顿似乎明白了一些，可是她不敢确定，小心翼翼地问："他们其实没有死！他们只是处于一种生死叠加的状态。"

"bingo！从物理学上讲，就是'薛定谔的猫'。"白垩纪一弹指，"自从海棠物流公司诞生之后，这些人都陆陆续续作为公司员工，与货船一起到了星城。我花近 10 年的时间，才把这些人都弄到星城来，这是一次伟大的迁徙，意义不亚于中国红军的二万五千里长征。他们一到星城，便进入了'密室'，成了'活死人'，等着我复活他们。他们——就是我的战士。"

这当然是一次伟大的迁徙，10 年时间，1000 多个人，就这样悄无声息地从中国迁徙到了星城。而这座美丽的城市，并不知道城市多了 1000 多个人，多了一支强大的武装军队。

——白垩纪的军队。

——这一支千人军队，对于星城来说，无疑是个重量级的存在。

莎拉·牛顿满脸通红，她彻底沦陷在这个伟大的壮举下，她从背后抱住白垩纪，紧紧地抱住他。

白垩纪在她手上轻轻一拍，轻声说："来，让你见证一下奇迹的发生！"

莎拉·牛顿松了手，看着白垩纪打开玻璃棺，将SEC–1病毒注射入躺在棺材里的战士的手臂上。玻璃棺材内都是冷气，不过一会儿棺材上方全是白皑皑的雾气。

忽听一道濒临死亡的喘息声从棺材里发出来，然后，一个全身精光的强壮的男人从玻璃棺中跳出来，眼神里尽是迷茫和呆滞。那男人走到白垩纪身前，拉住白垩纪的手，庄重地吻了一下，用一种近乎死人的声音说道："主人。"

白垩纪昂起头，宛如古代帝王似的，接受着奴隶们虔诚的膜拜，他眼里似乎看到了一片光明，一片真正的自由的光明。在那光明里，有一个黑点。忽然，黑点变得清晰无比了。那个黑点上写着"H号"航母，白垩纪的笑容证明了莎拉·牛顿的猜测：很快，那艘航母便会被这支千人武装军队夺下来，制造一起匪夷所思的事件，找到更光明的所在……

30. 契约与报复

萧痕站在岛上，眺望着海水。夜色下的海，如婴儿般酣睡。风，是微风。萧痕看着海，攥紧了手里的手机——一部普通的手机。

这部手机是石炜烽留下的，昨晚德川源濑离开海棠庄后，石炜烽到了海棠庄。他没有闯进来，而是投帖拜山，指名道姓要见萧痕，声称他绑架了叶羽秋。

“石头人”点名要见萧痕，其他人一概不见，这令一众人感到万分惊讶。

为了叶羽秋的安全，萧痕只能单独去见“石头人”。于是，他跟“石头人”订下了契约。

萧痕跟“石头人”订下契约不代表信任“石头人”，因为他根本不了解这个人。在他失去记忆后，虽然一些记忆得到了恢复，可他还是无法确认自己是谁？单大师的全息手机信息，只是一种讯号，无法佐证那就是真实的自己。这几日里，身边发生太多离奇的事情，他已经无法确定什么才是真实的存在。

萧痕只能确认一件事情：相信石小夕。——那是一种毫无理由、无从解释的信任！

所以，当他知道石炜烽是石小夕的父亲时，他就约了石小夕出来。微风很柔，海水很静，他听到身后传来轻微的脚步声，便知石小夕来了。他回转身，却看到石小夕脸上还有泪痕，心里一阵揪心的疼。萧痕走到石小夕跟前，说：“这是我的错。”

“你有什么错？”石小夕扬起那张光滑平静的脸。那张脸精致极了，将近 30 岁的脸颊还如婴儿般嫩滑并不多见，而她的脸颊似乎吹弹可破。

“我不知道会发生这些，看到你伤心，我就觉得是自己的错。”萧痕看着石小夕的脸，心跳得更快了，“我只希望你开心。”

"我现在就很开心。"石小夕笑了，她笑的时候，那张精致的脸就像花一样绽放，"只要你在我身边，我就很开心了。"

二人对望一眼，心里都升起了一股热情。他们知道此刻语言已经苍白，唯有行动才真实。于是，他们紧紧地拥抱在一起，动情地亲吻起来。那吻，似乎天崩地裂，又似乎心如止水。然后，他们就沦陷在那巨大的虚空与真实里。他们就在海滩上，趁着夜色正浓，进入到彼此的身体里和灵魂里。

风起时，海水哗哗作响。石小夕穿上了衣服，躺在萧痕的臂弯里。她的眼睛里有一道奇异的亮光，那亮光将她的内心照得真实无比，她更加肯定：眼前这个男人，才是值得她拥有的男人。几乎没有人知道她的内心，至少在这一个月里，她内心的转变真如沧海桑田、物是人非的巨变。她从那种巨大的、虚无的情感中，走入真实的、甜蜜的情爱里，她才发觉此时此刻才是她所想要的。

为了自己要想的，她就必须忍下心，让萧痕的记忆一直隐藏。

石小夕在萧痕的脸颊上吻了一下，说："我爱你。"

"我也爱你。"萧痕回吻她，幸福地说，"我虽然找不到自己了，可我找到了我的另一半。"

"假如你一直找不到自己，你会伤心难过吗？"石小夕试探性地问。

"只要有你陪我，我就不会迷失。"萧痕抱紧了石小夕，"我也就找到了我。"

石小夕懂他的话，因为她情愿自己也失去记忆，就陪着眼前的男人终老，可是她知道自己无法办到。甚至，她想拥有眼前的幸福，也必须付出巨大的代价，包括牺牲自己的性命。可就在她拥有萧痕的那一瞬间，她就确定：无论失去什么，哪怕是她生命中的一切，她都觉得值。从这一刻开始，她要遵循内心的想法去爱护这个男人。

因为她的转变，全球的时局图已经悄然发生了改变。

她知道，可她才不管。

她只是任性地抓住她的幸福，还有爱。

"我觉得你父亲有苦衷。"萧痕站起来，伸手将石小夕拉起来。

"我父亲？"石小夕毫无表情，"他有什么苦衷？"

"这是他给我的手机。"萧痕将手机递给石小夕，"你可随时联系他。"

“他为什么给你手机？”石小夕接过手机，疑惑地问。

“他说，唯有一人知道‘血滴子计划’。”

“叶羽秋。”石小夕皱了皱眉。

“是的。”萧痕轻轻握住石小夕的手，“我有种预感，你父亲未必是杀人不眨眼的恶魔。或许，他有其他想法呢？至少，你父亲也在查询‘血滴子计划’。”

“所以，你就跟他合作了。”石小夕盯着萧痕看。

“我并不信任你父亲——那时他叫‘石头人’。”萧痕看着石小夕，笑了笑。

“你笑起来蛮好看的。”石小夕忽然岔开话题说。

“那我就经常笑给你看。”萧痕向丛林后面的海棠庄一指，“我也不信任他们。”他握紧了石小夕的手，“我只信任你。”

石小夕眼睛里那道亮光又显现了，她在萧痕的耳边亲吻一下，附耳说：“如果有一天，我辜负了你的信任，你会怪我吗？”

“我信任你——”萧痕拥住石小夕，“超过信任我自己。就算你辜负了我的信任，我也不会怪你。”

石小夕忽然哭了，大声地、心碎地哭了。

萧痕拍着她的肩膀，说：“我知道你有过去，你有许多无法跟我说的秘密，你担心我发现了那些秘密，会生你的气。可是，谁没有秘密呢？你那些秘密，是在认识我之前造成的，我并没有参与，根本没有资格去生你过去的气。”

“我父亲要你做什么？”石小夕忽然止住哭声，离开萧痕的肩头，冷静地问。

“从叶羽秋身上找到‘血滴子计划’的内容。”

“这就是他放掉叶羽秋的条件。”

“是的。”

“白逐尘会死吗？”

“我不知道。”萧痕忽然坚定地说，“我必须把白逐尘救出来，我没有权利葬送一个人的性命，只要我一获悉‘血滴子计划’，就立刻去救白逐尘。”

“我帮你。”石小夕点了点头。

萧痕还要说话，忽见海棠庄升起一股浓烟，一小撮火焰升起，忙喊道：“不好！德川源濑火烧海棠庄了。”

萧痕话刚落音，就看到一枚火箭弹从远处一架直升机上射出来，直向海棠庄射去。然后一声巨响，整个海棠庄顿时被烟火笼罩，房屋倒塌声顿时传来。

“怎么办？”石小夕惊叫道。

“救人。”萧痕拔出手枪，拉着石小夕的手说，“跟在我身后，咱们去救人。”

萧痕和石小夕向丛林跑去，丛林里四处都是浓烟，根本无法穿越。萧痕大喊叶羽秋、叶羽西等人的名字，只能听到他们微弱的回声。萧痕选择合适地形，向直升机开枪。直升机在空中转一个弯。萧痕看得分明，德川源濑肩上扛着一具火箭筒，眼神诡异地笑着，直升机向远方飞去……

“他们怎么办？”石小夕问萧痕。

萧痕也没法闯入烟雾滚滚、火势四起的院子里，只能眼睁睁地看着叶羽秋、叶羽西、顾冰清、林心湄、黑玫等人被大火吞噬……

就在此时，一辆装甲车从院子里冲了出来……

萧痕看到副驾驶位上的黑玫，知道他们总算是逃生了……

当他转脸看到驾车的人时，心里不由惊讶起来——驾车的竟然是林家坤！

林家坤看到萧痕，向萧痕喊道：“上车——”

萧痕来不及多想，拉着石小夕的手向装甲车跑去。这时，侧门被推开了，一个60多岁的老者笑眯眯地看着萧痕和石小夕，伸手将石小夕拉上车。萧痕也跟着跳上了车。

装甲车沿着被浓烟覆盖的道路直冲出小岛、冲出大桥、冲向马路，车子刚过桥，只听咔嚓几声，桥梁竟然不堪重负断了……

萧痕见叶羽秋、叶羽西、林心湄、顾冰清都在，不禁松了口气。他看着那个微笑的老者，想问老者是谁，那老者却主动说了。

“我叫靳名琛，孩子。”

这个享誉全球的物理学家靳名琛，正是那个消逝20年的萧痕的父亲。

他看到这个萧痕时，却一点都没有吃惊！

石小夕看了靳名琛一眼，说："你怎么来了？"

靳名琛看了一眼萧痕，又看了一眼石小夕，说："在回答之前，我要确认一件事。"

石小夕哼了一声，忽然笑了，笑颜如花，说："我知道你要确认什么事，也知道你心里所想，你想的是对的。"

靳名琛向萧痕一指，说："这么说，你是爱上了他。"

"是的。"石小夕抓住萧痕的手，庄重地点头。

"这事我管不了，也不会管。"靳名琛微笑着说。

石小夕乐开了花，说："我就知道你是一个好人。"

萧痕听着二人对话，眉头渐渐皱了起来，问："你们认识？"

石小夕回答："不止我认识，他们都认识，靳老就是叶阿姨的亲哥哥。"

萧痕轻轻哦了一声，忽觉海马体一阵躁动，不解地问靳名琛："咱们认识吗？"

31.14 局特工

靳名琛还没来得及回答萧痕，只觉身子向前一倾，装甲车突然停了。众人打开车门下车，只觉眼前如山影压松般一窒，禁不住抬起头来，却看到一艘巨大的航母停在眼前，舰体上写着英文“H 号”。

林家坤指着“H 号”航母说：“这几日，咱们就住在这里。”

“住在航母上？”林心湄还从未登上过航母，虽然遭遇了灾难，但心里还是充满着惊奇。

“舰长就是卡佳·高尔。”林家坤向众人解释，“海棠庄被炸，星城警方很快会全面搜查，去哪里都没有在航母上安全。”

这时，只听哗啦一声，“H 号”航母的绝缘梯子探出水面，直接伸到岸边。从航母上走出一人，正是卡佳·高尔。她向众人挥手，发出清脆的笑声。她沿着梯子走到林家坤身前，一伸手道：“请进吧。”

林家坤握住卡佳·高尔的手说：“打扰了。”

卡佳·高尔用半生不熟的中文说：“都是自家人，客气啥——”说着率先向航母上走去，林家坤等人跟着登上航母，黑玫开着装甲车驶向航母。

众人走到航母上，黑玫将装甲车停在一个角落里。众人随着卡佳·高尔走到二层长官会议室兼接待室。卡佳·高尔看着众人坐下，辛格·森为众人各端上一杯热咖啡，笑着说：“你们的寝室正在安排，稍微歇息。”

“你怎么是 H 号航母的舰长？”林心湄好奇地问卡佳·高尔。

“H 联盟一直在寻找五指月。”林家坤替卡佳·高尔做了回答，“这是艘退役的航母，她这个舰长，用中国话来讲，属于民间叫法！”

卡佳·高尔向叶羽秋微微一笑道：“林夫人，咱们上次说的那个豫剧，有时间再求教一下。”

叶羽秋微微一笑：“庄夫人还好这口。”

“中国文化很有味道。”卡佳·高尔得意地笑了，“在高尔集团，都知道我是个豫剧迷。”

叶羽秋说：“感谢庄夫人收容我们。”她向众人一指，“这都是我的家人。”

卡佳·高尔说：“林夫人客气了，不论咱们的交情，就是林局长一个电话，我也得尽心尽力。”

“林局长？”叶羽秋皱了皱眉。

卡佳·高尔哈哈笑道：“看来，你还不知林局长的真实身份。”她向林家坤耸了耸肩，说：“不好意思，我暴露了你的身份。”

“无妨。”林家坤笑道，“办完这件事后，我就退休了。”

卡佳·高尔向众人示意喝咖啡，说：“在你们的眼里，林家坤只是一个官员，其实他还有另一个身份——H 联盟 14 局局长。换一个词说，他是一个间谍、特工。”

“我爸爸是特工。”林心湄惊奇地问。

林家坤就坐在林心湄旁边。他伸手在女儿手上一拍，笑着说：“我是一个特工。”他向黑玫一指，“我是她的上司。”

卡佳·高尔说：“H 联盟 14 局专门负责五指月组织及其关联恐怖组织的战略防务。我加入 H 联盟，就是林局长一手操办的。”她忽然向萧痕看了一眼，说：“我没跟你说实话，实际上，一个多月前我见过你，你是一名 hand 特工。”

萧痕心里一紧，右手不禁握住了枪。

林家坤忽然笑了，说：“庄夫人，他跟你一样，也是个卧底，他是 H 联盟 14 局的特工。”

萧痕顿时愣住，说：“我是 H 联盟 14 局的特工？”

“是的。”靳名琛意味深长地看着萧痕，“你刚才问我们是否认识，我们当然认识！”

“我们在哪里见过？”萧痕只觉眼前影影绰绰的，似乎见过靳名琛，可又不能确定。

“珠峰的水底世界。”靳名琛伸指在萧痕的眼前一弹，“一群游鱼在你眼前飘来飘去，我和庄化蝶在水底世界下棋，旁边站着一个女人，她的名字叫小夕。”

萧痕只觉海马体剧烈地晃动起来，眼前那些影影绰绰的影像如同看电影时的快闪，根本看不清内容，却能感知人物的存在。忽然，一些水泡从他脑海里冒出来，咕嘟咕嘟的声响似雷声从远处传来。接着，一群游鱼出现在眼前，他看着游鱼，就像在海洋馆里透过玻璃看。他只觉一块大玻璃矗在眼前，那些影像顿时清晰起来。不是游鱼在玻璃内，而是他在玻璃内。他站在水底世界的建筑里，正透过玻璃看游鱼。在他身旁，靳名琛和另外一个白衣白发白须的"顾冰清"在下围棋，他们的旁边站着一个美丽、漂亮的女人——石小夕！

萧痕顿时清醒起来，看着石小夕说："小夕，我们不是陌生人，之前我们就见过。"

靳名琛看了石小夕一眼，诡异一笑说："她就是你的爱人。"

石小夕看着靳名琛，向他点了点头，说："我欠你一个人情。"

靳名琛笑了，说："我会让你还的！"

石小夕转脸看着萧痕，说："我说过，我会辜负你的信任！"

萧痕看着石小夕，说："你没有辜负我的信任，是我找不到你，而你却一直在我身边。"

石小夕说："你不怪我？"

萧痕说："都是我的错，是我没法找到你。"

卡佳·高尔忽然拍起手来，端起咖啡，笑道："让我们敬伟大的爱情！"

众人端起咖啡喝了。萧痕和石小夕对望一眼，心里、脸上、眼里流淌着满满的爱。

卡佳·高尔向他的助手一挥手，说："告诉寝室管理员，少安排一间房，这两位相爱的人要住在一起，不能分开他们。"

萧痕和石小夕的脸上禁不住一红，众人均莞尔微笑。

萧痕向林家坤看了一眼，说："单大师的任务，是我的任务吗？"

林家坤点了点头，说："那些信息是14局录制的，你的任务是14局制定的任务。"

林心湄问林家坤："爸爸不是不来星城吗？怎么又来了？"

叶羽秋笑着说："傻孩子，你爸爸要是不来，我们恐怕已葬身火海了。”

林家坤向靳名琛一指，说：“因为我找到了他。”

林心湄用眼睛的余光扫视了靳名琛一眼，说：“20年前新闻上说靳叔叔疯了，都10多年了，你是怎么找到他的？”

“地震。”林家坤叹了口气，“珠峰地震时，他也在珠峰。我们找到他时，他已昏迷不醒。实际上，他根本没有疯，也没失踪，而是14局需要他装疯失踪，因为他也是14局的成员，这些年一直在海外奔波，寻找五指月组织基地。”

“我一直在找庄化蝶。”靳名琛不经意地向叶羽秋看了一眼，“我们是同学，也是对手。因为他就是五指月组织教父。”

叶羽秋波澜不惊，心里无丝毫波动，或许她早就忘记了还有庄化蝶这个人，或许她心里藏匿了太多人。

卡佳·高尔叹了口气：“我也是刚刚得知，没想到我丈夫竟是五指月教父，竟是我千寻万找的人！如今，他又失踪了，再想找到他，恐怕就难了。”

萧痕皱眉问道：“那个下棋的白发白须老者就是庄化蝶？”

靳名琛点了点头，道：“他就是庄化蝶，hand公司是他一手打造的帝国大厦，就是找到了他，也无法指认他是五指月教父。”他又向叶羽秋看了过去，说：“家坤带我来星城，是为了你。”

“为了我？”叶羽秋皱眉时也是波澜不惊的。

“为了找回你的记忆！”靳名琛叹了口气，“‘血滴子计划’！”

“我知道‘血滴子计划’？”叶羽秋眉毛跳动了一下，“我为什么知道‘血滴子计划’？”

“因为‘血滴子计划’的制定者是单大师。”林家坤叹了口气，“他向14局自首时，是我‘接待’的他。可惜的是，单大师自首时没有说明‘血滴子计划’，我们约定五月份再商谈，结果四月份单大师却死了。我们唯一知道的信息是，‘血滴子计划’跟星城大选有关，也跟《牛顿手稿》有关。”

“《牛顿手稿》！”萧痕低叹一声，向石小夕看了一眼，“单大师在10年前就开始设计‘血滴子计划’，看来主要针对的是《牛顿手稿》。”

林家坤点了点头：“我知道单大师的智慧，他通常都会为自己留后路的，只可惜最终被一颗子弹结束了生命。”他停止走动，右手轻轻地在桌上一扣，“今天若非他留有后路，在海棠庄地库里藏着一辆装甲车，恐怕我们都逃不出来。”

“大哥怎么找回我的记忆？”叶羽秋忽然问靳名琛，“我并非完全失忆，只是失去了一小部分，最核心的那部分。”

“这个不是难事。”靳名琛看了萧痕一眼，“他的记忆曾经被我恢复一些，用一种神奇的技术：第五维空间。”

萧痕想起了竺大�的话，突然站了起来，说：“我的海马体损伤是你弄的。”

“恰恰相反。”靳名琛示意萧痕坐下，“你在年幼的时候，海马体就被篡改设计过，或许你身上有惊天的秘密，有人故意把那惊天的秘密隐藏起来。而这个隐藏你秘密的人，一定是个天才，至少是超过我和庄化蝶的天才，因为我发现你的海马体状况后，试图完全修复，可是我做不到。”

萧痕忽然有种心惊肉跳之感，连庄化蝶和靳名琛都束手无策的事情，恐怕这个世上再无人恢复他的记忆。正自神伤，忽觉右手被石小夕握住，一股暖流涌上心头，侧脸对她微微一笑，也许隐藏的秘密是件灾难，现在能拥有幸福岂非更好？

只是，他听闻靳名琛也在地震现场时，眼前又飘过那片火海。在火海里，那个叫他名字的男人似乎是靳名琛，可喊他名字的女人是谁？

是石小夕，还是另有其人？

32. 等待与围剿

又是一个晴天。

德川源濑早早就起床了，并在这条拥有将近 200 年历史的街道上走了个来回。大街上，到处都是中国式的门店、中国式的货物。这条唐人街上，大部分住的是华人。这个区域在星城河南岸，有个奇怪的名字——牛车水。德川源濑对“牛车水”的名字还是蛮欣赏的，至少有种味道，他似乎能感受到历史的画面来。

德川源濑从街上回到酒店，看着苏心沉睡的脸上带着一抹如金盏花似的笑意，心里懊恼的情绪消融了不少。德川源濑当然是懊恼的，克拉码头刺杀布局如此周密，却想不到功败垂成，不仅没有杀掉白逐尘，还损失了三个得力助手。

幕府组织从未这么失败过。

这个失败绝非因为萧痕和叶羽西。

德川源濑能成为幕府组织的领袖，自然有明辨是非的能力，否则也无法担当“将军”之职。克拉码头刺杀失败，他看得分明，其原因不能归结于萧痕和叶羽西的抗争，而是那个神秘的狙击手。他之所以迁怒于海棠庄，并亲自带领幕府组织成员摧毁无名岛，只是向他看不到的对手警示，他德川源濑是个有仇必报的人，是个不好招惹的人。

可是，那个神秘的狙击手是谁？

德川源濑动用了他在星城警方的关系，调用了所有的监控系统，却无法找到那个神秘的狙击手！

这个神秘的狙击手才是最可怕的。

德川源濑站在窗前，看着牛水车街道上熙熙攘攘的人群，揣摩着心事。

白逐尘在哪里？

所有在星城的幕府组织成员根本没有休息，一直在寻找白逐尘的下落。白逐尘好像凭空消失了似的——弹丸之地的星城根本藏不住白逐尘，可是白逐尘究竟在哪里？还是他已经死了？

德川源濑很清醒一件事：刺杀白逐尘之事还没有完，只要是幕府组织接下的任务，无论如何都要完成，白逐尘活要见人死要见尸。

这时候，德川源濑又想起了那个叫作“石头人”的践行者，好像“石头人”已经相信白逐尘被大火烧死，因为20个小时过去了，“石头人”根本没有联系过他。

虽然如此，德川源濑也不会放弃他的任务。

正自遐想，一阵刺耳的尖叫声传来。德川源濑猛然回头，却发现苏心忽然惊醒，手里拿着一块手表，那声音正是从手表里发出来的。

苏心一看手表，表情就沉了下去，顾不上穿衣服，便从床上下来，走到桌上设置好的电脑前。

德川源濑看着苏心一丝不挂，眼里冒出火来。他咬了咬牙，从衣橱里拿出睡衣走到苏心身后，给她披上，双手自脖子滑到前胸。苏心感受到德川源濑的热情，昂起头吻了德川源濑一下，轻声说：“有任务。”

“任务？”德川源濑的热情如退潮的海水，刷的一声消散了，“石头人？”

苏心点了点头，将手表放在一个感应器上，电脑屏幕忽然自动打开，弹出一个视频来。

“牛车水。”德川源濑看清视频背景是熙熙攘攘的人群时说，“这是中国唐人街，就在我们的眼前。”

忽然，德川源濑愣住了。

视频里，牛车水的街道上，熙熙攘攘的人群里，两个中国人在人群中穿梭，忽然他们停顿下来，扭头向后方望去。

他们的面目清晰地呈现在视频里，是白逐尘和石炜烽。

那两个中国人正是PAP党鞭白逐尘和白垩纪的践行者“石头人”。

苏心也愣住了，忽然喘了口气，指着石炜烽说：“他就是‘石头人’！”

“他是‘石头人’？”德川源濑更加吃惊了，“他雇佣幕府组织刺杀白逐尘，为何会和白逐尘在一起？”

“我不知道。”苏心站了起来，睡衣没有穿好，从肩上滑落下来。她一把抓住，将睡衣随意一系围在胸前，“三个月前，‘石头人’通过七色花组织的阿里联系到我，要我成为你们之间的中介人。”她盯着视频里“石头人”看，一排洁白的牙齿咬着嘴唇，轻声说：“‘石头人’很清楚我和你的关系。”

“他怎么知道我们之间的关系？”德川源濑皱着眉头，“咱们幽会小心谨慎，幕府组织都不知道。”

“我不知道。”苏心走到床前，捡起地上凌乱的衣服穿上，“我只知道，我们成了一个卒子，马前卒。”

德川源濑冷哼一声，说：“幕府组织不是好糊弄的！”

苏心穿上裙子，走到德川源濑身前，转过身去，示意他帮忙拉上拉链。德川源濑对苏心的小性情颇为受用，为苏心拉上拉链。

苏心转过身来，捧起德川源濑的脸，说：“不用生气，大家知道我是你的女人不是更好！难道你不希望我成为你的女人？”

德川源濑回吻苏心，说：“我当然希望你成为我的女人。”

苏心笑了，说：“你是幕府组织的将军，不能言而无信，无论发生什么情况，都要把白逐尘杀掉。”

德川源濑眼神里射出冷峻的光芒，说：“德川家族的武士道精神不可辱，三叶葵纹的家徽不可蒙羞，白逐尘必死无疑。”

苏心说：“‘石头人’呢？”

“他也死定了。”德川源濑的神色更冷了，“招惹幕府组织的下场，只有死亡。”

苏心笑得更灿烂了，说：“我就欣赏你这种气魄！”她向视频一指，“很显然，‘石头人’和白逐尘不是陌生人，你瞧他们的表情，那不是陌生人的表情，他们的表情里藏着四个字：彼此信赖！”

德川源濑从腰间拔出一把短刀，短刀刀柄和刀身上都雕刻着德川家族的三叶葵纹，他在空中虚势一劈，冷笑道：“八嘎呀路！”

苏心看着德川源濑的表情，眼神里闪烁出兴奋的亮光。

德川源濑看着短刀，说：“白垩纪呢？践行者的行为是白垩纪指使的吗？”

苏心想了片刻，摇了摇头说："白垩纪跟'石头人'不同，白垩纪是政党领袖，他很清楚幕府组织的实力，这个时候他正与 PAP 博弈，绝不会节外生枝，除非他是个笨蛋，才会在这时候招惹幕府组织。"

德川源濑从桌上拿起一块白布，轻轻擦拭短刀，听了苏心所言，点了点头，说："白垩纪不是笨蛋，他很可能成为星城的总理。在总理的高位上，他更需要幕府组织来为他扫清政治障碍。看来，这是'石头人'的个人主意。"

苏心正要说话，放在床头的手机响了。苏心走到床头，拿起手机，看到屏幕上的号码，对德川源濑说："白垩纪。"

苏心打开免提，只听白垩纪说："视频看到了吗？"

"是你提供的视频？"苏心反问。

"真正雇佣幕府组织的人是我，不是吗？"白垩纪的声音有些低沉。

"是的。"苏心回答。

"再签一份杀人合约。"白垩纪的声音有些飘忽。

"杀谁？"苏心问。

"石中天——我的践行者。"白垩纪声音里藏着一丝愤怒。

苏心向德川源濑望去，看到德川源濑点头，对白垩纪说："成交。"

"一分钟后，首付款打到你的账户上。"白垩纪声音忽然洪亮起来，"连同刺杀白逐尘的尾款。我相信，在幕府组织的眼里，白逐尘已经是个死人。只不过，此事要做得干净漂亮，如果白逐尘还活着，PAP 就能起死回生。"

"放心，利害关系我们明白。"

"好的。"白垩纪挂了电话。

苏心关闭手机，对德川源濑说："白垩纪也想要'石头人'的命。"忽然，她的眉毛向上一挑，走到德川源濑身前，双手轻握他的双臂，抬头望着比她高一头的男人说，"有一件事我没有告诉你。"

德川源濑看着苏心的眼睛，没有回答，等着苏心继续说。

"'石头人'我认识。"苏心说。

"这个我知道。"

"20 年前我就认识。"

德川源濑的眼睛微微缩紧，说："20 年前？"

"20年前，他是我的丈夫。"苏心声音里塞进了酸楚与悲伤，"石中天是他到星城改的名字，他在中国的名字叫石炜烽，曾是一名警察，因犯事被判了死刑，执行了枪决。当然，死的不是他，他越狱了，逃到了星城。"

"你们一直保持联络？"德川源濑静静地听，静静地问。

"没有。"苏心摇了摇头，"我一直认为他已经死了，直到三个月前他联系我，我才知道他还活着。"

德川源濑忽然笑了，说："谢谢你。"

"谢我？"苏心好奇地问。

"石炜烽通过你联络我，我一直很好奇，也怀疑过你们之间的关系。今天，你扫清了我心头的雾霾，我当然要谢谢你。"德川源濑轻轻在苏心额头上一吻，"我要向你道歉，因为我怀疑过你。"

"我理解。"苏心脸上的悲伤一扫而过，她松开德川源濑，走到电脑前看视频，"我告诉你这件事，并不是要你饶了石炜烽。自他死后，我们再也没有任何关系。"

德川源濑提着短刀走到电脑前，看着石炜烽的脸，冷笑道："对于我的情敌，我从不手下留情。"

"他不是你的情敌。"苏心看着德川源濑，"我心里只有你。"

德川源濑微微一笑，在短刀刀柄的三叶葵纹上一按，发出嗞嗞的声音。

"你在做什么？"苏心好奇地问。

德川源濑一扬短刀，说："我在联络南海海域附近幕府组织的成员，他们会在三个小时内赶到星城。就算将牛车水刨地三尺，我也要杀掉白逐尘和石炜烽。"

"这三个小时我们做什么？"

"等待与围剿。"德川源濑松开三叶葵纹，声音戛然而止，"我立刻联络在星城的成员，守住牛车水各个街道出口，只要看到白逐尘和石炜烽就格杀勿论。他们若不出现，等到大军到来，我就要血洗牛车水！"

白夜密码

背面 WHITE NIGHTS PASSWORD

第七章　让子弹飞

"别急，让子弹飞一会儿。"

——电影《让子弹飞》

33. 太极战略与摘星工程

星月党执政星城已毫无悬念。

PAP 刺杀丑闻事件仍在发酵，还远未达到顶点，这时星月党宣布了执政策略："太极战略"。不到半个小时，"太极战略"成为互联网排名第一的字眼。各家电视台争相直播白垩纪关于"太极战略"的阐述视频，星城各个商场、街道，但凡设有电视屏幕的地方都在转播。"摘星工程"作为"太极战略"的核心，更是成为互联网、手机等转载传播的热门话题。星月党释放的"摘星工程"并非只是概念，而是用视频和照片作为主要轰炸手段。视频和照片的内容，来自宇宙的一颗名为"双子星"的星星。星月党称，它的幕后财团利用 10 年时间，在双子星上做了这一令人类震惊的创世视频：创世纪——双子星上的人类！

双子星如同一个巨大的悬棺，在那个悬棺里有人类生存的形迹。视频中的双子星，并非漆黑一团，而是白茫茫的一片，如同北极的极夜。

极夜并不可怕，只要人类能够生存，星城就能移民星球，这类似科幻片里的场景，如此活灵活现地展现在国民面前，令人无法想象，又无法排斥它的真实存在。许多黑客利用网络爬虫在全世界的互联网上搜索着，没有类似的视频、场景，哪怕是画面里一个树叶也被检索，视频里所有的一切都是地球上不存在的事物，这更加证明视频的真实性。

在那个如同悬棺的辽阔的极夜中，传来两个女子的笑声，那笑声清脆无比，与人类的笑声根本没有区别。

然后，视屏又是巨大的苍茫，视觉向悬棺里纵深延伸，令人奇怪的是：双子星上竟然也有日月星河。这个双子星如同真实存在的宇宙，它不仅是个星星，更是浓缩的宇宙。

突然，两个女孩的脸出现在视频里。这两个女孩大约 20 多岁年纪，相貌俊美，是一对漂亮可爱的双胞胎，一对与人类没有任何差别的双胞胎。如果不是点明这是“双子星球人”，没有人怀疑这对双胞胎是地球人。

接下来，是两个女孩的生活片段场景，虽然是零星的、片段式的，但能看出她们与人类生活极其相似。唯一的差别是，10 年来这对双胞胎女孩容貌没有任何变化，仿佛生活在双子星上的人能长生不老似的，这给了星城国民无限的遐想和向往。

“摘星工程”看起来不真实，但国民并不抗拒，甚至情愿在这种“欺骗”中获得短暂的愉悦，国民已经受够了克拉运河计划带给星城的灭顶之灾的困扰与哀怜。

这时，星月党释放了另一个消息，这消息虽然没有“摘星工程”伟大，但却更加有效。星月党称，在克拉运河计划只是酝酿阶段时，星月党就预见了这一天，预见了星城的危情，所以星月党的背后财团白夜基金会就以各种形式间接入股到中泰合资开发的“克拉运河”中。星城国民对“间接入股”产生了巨大好奇。星月党以图示结构向国民展示。原来，白夜基金会通过各种金融手段，成为参与“克拉运河”开发的几个中国公司的股东。

也就是说，星月党成了“克拉运河”开发者之一，“克拉运河”的每一次收益都有星月党的收入，而星月党将这些收入全投入到星城国家建设和居民福利当中。

这就是“太极战略”的第二个工程“中和工程”，一时间“不要拒绝，要分享”的口号让国民激动起来，星城的厄运并没有发生，从此以后，星城不但拥有马六甲海峡，还拥有克拉运河，这无疑给星城注入了恒久的活力。

“太极战略”，一阴一阳，不出两个小时便完全征服了星城国民。

尤其是在“摘星工程”全球释放两个小时后，H 联盟罕见首次表态支持星月党，这更令 PAP 雪上加霜了。

PAP 刚上任不足一月的新秘书长南非，在星月党政治进攻下毫无还手之力，看着电视转播和视频文件，他的心情跌入了谷底。最终，他拨通了电话，通知塞拉・奥恩放弃竞选。实际上，在白逐尘被刺之后，南非就要放弃了。那些政治丑闻令他汗颜，至少这绝非是他想要的国家。那个充满光明与希望的星城哪里去了？

作为PAP最年轻的一届秘书长，还不足50岁的南非是一个追梦人，他身上具有理想主义的情怀以及浪漫主义的热情，不想他刚执掌PAP不足一月，就遭到了令他痛心疾首的政治丑闻。

那些新闻报道全是栽赃陷害，可国民并不知情，PAP只能背黑锅。

H联盟放弃PAP支持星月党，就是为了“摘星工程”，利益再次成了政治最强大的砝码。

那个直接有效的“中和工程”，原本是他与林家茹的想法，如今却成为白垩纪的杰作。

这一系列的阴谋与黑暗，令南非更加讨厌政治了。

南非只觉疲乏，已经连续48个小时没有休息了。PAP危机，必将成为他政治生涯中的一个笑柄。也好，趁此机会通电下野，反正他的从政初衷并非为了做总理。这时，他心头上萦绕起一个女人的面貌来。多少年了，他就是无法忘记那个女人，那个硬朗的、倔强的中国女人。

“石小岚。”南非轻轻念着那个中国女人的名字，心里忽然塞进了一股柔情和甜蜜。20年前，他是星城街头上的一个小混混，违法的事几乎做遍了，他认定他的一生已经完了，无论是谁都无法将他拉出泥潭了。因为，他自己将自己抛弃了。直到他遇到了那个叫石小岚的女人。

“《牛顿手稿》！”南非想起石小岚时，不禁走出了办公区，“石小岚找到《牛顿手稿》的秘密了吗？”南非知道石小岚已经死了，可他仍然无法忘却她，更无法忘却她的“梦”：寻找《牛顿手稿》的秘密。南非不知石小岚为何要找他，他没有问，石小岚也没有说。南非喜欢这个中国女警，他愿意帮她。只可惜，她没找到秘密便回了中国。他曾去中国找她，却获悉她已经死了。南非明白，她的死亡肯定与《牛顿手稿》有关，所以他也有了“梦”，他的梦就是实现石小岚的梦。这个想法改变了他，人的梦和目标有时能蜕变一个人，至少蜕变了南非。

这20年来，他一直在寻找《牛顿手稿》的秘密，他认定石小岚的猜测，那个神秘的“发光体”——石小岚是这样称呼的，一定藏在星城。

“或许，破译《牛顿手稿》的秘密，就能挽救PAP。”南非站在办公桌前，庄重地告诉自己。

“挽救PAP，不需要《牛顿手稿》。”一个60多岁的中国男子突然推门进来，笑着说。

“林家坤！”南非看到来人时，心里猛一激动。

来人正是林心湄的父亲、叶羽秋的丈夫林家坤。

林家坤笑着走进来，说：“我代表 H 联盟，前来帮助你。”

“有 H 联盟支持，PAP 一定能挽救大厦于将倾。”南非走到林家坤跟前，双手握紧了林家坤的手，见他稳如泰山，笑着说：“你已经有了计划！”

“别急，让子弹飞一会儿！”林家坤看着视屏中那对双胞胎女孩，眼神里充满了一种极其复杂的情绪，“一子便可定乾坤！”

34. 我的代号是白

白夜基金会总部是一个五层楼的写字楼里，由于年代久远，整个写字楼都被爬山虎之类的攀缘植物覆盖了，远远看去就像一个绿色的碉堡。马六甲大厦新总部已经交付，后勤部正忙着搬迁事宜。白夜基金会自成立至今近 20 年时间，位于第三层的机密档案室内文件都堆成了小山丘，为了尽快搬到新总部，档案管理员冯少成忙得一天只休息三个小时。他是个十八九岁的中国小伙子，由于智商高达 150，18 岁就读完了大学。白夜基金会是他的第一份工作，当然也是苦累的活，就算他的父母强烈阻止，可他还是拿到了这份工作。趁着休息的当空，他扳着指头数数，工作快半年了，这是一个不小的安慰奖。

可是，他的心情却有些差，因为父母又开始了争吵。夫妻争吵本是一件极其平常的事，可在办公室里争吵就另当别论了。尤其是，父亲还是星城总统候选人。

“冯世鉴，星城最有希望登上总统宝座的政坛明星。”冯少成耳边似乎响起电台主持人充满激情的广播。实际上，他并不希望父亲冯世鉴步入政坛，更不希望母亲林家茹是白夜基金会的秘书长。

可天不遂人愿，冯世鉴政坛平步青云，而林家茹运作的白夜基金会似乎跟星城各个政党都保持着千丝万缕的联系。

凭着他的智商和专业知识，从那些指明要销毁的档案中，他很容易梳理到事情的真相。

冯少成微微叹了口气，禁不住仰头向天花板看去，耳边忽然又传来争吵声，仿佛他能穿透两层楼的高度，听到父母的争吵。

白夜基金会总部秘书长办公室里，林家茹坐在老板椅上，手里端着一杯咖啡，正转动着椅子起身，向丈夫冯世鉴说道：“你是什么意思？”

“我没什么意思！”冯世鉴坐在林家茹办公桌前，看到林家茹动怒，仍自微笑，“我只想问你，你什么时候成了PAP的顾问？”

“我需要告诉你吗？”林家茹嘴角边挂着一抹冷笑，一副女强人的姿态。

“我不想这些秘密影响咱们的感情，就像20年前一样。”冯世鉴的性子比20年前更温和，这种温和是种政治上的温和。

“20年前的事情你还记得？”林家茹脸上带着一抹奇怪的笑容。

“这20年里，我们一直信任，不是吗？”冯世鉴仰头看着林家茹，“虽然20年前我们并不信任。”

“我一直信任你！”林家茹冷哼一样，“20年前，你若不和彭苓睡觉，我也不会和白逐尘睡。我以为我们扯平了，你早就忘了，谁知你还是忘不了。”

“这些陈年旧事起不了浪。”冯世鉴一笑，整张脸几乎成了圆形，“我岂会吃20年前的老陈醋？”

林家茹的气势有些缓和，走到宽大的客厅里坐下来，示意冯世鉴也过来。冯世鉴端起桌上的咖啡，走到客厅沙发上坐下来，正面对着林家茹。

“你快成为星城的总统了，这些事情必须尽快忘记。”林家茹喝了一口咖啡，将杯子放在茶几上，“我知道你为什么生气，白逐尘是PAP党鞭，你怕我们旧情复燃。”

“你为什么喜欢跟他合作？”冯世鉴嘟囔一句。

“还不是为了你！”林家茹看着冯世鉴吃醋，心里升起一股异样，她就是喜欢冯世鉴这个长不大的小男人。在她心里，无论冯世鉴是20年前的奢城晚报总编，还是今天即将登临星城的总统，他都是她的小男人，一如既往的小男人。

“为了我？”冯世鉴皮笑肉不笑地看着林家茹。

林家茹选择舒适的姿势看着冯世鉴，说：“我有很多秘密没告诉你，这些年来，我利用白夜基金会支持星城各个政党，并把你推向前台，目的就是为了今天。”

“你支持的不是PAP一家？”冯世鉴皱眉问。

“当然！”林家茹笑道，“我支持了星城所有的政党，无论哪一个政党当选，都会支持你做星城总统。你明白我的苦心吗？”

冯世鉴总算释怀了，说：“我还以为你跟白逐尘——”

林家茹瞪了他一眼，说："我都是五六十岁的人了，还能去陪他睡觉？倒是你——"

冯世鉴眼皮一跳，说："我怎么了？"

"莎拉·牛顿小姐是不是美艳动人？床上功夫是不是很了得？"林家茹斜眼看着丈夫。

"你怎么知道？"冯世鉴忽然哦了一声，立刻做投降状，"我发誓，只一次。"

"我知道。"林家茹忽然站了起来，"是我让莎拉·牛顿这么做的。"

"为什么？"冯世鉴也跟着站起来，眉头皱成了川字。

"今天你如果不来兴师问罪，我不会告诉你这么多。"林家茹看着冯世鉴，"我不想让你知道是我在背地里支持你，更不想让你觉得你一生的成就得益于你的妻子。所以，为了让你和白垩纪结成同盟，只能用美色去吸引你——而我，作为你的妻子，知道你无法抵挡莎拉·牛顿的魅力。"

"我绝不会再找莎拉·牛顿。"冯世鉴颇为坚定地说，"实际上，我一生最大的成就是娶了你。"

林家茹走到冯世鉴身前，一只手在丈夫肩上一拍，说："你即将成为星城总统，这些甜点是你应得的——权力与美色从不分家。只要你不瞒我，我就会放纵你。"

冯世鉴对妻子是彻底臣服了，说："从今以后，我再也没有什么秘密了。"

林家茹还要说话，忽然门被推开了。林家茹脸上升起怒容，正要发火，却看见顾冰清带着几个人走了进来，眼皮子不禁一跳。

顾冰清看到冯世鉴和林家茹，笑道："你们都在啊！"他向冯世鉴一挥手，说："恭喜姑父。"

冯世鉴笑着回礼，说："谢谢，谢谢。你怎么来了？"

"我是来找姑姑的。"顾冰清向林家茹一指。

林家茹见顾冰清来者不善，问道："你爸妈好吗？你干妈好吗？小湄好吗？"

"都好。"顾冰清微微一笑，"也都不好。我干妈的海棠庄被恐怖分子炸毁了，幸亏我们跑得快，否则就再也见不到姑姑和姑父了。"

冯世鉴脸皮一紧，问："怎么了？发生了什么事？"

顾冰清摇了摇头，说："无关紧要的事。"

林家茹说："你这孩子，都这样了，还无关紧要。"她看着顾冰清身后的人，问顾冰清："这是什么意思？"

顾冰清说："我今天来基金会，只是为了说明一件事。本来，我可以不来。但姑姑您在，我若不来显得太没礼貌。"

林家茹皱了皱眉，问："什么事？"

顾冰清转身向身后的黑玫一指，说："这位女士您见过，黑玫小姐，她想调查一下玫瑰集团、百合集团、海棠公司注资科学实验室的财务状况。"他嘿嘿一笑，接着说："姑姑，我向这个科学实验室注资了15年，总共15亿美金，却连它的名字都不知道。"他向林家茹微微一笑，又说："姑姑，它叫什么名字？"

"你跟单大师有合约，你没有必要知道。"林家茹看着后辈，非常不友善地说。

"单大师已经死了，合约无效了。"顾冰清无赖起来挺有模有样的，"之前我不问，是因为我不想知道。如果我想知道，我问单大师，他必然会告诉我，你懂的。现在我想知道，它叫什么名字？"

林家茹被顾冰清的气势震慑，微微叹了口气，说："几何。"

"几何，哪个几何？"顾冰清只觉名字奇怪。

"数学中的几何。"林家茹说。

"好名字。"顾冰清莫名其妙地说。

林家茹冷笑地看着顾冰清，说："你想调查几何实验室的财务情况，恐怕还不够资格。我是在使用单大师的资金不错，但我和单大师有合约。"

"我知道。"顾冰清一摊手，耸了耸肩，"只有超过四十亿美金的客户才有权调查几何实验室的财务。"

"很可惜，玫瑰集团才十五亿美金。"林家茹向冯世鉴看了看。

冯世鉴会意，脸上露出灿烂的笑容，走到顾冰清身边说："咱们好久不见了，喝杯酒去！"

顾冰清不理会冯世鉴，向黑玫一弹指。黑玫向前走了一步，一只手托着一个密码箱，另一只手打开，拿出里面的文件，递给顾冰清。

顾冰清接过文件，递给林家茹，说："这是百合集团、海棠公司的股权转让协议，是全部股权转让协议。"

"股权转让协议？"林家茹疑惑地接过文件，打开看。

"大白叔叔和干妈已将全部股权转让给我——"顾冰清向文件一指，"也就是说，我现在拥有玫瑰集团、百合集团、海棠公司三家上市公司，我给合并后的集团公司取名为'黑玫集团'——"他向黑玫一指，"黑玫就是她的名字——"他向黑玫咧嘴一笑，"而我，是黑玫集团的总裁，黑玫集团在几何实验室注资超过了四十亿美金，我有权调查财务状况。"

"你当然有权调查，只不过——"林家茹合上文件，递给顾冰清，冷笑一声，"只不过你晚来一步，由于基金会要搬迁，部分文件已经销毁，包括几何实验室的文件。"

顾冰清向黑玫看了一眼。黑玫将密码箱丢给身后的14局成员，急速向外走去。

"我并没有销毁。"就在此时，迎着黑玫的面走来一个年轻人，他向顾冰清微笑着一点头，喊道："姐夫——"

黑玫骤然止步，向年轻人看去，只觉这个年轻人在哪里见过似的，禁不住盯在他的脸上。

那年轻人向黑玫一笑，说："黑，我是白，你的同事。"

顾冰清向那年轻人望去，说道："少成，你怎么在这里？"

这个年轻人竟然是冯世鉴和林家茹的儿子，冯少成。

冯少成走进母亲办公室里，扭头向黑玫一招手，看着黑玫也走进来，他向众人微微一笑，说："我有个秘密告诉大家，我在清华大学三年级时被一个秘密组织招募了，那个组织就是14局。"

"你是14局特工？"黑玫好奇地看着眼前这个不足20岁的小伙子，"你为何暴露身份？"

"我的代号叫'白'！"冯少成想装老成，可毕竟稚气未脱，不免显得滑稽可笑，"我暴露身份，当然是得到授权。"他看着林家茹和冯世鉴吃惊的表情，向父母一咧嘴，说："我舅舅是14局局长。"

"什么？"冯世鉴惊叫道，"家坤大哥也是一名特工，还是局长！"

"嘿！"黑玫向冯少成喊道，"你敢暴露林局长！"

“这也是授权。”冯少成笑着摇了摇脑袋，“林局长退休了。他可以亮出身份了。”

顾冰清这几日经历了太多的离奇事件，对冯少成是特工一事倒也没怎么吃惊，他看着春风满面的冯少成，问：“你真的没有销毁？”

“这是我的任务！”冯少成笑得很灿烂，“几何实验室的文件不但没有销毁，而且我还发现了其中的秘密。”

“什么秘密？”黑玫惊奇地问。

“几何实验室就在星城！”冯少成的右手食指在空中划了一道漂亮的弧线。

35. 政治骗局

“一子定乾坤？”南非脸上放出了喜悦的光芒，他与林家坤是老相识，在林家坤任中国驻星城大使期间，他们就很投机。

“一子即可定乾坤。”林家坤面带微笑地说。

“哪一子？”南非甚是好奇。

“白逐尘！”

“白逐尘？”南非脸上显出忧伤来，“白逐尘死了，咱们的老朋友去了。”

“白逐尘还活着。”林家坤侧头看着南非办公桌上他们三人的合影照，“他没有死，14 局救了他。”

“白逐尘还活着！”南非高兴起来，只要白逐尘还活着，他就有翻牌的机会，“他在哪里？”

“在敌人手上。”

“星月党。”

“确切地说，是在白垩纪的影子‘践行者’手上。”林家坤目光从合影照上移开，“我已经安排 14 局特工营救白逐尘，只要白逐尘还活着，星月党的新闻骗局就不攻自破。”

南非在桌前走了几步，神色好了许多，说：“一定要把白逐尘救出来，他是咱们的好朋友。”他看了看 PAP 的党徽，眼神里有了讥讽之色，“政治都是骗局，我不喜欢政治，你是知道的。这 48 小时里，我没有睡过，我就在想一件事，我能成为 PAP 的领袖是否也是一场政治骗局？老林，你理解我的意思吗？在 PAP，我只是一个小人物，可为何我这个小人物成了 PAP 领袖？老林，以你的政治智慧来看，我是否就是一个傀儡？”

“无论是不是骗局，你都要去拯救 PAP。”林家坤看了看比他小 10 多岁的南非，“南非，你不是小人物，虽然某些政治力量把你看成一个挡箭牌。星月党如果成为执政党，你的政治生命就此结束。但 PAP 还在，还会有人顶替你的位置，推翻星月党的执政，再次成为星城执政党。”

南非叹了口气，说：“玩政治我还嫩！”他抬起头，眼前闪烁着石小岚的面容，突然坚定地说，“小人物也有大作为！我的作为不是做星城内阁总理，而是找到《牛顿手稿》！”

“你还是忘不了石小岚？”林家坤幽幽地说。关于《牛顿手稿》的种种，他和南非、白逐尘谈过很多次，自然知道南非喜欢石小岚。

“没有她，就没有我的今天。”南非眼神里闪出异样的光亮，“我喜欢她，超越了男女之情。她让我完成了自我蜕变，否则我可能早被人砍死在街头了。”他骨子里的倔强在危难时又溢了出来，“我一定要拯救PAP，然后退出政坛。我一定要向那些将我看成小人物的人证明，我行！”

林家坤叹了口气，说：“远离政治也好。”

“想挽救PAP不太容易，星月党的撒手锏是‘摘星工程’和投资克拉运河项目，PAP手中没有王牌啊！”南非想到政治困局，不免愁容又起。

“这也是‘一子定乾坤’！”林家坤呵呵笑道。

“哪一子？”南非更是惊讶，他心里莫名感到一股来自大国崛起的中国力量，星城困局在中国眼里或许不值一提。

“投资克拉运河项目的白夜基金会，不久会放弃与星月党的合作，转而与PAP合作。”

“真的？”

“当然是真的——”林家坤嘴角边荡出了笑容，似乎能看到他安插在白夜基金会的特工“白”。对于“白”，他有种莫名的亲切，甚至他能感觉到“白”必将成为继萧痕之后的H联盟14局的得力干将——“至于‘摘星工程’你更不用担心，我已找到破解之道。你只需确保6个小时内新闻消息全城覆盖就好。”

“谢谢你。”南非脸上呈现出感激之色。

“咱们是老朋友。”林家坤笑了笑，“今天，我带来了另一个老朋友。”

“谁？”

“靳名琛！”

“靳名琛！”南非按捺不住心中惊喜，“他也在星城？我可是10多年没见过他了？”

"南非。"靳名琛和叶羽秋一同进来。

"老靳。"南非走上前抱住靳名琛，拍着他的背说，"我以为你死了呢！"

二人分开，靳名琛笑道："你不太适合从政，和我一样，性情中人。"

南非向叶羽秋打招呼，说："您也来了。"

叶羽秋微笑道："我是来麻烦你的。"她向靳名琛看了看，"你可能不知道，他是我大哥，亲大哥。"

南非双眉一扬，向林家坤看去，见林家坤点头，笑着摇了摇头，说："想不到呀，想不到。"

靳名琛看着南非说："闲话不说了，我要借用一下国家尖端科学实验室。"

"嗯？"南非微微皱了皱眉，"你怎么知道我们有国家尖端科学实验室。"

"《牛顿手稿》是我带给你看的！"靳名琛神秘地一笑，"连《牛顿手稿》原稿我都知道藏在那里，星城的一个小小实验室我还能不知道。"他顿了顿脚，"就在脚下，负三层。"

"好吧。"南非无奈地摊了摊手，"H联盟的情报网很厉害呀！"

"我这是救你。"靳名琛笑了笑。

"救我？"南非皱了皱眉。

"是关于'血滴子计划'！"林家坤走到南非跟前，"前晚我们通话时说了'血滴子计划'，我们怀疑是白垩纪操纵着'血滴子计划'。而破解'血滴子计划'的关键，就在于我妻子。"

"林夫人。"南非向叶羽秋看过去。

"10年前，我在星城发生了车祸。"叶羽秋声音冷静，似乎在叙述别人的事情，"我失去了部分记忆。这部分记忆就是关于'血滴子计划'的。"

南非点了点头，说："我明白了，老靳要恢复你的记忆——"他向靳名琛嘿嘿一笑，"我也有情报网，知道你的手艺——"他将"第五维空间"技术比喻成手艺，自己觉得好笑，不禁笑出声来，"我带你们去国家尖端科学实验室。"他又向林家坤看了一眼，说："看来我这个小人物起到作用了，若非我是PAP领袖，根本没资格去国家尖端科学实验室，幸好我拿到了授权。"

星城国家尖端科学实验室在政府大楼负三层，是个刚刚做好基础设施的实验室，还未投入研究重大科研项目，所以才被星月党的“摘星工程”占了先机。PAP 早就决心投入巨资，利用前沿科技、量子物理、生物化学等等向未来探索生命通道。南非办公室有直接通往实验室的电梯，一分钟后他们就到达了实验室。实验室内，一些科学家正在对仪器进行测试，一些人在电脑前计算着庞大的数据。

南非指着一间标有“星眼”的房子说：“那就是卫星监控系统，PAP 也在计划着探星工程，星月党抄袭了我们的创意。”

“‘摘星工程’是一场骗局。”林家坤点了点头，“一会儿我跟你细说。”

“骗局？”南非嘟囔一声，“又是骗局！”

众人走进“星眼”。“星眼”里的监控设备非常齐全，而且是目前世界上最前沿、最尖端的机器。靳名琛看到“星眼”里的设备时，脸上荡起了笑容，对南非说：“我要在这里做两件事。第一件事，指挥 H 联盟 14 局特工营救白逐尘。第二件事，利用这些设备搭建‘第五维空间’，找回羽秋失去的记忆。”

“指挥 14 局特工，你？”南非和叶羽秋都有些吃惊。

“老靳是新上任的 14 局局长。”林家坤笑着看了靳名琛一眼。

36. 阿里买了一枚核弹头

萧痕的整个身心还在动荡中。整个夜晚，他和石小夕缠绵无限。就像一门学科一样，他们被从未涉猎但新鲜好奇的知识给魅惑了，他们就在知识的海洋里尽情地窥视，身体里酝酿着一种神秘的力量。这种力量，让他们时而沉沦与崩塌，时而飞翔与重塑。石小夕明白，她已经移情别恋，她的爱在转移，就是这种转移让她更有活力，更加感到真实的力量。那真实的爱，让她足以不惜毁灭自己，也要牢牢抓住萧痕。这时，她就不再悲哀了，重生的世界里她拥有了多姿多彩的爱情，拥有了常人无法企及的色彩。

萧痕和石小夕乘坐一艘快艇到达星城河畔的牛车水时，他们似乎还在欲梦中睡着，或者是沉醉不愿醒。石小夕握着萧痕的手，依偎在萧痕身上。她的脸颊上升起如同初恋女子般的娇羞。“或许，重生后的世界，一切都是崭新的。”这让她对重生世界更加好奇起来。

萧痕的身心动荡是多层次的，当然首当其冲的是石小夕，当他想起在某个地方——或许那是前生；当记忆丢失后，他是否已是重生的人？——见过石小夕，或许那时他就深爱着石小夕，至少石小夕是爱他的。在珠穆朗玛峰的强震中，石小夕没有丢掉他，而是选择默默地陪着他。这无疑是真爱。

其次，令萧痕身心动荡的是他和林家坤的谈话。在执行任务前，林家坤约萧痕到航母甲板上聊聊。为了避免给星城带来“恐慌”，H 号航母已经远离城市，在大洋深处航行着。周围全是海水，一望无际。刚开始时，萧痕并没有仔细听林家坤说话，因为他的身心还停留在石小夕的身体里。当听到雏菊工业时，他一下子清醒了。

“雏菊工业与白垩纪有合作？”萧痕皱着眉头问。

“是的。”林家坤眺望海洋深处，只觉胸口窒闷，禁不住喘了口气，“别小看了五指月组织，它可是全球十强 hand 公司的基石。没有五指月组织，就没有 hand 公司。但没有 hand 公司，五指月组织照样存在。”

“五指月组织的基地在哪里？”萧痕侧过脸问，“以 H 同盟的实力，摧毁五指月组织基地还不是易如反掌？”

“没人知道五指月组织基地在哪里。”林家坤忽然扬起双臂，用力张开，只听胳膊关节咔咔之声，“五指月组织可怕之处就在于此。五指月组织基地可能在全球任何一个地方，H 联盟一个‘顶层’自嘲说：‘我们找不到五指月组织基地，是因为它不在地球上，而在某个星球上。’”

“他说的不是没可能。”萧痕扬了扬眉。

“五指月组织一定在地球上的某处。”林家坤脸色沉重，“14 局自 20 年前成立以来，一直在搜索与五指月组织有关联的人、公司、事物，在 14 局总部，我们绘制了一幅地图，在那个地图上，我发现了一个规律：全球每一个国家几乎都有五指月组织活动的迹象，也就是说五指月组织已经遍布全球、扎根全球，要想彻底铲除五指月组织，就要联合所有国家，否则很难将其彻底铲除。”

“这是一场关系全球时局的战斗。”萧痕昂起头说。

“是的。”林家坤看着萧痕，脸上淡露出笑容来，“我将这幅图取名为‘时局图’。”

“时局图！”萧痕幽幽地说。

“时局图！”林家坤的眼睛又向海洋深处瞭望，忽然他向中国南海的方向一指，“根据监控和调查数据显示，时局图最活跃的地方是南海。”

“南海！”萧痕只觉海马体一阵躁动，眼前又影影绰绰地闪现出一些人影来，那些人影都模糊不清，可他能感知到自己曾经到过南海。

“我到过南海？”萧痕皱眉问。

“一个月前，你就在南海。”林家坤收回目光，看着萧痕说，“你在配合 14 局特工‘影子’执行一项名为‘五月’的潜伏计划。”

“影子？五月计划？”萧痕的海马体猛地一跳，眼前出现一个中年人的形象来，“‘影子’就是 hand 特工的教官，单大师——萧痕！”

“不错。”林家坤点了点头，“‘影子’是靳名琛的儿子，他一直潜伏在 hand 公司，为 14 局提供了大量资料。”

“hand 科技。”萧痕的海马体急速活跃起来，这次他并没有感到疼痛，他知道一些潜在的记忆又恢复了，“hand 科技与高尔集团合作，建立一个‘双生子佯谬’实验室，利用科技手段重新设计 DNA，创造超越人类的改良基因战士，一个代号‘红’的实验对象成功——而我，就是那个代号‘红’的实验对象。我的名字和这张脸，是 hand 科技给我的。”

“不！”林家坤摇了摇头，“据 14 局掌握的消息，‘双生子佯谬’实验根本没有成功，所有实验对象都失败了。”

“都失败了，意味着什么？”

“死亡！”

“太残忍了！”

“嗯！所以，这就是全世界禁止研究人类遗传工程的原因之一。”林家坤叹了口气，“你是代号为‘红’的研究对象，不过你的成功不是 hand 科技的科研成功，而是一种奇迹。那么多人，只有你成功了，这不是科学。”

“这是个佯谬！”萧痕叹了口气，“我和单大师是发生了‘双生子佯谬’的结果吗？”

“1971 年，H 联盟海军天文台把四台铯原子钟装上飞机从华盛顿出发，分别向东和向西作环球飞行。结果发现，向东飞行的铯钟与停放在该天文台的铯钟之间读数相差 59 纳秒，向西飞行时，这一差值为 273 纳秒。虽然在这次试验中没有扣除地球引力所造成的影响，但测量结果表明，‘双生儿佯谬’是确实存在的。”林家坤的目光掠过海面，向更远的方向望去，“如果你和单大师是‘双生子佯谬’的结果，这是量子物理学中最大的科学奇迹。更是 H 联盟最宝贵的资产。”

“H 联盟的资产？”

“光宇宙！”林家坤眼里闪烁出光芒来，“H 联盟要在时间的宇宙里，构架起一个‘光宇宙’来，这对人类的未来大有裨益。”

“光宇宙！”萧痕的眼前飘忽很多光线，那些光线都纷纷扰扰地刺激着他的海马体，“五指月组织是一个外部坚硬的果壳，任何力量都无法将其攻破，所以它的毁灭只能从内部瓦解。”

“所以，我们要感谢庄化蝶。”林家坤无奈地笑了笑，“有时候我们无法不怀疑真理这个东西？有时候，我们需要团结一切可以团结的人，才能做成一件事。”

“五指月组织无处不在——”萧痕扬了扬眉，“这是一个事实，要铲除五指月组织，我们也必须无处不在。”

“说得好！”林家坤拍了拍手，笑道，“时势造英雄，面对五指月组织，我们不得不无处不在，所以全球各地都有14局特工。14局存在的目的，就是为了瓦解五指月组织。”

“只是——”萧痕觉得自己想笑，却没有笑出来，“14局特工不能只为了调查五指月组织而存在，我们要为人类做得更多！”

“任何投资都要有利益回报，特工也不例外。”林家坤以欣赏的眼光看着萧痕，“我们称这些回报为‘利息’。”

“利息？”萧痕玩味地笑道。

“我们获得雏菊工业与白垩纪有关的消息，就是‘利息’之一。”林家坤笑道，“有日本天皇背景的雏菊工业，当然有14局特工。传回来的消息称，雏菊工业10年来将一些制造核武器的物资，分批陆续运到星城，而接收人便是白垩纪的‘践行者’石炜烽。”

“白垩纪要制造核武器？”萧痕眉头猛地皱起来，“只是，就算是雏菊工业也无法制造核武器，白垩纪怎么制造？”

“阿里！”林家坤忽然说出了阿里的名字。

“阿里？”萧痕吃惊地问，“阿里是七色花组织成员，当然现在已经不是了。”

“阿里是伊朗的军火商，他花了整整10年时间，从俄国人手里买回一枚核弹头，也在三个月前运到了星城。”林家坤微微叹了口气，“我们不能排除他们制造核武器的可能性，当然他们也会利用核弹头制造其他武器。”

“无论什么武器，都是可怕的武器。”

“你知道我们为什么帮助星城吗？”林家坤神秘地笑了笑。

“政治。”

“对，是政治。”林家坤笑了笑，“星城政局动荡，最受益的组织是谁？”

“H联盟。”

“你认为‘H号’航母到南太平洋来，真是为了搜寻五指月组织的吗？如果五指月组织不危害H联盟利益，他们犯得着吗？‘H号’航母到星城来，就是为了监督星月党的‘摘星工程’，一旦发现星月党欺骗了H联盟，这艘航母会直达星城，摧毁星月党。”

“我们为什么要铲除五指月组织？”

“因为它起源于中国。”林家坤眼神里升起一种至高无上的荣耀感来，“它骨子里是中国的产物，它操纵着全球时局，为了全球大局世界稳定，中国必须结束它的生命。”

当萧痕和石小夕抵达星城河畔的牛车水时，萧痕的身心动荡才安静下来。他走上河堤，拉着石小夕的手眺望这个充满中国味道的街区，掏出手机看石炜烽发来的信息。

“保护白逐尘，牛车水。”

白夜密码

背面 WHITE NIGHTS PASSWORD

第八章　暴雨将至

“时间不逝，圆环不再。”

——电影《暴雨将至》

37. 血滴子计划与五指月教父

白垩纪站在度假区中心楼王别墅三楼的卧室阳台上，那条笔直的景观中轴线将他的视野一直延伸到海洋深处。他虽看不到“H 号”航母，但他知道这艘航母就在星城附近，随时会像一只装载着核武器的食人兽似的奔过来。

莎拉·牛顿还躺在床上，被单下的身姿曲线令人无法斜视。和往常一样，她和白垩纪都是凌晨两点后才睡觉，睡觉前总要享受男欢女爱。莎拉·牛顿睁开眼时，便看到了白垩纪的身影。她回味着晚上的爱抚，连眉梢间都堆满了笑容。自看到白垩纪的武装部队，她算是迷失了，找不到自己了，她眼睛里只有白垩纪这个人。她回想着她睡过的男人，那些为了白垩纪的政治生命而不得不睡的男人，心里有些奇妙。那些人，那些事，就像尘埃一样，早被她荡去了，不留痕迹。

莎拉·牛顿穿上睡衣，走到白垩纪背后，环住他的腰。

白垩纪闻到幽香飘来时，心情就开始愉悦了，他转过身来抱住莎拉·牛顿，然后亲吻她。他已是近 50 岁的人了，可生理需求还是非常旺盛，他知道这一切得益于那种神秘药水。尤其是在完成电视直播后，他整个欲望就像飘荡在云层，那欲望一直在飘荡着，落不下来。直到他看见刚刚睡醒的莎拉·牛顿，他知道欲望将在她身上终结。

于是，他就像年轻小伙子一样，用一种野蛮的方式宣泄那种虚无的、令人兴奋的欲望。

莎拉·牛顿用尽浑身解数去迎合他，去感受那种激荡着的命运带来的奇妙感。她不得不佩服白垩纪的力量，每次她都被那力量所征服，被那力量所穿透。她就像一个小女孩似的享受着生命的律动，享受着人世间最奇妙的感受。然后，她就觉得自己变成了一个棉花团，软得无法从地上拾起来。

"怎么了，今天？"莎拉·牛顿在白垩纪的耳边吹气。

"兴奋。"白垩纪从莎拉·牛顿的身上翻滚下来，"成功之前的兴奋。"

莎拉·牛顿忽觉自己也飘向了云层，她需要那种力量将她从云层上拽下来。她用一种焦渴的眼神看着白垩纪。白垩纪了解那种焦渴感，所以他再次将她带入了真实的世界。

"'血滴子计划'成功了？"莎拉·牛顿喘了口气，躺在床上问。

"你可知'血滴子计划'的全部内容？"白垩纪觉得需要向他人道出他的秘密，否则他会被那种奇异的兴奋力量所吞噬。

"你不说，我不问。"莎拉·牛顿拉起枕头垫在肩下，微笑着说，"你说，我就听。"

"我必须说，我也只能向你说。"白垩纪站在床上，如同一尊雕像，"'血滴子'起源于中国，它是中国文化的一部分。莎拉，你不懂中国历史，我来告诉你。'血滴子'出现于清朝雍正皇帝，他为了铲除异己，组织了一支特务力量，实行暗杀行动。所以，雍正能坐上皇位，是经过一段黑暗时期的。可是，这挡不住他成为一代圣主。这才是'血滴子'的力量。'血滴子'并非只是暗器，只是病毒，只是特务力量，它是一种符号，一种要完成大业必须经历黑暗才能获得长久光明的符号。"

"你要成为一代圣主？"莎拉·牛顿竟然调皮地问。

"一代圣主！"白垩纪只觉从脚底升起一种荣耀感来，"我就是要成为一代圣主，做五指月组织的教父！"

"你怎么才能成为五指月组织的教父？"莎拉·牛顿好奇地问。

"就凭'血滴子计划'，一种武器，一种病毒，一支武装力量。"白垩纪用上帝的眼光看着莎拉·牛顿，"你是五指月组织成员，应该清楚这个组织的构架。庄化蝶的儿子死了，他竟要解散五指月组织，所以才造成内部混乱，所以我才有机会。"

"五指月组织的教父严格按照血统更替教父之位，你如何接掌教父大位？"

"这个容易。"白垩纪神秘地笑道，"因为我手里有一个惊天的秘密。"

"什么秘密？"

"庄化蝶还有一个儿子。"白垩纪神秘地笑了，"而且我一直在掌控他。"

“是谁？”

“我只能告诉你，他现在就在星城。”白垩纪捡起地上的衣服穿起来，拉开阳台窗帘，目光又向海洋深处望去，对莎拉·牛顿说，“你可知道，我为何要武装夺取H号航母？”

“为什么？”莎拉·牛顿也穿好衣服，走到白垩纪跟前，顺着他的目光向大海望去，“你在看什么？”

“H号航母！”白垩纪的眼神变得犀利起来，“H联盟支持星月党，是因为‘摘星工程’。H号航母这个时候到南太平洋，绝非名义上的寻找五指月组织基地，而是在星城埋下伏兵，一旦‘摘星工程’失败，他们就会毁了星月党。”

“真是世界的好警察呀！”莎拉·牛顿讥笑道。

“可惜——”白垩纪诡异一笑，“‘血滴子计划’的核心部分就是H号航母，我就是希望H号航母到星城来。”白垩纪忽然看着莎拉·牛顿说，“当然，我也知道你要找什么？”

“什么？”莎拉·牛顿吃惊地问。

“你到我身边来，不是爱上了我。”白垩纪呵呵笑道。

“我现在爱上了你。”

“我知道。只要你看到我的武装军队，你就会爱上我的。这我知道。”白垩纪在莎拉·牛顿肩上一拍，“你放心，《牛顿手稿》是你的，我只要武器，不要《牛顿手稿》。”

“你是怎么知道的？”莎拉·牛顿无疑承认她是为了《牛顿手稿》才接近他的。

“我还知道你是14局特工。”白垩纪耸了耸肩。

“我现在是你的人。”莎拉·牛顿走到白垩纪身边，在他脸上亲吻了一下，“《牛顿手稿》对我来说没任何意义，你才是我的意义。”

白垩纪在莎拉·牛顿脸上吻了一下，说：“我既然知道H联盟的目的，而且我拥有一支打不死的军队，我当然选择武力拿下H号航母。只要我拿下H号航母，我就在五指月组织树立了威信——绝对的威信！因为我本来就是五指月组织的一根柱子。”

“拿下H号航母，再利用你手上的秘密，你就可以一举坐上五指月组织教父大位。”莎拉·牛顿理解白垩纪的行为了。

“所以，星城内阁总理，呵呵，它太微不足道了。”

“这么说，‘摘星工程’只是一个幌子。”

“或许。”白垩纪神秘地笑道，“或许有人能到达双子星，但绝非是我。”

“再说，没有人能证明‘摘星工程’是一个幌子。”莎拉·牛顿的思绪就像一朵棉花团似的，轻飘飘地顺着白垩纪的视野向大洋深处飘去……

38. 重生计划

进了牛车水街道，如同回到了中国。

萧痕踏入牛车水街道后，很快便被中国风给淹没了。在牛车水中心街上，那人声鼎沸的声音让他有种一叶障目的错觉。仿佛，这里就是天下。他犹如井底之蛙，眼前耳畔皆是中国味道、中国声音，恍惚间似乎回到了祖国怀抱。

石小夕一进入牛车水中心街，就想起了一个人。那人就像一根针似的，扎在她的脑海里。她没有感到疼，只感到痛，因为那针是那个邪恶的、古怪的叫作嫉妒的小精灵。“石小岚！”石小夕终于直面她必须要面对的问题，毕竟石小岚才是单大师的所爱。石小夕明白，单大师和石小岚的爱是跨越时空的，虽然石小岚被滞留在另一个时空里，然而他是无法忘记石小岚的。

“那是一件伟大的事情，足以改变重生的世界，所以我要做五指月教父。”单大师这样告诉石小夕。他之所以这样做，就是为了接回另外一个时空里的石小岚。只有成为五指月教父，他才能再次完成那个“双生子佯谬”的实验，才能回到过去改变时间线，才能将石小岚留在这个时空里。

“什么样的事情，有这么大的作用？”石小夕不相信，或者说她不愿相信，她知道她从来没有走进单大师的心中。

“五指月组织有太多的秘密，那些秘密构成的世界才是真正的世界，是重生的世界。”单大师的言辞具有很强的煽动性，所以他才能成功说服16个国家，一同构建“双生子佯谬”实验室，使其合法化。

“我所做的一切，就是为了重生。”单大师的笑容里藏着无数个常人看不透的秘密，“如果‘双生子佯谬’实验成功，我们就可以回到过去，那就意味着重生。”

“重生？”

“重生计划！”单大师的笑容更加神秘了，“一旦‘重生计划’成功，五指月组织就会从幕后走向前台，成为这个世界的主人，而我将成为地球上第一个长生不老的人！”

“长生不老！”石小夕幽幽叹息，正是因为单大师的重生梦，她才与这个伟大的天才决裂。而真正撕开决裂口子的正是爱情。

“可我没想到，庄化蝶给我下了一部残棋。”单大师看着石小夕，嘴角边挂着一抹冷笑，“庄先生啊庄先生，你是棋高一着，但你却想不到我洞察了你的内心。”

“洞察了他的内心？”石小夕扬起脸问，“你洞察了我的内心吗？”

“我无法爱你！”单大师平静地说，“我心中只有小岚。而你，也不可能是小岚的替代品。”

“可你身边不缺女人！”石小夕嫉妒着，证明她是真爱着单大师。

“那只是生理需求！”单大师知道石小夕终将离他而去，毕竟他太了解这个女人了，可是为了那个宏大的、雄伟的梦，为了找回他的真爱，他必须舍弃一个女人的爱情。

“谢谢你的真诚！”石小夕明白，她不是一个牵线玩偶，她是个鲜活的生命，需要刻骨铭心的爱情。

“‘血滴子计划’！”单大师的眼睛里闪出了光亮，这是看到棋逢对手的光亮。

“‘血滴子计划’？”石小夕那时不知道“血滴子计划”，所以她感到很奇怪。

“这是白垩纪制定的计划！”单大师伸手在石小夕头顶上抚摸一下，“白垩纪想做五指月教父，所以他的命运就注定了。”

“死亡！”石小夕没有感到单大师的温情，而是感到一股冷厉的杀意。

“白垩纪必须死！”单大师向海洋深处望去，他的目光方向正是马六甲海峡，“白垩纪一直在等一个机会来启动‘血滴子计划’，那个机会就是中泰合作的‘克拉运河计划’。一旦‘克拉运河计划’付诸实施，白垩纪就借势制造星城政局混乱，来实现他的目的。”

“你是怎么知道的？”石小夕好奇地问。

“10年前我就知道了！”单大师眼前飘忽着10年前的一起车祸场景，

“那年，我在星城目睹了一起车祸。车祸是平常的车祸。被撞的女人就是我姑姑叶羽秋。那时，我就站在街边，看着姑姑像一片树叶似的升空、落下，那落地的声音太响了，震得我一个趔趄。我急忙为姑姑做护理，为姑姑争取了生的时间，就在护理的时候，姑姑发出梦呓般的声音，然后我知道了一个名叫‘血滴子计划’的秘密。我知道，姑姑卷入了一场可怕的阴谋当中。我能为姑姑做的，就是损伤她的海马体，抹去关于‘血滴子计划’的一切。只有忘记了，姑姑才不会卷入其中，姑姑就会安全的。”

“白垩纪策划‘血滴子计划’已有 10 年了！”石小夕感慨着，梦想越宏伟，越需要更大的勇气和耐心去实现它。

“十年一梦。”单大师佩服白垩纪的忍耐力，也希望自己有那样的忍耐力，因为唯有忍耐才能成就梦想，“将石小岚从‘红’的记忆里抹去，需要一个事件。”

“什么事件？”

“地震、大火。”

“你早就想到了要把石小岚从‘红’的记忆里抹去？”石小夕似乎明白了一些事情，虽看不清楚，却能感知它的存在，“你如何制造地震、大火？”

“利用《归藏易》！”单大师转过身去，右手食指向一个耸天入云的山峰一指，“引庄化蝶和‘红’到珠穆朗玛峰来，到时珠穆朗玛峰就会发生强震和大火，我就会趁机抹去“红”的记忆。”

“然后呢？”

“我希望‘红’能到星城阻止‘血滴子计划’。”单大师忽然背负双手走了两步，“而且，‘红’身上藏有一个大秘密，或许有一天他能拯救我。”

“看来，你一切都计划好了！”

“所有的事情都在我的掌控之中。”单大师嘴角边露出一丝奇妙的笑容，“你是小岚的妹妹，你要利用这个身份，做好‘红’的‘引导人’。我希望，你不会背叛我。”

在星城河畔牛车水中心街里，石小夕想起了一个月前与单大师的谈话，恍若隔世。单大师所言的一切都在掌控中，肯定不包括她的爱情。她没想到，这短短的一周时间，竟能产生翻天覆地的力量，竟然改变了她的一生。选择她的所爱无疑需要强大的勇气和力量，这力量必然是爱情的力量，而爱情更具有背叛性。

她知道背叛的后果，这一点无须猜想。一个可以随意制造珠穆朗玛峰 9 级强震的人，那该需要什么样的铁石心肠？那该需要什么样的聪明才智？可是，她毅然选择了背叛，并下定决心保护“红”的安全。当然，她知道为此要付出代价，可她仍甘之如饴。

石小夕握紧了那个代号“红”、名字叫萧痕的手，心里荡漾着幸福，她知道她的人、她的一生都托付给了眼前这个身上藏有大秘密的男人。

39. 他绘制了一张中国洗钱地图

几何实验室就在星城！

顾冰清、林家茹、黑玫等大吃一惊，尤其是林家茹。几何实验室是个隐秘组织，她虽是白夜基金会秘书长，但也不知几何实验室和白夜基金会的关系，至少没有一笔费用是转向这个只在某些文件中出现过的神秘实验室。

“怎么可能？”林家茹皱起眉头来更见威严，“星城是多大的地儿？我运作基金会快 20 年了，可以说星城但凡用钱的企业我都接触过，却从未听说过有这么一个实验室。”

“我知道你会怀疑，妈妈。”冯少成走到林家茹身前，向母亲咧嘴一笑，“我只能说，这 20 年来，你被一个人骗了。”

“骗了？是谁？”冯世鉴担心妻子安危，脱口问道。

“单大师。”冯少成一字一顿地说。

“单大师——”林家茹摇了摇头，“单大师不会骗我！绝不会！”

“为什么不会骗你？”冯世鉴没头没脑地问。

“没有单大师，就不会有白夜基金会。”林家茹来回走了几步，“可以这么说，白夜基金会是单大师一手组建起来，只是他不方便出面，才由我来运作。”

“这个我明白。”顾冰清微叹一口气，“姑姑，玫瑰集团背后金主也是单大师，我之所以能成为玫瑰集团的掌门人，不是我有多大能耐，而是我认识单大师。”

林家茹向顾冰清点了点头，说：“百合集团、海棠公司的背后金主都是单大师。”

“这个单大师是谁？”冯世鉴眉头忽地皱了起来，他见妻子流露出对单大师的敬佩神色，不免吃起醋来，瓮声瓮气地问。

"单大师就是 hand 工业的总裁。"冯少成回答父亲，"其实，爸爸你也认识他。"

"谁？"冯世鉴更加狐疑起来。

"爸爸想多了。"冯少成看着父亲恼羞的脸，安慰他说，"单大师是萧痕。"

冯世鉴喃喃自语："单大师——萧痕——单大师——"

林家茹走到冯世鉴面前，伸手在他手上一按，说："你不要多想，有些事是不会发生的。"

冯少成眉头一皱，然后舒展，笑道："原来爸爸在吃醋，原来妈妈跟单大师有过私情。"

"私情？"林家茹似恼非恼地说，"傻孩子，胡说些什么！"

冯少成左手提着一部笔记本电脑。他走到办公桌前，将电脑放到桌上，边打开电脑边说："妈妈，单大师骗了你，或者说不是骗，而是利用了你。"

"怎么回事？"顾冰清走到冯少成背后，问这个智商奇高的表弟。

冯少成等着电脑生成资料，对顾冰清说："姐夫，我在清华大学学的是金融计算机，正是我在这方面有天赋，14 局才招募了我。我到白夜基金会参加工作，是局里安排。早在一年前，14 局就怀疑白夜基金会进行洗钱活动——确切地说，是国际性跨国洗钱活动。"

"洗钱？"林家茹皱了皱鼻子，"白夜基金会怎么会洗钱？"

冯少成微笑地看着母亲，说："本来局里安排了一位资深财务到基金会调查，当我偶然间知道这件事后，就向局里申请卧底，因为我不相信我的妈妈会洗钱。而我之所以能来，多亏舅舅是 14 局局长，他也不相信妈妈会参与国际犯罪活动。"

"你是为了妈妈才回来的！"林家茹心里一荡，忍不住将冯少成抱进怀里。

冯少成急忙挣脱，脸上羞红，向众人嘿嘿一笑，道："这就是我们家表达爱的方式。"

"你妈究竟有没有洗钱？"冯世鉴担心妻子，揪心地问。他转脸看着妻子，说："如果你洗钱是为了我，我宁愿退出总统大选！家茹，你是知道的，我所做的这一切，无非是向你证明我个人存在的价值，让你认可我！我并非为了权位！”

林家茹走到冯世鉴身侧，挽住丈夫的胳膊，深情地说：“我知道！”

冯少成看着父母秀恩爱，咧嘴笑道：“这样多好，干吗吵架！”

“还不是为了你！”冯世鉴和林家茹异口同声地说。

冯少成哈哈笑了起来，见电脑资料生成，住口不说。电脑资料竟是一幅全息中国地图。众人看着全息中国地图，不知冯少成葫芦里卖的什么药，纷纷向他望去。

冯少成耸了耸肩，说：“接下来，我向你们展示一幅中国洗钱地图。在展示洗钱地图之前，我先说清楚一个模式——单大师的‘几何资本模式’。这是一个简单而又复杂的过程，在这个过程里，白夜基金会其实就是一个资本中转站。”

“几何资本模式”“资本中转站”，众人前所未闻，惊奇地看着这个稚气未脱的小间谍高谈阔论。

“我翻阅了基金会所有的账目，发现了基金会的本质。白夜基金会的本质就是一个资本中转站，以下是我的猜想。”冯少成向林家茹眨了眨眼睛，“我的猜想是：单大师拥有玫瑰集团、百合集团、海棠公司、雏菊工业的股权，他将这些股权等量转化为四亿美金，也就是说，这四个企业每一年一个亿的资本注入，其实就是单大师自己的钱，这一点姐夫非常清楚。”

顾冰清看着冯少成，眼睛里有了笑意，对林家茹和冯世鉴说：“姑姑，姑父，你们生了一个天才。”

林家茹眼里闪着奇异的光亮，她看着冯少成，脑海里却想起了已经死去多年的堂妹林白。

冯少成接着说：“单大师仅在四家公司就拥有四亿美金，可见 hand 工业的实力。单大师将四亿美金注入白夜基金会，答应每年给妈妈五千万美金无偿用于基金会其他项目。而妈妈所付出的代价是，将其余三亿五千万美金投入中国。”

“你竟能通过账目看到这些内幕！”林家茹看着儿子，心里惊讶于儿子拥有的能量。

冯少成在全息地图上一指，那本是黑白的全息地图突然有了色彩，山川、河流、高原、平原依次显现，突然在整个全息地图上闪现出红点来，一个、两个、三个……陡然间变成了成千上万个红点。

冯少成指着红点说："这些红点就是白夜基金会在中国的资金流向。"

林家茹走到全息地图前，随意在一个红点上一点，一个名叫"圆锥形科技公司"的公司放大起来，说："不错，白夜基金会每年向这个公司注资二百万美金。"

冯少成点了点头，将整个手掌覆盖在全息地图上，忽然一系列的公司名称在众人面前闪现。冯少成看着众人惊奇的表情，脸上不禁荡起笑容来，说："大家仔细瞧这些公司的名称，三角形、矩形、菱形、圆柱形、正方形、锥形等等，不管它们从事的是工业，还是金融、科技、文化、旅游，它们都有两个共性：第一个共性是，它们的名字都来自'几何学'！"

顾冰清拍手笑道："这是一个伟大的发现！"

冯少成本来摊开的手掌忽然攥紧，那些公司名称忽地消失不见，无数个线条从地图上探出来，均指向南海方向。

冯少成莞尔一笑，说："另外一个共性是：这些公司的资金 80% 又转向同一家公司——星城的一家公司！"

黑玫一直在听冯少成解说，这时缓缓吐了一口气，说："这家公司肯定与几何实验室有关！"

"bingo！"冯少成向黑玫一笑，弹指道："这家公司名称也属于几何学！"

"什么名称？"林家茹好奇地问。

"圆周率科技有限公司。"冯少成伸手啪的一声合上电脑，"这家公司的注册地就在樟宜村度假区！"

"星月党所在地！"林家茹惊呼道。

40. 中国城里的日本店

“手机信号消失了！”

萧痕站在牛车水街中心，看着石炜烽给他的手机，见手机屏幕上竟然没有丝毫信号，心里陡然有种不祥的预兆。

“手机信号被屏蔽了！”萧痕拉着石小夕的手，快速向一个小巷口走去，“这只有一个可能：牛车水是一个大陷阱。”

石小夕向街区内眺望，忽然发现几个神秘的日本人在街区里找寻着什么，对萧痕说：“你瞧，那些日本人。”

萧痕这时也看到了那几个日本人，说：“幕府组织。”

“信号塔被幕府组织控制了？”石小夕皱了一下眉，掏出自己的手机看，确实无信号，对萧痕说：“我的手机也没有信号。”

“不是幕府组织。”萧痕看着那几个日本人进入一家中餐馆里，示意石小夕跟着他向前走，低声对石小夕说：“幕府组织也离不开通信网络！”

这时，从一家服装店里传来一个女店员的埋怨声，“手机怎么没有信号了？这不可能呀！牛车水什么都不好，就是手机信号好！怎么回事？”

萧痕向服装店里瞥了一眼，发牢骚的是一个20多岁的华裔姑娘，正瞪大眼举着手机尝试获取信号。

萧痕对石小夕说：“牛车水通信讯号全被屏蔽了，看来是一个大陷阱。”

“谁设的陷阱？”石小夕注意四周行人，目光向一座矗立在街中心的五六层酒店望去。

“不知道。”萧痕摇了摇头，“无论是谁，对咱们来说都是极其不利。局长他们可以通过星城尖端科学实验室的卫星，找到白逐尘和石炜烽的确切位置，但他们无法通知我们，我们就成了聋子。”他顺着石小夕的目光向那栋酒店望去，“幕府组织一定要杀掉白逐尘，石炜烽为了保护白逐尘，选择屏蔽手机信号不失一个好方法。”

“这是石炜烽设的局？”石小夕的眼睛盯在酒店上。

“星月党有这个权利。”萧痕的眼睛也盯在酒店上。

“苏心！”萧痕和石小夕异口同声地说。

他们看到酒店的四层阳台上，苏心手里拿着望远镜正眺望着街道，试图从高处寻找石炜烽和白逐尘的踪迹。

萧痕和石小夕迅速躲到房子的阴暗面，躲避苏心的搜索视野。二人向前走去，看到一个集贸市场，便走进集贸市场内。集贸市场内充满了嘈杂声，到处都是买卖小商品的讨价还价声，还有一个印度妈妈训斥小孩子的怒骂声。

萧痕边走边对石小夕说：“手机信号一屏蔽，幕府组织便失去了联络，所以他们也跟没头苍蝇似的乱找。”

“这为咱们争取了时间。”石小夕说。

“这是14局的事情。”萧痕忽然顿住脚步，轻轻拉住石小夕的手，“你没有必要跟我一起冒险。”

“我才不管14局。”石小夕回转身，捧着萧痕的脸，在他唇上吻了一下，“只要是你的事，我都要管，何况你在冒险，我更要保护你——”她眼睛、嘴角边都荡着笑意，“我可能没有告诉你，我也是一名hand特工。”

“我能想得到。”萧痕也笑了，“珠峰水底世界里，我们和庄化蝶、靳名琛在一起，如果你不是hand特工，就是14局特工！”

“所以，我能保护自己，也能保护你——”石小夕拉着萧痕的手，快速向一个出口走去。

“等等——”萧痕忽然想起一件事来。他叫住石小夕，掏出石炜烽送给他的手机，说：“两分钟前，石炜烽发了一张图片，我当时没有在意，现在可能是最后的线索了。”

“什么图片？”石小夕回转身来，走到萧痕身边看手机上的图片。

“一个标志。”萧痕将手机递到石小夕面前，“三叶葵纹。”

“这是德川家族的家徽。”石小夕指着三叶葵纹说，“德川源濑是德川家族的后人，石炜烽为何发来这张图片？这没有任何意义，我们早已知道幕府组织正在搜索牛车水。”

萧痕将图片放大看，眉头渐渐皱在一起，忽然舒展开来，指着图片说："你看，这不是德川家族的家徽，而是一家商店的标志。你瞧，三叶葵纹下面写着一行小字。"

石小夕向放大的图片看去，只见上面写着一行字体很小的汉字。她努力分辨内容，读了出来："一家华人喜欢吃的日本料理——这是一家日本料理店。"

"中国城里的日本店。"萧痕点了点头，看透了石炜烽的想法，"这是石炜烽传给咱们的信息，他和白逐尘就藏在日本料理店里。这也是一个好想法，这家店肯定是幕府组织的联络店，他们藏在那里反而安全。"

"最危险的地方才是最安全的地方。"石小夕兴奋地说。

"恐怕最危险的地方就是最危险的地方。"萧痕叹了口气，"牛车水手机信号被屏蔽，幕府组织无法联络，必定先回联络店，这下好了，石炜烽和白逐尘就成瓮中之鳖了。"

石小夕点头道："咱们快去。"

在中国城里开设一家日本店，显然是很惹眼的，尤其这家店有百年的历史。此刻，德川源濑就在店里。店名很具有中国味道，是德川源濑亲自取的名字，叫"原来"，是他的名字的同音字。"原来"店面积不大，但精奢考究，上下三层，最上面一层是办公室和卧室。德川源濑就在办公室里，正看着牛车水的地图。这时，他眼前浮现起新店改造之前的老房子。

老房子的确是老房子，足足有100年的历史。老房子是他曾祖德川源佑亲手建造的。德川源佑一直住在这里在，直到他亲身经历了牛顿爵士神秘武器在一瞬间杀掉了两万人，便选择在一个暴风雨的夜晚，乘坐一艘日本军舰离开星城返回故土。

德川源濑浮现起他看到曾祖遗留笔记里描绘杀人事件时恐慌的表情。他虽未亲身经历，但却感到心有余悸。瞬间杀死两万人，就连核武器也未必有这么快速便捷的杀人能量！笔记残缺不全，从未提起牛顿爵士神秘武器藏在何处。笔记残页里只有德川家族的家徽，孤零零地陪伴着德川源佑的秘密沉入大海……

15年前，德川源濑到了星城，看到老房子成为危房，便决定在中国城里开设一家日本店，作为幕府组织南海片区的中转联络店。老房子是新店的两倍大，德川源濑改造时，只将原来的商店改造了，原来两层高的住房和一条不能称为街道的街道——只有一截，两端已被改造成商铺——被他保护起来了，算是对曾祖的纪念。

德川源濑正自遐想，他的助手苍井闯了进来，说："出大事了？"

"怎么了？"他从未见过苍井如此没礼貌乱闯，心中自是一惊。

"整个牛车水手机信号全被屏蔽了！"苍井喘着气说。

"全被屏蔽了！"德川源濑咬了咬牙，"这不是石炜烽能做到的，一定是白垩纪！"

"他为什么屏蔽信号？"苍井不解地问。

"有信号，石炜烽就会找外援，白逐尘随时可与媒体、电视台联系。"德川源濑走了两步，缓缓点了点头，"没有信号，石炜烽和白逐尘逃出牛车水的概率就更小了，通知所有在牛车水的人，一条街、一个店的排查，必须找到石炜烽和白逐尘。"

"还有一个小时，36 人组就到了星城。"苍井一边向德川源濑汇报，一边从兜里掏出一个形如打火机似的东西。他走到窗前，拉开窗户，将那东西扔到窗外。那东西在半空中旋转起来，然后噌的一声向天空飞去，在更高处轰然炸了开来，一股狼烟随风荡起……

41.“月”与“忘情箭”

“那家日本店名叫‘原来’！”石小夕走出集贸市场，抬头看到牛车水原貌馆，对萧痕说：“到达那里要穿过几条小巷子，注意幕府组织的人。”

“你去过那家店？”萧痕的视线也盯在牛车水原貌馆的招牌上。

“一年前，我和前男友去过。”石小夕忽然看到天空中飘起一片狼烟，对萧痕说：“那是狼烟！”

“幕府组织联络信号用的是狼烟！”萧痕看着狼烟随风荡开，眼神里飘起一丝异样的亮光来，“他们联络方式很原始，却也有好处，石炜烽屏蔽信号只是困了自己。”

“只是前男友，我们分手了。”石小夕看到萧痕的眼神变化，边走边说，“就在一个月前。”

“一个月前！”萧痕皱了皱眉，眼前闪现出一个人来，脱口说道，“你的前男友就是那个萧痕？”

石小夕听到“那个萧痕”四个字时，不由顿住。萧痕本在她身后，差一点撞在她身上。

石小夕眼神里露出忧伤，指着一家珠宝店说：“他在那家珠宝店里向我求婚了，我们本打算结婚的，可是他爱的不是我，爱的是我姐姐石小岚。”

“他爱的是石小岚！”萧痕的海马体一阵躁动，眼前闪烁着一副极美的画幕来，那个叫石小岚的女人，走到一个山洞里，看着那个像树木扎根在土地中的萧痕，轻轻将他扶起，挽住他的胳膊走到洞口，只见“白夜”下的具茨山如得春水宠爱，竟似仙境，他们脸上如春水般荡漾起一抹会心的微笑，久久未逝……“我不是他，我不是萧痕，我是产生‘双生子佯谬’的萧痕，我是另外一个人。”

“双生子？”石小夕莞尔一笑，“你是单大师的孪生兄弟。”

“可能吗？”萧痕叹了口气，“如果是单大师的孪生兄弟，靳名琛自然是知道的。”

“单大师的‘双生子佯谬’不是针对双生子做实验！”石小夕恍然大悟，猛地震惊了，“他是对普通人做实验，让每一个人都能回到过去，让每一个人都成为天上的神仙，天上一日，地上十年，每个人都可以长生不老！”

“这太可怕了！生老病死是自然规律。人，只生不死，这个星球是无法承载的，早晚会再次爆炸。”萧痕伸手拉住了石小夕的手，“不管如何，我只爱你一人。”

“几天前，我还很忧伤，所以才去珠穆朗玛峰散心，不想遇见了你。”石小夕心中荡起了甜蜜，“对不起，我知道你是谁，可我没告诉你。因为，我需要一次平凡的恋爱，而你——在当时至少我不反感你，而且你也失去了记忆，所以我想尝试着改变我的人生，老天待我不薄，我拥有了一次真实的爱情。”

“我说过，我不在乎你的从前。”萧痕看着石小夕一脸的平静，知道她内心是笃定的，“我只在乎，你现在心里还有没有他？”

“我心里只有你！”石小夕平静地说，“未来也只有你。”

萧痕笑道：“这就行了，咱们就忘掉那个萧痕吧！”

“他已经死了！”石小夕的手禁不住抖动一下，“他怎么就死了呢？他还没找到《归藏易》呢！”

“归藏易！”萧痕皱了皱眉，他的海马体陡然一震，奇异的跳动，所有包含“归藏易”的信息就像黄河决堤般涌入他的脑海里，那个关于寻找中国 5000 年文明源头《归藏易》的邀约一一闪现在脑海里。这庞大的信息流，如同雷击电闪般，充斥着萧痕的大脑，令他头晕目眩。

“你怎么了？”石小夕看到萧痕的异样，连忙问道。

“我知道为什么去珠峰了！”萧痕甩了甩脑袋，尽力克制身体的平衡，试图让自己静下来。

“你想起了那天发生的事？”石小夕担心萧痕的记忆恢复，旁敲侧击地问。

“想起了一些碎片。”萧痕只觉眼前出现一片火海，他在火海里挣扎着，那个男人和女人的声音同时在火海里响起，“我和庄化蝶刚到珠峰，就忽然起了大火，火海里发生的事情我就不记得了。”

石小夕正要说话，忽然瞥见一个日本人站在街对边举枪向萧痕射击，来不及思虑，猛地将萧痕扑倒在地，只听砰的一声，那颗子弹打在一个店招上，射穿了一个洞。

萧痕反应迅捷，就势抱住石小夕，在地上一滚，躲到一个店角里。萧痕侧头斜视一眼，见那个日本人正向二人奔来，迅速拔出手枪。

正在这时，石小夕从身后大包里掏出一个形似弓弩的武器来，那武器体积小，大约是手枪的两倍。她将萧痕往后一拖，防止他受到袭击，然后整个人暴露出来，对准那个日本人扣动了扳机。只听“嗖”的一声，一个如同小指头大小类似铁器的东西直刺进那人的心脏。

那个日本人没来得及反应，便摔倒在地。

“这是什么武器？”萧痕看着那件奇怪的武器说。

“月。”石小夕笑了笑，“这是hand工业研发的武器，取了个非常有诗意的名称。它比弓弩速度更快，几乎接近于子弹的速度。那个小箭更有诗意，叫‘忘情箭’。‘忘情箭’看似是小箭，实际上在刺入身体时，它的箭头就炸开来，可以形成月牙儿形状，也可形成半月形状，当然也可形成圆月形状，这取决于距离、位置、风速以及人的肌肤弹性。”

“这真是一个了不起的发明。”萧痕知道那个日本人的枪声无疑是暴风雨来临的信号，幕府组织的人会从四面八方向这里赶来，忙拉着石小夕的手说：“咱们快走！”

二人迅速钻进一个小巷子里。小巷子两边全是街铺，到处都是拥挤的人群。二人很快消隐在人海中。萧痕四顾八方，见几个日本人向枪响的地方奔去，问石小夕：“‘原来’店在什么地方？”忽然冷笑一声，“原来——源濑，德川源濑还真他妈自恋！”

“在麦斯威尔路路角！”石小夕躲避着人群回答，想起萧痕未必知道麦斯威尔路，解释说：“牛车水最南端，它虽在中国城，但却在街角位置，是个两面临路的街铺，一面面朝牛车水，一面就不是牛车水了。”

萧痕辨别方向，急速向东南方奔去，穿过几条小巷子，便远远看到一家日本店鹤立于街角。

“就是那家店！”石小夕向日本店一指。

萧痕四顾左右，查看地形，心下分析原来料理店既然是幕府组织的联络点，贸然进去恐怕会造埋伏，便小心翼翼地沿着店铺向前走，那些飘荡的彩旗和店招起到了隐蔽的作用。不过一分钟，二人距原来料理店只有一店的距离，禁不住停下脚步来。

萧痕向那家店看去，见是一家饺子馆，门上挂着一块“重新装修暂时歇业”的牌子，心中顿时有了主意，对石小夕说：“去饺子馆，看情形再说。”

石小夕点了点头，向店门走去，看到门锁，便从手指上取下一枚戒指。

萧痕跟在石小夕身后，四顾左右保护石小夕，陡然看见石小夕的戒指，心里不禁一闷。

石小夕正要开锁，忽见门自动开了。一只手从门里探出来，向二人招了招手。

“我是石炜烽！”门后面的人说。

石小夕向萧痕看去，见他盯在戒指上，知道他的心思。她心里忽然涌起一股甜蜜来，看来萧痕也是会吃醋的——这证明萧痕是爱她的。石小夕扬了扬戒指，向萧痕莞尔一笑，随意掷到一个下水道口里，叮当一声掉进了下水道。

萧痕被石小夕看穿了心思，脸上微微一红，也不做解释，径直走进饺子馆里。石小夕心花怒放地跟在他身后，也走进了店里。

石炜烽就在门后，见二人走了进来，反手锁住了门，对萧痕说：“你们只顾着谈情说爱，都来晚了。”

石小夕脸上一嗔，说：“我们来救你就不错了。”

“我是你父亲，你来救我天经地义。”石炜烽面无表情地说，“我昨晚跟你妈妈通了电话，问了你的生日，时间很对，你的确是我女儿。”

“我不是你女儿。”石小夕摇了摇头。

石炜烽哼了一声：“这由不得你！”

“石炜烽杀了庄一！”白逐尘看到萧痕，神色甚是激动，“他竟然活埋了庄一。”

“你杀了庄一？”石小夕吃惊地问石炜烽，“庄一是庄化蝶的亲叔叔，曾是五指月组织中国区负责人，你竟然杀了他！”

“他本就是一个死人。”石炜烽冷哼道。

“性质不同，庄一死在监狱是国法必究，天经地义。”石小夕冷笑道，“可是你杀了他，那是私人恩怨，庄化蝶不会放过你的！”

萧痕看了看石炜烽，说：“他不会冒这个险的。他有杀庄一的理由，希望他能解释解释。”

“他没有利用价值了，所以我杀了他。”石炜烽脸上呈现出一抹奇异的笑容来，“我让他多活了 20 年，就是为了得到牛顿爵士神秘武器的秘密。他告诉我秘密时，就知道我要杀了他，可他还是说了，因为他知道活着不如死去——这一点，他是深知的！”他向自己的胸膛一指，“我们都知道生不如死的味道，所以他做出了选择，以秘密来交换，让我杀了他——因为他知道我为女儿报仇的手段。”

“你知道了牛顿爵士神秘武器的秘密？”石小夕皱着眉问。

“当然！”石炜烽笑着看向石小夕，“不然的话，我怎么会到这里来！”

“什么秘密？”石小夕问。

“确切地说——”石炜烽从身上掏出一张纸条来，他打开纸条，那纸条上写着“M-845”的字样——“这是寻找牛顿爵士神秘武器的线索，唯一的线索！”

第九章　权力的游戏

“权力只有在人们相信它存在的时候才存在。
这是一种骗术，是墙上的一道影子。
而一个很小的人可以投射出一道很巨大的影子。”
——美剧《权力的游戏》

42. 反物质、静止维度与意识

在“星眼”监控中心的一间暗室里，靳名琛正在检测一些仪器，在星空、宇宙、空间、物质等量子物理学领域，他都有近乎痴迷的执着。这些年来，他虽投身于“间谍”事业，游历于各个国家，但从未停止过对量子物理学的研究。

叶羽秋看着靳名琛操作仪器，忍不住问道：“‘第五维空间’究竟是什么？”

“这个很复杂，一句话两句话说不清楚。”靳名琛走到暗室中间，看着那个高两米、宽一米，用玻璃制成的长方体箱，伸手在上面拍了拍。

“那就用三句话说。”叶羽秋走到长方体前，轻声说：“大哥，我想弄清楚它的副作用。”

“副作用？”靳名琛奇怪妹妹的想法，“‘第五维空间’技术没有副作用，它只有成功或不成功。”

“什么意思？”叶羽秋轻轻皱了皱眉。

“成功了，你还活着，记忆恢复。”靳名琛又敲了敲长方体，“若不成功，你就死了。”

叶羽秋淡然一笑，说：“死，我倒是不怕。”她轻轻顿了顿，“我只是想弄明白一件事。”

“我知道你要弄清楚什么事！”靳名琛正面望着叶羽秋，“因为你丢失的记忆包含两件事，一件是‘血滴子计划’，另一件是庄化蝶离开你的原因。10年前，你是因为知道了庄化蝶离开你的原因才痛苦，酒驾酿成车祸，并非‘血滴子计划’。羽秋，我了解你，你才不关心‘血滴子计划’。”

叶羽秋点了点头，说：“大哥，我这一生是虚度的，都交给了那些虚无的东西。”

"不，羽秋！"靳名琛摇了摇头，"爱情不是虚无的，没有爱，活着有什么意义。"他伸手在叶羽秋左肩上轻轻一拍，"我能理解，爱是你的唯一。"

"所以，无论死活，我都要恢复记忆。"叶羽秋向哥哥庄重地点了点头。

靳名琛看着妹妹，若有所思，说道："我若告诉你庄化蝶离开你的真相，你会相信吗？"

"你知道真相？"叶羽秋皱眉的时候，皱纹如柳叶拂水的波纹。

"30年前，我和庄化蝶来过星城，为了寻找一件东西。"靳名琛来回走了几步，企图用最简短的话说清楚，"那时，我们就住在牛车水。那时，有一家咖啡馆的手磨咖啡味道很正，老板是个日本人，我还记得那家咖啡馆的名字叫麦斯威尔，现在是闻名全球的品牌。当时，这家咖啡店不仅卖咖啡，还提供住宿，我们就在麦斯威尔咖啡店住了三个月，但最终什么也没找到，可庄化蝶却遇到了一个人。"

"一个女人？"叶羽秋淡淡地说。

"当然是女人。"靳名琛叹了口气，"她叫卡佳·高尔，高尔集团的掌门人，只是那时候她只是一个落寞的名模。"见叶羽秋神色有些异样，不禁叹了口气，继续说："我的'第五维空间理论'已被大家所熟知，一维是点，二维是面，三维是空间，四维是时间，那么五维呢？不错，世界上很多伟大的物理学家都在研究维度，霍金先生提出了第十一维空间，甚至更多维度空间的理论，但他们还是停留在理论层面上，我的'第五维空间'不是理论，而是真正能制造出来的维度。"

"什么维度？"叶羽秋好奇地问。

"静止维度。"靳名琛一字一顿地说。

"静止维度？"叶羽秋不太明白量子物理学，"说些我能听明白的。"

"好吧。"靳名琛苦笑道，"我常说世上最难的事，就是一个学富五车的专家，把晦涩难懂、高深莫测的理论讲给幼儿园的小朋友听。'反物质'这个词你听过吧？"

"我在电影里听过。"叶羽秋笑道，"据说威力很大，用反物质做成的武器，比原子弹还厉害。"

"不错，一个物质由正物质和反物质构成，我们平常所说的物质叫正物质，反物质我们几乎观察不到，但不代表它不存在。实际上，反物质就像正物质的双胞胎姐妹，它们的粒子是一种，只是不同面，就像硬币的两面。”靳名琛企图用形象的比喻解释，这让他说起来有些吃力，“‘意识’你明白吗？你当然明白。但意识是什么？意识从科学上讲它是一种物质，我们的记忆是由意识构成的，所以记忆也是一种物质，它也具有正记忆和反记忆。”

“我明白了。”叶羽秋见靳名琛一脸苦相，不禁笑了起来，“我的记忆丢失了，从科学上讲，丢失的只是正记忆，或正物质，如果能找到反记忆，或反物质，就能找回我的记忆。”

靳名琛一弹指，笑道：“就是这个道理！”

“怎么来实现？”

“靠它！”靳名琛伸手在那个长方体玻璃箱上一拍，“我在这个长方体箱里构建了一个‘第五维空间’。我在这个空间放入反物质，当这个空间达到真空状态时，反物质就会刺激反记忆，你的记忆就会恢复。”

“但有一点。”叶羽秋伸手在长方体玻璃箱上轻轻摸了一下，“在真空状态下，我必须活着。”

“在真空状态下没有人能活着，连一秒都不行。”靳名琛点了点头，“但它有个临界点，就是在接近真空的那一瞬——我称之为‘静止维度’，读取意识，注入氧气。”

“这很难把控吧？”叶羽秋倒吸了一口凉气。

“当今世上，也只有我能制造出‘静止维度’！”靳名琛高傲地说。

“那就开始吧！”叶羽秋淡淡一笑说。

“实验没有百分百成功的！”靳名琛幽幽地说，“你要考虑好，冒着生命危险恢复记忆，究竟值不值得！”

“或生，或死，还真是个问题。”叶羽秋微笑着走进长方体玻璃箱，仿佛不是与死神搏斗，而是赴一场爱的约会。

靳名琛太了解这个妹妹了，她就像他一样有自己的骄傲和坚持，所以他没有阻拦她。靳名琛看着长方体玻璃箱里的妹妹，以一种他认为最纯洁、最神圣的目光仰视着生命弱小但精神伟大的弱女子，泪水禁不住溢满眼眶。他轻轻按动按钮，玻璃箱上方一个吸氧装置开始工作，为了确保叶羽秋的安全，这个装置不仅吸氧，也注入氧气，只是吸氧和放氧的量稍微有差别，在往复的循环中，叶羽秋并没有感受到氧气的减少，当然这样吸氧的时间延长了许久许久……

这时，林家坤走到了暗室门口，轻轻敲了敲门，问："开始了。"

靳名琛缓缓转过身来，说："羽秋是个伟大的女人。"

"我知道。"林家坤点了点头，"我爱她胜过我的生命，所以你最好确保她的安全。"

靳名琛和林家坤二人目光相对，默然无语。林家坤微微闭了闭眼，向靳名琛扬了扬手机，说："整个牛车水通信讯号全被屏蔽了！"

"信号屏蔽！"靳名琛皱了皱眉，快速走出暗室，走到监控中心。

监控中心墙上悬挂着数百块屏幕，每个屏幕显示着不同画面，整个星城几乎全部呈现在屏幕里。靳名琛走到一个工作人员身后，指着屏幕说："放大牛车水画面。"

那工作人员是个华裔，听得懂中文，迅速按照靳名琛的意思，从众多卫星画面里调出牛车水的画面。画面里，石小夕正用"月"射杀了一名日本人。

"卫星画面可以传输。"那个工作人员解释道，"但无法通信，信号被屏蔽了。"

"是全国，还是只有牛车水？"靳名琛皱眉问。

"只有牛车水。"

林家坤指着屏幕说："调出牛车水周边的信号塔。"

那个工作人员调出牛车水周边所有信号塔的画面，从屏幕上可以看到所有的信号塔都停止了工作。

"这是人为！"林家坤皱眉道，"为什么？为什么要屏蔽信号？"

"慢着！"正在看牛车水画面的靳名琛忽然说道，"停下来，这里。放大这个画面！"

那个工作人员将画面放大了，画面上呈现出一张纸条来，正是石炜烽向萧痕和石小夕展示的写着"M-854"的纸条。

"M-854！"靳名琛轻轻读出纸条上的字母和数字，"这是30年前我和庄化蝶在星城居所街道的号码。看来，萧痕和石小夕找对了方向！"

43. 御林军与牛顿仪

人类第一次发现兵马俑时，那宏伟和壮观的场面如同创世纪一般令人侧目。

这支千人的军队从一个个暗室里走出来，像地狱的僵尸一样，汇聚在樟宜村度假区地下大厅，那场面就像人类揭幕兵马俑时代一样令人窒息。

白垩纪站在大厅的制高点，那千人“僵尸”围在他的周围，就像忠实的奴仆一样，垂头聆听主人的召唤。白垩纪顿时觉得自己如同上帝一般伟大，他创造了一支神奇的军队，一支重生的军队。这支军队可以在一周之内绞杀星城五万军队，因为常规武器根本就杀不死这些军人——类似马王堆女尸的军人——“白家军！”

莎拉·牛顿就站在白垩纪身侧，看着“白家军”全副武装——武器是阿里从伊朗偷运来的，都是中国最新研制的武器，心中升起一股难以描述的兴奋感，她知道这支军队即将创造神话，开创一片崭新的天地。

白垩纪没有说话，只是像音乐指挥家一样挥动着手臂，这支“白家军”如同演奏员似的，在他的指挥棒下，按照军装不同整体有序的分成三队。

莎拉·牛顿看得分明，那三支分队竟是“14局特工”——身穿H联盟标准制服、“黑帮”——身穿幕府组织服装、“新军”——身穿星城警服，看来这三支军队要去往三个不同的地方。

整队完毕，白垩纪向莎拉·牛顿微微一笑，说：“这是一支打不死的军队，因为他们身上都注射了SEC-1，除非是一枪爆头，当然这是秘密。”

“他们要去三个地方？”莎拉·牛顿向分成三列的军队一指。

“是的。”白垩纪巡视着他的“白家军”，“14局特工，S1号组，前往H号航母，夺取航母。黑帮，S2号组，前往牛车水。新军，S3号组，散布星城，绞杀PAP忠实支持者。”

“为什么要冒充幕府组织？”莎拉·牛顿不解地问。

“我为何雇幕府组织来星城？”白垩纪神秘一笑，“我可是认识全球所有的恐怖组织。”

“为什么？”莎拉·牛顿笑着皱眉，“我真的很好奇。”

“这是雏菊工业的要求。”白垩纪跳下制高点，去检查他的军队，“我跟雏菊工业的合作，并不在星城，而在日本。他们运来的核武器原料，只是用于电能供应——保存‘白家军’需要巨大的电能，而我又不能全用国家电力，那会暴露的！”

“雏菊工业是日本天皇扶持的，幕府组织一直要光复幕府时代，看来雏菊工业是要你毁灭幕府组织。”莎拉·牛顿理了理思路说。

白垩纪向他的助理挥了挥手，一个华裔助理拿着雪茄盒，递到白垩纪面前。白垩纪拿起一根雪茄，华裔助理为他点上。白垩纪美美吸了一口，说：“不错，我雇幕府组织到星城，就是要在星城绞杀幕府组织。”

白垩纪的言语中，一直喜欢用“绞杀”这个词，莎拉·牛顿听起来有些毛骨悚然。

“德川源濑只带着小分队来，无法将其全部——‘绞杀’。”莎拉·牛顿套用白垩纪的词语时，心里的恐惧感更浓了。

“本来，我只是想杀掉德川源濑。”白垩纪似乎窥视到莎拉·牛顿心中的恐惧，便伸出手在她肩上轻轻一按，示意她稳定情绪，“没想到石炜烽帮了我一个大忙。”

“石炜烽？”莎拉·牛顿皱了皱眉。

“就是我的‘践行者’！”

“石头人？”莎拉·牛顿惊奇地说，“石中天！”

“就是他！”白垩纪淡淡一笑，“石中天不是他的本名，他本名叫石炜烽，是个被执行过死刑的人。”

“他怎么又活了？”莎拉·牛顿显然对石炜烽的事情很好奇。

“白逐尘救了他。”白垩纪吸了一口烟，“这是20年前的事了。20年前，石炜烽是个中国警察，曾卧底五指月组织中国分支机构，后来被互联网谋杀了，呵呵，被判了死刑，送进了具茨山监狱。”

“网络暴力，又一个被互联网吞噬的人——”莎拉·牛顿好奇地问，“这么说，白逐尘是他的救命恩人，石炜烽绝不会杀他。”

“这是我的疏忽，我没想到石炜烽会背叛我。”白垩纪冷笑一声，“我原本的计划是，德川源濑在克拉码头刺杀白逐尘，我利用媒体做局后，石炜烽就杀掉德川源濑，却没想到萧痕救了白逐尘。”

“那个中国男人也叫萧痕！”莎拉·牛顿向监控室望去。监控室里如同尖端科学实验室的“星眼”监控中心一样，里面也配置了上百块屏幕，星城国家大部分地方都呈现出来。莎拉·牛顿看到牛车水街道里，萧痕和石小夕射杀幕府组织成员的画面。

“是的。”白垩纪扭头向画面看去，当他看到石小夕时，眉梢不禁抖了抖。然后，他走到S2号组前，举起胳膊一摇晃。S2号组似乎能看明白似的，茫然地点了点头。

“你是怎么控制他们的？”莎拉·牛顿走到白垩纪身后问。

“他们被注入SEC-1病毒后，一直处于生死叠加状态，所以才无法打死他们。”白垩纪伸出左臂，左臂上戴着一个设计精巧的手表，“我是用这块叫‘权力’的手表来控制他们的。”他指了指自己的脑袋，“用意识来控制，他们能接收到戴表人的意识。”

“心有灵犀，这个好！”莎拉·牛顿竖起了大拇指。

“萧痕救了白逐尘后，直接去了植物园——石炜烽的巢穴。”白垩纪回头看了一眼监控室的屏幕，“石炜烽能想到我会监控整个国家，可他就是不向我解释为何改变了计划。我等了他一晚上，第二天却发现他带着白逐尘去了牛车水。”

“他为什么去牛车水？”莎拉·牛顿皱了皱眉。

“跟你的目的一样。”白垩纪从兜里掏出一块权力手表，递给莎拉·牛顿，“他要到牛车水寻找‘牛顿仪’。”

“牛顿仪？”莎拉·牛顿接过权力手表。

“戴上它，S2号组就交给你指挥了，你和阿里一起去牛车水。”白垩纪看着莎拉·牛顿戴上手表，又说：“权力手表只有两块，也就是说只有你我才能控制‘白家军’！”

莎拉·牛顿脸上放出夺目的光彩，问：“牛顿仪是什么？”

“你们竟连牛顿爵士光学武器的名字都不知道，还趋之若鹜地寻找它。”白垩纪冷笑道，“牛顿仪就是牛顿爵士光学武器的名字，这是德川源濑的曾祖德川源佑取的！”

“牛顿仪——牛顿仪——”莎拉·牛顿默念着牛顿爵士光学武器的名字。

“石炜烽和白逐尘去了牛车水后，我就制订了绞杀幕府组织的计划。”白垩纪笑道，“我花高价钱让幕府组织杀掉石炜烽，德川源濑便将幕府组织主力全都调到星城，他做梦也想不到‘螳螂捕蝉，黄雀在后’。”他向 S2 号组一指，“200 个打不死的军人，就等着他们来到，然后收网绞杀了！”

莎拉·牛顿轻轻哦了一声，说：“你让阿里弄坏牛车水周围信号塔，就是切断他们之间联系，S2 号组可以闷头打苍蝇！”

“这只是原因之一。”白垩纪摇了摇头，“我不能让星城国民发现这支军队的存在，所以我要血屠牛车水，挖地三尺找到牛顿仪！”

莎拉·牛顿听到“血屠”二字时，那恐惧像小精灵似的陡然又跳了出来，问：“为什么一定要找到牛顿仪？”

“因为牛顿仪是 SEC-1 病毒的克星，这支武装军队不怕枪炮，就怕牛顿仪。”白垩纪将雪茄烟扔到地上，“我要先找到牛顿仪。只要我掌握了牛顿仪，这支军队不但能帮我完成大计，还能成为五指月组织最强的军人——它是我的御林军！”

44. 卧底与叛逃者

“M-845！”萧痕看着这组奇怪的字母数字组合，轻轻念了出来。

“M-845，这是什么？”石小夕问石炜烽。

“这是庄一临死前写下的线索，寻找牛顿爵士秘密武器的线索。”石炜烽回答。

“你们知道吗？石炜烽的手段太残忍了，他将庄一活埋了！”白逐尘脸色铁青，眼皮一直跳，似乎心有余悸，“星城是个法治国家，庄一应该受到法律制裁。”

“法律制裁？”石炜烽转过身看着白逐尘，哼了一声，“星城的法律里，有再判死了20年的死刑犯死刑的刑法吗？”

白逐尘被石炜烽绕晕了，说：“无论如何，你不应该活埋了庄一，哪怕你一枪崩了他呢！”

“若非20年前你救过我的命，我也把你活埋了！”石炜烽将纸条团成团，扔到白逐尘怀里。

“你把庄一活埋了？”石小夕皱眉问，“活埋在哪里了？”

石炜烽转脸看石小夕，说：“你想怎么着？想去救他吗？你二姐因为他——”

“我才不去救他！”石小夕嘴角边挂着一抹冷笑，“我只是担心你遭天谴！”

萧痕轻轻拉了拉石小夕的胳膊，示意她不要激动。石小夕却纹丝不动，看着石炜烽。

“我早就遭到了天谴！”石炜烽瞥了一眼石小夕，“20年前，我就不应该去做卧底，成为五指月组织中国机构的长老。我去做卧底，就注定了我的命运。当时，我认为五指月组织不就是一个黑帮嘛，快则一俩月，慢则三五年，一准把它清理了。可谁知，五指月组织不是一个黑帮，而是一个黑洞，任你能量再大，也无法探测到底。”

“一个黑洞。”石小夕想起她背叛单大师，一颗心不由沉了下去，“我们都会在黑洞中迷失自己。”

萧痕走上前握住石小夕的手，轻声说：“有我在，我就不准许你迷失！”

“你也是五指月组织的？”石炜烽忽然直视石小夕，眼光犀利。

“一天前还是！”石小夕看了萧痕一眼，眼神里尽是温暖，“现在不是了。我脱离了五指月组织。”

“脱离？”石炜烽冷哼一声说，“脱离五指月组织？真是个笑话。就连单大师都无法脱离五指月组织，最终的命运只能是——死亡，何况是你！”

“谁让我们是父女呢！”石小夕竟然笑了起来，“你是卧底，我是叛逃者，咱们可以携起手来对付强敌。”

石炜烽看着石小夕一脸幸福，明白她为什么背叛五指月组织了，向萧痕看了看，说：“你如果比她后死，绝对会吃我的枪子。”

萧痕直视石炜烽说：“你放心，我绝对不会让她比我先死。”

石小夕看着石炜烽，心里流过一丝父爱的温暖，眼睛禁不住一酸，忽然想起一事，问石炜烽：“你刚才欲言又止，难道我二姐还活着？”

“活着！”石炜烽这时也体会到亲人之间的温暖与亲近，“她还活着，却如同死去。”

石小夕心里一动，问：“怎么了，二姐成了植物人？”

石炜烽点了点头，说：“20年前，你二姐到具茨山监狱为我报仇，却想不到发生了地震，被埋在了地下。等我将她挖出来时，她已经不行了，幸亏有单大师相助，她被送到星城最好的医院。可是，你二姐终究没有醒过来，她成了植物人，所以这些年来我成了白垩纪的‘践行者’——维护一个植物人的命，是需要很多费用的。我杀人，也是逼不得已。”

石小夕松开萧痕的手，走到石炜烽身前，伸手握住石炜烽的手，说：“我理解您的苦衷。”

石炜烽本来黯然的目光忽然一亮，说：“现在，我终于找到了办法，可以让你二姐复活——重生！”

石小夕禁不住松开石炜烽的手，说：“再生技术！你知道再生技术？”

“你怎么知道再生技术？”石炜烽反问石小夕，同时也承认石小夕说得对。

石小夕冷笑道：“单大师，hand 工业总裁，hand 特工教官，他是我的前男友。”

石炜烽惊愕地看着石小夕，说：“你是单大师的前女友——”侧身斜指着萧痕，“你因为这小子，不要 hand 工业，舍弃了——权势！”

“值得！”石小夕平静地回答。

石炜烽哼了一声说：“你可知单大师的权势有多大？你可知道你拥有多大的权势？可你为了爱情放弃了——权势！”

“我不在乎权势！”石小夕静静地说。

萧痕走到石小夕身侧，伸手轻轻在她肩上一按，说：“活着，就有希望。”

石炜烽眼睛里闪烁着光亮，说：“这么说，单大师没有欺骗我！”

“他不会欺骗任何人！”石小夕幽幽地说，“他没必要欺骗任何人，不是吗？正如您所说，他拥有强大的权势，无须欺骗任何人。”

“可是你却不懂权势的力量！”石炜烽退后一步，审视着萧痕和石小夕，“如果你掌控了 hand 工业，你就可以救你二姐了。”

“爱比权势更有力量！”石小夕冷静地说，“您很明白爱的力量有多强大！没有爱，您能坚持 20 年？没有爱，您会与单大师合作？没有爱，您就没有力量寻找牛顿仪来换取我二姐的命！”

“爱，是一切。爱，是一切。”石炜烽眼神里闪烁出奇异的亮光来，“我到这里来，就是为了找到牛顿仪！你既然知道牛顿仪，看来单大师还是比较信任你的。”

“或许，我是他最信任的——女人！”石小夕伸手抓住放在她肩上的萧痕的手，用力握紧了，“但我毅然做了叛逃者，因为萧痕是我最信任的——男人！”

萧痕也握紧了石小夕的手，他知道石小夕是个有故事的人，而他就是喜欢这个有故事的人。没有故事的女人，岂非如同白水一样无味？岂非味同嚼蜡？他更知道，石小夕是做了巨大牺牲选择与他在一起。“叛逃者！”他当然知道在五指月组织里叛逃意味着什么！

——他们的后半生，只能在逃亡中生存，除非那个巨大的黑洞不在了！

可是，石小夕毅然决然地选择了爱情，选择了叛逃；这把爱情渲染得更加美丽！

“你们很般配！”石炜烽点了点头，“爸爸祝福你们！”他看了石小夕一眼，目光里闪烁着久违的幸福，“庄一，他是幸福着死去的。他在地下待了20年，死亡对他来说就是重生。我们彼此理解，所以他成全了我，我也成全了他！他知道我必须拿到牛顿仪——这是单大师提出的条件，虽然他死了，但我会和五指月组织做交易。我只有拿到牛顿仪，才能救成植物人的小夕。”

“石炜烽有一个地堡，庄一就在地堡里。”白逐尘将一捆台账重重地放在桌子上，“石炜烽在地堡里安装有自毁装置，用他的话说他随时准备死去——哼哼，哈哈——”白逐尘脸上呈现出奇怪的表情，“结果，他没死去，庄一却死了。他触发了自毁装置，整个地堡坍塌了，庄一被活埋在地堡里——真是惨无人道，不讲人权！”

石炜烽冷笑道：“人权？”

白逐尘蔑视地看了石炜烽一眼，说：“你们说的牛顿仪是什么？”

“就是你千辛万苦寻找的牛顿爵士光学武器。”石炜烽也蔑视地看着白逐尘。

“它叫牛顿仪！”白逐尘耸了耸肩，“我查了10年，都不知道它叫牛顿仪！”

“这怪不得你！”石小夕忽然笑了，“知道牛顿仪的没有几人！牛顿仪这个名字，便是昨天刺杀你的德川源濑的曾祖取的。”

“看来，幕府组织里有五指月组织的人。”石炜烽叹了口气。

“五指月组织拥有遍布世界的消息网。”石小夕也叹了口气，“作为五指月组织的叛逃者，或许命运真的已被注定。”

“至少，我们现在在一起。”萧痕给了石小夕一个坚定和温暖的笑容。

45. 五指月组织的遗产

“他竟能从一堆财务报表中看到几何实验室的运作模式！”顾冰清看着冯少成绘制的全息中国地图，心里如大海波涛般翻滚，眼神里塞进了一种奇异的表情。

不能让他们找到几何实验室！

不能让他们发现白垩纪的武装军队！

顾冰清小心留意着黑玫的举动，他知道这个女人心思缜密，就是因为她，单大师才选择自首——不自首，就会引起一系列的连锁反应，五指月组织的遗产就无法真正交到顾冰清手里。

顾冰清在20年前就已知道他是庄化蝶的儿子！

顾冰清在15年前就已知道萧痕是单大师！

顾冰清在10年前就知道“血滴子计划”！

“血滴子计划”——顾冰清想起这个计划时，整个人就如刺猬般防卫着众人的目光。“血滴子计划”的内核是世袭计划——雍正利用血滴子成功世袭帝位，顾冰清与单大师共同制订计划的终极目的是“世袭”：顾冰清继承父亲教父之位。

“你是庄化蝶的亲生儿子！”10年前，单大师坐在总部位于上海的玫瑰集团总裁办公室内，神情肃穆地对顾冰清说，“所以，你也有资格继承教父之位。”

“我早知他是我生父，可我不打算去认他，他抛弃了我，抛弃了我妈妈。”几近不惑年龄的顾冰清，还是怨恨庄化蝶的“遗弃”。

“你父亲也是迫不得已！”单大师站起来，走到顾冰清身前，在他肩上拍了拍，“第一，他根本没有精力照顾你。第二，如果你在他身边，恐怕早就是个死人。”

“死人？”顾冰清皱了皱眉。

"死人！"单大师呵呵笑道，"五指月组织也类同于'王朝'或'政府'，里面也是争权夺利、尔虞我诈、政治阴谋，如果你以未来教父接班人的身份出现，恐怕在你幼年时就被杀掉了。"

"历史更替的本质从未变过，这个我懂！"顾冰清抬眼看着单大师，"你的计划是什么？"

"数风流人物，还看今朝！"单大师欣赏着一幅毛泽东的字画《沁园春·雪》，"五指月组织采用了公司化运作，名称叫 hand 公司，也就是一手遮天的意思，看来你父亲还是雄心勃勃的。Hand 公司下面分为三个机构，一个是 hand 工业，一个是 hand 科技，一个是 hand 特工。"

"你说过这个组织拥有巨大的能量，就像一个黑洞！"顾冰清好奇地问。

"所以，我才让你做个抉择，是否愿意成为五指月教父，继承五指月组织的遗产。你要知道，五指月教父所拥有的权力，超越你的想象。"单大师微微叹了口气，"hand 工业要移交给别人了。那可是我的心血，我必须守护它！"

"谢谢你为我着想！"顾冰清真情流露，"hand 科技呢？"

"卡佳·高尔虽是庄化蝶的妻子，但她更是高尔集团的掌门人。"单大师微微叹息，"hand 科技最终会选择与 hand 工业一样的路！"

"什么路？"

"要么篡位，要么叛逃！"

"hand 工业想做什么？"

"世袭！"单大师眼神里闪烁着奇异的光芒，"我制订了一个名为'血滴子'的计划，我要扶你登上大位，缔造属于你的时代。兄弟，你是我唯一的兄弟，你要世袭教父之位！"

顾冰清想起 10 年前与单大师的谈话时，眼神里有了蔑视群雄的傲意。他想起了 20 年前的自己，那个爱好文学、本性善良的自己早已不在了，取而代之的是一个雄心勃勃、心有城府的野心家。他赞同单大师的"世袭大计"，这值得冒险的，毕竟他是庄化蝶的亲生儿子。有了这个"利器"，再加上那支武装军队，就有可能成为五指月教父，成为拥有至高无上权力的主宰者。

顾冰清看着冯少成兴奋地为大家演示着他的推理，心里鄙夷之色更浓了。

“血滴子计划”已经无法阻挡了。

一支千人武装已经复活，他们很快会夺取H号航母，很快会找到牛顿仪。

而且，他已经成功拿到了百合集团、海棠公司两家上市公司的股权，以及hand工业的部分遗产，他所掌控的财富已跻身世界富豪序列。

顾冰清向众人望去，看到冯少成竟然找到了几何实验室所在地，心里自然惊诧。他脑海里就像燃起了一片火海似的，所有的意识只汇聚成一个信息：“一定要拖延时间，一定尽快把消息传递出去。”

在他面前有一个巨大的现实：在白夜基金会内部，他的手机已被靳名琛监听了，而在外部所有画面会呈现在尖端科学实验室“星眼”监控中心的屏幕里，一举一动都清晰无比，他无法向白亚纪传递信息，除非暴露身份。

顾冰清一边思索如何传递信息，一边随着众人走出白夜基金会总部。当他看到街道上的红绿灯时，忽然有了主意。

靳名琛利用尖端科学实验室监控了星城，白亚纪同样也监控了星城！

也就是说，他任何一个举动，两方面的人都可以看到！

顾冰清不假思索地掏出手机，拨通林家坤的电话，问：“爸爸，妈妈怎么样了？”

林家坤正在看那张写着“M-845”的纸条画面，这时手机响了，见是女婿打来的电话，忙接听回答：“挺好的，你那边怎么样？”

“你安排了一个天才！”顾冰清向冯少成微微一笑，大声地说，“他找到了几何实验室所在地。”

“几何实验室找到了！”林家坤兴奋地说，“在哪里？”

“星月党所在地。”顾冰清直视前方，盯在红绿灯上，“这是‘白’的推理，需要验证。您利用尖端科学实验室监控系统，搜索热量汇聚的地方！几何实验室需要大量的电力，那里几乎常年在用强电，热量肯定比其他地方高！”

林家坤指示工作人员操作搜寻，果然在星月党所在地樟宜村度假区发现了高热量源，对顾冰清说：“‘白”的推理不错，一个度假区不可能产生这么高的热量源！”

“好的，爸爸，我们这就去！”顾冰清挂了电话，对众人说：“少成推理正确，几何实验室就在樟宜村度假区。”

樟宜村度假区地下，白垩纪正在巡视他的武装军队，忽然监控室里的工作人员喊道：“有问题！有问题！”

“什么问题？”白垩纪走进监控室，在暴风雨降临之前，他不希望出现一丝纰漏。

“你看这个视频——”那个工作人员调出白夜基金会总部门口的画面，“我们一直在监控白夜基金会外围，并在监控信息里输入‘几何’‘白’‘热量’‘实验室’等关系我们自身的关键词，你看这些词汇在同一个视频里出现了。”

白垩纪看到顾冰清在打电话，听着他的话，便明白了他的意思。

这是一则通知，要他和他的武装军队迅速撤离这里，并且提示他有一个叫尖端科学实验室的机构也在监控整个国家。白垩纪知道时不我待，此刻他要做一个提前执行的决定。

“暴风雨总要来的，提前让这个国家‘享受’暴风雨的洗礼吧！”

白夜密码

背面 WHITE NIGHTS PASSWORD

第十章　狐步舞

“有一种舞，舞步像这样——

前，前右，停后，后左，停……

人无论走到哪里，永远会回到同样的起点。”

——电影《狐步舞》

46.M–845与幕府组织

“M–845究竟是什么意思？”石小夕看着白逐尘将纸条铺平放在桌上，忍不住又问石炜烽。

“庄一写下M–845时，我都震惊了！”石炜烽走到桌前，用两根手指夹起纸条看了看，“M–845这组字母和数字的组合，20年前我就见过。”

“什么？”石小夕惊愕地问。

石炜烽叹了口气：“当时，M–845刻在一块木化石上，我是在百合集团董事长白逐之家里找到的。在卧底前，我就怀疑白逐之跟五指月组织有关，所以常去他家。我那时是公安局长，白家别墅就在我的管辖范围内。有一次，我发现别墅有间地下密室。这引起了我的兴趣，但也因此厄运缠身。后来，我进入了密室，找到了一块刻着M–845的木化石和三块刻着神奇图案的石头。”

“M–845刻在木化石上！”石小夕吐了吐舌头，“看来，这是一个古老的秘密。”

“是的。”石炜烽点了点头，“我通过M–845找到了一条线索。”

“牛顿仪的线索？”石小夕兴奋地说。

“不是。”石炜烽摇了摇头，“那是寻找一个五指月实验基地的线索，可惜还没来得及捣毁实验基地，我就出事了。”

“中国和星城都出现M–845，肯定有相关联的支点！”萧痕皱着眉说，“这个支点就是五指月组织。”

“你说得不错。”石炜烽颇为欣赏地看着萧痕，“在中国，M–845与五指月组织的图腾有关。而在星城，M–845是一座老房子的门牌号，五指月教父庄化蝶曾经住过的地方。”

“门牌号？”萧痕的眉头皱成了川字。

石炜烽点了点头，说：“作为一个物理学家，庄化蝶最认同M理论，非常喜欢字母‘M’，他认为M可以代表统领（master）、奇迹（miracle）、魔术（magic）、神秘（mystery）、矩阵（matrix）和膜（membrane），依所好而定。他周游列国、居无定所，但有一个喜好，凡是在某个地方居住超过三个月的，他就以序列号命名，譬如M–111、M–112，M–845的意思是这是他第845个居所。”

“只要在居住登记处查到庄化蝶曾经住在哪里，就能找到M–845所指向的地方。”萧痕轻声说着，快步向白逐尘走去，指着桌上那捆台账，“白先生，这就是居住登记簿。”

白逐尘点了点头说：“我的副手塞拉·奥恩虽是马来人，但他的老婆却是华裔。”他指着饺子馆说，“这是他老婆开的店。”又指了指台账，“我跟塞拉·奥恩联系上了，这就是他带来的。”

“作为PAP党鞭，塞拉·奥恩可以拿到居住登记簿，尤其是40年前的登记簿。”石炜烽也走到桌前，翻开登记簿。

“塞拉·奥恩是PAP党鞭，他知道白逐尘还活着，就会迅速传遍PAP，甚至传到星月党。”萧痕皱着眉说，“一旦星月党知道白先生在牛车水，就会有大批刺客前来刺杀。这样做，是不是有些冒险？”

“他有把柄在我手里。”石炜烽笑了笑，“他有一个情人叫莎拉·牛顿，而此人是白垩纪的人，PAP可认为他是被人下了套，也可认为他投靠了星月党。作为PAP党鞭，塞拉·奥恩知道该闭嘴的时候就要闭嘴。何况，我并非要他闭嘴，而是要他向PAP秘书长南非转告白逐尘还活着的消息，让南非做好新闻准备，粉碎星月党的阴谋。”

“这样会分散白垩纪的精力，他暂时没空找你麻烦。”萧痕点了点头。

“麻烦已经来了！”石炜烽转身透过窗户向大街上眺望，街道上三四个日本人向原来料理店走去，“我虽然打乱了白垩纪的布局，但很快他就会调整好的。然后，他就会联系幕府组织重金杀我！”

萧痕皱眉说：“隔壁就是幕府组织的联络点。”

“我知道。”石炜烽嘴角边挂着一抹冷笑，“雇佣幕府组织到星城刺杀白逐尘，是我一手策划执行的。”

“找到了！找到了！”白逐尘兴奋地喊道。

众人向居住登记簿上看去，只见斑驳发黄的纸张上果然写着庄化蝶的名字。萧痕看到庄化蝶名字下面赫然是靳名琛的名字时，禁不住向石小夕看了看。

石小夕却目不转睛地盯在登记簿上，说："M，在这里有最浅显的意思，它指的是一条路：麦斯威尔路——Maxwell Rd.！"

"不错，就是麦斯威尔路！"白逐尘翻看另一本台账，"这本台账里记录着对应街道的经营场所，麦斯威尔路，麦斯威尔咖啡店，三叶堂旅馆，经营者德川纪章，是个日本人。"

"就是这里！"石小夕指着德川纪章的名字说，"德川纪章是德川源佑的孙子、德川源濑的父亲，一直在牛车水经营咖啡店，并在店后面开设三叶堂旅馆提供住宿。看来，30 年前庄化蝶和靳名琛就住在三叶堂旅馆！"

白逐尘翻开另一本台账，查到对应的日期和内容，说："麦斯威尔咖啡店和三叶堂旅馆，在 15 年前经营倒闭，后来在原址上重建了一家日本料理店！"

"原来料理店！"萧痕惊奇地说道，"幕府组织的联络点就是 M-845！"

石炜烽点了点头，说："看来庄一提供的线索是对的，牛顿仪就是德川源佑藏起来的！"

"牛顿仪就藏在这里！"石小夕眼睛里猛然闪出奇异的光芒，但旋即黯淡下来，"庄化蝶和靳名琛到星城住在三叶堂旅馆，肯定也是来寻找牛顿仪的。凭他们的智商都没有找到牛顿仪，我们怎么找到？"

"为了救你二姐，必须找到牛顿仪！"石炜烽显得焦急暴躁，像头闷狮一样踱着步。

萧痕看到饺子馆门侧旁贴着一张整排商铺布局图，心里一动，走上前去看图，忽然灵机一动，说："我们必须到店里去！"

石小夕走到萧痕身旁，说："你发现了什么？"

"不入虎穴，焉得虎子！"萧痕转身看着石炜烽，"我们在这里空想，不如到实地查看！"

石炜烽扬脸看着萧痕，说："隔壁是幕府组织联络点，我们怎么进去查看？"

萧痕摇了摇头，说："我们不去原来料理店。"他转身伸手指着商铺布局图，"我们要去原来料理店后面！"

“为什么去后面？”白逐尘好奇地向他们走来。

“因为后面才可能藏有牛顿仪！”石小夕向商铺布局图看去，忽然她也发现了那条“通路”，“原来料理店是重建的店，里面如果藏有东西，早被德川源濑发现了。如果牛顿仪藏在这里，只能在这个片区！”她纤细的葱葱玉指在原来料理店后一划，“这是三叶堂旅馆旧址，德川源濑没有拆旅馆。三叶堂旅馆为什么被保留下来？肯定有缘由。”

石炜烽脸上放着光芒，走到商铺布局图前看了看，说：“牛顿仪一定藏在三叶堂旅馆旧址！”

萧痕指着商铺布局图说：“这排商铺都是三层连体。如果三叶堂旅馆也拆了，就与这家饺子馆形成一道严丝合缝的墙，我们想神不知鬼不觉地进去，除非悄无声息地在墙上凿一个洞。这几乎不可能！幸运的是，德川源濑保留了三叶堂旅馆，那是座两层高的建筑物，咱们可以轻松地从饺子馆三层跳到这里！”他说着在三叶堂旅馆旧址处点了一点。

众人明白萧痕的意思，白逐尘走到桌前将台账收起，放入前台收银柜下面的箱子里。石炜烽看到一把斧头，伸手拿上。萧痕扯掉商铺布局图，挽着石小夕的手，向饺子馆楼梯走去。他们身心都晃动着，似乎看到了那个神秘的牛顿仪就在眼前旋转着，旋转出一片华丽的、夺目的、溅射的光芒来……

47. 围剿三叶草堂

三叶草堂旅馆是典型的回字楼结构，上下两层 24 间房，中间是个空庭，庭院里有假山枯池，一棵千年老银杏树，根部都有些腐朽干枯了。房子都是危房，木质结构的梁柱都被虫蛀了。

萧痕、石小夕、石炜烽、白逐尘跳进三叶草堂旅馆内，挨个房间去搜索，查看是否有线索痕迹，但却一无所获。萧痕从二层一间房里出来，忽然瞥见银杏树上装有监控装置，心喊糟糕，看到石小夕从另一间房里出来，便迅速走到她身边，向银杏树上一指。

石小夕看到监控装置，脸色微变，向石炜烽和白逐尘低声喊道："有监控！"

石炜烽和白逐尘听到石小夕喊声，便从危房里出来，抬头看银杏树，果然在树上发现五六个监控摄像头，知道此刻已坠入德川源濑的彀中。

此刻，在原来料理店办公室内，德川源濑正看着萧痕、石小夕、石炜烽、白逐尘四人在危房里搜索，嘴角边挂着一抹冷笑。这老房子他早就检查了数百遍，除了爷爷和父亲的一些旧物外，什么也没发现。这些中国人竟想在短短几分钟时间内找到想要的东西，简直是妄想。不过，他也好奇这些人为何到老房子来，难道他们也知道了牛顿仪的秘密？这怎么可能？这个秘密只有他一人知道！

德川源濑忽然心里一疼，扭头看了看刚进屋的苏心，暗想：难道是她走漏了风声？

苏心向德川源濑走来，说："人到了吗？"

"还有 3 分钟，36 人组就会到达这里！"德川源濑抬头看了看钟表，心下揣测，回答苏心，"幕府组织的主力都到了牛车水。"

"他们的效率蛮高的！"苏心向监控器望去，看到萧痕和石小夕众人时，说道："他们在这里！"

"本来围剿要花费大精力！"德川源濑冷笑一声，"没想到他们自投罗网，10分钟就可歼灭他们！"

"不要小瞧此人！"苏心向监控器里的萧痕一指，"他能从你的手里救走白逐尘，可见他的能力！"

"他能救走白逐尘，是因为那个狙击手！"德川源濑想起狙击手时，心里还有余悸，若非他的狙击手被杀了，他绝不会等到36人组来才围剿入侵老屋的人。

"那个狙击手叫赫尔曼·戈林。"苏心挺直了身子，"他是hand特工，一个超厉害的杀手。"她伸手指向监控器里的萧痕，"此人叫萧痕，曾是hand特工，其实真实身份是14局特工。"

"14局特工？"德川源濑皱了皱眉，"萧痕是14局特工？"

"是14局特工。"苏心点了点头，奇怪地看着德川源濑，"怎么了？"

德川源濑轻轻哦了一声说："我不想与14局为敌。"

"有一件事情，我必须告诉你。"苏心表情庄重地看着德川源濑。

"什么事情？"德川源濑从未看到苏心有过这种表情，好奇地问。

"幕府组织有hand特工。"苏心不紧不慢地说。

"hand特工？"德川源濑心里一颤，找到了牛顿仪消息的泄露者，"苍井！"

"你怎么知道？"这次，轮到苏心好奇了。

"我知道是他！"德川源濑胸间压着一口气，这时重重地喘下气，"他是我的助手，只有他能洞悉幕府组织的秘密。hand特工，当然不会是个小喽啰！"

这时，有人在敲门。德川源濑向苏心看了一眼，从腰间摘下那把刻有德川家族三叶葵纹家徽的短刀来，说道："进来！"

进来的人正是苍井，他抬眼瞥见德川源濑手持短刀，心里咯噔一声。他不能表露出内心的惧意，走到德川源濑跟前，说："36人组到了！"

德川源濑伸手拿起桌上一块白布，擦拭着刀锋，问："你可认识单大师？"

“单大师？”苍井知道完了，他暴露了——他向苏心望去，眼神里有种哀怨，那哀怨转瞬即逝，因为他看到了苏心的无奈。

苏心和苍井对视的那一眼，心里都了然彼此的想法。牛顿仪的秘密藏在德川家族，这早不是德川源濑一个人的秘密了。在幕府组织，至少有三人知道，其中就有苏心和苍井。探知德川家族的秘密，这是苍井的终极任务。他用了 5 年时间，终于确定牛顿爵士光学武器的名称叫牛顿仪，德川源濑也毫无线索找到牛顿仪。他接受任务时，组织要求只能告知一人，可是他背叛了组织。他选择背叛当然也是因为女人——苏心！当苏心出现在幕府组织内，苍井就看上了她，而苏心也要利用苍井，所以二人一拍即合。

此刻，苍井明白，他的潜伏身份是苏心告的密。而他在苏心的眼里，同样也看到了一件事情：苏心不告密，就会暴露她的身份。苍井知道早晚得死，索性选择为爱而死。

这时，苍井仿佛朽木逢春似的，忽然有了旺盛的生命力，对德川源濑说：“我是 hand 特工，单大师是教官。牛顿仪的秘密，是我泄露的。”

“是条汉子！”德川源濑孤傲地看着苍井，将短刀缓缓地递给了苍井，“这是德川家族的短刀，德川家族创造了武士道精神，幕府组织延承了武士道精神！苍井，你自裁吧，你家人就是德川家族的家人！”

苍井向德川源濑感激地点了点头，又用眼睛余光看了苏心一眼，见苏心背过身去，双肩轻微抖动着，显然是在强力压抑自己的情绪，知道她不忍心看到这一幕。苍井只觉身子飘忽，爱让他勇敢面对一切。

苍井接过短刀，看着刀柄上刻着的三叶葵纹，忽然抬头说：“雏菊工业正在执行一项绝密计划，要铲除整个幕府组织，你当心！”说着，他将刀尖对准自己腹部，直接刺了进去。一股凄艳的血光飚出，苍井直挺挺地摔在地上。

德川源濑听到苍井临终嘱咐，心里后悔让他自裁，但组织规矩大于一切，苍井背叛只能一死。他走到苍井身前，单膝跪地，拔出家族短刀，说：“我一定会厚葬你！”

德川源濑站起身来，对苏心说：“围剿开始了！”

苏心早已转过身来，她刚才的轻微举动是在演戏，是做给苍井看的，这时她脸上挂着一抹讥笑，对德川源濑说："看来，萧痕他们是来寻找牛顿仪的！"

"牛顿仪是德川家族的，谁也拿不走，包括萧痕！"德川源濑神情陡然冷峻起来，他走出办公室，站在走廊里俯瞰一楼36人组，说："6人一组，从后门进攻三叶草堂，格杀勿论，第一组先上！"

6个穿着黑色风衣、戴白手套、胸前别着一枚三叶葵纹胸章的日本人，掏出武器，向后门走去。打开后门，正是那条断街。街道很窄，大约一两米宽。街道两侧原来料理店的现代与"三叶草堂"的传统交相辉映，现代的更现代，传统的更传统。

6个日本人走到街上，向三叶草堂旅馆满是铁锈与苔藓的大门走去。

在门内的萧痕、石小夕、石炜烽和白逐尘，也各自拿起武器，准备决一死战。

那6个日本人手里各自拿着一部老式对讲机，这老式对讲机不受信号塔约束，此刻老古董倒成了先进通信设备。德川源濑看着监控器里萧痕一众人的藏身地，指挥着6人从不同角度走到大门口，等着他一声令下，破门而入，轻而易举干掉萧痕和石小夕4人。

萧痕抬头向监控摄像头瞥了一眼，明白不摧毁监控系统，他们就完全暴露在敌人面前，必死无疑。他果断地掏出手枪，向监控摄像头射击，"砰，砰，砰——"数声，将树上的监视摄像头击穿。

枪声一响，四周游客突然躁乱起来。萧痕指着二楼方位说："从原位置退回去，回饺子馆！"

"你们束手就擒吧！"德川源濑手持一个话筒，对着草堂里喊："草堂里我装了三四十个摄像头，你们尽管尽情地射击吧！"

还有监控摄像头！

众人只觉眼前一暗，根本就没有逃出去的可能了！

那6个日本人已经到了大门口，每个人手里都拿着一枚手雷，准备将手雷扔进院里，然后趁着烟火混乱攻入院里。

就在此时，"噗，噗，噗——"子弹破空的声音响起，那6个日本人忽然或眉心或后背或前胸中弹倒地。

狙击手！

hand 特工赫尔曼·戈林！

萧痕和德川源濑心头上同时闪现出戈林的名字来。

时局扭转，定乾坤，就在戈林放在狙击枪扳机的手指上。

48. 豪夺“H 号”航母

南太平洋上，即使风弱，海浪也会猛然卷起。从任何一个角落里涌起的暗流，如同蝴蝶效应般，传到大洋深处便能产生滔天巨浪。叶羽西和林心湄站在“H 号”航母甲板上，看着一架飞机起飞，向茫茫大海深处飞去，不禁将手放在额头上，目光随着飞机影子一起飘移。

“海棠庄化成一片火海，小姨很心疼吧？”林心湄眺望着大洋深处问。

“烧了也好。”叶羽西叹了口气，“那是 hand 工业的产业，萧痕都不在了，烧了就烧了吧。我只是担心你姑父的安危。”

“小姨——”林心湄侧过身子，看着叶羽西，“有一件私密的事，我——”

叶羽西见她欲言又止，便知她说的事跟顾冰清有关，说：“怎么了？你真的担心冰清跟黑玫有暧昧？”

“不是！”林心湄叹了口气，“小姨知道的，我对男女之事并不保守，尤其是现在，他有自己的事业和成就，我管不了他。”

“你真的很像你妈！”叶羽西淡笑道，“羽秋也是这个样子，什么都不管，什么都不问，其实呢，她心里未必这么淡然——你心里真的淡然吗？”

“说不上来。”林心湄从小就与叶羽西无话不谈，“具茨山灾难后，我就嫁给了冰清，成了他的妻子，也习惯了成为他的妻子。”

“习惯？”叶羽西皱了皱眉，“这可不是好现象。”

“没有了热情。”林心湄幽幽地说，“换句话说，他热衷于其他事，冷淡了我，这个我能感觉出来。这些年来，他一直保持着热情，从未断过，他是一个没有热情就会自我冷却的人——只是，给予他热情的不是我。”

“那是谁？”

“我也不知道。”

“是人，还是事？”

“我也不知道。”

叶羽西向大洋深处望去，说：“冰清有秘密，我能感觉出来。现在他拥有百合、玫瑰、海棠三家公司所有股权——”

突然，一个巨浪卷向了甲板，当头浇了二人一身水，遏制了叶羽西的话。叶羽西向后退了一步，正要喊林心湄，却看到巨浪中几条大鲨鱼向她当头砸来。叶羽西惊愕无比，脚步无法动弹，眼见鲨鱼扑面而至，林心湄猛然从一侧将她推到甲板边缘。

只听咣当咣当几声，鲨鱼落在甲板上。令她们惊奇的是：那几条鲨鱼陡然“站”了起来，向航母指挥中心“奔”去！

二人看得分明，那些不是什么鲨鱼，而是身穿 H 联盟制服的 14 局特工！

这时，巨浪从四面八方向航母卷来，几百个 S1 号组军人像下饺子似的都摔在甲板上。这几百个军人站起来后分别向航母各个方位奔去，然后她们就听到了零零散散的枪声。

“这是什么情况？”林心湄躲在一个小角落里问叶羽西。

叶羽西见不过几分钟，这几百个军人已将整个航母拿下，心里震惊无比。

“14 局特工为何夺取 H 联盟的航母？”

“这些 14 局特工是从哪里来的？”

叶羽西无法回答林心湄的问题，这些疑问也同时跳上了她的心头。

这时，一个军人手持冲锋枪，朝她们二人走来。那军人喊道：“你们过来！”

林心湄先站起来，将叶羽西扶起，二人向那个军人走去。

“长官，发生了什么事？”林心湄用英语说道。

“说中文。”那个军人摘下帽子，竟是一张中国人的脸。

“你是中国人？”林心湄兴奋地笑道，“我也是中国人，自家人不打自家人。”

那个军人向身后几百名军人一指，笑道：“他们都是中国人！”

“第三次世界大战开打了？”林心湄好奇地问。

这个问题让几百名军人笑了起来——这个看似漂亮的中国女人，竟然问这么好笑的问题。

“不是所有的军事斗争，都能引发第三次世界大战的！”卡佳·高尔站在被俘人员前面，双手被绑，一脸愁云。他听到林心湄的傻问题时，忍不住回答。

“庄夫人！”林心湄喊道，“这是怎么回事？”

“我也想知道这是怎么回事！”卡佳·高尔正在喝咖啡，不想糊里糊涂地成了阶下囚，心中憋气爆了粗口，“娘希匹！”

“我来告诉你们是怎么回事吧！”穿着一身白色燕尾服的白垩纪走到众人面前，一脸笑容说道。

“白垩纪！”叶羽西冷笑地看着他，“这是你的军队？”

“这就是我的军队！”白垩纪瞥了叶羽西一眼，转过脸去，似乎不愿与叶羽西直视。

“看来我没投你一票是对的！”叶羽西冷静地说，“星城必然毁在你手里。”

白垩纪不愿与她多说，径直走到卡佳·高尔面前，伸出右手两指抬起卡佳·高尔的脸，说道：“听说你一直在找五指月组织基地？”

“你——”卡佳·高尔抬起头，盯在白垩纪的脸上，“难道你也是五指月组织的人？”

“这要看从哪个角度来看了！”白垩纪习惯性地用右手活动左手无名指上的戒指，“譬如，你是庄夫人，算得上是组织的重要人物，可惜你是个卧底。我呢，是个篡位者。”

“你——篡位——”卡佳·高尔惊奇地看着白垩纪，“难道你要做五指月教父？”

“怎么？不可以吗？”白垩纪哈哈大笑起来，“你看看我的军队！你还没看明白吗？他们是一支有思想的、打不死的活死人！”

卡佳·高尔向偷袭者S1号组军人看去，满脸的不信。

白垩纪忽然掏出一把手枪，朝着一个S1号组军人连开数枪，每一枪都打在前胸上，每一颗子弹都穿透了肌肤，可是那名军人竟然感觉不到疼痛，也感觉不到中弹。

卡佳·高尔惊愕得眼睛就快凸出来了，说道：“这是什么军队！”

“这是我的御林军！”白垩纪又活动了一下戒指，“知道我为什么夺取航母吗？”他见卡佳·高尔满脸迷茫，心中畅快至极，笑道，“H 号航母不早不晚驶到南太平洋，目的是什么？是寻找五指月组织基地吗？庄夫人，你不傻，H 联盟也不傻，五指月组织基地怎么可能在这个弹丸之地？你们其实另有目的！ H 联盟支持星月党，那是一种有折扣的支持，所谓支持其实是观望，一旦确定‘摘星工程’失败，你便命 14 局特工将我擒下，是不是庄夫人？”

卡佳·高尔看着白垩纪，面无表情地点了点头，说：“H 联盟总要保障自己的利益。”

“利益？”白垩纪哼了一声，又活动了一下戒指，“H 联盟都没搞明白我的意图，就奢谈自己的利益，真是可笑！”

“这一切你是怎么知道的？”卡佳·高尔微微皱眉问。

“莎拉·牛顿！”白垩纪得意地笑了，“你们在我身边安排一个 14 局特工，是不是？你们却没想到，我征服了她，征服了 14 特工报效国家的忠心。”

“你的意图是什么？”卡佳·高尔知道这次败得很惨。

“夺取 H 号航母，杀掉 14 局卧底！”白垩纪又活动了一下戒指，“是你们的贪心，让你们自投罗网的！多谢你的成全，你和你的航母到来，增加了我成功的砝码！”

“这是庄化蝶的谋局吧？”卡佳·高尔冷笑一声，“是他要你杀了我吧！”

白垩纪嘿嘿一笑：“算你聪明！”

一直不说话的叶羽西，一双眼睛紧盯在白垩纪的手指上，那枚雕刻着神秘图案的戒指在她眼前晃动着、晃动着，忽然氤氲出一幅旖旎的画面来。那画面美极了，充满着幸福感，是萧痕和石小岚的婚礼现场。那是一片极美的原始丛林，那是一枚雕刻着原始部落神秘图腾纹饰的戒指，而此刻那枚独一无二的戒指竟然戴在白垩纪的手上。

叶羽西忘记了身在何处，她的脑海里全是婚礼现场，全是萧痕和石小岚的笑声，那笑声让她忘记了现在身处危险境地，那笑声将她推向一个断崖式的问题面前。

叶羽西走到白垩纪的侧面，指着他手上的戒指问：“我侄子的戒指怎么在你手上？”

白垩纪活动戒指的手戛然止住，侧转身看着叶羽西，看着她鲜活的脸颊，双手不禁一抖。

叶羽西淡淡地说：“我侄子曾经对我说，他永远不会欺骗我！”

白垩纪轻声叹息，从兜里掏出一个精致的青花瓷瓶来，打开瓶盖，从中倒出一粒药丸，塞进嘴里。那药丸神奇极了，竟能改变一个人的容貌。不过片刻，白垩纪的脸型竟然发生了变化，变成了一张叶羽西极其熟悉的脸。

“萧痕，你还活着——”叶羽西怅惘地叹了口气，眼睛从白垩纪的脸上滑过，向大洋深处飘去……

49. 牛顿手稿计划

整个牛车水都陷入了短暂的、瞬间的、死一般的寂静之中。

商贩、旅客、市民们听到几声枪响，纷纷用惊恐、疑惑的眼神向四周眺望，并没有发现警察来，而且再无枪声，猜测是熊孩子在玩游戏，惊恐、疑惑便在瞬间消失，一切迅速地恢复了正常。

三叶草堂旅馆内外，却是长达三四分钟的寂静。

在一场两军对垒的战役中，三四分钟就决定了战役的胜败！

这场阻击战，无疑是赫尔曼·戈林占了优势，没有人知道他藏在何处，而且他擅长狙击，所以他成了这场阻击战的中心点。

在一个制高点上，赫尔曼·戈林在狙击枪目镜中审视着局势。

萧痕、石小夕等人无疑是身处死地，除非德川源濑放弃进攻，否则他们除了投降别无他法。

幕府组织的人没有停止行动，他们一部分利用障碍物躲避狙击点，向三叶草堂旅馆前进；一部分走出店铺，向街道散开，找出狙击手。

赫尔曼·戈林审时度势，后背开始出汗，他从目镜里看到石小夕，看着她防守的姿势是在保护萧痕，顿时陷入两难之中。赫尔曼·戈林奉单大师之命，从尼泊尔到新德里再到星城，并非为了保护萧痕，而是石小夕。这是他的任务，单大师下的死命令。

“石小夕若死，你也得死！”这是单大师的原话。

所以，赫尔曼·戈林制订了一个大胆的计划，他移动狙击枪，瞄准德川源濑的房间，连续向房间射击。当然，这种射击是漫无目的的，根本起不了杀敌作用，但无疑给德川源濑提供了一个方向。

“狙击手在东南方！”德川源濑躲避着子弹，从子弹射出来的方位、力道和流线判断出狙击手的位置，“600 米位置！”

东南方、600 米，指的是狙击手距三叶草堂的方向和位置。

12个幕府组织成员迅速向狙击手的方位奔去，两分钟内成功地抓捕了赫尔曼·戈林。

赫尔曼·戈林没有抵抗，这就是他的计划，他必须进入三叶草堂旅馆，才能保护石小夕。石小夕若死，他也活不了。赫尔曼·戈林深刻懂得这一点。

“不入虎穴，焉得虎子！”赫尔曼·戈林想起了单大师说的话，他心里很佩服这个中国人，那个伟大的重生计划必将震古烁今、撼动世界。

德川源濑看着赫尔曼·戈林被手下带到办公室，冷峻的脸上呈现出一丝笑意来，说：“赫尔曼·戈林，纳粹帝国元帅——”

“那是我曾祖——”赫尔曼·戈林扫视屋内一眼，看到苍井的尸体时，忍不住皱了皱眉，“正如你曾祖德川源佑一样，都是伟大的人！”

“说得好！”德川源濑点了点头，“无论在世人眼睛里怎么看待他们，至少在我们眼里他们是伟大的。”

“你杀了苍井！”赫尔曼·戈林向苍井的尸体瞟了一眼。

“所有信息是他告诉你的！”德川源濑微微闭上眼睛，“你们害我损失了一位好兄弟。”

赫尔曼·戈林摇了摇头，说：“苍井属于潜伏小组，我属于刺客小组，他怎会向我传递消息？”

“你是怎么到这里来的？”站在窗户旁边的苏心忽然问道。

“萧痕带我来的！”赫尔曼·戈林笑了，“‘时钟’，我在你们袭击新丝路集团时，曾给过萧痕一把手枪，我在枪里面装了跟踪器。”

德川源濑从腰间抽出家族短刀，说：“你杀了我两名狙击手，6个组员，今天我要用你的血祭刀！”

“或许，我们可以做一笔交易！”赫尔曼·戈林笑了笑，“你应该明白，若非我想让你抓我，你们能抓到我吗？”

德川源濑理解赫尔曼·戈林的骄傲，默然点头，说：“什么交易？”

“一个内幕，一个启幕。”赫尔曼·戈林缓缓吐了口气，“我用内幕消息扯平咱们的恩怨，我用启幕消息与你结成同盟。”

德川源濑微微抽缩眼睛：“你说。”

赫尔曼·戈林向苏心瞥了一眼说：“幕府组织到星城是单大师设的局！”

德川源濑眉头皱了起来，问："单大师？ hand 工业的单大师？"

苏心忽然冷笑一声，对德川源濑说："单大师已经死了，他说死人设局，死无对证，这内幕岂能抵得了 8 条人命？"

"单大师没有死！"赫尔曼·戈林神秘一笑。

苏心面无表情地说："戈林，我叛离了七色花组织，就是因为失去了保护伞——单大师！单大师若还活着，我敢选择背叛吗？"

德川源濑从桌上拿起那块沾有血迹的白布，轻轻擦拭着刀锋，冷峻的眼神在赫尔曼·戈林胸膛处瞥了一眼。

赫尔曼·戈林瞥了一眼短刀，说："我以下说的一切，有一人能为我证实。"

"谁？"德川源濑擦着刀锋说。

"'石头人'！"赫尔曼·戈林向监控器瞥了一眼，"因为他是单大师的'践行者'。"

"单大师的'践行者'？"德川源濑禁不住停止擦拭刀锋，"他是白垩纪的'践行者'！"

"单大师就是白垩纪，白垩纪就是单大师！"赫尔曼·戈林脸上笑开了花。

"单大师就是白垩纪，白垩纪就是单大师！"德川源濑重复着戈林的话。

"不错！"赫尔曼·戈林笑道，"'血滴子计划'是单大师 10 年前制定的。所以，我知道这个内幕。德川，你想过没有，单大师为何雇佣幕府组织刺杀白逐尘？是因为你德川厉害吗？当然不是，单大师之所以选择你，那是因为他与雏菊工业是同盟。整个星城大选就是一个局，局里人无人在意谁当了总统，哪个政党执政！德川，局里人在意的是《牛顿手稿》的秘密，在意的是牛顿仪！"

"牛顿仪！"德川源濑将家族短刀插入腰间，"你也知道牛顿仪？"

"岂止我知道？"赫尔曼·戈林向苏心瞥了一眼。

"单大师——白垩纪，雏菊工业的盟友。"德川源濑微微闭上眼睛，"幕府组织主力全在牛车水，牛车水通信信号被屏蔽——"他忽然睁开眼睛，直视赫尔曼·戈林，"假如你说的全是真的，牛车水就是一个大陷阱。"

这时，一个幕府组织成员突然推门进来，口中喘着粗气，显然是急速奔跑来的。他无暇顾及礼节，向德川源濑回报：“将军，牛车水被包围了！”

“包围了？星城警察？”德川源濑皱了皱眉问。

“不是。”那个幕府组织成员喘了一口气，“是‘幕府组织’！”

“幕府组织？”德川源濑眼皮一跳。

“他们的装束跟幕府组织成员一样，足足有二三百名！”

“一群模仿者？”德川源濑用了一个奇妙的词。

“那不是模仿者。”赫尔曼·戈林叹了口气，“那是单大师的军队！”

“军队？”德川源濑皱起了眉。

赫尔曼·戈林说：“‘血滴子计划’就是打造一支军队，一支彪悍的军队！现在，他们要在牛车水制造恐怖事件，替你制造——德川！”

德川源濑若有所思地哦了一声，说：“他们要嫁祸幕府组织。”忽然他抬起头来，转过脸看苏心，“这是你的目的吗？”

苏心用一种奇怪的表情看着德川源濑，说：“我的目的？你为何这样说？”

“因为你也是hand特工。”赫尔曼·戈林笑着说，“单大师知道牛顿仪，就是你告诉他的。”

苏心面无表情：“不错，我是hand特工——”她向监视器里的石炜烽一指，“我还是他的妻子，合法的妻子——”她转脸看着德川源濑，“这能说明什么？”

德川源濑不看苏心，问赫尔曼·戈林：“说说你的启幕！”

“我知道牛顿仪藏在哪里！”赫尔曼·戈林一脸神秘地说。

德川源濑这次没有怀疑戈林，竟然颇有意味地点了点头，说：“我曾祖笔记中写着‘帝国元帅’四个字，我一直在日本调查，却忽略了老赫尔曼·戈林——真正能称得上帝国元帅的，只有老赫尔曼·戈林！”

赫尔曼·戈林向监视器瞟了一眼，说：“‘牛顿手稿计划’本就是我曾祖和德川源佑共同制定的，我曾祖企图在《牛顿手稿》里找出类似原子弹的科学武器来，所以斥重金让德川源佑寻找。德川源佑找到牛顿仪后，见其杀伤力太大，不忍心将其用于侵略战争，所以他将牛顿仪藏了起来。德川源佑怕我曾祖伤害德川家族，就跟我曾祖写了一封信，说是找到了最有力的线索，但他命不久矣放弃寻找。我曾祖准备派兵寻找，不想斯大林格林保卫战终结了德军命运，自此德军一溃千里，我曾祖也无暇去寻找线索了。”

“什么线索？”德川源濑问。

“八个字，中文。”赫尔曼·戈林又向监视器瞟了一眼，见萧痕、石小夕等人正在准备反击，不禁皱了皱眉，“三叶草堂，黄帝腹中！”

“三叶草堂，黄帝腹中——”德川源濑不解其意，向苏心看去。苏心也茫然地摇了摇头。

“能破解这个线索的，只有一人。”赫尔曼·戈林幽幽地说，“那就是萧痕！”

第十一章　消失的爱人

"你已经暴露在光天化日之下，
你终究会暴露在光天化日之下。"
——电影《消失的爱人》

50. 意识盒与幻影

“静止维度！”靳名琛站在长方体玻璃箱前，等待静止维度时刻的到来！

——那只不过是一种静止的时间点！

——那是一个用高尖端时间仪器也无法测量出来的时间点！

“实际上，它是一个虫洞时间！”靳名琛背对着林家坤说，“佛家讲一弹指是60刹那，是指代时间极短的意思。用数字来量化，一弹指为7.2秒，一瞬为0.36秒，一刹那为0.018秒。‘一生灭，一刹那’，人的一生用意识来量化就是0.018秒。羽秋一日的记忆，储存在意识里的信息，就是徘徊在静止时间点的极微时间。”

“在真空世界里，一生灭真是一刹那！”林家坤焦急地看着长方体玻璃箱里的叶羽秋，他刚才听到了靳名琛与叶羽秋的对话。

靳名琛在长方体玻璃箱外的一个密码盒上一按，长方体玻璃箱内一个类似硬盘的盒子亮了起来，空气测量器的指针已经无法摆动了，显然氧气已经接近真空状态。

这时，长方体玻璃箱内的叶羽秋忽然抽搐起来，看似无法呼吸了。

靳名琛伸出右手，放在一个手纹感应器上，他用手温来感知、感应“第五维空间”。

“嘀、嘀、嘀——”，手纹检测器在检测靳名琛的指纹、掌纹……

林家坤额头上的汗水陡然冒了出来，仿佛淋了一场倾盆大雨，汗水从额头上滑落在眼睛里，他只觉眼前一浑，陡然间什么也看不到了。林家坤心下焦急，陡然拔出手枪，准备击碎长方体玻璃箱。

此时，靳名琛的指纹、掌纹、手纹全部显现出来！

这时，传来一声清脆的长方体玻璃箱的开门声！

长方体玻璃箱内的叶羽秋猛然呼吸到新鲜空气，身子停止了抽搐，渐渐地平静了下来。

林家坤悄然放下手枪，顾不得擦去脸上汗水，快步向叶羽秋走去。这时，叶羽秋回过神来，从长方体玻璃箱里走出来，与快步走来的林家坤紧紧拥抱在一起。

靳名琛走进长方体玻璃箱内，取出那个形似硬盘的仪器，走出长方体玻璃箱，向一个设计精巧、市面上还未销售的投影仪走去。

"那是什么？"林家坤松开叶羽秋，问靳名琛。

"这叫'意识盒'！"靳名琛伸手扬了扬那个形似硬盘的仪器，又指着投影仪说，"那是hand科技最新研发的'幻影'全息投影仪。"

"我还是没想到'血滴子计划'！"叶羽秋伸指在头上按了按，"实验失败了？"

"实验非常成功！"靳名琛回转身看着妹妹，"你丢失的记忆——反意识，储存在意识盒里。"他笑了笑，"而不是在你的脑子里。"

"就像外挂硬盘？"林家坤皱眉问。

"这个比喻非常形象。"靳名琛回转身，拿起幻影全息投影仪的连接头，插入意识盒里，陡然间整个空间起了变化，三人仿佛置身于一片类似丛林的场景里。

"幻影全息投影仪利用先进的全息技术，将意识盒里储存的信息模拟出来形成影像。"靳名琛向全息模拟空间一指，"可以这么说，这个模拟全息空间，就是羽秋的大脑折射出来的影像，也就是说我们现在就在你的意识里。"

"这么神奇？"叶羽秋看着全息模拟空间，指着空间里的类似花草树木的东西说，"这是我的脑神经吗？"

"那是你的神经末梢和神经元。"靳名琛笑了笑，"不是真的，只是模拟出来的效果。"他指着丛林中形似光带的彩带说，"这些彩带便是你的记忆。"

"我们怎么读取记忆？"叶羽秋有些兴奋。

"我做过研究，反物质是一种波，意识也是一种波。"靳名琛指着一条一条的彩带说，"这些条状的彩带，就是你丢失的记忆。"他伸出两个手指，轻轻夹起一条光带，陡然间光带上竟然出现一列数字：2030511，问叶羽秋："你还记得车祸是哪天吗？"

"母亲节！"叶羽秋微微皱眉，回想 10 年前的旧事，"我记得冰清要为我庆祝母亲节！"

"真是母慈子孝。"靳名琛在光带中翻捡着，"旁人若不知他是你女婿，肯定认为他是亲儿子。"

"他就是我亲儿子。"叶羽秋轻轻叹了口气，向林家坤望去，"对不起，我一直没有告诉你。"

"冰清是你亲儿子！"靳名琛的手忽然顿住，惊奇地问，"他是你跟庄化蝶生的儿子！"

叶羽秋不理靳名琛，看着林家坤，轻声说："对不起，真的对不起……"

"不要说对不起，你没有错！"林家坤走上前去，轻轻将叶羽秋揽在怀里，说："我能感觉出来，你对冰清有种特殊的感情：母爱，之前我觉得是因为我们没有儿子，所以你待冰清如己出，却想不到他真是你儿子。他是你儿子，也就是我儿子！"

"这就对了！"靳名琛忽然叫道，"2030512！"

"2030512——什么意思？"林家坤在叶羽秋肩上轻轻拍了拍，示意她不要着急。

"2030 年 5 月 12 日，母亲节。"靳名琛边解释，边将这条光带放进另一个意识盒里。陡然间，那个松林空间变成了一个全是修竹、沉碧色的空间。

从那个碧色空间里忽然走出一个人来，向另一个虚拟空间走去。

"是我！"叶羽秋看清那人时禁不住叫道，指着那人身上葱绿色的旗袍说，"我那天就是穿着这件旗袍去的！"

靳名琛说："这个空间展现的就是那天你丢失的记忆或意识——只是影像，没有声音，这要靠你自己的感知去回忆。"

叶羽秋握紧了林家坤的手，看着 10 年前的自己穿过一个虚拟空间，走到一个金碧辉煌的空间里。

"金沙湾酒店！"叶羽秋看到那个空间是一家真实存在的酒店，只觉丢失的记忆像雨后春笋般嗖嗖地拱出了地面。

林家坤察觉出叶羽秋浑身紧绷，显得十分紧张，便小声在她耳畔说：“这10年间，你的容貌没什么变化，还是一样漂亮。”叶羽秋向丈夫会心一笑，转头注目全息模拟空间。

全息模拟空间里，叶羽秋的手机响了，手机屏幕显示“小湄”来电。叶羽秋接听电话，然后挂了，转脸看向电梯间，径直向电梯间走去。

叶羽秋指着全息模拟空间说：“我记起来了，小湄打电话说冰清有事晚点来，正好你儿子萧痕在总统套房，让我先去喝茶。”

林家坤皱了皱眉，说：“我也有些印象，那时候我是中国驻星城大使，那天好像去参加一个活动，所以没陪你去。”

全息模拟空间里，叶羽秋向一间总统套房走去。总统套房前非常安静，少有人走动。她看到房门没有关紧，便推门进去，正要喊萧痕（单大师），却陡然愣在那里。

叶羽秋眉头皱了起来，指着全息模拟空间说：“我之所以愣在那里，是听到萧痕正在书房和一个人说话，说的是——是——是‘血滴子计划’！”

全息模拟空间里，叶羽秋侧耳听了片刻，忽然脸色难看，向后退了两步，不小心撞在了门框上。萧痕（单大师）听到响声，疾步从书房里走出来，只看到叶羽秋消失的背影，也是愣在那里。

叶羽秋只觉脑海里一阵瞬间绞疼，等疼痛过后，那日情景历历在目，忽然叹了口气说：“那日，我听到‘血滴子计划’后非常伤心，就到酒吧喝酒，然后酒驾、发生车祸，有人为我做了护理，这才捡回来一条命。”

“‘血滴子计划’是什么？”靳名琛关了幻影投影仪，取出意识盒。

“萧痕，也就是单大师，他在和一个人谋划‘篡位’计划，要做五指月教父。”叶羽秋的记忆刚刚恢复，还有些杂乱无章，她尽量用最简洁、清晰的话讲出来，“最重要的是，单大师要成为一个人，一个叫白什么的人……”

“白垩纪！”靳名琛眉头皱成川字，引导和梳理着叶羽秋的记忆。

“就是白垩纪！”叶羽秋灵台一亮，“萧痕就是白垩纪！白垩纪就是萧痕！萧痕根本没有死！”

51. 几何实验室与黑白之约

找到几何实验室，就发现了“血滴子计划”。

顾冰清与黑玫、冯少成、林家茹、冯世鉴共同乘坐一辆黑色商务车，驶向樟宜村度假区。“星眼”监控中心已经发现了热量源，找出几何实验室只是时间问题，但他心里有太多的期待，让他无法专心想某一件事情。这时，他有些后悔答应单大师参与“血滴子计划”了。自从参与“血滴子计划”后，一系列他无法掌控的事情就陆续发生了。譬如叶羽秋的车祸。10年前，那日与单大师在金沙湾酒店商谈“血滴子计划”的人就是他。叶羽秋的车祸虽是偶然，但也因他而起。幸运的是，妈妈失去了记忆，才免遭暗杀厄运。自此以后，他就变得小心翼翼了，生怕身边所爱的人知道一丁点计划内容，他尽量用自己最大的克制力来确保家人的安全。所以，他就有意无意地疏远了林心湄。他的疏远，是种保护。然而，随着时间一天一天的流逝，压力也与日俱增，他经常有种虚脱感，几乎无力去实施这件耸人听闻的计划！

黑色商务车停在了樟宜村度假区大门口，众人从车上下来。

“这就是星月党所在地。”林家茹指着樟宜村度假区大门，“白垩纪是个懂得享受的人，他不愿去写字楼里办公，就在这里建了一个度假村。”

“白垩纪怎么有这么多钱？”冯世鉴向度假村走去，好奇地问妻子，“白夜基金会资助星月党的那些钱，可建不了这个度假村。”

“我又不是白垩纪。我怎么知道。”林家茹这时无法照顾冯世鉴的小心眼，瞪着眼回答他。

这时，一个度假村保安看到总统候选人，心下惊奇，赶紧呼叫队长。一个菲律宾人从一侧闪了出来，向冯世鉴打招呼，说：“总统候选人阁下！”

冯世鉴正自无趣，侧头看着那个菲律宾人，傲慢地问：“你是——”

“我是度假村的保安队队长！”那个菲律宾人笑着说道，“有什么为您效劳的吗？”

“打开铁闸门，让我们进去！”冯世鉴向大门指了指，“我和白主席有约。”

“明白。”那个菲律宾人满面春光地说，“白主席刚才通知了我们——”他向保安一挥手，保安打开铁闸门，“总统候选人阁下，你们请——”说着躬下腰来，做了个请的姿势。

冯世鉴带着一众人走了进去，远离菲律宾人后，对众人说：“我从未来过这里，接下来怎么办？”

林家茹向度假区中心一指，说：“我来过，星月党办公区就在中央楼王北侧。”

众人向度假区中心走去。冯少成从兜里拿出一个仪器，边走边按着键。

顾冰清看到，问冯少成：“你在做什么？”

“我在测算。”冯少成向顾冰清做了个鬼脸，“刚刚局长传来一组数据，是热量源的能量。我在测量能量源的辐射面积。”

“测出热能辐射面积，便可知道几何实验室有多大！”黑玫向顾冰清解释。

顾冰清微微皱了皱眉，心里期待白垩纪早已得到他传递的信息，已经撤离了这里。

忽听“嘀、嘀、嘀——”数声响，冯少成陡然停了下来。

“怎么了？”黑玫也停下脚步，问冯少成。

“几何实验室面积测算出来了——”冯少成抬起头来，“它不可能在地上！”

“为什么？”冯世鉴兴奋地看着天才儿子。

“因为它的面积几乎是整个度假村的面积。”冯少成抬起脚向地上跺了跺，“它只可能在地下，而且就在我们的脚下。”

“这么大！”冯世鉴向四周看了看。

黑玫向四周望去，看到一个花圃里竟有下水道出口，心下生疑，快步走向那个下水道出口。

冯少成也发现了那个下水道出口，快步跟上黑玫，笑着说：“看来，美貌与智慧是可以并存的。”

“你个小鬼头！”黑玫向冯少成一扬眉，来到了下水道出口处，便弯腰蹲下来查看。

“这是排风口！”冯少成一看下水道的设计形状，便知道内部结构，他见黑玫好奇，又说：“我在清华大学还修学了一个专业：结构工程。”

“我们从这里能进去吗？”黑玫将散乱的头发向上拢了拢，抬眼瞥见冯少成直愣愣地看着她，笑道：“你不会是喜欢上我了吧？”

冯少成脸上一红，说：“有那么一点。”他伸出两根手指一比画，“我不排斥姐弟恋。”

黑玫呵呵笑道：“你知道我跟多少个男人约过会吗？”

“也不多我一个，不是吗？”冯少成脸上红晕消失，忽然站了起来，弯腰向四周草丛查看，当他看到一个铁钩时，对黑玫说：“向后退一步。”

黑玫看了冯少成一眼，不知他葫芦里卖的是什么药，向后退了一步。

冯少成猛地拉动铁钩，那个下水道出口栅栏形盖子陡然张开了，露出一个黝黑的洞口来。黑玫走上前去查看，见洞口里竟然有一架铁梯直通底部，向冯少成点了点头，说：“有架梯子！”

冯少成走到洞口，说：“这里就是一个入口，咱们一起下去。”

黑玫突然伸出手来，说：“咱们手拉手下去——小鬼！”她脸上有了笑意，“我答应与你约会——直接上床的那种！”

冯少成惊呆了！他看着黑玫妩媚的笑脸，慢吞吞地说：“我很期待我的第一次！”

顾冰清、林家茹、冯世鉴也来到了洞口。冯世鉴向四周看了看，对林家茹说：“咱们也下去吗？”

“你们就在地上待着！”黑玫向三人说道，“我和少成下去，如果 10 分钟没出来，你们要离开这里！”

林家茹拉着冯少成的手说：“一定要小心。”

冯少成轻轻挣脱林家茹的手，说：“我已经长大了，而且是个特工，您就放心吧。”说着，他进入了洞口，沿着梯子下去。

黑玫也跟着冯少成下去，等到了底部，只觉一股冷气吹来，禁不住打了一个冷战。

“这里很冷！”冯少成向前方亮光处走去，“我有种不祥的预感，这么冷的实验室不会是研发科技的，它像是生化武器的研发室。”

黑玫忽然轻轻嘘了一声，从腰间拔出手枪来，低声说：“这里太静了，不像有人。”

冯少成也拔出手枪，向前走了几步，见亮光处是一扇大门。他走到门前，见门没有关紧，便轻轻推开大门。

一道亮光闪花了二人的眼睛。黑玫和冯少成禁不住用手挡住眼睛，等稍微适应后，便向门里望去。当他们看到眼前的景象时，禁不住呆在了那里。

眼前是一支身穿 H 联盟制服、手持重武器、约有 30 人的小分队。

黑玫和冯少成只有乖乖地将枪扔到地上，束手就擒。

黑玫冷笑着问：“H 联盟与星月党真的有勾结！”

一名 14 局特工摘下帽子，笑着对黑玫说：“小姐，我们是中国人！”

冯少成眨了眨眼睛：“谁能告诉我，这是怎么回事？”

这时，“叮——”的一声，传来电梯的开门声。黑玫和冯少成循声望去，却看到顾冰清、林家茹、冯世鉴双手被绑着从一部电梯里走出来，而他们身后正是那个菲律宾保安队队长！

“我叫斯曼！”那个菲律宾人笑着说，“走吧，诸位。”

林家茹挣扎了两下，问：“去哪里？”

“去一个你们去不了的地方！”斯曼笑着说。

“看来，我们死不了！”冯少成咧嘴一笑，“地狱我们都能去了。”

“我们不去地狱，去炼狱！”斯曼嘿嘿笑道，“H 号航母听说过吗？我们去航母上！”

黑玫听闻去 H 号航母，心里陡然升起了疑惑。她无法猜测这奇谲的事情，跟着斯曼和 14 局特工沿着地下通道向前走去。半途中，她听到头顶上传来流水声，隐约能感受到光亮，并在几处狭小的天井里看出地上是条景观长廊。

这条通往 H 号航母的地下通道，就在那条笔直的、直接通向海洋的中央景观长廊下面……

52. 三叶草堂 黄帝腹中

"戈林一定是出事了。"石小夕期待赫尔曼·戈林能干掉幕府组织的杀手，可在杀掉一组 6 人后，幕府组织好像停止了进攻，戈林也没了声响，"戈林可是 hand 特工的金牌刺客，如果他都阻挡不住幕府组织，我们更无法逃出去了。"

"未必。"萧痕在草堂庭院里来回走了四五趟，仔细观察了地形，"幕府组织在草堂前门进攻，咱们可从后门走。"

"后门？"石小夕向东侧三间房望去，"哪里有后门？"

石炜烽明白萧痕的意思，说："炸掉三间东房，便有了后门！"

"怎么炸？"石小夕看着石炜烽手里的斧头，"用斧头劈？"

萧痕向草堂前门指了指，说："现在门外就有手雷，我们要想法夺取手雷，然后炸了三间东房，便可逃出去。"

"怎么夺取手雷？"白逐尘没有参加过战斗，心中不免生怯，但他毕竟见过大世面，尤其是经历过克拉码头袭击后，倒也不是吓得手足无措。

萧痕向石炜烽看了一眼，将手枪掷给石炜烽，说："你替我做掩护，我去夺手雷。"

"不行！"石小夕第一个阻止，"萧痕，你不能出事！"

"逃不出去，我们都要死在这里！"萧痕庄重地看着石小夕，"我许诺过，一定不会让你比我先死，我必须要做到。"

石小夕心里一荡，在这生死关头萧痕甘冒危险救她性命，这真实而温暖的爱触动了她的泪腺，眼泪忍不住流了出来。

萧痕向石炜烽一点头，便猫着腰向大门旁潜伏，哪知他刚到门口，却听哗啦一声，生满铁锈与苔藓的大门仰面砸来。萧痕看得真切，反应迅速，就地一滚躲了过去，侧身藏在一个遮掩物后面。

从一片尘土飞扬中传来德川源濑的笑声："萧痕，石头人，暂且休兵吧，咱们有生意要做！”

石炜烽虽在危险之中，但也有一股大将之风，他向三人示意隐藏好，自己却走了出来，向德川源濑迎了上去，说：“德川，你有什么生意要谈？”

躲在假山之后的石小夕，悄然取出新型武器“月”来，对准向萧痕走去的苏心。

苏心喊道：“萧痕，小夕，你们出来吧！放心，你们会活得好好的！”

“白逐尘呢？”萧痕问。

“那是我的活菩萨！”德川源濑笑道，“我被星月党陷害了，只有白逐尘才能帮我对付星月党，我才舍不得杀他！”

“你怎么被星月党陷害了？”白逐尘忽然从一个掩藏物后面走出来，“是白亚纪要你杀我的吗？你能出面作证吗？”

德川源濑好奇地看着白逐尘，苦笑道：“我是恐怖分子，怎么出面给你作证？星城政府相信我的证词吗？”

白逐尘搔了搔头，也觉得自己的问题好笑，嘿嘿笑道：“你真被陷害了！”

石小夕侧头向众人瞧来，忽然看到了赫尔曼·戈林，便从假山后走出来，皱眉问：“戈林，你怎么跟德川源濑在一起？”

萧痕见石小夕出来，怕她遭到袭击，也从遮掩物后走出来，站在石小夕身前。

苏心看到萧痕的举动，咯咯笑道：“萧痕，你爱上了石小夕！”

石小夕向苏心瞥了一眼，说：“他不能爱我吗？”不待苏心搭话，又问赫尔曼·戈林，“你刚才杀了幕府组织——”

赫尔曼·戈林打断石小夕的话，指着德川源濑，说：“我们现在是拍档。”

“现在还不是——”德川源濑走到石炜烽跟前，“这要看你说的内幕是否有价值！”

石炜烽忽然明白赫尔曼·戈林与德川源濑之间的交易，对德川源濑说：“白亚纪与雏菊工业正在合作一件大事情，雏菊工业的条件就是要白亚纪除掉幕府组织——这是你要的答案吧！”

德川源濑点了点头，向赫尔曼·戈林一伸手，说：“现在咱们是拍档了！”

赫尔曼·戈林握住德川源濑的手，说：“能否找到牛顿仪，就要看萧痕的本事了。”他向萧痕走去，扫视着众人，说：“老赫尔曼·戈林，就是纳粹帝国元帅，曾经制订了一个叫作牛顿手稿的计划，而德川源佑就是该计划的执行者。德源源佑找到牛顿仪后又将它藏了起来，只留下了一个线索。”

德川源濑拍了一下手，对萧痕说：“我有个生意，戈林推荐了你，不知你会不会做生意？”

萧痕冷笑道：“会不会做生意我不知道，但我会破坏你的生意——譬如白逐尘。”

“看来你很会做生意。”德川源濑向苏心点了点头，“破译那个线索，我就放了你们。”

“什么线索？”萧痕问。

“八个汉字。”苏心用中文告诉萧痕，“三叶草堂，黄帝腹中。”

“三叶草堂，黄帝腹中。”萧痕默默念着八个汉字，眉头渐渐皱了起来，“黄帝是哪个黄帝？”

“炎黄二帝的黄帝！”苏心回答。

“黄帝——黄帝——腹中——”萧痕念着“黄帝腹中”时，只觉海马体一阵躁动，眼前呈现出中国新郑黄帝故里拜祖大典的情景，耳畔萦绕着主持人关于黄帝的介绍：“黄帝，古华夏部落联盟首领，中国远古时代华夏民族的共主，五帝之首，被尊为中华人文初祖。据说他是少典与附宝之子，本姓公孙，后改姬姓，故称姬轩辕。居轩辕之丘，号轩辕氏，建都于有熊，亦称有熊氏。也有人称之为帝鸿氏。”

萧痕在草堂里来回踱步，完全沉浸在拜祖大乐中，一不小心撞在了银杏树上。他哑然一笑，看着银杏树，一种奇异的想法飘入了脑海里，不禁喊道：“我找到了线索答案！”

这令众人为之一振，也对萧痕侧目相看，不想他真能破译这个毫无头绪的线索！

萧痕向德川源濑一伸手，说：“给我一颗手雷！”

“你要手雷干什么？”德川源濑皱眉问。

萧痕冷笑道：“没有手雷，我无法给你证明。”

“你先说说看。”赫尔曼·戈林劝说二人，“‘三叶草堂，黄帝腹中’，这个线索很奇怪，若非今天到了这里，根本无法知道这个地方就是‘三叶草堂’，至于‘黄帝腹中’更是奇怪了！黄帝是一个人，意思是线索藏在一个人的肚子里，真令人费解。”

“线索不是藏在人的肚子里——”萧痕向那棵老银杏树一指，“而是藏在银杏树的肚子里！”

“树的肚子里？”德川源濑走到银杏树前，左右瞅瞅，并没有发现丝毫端倪，好奇地问：“怎么会在银杏树肚子里？”

“银杏树生长较慢，寿命极长，自然条件下从栽种到结果要20多年，40年后才能大量结果，因此被称作‘公孙树’，有‘公种而孙得食’的含义，是树中的老寿星。”萧痕站在老银杏树前，轻轻拍了几下，“银杏树——公孙树，银杏、公孙，想想黄帝本姓是什么——公孙！”

“借用‘公孙’指代，桥接黄帝与银杏——”苏心抬头看着银杏树，明白了萧痕的意思，“黄帝腹中，指的就是银杏腹中！”

德川源濑拔出腰间家族短刀，在几人粗的银杏树上挖了一个树洞，然后向后退了10多步，伸手接过手下递来的手雷，精准地将手雷掷到那个树洞里。

只听“轰”的一声闷响，整个银杏树树身猛烈地晃动一下，竟然没有从中折断，而是将树身炸出一个更大的洞来。

在那个洞中，一个黝黑、生锈的四方形“保险柜”裸露了出来。那个“保险柜”形似一块铁石，整个纹丝不动的镶在树身里，仿佛与树身一起生长了千年似的，更不知它的根在何处……

53. 海棠、白与单大师

单大师在完全“变回”单大师之前，他举起了右手，向他的军队发布了密令。卡佳·高尔和被俘船员全被押到了舰员室。当叶羽西向单大师发问时，卡佳·高尔正好听到，忍不住向单大师望去，见他整个脸型骨骼都发生了变化，赫然就是中年版的萧痕，眼中忽然一亮，她明白 hand 科技进行的“双生子佯谬实验”成功了，那将是一个伟大的实验，一个伟大的转折点。

甲板上，只剩下单大师和他的部队，以及眼前闪烁着奇异画面的叶羽西，和瞪大眼睛惊愕无比的林心湄。

甲板上，陷入了死一般的寂静中，足足有 20 分钟无人说话。

S1 号组没有得到单大师授权，似乎连说话的“权力”也没有，如同活死人般静静地看着眼前发生的一切。

“姑姑——”终于，单大师忍不住说话了，眼睛里傲然之色染上些哀怨来。

“为什么？”叶羽西不解地问，“这是为什么？”

“当然是为了小岚！”单大师悲哀地说，“五指月组织给小岚做了双生子佯谬实验，结果实验失败了，她留在另一个时空里回不来了。为了小岚，我必须做五指月教父，必须掌握双生子佯谬实验。这样，我才能把小岚寻回来！”

“双生子佯谬实验！”林心湄哼了一声，“那个萧痕是怎么回事？”

“他就是我的实验品，代号‘红’。”单大师的眼睛里闪出了光芒，“我给自己做了实验，实验成功了，‘红’就是我的双生子，比我小 20 岁的双生子。实验成功了，这说明我可以把小岚寻回来！”

“你就是个痴人！”叶羽西向那些毫无灵魂的“活死人”瞥了一眼，“可是，值吗？小岚看到你的疯狂，她会怎么想？这是她想要的吗？”

“一生痴爱！对，是爱；错，亦是爱！”单大师幽幽一叹，“寻不回来，她想什么还重要吗？把她寻回来才有万千可能呀！”

正在此时，几艘快艇驶到航母周边，5 分钟后一群人走上甲板。走在最前面的是斯曼，后面紧跟着顾冰清、冯少成、黑玫、林家茹和冯世鉴等人。

林心湄看到人群中的顾冰清时，禁不住叫道：“冰清！”

顾冰清看到单大师时，心里也是一惊，寻思：“他以真面目示人了，看来，暴风雨真的来了！”他猛然听到林心湄的喊声，心里更是一惊，暗道：“坏了，小湄在航母上！”他向林心湄望去，见她衣服湿透，说道：“你怎么全身湿透了？感冒了吗？发烧了吗？身体有不适的地方吗？”

林心湄听着丈夫连珠炮似的发问，心里幸福极了，笑道：“你真是个傻瓜。感冒重要吗？发烧重要吗？你——你怎么被他们抓了？”

顾冰清微微叹息，他的叹息是发自肺腑的，当他看到单大师杀气腾腾的眼神时，豁然明白了一件事：真正想做五指月教父的是单大师！在“血滴子计划”中，他绝非雍正，单大师才是雍正！他只是康熙遗诏中的“传位十四皇子”的十四皇子！他只是单大师的一个跳板，单大师只是看中了他是庄化蝶儿子的身份！

“这不重要——”顾冰清叹息时眼神里却有笑意，“重要的是，此刻我们在一起！”

林家茹先是看到单大师的侧面，认出是白垩纪，喊道：“白主席，我是林家茹，这是一场误会！”当她向前走了两步，看到单大师的面貌时，愕然惊叫：“萧痕——你还活着？你根本没有死！”

单大师瞥见冯少成，心里微微一动，走到冯少成身边，问林家茹：“这是你儿子？”

“是我儿子！”冯世鉴挺胸站在冯少成身前，“我儿子智商是 150！”

单大师好奇地看着冯少成，说：“你能生出这么高智商的儿子？”

“羡慕吧！”冯世鉴哈哈笑道，“你的几何实验室就是我儿子找到的！”

单大师对冯少成更加好奇了，问：“你是怎么找到线索的？”

冯少成早在 14 局看过单大师的资料，知道他就是 hand 工业总裁，不禁好奇地抬起头看单大师。突然，冯少成向单大师做了一个鬼脸，说：“我真的很好奇——你是怎么改变容貌的？是传说中的易容术吗？还是什么神奇药水？”

单大师没想到冯少成在生死关头还会问这样的问题，也颇为好奇地问：“你不怕死？”

“人生自古谁无死，留取丹心照汗青！”冯少成大声念道，“我堂堂一个清华才子，难道还不如古人！”

“好一个丹心照汗青！”单大师绕着冯少成转了一圈，“你一定是遗传了你妈的基因！”

“有我一半的基因！”冯世鉴提了提肩。他双手被绑，提肩时只显得臀部上翘，衬着他浑圆的身子，显得十分滑稽。

单大师不理冯世鉴，问冯少成：“你是14局特工？”

“你怎么知道？”冯少成扬了扬眉。

“我得到消息称，14局有个代号叫‘白’的特工，智商150！”单大师皱了皱眉，“没想到竟是你！”他盯着冯少成的眼睛，问：“你为什么代号叫‘白’？”

冯少成也盯着单大师看，脸上显出奇怪的笑容，问：“你为什么代号叫‘教官’？”

“这个答案好！”单大师不怒反笑，“代号就是代号，哪里有那么多为什么！”

冯少成歪着头说：“若非知道你是个大坏蛋，我还真有些喜欢你！”

单大师呵呵笑道：“我倒是真喜欢你，可惜你是14局特工！”他站在冯少成正前方，“14局不能知道单大师还活着，所以你得死！”

冯少成抬起了头，说：“恐怕这里的人都无法活着离开吧！”

单大师皱着眉问：“你真的不怕死？”

“我不告诉你！”冯少成咧嘴笑道，“就像你不告诉我怎么改变容貌一样！”

“那我们就彼此保密吧！”单大师忽然拔出手枪，抵在冯少成前额上，“有什么遗言，说吧！”

林家茹眼见单大师要杀冯少成，向单大师喊道：“你不能杀他！”

冯世鉴整个人向单大师撞去，喊道：“你不能杀我儿子！”

单大师冷笑一声，握枪的手转变方向，扣动扳机，“砰”的一声，一颗子弹射穿了冯世鉴的脑袋。

众人都被这声枪响震惊了。

叶羽西听到枪声，霍然转身，看到冯世鉴脑袋上沾满了鲜血和脑浆，眼神里升起一股死亡的悲哀来。

林家茹向倒在地上的冯世鉴奔去，哇的一声哭了起来，她双手被绑，只能用头抵在丈夫胸前，如同舐犊情深的羔羊般发出悲恸的哀鸣。

冯少成眼前闪烁着凄艳的血花，整个人呆立当场！当他意识恢复时，整个身子像被风吹了起来，突然扑向单大师。

单大师早已察觉冯少成的举动，身子猛然向后一退，手中枪移向冯少成的脑门。

“他是你儿子——”悲恸中的林家茹忽然凄厉地喊道，“你不能杀他！”

白夜密码

背面 WHITE NIGHTS PASSWORD

第十二章　黑白森林

“这个世界并不是除了白色就是黑色，

还有灰色，我喜欢灰色！”

——电影《黑白森林》

54.“瞳孔”

“星眼”监控中心警报系统忽然响了起来。

PAP 秘书长南非从外面走了进来，径直走到林家坤身前，说：“林局，有个好消息，有个坏消息，先听哪一个？”

“好消息！”林家坤见南非神色难看，宽慰他道：“这两天都是坏消息，说个好消息听听。”

“白逐尘还活着！”南非面目露出一丝微笑。

“只要白逐尘活着，PAP 就能翻牌！”林家坤笑道。

“有件事我想问一下。”靳名琛走到南非面前，指着一个屏幕说，“你怎么会监控这家饺子馆？”

南非看着屏幕说：“这是塞拉·奥恩老婆开的店！这几天塞拉·奥恩有了艳遇，这是 PAP 党鞭的大忌，尤其是在总统竞选期间，所以我就安排‘星眼’工作人员，在所有与他有关联的地方安装了监控器。这家饺子馆本不是主要监控对象，所以只在店门口安装了一个摄像头，这也是咱们只能看到那张写着 M–845 纸条的原因。”

“在‘星眼’监视系统里并没有看到白逐尘，牛车水周围通信信号被屏蔽，他是怎么联系的你？”靳名琛疑惑地问。

“在牛车水通信信号被屏蔽前，白逐尘联系了塞拉·奥恩，他和那个‘石头人’就藏在这家饺子馆！”南非向屏幕上的饺子馆一指。

“坏消息是什么？”林家坤打断他们的对话。

“牛车水遭到了恐怖袭击！”南非对工作人员说，“调出牛车水监控画面。”他向林家坤和靳名琛看了一眼，“由于牛车水通信信号被屏蔽，所以只能看到画面。由于只能看到画面，所以‘星眼’监控警报就晚启动了两分钟。”

牛车水监控画面调了出来，只见几百名幕府组织的杀手从各条街道入侵牛车水，逢人便乱枪扫射。

“幕府组织？”林家坤指着画面说，“这是日本的恐怖组织。”

“有些奇怪——”靳名琛皱着眉看画面，忽然向画面里一指，“他们用的武器看似是中国制造，但这些子弹射入人体后并没有流血，但同样起到了‘致死’的效果。”

“也许他们并没有死！”林家坤看着画面若有所思，“hand 工业研制了一种新型武器，取名叫‘美人泪’。这种武器就像美人一样，无论伤心还是欢喜，都会流泪，而且一流泪更醉人。”

“如果这些武器是‘美人泪’的话，他们只是被麻醉了！”靳名琛幽幽地说，“那么，他们袭击牛车水的目的是什么？”

“牛顿爵士的光学武器！”林家坤和靳名琛异口同声地说。

“这是单大师的军队！”靳名琛向画面里的幕府组织一指，对工作人员说，“拉大画面。”

画面豁然变大，一个幕府组织杀手的脸清晰地呈现出来。

“这是李强！”林家坤指着那张脸说，“他是具茨山监狱的犯人，20 年前具茨山地震时，他分明死在了具茨山。”

靳名琛眉头一皱，对工作人员说：“再调出几个画面！”

几幅大画面定格在众人面前，几个幕府组织杀手的脸也清晰地呈现在屏幕里。

“这几张脸我都熟悉。”林家坤叹了口气，“他们都是具茨山监狱的犯人。”

“这就对了！”靳名琛点了点头，“严格意义上他们不能称之为‘人’。”

“不是人？”南非惊愕地问。

“他们应该称之为‘类马王堆女尸’！”靳名琛若有所思地说，“看来，我儿子将具茨山监狱的犯人偷运到了星城。看来，那个几何实验室根本不是科研机构，而是储存这些‘活死人’的密室。看来，我儿子拥有了一支打不死的军队！”

“打不死的军队？在星城？”南非差一点惊叫起来，“现在怎么办？”

靳名琛正要答话，他手上一枚戒指忽然闪烁起一个红点来。靳名琛心里一惊，从兜里掏出一个纸条，递给工作人员，说：“追踪这个信号，快！”

那个工作人员赶紧将纸条上的一组数字输入到系统里，一个画面顿时在屏幕上生成。

那个画面里，呈现出一张男人的脸来。

“萧痕！”叶羽秋指着画面说，“他果然没有死！”

画面有些晃动，显然拍摄画面的人在走动。

“这是黑玫传回来的画面！”靳名琛盯着画面看，“她去调查白夜基金会之前，我给了她一样仪器，叫‘瞳孔’。‘瞳孔’是种类似隐形眼镜片的卫星监控拍摄仪器，薄如蝉翼，可以贴在眼球上。”

画面忽然拉深了，隐隐约约的可以看到海洋！

画面向上，显然黑玫正在往上看。画面忽然定格。画面里显出一个对空搜索雷达来！

“这是H号航母！”林家坤向对空搜索雷达一指，“黑玫被抓了，他们袭击了H号航母！”

“什么？”南非叫道，“星月党袭击H联盟的航母？他是疯了吗？”

“他可不会在乎什么星城，什么星月党！”靳名琛在南非肩上一按，“他是单大师，hand工业的单大师！”

“砰”的一声枪响，画面里印出一片血花来。画面忽然向下，便看到冯世鉴的脑袋被击穿了一个洞，鲜血汩汩流出。

“他杀了总统候选人！”南非看到画面时，在桌子上一捶，对工作人说道：“把这些画面拷贝下来，刊登在所有媒体上，指控白垩纪的罪行！”

“行不通！”靳名琛看着持枪的单大师的脸，嘴角边挂着一抹冷笑，“这张脸是单大师的脸，不是白垩纪的脸，你怎么指控他？”

——白垩纪是单大师，单大师不一定是白垩纪！

画面里陡然响起林家茹的喊声：“他是你儿子，你不能杀他！”

众人被林家茹凄厉的声音吓了一跳。

“少成是单大师的儿子！”叶羽秋惊愕地看着画面。

林家坤看着画面沉寂无语，他亲自招募的“白”竟是单大师之子，这有些戏剧性。或许，这戏剧性的转折点，会改变既成格局。

这时，工作人员在靳名琛的指挥下，正在通过卫星传回H号航母上所发生的一切。当他们看到那些军人竟然杀不死时，心中不禁惶然！这些只在科幻电影里出现的场景，竟被单大师搬到了现实生活中。靳名琛更是唏嘘不已，早在20年前他就知道五指月组织在进行“薛定谔的猫”计划，他虽知像秦始皇一样建造地下军团在理论上是可行的，但从未想到真能打造一支这样的地下军团。这些打不死的地下军团，必然成为全世界最为头痛的一支恐怖武装力量！

忽然，靳名琛眼前一亮，他看到一架飞机从航母上起飞，飞向了大洋深处，忙对林家坤说：“这架飞机将起到决定性作用，樟宜军事基地里的14局特工能派上用场。”

林家坤明白靳名琛的意思，对南非说道：“联系H联盟‘顶层’，我要与他们通话。”

55. 机器人

那个黑漆漆的“保险柜”大小如同一部可乘坐二三人的小型电梯。从“保险柜”上的苔藓可以看出，这个“保险柜”在银杏树的腹中至少存放近百年的时间。这与德川源佑回日本的时间暗合。

“这一定是曾祖设计的！”德川源濑看着“保险柜”，脸上呈现出骄傲的神色来，“我曾祖可是个发明家，所以老赫尔曼·戈林才与我曾祖合作。”

“既然是设计出来的，就一定有开关。”萧痕绕着“保险柜”转了几圈，突然在“保险柜”的一角看到一个奇怪的凹槽，说道：“开关就在这里！”

赫尔曼·戈林走到萧痕身前，顺着他手指的方向去看，说：“这凹槽像是花纹。”

“那是三叶葵纹！”德川源濑站在萧痕的身后，眼睛里放出了光芒，“这是德川家族的家徽！”他说着绕过萧痕，走到“保险柜”前，弯腰伸手抚摸那个凹槽花纹，“终于找到你了！”

“我们怎么打开？”石小夕看着“保险柜”，“还用手雷炸开吗？”

“不需要！”德川源濑站直身子，伸出他的左手，只见他左手中指上戴着一枚古朴的戒指，“这是我曾祖留下的戒指，正是开启‘保险柜’的钥匙。”他说着，攥紧拳头，将戒指上凸起的三叶葵纹插入凹槽里，轻轻一转动，只听“啪”的一声，“保险柜”另一面突然开了。

“是架梯子！”站在“保险柜”另一面的苏心喊道。

“看来下面还有密室！”萧痕向石小夕望了一眼，“牛顿仪或许就在地下密室里。”

德川源濑笑着看萧痕：“我们要下去，找到牛顿仪！”

这时，一个幕府组织成员突然奔了进来，向德川源濑附耳说了几句。德川源濑神色顿变，来回踱步，向“保险柜”看了一眼，又向天空眺望一眼，对那个幕府组织成员说：“留下 6 个人，其余 24 人打扮成中国平民，趁机溜出牛车水回日本。我们要保留主力，与雏菊工业决一死战。”

那个幕府组织成员一点头，向草堂里的幕府组织成员一挥手，除了一个背着小提琴箱的成员外，其他均向草堂外走去。

苏心看着德川源濑，问：“发生什么事了？”

“他们开始袭击了！”德川源濑叹了口气，“指挥官你认识，莎拉·牛顿和阿里。”

“莎拉·牛顿，阿里——”苏心倒吸了一口凉气，“他们都是白垩纪的人！”

“白垩纪就是单大师！”德川源濑冷冷地说，“你背叛我？”

“不管你信不信——”苏心幽幽地说，“我绝对没有背叛你。”

“她的确没有背叛你！”石炜烽突然说道，“德川，我不会替苏心说话，因为她背叛了我。我只说一个事实，联系幕府组织，是我和阿里的计划。阿里是白垩纪的人！”

苏心向石炜烽深情地望了一眼，说：“谢谢你，烽！”

石炜烽看着曾经的妻子，眼睛微微闭上了，说：“现在，我心里只有我的孩子！”

德川源濑问石炜烽：“白垩纪是单大师吗？”

“白垩纪就是单大师！”石炜烽睁开了眼睛，“我是在一周前知道的，所以我不玩了。”

德川源濑理解石炜烽的意思，向石炜烽点了点头，说：“咱们的事一笔勾销，这笔账我要让单大师还！”说着，他向萧痕看了一眼，“我们或许只有10分钟的时间，否则我们就会死在地下密室里，一个手雷就办到了！”

萧痕知道德川源濑所言非虚，他向石小夕看了一眼，说：“你留下，我和德川下去！”

石小夕向“保险柜”看去，知道如果没人在外守护，敌人向里面投掷一个手雷，便会造成地陷，进去的人就全被活埋。她向萧痕点了点头，右手握紧了“月”，对萧痕说：“我会等你出来！”

萧痕走到石小夕身前，猛地捧起她的脸，在她唇上深深地吻了一下，然后转身向“保险柜”走去，率先进入地下密室。

德川源濑向那个背着小提琴箱子的幕府组织杀手点了点头，那个杀手便将小提琴箱子递给赫尔曼·戈林。

德川源濑向赫尔曼·戈林看了一眼，说："这些人的命，都交给你了！"说着一头钻进"保险柜"，随着萧痕进入地下密室。密室一片漆黑。德川源濑从兜里掏出一个光源照亮密室，只见密室并不大，大约 30 平方米，可以用"家徒四壁"来形容。唯有一物，令二人眼前为之一亮。

在密室正中间，摆放着一张铁桌，铁桌后坐着一个"人"。

——机器人。

那机器人是用机械零件做成的，看起来就像一个制作精巧的瑞士手表。机器人的造型显然是个日本人，留着古代日本人特有的发髻。机器人是"裸露"的，骨骼、关节、肋骨等用机械原理将材料连接一起。机器人的眼珠却是空的，看起来仿佛充满了哀怨、彷徨与无奈……

"我见过这个机器人！"德川源濑向机器人走去，"在我曾祖的笔记中，他画过这个机器人。我曾祖是个天才，他能设计各种各样的机械机器人，有的能跑，有的能写。"

萧痕看到机器人手里握着一支碳棒，说："它应该是一个会写字的机器人！"

"会写字？"德川源濑走到桌前，看见机器人手里握着碳棒，说："它要在铁桌上写什么？"

"一定是牛顿仪的秘密！"萧痕绕着机器人转了半圈，"机器人能储存信息，你曾祖一定将寻找牛顿仪的信息储存在机器人的'记忆'里。"他向密室眺望一眼，说："很显然，这里不是藏牛顿仪的地方！"

"怎么读取机器人的讯息？"德川源濑皱眉问。

"需要一把钥匙！"萧痕俯下身子，看着机器人的背后，见背部是用四根钢条啮合而成，而在啮合处，形成一个三叶葵纹形状的凹槽，便站起来对德川源濑说："又一个三叶葵纹！"

德川源濑走到机器人背后，看到那个凹槽时，说："回到日本后，我要跟曾祖上三炷香。"他说着将戒指插入凹槽中，轻轻扭动了一下。

萧痕迅速走到桌前，用衣袖将铁桌上的灰尘擦了。只听机械转动的声音响起，原本纹丝不动的机器人忽然转起头来，然后通过轴承、齿轮的带动，胳膊开始动了起来。

那支碳棒在胳膊的左右上下移动中，在铁桌子上歪歪扭扭地写下了一组日文。等最后一个文字写完，机器人便停止了转动，又纹丝不动地坐在那里。

德川源濑见机器人不动了，便移开左手拔出钥匙，走到铁桌前，问：“写了什么？”

“你来看吧！是日文！”

德川源濑看着铁桌上写得凌乱不堪、甚难辨认的文字，足足花了5分钟才将那些文字拼成一句话——

“他是一个公司的人，他是一个登陆者，他带来了牛顿手稿，他留下了一座城。”

56. 为爱而死

石小夕在等待萧痕的时间里，整个人都无法静下来。她倒不是担心萧痕，而是那句“白垩纪就是单大师”的话一直在她耳边萦绕。

单大师还活着。

他分明已经被谋杀了。

难道单大师早有防备，安排了替身？

作为单大师的女人，此刻站在草堂里看着假山枯池老树，只觉天旋地转。她忽然心生厌恶起来，厌恶那充满罪恶感的生活，厌恶那满是虚伪谎言的人生，厌恶那时刻都防不胜防的阴谋诡计——这一切，皆因她是五指月组织的“公主”，一个重生的人！

石小夕想起了萧痕，冷却的心忽然暖了——卑微的真实胜过伟大的虚伪！

这时，石炜烽手持重武器悄悄走到她身旁，双目注视着外面，显然是来保护她的。这让石小夕心里一疼，那疼也是一种爱，一种失而复得的爱。石小夕向石炜烽看去，见他苍老的容颜、满头的白发间有一种难言的情感，心里不由一荡，走到石炜烽跟前，说：“爸爸。”

石炜烽听到石小夕喊他，身心不由一阵恍惚。20年来，他头一次听到孩子喊爸爸，眼睛禁不住一酸，说：“孩子，不怕，有爸爸在！”

石小夕也是眼睛一酸，差一点落泪，说：“有爸爸在，我不怕！”

石炜烽正要说话，忽然门外传来手雷的声响，便看到原来料理店起火了，显然敌人在攻击原来料理店。接着，幕府组织留下的成员开始还击！

萧痕和德川源濑爬出“保险柜”时，便听到四周传来阵阵枪声。幕府组织的6名组员正向院子里急退，显然敌人攻势非常猛烈。

石小夕站在“保险柜”前，注视着大门口，手里拿着一个老式对讲机，正在跟赫尔曼·戈林通话："怎么回事？他们怎么一直往后退？"

"不对劲！"在一个制高点狙击的赫尔曼·戈林惊恐地说，"我开了6枪，分明都击中了他们，可是他们还活着！"

"打不死？"石小夕脑海里陡然闪现出单大师来，"怎么都打死不了？"

萧痕走到了石小夕身边，问："怎么了？"

"他们打不死，萧痕！"赫尔曼·戈林听到萧痕的声音，问："牛顿仪找到了吗？"

"没有。"萧痕向草堂外望去，见6名幕府组织成员陡然间4人中弹倒地，便快速回答赫尔曼·戈林："不过，又找到了一条线索。"

这时，剩下的两名幕府组织成员也中枪倒地。德川源濑大叫一声，拿起他的弓弩，走向草堂门口，对着一个已经冲到门口的敌人连续射击。三支钢弩全都射进了那人身上，但却如同射进了枯草败革中，连一点血都没有流下来。

"见鬼了！"德川源濑诅咒一声，向老屋退去。

石小夕突然瞧见一人爬到了院墙上，一支枪已经对准了萧痕，忙将萧痕推向一边，抬起"月"就射击。

"忘情箭"嗖的一声，直接钉在那人的脑袋上。

只听那人一声闷哼，从院墙上跌落下来！

"他死了！"老式对讲机里传来赫尔曼·戈林的声音，"一枪爆头，一枪爆头，才能打死他们！"

石小夕笑道："下面就看你的了！"

石小夕转身去帮萧痕，突听石炜烽大喝一声，向自己扑来。石小夕只见在石炜烽背后，一朵火花一闪，便看到石炜烽直接栽倒在她怀里。

一颗子弹射穿了石炜烽的后背。

石小夕抱住石炜烽，只觉入手处全是鲜血，禁不住哭了起来。

萧痕弯腰捡起石炜烽的武器，向草堂外的进攻者疯狂射击。

倒在石小夕怀里的石炜烽看着女儿，伸手在女儿脸上摸了摸，眼睛里有了笑意，说："你也是我的孩子，我不能只顾一个，我也要顾你。"他见石小夕一直哭，便为她拭去眼泪，忽觉一阵疼痛传来，猛吸一口气——"瞧！我的女儿多漂亮！"

石小夕知道石炜烽活不成了，握紧了他的手说："放心，爸爸，我一定救活二姐。"

石炜烽脸上露出笑容来，身子忽然一阵虚脱，心脏停止了跳动……

赫尔曼·戈林利用有利位置，以他精准的狙击技术，连续爆了五六个攻击者的头颅。那些攻击者躲到起火的店铺里，搜寻着狙击手的位置。

莎拉·牛顿和阿里也随着攻击者退入店铺里。莎拉·牛顿用衣袖遮挡鼻孔，对阿里说："怎么办？"

阿里伸头向外看了看。他刚一伸头，一颗子弹便打在门框上，本已接近断折的横梁轰然倒下。阿里一个翻滚，躲了过去。

阿里站起身来，顾不上拍掉尘土，便走到莎拉·牛顿跟前说："他们不畏生死，戈林就算枪法精准，枪枪爆头，但他能杀死多少人？你要找的东西就在里面，这些人一旦逃走，那东西也就消失不见了。"

莎拉·牛顿莞尔一笑，说："我才不会可怜这些活死人！"说着，举起右手一摆，用意念命令 S2 号组白家军发动猛攻。

在这当空，德川源濑见敌人暂时不攻，问萧痕："密语破译了吗？"

"哪有时间破译？"萧痕走到石小夕身旁，悄悄将她拉起来抱在怀里。

"他死了——"石小夕在萧痕肩膀上哭泣，"他为我而死了！"

"他为爱而死！他死得其所！"萧痕安慰她，"他是你爸爸！"

"他是我爸爸！"石小夕在萧痕的耳边说，"我要救二姐，我要找到牛顿仪！"

"我一定会找到的！"萧痕抱紧了石小夕，"相信我！活下去才有希望！"

苏心走到二人跟前，说："别秀恩爱了，接下来怎么办？"

萧痕轻轻推开石小夕，对德川源濑说："炸掉东房三间，我们开个后门逃走！"

德川源濑哈哈笑道："好办法！"

这时，S2 号组白家军发起了第二波进攻，这次进攻显然比上次凌厉得多，几枚手雷落到院子里炸开了。

德川源濑眼疾手快，半空中接住一枚手雷，便向东房掷去。那老房子本身就是危房，经受不住手雷的爆炸力，顿时塌陷了。

萧痕拉着石小夕，对着对讲机，对戈林说：“掩护我们，一分钟后撤离！”

“收到！”赫尔曼·戈林边开枪射击边说，“我们在哪里碰面？”

“你一定能找到我的！”萧痕拉着石小夕跨越被炸开的豁口，向街道上跑去，拐过一个小巷子，扔了对讲机。

萧痕、石小夕、白逐尘、苏心、德川源濑 5 人瞬间消失在支离破碎的牛车水街道上，身后传来阵阵枪声和爆炸声……

57. 黑白配

单大师制订的计划被一个突袭而至的消息打乱了，他不得不重新审视自己的计划。

单大师命令S1号组白家军分别将众人关押在客房里，方便他梳理思路、修订计划。作为一个中国人，他无法摆脱祖宗崇拜、家族传承的传统思维，所以他才制订了“血滴子计划”——“世袭”。顾冰清低估了单大师的境界，他是利用了顾冰清的身份，但并非要舍弃顾冰清，而是让顾冰清做教父，他“垂帘听政”。

毕竟，他所做的一切都是为了自由，不是他的自由，而是石小岚的自由。他的爱人被困在另一个时空里，失去了自由，他要给爱人自由。在自由面前，五指月教父算得了什么？何况，他本就是个孤家寡人，无情的岁月毫不吝啬地告诉了他应该怎么做。可是，如同朽木逢春似的，本无儿子的他忽然有了个“儿子”，智商高达150，而且还是H联盟14局的特工。

这简直是上天赐予他的最神奇的礼物！

所以，单大师要修订他的计划。他将自己关在屋子里，设想着种种可能性，如何悄然改变他的计划，而又不脱离最终的轨道，这是煞费心思的！可是，单大师就是单大师，尤其是从一个岌岌无名的小人物做到hand工业总裁，让他成为一个善于谋划、精通战略的高手。20分钟后，他终于从那庞杂的、精巧的、伟大的计划中找到了一条关联线，而那条关联线就是他儿子——“白”。

这个代号也颇有继承他的精神意志的意味！

单大师走到冯少成的关押房间，看见双手被绑的冯少成眼中全是怒火，他就笑了。他就要这种怒火，只有这种怒火才能让那条关联线生效。

“18年前，我和你妈妈林白相遇，然后她就怀孕了。可惜，我并不知晓。你妈妈生下你后，把你送给了冯世鉴和林家茹抚养，你就成了他们的孩子！”单大师微笑着说，“冯世鉴就是一个蠢材，20 年前是个蠢材，20 年后还是同样的蠢，竟然蠢到去做政治家。”

冯少成呸了一声，说：“不许你侮辱我爸爸！”

单大师看着儿子，笑道：“看！你智商 150，我智商 140，咱们才是父子嘛！”

冯少成怒道：“妈妈呢？你把妈妈怎么了？”

“我不会把你妈妈怎么样！”单大师玩弄着手上的戒指，“我和林白认识，你现在的妈妈还是介绍人！”

“林白是我小姨！”

“你知道一个女人愿意为你生孩子意味着什么吗？”单大师仍自微笑，“意味着她爱孩子的父亲！”

“你想怎么样？”冯少成忽然笑了，“我们都是高智商的人，所以不需要拐弯抹角。”

“我就喜欢高智商！”单大师呵呵笑道，“道理一点就透。”

“说吧，你要我做什么？”

“做我儿子！”单大师一字一顿地说。

“怎么可能！”冯少成冷笑一声。

单大师走到儿子面前，伸手在他脸上一摸，说：“一切皆有可能，等你听完我的计划，你就明白做我儿子是一件非常值得骄傲的事情。”

冯少成冷笑道：“‘血滴子计划’我已经知道了，不要再炫耀了。”

“‘血滴子计划’只是一片浮云！”单大师嘿嘿笑道，“在我将要说的计划面前，它根本不值一提。”

“那是什么计划？”冯少成毕竟年轻气盛，好奇地问。

“H 计划！”单大师眼神里闪烁着奇异的光亮，“一个足以改变世界的计划！”

“H 计划！”冯少成愣愣地问。

“对！就是‘H 计划’！”单大师开始讲解他的计划。单大师无疑是个伟大的演说家，至少从冯少成的眼神变化中可以看出他已被“H 计划”吸引了，深深地陷进去了！

单大师花了 5 分钟时间讲完，最终说：“一旦‘H 计划’成功，你所拥有的就是一个伟大的帝国！”

“我所拥有的？”冯少成还在那伟大的计划中游荡着，魂不守舍地问。

“你是我儿子！”单大师在冯少成肩上一拍，“我已经老了，我所做的一切，都是为了你，儿子！”

“你要我做什么？”冯少成终于清醒过来。

“你就做你自己！”单大师拨弄着戒指笑道，“从今以后，你的名字叫庄梵天，你父亲是庄化蝶。”

“不可能！我怎么能成为庄梵天？怎么可能成为庄化蝶的儿子？”

“庄梵天死了！”单大师拨弄戒指，“我保存着他的 DNA！”

“基因改良——”冯少成的眼睛里闪出了亮光，“你会基因改良技术？”

“我不会！”单大师微微一笑，“但‘蚯蚓’会！我会把你变成庄梵天，一个连庄化蝶都无法否认的庄梵天。你会成为五指月教父！”

“五指月教父！”冯少成的声音有些颤抖，“我现在做什么？”

“继续做 14 局特工！”

“你要我做卧底！”冯少成淡淡地说。

“你将会是一个天才卧底！”单大师摘下那枚戒指，拿起冯少成的手为其戴上，“这枚戒指会有大用处，你要好好利用！”

“我隐瞒了一个事实！”冯少城淡淡一笑，“我的智商是 200！”

“智商 200！”单大师嘘了一口气，“比牛顿的智商还高 10！”

“接下来怎么办？”

“善后。”单大师转身离去，“‘血滴子计划’也该结束了，这世上无法留下这支打不死的军队。”

单大师离开冯少成的关押房间后，直接去了关押黑玫的房间。

黑玫看着单大师进来，知道落入敌手九死一生，便用她最后的骄傲酿成一种至死不屈的冷笑，说：“单大师！”

单大师在黑玫对面的沙发上坐下来，说：“你也坐下来。恕我照顾不周，不能为你松绑。”

黑玫眨了眨眼睛，“瞳孔”开始传递画面。

单大师看着黑玫眨眼，问了个奇怪的问题：“你是否听过一首歌叫《黑白配》？我记得里面有一句歌词是：‘谁说不能黑白配，世界上没有什么事能够如此的绝对！’？”

黑玫不知他葫芦里卖的是什么药，只有眨眼睛说：“什么意思？”

单大师忽然笑了，说：“你喜欢我儿子，不要说NO，我是过来人，当然能看出来。”

“我是喜欢‘白’。”黑玫的眼皮一跳，“你——什么意思？”

“我的意思是，如果你能嫁给我儿子，我就放了你——你们！”单大师拿起身旁茶几上的火柴盒，抽出一根火柴，“我做事很讲原则，只要你答应我，我就会践行。另外，我知道你的真名叫安心。”

“你杀了冯世鉴——星城总统候选人！”黑玫聪慧地绕开问题，“星城的武装军队很快便会来的！”

“他们杀不死我的军队！”单大师擦着一根火柴，在黑玫眼前一晃，“因为他们是打不死的。”

“我不相信那是一支打不死的军队！”

“不错！”单大师忽然站了起来，“每个称为打不死的人，其实都有章门，只要找到章门，一点即破！”

“他们的章门在哪里？”

“一枪爆头！”单大师抬起手做了个一枪爆头的姿势，“但有个问题，这支军队有一千人，散布在整个星城，谁有可能在同一段时间内将这支军队一枪爆头。一旦这支军队逃出去两三成，那可是足足有二三百人的恐怖武装力量，全世界都要为之疯狂的！”

“我相信一件事！”黑玫冷笑地看着单大师，“你既然创造了他们，就能毁灭他们！”

“当然！”单大师转身离开，走到门前，忽然说道：“只要找到牛顿仪，便可瞬间摧毁他们！”

“牛顿仪？”黑玫看着单大师离开的背影，若有所思地咀嚼着他的话。

单大师离开黑玫的房间后，猛然看到H号航母内仓里竟然手绘着一幅美眼图，便饶有兴致地看了半天，口中喃喃自语——“瞳孔”，“瞳孔”——他忽然回转身向黑玫的房间看了一眼，轻声说：“你也是14局特工，你们这个‘黑白配’可是确保‘H计划’成功不可缺少的——栋梁之材！”

白夜密码

背面 WHITE NIGHTS PASSWORD

第十三章　超　体

“时间就是存在的证明，

时间才是唯一的测量单位，没有时间，我们就不存在。”

——电影《超体》

58. 摘星工程的奥秘

“星眼”监控中心忙碌起来，每一个人都绷紧了神经，那可是一支打不死的军队！那可是一支夺取 H 联盟航母的军队！就在这一瞬间，整个国际时局悄然发生了变化。星城总统大选的两党之争，直接演变成国家战争。南非更是焦急万分，PAP 大选几乎尘埃落定，民意几乎一边倒的支持星月党。就像一件永远抓不到真凶的悬疑片，看客总是被“奸人”忽悠、欺骗。愚昧的国民哪里知道，这一切都是星月党自编自演出来的。

靳名琛的眼睛从未离开过屏幕，成为 14 局局长一直是他所期待的，只有掌控射月大权，他才能按照自己的计划铲除五指月组织。作为 14 局的继任者，他明白如果此次行动损失“黑”“白”两位优秀特工意味着什么。

他企望“瞳孔”能再传回来有价值的影像。

可是，20 分钟过去了，再也没有黑玫的任何消息，难道黑玫出事了？靳名琛思索着，又向监控牛车水的屏幕望去，看到萧痕、石小夕、苏心、白逐尘、德川源濑 5 人向一条街口奔去，心里陡然一酸。他心酸，是因为看到了苏心。可以说，苏心是他心中永远的痛。那痛，经久弥深。当他失去了性功能后，更加眷恋女人的柔情，譬如苏心带给他的一切。虽然他最终发现，苏心爱他、疼他、怜惜他只是阴谋的一部分，可他仍然无法痛恨苏心。

他看着萧痕、石小夕一众人向星城河畔跑去时，心中忽然升起了希望——只要能与萧痕联系上，他便多了一只有力的胳膊！

这时，一阵嘈杂声从背后急速传来，靳名琛不由得霍然转身，却看到林家坤和南非带着一个美国人和一个日本人正向“星眼”监控中心走来，为了展现悠久的东方国家礼仪，他强迫自己笑脸相迎来宾。

“这是 H 联盟七大‘顶层’之一的迈克尔部长！”林家坤指着一位满脸胡须、约莫 50 岁的美国人说。

靳名琛伸出一只手，与迈克尔握了一下，微笑说："靳名琛，H 联盟 14 局。"

"川岛律，H 联盟亚太区负责人。"另一个三四十岁年纪的日本人也伸出手来，"我们已与航母上的巡视飞机联系上，我代表樟宜基地无条件地听从您的指挥！"

靳名琛与川岛律握了一下手，指着屏幕里的 H 号航母说："航母上有 6 枚核弹，根本无法攻击。"

"没有发射指令，他们无法发射核弹！"川岛律看着屏幕里的航母说，"我担心的是卡佳·高尔。"

"14 局获得消息，一个叫阿里的七色花组织成员，将一枚核弹头偷运到了星城，他们无法发射，却可以自毁！"靳名琛向屏幕里的航母一指，"一旦 6 枚核弹自毁爆炸，整个星城必将沉入海底！"

"绝不能强攻！"南非急忙说道，"这里是星城国土，一定要保护国土安全！"

"白垩纪是吃了豹子胆！"迈克尔大声说道，"他是星城下一任执政党的领袖，他这样做可是代表着国家战争，H 联盟必将一天之内扫平星城。"

靳名琛听着他大放厥词，眉头皱了皱，说道："这些官方的、虚伪地说辞没有效力，今天不把卡佳·高尔救回来，你这个大使也要引咎辞职了。"

迈克尔一时语塞，他向林家坤瞥了一眼说："林大使，他——他不尊重美——"

林家坤笑着打断他的话，说："老靳就这脾气，上次他差点把日本大使打个半死！"

迈克尔一听靳名琛是个莽夫，不敢招惹他，眼珠子咕噜一转，悄然走到林家坤身后，说："林大使可有好主意，H 联盟的利益必须是第一位的！"

林家坤笑着说："H 联盟支持星月党，无非是惦记'摘星工程'。不错，双子星可能有类似人类的物种存在，但绝非人类！在'摘星工程'上捞取政治和经济资本绝对是一场空，因为'摘星工程'是一场骗局！"

"骗局？"川岛律皱了皱眉说，"怎么可能？ H 联盟组织一直在推行'摘星计划’，而且这次影像视频 14 局也有一份原件，星月党发布的视频跟原件一模一样。”

“14 局的那份视频是单大师的吧？”靳名琛忽然冷笑道。

“14 局消息果然灵通！”川岛律轻笑道。

林家坤伸手阻止他们，说：“单大师的视频文件不是原件，真正的原件在我这里！”

迈克尔、川岛律惊奇地看着林家坤。林家坤视而不见，从衣兜里掏出一个储存器来，递给工作人员，说：“播放！”

工作人员将储存器插入电脑中，一个视频陡然弹了出来，初始内容与星月党发布的内容一致，但后来内容却远比星月党发布的翔实，并且能看清那对双胞胎的脸来！

“苏翙！庄筱娴！”靳名琛看清那对双胞胎时惊呼道。

迈克尔和川岛律相视一眼，面面相觑。

林家坤叹了口气，说：“视频里的双胞胎女孩是我女儿，20 年前就已经死了！”说着，他让工作人员打开储存器里的数千张照片，苏翙和庄筱娴从儿童时期到去世前的照片几乎都有。

林家坤看着照片说：“这只是一场骗局！根本没有双子星人类，根本没有‘摘星工程’！”

南非点了点头，说：“你让我准备新闻报道，就是要公示这些照片和视频，揭开星月党的政治骗局！”

“我说过，一子便可定乾坤！”林家坤向靳名琛看了一眼，叹了口气说，“若非关系到一国命运，我是不会公开家庭信息的！”

靳名琛理解林家坤的意思，为了阻止“血滴子计划”，林家坤必须公开身份！一旦身份公开，他必须离开绝对保密单位——14 局！

“白垩纪是个大骗子！”迈克尔唾骂道，问靳名琛：“怎么救卡佳·高尔？”

靳名琛看着迈克尔说：“首先，你要明白一件事：白垩纪其实是单大师，hand 工业总裁！”

迈克尔瞪大了眼睛，说：“hand 工业？不可能！他们怎么可能是恐怖分子？”

靳名琛正要说话，忽见“瞳孔”又传来讯息，赶紧命令工作人员转接画面。

由“瞳孔”录制的画面呈现在“星眼”监控中心的屏幕上。靳名琛分析着单大师与黑玫的对话，梳理着行动布局，禁不住又向监控器里星城河畔周围望去，当他看到萧痕、石小夕等 5 人奔到河畔的莱佛士广场时，一个完善的行动布局豁然在胸。

“找到牛顿仪，便可瞬间摧毁那支打不死的军队。”靳名琛对众人说，“没有了军队，单大师只有一条路可走——跳海！”

“怎么找到牛顿仪？”川岛律问。

“靠他！”靳名琛向屏幕里的萧痕一指。

“萧痕！”川岛律看到萧痕时，忍不住皱了皱眉，“怎么又要靠他？”

“因为他是代号‘红’的超级战士！”靳名琛眼神里陡然挤进些笑意，他似乎看到了胜利的光芒……

59. 密语与蜜语

——他是一个公司的人。

——他是一个登陆者。

——他带来了牛顿手稿。

——他留下了一座城。

——他成全了国王。

机器人留下的密语一直萦绕在萧痕的耳畔，当他穿过牛车水罪恶防线一路跑到莱佛士广场，抬头看到那尊莱佛士塑像时，只觉海马体有一丝躁动，凭着以往经验，他觉得这尊塑像跟机器人密语有一定的关联，便禁不住停了下来。

德川源濑一直跟着萧痕，他从萧痕迅速破译“三叶草堂，黄帝腹中”线索时，就发现这个中国人的思维不同常人，便认定跟着萧痕就能找到牛顿仪。他见萧痕停在了莱佛士塑像前，也不禁停下了脚步，问：“你破译了密语？”

“只是有些联想！”萧痕盯着莱佛士塑像看。

这时，石小夕、苏心和白逐尘也停了下来。

德川源濑显得兴奋，说：“说来听听！”

“他就是一个登陆者！”萧痕指着莱佛士塑像说，“他是星城‘国父’，这个位置就是他登陆星城港口的地方！机器人密语说的‘他’，应该是指托马斯·斯坦福·莱佛士爵士！”

白逐尘望着莱佛士塑像说：“莱佛士爵士是英国殖民时期重要的政治家，他对于星城的开辟、建设、法制和长远的规划蓝图做出了相当多的努力，并立下不朽的功绩，让星城从一个落后的小渔村发展成为世界上重要的商港之一。”他在星城任 PAP 党鞭 20 年，对星城每一位政治人物都相当了解。

"他是不是东印度公司的人？"萧痕问白逐尘。

白逐尘点头道："莱佛士爵士出生在加勒比海牙买加的一条船上。"

"听起来，感觉他与加拉比海盗有关联！"石小夕扑哧一声笑了。

白逐尘笑道："牙买加属于英国殖民地，莱佛士爵士 14 岁便到了伦敦，加入了英国东印度公司！"

"这就对了！"萧痕向德川源濑望去，"他是一个公司的人！那个'公司'指的就是东印度公司！"

德川源濑向莱佛士塑像走去，说："牛顿仪就藏在这个塑像里！"

"有这个可能！"萧痕也向莱佛士塑像走去，"莱佛士爵士留下一座城，这座城就是星城。他在伦敦待过，《牛顿手稿》就是他带到星城的！"

德川源濑绕着莱福士塑像转了一圈，却没找到德川家族的三叶葵纹，不禁皱了皱眉，说："莱佛士塑像上没有机关！"

萧痕也绕着莱福士塑像转了一圈，果然找不到三叶葵纹，不禁呆在那里，想着机器人密语，说："他成全了国王！他成全了国王！这是什么意思？"

"国王？"白逐尘皱了皱眉，"星城没有国王，他说的是英国国王，还是——"他顿了顿，眉头舒展，说："他说的国王是暹罗国国王朱拉隆恭，最早的莱佛士铜像便是这个暹罗国国王所赠，后来被日本人的炮弹炸毁了，我在国家档案馆看到过记载。"

"他们彼此成全了彼此！"萧痕点了点头，"线索若不是指向莱佛士塑像，那一定是指向暹罗国国王！星城哪里还有这位国王的捐赠物？"

白逐尘向旧国会大厦方向一指："旧国会大厦前的铜像！"说完他却摇了摇头，"我天天看那尊铜像，绝不会有什么三叶葵纹。"

"那线索指的是旧国会大厦！"萧痕突然眼前一亮，"莱佛士爵士死于 1826 年，旧国会大厦始建于 1827 年，是莱佛士爵士死后所建。他留下了一座城——这里的'城'不是指星城，而是指旧国会大厦。"

"旧国会大厦的规划设计就是莱佛士爵士批准的！"白逐尘兴奋地说道。

"牛顿仪一定藏在旧国会大厦某处！"德川源濑兴奋地说。突然，他一侧头，看到阿里带着十几名冒牌幕府组织成员远远奔来，心中怒极，掏出手枪对准一人脑袋就射击。

众人听到枪声，都下意识地躲到莱佛士塑像后面。萧痕看着敌人开枪还击，说："咱们分头行动，在旧国会大厦前碰头。"

德川源濑点头道："好的！"他向苏心一歪头说，"咱们先走。"

白逐尘对萧痕说："你们去旧国会大厦，我去找南非秘书长！"

萧痕点了点头，拉着石小夕的手向西侧跑去。

阿里对萧痕、石小夕、白逐尘的逃离视而不见，率领幕府冒牌军向德川源濑和苏心追去。

德川源濑见这群幕府冒牌军只追他，猜测他们一定是得到单大师授权密令，必须杀掉幕府组织的领袖"将军"——只有他死了，幕府组织才会崩塌。

德川源濑忽然不跑了，德川家族的后人绝不会做逃兵，那种传承三四百年的武士道精神忽然燃烧了他的躯体，只觉胸间盘亘着一股无名怒火。他突然摘下那枚家族戒指，递给苏心说："你去旧国会大厦找牛顿仪！我去引开他们，找一个地方宰了他们！"

"那可是牛顿仪？"苏心怔怔地看着德川源濑，她骨子里那种常被淬染的爱忽然生长了起来，就像藤蔓植物一样，迅速地爬满了心房。

"如果我还活着——"德川源濑忽然捧起苏心的脸，在她丰腴的唇上吻了一下，"我就娶你！"

此刻，苏心的心都酥了。她就是这样的女人，她要的不是金钱、权力与名分，而是那种可以让她飞翔的爱情。她看着德川源濑向另一个方向跑去，那些冒牌幕府组织的成员快速地向他追去，眼睛里堆积着泪水。

阿里并没有追去，他看到德川源濑将一枚戒指交给了苏心，便起了疑心。他悄然走到苏心背后，用手枪抵住苏心的后腰，说："把戒指给我？"

苏心不理阿里，更不理她后腰的枪。她知道阿里不敢开枪，因为单大师会要了他的命。她握住阿里的枪，缓缓地转过身来，对阿里说："这是寻找牛顿仪的钥匙，我的任务就是找到牛顿仪！"

阿里被她的眼神灼伤了，禁不住向后退了一步。

苏心忽然劈手夺过阿里的手枪，对准阿里说："你本来可以在牛车水围剿我们的，为何要放我们出来？"

阿里看着冰冷的枪口，示意苏心小心走火，说："不放你们出来，怎么找到牛顿仪！”

“莎拉·牛顿呢？”苏心抬起枪口，对准阿里的脑袋。

阿里惊恐道：“你要做什么？你——你可是hand特工！”

苏心看着阿里，眼睛里露出一丝奇异的笑意来，说：“我不是hand特工了！我爱上了德川！我要嫁给德川！”

阿里惊恐之色更浓，问：“你不需要告诉我这些。”

“我想与人分享我的爱情！”苏心露出灿烂的笑容，“最好是一个死人！”她说着扣动了扳机，一颗子弹洞穿了阿里的眉心……

60. 最后部署

H号航母就像一个微型城市，航空燃油库、动力舱、反应堆舱、宿舍、餐厅、浴室、洗衣房、吸烟室、厕所、厨房、仓库、娱乐室、健身房、指挥室、控制室、机房等结构相当复杂，里面有2500间房，工作人员约有2000人，武器更是齐全，俨然是个小型弹药库，仅飞机就配备了32架战机、28架直升机，所以卡佳·高尔从未想到有人敢抢夺航母。可是，最不可思议的事情还是发生了！

H号航母成为人类历史上第一次被一支恐怖武装力量攻下的战略级军事航母！

当这支活死人军团成功突袭航母时，卡佳·高尔便想起了100年前的日本偷袭珍珠港行动。

这无疑也是一次大胆的、疯狂的、可耻的偷袭行动。

这令卡佳·高尔感到无限的悲哀和屈辱，为了完成清除五指月组织的任务，她才选择嫁给了庄化蝶，可没想到还是在这个太平洋里，她竟然成了阶下囚，经历了一次屈辱的、悲哀的“珍珠港事件”。

卡佳·高尔不停地敲门喊话，执意要与单大师对话。当单大师应约而来时，她才发觉根本无法与单大师交谈，“一个阶下囚”“一个卧底”根本没有资格谈条件，除非她自尽于此。

单大师说话时，从衣袖里抽出一根细铁丝，指着一个高约一米的扶手说：“你就在那里自尽吧！”

这有些搞笑！卡佳·高尔向那扶手看去，指着自己的前胸说：“这个高度只有我身高的一半，我无法‘悬梁自尽’！”

“这是你的任务！”单大师笑了，“这是做卧底的使命，完成那些不可能完成的任务！”他将细铁丝掷到桌上，“单大师从不与人讨价还价，不然我就炸了航母——你知道它的毁灭力量！”单大师说完转身，头也不回地走出了吸烟室。

卡佳·高尔盯着那根细铁丝发呆！这个单大师并不是粗糙马虎之人，怎么会这么不小心？还是他狂妄自大，觉得稳操胜券？

这根细铁丝可以用于自尽，同样可以用于打开手铐。

卡佳·高尔的心跳得很快，她知道时不我待，便毫不犹豫地拿起细铁丝，打开手上、脚上的铐链。

卡佳·高尔悄然打开房门，心里更是一惊一喜：门外竟然无人把守！看来，恐怖组织还是不善带兵打仗。卡佳·高尔穿过走廊，心里还在悬着，她没想到竟这么戏剧性地逃了出来。逃出牢笼的卡佳·高尔，自然知道去哪里找到船员和弹药库。就像大海深处的暗流一样，她很快便集结了一支五六十人的队伍。他们带着重武器，悄无声息地穿梭在这个微型城市里，集结更多的队伍和救助更多的人。卡佳·高尔明白，在没有把所有人质全部救出来之前，绝对不能让单大师发现暗流涌起，更不能攻击单大师的军队——保护人的生命永远是第一位的！

卡佳·高尔潜入到贵宾室，将顾冰清、叶羽西、林心湄、冯少成和黑玫一一救了出来。黑玫是最后一个被救出来的，却是第一个提出建议的，她对卡佳·高尔说："想消灭单大师的军队，必须一枪爆头，那是他们的章门。"

"章门？"卡佳·高尔不懂中华武术文化，不由得眨了眨眼睛。

"最薄弱的关节！"冯少成替黑玫翻译，"一枪爆头，便可打死他们！"

卡佳·高尔颔首道："这个很有价值！"

这时，辛格·森悄然走到她身旁说："小姐，部队已经集结完毕。"

"工作人员安排到健身房，派 50 人保护。剩余的全部出击！"卡佳·高尔对辛格·森说，"告诉他们，要一枪爆头！"

"是的，小姐。"辛格·森领命出去。过不多久，便听到甲板上、舱室里传来狂轰滥炸的枪炮声，攻击开始了。

这绝对是一次惨无人道、灭绝人性的攻击！

训练有序的船员对偷袭他们的活死人开始疯狂的报复，每一枪、每一弹都打在敌人的脑袋上，顿时航母上不仅血流一片，而且是脑浆涂地。他们将这些活死人当成了活靶子，当成了恐怖僵尸！所以他们抛开了人道主义，就像屠宰野兽一样袭击着敌人。

单大师的御林军虽然恐怖，但毕竟没有受过军事训练，在航母上进行“巷战”自然失去了天然的条件。尤其是船员掌握了“一枪爆头”的技巧，他们就更无还手之力了。不过10分钟，二三百人的御林军全部被歼灭了！

卡佳·高尔与众人走到甲板上，看着死尸遍地，心里只觉一闷。辛格·森向卡佳·高尔走来，汇报战况。

“单大师呢？他死了吗？”叶羽西心里还是放不下侄子，询问辛格·森。

“单大师不见了！”辛格·森从上衣兜里掏出一张纸递给叶羽西，“这是在他房间里找到的，是给您的——夫人！”

叶羽西接过来，打开对折的纸，只见上面画着一艘小船，一个半百男人站在船上向远处眺望，纸上写着一段话：“二姑如母，小岚如妻，皆是我爱。若二姑出事，我也不惜为全世界为敌……”

叶羽西看着纸条，想起萧痕与石小岚的分合、微妙与酸楚，眼睛禁不住一酸，流下两滴泪来，正落在那张纸上，打湿了纸上男人的脸，仿佛那个半百男人也流下了温热的眼泪……

61. 尘埃落定

当城市的罪恶还在滋生时，一束强烈的光芒从旧国会大厦里射了出来，就算是日悬中天、乾坤朗照，那道白光还是夺人双目！

光芒从旧国会大厦的某处发射出来，如同火箭似的，一束极白的光芒能量体“穿透”建筑物射向苍茫的天地、无垠的宇宙，那光带在城市、海洋上空形成了一个极大的光圈，横扫了一切黑暗的、污秽的存在物！

光芒是从一个牛顿爵士设计的“宇宙模型”里射出来的。那个“宇宙模型”本来是静止的，上面还落满了灰尘，可当它转动时，那些灰尘被悬落在充满霉味的空间里，而那个“宇宙模型”却在旋转中形成了日、月、星河……

“这就是牛顿仪？”在旧国会大厦的地下一间密室里，石小夕看着旋转的“宇宙模型”，整个人都被这奇妙的幻境给震撼了。

“这就是牛顿仪！”萧痕看着“宇宙模型”，眼睛里印出一片日月星河来，“德川源佑早就告诉了我们，牛顿仪就是牛顿设计的仪器！”

“德川家族！”石小夕想起德川源濑来，“没想到德川源濑最终放弃了牛顿仪，而他放弃的理由竟是为了维护德川家族的尊严和传承至今的武士道精神！”

“那是他的信仰！”萧痕轻轻握住石小夕的手，“就像爱情是苏心的信仰一样！”

“再伟大的事情，也不如爱情绚丽！”想起苏心时，石小夕禁不住握紧了萧痕的手。

萧痕和石小夕在莱佛士广场与苏心分别后，径直来到旧国会大厦。由于有了指向和线索，在旧国会大厦寻找三叶葵纹标志并不是难事。从德川源佑留下线索至今已有近百的时间，旧国会大厦内部经过数次装修，如有三叶葵纹标志早已见诸报端。所以，他们搜寻的空间就窄了很多。

“一定是在地下，特别是排水管道！”这是萧痕的推测。萧痕让石小夕在旧国会大厦门口等着德川源濑和苏心，他一人去地下寻找线索。

石小夕在旧国会大厦门前等着，却只等到苏心一人。而苏心并不打算去找牛顿仪，她将德川家族的戒指交给石小夕，说明了德川源濑的选择，然后对石小夕说：“作为一个女人，一定要明白一个道理：再伟大的事情，也没有爱情绚丽！我要去找德川！我要嫁给他！”

石小夕看着苏心离开的背影，咀嚼着她说的话，心里竟羡慕起苏心来，喃喃地说：“她也是一个叛逃者！”

等石小夕带着戒指走到地下时，萧痕正好在一个墙角处找到了三叶葵纹形凹槽。于是，二人走进了这间德川源佑建造的密室——当日军占领星城后，德川源佑自然有力量在神不知鬼不觉中建成这间密室。

二人在密室里找到了牛顿爵士的“宇宙模型”，它就像一个处子一样，悄无声息地藏在地下，任时空流转绝无半点声息。可当它被人类的气息触及时，她就成了一只“脱兔”，陡然间高速旋转起来，旋转出了日月星河，旋转出了极速光芒！

“这就是牛顿仪！”萧痕看着牛顿仪，看着它旋转出来的“宇宙”，顿时觉得苍穹宇宙浩瀚无边，而人类却渺小如斯！

这绝对是人类历史最伟大的发明之一，虽然它在300多年前已经诞生，但所包含的科学智慧却仍居前沿！

牛顿爵士窥天地之境，将他对光学、神学、自然学的研究付诸于一个个具体的仪器中时，也为后人留下了许多难解之谜！

等光芒“穿透”建筑后，一件奇异的事情发生了。牛顿仪忽然开始减速，不过几分钟便停了下来，最终哗啦一声，整个“宇宙模型”里的构件四散跌落在地，本来夺目的光带消失了，地下密室又变得如同先前一样幽暗。

而与此同时，那些散布在星城各处的单大师的御林军，甚至包括H号航母上的死尸，都在那极速的光圈中消失了，就像雨水被太阳蒸发掉似的，等光芒散尽后一切都不复存在了。

H号航母上、“星眼”监控中心里，所有关注此事的人看到这不可思议的一幕时都静了下来，“灾难”是过去了，“危机”是排除了，可单大师的犯罪证据也消失了，这令人匪夷所思的事件是否如大西洋岸边那只扇动翅膀的蝴蝶一样，只不过是一个开始，而它形成的“暴风眼”还在某个地方悄然堆积着黑暗能量……

南海里，一艘快艇上，单大师正自惬意地品着红酒，莎拉·牛顿穿着一件单薄的裙子正趴在他的双腿上，问：“到了高潮吗？”

“快乐之源刚刚开始，高潮还早着呢！”单大师饮尽杯中酒，他的目光似乎“穿透”了海洋，看到了一个伟大的国家，在那里将有更大的事件发生，“萧痕，代号‘红’，我的双生子佯谬实验品，牛顿仪幻化成白夜场景后，不出12个小时，他就不存在了。他的记忆将再次被抹去，容貌也会发生变化，他彻底变成另一个人，他的名字叫‘红’！”

“石小夕呢！”莎拉·牛顿好奇地问。

“石小夕？”单大师嘿嘿笑了，“哪里有石小夕这个人？她的名字叫秋，她是庄化蝶的女儿，她是一个虚拟人。”

“虚拟人！”莎拉·牛顿好奇起来，“全息虚拟人？”

“1989年，美国提出了‘可视虚拟人’的概念。1994年，研制成了世界第一具男性‘虚拟人’。1998年，形成了数字化的女性‘虚拟人’，随之第三代有物理性能的‘虚拟人’和第三代有生理功能的‘虚拟人’相继诞生。”单大师调整了身体姿势，将酒杯放在小桌上，“石小夕是五指月组织斥巨资研究的第四代‘虚拟人’，几乎就是人类。”

“这太可怕了。”

“这也是一种进化，只不过不是人类的进化。”

“具有意识和记忆的虚拟人类，终有一天会终结人类的命运。”

“这是宇宙的进化，谁也挡不住它的到来。”

“为什么选择石小夕？”

“一，她是小岚的妹妹；二，她是植物人；三，她是一只‘猫’。”

“猫？”莎拉·牛顿惊愕。

“秋，庄化蝶的女儿死了，庄化蝶将秋的DNA注入石小夕的身体内，就成了现在的秋！”单大师的脸上放出光芒来，“她是秋，也是石小夕，更是一只‘猫’！”

夜幕轻垂时，金沙湾酒店灯火辉煌。一个总统套房内，萧痕正在平板电脑上看新闻。下午 4 点钟，星城官方加急刊发了新闻，所有媒体取消原计划只转载官方新闻和视频，白逐尘“复活”“摘星工程”骗局“中和工程”落空、PAP 逆转……不到 6 点国民便已知道星月党的政治骗局，而人们那些潜藏在心底的对未来的恐惧又被提到了心口上。

萧痕随意瞟了一眼新闻，便合上了平板电脑，因为他看见了石小夕。

刚刚沐浴后的石小夕，只穿着一件白色衬衣，那一排 6 个黑色的纽扣似乎发出魅惑的光芒。她斜倚在门框上，卷曲的长发披在肩上。她轻咬着嘴唇，显得性感妩媚，眼神里更是放出焦渴的欲望来。

“再伟大的事情，也不如爱情绚丽！”萧痕想起了石小夕的话，此刻他与石小夕的爱情比牛顿仪的光芒还夺人双目。他走到石小夕身前，伸出双手揽住她的细腰，说：“有一种仪式，叫爱的仪式！”

“爱的仪式！”石小夕轻轻笑了。她控制着笑的程度，只让它起到撩人心弦的效果。

萧痕觉得他的身心开始沦陷，他的双手在石小夕身上游走，轻抚着她的细腰、胸脯，然后轻轻将她抱起来，向总统套房里那张宽大舒适的床走去。

“仪式！”石小夕在他耳边吹着气，“人类需要那种仪式，就像洞房花烛夜！”

“这就是我们的洞房花烛夜！”萧痕将石小夕放在床上，开始细心、耐心地解开她前胸那排魅惑人的扣子，如同一个雕塑家似的精心雕琢、小心打磨。

仪式完成后，石小夕躺在萧痕的怀里沉沉睡去。萧痕侧身看着石小夕那张极美的、如春水般的面孔，心里觉得幸福极了，笑容开始在他脸上堆积，直到石小夕说了一句梦话，那笑容瞬时凝成冰霜。

“叛逃者——”石小夕发出轻微的梦呓，“我的名字叫秋！”

代号“红”的故事持续精彩……

详见科幻谍战悬疑系列《归藏易之末日影子》《归藏易之丝绸之路》

“双子世界悬疑系列”

——番外篇

消失的枪声

那个代号叫“红”的萧痕，并不是萧痕的双生子佯谬实验的“一号作品”。

一号作品回到地球上时，的确只有两岁。

一号作品清醒地记得，他回到地球上的那一年是民国十六年，1927 年的春天。

民国十五年，发生了三件大事。第一件事，他疯了两三年的父亲萧天终于死了；第二件事，他母亲疯了，半疯，因为她还知道带着一号作品逃到上海滩；第三件事，“老枪”在上海滩，她们成了明清镇的居民。

倒退到民国十四年，一号作品不知道他的父母为了这个生命付出过多大的代价，他们相继疯了。那些岁月涤荡着一次又一次的风暴，他们在一股大潮中将他们的青春，甚至生命，都交给了那一场风暴。那一场风暴忽然结束了，他们也跟着结束了思想，因为那些个年月他们才真正地活过，轰轰烈烈地活过。他们将激情燃烧在那一场场虚无的精神风暴中，精神崩溃了，激情也消散了，活着也没什么意义了，于是他们停止了思想。

一、战国

倒退到三年前，1924 年春。大地开始复苏。清晨时分，雾气还笼罩在具茨村的上空，当头一片猩红，太阳还只露个淡淡的红唇，眉目还没有露出来。小河的水已解冻了一个月，流得正欢。鸡已经打鸣了，开始只有一两声，后来群声鼎沸了，不绝于耳。

唐虚翰似醒非醒，在被窝里打了一个哈欠，一扭头，看见老婆宋晚霞的胸起起伏伏，不禁咽了一口唾沫。他伸出手，颤巍巍地去解宋晚霞的衬衣。衬衣的领子是圆领的，绣着一片晚霞，用粉红色的丝线织的。今天是她的新婚，这件衣服是她特意做的。屋子里有些黯淡，唐虚翰刚解开一个扣子，又开始流汗了。晚上的时候，他解开过这个衬衣。他看到了女人的身子，软软的就像一条乳白色的豆虫。晚霞在红烛里羞红了脸，她被那种焦渴的目光吓住了，可是她又想分享那目光。春天刚来，晚上还有些冷，窗子用报纸封住了。这些报纸是从学校里拿回来的，透过烛光可以看见革命军在具茨村成立的消息。洞房前，唐虚翰已将窗户和门封死了，并在窗户旁的房顶上吊着几串掺有芥末的臭豆腐。一上雾，雾气凝结在臭豆腐上，臭豆腐就散出一股股腥臭的味道，并一滴一滴的滴落。他这样做是为了防止有人来听房。

唐虚翰回到床上。这张床是用秦汉学校门前的中山杉做的。他决定用这棵中山杉时，学校的老师集体反对。

有个老师说：“中山杉不能砍呀，中山杉，中山……象征着孙中山——哎，该掌嘴啊！孙中山是自个喊的吗？总而言之，砍了中山杉就断了孙总理他老人家的气，广播站都播消息了，孙总理他老人家的身子骨不太好了，呜、呜、呜，”他开始哭，他说，“校长——唐校长你不应该这样，虽说这是你们家栽的。”后来，那个教师声色俱厉地说：“唐校长，学生们正在闹事呢？您结婚是大事，快 40 的人了，结婚不容易，可我们还要活命啊！”

唐虚翰不管这些，父亲三个月前死了，死的时候正好是阳历年那天。唐虚翰的父亲按照革命军的说法就是砍掉封建主义尾巴的那条尾巴。他不是寿终正寝，他就是活不下去了，他整日提心吊胆——都是那台广播闹的。广播里传播着消息，说谁谁是资本家走狗，谁谁是晚清遗老，谁谁死了，因为谁谁是资本家走狗、晚清遗老。这不是扯淡嘛！村里的晚清遗老早就死光了，大辫子都割 10 多年了！他们就是想害死我啊！老人想着想着，忽然看见了一片红云。红云隐在晚霞中，晚霞下面有一片芦苇。芦苇都死了，可是芦苇花却开得轰轰烈烈，它们沿着小河喧嚣地绽放着，随风飘落在吴越河里。吴越河承载着芦苇花欢快地向前流去，在具茨山的下旋处热烈地打着转儿，形成了一个漩涡，靠近这漩涡的地方露出一个洞。他的目光透过洞又看见了一片红云，红云隐在晚霞中，晚霞下面有一片芦苇，芦苇亭亭玉立，随风摇曳着向他招手。就这样老人死了，很安详地死了。

老人临死前，告诉唐虚翰："儿啊！那广播——晚霞，"老人的手抖着，继续说，"晚霞——"然后老人就死了。

唐虚翰然后就结婚了，他的老婆就是晚霞。那棵中山杉还是被他砍了，因为那台广播就绑在中山杉的枝丫上。

唐虚翰用中山杉做了一张床，宋晚霞就躺在床上。她全身赤裸着，身子白得就像芦苇花的花心。唐虚翰开始脱裤子，他看着老婆说："你跟着我，后悔吗？"

宋晚霞低声地"嗯"了一声。

"嗯"是什么意思？唐虚翰开始流汗了，他脱老婆裤子时兴奋极了，全身都在战栗着，呼吸急速，使劲将那条白色内裤扔到墙角。他端详这个身体，就像端详一具尸体。晚霞身子抖着，她害怕这道目光，害怕这道目光能看破她的心事。她才 20 岁，她结婚的前一天，她已经不是处女了。

唐虚翰端详了半天，开始用一条粉红色的布去裹晚霞的身子。晚霞战栗着，她翻了个让他一圈一圈地裹着。红布缠到了她的肚脐眼，他凝视着就像看到了那个漩涡：他父亲临死前看到的那个漩涡，人一看到漩涡就死了。他这样想着，可是他仍继续看。这漩涡太要人命了，他吻了漩涡，他感到漩涡的下面有流水的声音，在晚霞的肚子里流动着，汩汩地流动着。然后这漩涡就开始动了，带着肉体一起运动。

"痒。"晚霞说。

唐虚翰望着脸颊绯红的晚霞说："我也痒。"

晚霞脸羞红了。

唐虚翰继续缠布，晚霞在红布上翻滚着。唐虚翰爬上红布时，却流泪了。

晚霞轻声问："你怎么了？"

唐虚翰支支吾吾地说："我……你……"

晚霞惊悸，唐虚翰发现秘密了？他能看得出来？这祖传的法子真能检验出来她是不是处女？

“我不行，”唐虚翰说，“我基本上是一个太监。”唐虚翰低下头，神情委顿，他从红布上爬下来，一边解开红布，一边说：“20年前我结过婚。”

晚霞坐了起来，神情有些喜悦：“我知道，大姐死了，那年是饥荒，大姐为了炯儿死了。”

唐虚翰说：“3年饥荒饿死了不少人，那时炯儿才多大呢？今年炯儿多大了？”

晚霞说：“20了吧？”

唐虚翰说：“和你同岁。”

唐虚翰解开红布，抱起晚霞，将她平放在床上，盖上被子，然后也钻进了被窝，紧紧地抱住了晚霞。他说：“炯儿那时3岁了，萧叔宝趁我不在家，来偷我们的粮食。那年月家里有余粮是罕见的，可是我家有。”唐虚翰哭了，抱着晚霞，将头埋在晚霞的胸前，一直摩擦着，接着说：“萧叔宝没有偷走粮食，就侮辱了炯儿他娘。我正好回来撞上，萧叔宝踢了我一脚，正好踢中命根子。炯儿他娘投河了，我那玩意儿也不中用了。”

晚霞看着唐虚翰宽阔的肩膀闪着黄铜似的光，扭头又看见窗外已经起了大雾。红烛一闪一闪的，唐虚翰脸上淌了一身的汗。

唐虚翰说：“你和别人睡过？”

晚霞开始哭泣。她说：“你知道那些革命军？我不敢说，我怕你发火，我听人家说，你发起火来就像一头熊。”

唐虚翰说：“那是年轻时候的事了，我已经老了，还能发什么火？”

晚霞说：“我不信，除非你亲我。”

唐虚翰开始亲她。他没有了性功能，可他有敏锐的触角。晚霞开始呻吟，她的头扬起来又落下，她说话了。她说：“是萧天。”

萧叔宝的儿子！

唐虚翰震惊了！又是老萧家！我唐虚翰欠你老萧家什么啦！我要割掉你们老萧家一家老小的卵蛋！

窗外起风了，雾裹住了具茨村甚至更远的地方。旷野里传来几声狗吠，平整的大地沦陷在雾的包围中，痉挛地颤抖着来自大地深处的回响。从很远很远的地方看这里，只能看见凄苦的夜幕悬挂着一轮混沌的月亮，衬得世间一片迷茫。

有一个人，站在旷野里，头发湿漉漉的，裤管已经被露水打透，粘上了泥巴，一只狗摇着尾巴舔舐主人的鞋。那人看着月光，手里提着猎枪，脸上没有任何表情。雾越来越大，渐渐地将他隐在一片苍白的雾气中，他渐渐地被雾气吞噬，渐渐地消失不见。

过了不久，从旷野里传来一声枪响，接着伴随着狗的惨叫声将人们从美梦中惊醒。这个时候，唐虚翰说："萧叔宝的儿子！"

晚霞听到枪声，心里一颤：是萧天！

唐虚翰晚上睡觉前，给了晚霞一个耳光，然后也给了自己一个耳光。天亮了，雾已经散了，阳光照暖了大地，河水还在汩汩地流淌着，旷野显得澄澈明亮。唐虚翰看着晚霞红肿的脸，他的手有些抖了，这能怪她吗？而且自己还是个……他颤抖着。晚霞还没有醒来，唐虚翰给了她一耳光，她先是感到脸上火辣辣的疼，心里有些恐惧，也有些怪异。后来她回味着那声枪响，还有那条狗临死前的惨叫，她有些兴奋，她睡不着。她穿起衣服跳下床浏览她的家。到处贴满了五颜六色的图画，墙上是孟姜女哭长城的画，她从第一幅看到最后一幅，她哭了。她双肩颤抖着，新娘的喜服淌着泪，就像鲜艳的玫瑰上面长出了一朵野百合。后来，她想到了萧天，那才是她的第一次洞房。

这地方很小，辛亥革命 12 年前就成功了，中华革命军在 10 年前开始发起，由星星之火到燎原之势，它经历高潮，到现在基本上已经绝迹了，可是它在具茨村却又"复活"了。这里不但小，而且很偏僻，四周都是山，交通也不发达，消息闭塞，所以作为秦汉小学校长的唐虚翰在这一带很有名望。宋晚霞嫁给他，宋老汉觉得很自豪。

可是，一股风暴刮到了这里，它就像在诗句里寻章摘句，不免有些断章取义。这里的人哪里经过如此的风暴？广播是萧天从上海带回来的，萧天是这一带唯一在上海待过的年轻人。萧天从上海回来，第一件事就是安装广播。广播就安装在唐家栽的中山杉上。第二件事就是组建中华革命军指挥部，开始反帝反封建。广播播出的第一件事就是敬爱的孙总理卧床不起，将不久于人世。吴越河在广播中战栗着，这里的人开始为敬爱的孙总理哀悼、痛哭，萧天却借此要割帝国主义的尾巴、打倒晚清遗老。因为这里唯一和晚清扯得上关系的就唐虚翰的老子。老头子临死之前埋下了一个伏笔，可是唐虚翰理解错了。老头子说的晚霞就是宋晚霞，老头子原意是说唐家人千万不要与晚霞扯上关系。因为宋晚霞在这一带是出了名的美女。自古以来，红颜祸水，老头子懂。可唐虚翰竟将宋晚霞娶到了家里。他忽略了一件事：这时的宋晚霞心里有人了，那人就是萧天，她就是从听到广播时开始喜欢萧天的。

宋晚霞出嫁的前一天晚上，有淡淡的雾。月亮悄然贴在天幕上，晚风轻拂田野里的麦苗，土壤已经松动了，麦苗的长势很好。傍晚时，宋晚霞看到天边有一道绚丽的晚霞。晚霞的中心是一片绯红，旁边点缀了浅红色，就像晚霞含羞的脸。宋老汉在烧香，给她死去的老伴带去她记挂的消息：晚霞终于要出嫁了。

晚霞终于要出嫁了，晚霞想。她想的时候，流泪了。早晨的时候，她在屋里洗了个澡。她在澡盆的四周点了蜡烛，周围都熏了香。唐宋庄唯一的手艺就是做香。有一种盘香，它宛如金钟悬挂，玲珑剔透，掂起来颤颤悠悠，放下去圈圈涟漪；一根香线挂在室内天花板上，自顶端盘旋而下，点起来半月不熄，香气缭绕，烟雾氤氲。

晚霞洗澡时，燃的就是这种盘香。香熏染了她的身子，熏得她流泪了。泪滴在她的腿上，那是一双浑圆结实的腿，那是一双跳舞的腿。晚霞舞跳得很好。她知道从此以后再也不能跳舞了。明天就嫁人了，嫁人了还怎能跳舞？她用白布擦拭她的腿，想着她要嫁的人。唐虚翰？——这人不是她想嫁的人，可是她不得不嫁，宋老汉已经拍着胸脯答应了这桩婚事。原因很简单：唐虚翰在这里是个有头有脸的人物，晚霞嫁到那里去，肯定受不了罪！

她站在昏暗的烛光里，端详着自己的身子。这时窗子破了，先进来的是一把钢枪，钢枪在烛光里狰狞地闪着寒光。接着，萧天面无表情地跳了进来，寒着脸看她的身子。晚霞吃惊地看着钢枪，她不知道出了什么事，她的身子开始发热，可是她不觉得害羞。她透过破落的窗子看到阳光洒满了庭院。她就这样在昏暗的烛光中挺直了赤裸着的身子，眼睛里像含着一柄温柔的剑，全神贯注地看着跳进来的男人，看着男人从床上取了一床被子，看着男人走到她身旁，看着男人将被子裹在她身上，看着男人扛起用被子裹住的自己打开房门一直走到具茨山。

她到了一个神秘地带，看到了幽暗中生长的白花，它比野外的花更夺人双目。在那些白花中间，是一个她从没见过的仪器。那仪器，像用稻草缠结的球。那些白花如同月光似的裹在仪器上面，如同多了一个月亮。她从没见过这样的仪器，更没见过它旋转时，那幽暗的空间会璀璨斑斓。

这仪器，惊艳了她。

她让萧天放下她，然后她就在白花中间起舞。那些白花裹着她光洁的身子，那仪器旋转得更加华丽。

“这是什么？”

“‘地球’！”

“地球是什么？”

“我们生活的地方。”

“我们生活的地方？”宋晚霞继续起舞，“我们生活的地方，竟然这么美！”

“你是第一个看到的，也是最后一个。”萧天拿着被子走到晚霞身边，又将她裹了起来，“这是一个叫牛顿的人的大猜想！中国没人懂！我要封起来。所以，才让你看一眼。”他扛起晚霞，“我带你去梁山泊。”

萧天扛着宋晚霞走出神秘地带，千绕百回间，沟沟岔岔的，如同离开了桃花源的渔人，再也走不回来了。

那是宋晚霞唯一见到的一次，也是一生见到的最璀璨的一幕。以后，她再也没有找到过。

梁山泊是一座小山的名字，就在吴越河旁。

梁山泊周围都是水。萧天浮着水游到梁山泊，钻进一个山洞，将晚霞放在用麦秸、兽皮做成的床上。山洞有些昏暗，却有一件漂亮的喜服：深红色，上面绣着寒山瘦水。萧天将晚霞放下后，开始给她穿衣服，他连女人穿的内裤都准备好了：白色的内裤，内裤一尘不染。晚霞看着他给她穿了内裤、喜服。

秦天翔说：“今天我们结婚。”

晚霞仰起头，盯着男人看：“我是唐虚翰的女人，你不怕他？”

“我怕他个鸟！”男人粗鲁地说，“我要和他的老婆睡觉！”他说着，开始脱刚给女人穿好的衣服。

晚霞没有反抗，在被羞辱的时刻，她却听到了吴越河哗哗的流水声，她看到了梁山泊山上长满了红花绿草。

天亮的时候，唐虚翰流着汗解他老婆宋晚霞的衬衣。他没有行房的能力，可是他有欲望；就因为他没有行房的能力，所以他的欲望才非常强烈，他带着一种羞辱去解女人的扣子。女人醒了，女人没有动。唐虚翰解开晚霞的衣服，就爬了上去。他颤抖着，他因屈辱、愤怒而颤抖着，他开始咬女人的乳房，女人还是没有动。女人咬牙忍着，后来她说话了：“唐虚翰——你是不是男人？”

唐虚翰还是趴在女人身上做着徒劳无功的事，他掐女人的肌肤。女人的肌肤开始变红，红肿。

女人笑了，笑得有些发狂：“你真不是个男人！”

唐虚翰赤身站起，他将女人拎了起来，然后将女人扔到地上，他说：“你这个破鞋。”

晚霞没有哭。

天亮了。阳光还是那样调皮，河水还是那样欢畅地流着。梁山泊山上还没有绿草，不过有些草已经发芽了，嫩黄嫩黄的，贴伏在地表上像毛茸茸的胎毛；旷野不知什么时候起风了，嫩绿的麦苗随着风儿摇摆；柳树上飘落了一些没有长牢的夭折了的嫩芽，飘飘悠悠地落到吴越河里，随着流水飘向了远方。

二、秦汉

春天来了。柳树长满了枝叶，大地披上了绿装，竹笋已破土而出，露出土的部分像一根断剑似的，咄咄逼人地向上蹿长着，直到形成完美、苗条、性感的个体。初春的时候，小麦开始翻土。具茨村和唐宋庄种植的庄稼就是小麦和玉米，中间零星地夹着种些高粱、稻谷、辣椒以及蔬菜。

春天到了，一切都应该在这片明媚中得到舒展。

可是，宋晚霞却没有记起春天的颜色，就像在回忆时颜色都是灰白色的，就像大地的颜色。唐宋庄的土地是泥黄色的，所以她的回忆里就有些惨淡，还好有些美好的声音。枪声在旷野里久久不能逝去，猎狗的惨叫声让人撕心裂肺，神秘仪器的华丽旋转令人惊艳瞠目，吴越河的河水在她头下汩汩地流着，大地的肤色在她睡梦中久久缠绵。新婚不久，唐虚翰不再折磨她。唐虚翰仍旧搂着她睡觉，仍旧亲吻她的肌肤，他带着一种自残的方式向已经发生的事情进行讨伐、报复。唐虚翰讨伐后，就会哭。40 岁的人哭起来像低低的、沉闷的狼嚎，晚霞在这种狼嚎中仿佛能感到一场可怕的报复就要来了。

后来，唐虚翰不再这样折磨她。“这也许并不是你的错！”唐虚翰跟晚霞说，“可是，你毕竟是我们唐家人。”

晚霞望着窗外的夕阳，残阳如血，她的脸上没有血色。宋老汉接晚霞回家时，看见女儿身上的红肿，就在屋里点燃了盘香。宋老汉将自己缠在盘香里。盘香开始燃烧，屋里到处都是香气。宋老汉闭上眼睛时，看见了一片彩云，彩云在瑞香中渐渐散开，散出了一片金黄。老汉在进行着一种特殊的祭礼，这是死亡的信号。老人在沐香，熏香渐渐地将人的污浊熏腾了。燃烧的烟从窗户里袅袅升空。唐宋庄的人都看见了这片烟云，闻到了一种接近死亡的香味。“宋老汉要死了。”村民们集体说。他们向这片烟云注目，开始喃喃祷告，在家里纷纷点上香火，祝愿宋老汉一路走好，在天国里继续享受着传承几千年的“焚香祭礼”。宋老汉死了，熏香熏腾了天空，火从他的脚下开始燃起。他表情安详，活着欠下的罪孽在这火中得到了洗礼，他用他的生命向上神赎罪！老人临死时，看见了彩云，彩云洒下了金光。老人在金光中闭上了眼睛。他的女儿就站在他家的庭院中。

晚霞呆呆地看着宋老汉死了。

春天的颜色就像这烟云的颜色，那样的灰白，那样的接近死亡。

唐虚翰说：“炯儿是个傻子，他娶不上老婆。”

晚霞呆呆地听着，看着残阳如血。

唐虚翰接着说：“你是我老婆，可是我给不了你想过的日子，因为我没有……”

唐虚翰从兜里掏出一副手帕，擦汗，汗沿着他的额流到鼻尖，他似乎闻到了汗水的味道，又说："我不行了，我是想，可是我不能，这对我来说，就是一种惩罚，也许这是报应，我不应该害死萧叔宝，这是上天对我们唐家的惩罚啊！"

唐虚翰蹲在地上，抽着纸烟，烟雾迷住了他的眼睛，开始流泪。他拭去眼泪："可是——"唐虚翰有些面目狰狞，从地上站起来，彬彬有礼地说："我们唐家也要传宗接代呀！"他捧起晚霞的脸，说："咱爹的死，我很难过，咱爹已经风光大葬，你也可以安心了。"

晚霞看着唐虚翰，说："你们唐家也太欺负人了。"

唐虚翰说："不孝有三，无后为大啊！"

晚霞鄙夷地说："炯儿不是你的儿子？"

唐虚翰猛吸着烟，不再说话。他望了望彩霞，掐灭了烟。他儿子进来了，口水垂涎着，伸手抓住晚霞的手腕，嘻嘻笑着："我要。"

"傻子！"晚霞想呕吐。

你是个傻子啊！

难道你唐虚翰不是傻子吗？

这个世上太多傻子了！晚霞悲哀着，萧天你也是傻子，你就这样看着我在这里受辱吗？唐虚翰你也是傻子啊！我是你的女人，你却看着你的女人在一个傻子的身下痛苦地扭动着身子！傻子啊！只有你不傻！你看透了一切，你也忘记了一切，你什么也不懂，而你什么又都懂！

傻子流着口水在她身上找着他也不知道他要找的什么东西。

口水涂满了她的身子，她欲哭无泪，她开始呕吐。她吐着腥腥的酸水，她的身子沾满了这酸水。傻子还是在找，傻子流着口水在晚霞的身上嘻嘻地笑着、找着。口水和酸水混合着，她更加的想吐，她就拼命地吐着。傻子的口水流得更快，他依旧寻找着。

唐虚翰就站在床边，看着他的女人被他的傻子儿子压在身下，流着口水找着他也不知道要找的什么东西。唐虚翰拼命地擦汗，汗水浸透了他的衣衫。他走到窗户旁，偷偷地吸了口气。他的心脏仿佛被一只看不见的手紧紧地捏着，他仿佛看见了萧天在某一个角落里将他的女人压在身下。他躬下身子，也开始呕吐，他什么也吐不出来，一股腥臭——他似乎闻到了一股腥臭。这股腥臭他看不到，可是他能感觉得到，好像是来自他的腹中，或是来自他的头脑。他扯着头发，然后走到床前，一把拎起他的傻子儿子，一脚将儿子踹在地上。

傻子开始哭。

声音很大，声音沿着窗户传了出去，窗外有狗吠，合着傻子的哭声一起欢叫。

唐虚翰害怕了，他迅速地关上窗户，捂住儿子的嘴。

傻子不哭了，傻子傻傻地笑，傻子说："我要！"

唐虚翰看着晚霞。

晚霞神情木然。

唐虚翰一步走上，抓起晚霞："你有了！"

晚霞点头。

"萧家的狗！"唐虚翰恶狠狠地说。

"他不是狗！"晚霞说，"他是我的儿子。"她瞅着唐虚翰，又说："绝对不是傻子。"

唐虚翰红着眼，扇了晚霞一个耳光。

晚霞吃吃笑着："我的儿子不会这么没用。"

唐虚翰冒着冷汗，他提起自己的儿子，将傻子放到晚霞身上。晚霞一阵撕心裂肺地疼。唐虚翰按着儿子做。晚霞看着唐虚翰，她笑了，痴痴地笑，她说："真好，傻子的鸟也真有用。"她笑得辛酸，她开始呻吟，她满足地呻吟，她假装满足地呻吟。傻子在肉体中欢快地笑着，他很愉快。他傻傻地笑着，口水又开始流了。

唐虚翰闭上眼睛，心里在抽搐着。他又拎起儿子，找来了一条绳子和一块布。他用绳子绑了儿子，用布捂住了儿子的嘴。他将儿子吊在梁上，开始用绳子抽打。他的儿子开始哭，声音透不过棉布，他的哭声就像无声的闷雷。唐虚翰闭上眼睛抽。

晚霞看着唐虚翰抽他的儿子，她心里有些疼。傻子刚才进入了她的身体，就是她的男人。她的两个男人在一间屋里，在她的眼前一个痛苦地抽，一个痛苦地哭。她有种说不出的感觉，她仿佛看见了大海，海上漂浮着零星的小舟，小舟被一簇簇浪花、泡沫包围着，小舟没有方向摇晃着、簇拥着，就像大海里到处泛起的泡沫。这些泡沫也没个方向，风在左右着它们的命运，甚至生命。它们的生命在短短的时间里翻腾着，愉快地吼着，因为在这有限的生命里它们一直翻腾着、愉快着。

傻子也是愉快的。

傻子什么也没有想，他只是在享受他的有限的快乐。

可是，傻子现在在哭。

他哭得有些低沉。

唐虚翰还是抽。忽然他不抽了，他惊恐地看着儿子。儿子也不哭了，他永远也不会哭了。

傻子死了。

春天在不知不觉中过去了，迎来火热的夏天。庄稼地里金黄色的麦穗迎风招展，小鸟儿在半空中打游击，趁人们不注意，就扑棱扑棱地飞到麦穗上偷食。油菜花带着金黄色的金冠在风中摇曳多姿，那片金黄色引诱着蝴蝶、蜜蜂群拥而至。一年前，具茨村有一片土地上种着比油菜花还要金黄的东西——罂粟。这种东西可是要命的东西，但它是很好的药材。萧叔宝病了，患上一种奇怪的病。

有一天，他身上出了一颗豆子，开始有点瘙痒，他没有理会。过不多久，这豆子开始多了，一颗、两颗、三颗……一颗连着一颗，他浑身长满了豆子。这些豆子就像蒙古包一样，在沙漠里是那么的诱人，可是长在他身上就有些可怕了。他的皮肤很快就变成了沙漠，一块一块地脱落。豆子还在身上，流着一股带着怪味的水，水有些像脓，可又不是。

具茨村这几年闹鬼，所以香火更加旺盛。闹鬼这个消息就是萧叔宝传出去的。他晚上做梦，连续几夜梦着了鬼，所以他认为具茨村里有鬼。

他请了风水大师给他看宅子。风水大师说宅子没什么毛病，问题出在具茨村少一种东西，那就是罂粟——它经过加工后就变成了毒品，但没有加工前，它就是药材，很有用。这里的人在几十年前常用这个东西治肚子疼、拉肚子、发烧、感冒，只取一颗，在水里面煮，还散发着香味，一颗准治好。但现在，种罂粟是帝国主义走狗才干的事，因为这东西能赚钱，能赚钱的东西只有帝国主义走狗才有。

萧叔宝没有，风水大师有。罂粟就种在他们家的小院里，不多，就5棵。罂粟开花时，那种金黄闪烁得有些华丽，他们没有见过宫殿，就说这是宫殿的颜色。这种颜色只有皇帝才有，那些大臣都没有，他们虽然一人之下、万人之上，可是他们也只能远远地驻足看那种纯粹的金黄色——可是他们呢？他们拥有了这种金黄色。

萧叔宝没有喝上用罂粟煮的汤，因为罂粟是唐虚翰给风水大师的。唐虚翰的罂粟是老头子偷偷留下来的。老头子留罂粟的目的是有一天他会在那种纯粹的金黄色中安详地死去，可是老头子死时只看到红云、晚霞，所以老头子死不瞑目。唐虚翰给萧叔宝罂粟，就是为了要萧叔宝的命。罂粟快要收时，从山外面来了一个戴军帽的年轻人。

年轻人说："我是中华革命军。"

革命军是什么？

革命军是干什么的？

村民纷纷猜测。革命军说："我是孙总理的兵。"

孙总理他老人家派来的人！人们立刻顶礼膜拜。

革命军说："这里有些偏僻，孙总理现在也比较忙，所以这里有些事情没人管了。但政府没有忘记大家，这不就派我来了。"

然后革命军就问是谁种的罂粟。萧叔宝躺在病床上，浑身流着水，说是他种的，为了治病，并抬起身子给革命军看。革命军说："这东西种不得，种罂粟就是资本主义的复苏，要不是看你有病在身，就要把你带出山，坐牢。"

萧叔宝颤着身子说："坐牢。"

革命军说是，并在众目睽睽之下将罂粟烧了。烧的时候，金黄色更加的金黄，火红的火焰也淬燃了那种纯粹的金黄。金黄色的碎片像翩翩起舞的蝴蝶，从地上扬起，在空中翻着卷儿，忽悠悠地飘向更远的地方。秦叔宝在纯粹的金黄色中似乎看到了一片明媚，阳光、月亮、星星像一幅图画挂在他的眼前。他看着这幅画，然后躲进了画中，永远也不愿出来。

萧叔宝死了。

萧叔宝在一片明媚中结束了他的生命，后来的后来，这里的人才知道，萧叔宝患的是白血病，在那时必死无疑。所以，后来的后来，人们都说萧叔宝死值了。

萧叔宝死了，萧天没有哭，他的眼前尽是那颗闪闪发光的青天白日帽微。所以他跟着革命军去了广东，然后带着一腔热血回来了。还有一个信息：往省城报告有罂粟消息的就是唐虚翰。所以，他一回来就要割唐虚翰老子的封建主义尾巴：打倒晚清遗老。

萧叔宝死了，唐虚翰老子死了，宋老汉死了，傻子死了。连傻子也死了——具茨村和唐宋庄的人说，这个世界发生了怪事，肯定有股凶猛的形如老虎、狼、豺豹的风将要刮过来了。

傻子出殡的那天，村民们都在他的坟前焚香。这是一个与世无争的灵魂，这是一个没有世界的灵魂，这是一个没有思想的灵魂。村民们说，连傻子都死了，要有怪事发生了。所以，他们才哭，他们才焚香。一缕缕香烟在旷野里萦绕着，风撕裂着那些纸扎的陪葬品：他生前喜欢的，没有什么；他死后就要拥有常人所没有的东西：太阳、月亮、星星，甚至还有一幅画，画里面画着一个未来的世界，世界里没有人，只有山川河流，只有飞禽猛兽。

唐虚翰哭泣着，晚霞哭泣着，她身子里的胎儿也在哭泣着。

唐虚翰在吴越河的上空放了鞭炮，爆竹炸得天空像开了花。爆竹的碎片飘落在河里，纸屑落在水面上，起了一道道涟漪，颤出一圈圈波纹，悠然画着数不尽的圈儿。

傻子死后的第二个月，下了一场雨。这场雨下得好怪，开头是一场急雨，接着开始忽悠忽悠地飘雪。下雪的时候，人们恐惧了：这是不好的征兆,六月飞雪，必有冤情。雪下了一盏茶的工夫，太阳出来了，雪停了，阳光毒得很。阳光出来后，雪开始融化。当萧天从麦田回到西施祠时，雪完成了全部动作。大地仍旧是泥土色的，人们依旧在麦田里看着那沉甸甸的麦穗，吮吸熟悉的麦香，那含着深情的注目像上帝观看他的子民似的虔诚。

可是有三个人却极不平静。

第一个就是晚霞。她的肚子已经凸起，她已习惯做唐虚翰的老婆了。

生活让她学会了忍耐，她也必须学会忍耐，因为她已有了胎儿。胎儿在母腹中蠕动，就像春风吹暖了大地，她也因为胎儿的形成、儿子的即将出世而幸福着。傻子的死对唐虚翰的震动很大，他变得苍老了，虽然傻子活着没有什么意义，可对唐虚翰来说，他却像失去了脊骨，失去了支撑的力量。他开始学会宽容，对晚霞也尽了做丈夫的义务，更学会了安慰女人。晚霞因有了胎儿也渐渐恢复了生气。最主要的是，她忽然就成了革命军的一员。下雪的当天，她就在西施祠，她正和革命军一起讨论什么是英雄。她想她腹中的孩子才是英雄，因为孩子给了她生存的勇气。她想到胎儿是萧天的“种”时，就看见了萧天，她的脸就红了。她的脸红得就像是傍晚的晚霞。

第二个就是唐虚翰。下雪的这天，正好是傻子的忌日（人死后的第一个月称为活忌，这一天给死人烧香、烧纸，是为了死人早日投胎；死后的第一年称为死忌，这一天给死人烧香、烧纸，是给死人送香火钱）。下雪时，他正在给儿子上坟。他刚点燃香纸，雨便开始下，雨没有打灭火。火苗在雨中快活地燃烧着，风将烟灰卷向半空中，拧成一线，倏地向前一冲，像是撞击在巨大的障碍物上，烟灰顿时消失不见。然后开始下雪。雪落下时，唐虚翰整个人就像看见了儿子临死前突兀的眼睛，便一头倒在儿子的坟前。雪停的时候，唐虚翰被阳光刺得眼生疼，他开始流泪。

第三个就是萧天。今天也是萧叔宝的忌日。萧天看见飘雪的时候，心仿佛被刺痛了，六月飞雪——这昭示了什么？我爹他死得怨啊！这是上天的提醒啊！萧天看着唐虚翰一头倒在傻子的坟前，他有了主意。

他回到西施祠。西施祠是革命军的指挥部。这座祠庙的烟火旺盛，所以被选作革命军的指挥部。按萧天的意思，只要是革命军征用的一切都应该是国家的，是国家的就应该是革命军的，这一点革命军的 12 个成员都相信。西施祠掌控着具茨村和唐宋庄的命脉——香火。他们革命军成了西施祠的主人，就意味着村民们的香火一部分就孝敬给他们了。他们要的就是这种尊敬。所以他们迅速地控制了西施祠。控制了西施祠也就相当于控制了村民们的财政和生活习惯。村民们早晨卖香就在西施祠对面的胡同，他们对一天的交易一目了然，然后他们在其中收取些闲钱。按萧天的说法是税收，不交税的人就是反帝反封建的对象，所以西施祠香火更加旺盛。

到了四月份，他们都换了一身军装，帽子上都有一颗青天白日帽徽。

他们穿上军装、戴上帽徽后，才是真正的革命军。早在二月份，也就是晚霞结婚的半个月前，他们就在省城联系了一家小报社，每个月出一份报纸，宣传他们自以为是的革命军思想。接着他们开始批斗晚清遗老。一个留着辫子的人被带到了西施祠，只有一个人，一个光棍。

革命军说："你可知道我们为什么要带你来？"

光棍说："带我革命呗，革了大家的命，我也就有老婆了。"

革命军说："呸，老实点，再嬉皮笑脸的，孙总理他老人家看见了，就将你留在这里，不带你革命了。"

光棍说："那可不行，不能留下我一个人。"光棍想了想，又说："这样吧，你把唐虚翰的老婆留给我，我就不革命了。"

萧天蹿上去给了光棍一巴掌："呸！这一巴掌是替孙总理他老人家打的——你敢惦记别人的老婆！"

光棍说："这一巴掌打得好，我也和孙总理他老人家有关系了，不亲不打嘛！唐虚翰不中用了，他老婆就像守活寡，还不如留给我呢！"

萧天说："唐虚翰成了太监？"

光棍说："是。"

萧天说："你怎么知道的？"

光棍说："我听房听到的——我身上还滴了一身臭豆腐呢，芥末蜇得我的眼睛疼了好多天，可是值。"

萧天说："好呀！你竟然去听房。"

光棍说："没老婆，听房还不行吗？"

革命军说："这是犯错误的行为——实话告诉你吧，今天我们带你来，就是因为你的辫子，你是晚清遗老，所以要批斗你。"

光棍呜咽道："我的辫子哎——我挨批，我挨批。"

革命军开始押着光棍游行，举着"晚清遗老"的牌子在具茨村和唐宋庄穿梭着。他们精神高昂，他们将一切都给予了这一次游行。他们在游行中看到了人们敬畏的眼神，觉得人们看得起他们了，他们翻身了，他们成了英雄——他们什么都不知道，他们从远处走来，爬上了一种高度，他们就在这高度上仰视更加高的高度，他们就在这高度上俯视没有爬上高度的人们，于是他们就成了英雄——这是什么年月啊！他们说，乱世出英雄——现在不是乱世啊！不是乱世我们就创造乱世。孙总理他老人家不是说国家之本在于人民嘛，那我们就固国之本、保卫领袖吧，所以他们举行了一场又一场游行。

萧天的最终目标当然是唐虚翰。

那就开始批斗唐虚翰吧！

由头就是秦汉小学门前的那棵中山杉。革命军问："那棵中山杉是谁砍的？"

一个老师说："是校长砍的，那是他们家的中山杉。"

革命军说："什么他们家的，这不是搞封建分封那一套嘛！"

老师说："我也劝过唐校长，说不能砍中山杉啊！可是唐校长他就是不听。"

革命军说："他不听，你就接着劝。你没有劝好，说明你没有尽力。你在保卫国家财产上都没有尽力，教学生你还能尽力嘛！"

老师说："我们班的学生可是全校最好的！"

革命军说："你这是典型的邀功请赏，现在我们都是三民主义的子民，都是那个什么——对，国家的主人，怎能——呃，那个，那个——总而言之，你就要挨批。"

革命军又说，唐虚翰才是罪魁祸首，一定要将他绳之以法。他们的精神更加高昂，他们终于用道理治服了传授道理的人——他们说做革命军真好，做了革命军就有能耐了。他们这样一说，加入革命军的人就多了，甚至还有老年人。可是他们不收，他们只收年轻人，譬如说晚霞。

三、唐宋

晚霞是唐虚翰逼迫着参加革命军的。

唐虚翰说："他们这是在批我呀！我是学校的校长，他们现在不敢批我，那是因为他们不敢动我，因为我上面有人。可是谁晓得这一帮疯子会不会动我呢？哎，我就是没有儿子啊！"

"你有！"晚霞低着头说，"可是他死了。"

“死了！”唐虚翰低声说，“是我打死的。”

晚霞不吭声。

唐虚翰说：“村民们都去参加革命军了，他们都想批我呀！他们就是眼红，他们就是眼红呢！”

晚霞说：“你也可以去呀！你要是参加了革命军，革命军还能批革命军啊！”

唐虚翰说：“我不行，不论怎么说，我唐虚翰还是一号人物。我唐虚翰就是死了，也不能输了这口气！老头子死了，老头子死时要我娶你——想不到会发生这么多的事，苦了你了。”

晚霞哭了，趴在唐虚翰怀里哭：“你这是第一次对我说这么好听的话。”

唐虚翰说：“等这一场风波过了，我们就好好地过日子，你肚里的孩子不管是谁的，都是我唐虚翰的儿子。我也认了，人老了吧。古书上有云：留得青山在，不怕没柴烧。只要我唐虚翰这一劫躲了过去，还是一条好汉。”

晚霞看着唐虚翰，第一次觉得这个有些苍老的、没有性功能的丈夫是个顶天立地的汉子。她这样想，也许就是忘记了仇恨，她能恨他吗？——这人是她的男人，是她的支柱。

唐虚翰说：“你去参加吧？”

宋晚霞说：“我怎么行？”

“你怎么不行！”唐虚翰站起身来说，“你可是咱们这一带出了名的美人，他们革命军还不把你当菩萨供着。”

“可是——”晚霞说，“萧天他——”

唐虚翰开始流汗，他说：“你去吧，无论发生什么事，只要你和孩子好好的，我都不会怪你。”

晚霞没有吭声，她心里说：“唐虚翰啊唐虚翰，你怎么把我往别人怀里送啊！这就是你唐虚翰吗？为了要个孩子，你帮着你的儿子玩弄你的女人；为了生存，你把你的女人往另一个男人怀里送！唐虚翰啊唐虚翰，你怎么就是这样的一个人呢！我男人怎么是这样的一个人呢！”可是她没有说，她心里有一个秘密，那个秘密就是萧天，她在思念着萧天呢——唐虚翰是看清了她的心事，还是只为了生存？唐虚翰的城府太深了，她宋晚霞看不出来，可是她接受了。无论如何，她可以见着萧天了！

唐虚翰淌着虚汗说：他们革命军还不把你当菩萨供着。

晚霞确实是被革命军当作菩萨供着。晚霞走进西施祠时，还是黄昏，离傍晚仍有一段距离。金黄色的夕阳，纯得几乎透明，就是细辨，也分辨不出它的触角究竟探向哪里。空气中飘浮着细小的尘埃，也被夕阳镀上了一层如同罂粟一样的色彩，道路仿佛铺上了一层细沙；起风的时候，几片枯叶跟大地一起婆娑，这时路上的细沙斑驳陆离，似乎卷起了风；风儿摩擦着枯叶，将枯叶带入醉生梦死的境地。萧天看到晚霞走进西施祠，确实有些醉生梦死的感觉。晚霞有些变了，她的眼神有种哀怨。她看见萧天时，嘴紧闭着，这让萧天浮想联翩，他回到了在梁山泊娶晚霞的那个早晨，他就在那个早晨吻了那张温暖的、颤抖的唇。他仿佛听到了吴越河也在颤抖着，在他的身子底下颤抖着。他握住了晚霞的手，革命军看着萧天握着晚霞的手，他们没有说话，因为他们已从光棍的嘴里知道了萧天才是晚霞的第一个男人。

当革命军就是好啊！

当革命军可以和晚霞睡觉啊！

他们呜咽着，他们晚了一步，他们又庆幸着，幸好他们也是革命军啊！

这时，晚霞升了起来。晚霞升起来时，它的粉色涂满了西施祠的上空。西施祠的香火在晚霞里更加袅袅，仿佛它们也在舞动。它们随着革命军狂乱的心跳舞动着。它们飘向树梢，在树梢上凝结着一团烟雾，烟雾穿梭在树叶中间，整棵树就像被焚香了一般。

他们开始焚香。他们在西施祠里焚着盘香，16盘盘香挂在8棵树上焚烧。香气布满了西施祠，他们就在烟雾中开始欢笑。晚霞在烟雾中舞动着，她的腰肢扭得就像旋转的蝴蝶，她的浑圆、结实的腿合着他们的掌声完成了让他们着迷的动作。晚霞心里充满了欢笑，她又可以放纵地狂舞一次了。她忘情地舞着，她腹中的胎儿也跟着一起舞动。

做革命军真好啊！

做革命军可以随心所欲地舞着！

做革命军可以望着心爱的人呢!

晚霞的心有些慌乱了。她被萧天灼热的目光搅得心都乱了。她不舞了，她在盘香的烟雾中静静地看着天空，她在用她的心聆听风的呼声、云的流动、烟的紊乱、香的温暖。她伫立在烟雾中，她的红布衫在烟雾中就像一团红云。他们就这样看着红云，在焚香中得到了一次洗礼和重生。

唐虚翰站在村口望着西施祠缥缈的烟雾，显得更加苍老。他蹒跚地走到地头，望着儿子的坟，咬了咬牙："儿子啊！明天就是你的忌日，你再生时，忘了我这个老人吧！不是我害了你啊！是萧天，是他们老萧家啊！"

唐虚翰刚 40 岁，他却觉得他老了。

萧天在麦田给萧叔宝上过坟之后，回到了西施祠。

"英雄，英雄，我们要做英雄！"革命军高喊着，"英雄，英雄，我们要做英雄！"

"为什么我们不是英雄？"萧天在革命军指挥部里说，"他唐虚翰说乱世出英雄，他说是书上说的，书上说的是对的，现在就是乱世，我们就是英雄！"

"英雄，英雄，我们是英雄！"革命军高喊着，"英雄，英雄，我们是英雄！"

"可是这还不够！"萧天说，"我们要成为这里的主人，正儿八经的主人。我们怎样才能成为真正的主人呢？"

"老枪"说："我们不就是真正的主人吗？"

萧天瞪了"老枪"一眼："你——怎么弄个'老枪'做绰号！"

"老枪"仰了仰头说："有枪才能成为英雄！"双手斜握在胸前，仿佛真握着一把老枪似的。

萧天说："'老枪'说得对，有枪才能成为英雄！'老枪'，再弄一支枪，就发给你！"

"老枪"说："天哥，你说该怎么办？"

萧天说："称呼不对，得称团长，我就是团长。"

他们一起说："那我们就是独立团了。"

萧天说："对，你们就是军人。军人就是主力军，就是具茨山这一片的主人。要成为主人，就得有政权。要想有政权，就得有枪！我们必须将这一片的枪集中到西施祠，集中到我们手中。”

“老枪”说：“基本上都在这里了，只有唐虚翰家里还有一支枪。”

秦天翔说：“唐虚翰是咱们革命的对象，这猎枪一定要缴上来。现在的问题是怎样把枪夺过来？”

“老枪”说：“唐虚翰上头有人，而且，他老婆也是革命军！”

革命军不能动革命军的家人啊！

是啊！革命军怎能动自己的亲人呢！

他们开始犯愁了。

晚霞就坐在萧天的身边。她听着他们呼喊，仿佛也沉浸在这种虚幻的“英雄梦”里了。她感觉她腹中的胎儿也在高喊着。她说：“是啊！虚翰他刚死了儿子。”

“可是！”萧天皱着眉头说，“傻子是怎么死的？”

“傻子是被唐虚翰打死的！”晚霞不能说，傻子是因为她而死的，可是她不能这样说，所以她不说话。

萧天说：“傻子虽傻，可他身子骨挺好！傻子不会自己死，因为他是傻子，傻子根本就不知道人是要死的。可是傻子死了，这中间肯定有问题，说不准是唐虚翰用猎枪把傻子打死了呢！”

革命军开始骚动，他们想不到问题有这么复杂。

傻子是怎么死的？傻子是有人害死的——这一点他们同意了，可是他们不相信傻子是被唐虚翰害死的。因为唐虚翰是傻子的爹。

虎毒还不食子呢！

可他唐虚翰是知识分子，知识分子和咱们不一样，他们有思想，或许他们想反正人都傻了。傻子娶不上老婆，傻子不会照顾自己，唐虚翰死了，傻子要被饿死的。所以就杀了傻子。可唐虚翰的老婆不会死啊！唐虚翰用不着害他的儿子！是他老婆吗？凶手是晚霞吗？

“凶手是晚霞，”他们说，“因为女人是祸水啊！”

自古以来女人是祸水！吴王夫差不就因为西施而亡国了吗？西施祠里焚烧的不也有吴王夫差的冤魂吗？女人是祸水呢！伍子胥不也因为西施而被杀头了吗？吴越之间的战斗，因为西施而死了多少人呢！有多少冤魂在几千年的历史长河里喊着西施的名字呢？西施祠里整日不断的香火不就是那些死得冤屈的魂灵吗？那些袅袅在空中不散的烟雾不就是亡灵的魂儿吗？

女人是祸水呢！

晚霞在西施祠不就是几千年前的西施吗！她要在几千年后害死多少人呢？萧叔宝死了，唐虚翰老子死了，宋老汉死了，傻子死了，连傻子也死了……还要死多少人呢？这些人之中，有我吗？我也要被这女人害死吗？

他们越想越慌乱，他们说："是晚霞杀死了傻子。"

晚霞惊惧地抬起头。

晚霞看着萧天。

萧天叹息着："可能是晚霞杀死了傻子，但她却不是真正的凶手，因为傻子不是死在她的手里，虽然傻子是因她而死——她是无辜的。"他望着惊恐的革命军，又说："你们不懂历史，历史是什么？历史不是教科书上说的，历史就是发生过的、经历过的史实。西施不是凶手，真正的凶手是吴王夫差啊！是越王勾践呢！越王不该将西施送到吴国。"他握着晚霞的手，在她耳边说："我也不该放你走，我们应该留在梁山泊啊！"他又高声地说："西施是受害者，那些男人们才是真正的凶手——大热天下雪了，你们看见了吗？"

革命军回答："看见了。"

萧天说："听过那出《窦娥冤》吗？"

革命军回答："听过，唐宋庄后面还有窦娥庙呢！六月飞雪，必有冤情啊！"

萧天说："晚霞就是窦娥，她也有说不出的冤，要不宋老汉会在焚香祭礼中结束他的生命吗？杀死傻子的凶手就是唐虚翰呢！"

革命军说："凶手是唐虚翰！凶手是唐虚翰！"

晚霞眼里噙满了泪。她仿佛闻到了油菜花的香味，合着焚香的香味，宋老汉又出现在她面前，他在灶火中给她煮着油菜花。她仿佛又看到了油菜花在锅中煎熬着，并散发着一股浓郁的香味。宋老汉死了，凶手就是唐虚翰，凶手就是她身上那一块块的红肿啊！晚霞想，这会儿仿佛又听到了杜鹃的叫声，它在啼血地鸣唱着，她晚霞不也是流着血鸣唱着吗？

晚风送来了一阵清香，开始收割麦子了，麦香振奋着村民的心，麦香在晚风中送来了一年的希望。树叶哗哗地响着，树荫下，革命军整齐地坐在那里。他们高喊着，声音传出了西施祠。

又是黄昏，昏黄的阳光洒满了庭院，唐虚翰又开始流汗了，汗流在庭院中一棵颓废了的只长了三片叶子的槐树旁，槐树的叶子就像秃子的头发，在晚风中轻轻地摇曳着。晚霞布满了天空，他们都看着晚霞。

晚霞在晚风中轻轻地吟唱，她唱着一首歌谣，死亡的歌谣。晚霞就这样唱着，歌声飘出了西施祠，在晚风中轻轻地飘荡着。

革命军听着凄婉的歌谣，心在颤抖着。

萧天说："她不能再回唐虚翰那里了，她应该留在这里。"

革命军说："她已怀了你的孩子，你们就住在一起吧。"

他们就这样结合了，是历史让他们结合了，是历史发展到出现了革命军，才有了他们这一场爱情。就这样，历史在不知不觉中，改变了一场婚姻，一场爱情，一个、两个甚至更多人的命运。

唐虚翰做梦也没有想到，他就这样把自己的女人送走了。

晚霞唱着死亡的歌，也许她的一切都在经历着死亡。

夺回晚霞，只是萧天的第一步。

他利用傻子夺回了晚霞。

他接着计划利用晚霞夺走唐虚翰的生命。

萧天当晚就和晚霞一起回到了梁山泊。梁山泊的山洞里仍然放着他们结婚时的喜服，萧天又给晚霞穿了一次喜服。晚上有明月，明月照着吴越河的河水，河水在明月底下欢快地流淌着，水的中央映着一轮圆月。星星在闪烁着，他们并排坐在河边，河边是一片芦苇。芦苇花已经凋谢了，芦苇也由翠绿变成了黄白色，芦苇叶在风中唰唰地响着。他们说着心事，心事在蛙鸣中鸣奏着。

萧天说："想不到我还能娶你。"

晚霞伏在她的肩膀上："我已经有了你的骨肉。"

萧天摸着晚霞稍微凸起的肚子："这是我的孩子。"

晚霞说："嗯。"

萧天从晚霞的腹部向上摸着晚霞的胸："这真是最美的。"

晚霞看着萧天。

萧天继续摸着，晚霞呼吸急促。于是他们开始做爱。开始做时，一只青蛙跳到他们不远处，呱呱地叫着。晚霞赤着脚，脚踩在地上。水中漂来一束花，花是素白色的，花下面两个人的影子正在一上一下运动着。花随着流水飘到了远方，他们仍然做着。青蛙唰的一声，跳到了水里。晚霞低低地呻吟一声，萧天抱住了她。他们滚在芦苇旁，他们望着彼此，停止了动作。

晚霞说："我没和别人做过——只和你。"

萧天说："我知道，你知道傻子为什么死吗？"

晚霞低下头，低声说："我知道，唐虚翰说我是破鞋。"

萧天坐起来："你怎么会是破鞋？偷汉子的人才是破鞋，你不是偷汉子，你是我老婆，从前是，现在是，将来还是。"

晚霞说："你怎么……虚翰……"

萧天站了起来："你叫得挺亲热的。"

晚霞哭了，她哭着说："毕竟，毕竟他光明正大地娶了我，毕竟，毕竟——"她说不出话来，她只是哭。

第二天，萧天便领着革命军闯到唐虚翰家里。唐虚翰在堂屋正襟危坐着。正中楠木椅上端坐着一个穿军装、戴军帽的革命军军人，正瞪着眼睛看着他们闯进来。萧天看着那个人，心里一沉。萧天见过这个人，就是在黄埔军校成立典礼的那天，他在礼堂里讲了话，还说国民革命军要组建了。正是这句话给了他灵感，他才回来创建革命军——死亡的事物也可以复燃呀！萧天听到有人喊他政委。在国民革命军还没创建的时候，中华大地上再也没有了革命军的踪迹，除了具茨村和唐宋庄有。

政委阴着脸说："你就是萧天？"

萧天点头。

政委问："你们都是革命军？"

革命军响亮地回答："是，我们是。"

政委说："虚翰是我的本家，他喊我叔。"

萧天说："你就是唐家上头的人。"

政委笑着说："什么上头的人！我也没有什么大本事，就是手下有几百来号人。"

革命军有些骚乱。

政委又说："中华革命军早解散了，国民革命军还没组建，孙总理他老人家现在身子骨更加糟了。我也不追究你的事了，听说去年冬天你在黄埔军校做过校工，咱们也就心照不宣了。我不说，你也明白。散了吧！都散了！具茨村和唐宋庄再也没有革命军了。你们散了吧！"

唐虚翰说："叔，那可不行，晚霞还在他那儿呢。"

政委说："萧天，你把我侄媳妇送回来。"

萧天看着政委，不说话。革命军更加骚乱。"老枪"在萧天背后小声说："团长，这人的官比你大吗？"萧天点了点头。

"老枪"说："他来了几个人，就他一个人，咱们就做了他。"

萧天摇着头说："不行，他是省城的人，杀了他咱们也活不了，咱们先回去，等他走了，咱们再来收拾唐虚翰。"

"老枪"说："晚霞呢，你真把晚霞送回来？"

萧天说："送回来，大丈夫能屈能伸。"

"老枪"说："团长，还是你行，我'老枪'服你了。"

萧天说："咱们撤。"革命军开始撤。革命军回到西施祠时，守在西施祠的晚霞就不见了。

萧天率领革命军到具茨村时，晚霞看着暖暖的初阳，心里觉得这样做对不起宋老汉。昨晚她看见萧天愤怒的眼睛，心里说不出的害怕，她竟为唐虚翰担心起来。她想："我不应该为唐家人担心呀，这样怎么对得起死去的爹爹呢？怎么对得起腹中胎儿的父亲呢？"所以她去了轩辕岛。

轩辕岛是具茨山脉风水最好的龙脉位，也是唐虚翰老头子临死前看见的岛，宋老汉就葬在轩辕岛的半山腰。轩辕岛埋葬的都是经过焚香祭礼的老人。因为轩辕是黄帝的名，黄帝居轩辕之丘，而娶于西陵之女，是为嫘祖，嫘祖庙就建在轩辕岛的顶上。嫘祖最大的功劳就是发明了养蚕，焚香祭礼后的人据说都到嫘祖那儿养蚕去了，所以嫘祖庙上面的天空经常飘浮着像天蚕丝形状的云絮儿。

晚霞要去轩辕岛，必须经过梁山泊。她到梁山泊后在山洞里停留了一会儿。她在山洞里发现了一些秘密：山洞之中还有山洞，山洞中的山洞里放着三把猎枪、数十柄大小不同的弯刀，另外还有一袋粮食，甚至有锅碗瓢盆——萧天放这些东西干什么？

晚霞更为唐虚翰担心了，于是她从山洞里逃了出来："又是我的两个男人啊！他们在干什么呢！"她忽然想起了陈圆圆，想起了吴伟业的《圆圆曲》："鼎湖当日弃人间，破敌收京下玉关。恸哭六军俱缟素，冲冠一怒为红颜。"她想起了李自成、吴三桂，她想，她为陈圆圆想，她说："'全家白骨成灰上，一代红妆照汗青！'她陈圆圆一代美女永远留名于青史，那是吴三桂给她的呀！然而，吴伟业又说了：'妻子岂应关大计，英雄无奈是多情。'他吴三桂怎能不顾江山为美人呢？恐怕只因这些英雄往往太多情了吧？他们最后可是冲冠一怒了啊！"

"冲冠一怒——萧天是不是也准备冲冠一怒呢！"

晚霞到了轩辕岛，刚看见宋老汉的坟时，她便哭了。"爹！我该怎么办呢？爹，我要帮谁呢！"她的"英雄心"忽然泄气了，又恢复了女人的本性：她一个女人活着不就是为了她的男人和孩子吗？

她在宋老汉的坟前哭泣着，望着山顶的嫘祖庙，望着庙顶上天空中漂浮的云絮儿。她说："爹，那是您老人家织的天蚕丝吗？爹，您老人家能织成这么繁芜的天蚕丝，但您能解了女儿心中解不开的结吗？"她哭泣着，晕倒在坟前。后来，她醒了，她在回西施祠的路上看见革命军灰溜溜地回来了，她便知道发生了什么事。

"这个城府深的唐虚翰啊！"晚霞叹息着，回到具茨村她自己的家里。

她回到家时，唐虚翰正襟危坐在堂屋里，旁边坐着一个五六十岁的政委。

政委看见晚霞时，摇了摇头，说："红颜祸水呢！"

四、元明清

倒退到辛亥革命时期，革命军看见猴子会说，这些猴子必须杀掉，因为猴子不但要吃粮食，而且会偷吃树叶，所以猴子该死。这些都没什么道理可言，因为人要生存。辛亥革命结束后，中华革命军相继解散了，遗留下的革命军早被岁月涤荡了胸中那股指点江山的缨气了，他们在岁月的长河中游荡着，渐渐明白了时代归结到人身上的使命，于是他们在激情倾空时，选择了归于平静，生活也给了他们最好的诠释。

具茨村和唐宋庄的命运也要归结于时代，这是他们的宿命。无论它是不是陶渊明笔下的桃花源，无论它是否被时代遗弃了，只要它往前发展，就必须经历那个时代逃不脱的宿命。所以，具茨村和唐宋庄面临着倒退10年的岁月巨变。

萧天率领着革命军回到西施祠时不见了晚霞，心里就打了个突。这个突让他想起了一件事：唐虚翰要政委到具茨村的真正目的是什么？革命军已经不杀猴子了，因为他们有了余粮。连猴子都摆脱了死亡的厄运，何况是革命军？他不知道革命军为什么被解散了？他虽没有经历过那些激情澎湃的岁月，可是他胸中尽藏抱负！他不满足历史就这样烟消云散了，所以他一回到这里，便组建了革命军。

这是革命军第一次遇到的灾难，也是灭门之灾啊！革命军开始有些慌乱，他们望着萧天，想从他那里得到支撑，就像人栽倒时潜意识里寻找支持身体平衡的支点。

可是他们失望了。萧天说："政委说得不错，革命军早就散了。"

他们开始哭。

他们在西施祠里哭，他们说："女人真是祸水啊！晚霞就是唐虚翰、越王勾践派来的西施啊！他毁了我们的家园啊！"

萧天说："革命军不会解散的，只要孙总理他老人家不死，革命军就不会解散。"

革命军说："是啊！是啊！孙总理万岁！呜、呜、呜，孙总理身体永远安康啊！"

这时广播传来了一个噩耗：一个辛亥革命元老去世了。

他们震惊了！

他们想着自己的命运，似乎看见自己一步步走向死亡时的灰蒙蒙的身影。他们开始害怕了，他们说："孙总理他老人家看来也要去天堂了，我们也要死的啊！我们活着为什么呢？我们也要死的——总会有那么一天。”他们挪动着脚步，开始退出西施祠，他们给看不见的远方吓怕了。他们说：“咱们也不要闹腾了，都散了吧，都散了，中华革命军都散了，咱们也要散了——”他们开始扯帽子上的青天白日帽徽，脱掉身上的军装，他们最终也没挡住时代的命运啊！

“老枪”说：“不行啊！我们不能这样呀！”

革命军说：“政委都来了，政委都说解散了。”

“老枪”说：“我去杀了政委。”

他们惊呆了！

革命军最终没有散，因为政委真的死了。政委的死给具茨村和唐宋庄的村民带来了不小的震撼。因为政委是他们所见过的最大的官。据说，要是查出来是谁所杀，就要灭族灭门呢！若是查不出来，这里的人都要死啊！政委是到具茨村四天后死的。政委死的时候，只有唐虚翰和他老婆在场。政委是在回省城的路上被人杀死的。政委死时，还没有离开唐宋庄的地界，所以事态很严重。

革命军觉得这时要散了，倒可以证明他们不是凶手，可唐虚翰说杀死政委的是萧天，这一点晚霞可以作证。村民们问晚霞，是不是萧天杀死的政委？晚霞不吭声，只是呆呆地望着刚收割完的土地，一眼也望不到边的黄土地被吴越河环绕着，正是三伏天的中伏，天气正一天一天地热起来。

晚霞呆呆地望着唐虚翰，又望了望村民，说：“你们说是不是他？”

唐虚翰说：“她这样就是默认，凶手就是萧天！大家也许不知道，她晚霞——我老婆她是个破鞋啊！她和萧天乱搞啊！”

晚霞望着唐虚翰，鄙夷地笑：“唐虚翰——没想到你的城府这么深！”

村民们唉声叹气地说：“我们知道宋老汉为什么死了！乱搞——有了丈夫还怎能乱搞呢？唐校长你也真能忍！唉，出了这事，真是家门不幸呢！”

唐虚翰说：“其实我不应该说这些的，要不是我叔——政委，我叔他死了，要不是为了具茨村和唐宋庄，我怎能说出来呢？多丢人呢！”

村民说：“这叫大义灭亲，唐校长见多识广，您说这事该怎么办？我们是没辙啊！”

唐虚翰说：“只有这样了，要是不把萧天交出去，具茨村恐怕……恐怕……”

村民说：“我们知道唐校长的意思，唐校长说该怎么办就怎么办吧。”

于是，萧天和晚霞的命运就这样被决定了，他们被逐出了具茨村和唐宋庄。革命军还保留着，不过大权交给了唐虚翰。唐虚翰比萧天老练，他用了赵匡胤的杯酒释兵权就将猎枪全部集中到自己手中。关于政委之死，唐虚翰解决得更简单，因为政委患有气喘病，在给祖宗上坟时，因悲愤过度而一命呜呼了。省城接受了这一解释，并且送来三百块大洋风光大葬了政委。

村民们问晚霞去哪里？晚霞说她不孝，要到轩辕岛给宋老汉守坟。村民们答应了她的请求。关于萧天，革命军一致说凶手不是萧天，凶手是“老枪”，因为“老枪”说过要杀政委的，这件事没有调查清楚，萧天不能离开这里。村民说：“正好，你们两个害死了宋老汉，也害死了政委，就一起到宋老汉的坟前守孝三年吧。”于是，他们两个便去了轩辕岛给宋老汉守孝，只是不准他们再踏进村庄半步。

萧天和晚霞到了轩辕岛。轩辕岛在高处，吴越河在岛下泛着粼粼清波，四周渺无人烟，叠叠青山与人在水面相照，更添几分宁静。小岛呵护着河水，河水便从不枯竭和混浊，也许在混沌初开乾坤始奠之时，河水与小岛就这样永结同好了，虽然过去了几千年或几万年，那不过是大自然一轮拳脚的一招一式，而具茨村和唐宋庄也经过了世代繁衍，一脉相承，都在这青山绿水中生长、更迭，就像山中的树，路边的草。

到了轩辕岛，萧天就问：“是不是唐虚翰杀的政委？”

晚霞说：“你怎么有这种想法？”

萧天说：“我不会杀政委，唐虚翰倒是想让我杀了政委，我才不会上他的当。”

晚霞说：“可他说是你杀了，你为什么不反驳？”

萧天说：“我若反驳，还能和你在一起吗？”

晚霞深情地看着萧天，表情似悲似喜。

萧天又说："何况就是反驳，有用吗？他唐虚翰连他老婆是破鞋都说得出来，我还怎么反驳？"

晚霞哭了："连你也说我是破鞋。"

萧天说："我不是那意思，我只是说唐虚翰太阴毒。"

晚霞说："革命军为什么说凶手是'老枪'？"

萧天说："因为'老枪'说过要杀政委的。"

晚霞说："不会就因为这些吧。"

萧天说："咱们给爹磕头吧。"

晚上要睡觉，当然不能睡在轩辕岛，轩辕岛是死人住的地方，就连嫘祖都死了不知多少年了，谁还敢在这岛上居住？他们便住在梁山泊。

晚霞说："你在洞里放了猎枪？"

萧天说："你看见了？我也不知道为什么放猎枪，只是觉得将来能用得着。"

晚霞说："你要杀了唐虚翰吗？"

萧天说："要杀！但现在不能杀！杀不了！'老枪'跟我说，猎枪都被唐虚翰拿去了，现在革命军基本上都是唐家人，他们有枪，我杀不了他。"

晚霞躺在他的臂弯里，说："你现在不能杀他，因为你不能死，胎儿都快五个月了，再有这么长时间，孩子就要出生了。"

萧天说："你就是因为孩子才不肯说的。"

晚霞说："是。政委是唐虚翰杀的。政委就死在唐虚翰家里，就死在唐虚翰的床上。他死的时候，上身赤裸着，就穿了一条短裤。他的眼睛惊恐着，似乎看到了一件可怕的事。这件事真的可怕，他永远也想不到唐虚翰会杀了他。唐虚翰站在床前擦着猎枪，猎枪的枪口还冒着白烟。我听见枪声时，胎儿便在肚里翻腾，我就想吐。"

萧天说："你为什么不说？"

晚霞说："说有用吗？他说我是破鞋时，眼睛都没眨一下。"

萧天叹了口气："唐虚翰将政委拖到麦田时，'老枪'也看见了。"

晚霞说："他知道了。"

萧天说："知道有什么用！'老枪'不也是在接受审查吗？"

两个月后，具茨村唐宋庄忘却了这件事。“老枪”也不再被审查，只是一个人牵着猎狗四处溜达。有些村民看见“老枪”去过几次梁山泊，但没有人理会，躲还来不及呢。唐虚翰派人来问。“老枪”斜着眼睛说：“有什么事？有什么事？你说有什么事？萧天一个精壮的男人，现在被你们折磨成什么样子了？轩辕岛有吃的吗？他们快死了！”

来人不信，“老枪”说：“他疯了，不信——你们自个去瞧瞧，怕什么呢？他没有枪！你们有枪还怕他？是不是心里有鬼呀！”

唐虚翰派人到梁山泊去看。他们到时，只看到晚霞一个人在哭。晚霞低垂着头，双肩颤抖着，头发乱蓬蓬的，像一个稻草人。她的肚子越来越大了，脸色呈现出一种菜色，有些营养不良——那时候，有多少人营养能跟得上呢？他们只顾看别人的脸色而忘了自己的脸色！他们说，看来真是饿的了，应当给他们一些粮食。晚霞看着他们，仍旧哭，哭得令他们心酸。他们不愿再看，这是我们的美人啊！怎么变成了这个样子，他们心痛着——人不属于他们的，可是美丽却属于，就像这青山绿水谁看了就是谁的“财产”。

他们闯进了山洞，看见一个蓬头垢面的人跑出来，手里拿着一柄钢叉，钢叉明晃晃的冒着寒光，正是萧天。他们问：“你疯了吗？”

萧天说：“你们才疯了呢！你们来干什么？你们杀了政委，还想杀我吗？”

他们说：“我们怎会杀你！”

萧天说：“因为我是团长呢！”他说着，跳了起来，攥着钢叉冲向他们。他们见来势凶猛，转身便跑。萧天在后面一直追，直将他们赶出了梁山泊。萧天站在河边上又是跳，又是喊：“来呀！我是团长，团长怎能怕你们这些兔崽子！”

他们在河那边说：“你个龟儿子的，你真的疯了！”

萧天在河这边说：“你个龟儿子的，你真的疯了！”

后来，具茨村和唐宋庄的村民们都知道萧天疯了。他们说：“萧天疯了，可惜呀可惜，可惜呀——晚霞，那么一个漂亮的破鞋，他竟然穿不上。”

有人说：“你去穿啊！”

那人说："我才不敢穿呢？连团长——团长，哈，那么大的官都疯了，我穿了，不只是疯了，得死。"

旁人问："怎么能死呢？"

那人说："萧天为什么会疯？还不是唐虚翰给害的。你想呢，萧天晚上搂着他老婆睡觉，唐虚翰能受得了？那时他没有办法，现在他唐虚翰可是有枪有人的。"

后来，具茨村和唐宋庄的人都说是唐虚翰把萧天给弄疯了。

后来，有人怀疑，唐虚翰为什么要到现在才玩弄萧天呢？那时就可以置萧天于死地的呀！难道是唐虚翰害了政委？政委可是他叔叔呀！——倘若是唐虚翰害了政委，那么傻子是不是他害死的？！唐虚翰不愿把事情闹大，原来他才是真正的凶手！

后来，人们都说唐虚翰杀了亲叔，害了亲儿——他比老虎还凶猛呢！

后来，人们不再提起这件事了。因为广播说，孙总理他老人家不行了，全国人都在关注这件事呢，他们怎能再想其他的事情呢！于是，村民们开始焚香，他们都挂起了盘香。庭院中、村外，每一棵树上都挂了盘香，盘香颤悠着，从树干一直垂到地下。盘香开始从底盘沿着圈儿向上烧。玉米快到掰的季节了，玉米遮住了吴越河，遮住了梁山泊，只留下苍翠欲滴的颜色。盘香熏腾了，它的烟雾在全村弥漫着。这时若从上空看，倒是一处好景色：一团团灰白色的云雾遮住了山峦，山峦是看不见的，但你可以想象它定是美不胜收；山峦的脚下有小河环绕，河水叮咚流着；当烟雾散时，阳光穿过大气层，将一蓬蓬金黄色的鱼鳞洒在河面上，大地都涂上了一种虚幻的昏黄。可真实情景是：人们躲在烟雾中，默默念叨着，他们祝愿孙总理他老人家身体安康，万寿无疆；他们在庭院中、村外都焚上大型盘香，在屋里都点燃了小型盘香，挂在所有能挂的地方，梁上、椅子边、床帮上、条几上，屋里屋外都是烟雾，全村上下都是香气。

这香气飘到梁山泊时，萧天正在擦猎枪。晚霞梳着头说："现在够了吗？村民都知道是唐虚翰杀了政委。"

萧天停止擦枪："外面发生了什么大事？这么香——是，是……"他说不出话来。这时，他听到了哭声，哭声不是一人发出来的，它来自整个集体，全国人都在哭泣着，人们在一同唱着哀歌：歌没有曲词，歌声只在呜咽着，歌声就像河水一样流向了远方。

"老枪"跑来说："孙总理他老人家走了。"

跟着，集体发出了一个共鸣：孙总理他人家走了。

山河为之哭泣！

日月为之失色！

萧天呆了，他喃喃自语说："革命军这次真完了。"他的眼睛翻了翻，说不出话来，忽然"嗷"的一声蹿出山洞，越过吴越河，抵达具茨村，闯进唐虚翰家中，举起猎枪，射穿了唐虚翰的胸膛。

人们还在哀号，一切都抵不住这场灾难的降临啊！神也会走吗？他们不信呢！他们不相信孙总理他老人家就这样走了！神呢！您有感知吗？啊！您是有感知的，您是要孙总理他老人家归列神位呢！

唐家开始乱了起来。他们拿出枪，也要射穿萧天的胸膛。可是他们住手了，眼前是什么人呢？他吐着白沫，撕扯着头发，喃喃自语："革命军，革命军就这样完了！"他在烟雾中蹒跚，越走越远，烟雾将他紧紧裹住，像一个口袋似的渐渐收缩，渐渐地将他融入烟雾中，渐渐地吞噬着他的灵魂，直到一切都消失在烟雾中。

萧天这次真的疯了，他疯是因为给他精神支柱的革命军永远也不可能存在了。就像烟雾，散了以后，什么也没有了，只留下一片混沌，还有一些苍白色的潜伏在水底的泡沫扩散着水底世界的波纹，剩余的什么也没有了，就像萧天的脑袋里，空虚得只剩下一片迷蒙。因为革命军是他肉体里流动的血液，如果没有革命军，他就活不下去；革命军就像是他的精神指引，失去了革命军，他也只剩下肉体……

三个月后，晚霞有了自己的孩子，龙凤胎，男孩取名叫萧痕，女孩取名叫萧萧。

唐虚翰没有死，只是胸膛留了个洞。具茨村没有就此罢休，他们要为唐虚翰身上的洞报仇，可是他们遇到了一堵塔："老枪"。"老枪"在山洞门口架起了三把猎枪。两年后的一天夜里，"老枪"用猎枪杀死了疯了两年的萧天。当天夜里，晚霞抱着刚刚两岁的儿子和女儿，疯癫着跑出了山洞，一直跑到上海滩。

她们就住在著名画家王一亭的梓园，王一亭的学生萧天收留了她们。不久，“老枪”也到了梓园，搂住那个萧天叫“团长”。

“老枪”喜欢叫萧痕和萧萧小鬼头。

“老枪！小鬼！”萧痕说出人生的第一句话，便是这句“老枪与小鬼”。

那个时候，萧萧也摇头晃脑地跟着学：“老枪！小鬼！”

“你不知道，你怎么可能知道？萧天是五指月教父，他在具茨山弄了个大家伙，会放光的大家伙！嘿嘿，我看到过，惊了眼！他说什么‘白夜’，什么‘双生子佯谬’，什么‘白夜密码’——”民国二十六年，1937 年秋，淞沪会战期间，八百壮士死守上海滩四行仓库，“老枪”坐在仓库的屋顶上，遥望着河对岸公共租界的戏台上一个青衣悲唱着《窦娥冤》，他悄声跟身旁的一只黑狗说了这么一句话，然后被一颗不知从何处射出的子弹打中了眉心，一头栽进了苏州河里……

图书在版编目（CIP）数据

白夜密码 . 正面 / 刘子义著 . -- 北京 : 北京时代华文书局 , 2021.10
ISBN 978-7-5699-4301-6

Ⅰ . ①白… Ⅱ . ①刘… Ⅲ . ①长篇小说－中国－当代 Ⅳ . ① I247.5

中国版本图书馆 CIP 数据核字 (2021) 第 147417 号

白夜密码：正面

BAIYE MIMA ZHENGMIAN

著　　者 | 刘子义

出 版 人 | 陈　涛
责任编辑 | 张彦翔
装帧设计 | 米　乐
责任印制 | 刘　银

出版发行 | 北京时代华文书局 http://www.bjsdsj.com.cn
北京市东城区安定门外大街 138 号皇城国际大厦 A 座 8 楼
邮编：100011　电话：010-64267955　64267677
印　　刷 | 天津雅泽印刷有限公司　022-29645110
（如发现印装质量问题，请与印刷厂联系调换）
开　　本 | 710mm × 1000mm　1/16　印　　张 | 21.5　字　　数 | 342 千字
版　　次 | 2022 年 1 月第 1 版　印　　次 | 2022 年 1 月第 1 次印刷
书　　号 | ISBN 978-7-5699-4301-6
定　　价 | 98.00 元（全 2 册）

版权所有，侵权必究

白夜密码

双子世界悬疑系列小说

正面

刘子义 著

北京时代华文书局

白夜密码：正面

真实世界

——2020 新冠肺炎疫情发生前——

本书是一部科幻小说。尽管书中所述量子物理学、名胜建筑、艺术品、历史资料和科学猜想均属实，但其人物、事件和对话皆来源于作者的想象，不必信以为真。与真人（健在或去世）或真事有任何相似之处，纯属偶然。

要有光，就有了光。

——《圣经·创世纪》

你本是尘土，仍要归于尘土。

——《圣经·创世纪》

世界对着它的爱人，把它浩瀚的面具揭下了。

它变小了，小如一首歌，小如一回永恒的接吻。

——泰戈尔《飞鸟集》

目 录
CONTENTS

第九章 罪与罚

第十章 神曲

第十一章　飘

第十二章　长恨歌

第十三章　尘埃落定

澳大利亚新闻网
2007 年 6 月 18 日　星期一　头版

牛顿手稿骇人预言：

2060 年瘟疫、战争将毁灭世界

【澳大利亚新闻网讯】2007 年 6 月 18 日，英国著名科学家、现代物理学和天文学之父牛顿的手稿在耶路撒冷展出，他在这封完成于 1704 年的书信中预测说，世界将在 2060 年走向灭亡。

由犹太国家综合大学图书馆提供的有 300 年历史的牛顿手稿，计算着启示的精确日期及耶路撒冷圣殿的精确尺度。牛顿享有英国王室给予的豁免权，因此大可不必遵循英格兰教堂教义的条条框框，尽管如此，他却根据《圣经》做出了一个大胆预测。依据《圣经》旧约中的《丹氏预言书》（*Book of Daniel*，《圣经启示录》之外最有名的圣经预言），牛顿推测，在公元 800 年神圣罗马帝国于西欧建立之后的 1260 年，就是世界末日。

依此推算起来，2060 年就是世界末日。这封信是在耶路撒冷希伯来大学一个名为“牛顿之秘密”的展览上展出的。一位富有的科学手稿收藏家曾将一批牛顿的文件赠予希伯来大学，其中就包括预测世界末日的手稿。希伯来大学称，这是牛顿手稿自 1969 年以来首次同公众见面。

负责这项“牛顿秘密手稿展”的希伯来大学哲学教授班梅纳潜表示，牛顿手稿被放在纸箱多年，许多学者都不在意牛顿对圣经的解读。但现在已经是 21 世纪，有许多人对牛顿的手稿有兴趣，也许牛顿知道一些我们所不了解的事，他才会认为 2060 年是世界末日。

白夜密码

正面 WHITE NIGHTS PASSWORD

第一章　幻　灭

那时但见他们像曙光一点穿过夜幕，

振翼高飞，回翔于众星之间。

——[法]巴尔扎克《幻灭》

1. 幻灭

苏翙死了，死于幻象中，是幻灭。

苏翙的幻象是恍惚的，有光，也有影。在生命的轮回中，她都不晓得是否看清楚了幻象。但在她的有生之年，她一直都活在幻象中。她时常坐在卧室里，透过落地窗看天空中或静或动的云，还有风。她就这样看着一派暗香浮动疏影横斜的景象。而实际上，她没有看天空，甚至眼里连天空的影子都没有。她就是那样看着。幻象虽是虚无的、缥缈的、混沌的"白"，可是她似乎能穿透那"白"，看到背后的事物。她看到了光，白光；她看到了影，人影与山影。在光与影的交织中，她感到一股可怕的力量要穿透这"白"，粉碎这"白"。这个时候，她整个人都颤抖起来，似乎那股力量的源泉在她的体内。只有在昏厥的一瞬间，她才看得分明，是一场类似海啸的场景摧毁了山的影。

在幻象里，她有种惊奇，就像脱体的蚕蛹，赤裸着从茧壳里跳出来，然后穿行在光滑的月光中。她的幻象是个偌大的场景，她能感觉到，却说不清。在那个场景里，她能感知到有另外一个苏翙穿行在幻象里，甚至能和她对话。她确定不是梦境，那个苏翙是她的幻象，是她的影子。影子在幻象里有脚，却无法自由的行走，飘忽不定，到哪里由不得她，仿佛是魂魄。影子会向她笑，向她哭，与她讨论，与她争吵。倘若这影子有生命的话，她从来都不会孤独，影子会忠实地陪伴她。而实际上，她是孤独的，觉得自己是一个异数，精神上出现的幻象，将她深深地引向巨大的孤独中。这个奇妙的世界就像束毒草，有美丽的叶、袭人的香，一点点地腐蚀着她的思想。

"精神分裂症。"她向一个老者倾诉，那老者是她爷爷，却不太熟，毕竟她刚知道自己不姓苏，"一个人分裂成了两个，裂变，就像细胞再生。而这两个我，本属一体，却又各自独立。她有她的生活，我有我的生活。

可她能看清我的生活，我对她却一无所知。”

那时候，林老已病入膏肓，听了分别20多年的孙女的诉说，伸出手轻轻抚摸她的脸，脸上露出一丝淡淡的笑容，说：“那不是精神分裂症。”

苏翙也笑了，知道爷爷是在宽慰她，看着一缕阳光透过窗户洒在病房里的白墙上，握住了爷爷的手。

林老轻声说：“是光。”

“光？”

“白光。”

“白光——”苏翙有些吃惊，“是白光。可那白光只是出现在幻象里，我从未见过那样的白光。”

“爷爷见过那白光。”林老的眼帘开始松垂，生命已将消耗殆尽，这时他的脸色渐渐变白，纯粹的白，“在一座山上，爷爷见到了那种白光，那白光将爷爷的生命洗涤了，将尘世中的俗身带走了，所以爷爷就要死了。爷爷见到白光，有15年了。那白光就像病毒似的，一直潜伏在爷爷的身体里，直到今天才发作。所以，医生弄不清楚爷爷的病症，因为爷爷不是患病了。好多年前，爷爷和你一样，也出现过幻象，看到另外一个自己在白光中生活着。那幻象让人兴奋，又令人恐慌——”苏翙吃惊极了，紧紧握住爷爷的手——“你秋姨的父亲叶老是去年走的，和爷爷一样也见过白光，他也是死于这种病症。叶老临去前，跟爷爷说：‘那白光出现时，就像南极出现的白昼，是‘白夜’——”林老的眼睛已经睁不开了，手也从苏翙的脸上滑下来——“你不用害怕，叶老说只要没有看到真正的白光，就不会产生病毒的，你只是幻象，只要不去具茨山，就不会有事的——这也是你爸爸从不让你去的原因。”林老脸上的白色突然消失了，呼吸也停止了。

这之后，苏翙的幻象里便有了光。

房间的香，是袭人的，说明她要去约会，去见让她感到幸福和甜蜜的人。落地窗的棱角，将光线对折起来，穿透衣橱黑暗的角落。桌台的日历上，一个日期用彩笔圈住了，2017年6月9日是她的生日。“明天是个很好的开始。”苏翙这样想。从楼上下来，经过父亲的书房，她又愣住了，一些“白夜”的意象又一次袭击了她。她明白，正是父亲书房里被束之高阁的，上面布满凸凹不平的或圆或方的图案的石头，让她产生了幻象。那些石块上雕刻着仿佛象征某种神秘图腾的纹饰。这样的石头有许多，每个纹饰极其相似，却又不尽相同，都是用一些点、线、图案组成的。她试着拼图，却无法拼凑出完整的图形，可那些石块上似流动着一股气韵，仿若能够拼凑完整，这股气韵便会蓬勃而出，产生奇异的景象。这些石头来自"具茨山"，她没有去过，也没有机会印证。就是去了，她也找不到这样的石头。"要是随随便便寻到的石头，也不会放在爸爸的书房了。"她站在书房前，犹豫着是否进去。这个时候，林心湄下楼了。

看着妹妹下楼，她的心情愉快极了："只要妹妹答应去，爸爸就不会阻止的。"在这个家里，没有人能阻止妹妹的，包括任萅城副市长的父亲。

林心湄看着姐姐期待的眼神，脸上堆满了胜利的笑意，对姐姐说："爸爸同意了。"

苏翙心放宽了，笑着说："我就知道你有法子。"

林心湄走下楼，说："我跟爸爸谈好了，咱们的生日就在山上过——你怎么跟顾冰清和萧痕说的？"

"还没有说呢。咱们分头说吧，你去找冰清。"

"你怎么不去找顾冰清？他才是你男朋友，我去了你不怕吗？"林心湄盯着姐姐的眼睛看。

"我才不怕呢！"苏翙嬉笑。

"姐姐——"林心湄喝了杯水，"我不清楚你的心事，我知道你有心事的！"

苏翙轻笑一声："你不会喜欢上冰清吧？"

林心湄呸了一声："我才不相信爱情呢！"

苏翙笑着摇了摇头："咱们怎么看都不像是twins（双胞胎）！"拿了背包，回头又说："我去找萧痕还有别的事。"

林心湄瞥了姐姐一眼："我才不会打扰你，更不会操心你的事。"

苏翙笑了，看了妹妹一眼，心里荡起无限的心事。从家里出来，坐上网约车，回望妹妹在窗户旁绰绰身影，显得无限落寞。妹妹的身影渐渐小了，沉在她的心底，无聊地泛浮着，仿佛林心湄只是一个要好的朋友，并不是她妹妹，没有那种血浓于水的情感。"双胞胎姐妹。"她笑了，笑意妩媚，她在反光镜里看见自己的笑意，满意极了，觉得这笑意仍可打动萧痕。当然，她去找萧痕，并非魅惑他，也不需要，她知道自己已在萧痕心里扎根了。“也许是爱情？”也许不是，爱情没有这种情感纯厚。想到这里，她又笑了，可转念想起自己经历的幻象，笑意顿消，心里害怕极了，所以她才去找萧痕，才去具茨山寻找答案。“也许他能了解我的恐惧。”她想。约莫一个小时，手机响了，是妹妹打来的，说她和顾冰清一起回顾家了，明天一早到具茨山宾馆找姐姐。苏翙挂了电话，只觉混混沌沌的，不知道出了什么状况，一阵虚空。（作者按：顾冰清和苏翙的故事详见拙作《生如夏花》）网约车转了一个弯，在一个路口戛然而止——具茨山宾馆到了。具茨山宾馆就在具茨山山脚下，宛如山的一部分。

夕阳散尽时，萧痕瞧见苏翙从车里出来，只觉怪怪的，好像在做梦。苏翙有意识的慰藉，却暗藏着爱情无意识的远离。

苏翙一心想着具茨山，并未把萧痕的落寞放在心上，见到他便说：“我真的很好奇，我给你的那些图纸，就是具茨山上的石刻。”

“具茨山有好多这样的石头，是个史前的文字谷——这是我爸说的，我对这些也是不关心的——那些刻划符号是以平面和立体结构交错而成，在平面部分还会出现一些深凹进岩石内的方坑、三角形等形状，这种符号及记录方式与埃及象形文字的‘阴体添黑’极为相仿——若是真的，这种符号就是比甲骨文早1500年的文字。”

“这是你爸说的——我爸从不和我说这些的，就连具茨山都很少提，也许他都和林心湄说完了，说尽了，和我就没什么说的了。”苏翙幽幽地说，“呃——林心湄和顾冰清一块回家了，顾阿姨一准认为林心湄是她儿媳妇！”

“你很记挂顾冰清。”萧痕叹息，“你放心，林心湄是不相信爱情的——你们怎么看都不像是双胞胎。”

“我才不想和她做姐妹！”苏翙将背包放在沙发上，遥望窗外朦胧的山影，只觉具茨山系绵延不绝，看不完全，可在她凝神的那一瞬间，忽觉山系一下子缩小了，唰的一声全跑到她的眼睛里，惊得她一个趔趄，仿佛承载不了影像的冲力。这让她更加明了，具茨山就是她幻象里的山，一直让她产生恐惧的山。这时，一些奇妙的意象从山影里穿透窗户扑了过来，她伸手抵挡，一道耀眼的白光透过指缝穿透了她的思想。

“这些美妙的景象背后，是歇斯底里的恐惧。”萧痕轻轻握住她的手。

苏翙从幻象中逃出来，喘着气说：“你能感受到我产生了幻象？你是不是也有这样的幻象？”

萧痕松开她的手：“有些东西是躲避不了的，譬如爱情，譬如幻象。有时候，我觉得这幻象还没有爱情可怕，爱情的幻象才是真正的漂浮。——你将幻象称之为‘白夜’，也挺形象。在幻象里，确实是混沌的白，仿佛整个宇宙没有黑暗，只有白，只有虚空；这个时候，黑暗反而是真实的美好。”

“水至清则无鱼，人至察则无徒。”

“就是这个道理。幻象之所以让人恐惧，并非看到有灾难，而是那种虚空。”

苏翙摇了摇头：“真正令我恐惧的不是虚空，而是真实，两个苏翙如此真实的同时出现！她们能成为好朋友，又能成为敌人，你不知道影子什么时候来，又什么时候走！”

“呃，我无法体会你的幻象，无法体味你的痛苦。因为我所经历的并非幻象。我了解这座山，这是我生活过的地方，但对你来说，这座山就是幻象，因为你从没来过。”

“正如弗洛伊德所说的：意识产生于记忆的痕迹。”

萧痕点了点头：“我一直在读他的著作。咱们产生幻象，也许是精神分裂的一种。我之所以回来面对我的幻象，是因为弗洛伊德所说：我们一直是在和一个巨大的 × 打交道——我就是要寻找那个巨大的 × 。”

“这也是要你带我去找文字谷的原因。”苏翙顿了顿，“文字谷容易找吗？”

“我不觉得你产生幻象的根源是文字谷。”萧痕不答反问。

“你还有什么更好的解释吗？是你说的，那些图纸上的符号，就是具茨山里的文字。对于具茨山，你不也是只见过文字谷？也许到文字谷也找不到答案，但至少能印证一下我们的想法。”

第二天早上八九点钟，顾冰清和林心湄到了旅馆。萧痕早在大堂里等着，见二人到了，便让林心湄去喊苏翙。苏翙梳妆打扮后出来，瞥见林心湄在顾家睡得好，问妹妹："你还好吧？"

林心湄笑道："很好啊！"想起顾母夸她漂亮，嘴角浮起一抹笑意。

顾冰清说："我昨天才知道，林老曾在具茨山当过知青。"

苏翙说："爷爷在具茨山当过知青，具茨山也算是爷爷的第二故乡了，所以心湄这次去有探乡的味道。"

顾冰清想起母亲夸赞林心湄美，忍不住向林心湄看了看。林心湄的美，是属于风景画里风韵淡远的一类，淡墨画或水彩画这些易上彩的，都不能恰如其分地描绘她的风韵。顾冰清对这种风韵是敬而远之的，在他生存的环境里，只是一道淡淡的影子，只有在画里才能寻摸。这影子却又是模糊的，属于记忆的一个片段。自他记事后，再也没有从母亲身上见到过这种风韵。在具茨村里，母亲是大众的母亲，是普通的村妇。岁月的痕迹在母亲的脸上烙下了印记，头发已经灰了，那种风韵也荡然无存了。父亲也是，是那种点缀在中国大地上最辉煌的图腾——农耕图的父亲。

这里到具茨山是一条崎岖的公路，要坐半小时的车才能到山脚。具茨山是个大山系，开发旅游的只是冰山一角。苏翙是第一次到具茨山来，知道萧痕熟悉具茨山，这才要他带自己去看一下，却不知萧痕说的文字谷在无人去过的荒山上。等到萧痕领着他们从峰顶另一侧下来，穿过一个幽深狭长、迂回百绕的山洞，爬过一个长满茨草的山坡，便看见远处一个峡谷中的石头上刻满了成行成篇的符号。夕阳下，那些符号仿佛长了翅膀，像光芒似的，穿透还未织成的夜幕，回翔于山谷与点星之间。那一瞬间，他们仿佛经受了一次醍醐灌顶的洗礼与震撼，印证永恒与骄傲的一道道耀眼的夺目的光，将中华历史的厚重、五千年历史的磅礴，突然之间在他们面前凝结成立体的图像。这时，天空看起来像一面镜子、一个棋盘，镜子里映满了点、线、圆，棋盘恍若历史与岁月的对弈。雕凿符号的数量之多，字形之繁，令人兴叹。四人只觉心潮澎湃，就连曾见过这些石刻的萧痕，也觉得胸中蕴藏着一股说不出的气韵。天到了白天和黑夜的临界点，夕阳连尾巴也瞧不见了；山间却有一股苍白色的光，衬得四周一片苍茫，宛如正在阅读一段惊心动魄的历史；山谷中的回响如风雷电掣，似乎在回放岁月的记忆。苏翙一时愣在那里，恍如做梦一般，这个情景不止一次出现在她的幻象里，她也不止一次触摸具茨山的魂核。她似乎能在山腹之中听到水流的声音，能看到水从岩石里浸出来，一滴一滴的，汇成一股，从岩石的隙缝间流向山下。在这种流淌中，融成了这座山所有的景象。具茨山在她的幻象里，是一个纯净的世界，仿佛整座山都是透明的，她甚至能看透山的构造。这让她感到恐慌，好像具茨山前生今世都和她有关联似的。

晚上是在一座石房子里睡的。石房子年代久远，不知哪朝哪代的杰作，四周已经渗水了。石房子里有帐篷，是萧痕的父亲靳名琛留下的。四人便挤在一个帐篷里睡。天明时，东方一抹晨光斜散，所照之处，一派紫气东来的气象。晨光散落在一块仿佛象征某种图腾纹饰的大石上，那些圆凹处都挤满了露水。苏翙站在大石的后面，只觉眼前一亮，从露水上折射出一圈光晕，射向无穷的远方。那光晕像一团白色的火焰，倏地炸开了，形成了一朵蘑菇云。云的上方，是一座监狱。这个时候，萧痕正眺望着监狱，监狱在晨光中显得无比的庄严肃穆。

苏翙知道那白光是她的心魔，她在蘑菇云里看到了自己的影子。这时，她产生了幻象。那白光射到她的眼里，原先只有一束，后来变成了一个白色的光圈。她在光圈中看到了一道奇异的景象：从具茨山腹中涌出一股泉水，像白光似的一下子涌到了光圈里。泉水仿佛带着某种无法抗拒的魅惑，向她眨着眼睛。她的影子在白光里跳来跳去，眼睛的余波滑出的轨迹，宛如某种讴歌生命乐章的音符；她似乎在这音符中，看到了生命像流星似的滑过；这时，她触摸到了生命的终点。泉水在她的幻象中消失了，白色光圈包裹着她的躯体，像白光消失似的，将她的灵魂带到无边无际的空冥世界里去了。

苏翙倒在大石上，宛如一片见风就散的云。她头顶上飞舞着两三只蝴蝶；蝴蝶是金黄色的，仿佛不是蝴蝶，而是一顶金冠的蜕变。她右肩上有个猫的刺青，逼真极了，仿佛不是文上去的，而是生就的。她骨子里流露出一种天生的高贵，还有瞳孔里无法隐藏的笑容。那几只蝴蝶的影子就匍匐在刺青上，影子有些摇曳，被风吹了起来，仿佛是宋朝大画家郑思肖画的“无土之兰”，又如唐朝大画家吴道子画的永远只能飘在半空中的魂魄。

苏翙就这样在幻象中死了，悄无声息的，仿佛躯体只是她生命的影子，白光产生了，将她的生命如影子般隐了去。

2. 超脑理论

石小岚回到公安局，脑子里依然抛不开那一抹奇怪的笑容。笑容不是绽放在面部，而是微缩在瞳孔里。一个死人的瞳孔里。

到 2019 年 6 月，她已经 29 岁了，四年刑警经验，两年卧底生涯，算是有些资历了。从警校毕业后，她参与过几起重大的国际性案件，可谓见多识广，然而这样的死亡案例却从未见过。死者叫竺小筠，是百合集团的总建筑规划师。案发现场是一间工作室，方正规矩，不足 40 平方米；屋子干净整洁，毫无凌乱的迹象。竺小筠死的时候，有些坐禅的味道，好像知道自己要死了，就静静等待死亡的降临。面部的平静，很容易让人联想到"羽化升仙"的道士，没有一丝表情。若非她站在法医身后，也看不到那一抹微缩在瞳孔里的笑容。那笑容奇怪极了，不像是人死亡时的笑容。

这是公安局的新址，刚刚搬过来不久，墙漆的味道还未散尽。石小岚的办公桌紧靠着窗户，是一大扇落地飘窗，通透明亮。窗外是一棵有年头的银杏树，几片树叶匍匐在窗玻璃上。她的办公室在三楼，处在同一位置的二楼是她父亲的办公室，门牌上标着：局长室。她当警察很单纯，是为了她父亲。父亲眼中的警察，不是一般意义上的警察，所以她去了很多地方磨炼，警校毕业时已有了国际刑警的资质。

石小岚看到树叶被微风吹动了，又想起了那个奇怪的笑容。她用右手轻托着脸颊，目光仍注视着窗外。窗外是个人工湖，是城市的景观，也是她的景观。平常的时候，她最喜欢对着湖看，波平如镜的湖水能给她带来片刻的平静。现在，湖面上有几艘游艇，优美的弧线犹如音乐的线谱，湖周围有喧闹的人群，只是这些外在的东西她看不到。她就那样静静地看着，任凭思绪飞转。她要努力寻到那个奇怪的笑容。毫无疑问，那笑容她在哪里见过，并且留意过。突然，她的心跳得快极了。这心跳是一种信号，当然这信号不可能来自竺小筠，而是一个让她难以捉摸的男人。

那个男人也曾是警察，两年前辞职了。这当然令她费解了。或许，她是让他做出选择的原因之一，毕竟在卧底前答应要嫁给他。为了爱人的安全，她不但不能嫁给他，而且还要疏远他。她选择了尊重自己的内心，亲手砸碎了爱情，变成一个硬朗不敢爱的女人。可是，她从来没有忘记过那个男人，毕竟那是与她有过肌肤之亲、共经生死、曾谈婚论嫁的男人。

“萧痕。”石小岚在纸上写下这个名字，心跳的更快了，寻思：“萧痕为什么有那样的笑容？那笑容就像看淡了生死，或者说是看到了自己要死亡并从容接受死亡的笑容！以他的年龄不可能有那样的笑容？”恐惧忽然从她意识里跳出来，像幽灵似的扰乱她的心神；她不能确定，这恐惧是预示着她要死亡，还是她眷爱的男人。她将笔投入笔筒里，平静一下心绪，又从笔筒里拿起笔，在名字旁边写了“调查员”仨字，这就是他的职业。

萧痕的调查事务所就在叶家老宅中。这是一个独特的家族，已去世的叶老有三个孩子，老大就是萧痕的父亲靳名琛，他们父子二人都没有随家族姓氏；老二叶羽秋嫁给了副市长林家坤，也是林心湄的继母；老三叶羽西33岁了，至今没有结婚。叶家老宅有百年的历史，曾是某个财阀的公馆，如今墙壁已呈颓势，公馆周围有数百棵成年法桐，隔绝了城市的喧闹，自成奢城一景。四年前，当萧痕以公馆法定继承人的身份住进来时，才知道自己姓“叶”。父亲带着他走进了这个家，他看到的只是叶老的遗照和一个戏剧性的遗嘱。之后，他住了进来，一个人。父亲舍不得故乡的家，舍不得他的山和他的梦想。第一天住进老宅时，父亲就回村了，小姑要陪他，他不让。那一晚，他清理了院子里的枯草，修整了一条车道。那一年，他24岁。如今老宅的院子里，车道上，都长满了草。自苏翙死后，他好像忘却了老宅，仿佛这两年只是一夜，他无法从死亡的“黑”中走出来，无法度过这冗长的一夜。

石小岚按响了门铃，看见萧痕穿着拖鞋从老宅里出来，穿过未修整的花园开门，心里不由一疼。

萧痕开了门，说：“视频里不能说太多，这事得面谈。”

石小岚进了院子，看见荒芜的花园里有些返青的迹象，说：“叶家老宅被你当成调查事务所，糟蹋了。”

萧痕笑道：“糟蹋了吗？不觉得。人与物的感情，在于培养，在于照顾。我缺乏这些，所以对老宅没感情，也不觉得是糟蹋。”

石小岚摇了摇头，穿过石板路，走到屋前：“你就像院子里的草，缺乏蓬勃的生气，但这不该是你。”

萧痕停下脚步，看着石小岚脸颊左侧被微风吹起的发丝，不禁呆住了。他喜欢这样看她，喜欢看她眼中流露出的纯粹。那纯粹就像能看透世俗似的，就像一汪深不见底的泉，幽而明；那纯粹又是那样的简单、自然、干练。

石小岚知道萧痕在看她，说：“你为何辞职？”

萧痕淡笑：“佛曰：不可说。说了，就错。错了，不如不说。借用黑格尔的话说：凡是存在的，就是合理的。”

石小岚拢了拢被风吹乱的发丝，笑道：“存在的与合理的之间还有些空隙，这空隙看不见摸不着，但你不能否定这空隙不存在。”

萧痕点头：“你说的有道理。譬如科学和神学，均存在于世，也都合理。传统的观点是科学和神学是不可统一的，我看未必，它们之间就存在着你所说的空隙，只是这空隙我们没有发觉，但它一定存在。”顿了顿，“进屋说。”

石小岚进了屋，看到墙角的柜子里放置些所谓的侦探道具，说：“你这些道具太小儿科了，与警局的装备差了万里之遥。”

“中国的私家侦探是不合法的！”萧痕从柜子里拿了一柄飞刀扬了扬，又放到柜子里，“不是做你的线人，连这些道具都淘不来。”

石小岚从包里拿出一饼茶叶和一条中华烟，说：“这都是从我爸那里拿的。茶是生普，你尝尝，我不会喝茶，也喝不出好坏。”

萧痕接过，将烟放到茶几上，打开茶闻了闻，道：“好茶。你坐，我泡茶给你喝。”

石小岚在萧痕对面坐下，说：“死者叫竺小筠，是做建筑规划的，据说是行业大师，在奢城无人能超越，规划设计的楼盘大概有四五十个。”

萧痕倒了一杯茶给石小岚，说：“按常理说，竺小筠不该有那样的办公室。他作为百合集团的总规划师，办公地点应该在百合大厦里。这说明一点，那个办公室不是他搞建筑设计的办公室，而是有另一种用途。而这种用途，才是破案的关键。”

石小岚皱了皱眉，说："你没有了解案发现场，就下这种判断？"

萧痕喝了一口茶，道："如果能在案发现场找到蛛丝马迹，以你的智慧和刑侦能力，应该是手到擒来，断然不会到我这里来。"

石小岚盯着他的眼睛看："你的自信是从哪里来的？"

萧痕避开她的目光："这不是自信，而是对事物的看法不同。譬如常人观察事物是从事物的状态、性质、发展的逻辑去看，我的看法则不尽然，我是从空间去看。就说这个案子，一个不足 40 平方米的办公室，对于竺小筠而言，这么小的办公室能做什么？他死在这样的空间里，连法医都找不到死亡的实质，其中的死亡本相与找不到本相之间肯定有个空间！假如我们能探知这个空间，那么一切皆可寻。"

石小岚皱了皱眉："这就是你所谓的第五维空间理论。"

萧痕熟练地烧开水、泡茶，说："确切地说，这是我父亲的大作。"

"奢城最著名的物理学家之一。"石小岚说的正是靳名琛。

萧痕点了点头："他在著作里说，历史、时代、社会、人会在同一时间出现错位。它们可能属于同一个空间，过去的、现在的、将来的，可能在同一个时间发生。而我们所感知到的只是这个空间的一个单面，就像镜子一样，所看到的只是眼前的东西。实际上，在我们周围同时发生着很多事情，这就是我们经常产生幻象或者错觉的原因。当你能真正看清这个立体空间时，你便可以看见过去、现在、将来，甚至能改变事情的发生。每个人都会出现第五维空间的，这种观点已被我们所接受。在第一维点的空间里，我们只知其存在，不知其面目，像夜晚看星星，只知有其一点，不知其他；在第二维面的空间里，我们知其面目，但不知其状态，像看一幅画，见其表不明其里；在第三维体的空间里，我们知其状态，但不知其性质，像看一静物，见其表体不知其作用、发展等；在第四维时空的空间里，我们知其性质、发展，但不知其位置、关系等。但如果我们能感知到第五维空间的存在，那么就能展现一切。"

"如何寻找这种空间？"石小岚听了觉得有道理，却还是不明白。

萧痕笑道："这又是佛说的不可说。这是种特质，有些人经常产生第五维空间，有些人一辈子都不会产生。"

石小岚皱了皱眉："有些人？是什么人？难道这种特质也属于特异功

能的一种。”

萧痕指着茶杯说：“喝茶。”他眼神里忽然塞进了悲哀，“只是这种功能还是没有的好。什么是第五维空间，简单地说，就是在你存在的空间里，又多了一个空间。这两种空间的存在，让你能看到常人不可能看到的一面。但这两种空间有交集，会造成你的眼前同时出现两种景象，就像精神分裂。那是一种分裂。”

石小岚看到了萧痕的悲哀，她心里竟也跟着悲哀起来了，这时她才明白萧痕是具有这种功能的。然而，就是这种功能让他具有常人所没有的能力，但同时给他带来了挥之不去的痛。这一刻，她似乎感受到了那种痛，心中不落忍，对萧痕说：“看来，我该走了。”

萧痕摇了摇头，道：“痛苦的根源不在于你，跟你来与我讨论案情无关。所以，你不必担心。”说着，从茶几上拿出一沓资料，递给石小岚，道：“你来的路上，我查了竺小筠的资料，这也是我下结论的依据。竺小筠还有一个背景，五指月组织的土手指。”

石小岚吃了一惊，连忙打开资料看，见资料详尽，说：“五指月组织是奢城最神秘的黑帮，它的体系很健全，这也是我们警方多年打击未果的原因。特别是五指月组织‘金、木、水、火、土’五位长老，就连我们警方都没有资料，这些资料你是从哪里得来的？这些资料竟然如此详细地记载了竺小筠所犯的事？可是这样的资料，除非他本人整理，恐怕他人难以有如此详尽的资料？”

萧痕倒茶、喝茶，笑道：“这又是佛说的不可说。真是不可说。我有我的渠道，你也不必问，问了我也不会说。”

石小岚盯着萧痕的眼睛看了几秒钟，终于拿起茶杯，喝了一口，道：“如果说竺小筠是五指月组织的土手指，难道他的死跟五指月组织有关？”

萧痕摇了摇头道：“那也未必。”

“你有什么见解？”石小岚轻轻将茶杯放到茶托上。

“你听说过超脑理论吗？”萧痕喝了一杯茶，打开中华烟，抽出一盒，点了一根。

“超脑理论？没听过。”石小岚摇了摇头。

“所谓超脑理论，就是多宇宙理论。”萧痕斜倚在沙发上，摆了个舒服的姿势，“这属于量子物理学范畴，就像我们建造一幢大厦，严格说来，大厦本身是独立的存在，但它的每一面墙壁，每一块地板，每一道楼梯都和在其内部进行的种种活动密切相关，不管这种活动是不是包含了意识的观测者。这幢大楼非但不是铁板一块，相反，它的每一层楼都以某种特定的奇妙方式纠缠在一起，以至分居在顶楼和底楼的住户仍然保持着一种心有灵犀的感应。”

石小岚理解他的意思，说：“这在刑侦学有涉及，属于联想法的一种。”

“可以这么解释，但那只是表象。”萧痕挥手驱散眼前的烟雾，努力睁开微闭的眼睛，“深一层的解释，就是量子物理学中的‘超光速’理论，用爱因斯坦的话说，超光速意味着获得了回到过去的能力！这样一来，我们将陷入甚至比不确定更加棘手和叫人迷惑的困境。比如，想象那些科幻小说中著名的场景：你回到过去杀死了尚处在襁褓中的你，那会产生什么样的逻辑后果呢？”

石小岚轻轻咬了咬嘴唇，说：“超脑理论不能存在刑侦学中，它的多宇宙空间制造出了无法解释的逻辑怪圈，而这种逻辑怪圈在一定程度上会把刑侦学搞得乱七八糟。”

萧痕笑道：“刚才咱们讨论过，存在的与合理的之间肯定有一个空隙存在，那个空隙就是‘无法沟通的宇宙的存在’，就是第五维空间，就是超脑，就是一个人可以感受到多宇宙的存在！这些东西也就是科学和神学之间的空隙。面对这些，爱因斯坦也只能挠着头皮说：‘虽然上帝神秘莫测，但他却没有恶意。’”

石小岚皱了皱眉：“超脑理论与本案有什么关系？”

萧痕掐了烟，双手十指轻扣形成一个盒子形状，说：“在那样一个封闭的盒子里，有多个宇宙存在。在我们不可能通过细节分析来侦破案情时，我们可以再寻找另一个宇宙，也就是另一个空间。在这个空间里，我们分析竺小筠的思想，使之联通，那么一切就迎刃而解了。”

石小岚理清思路，说：“我先带你到现实的空间去探寻。案发现场中，有一个书柜，书柜正对着窗户。书柜里没有一本建筑方面的书，反而有量子物理学方面的书籍。另外，有牛顿、爱因斯坦、薛定谔等科学巨人的著作。但这些书有规律的排布在书柜里，没有一丝凌乱。书柜前面就是一张书桌和一把椅子。书桌上是一叠竺小筠收藏的手稿。竺小筠就是坐在椅子上死亡的。他的死亡很奇特，像是安乐死。整个现场，看不到一丝谋杀的迹象。”

“收藏的手稿？”萧痕的双眉紧紧收缩，凝成了一条线。

“是手稿。”石小岚从包里拿出一个档案袋，抽出一叠手稿递给萧痕，“我带了，你看看。”

萧痕接了手稿，眉头皱得更紧了，轻呼道：“这是牛顿手稿！”

3. 牛顿手稿

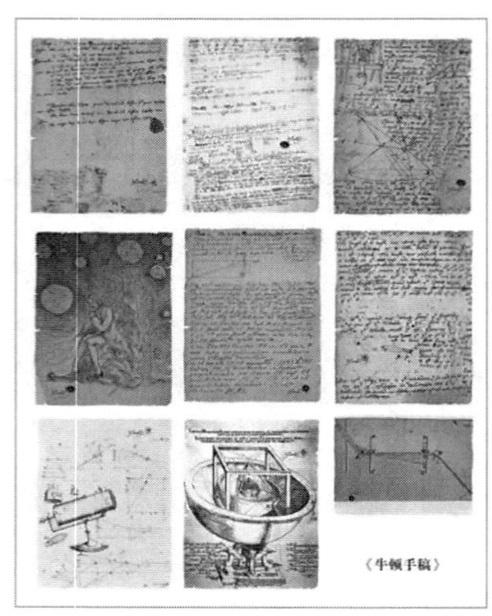
《牛顿手稿》

萧痕将牛顿手稿一一排开，整个人都被震惊了。这的确是牛顿手稿的真迹，绝非市场上的赝品。他拿出一个放大镜，仔细地看纸张，看它的年份，除了震惊还是震惊。假如这些是赝品，也绝对出自大师之手，就是这创作也是价值连城。他努力克制住内心的激动，这是他梦寐以求的东西。两年前，当苏翙幻灭时，他看到了光，就想到了牛顿。那时就有冲动去查看牛顿对于光的研究，去探究那个让他产生“白夜”幻象的光。当牛顿手稿出现在他眼前时，他就觉得有一道白光从手稿上射出来，刺透了他的眼睛，在他瞳孔里微绽出一抹奇怪的笑容。只是那笑容浅浅，抖一下就消散了。

“牛顿手稿是真迹，至少我看起来像真迹。”萧痕收起放大镜。他本想看透牛顿手稿的玄妙，可却徒劳无功。

石小岚皱了皱眉道：“牛顿手稿的真伪与案情有必然的关系吗？”

“没有。”萧痕收摄心神，“这些牛顿手稿价值连城，看来竺小�挺有钱的。”

“现实的情况是，他是个落魄的人。”石小岚摇了摇头，“竺小�住在辛夷坞的艺术家群落，正是你策划的楼盘之一。看来，他在百合集团挣的钱都买这些东西了。”

萧痕嗯了一声，说：“竺小筠有双重身份。第一个身份是百合集团建筑规划师，他的这个身份与牛顿手稿扯不上关系。”

石小岚不解：“竺小筠为什么研究牛顿手稿？难道牛顿手稿里藏着不为人知的秘密？”

“这个不好说。”萧痕摇了摇头，抽出一根烟点上，“竺小筠的另一个身份是五指月组织的核心人物之一，但从这个身份上说，一个黑社会组织研究牛顿手稿，更显得无稽。在你来之前，我研究过五指月组织，发现它虽是黑社会组织，但在几年前已经转型，旗下有投资担保、房产开发、冶金、煤炭等行业，可以说已经洗白。”

石小岚点头道：“这也是我奇怪的地方。我毕业后就分到打黑组，这几年一直注意五指月组织。从表面上看，五指月组织已经变白，它的经营都很正规，而且在商业过程中很注重企业的美誉度，较有诚信，不存在黑的层面。但凭直觉，我觉得这种白的表象下面肯定存在更深的黑。”

萧痕闭上眼睛，深吸了口气，睁开眼来说：“他们并非脱胎换骨，而是他们的黑更有深度性，或者说更具有文化性。它们本是文明的产物，这时归于文明。或许，牛顿手稿正是你打黑的突破口。”

石小岚皱了皱眉说：“你的意思是说，五指月组织已非简单意义上的黑，而是参与文明层面的黑。譬如牛顿手稿，他们可以仿真，制造赝品。这么说，五指月组织的成员不再是梁山好汉，而是一群有知识、懂科学，具备高学识的高知犯罪分子。”

萧痕点了点头：“这是进化的结果。黑社会组织同样是优胜劣汰，同样要适应时代。如果它只停留在打打杀杀的层面，那么必然会被时代淘汰。竺小筠研究牛顿手稿，也许是制造赝品，也许有更深层次的目的。”拿起牛顿手稿，走到复印机前复印一份，将原件归还给石小岚，“我留下一份复印件，你让鉴定中心仔细鉴别，看看能否有所发现？”

“好的。”石小岚接过牛顿手稿，“这趟没白来，有两点收获。第一，知道了竺小筠的真实身份；第二，找到了侦破五指月组织的突破口。至于竺小筠案件，回去后我重新梳理。”站起身来，四顾环视了一下事务所，“叶家老宅做事务所真是太可惜了。”

萧痕起身送客，笑道：“看你是从哪个角度说。”

“改天约上小夕，咱们一起坐坐。”石小岚轻笑一声，示意萧痕不要送，径直出了叶家老宅。走到警车旁，忍不住回头看了一眼老宅，恍惚觉得这老宅具有了人间烟火的气象。

石小岚走后，萧痕又重新检查了一遍九张手稿，确切地说，只有八张是牛顿手稿，有一张是牛顿肖像图，可能是竺小筠手绘的。牛顿手稿杂乱无章，初看时觉得里面藏有许多秘密似的，这跟他的心境有关，他太想从牛顿手稿中发现有关幻灭的迹象，但他失败了，心境与现实是两个不同概念。竺小筠的个人资料是一个绰号叫青莲的人给他的，调查员想要生存，也要有线人。青莲就是他的线人。但他从未见过青莲，更不知道青莲为何有竺小筠的资料。他从不猜测旁人的心思，这些看似跟他有关联，但他并不需要。他也不确定为何做调查员，或许跟苏翙的死有关。他的骨子里仿佛有种指令，要他从事这个行业。他不是那种去调查街头巷尾、旁人隐私的调查员。他只对两件事有兴趣，一件是苏翙的幻灭，一件是父亲所说的具茨山。他总觉得幻灭与具茨山是同等的，是一回事儿，可他找不出其中关联。当然，他要生活，他的生活来源不在调查所，而是地产策划。确切地说，地产策划才是他白天的工作，只有在晚上，他才躲进小楼成一统，才去探知那些他无法解释的事情。

萧痕像虔诚的教徒一样，仔细地观察牛顿手稿。对于牛顿，他早从文献资料中了解了这个伟大的科学家，这个早年从事科学、晚年从事神学的怪人，似乎看透了一些关联，所以思想才有这么大的转变。难道牛顿从科学到神学的转变，仅仅是因为有些现象无法解释出来，而感知宇宙的浩渺？萧痕不认同这个定论。牛顿以他的睿智使得物理学征服了世界，在 19 世纪末，它的力量控制着一切人们所知的现象。古老的牛顿力学城堡历经岁月磨砺、风雨吹打而始终屹立不倒，反而更加凸现出它的伟大和坚固来。从天上的行星到地上的石块，万物都毕恭毕敬地遵循着它制定的规则。而晚年的牛顿却从神学得到了启示，甚至预测 2060 年是世界末日——这在手稿上有确切的记载。他的世界末日说是依据《圣经》的说法：

“我听见那在河水以上，穿细麻衣的，向天举起左右手，指着那永远活着的主起誓说，要到一载、二载、半载，打破圣民权力完成的时候，这一切就都应验了！”他认为在神圣罗马帝国的查理曼大帝之后的1260年，就是世界的末日。依此算起来，2060年就是世界末日。

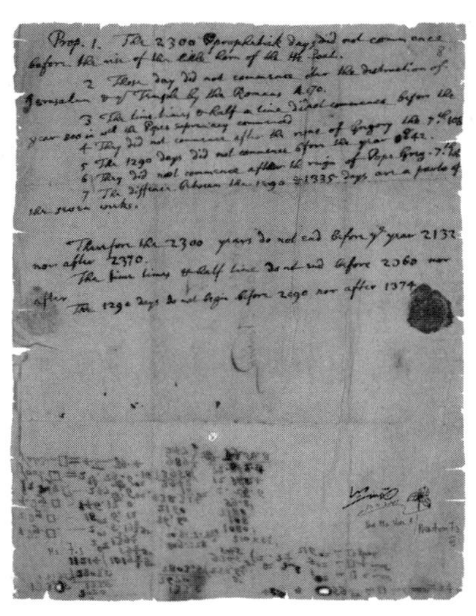

Prop. 1. The 2300 prophetick days did not commence before the rise of the little horn of the He Goat.

2 Those day did not commence after the destruction of Jerusalem & ye Temple by the Romans A.D. 70.

3 The time times & half a time did not commence before the year 800 in wch the Popes supremacy commenced

4 They did not commence after the reigne of Gregory the 7th. 1084

5 The 1290 days did not commence before the year 842.

6 They did not commence after the reign of Pope Greg. 7th.

7 The difference between the 1290 & 1335 days are a parts of the seventy weeks.

Therefore the 2300 years do not end before ye year 2132 nor after 2370.

The time times & half time do not end before 2060 nor after

The 1290 days do not begin before 2090 nor after 1374.

萧痕在牛顿手稿复印件中，用笔将“2060”圈起来，他不觉得这是世界末日的指向，或许这2060里隐藏着更伟大的启示，或许这2060就是联结科学和神学的通路。他点了一支烟，看着窗外一幕黑，不知不觉已是晚上了。烟雾在他头顶上漫无目的地飘散着。他蜷缩在沙发上，彻底放松神经，想从另一个层面去解读牛顿。这时手机响了，是石小岚的来电。

“有些事，不可说。但不说出来，如同梗骨在喉。”石小岚回到宿舍，又想起了那个奇怪的笑容，觉得有必要告诉萧痕事实。当然，她不知道这事实意味着什么，或许会给萧痕带去伤害和痛苦。但有时，只有痛苦才能激发人的极限能量。

“你说。”萧痕坐起来，知道她话中的分量。二人分手后，石小岚的性情变了，她有自己的世界，更有自己的处世哲学。她从不说多余的话，每一句话都是经过反复掂量才说的。当然，她也有小女人的心思和情趣。只是，这种心思和情趣深藏在心底，不轻易表露出来。

石小岚宿舍里的布置，跟她的人一样简洁、干练，黑白搭配，素雅又不失格调。她坐在床上，看着桌上水晶相片里穿着警服的自己，说："竺小筠的眼神中有一抹奇怪的笑容，在他的瞳孔里，那笑容像是看透了俗世，看到了未知美好世界时流露出的笑容。"

"如此奇怪的笑容？"萧痕皱了皱眉。石小岚的声音轻柔，她从没用这种语气说过话，可萧痕听着却如同雷霆贯耳。

"你眼中也有过这样的笑容。"石小岚一字一顿地说。

这一刻后，他们都没有说话，仿佛这笑容能够凝固时间，一切流动的东西都静止了。他们不约而同地挂了电话，没有说再见。这时，一切语言都显得苍白无力。挂了电话，石小岚将手机放在桌上，看着水晶像，呆在那里。

萧痕回过神来，立刻取车出门，他要去证实一件事情。车驶得很快，绕了几条街道，停在了一个标着"奢城市文学院"的地方。这里已被戒严，正是竺小筠的案发现场。他找个地方停好车，径直向文学院走去。门前有几个警察在维持现场，防止行人进入。晚上的文学院静得能听见鸟虫的鸣叫，它一面临街，其余三面都是公园，对一座城市来说，这里是得天独厚的宝地，很适合文艺创作。文学院大门门廊上挂着几块牌子："作家协会""文联研究院""书法研究会"等，衬得这四层的建筑物令人不可逼视。萧痕观察了片刻，两年警察生涯使他具有敏锐的洞察力，很快便找到了进入文学院的捷径。他从公园的矮墙上跳进去，只用了两三秒的时间便撬开了文学院的侧门；一分钟后，到了三楼；然后，用同样的手法打开竺小筠的办公室。这是一个晦暗的空间，只有一扇朝北的窗户，也就是说这里就是白天也见不到阳光的。萧痕看到窗户，眉头不禁皱在了一起，然后关门走了。

回到车上，萧痕看着远处晦暗不明的月亮陷入了沉思。不应该是这样的，竺小筠瞳孔里的笑容，证明它是死于幻灭的。他清晰地记得，苏翙死时瞳孔里也露出了那样的笑容。那样的笑容不会存在于常人的眼里。他确信无疑，竺小筠就是死于幻灭。他在死前，肯定产生了"白夜"幻象，正是那奇妙的情景，让他看起来显得平静，使他的灵魂处于美好的状态。

"竺小筠产生了幻象，死前在研究牛顿手稿，难道竺小筠也想从牛顿手稿中探寻出‘白夜’幻象的秘密？”萧痕闭上眼睛，把那九张牛顿手稿从眼前过了一遍，“牛顿究竟在他的手稿里留下了什么秘密？”

萧痕将车开到外环，这里车辆少，周围也很静，适合他思考：“竺小筠一定死于谋杀。那样的一个空间，不可能产生‘白夜’幻象的。假如竺小筠死于谋杀，是谁谋杀了他？是谁懂得用‘白夜’幻象来谋杀他？”

想到这里，萧痕突然打了一个寒战。用“白夜”幻象杀人，这是前所未闻的事情，说出去也没有人相信。这时，另外一个萧痕从他身体里跳出来，告诉他这是事实。只是他无法接受，因为这非人力所能为之的。如果这是人为的，那么这个罪犯也将是个伟大的罪犯。在他的眼里，只能用“伟大”来形容这个罪犯了。

关于“白夜”幻象，他研究了两年，却毫无头绪。但现在，却有人用“白夜”幻象来杀人，也就是说这个罪犯不但对“白夜”幻象了如指掌，而且运用自如。在另一个层面上讲，“白夜”幻象不是臆想，而是现实。这激发了他的斗志，就像看到了有人跨越过巅峰，他也要超越这个巅峰。

夜的黑吞噬了天空，远处的黑幕就像一道难解的谜题一样横亘在眼前，而他的眼睛里却是一幕的白；那白就像光似的，箍住了他的思想和灵魂……

白夜密码

正面 WHITE NIGHTS PASSWORD

第二章　情　人

在所有的形象之中，只有它让我感到自悦自喜，

只有在它那里，我才认识自己。

——[法] 玛格利特·杜拉斯《情人》

4. 复仇的种子

萧痕醒来，只看到一种颜色。绝望的颜色。

他无法形容那种颜色，但能真切感受到他的意识已和那种颜色融在一起了。在刚刚过去的几秒钟里，他看见自己变成了一颗珍珠。珍珠宛如经过亿万年裹茧形成的琥珀；而他成了琥珀中一只活了亿万年的茧；茧在琥珀里看到的是巨大的空虚。在巨大的虚无里，他只能尽量蜷缩躯体，自己给自己带来温暖。这时，他就看到了那种颜色——白色，极致的，纯白的那种。在醒来的前一秒钟，他回到了两年前，那时他也在苏翙脸上看到了那种绝望的颜色。只是，她的绝望里有道大山的影子。在具茨山顶，死亡闯进他的意识时，他感到躯体中流淌的不是血液，而是大山的体液。他看到了自己的躯体、骨骼和大山的脊梁融合在一起，心脏和大山的脉搏一起跳动。在那一刻，他感到他是属于大山的，所以，他没有死。醒来时，眼睛被阳光蜇了一下。他没有睁开眼，而是摊平了四肢，任阳光穿透尘埃，刺了他一身。他身上有股浓烈的酒味儿，这酒味儿有些沉，仿佛用力敲打他的胃，便可沉渣泛起。这些酒味儿，是一种标志，就像绣在与牧师私通的海斯特 · 白兰胸口上的“红 A”，明眼人一看就知道为情所伤了。

“具茨山是凶手。”他一直这样想。当他在父亲的书房，发现一张图片和苏翙留下的图纸惊人相似时，他更加认定具茨山是凶手了。这个凶手不仅害死了苏翙，还破坏了他与父亲的关系。

“这座山是我的梦。”靳名琛这样对他说。他的心颤了一下。具茨山是父亲的梦，他呢？是父亲的什么？

“那不是昙花一现的梦，而是一个旷古绝今的梦！”父亲说着他听不懂的语言。那个时候，他还没有梦，还体会不出梦是父亲的全部。

“在这个梦里，我能看见另一个世界的存在。那个世界是梦，是弗洛伊德的梦，是有病的梦。”父亲不厌其烦地说着。可他不懂，既然是有病的梦，为何还要有梦呢？

“这个梦是存在的，就在这座山里，当有一天你能在山的腹部游走，你就会发现梦里的世界是真实的。这个梦贯穿了华夏五千年的文明史。这座山是个帝国，是个王陵，是个宫殿，是个梦。”父亲的目光飘过窗外，目光的尽头是一个记载着他儿时梦的大花园。“可是，梦是绝望的。”父亲将他推到门外，关上了门。他就坐在门外的石凳上，看着贴满报纸的窗户上印着父亲清癯的身影，发呆。

“绝望。”他又想到了这个词。可这绝望有些心不在焉，一会儿溜了进去，在那种神秘和好奇里畅游着；一会儿又溜了出来，冷眼看着父亲和具茨山关于梦的纠葛。他在绝望的世界里进进出出，进去的是自己，出来的是父亲，就像晚上穿行在马路上，影子忽焉在前，忽焉在后，弄不清那影子是否真的属于自己？在这进进出出中，有些恍若隔世的错觉，仿佛被一只手牵着。他不知道是谁的手，可他分明感觉到有只手在牵着他，有段时间他曾认为是嫉妒——对具茨山的嫉妒。苏翙死后，他最后一次完全审视具茨山，却发现山上的草木虽然茂盛，但仍遮不住它的衰老，就像女人无法用化妆品阻挡细胞的衰竭，毕竟岁月是不饶人的，终能令事物或人原形毕露。他在苏翙死的地方站立良久，似乎想要说些什么，只翕动了嘴唇，却没有说出来。时间里布满了芜杂，倘若除去这芜杂，一个小时也只有几分钟的精要。可这精要也是可有可无的。

萧痕活动一下四肢，听到电脑的运转声，绝望在这瞬间变得说不出的真实。他睁开眼来，才发觉有股风吹开了窗帘，阳光不是完全的投射，只有一束光射到了眼睛上。他从椅子上站起来，只觉颈椎、脊椎、腰椎一阵酸疼；拉开窗帘，热风终于完全挤了进来；抬头看到墙面上被阳光笼罩住的地方是一张看厌了的地图。地图的一角浸了油渍。油渍的地方是一条河——黄河。在黄河的一个转折处，是个楼盘的名字——辛夷坞。他从窗户里看到社区的大门处一块大石上的字，忍不住叹息一声。

辛夷坞是属于黄河的，在河的摆尾处，隔着一片白桦林，就可以看到黄河的躯体。视线沿着黄河大桥斜向上瞧，便可看见具茨山的影子，灰秃秃的，仿佛悬在天边似的，因距离太远，中间又隔着城市和村落，只能看见个山尖。平时，黄河是平静的，温文尔雅。从高处看，黄河就像蜕掉的蛇皮，毫无生机。这只是它的表象。汛期来时，它就变成了另一副模样。黄河是个伪君子，一团和气的后面隐藏着深深杀机。从古到今，黄河都是奢城的一个难题。所以，在河堤的一侧种植了高大的白桦树，风一吹便哗哗作响。白桦林涡旋处的后面就是辛夷坞了。辛夷坞的格局是个太极图，一半是湖水，一半是建筑。大门一侧矗立着一块石碑，上面刻着王维的《辛夷坞》："木本芙蓉花，山中发红萼。涧户寂无人，纷纷开且落。"正对着大门的是一条弧状的、宽阔的道路，靠湖的一侧种植着垂柳，向里一直延伸，在弧的顶点处打了一个优美的折；顶点处，是一个花园。另一侧是十几幢七八层高的楼房，是所谓的洛可可艺术，造型均取"C"形和"S"形涡旋线，以不对称代替对称。一幢楼前挂着一块牌子，牌子上写着：艺术家群落，住的尽是些落魄的艺人。走廊两边是雕塑，是世界七大奇迹的翻版。最里面太极圈阳中阴的地方是一个喷泉。喷泉的水流声隐约可闻，不是哗哗的声音，而是像古筝演奏，断断续续的，听不完全。

两个小时前，他去了社区的艺术家群落，找到了竺小筠的住处。可是他晚了一步，竺小筠的住处已被贴了封条。他站在窗外看了半天，透过窗户能看到竺小筠的居室显得简陋，与他的身份极其不符。他没有进去查看，石小岚会将结果告诉他的。

等石小夕微醉地走来，萧痕已经完全清醒了。石小夕是石小岚的孪生妹妹，长着同一张脸，性格倒是颠倒了个。石小夕有女人的缜密和细腻，也有小女人的性情，这也是她能成为模特的特质之一。她的成名是奢城的传奇，刚 13 岁，她便有了 18 岁傲人的身材。成名 11 年了，此刻的她作为模特显得老了，可她总是让自己有种惆怅的哀伤，一幅二十出头的样子，将她的职业生涯拉长了五六年。她的哀伤，是缠绵于骨子里无法一下子消散的哀伤。而石小岚就不同了，经年的干练使她具有了男人的性格，但骨子里依然缱绻着女人的性情，只是她的女人性情处于含苞待放的阶段。有时候，她的举手投足之间偶有女人的风韵，这风韵又是恰到好处，给了她一般女人所没有的情致。

石小夕看到了萧痕的慵懒，心里先是替他慵懒着，说："这日子没法过了。"

"有果必有因。果是你的疲惫，因是你的选择。你的选择决定了你的生活状态，怪不得旁人。”萧痕将身子坐直了，说，“昨天你姐找我了，说咱们仨这两天聚聚。”

“我姐为何去找你？你们又在一起了？”石小夕嘟囔着说，“我不该这么辛苦的，不是吗？做什么辛夷坞的代言？”

“听说你爸是辛夷坞的股东？”萧痕懒洋洋地说。

石小夕神情里充满了忧伤：“五六年了，这个精装修小区只卖了一两千套房子，可大数据却显示辛夷坞销售了几十个亿。”

萧痕嗯了一声：“欢迎你来到现实世界。”

石小夕说：“你好像知道些内幕？你应该告诉我。”

萧痕说：“你很关心你爸！”心里猛地一酸，不禁想起了靳名琛，“这里根本就不适合盖房子。”

石小夕若有所悟地问：“因为靠近黄河？我听说咱们公司接了华夏城项目，在具茨山复原《桃花源记》？”

“你的消息倒很灵通？”萧痕这才明白梦到具茨山的原因了，早上听到这个消息时，心里只觉酸酸的，脸上昏烧，仿佛衣服被剥光了，有种赤裸裸的感觉；好像埋藏秘密的洞穴被发现了，心事被窥视了，这让他觉得秘密没有藏在心中，而是藏在具茨山里。他点了一根烟，烟雾从指缝里漫出来。

“听说你要去相亲？”石小夕抬起头斜看夕阳。

“相亲？”萧痕有些恍惚，觉得这个词有些熟悉，仿佛离自己很远，却又很近。

“刚才叶总打电话找你，你手机关机了，她说要你回去谈相亲的事。”

萧痕这才想起从公司出来时，叶羽西征询过他的意见。当时他有些慌乱，只怕有东西来破坏他对石小岚的感情。

“叶总是你亲姑姑吗？”石小夕好奇地问，“你跟母亲的姓？”

“应当——是吧。”萧痕回答得有些模糊。实际上，他也不能确定。他从未见过母亲，也没听父亲说起过。母亲对他来说，只是一个模糊的印象，就连家也是。家是支离破碎的，是断章取义的，好像他忽然就走进了这个家中。

“和谁相亲？”石小夕问。

“不知道——我也是刚知道相亲的事。”

“相亲！”石小夕哇了一声，“你倒和达尔文唱了反调——退化了。”

“我觉得也是，这年头还要去相亲？”

“我说的是你竟然不知道女主角是谁？”

“好像你知道似的。”

“林心湄。”石小夕恨恨地说，“林副市长的女儿。”

“是她？”萧痕轻声说。

远处传来一阵汽笛声。阳光已经淡了，天空有些昏黄，风仍是躁的。六月份的黄昏里，白桦树的花絮飘过窗户，在窗与树的间隙留下一道优美的弧线。一阵风吹过树叶的声音，先前是壮若瀑布的，随后就消隐在波澜壮阔的黄河里。几只不知名的鸟在河面上掠过，接着便听到油轮的声音，迅速而无序地破坏了黄昏的情致。萧痕抬起头，在碧空里寻找忧伤的影子，却发现一切都变得光滑起来，周遭变得空泛的寂寥。当他收回目光，凝视这个碧水随园的社区时，目光却盯在一棵白桦树上。他恍惚觉得，这空泛的世界却又是充实的。当那个淡淡的身影消失在白桦树后时，他一颗心就像气泡似的悬了上来：“是——是——小翙——”指着白桦树群，回头问石小夕，“你看到了吗？刚才有个女孩，白桦树旁？”

石小夕顺着他手指的方向看，却只见两排白桦树在风中微微地摇动着：“哪有什么人？——你还没有睡醒？”

萧痕只觉恍惚，责怪自己昏了头，心中郁闷，开了门出去。辛夷坞售楼部在大门的右侧，房子三年前就建好了，已有了人间烟火的气象。他走进白桦树群，只听得树叶哗哗作响，哪里有什么人影？白桦树的尽头，是一处老式四合院。这是社区独特的景致，它处在社区的中央，社区的建筑只是它的陪衬。

叶羽西是他长辈也是他朋友，他们是无话不谈的。叶羽西知道他的秘密，他也知道她的秘密。叶羽西的秘密，是同时爱上白家两兄弟。一个人怎么能同时爱上两个人？至少他做不到。他说：“也许是这层关系，海棠广告才能成为百合集团的战略合作伙伴。”叶羽西没有回答，看了一眼桌上水晶相框里白逐尘的照片，说：“年轻的时候爱上了白逐之，差一点就结婚了。”他接着她的话说：“可就在这个时候，白逐尘出现了，你又义无反顾地爱上了他。”叶羽西叹了一口气，说：“我也不想的，可我管不住自己，就像你爸，这一辈子就爱上了具茨山。”他的神情有些黯然，说：“具茨山是凶手。”叶羽西点了点头，说：“你该回去看看他了。”他抬起头，看见叶羽西额头上竟然有一道浅浅的皱纹，也不禁叹了一口气，说：“你都33了，该结婚了。你和小白叔叔打算什么时候结婚？”叶羽西淡淡地说：“能忘却一段感情的时候，我们就会结婚的。你不也是一样，你只有淡忘了对石小岚的感情，才可能开始第二段感情的，不是吗？”

“不可能去相亲的！”萧痕站在白桦树前，想起和叶羽西的谈话，一时无语。待了片刻，却见几片树叶晃晃悠悠地飘落下来，一只受伤的鸟从他眼前掠过，消失在昏黄的夕阳里。再过片刻，天色成了风景画里风韵淡远的一类，外加的譬如风，譬如雨，这些都是画外的景致，浸透不了画里去搅乱它的情致。当夜幕降临时，夜色依傍着城市，宛如风中的雨，雨中的风，不经意间晕染了彼此的背景。

他回到公司时，夜已经黑透了。叶羽西在办公室里等着他。萧痕从门缝里看见叶羽西正忙着，便推门进去告诉她答案，谁知一进去，却见靳名琛正在看手机，便想抽身回去。

叶羽西抬头瞥见，忙喊住他：“萧痕，你爸来了！”

萧痕知道躲避不了，便进了屋。靳名琛放下手机，欠了欠身子，示意他坐在身旁。萧痕坐下来，拿起一本杂志胡乱地翻动。靳名琛瞥了一眼，说：“就这么定了。”萧痕不说话，将头扭向窗外。靳名琛轻哼了一声，从沙发上站起来，跟叶羽西说事情就交给她了，便转身离开。他关门的时候，呆立了片刻，想从儿子那里得到肯定的答复，却见萧痕纹丝不动，手里的杂志却嗤的一声裂开了。

靳名琛嘴角边挂起一丝隐晦的笑容，轻轻将门关了。他没有坐电梯，而是沿着楼梯走了下去。楼梯间漆黑一片，他却不慌不忙，仿佛已经习惯了黑暗，至少此刻他觉得心里是透亮的。当他走下四层楼，当一扇打开的窗户里透出一片光亮时，那隐晦的笑容终于消失了，取而代之的是一声冷笑。“儿子——”他呵呵一声笑了，“林家坤，那是你的儿子，不是我的——我替你养了20多年，现在是时候还给你了。”他的笑声有些急促，仿佛在笑声里隐藏着说不尽的悲伤。

靳名琛走到窗边，看华灯初上的城市迷离而沉醉，身体里突然像升起了一股火焰似的，感到梗骨在喉，不吐不快：“一场好戏将登场了！林家坤，当有一天，你知道你的女婿是你的亲生儿子时，你一定会悔不当初！”他转身而去，那隐晦不明的走廊顿时成了他的城。这时，他心里忽然塞进了些许悲哀，因为他的城是座空城，也许只是他一个人唱着空城计。

5. 签约情人

在黄河沿线中，奢城是最值得怀旧的。上了年纪的人，还能想象出这个城市昔日窈窕的倩影。然而，现在却徒有其表。那些有年头的行道树都被伐了，在道路上只残留下痕迹，不经意间还能嗅到昔日有树有花有草的气息。在一片风景里透着情致的夜色下，是奢城里最淡尽浮华的地方，夜色中能看清“奢城大学”几个大字。在灯光的延伸处，是学校的操场。这个时候，顾冰清正抬头看夜色从透明变得混沌，他从未想到自己会成为一件商品。林心湄要他做签约情人时，他的脸都绿了，然后苍白，仿佛在签署一项生死攸关的买卖，手心里都是汗。

林心湄的声音是装出来的，她趴在顾冰清的耳旁说：“做我的情人——签约情人呵！”口气里全是要挟的味道。林心湄有要挟的权利，她就是这样一个女人，天生的一种高傲。而这种高傲，却又是普遍的情致，满大街都是，但她不是街头巷尾的高傲，那是时代的尾巴；也不是浸染画布的高傲，有种纯粹的轻佻；那是种若即若离的高傲，有时消隐，有时尖锐。

顾冰清颤抖着说：“你要我做你的签约情人？”

“你不想吗？”林心湄风情万种地反问，“奢城晚报——奢城晚报总编冯世鉴可是我姑父。”

顾冰清吃惊地问：“你怎么知道我想去奢城晚报？”

林心湄说：“你参加中文补习班时，我就知道你的目的。”从包里掏出两张合同，“我从来不打无把握之仗——怎么样，签了吧？”

“你蓄谋已久！”顾冰清看了看合同，“我怎么看，都觉得我是杨白劳。”

“放心，我不是黄世仁。”林心湄从包里掏出笔，在合同的右下角签了名字，将笔递给顾冰清，“我已经签好了，该你签了。不过，我们可说好了，这一年之内，你就是我名义上的男朋友，可要当好护花使者——”顾冰清签了名字，说这个你放心，别的男人休想靠近你三步远——“那可不行，咱们有约法三章：第一，只许我和别人谈恋爱，不许你和别人谈恋爱——”

顾冰清呀了一声：“这不是‘只许州官放火，不许百姓点灯’嘛！”

林心湄嗔骂他：“你少贫嘴！第二，合同到期后，只许我说不要你，不许你说——”顾冰清眼睛瞪圆了，说你真是麻烦，哪有这样的事情，要是这样我就不签了——“你敢不签，我就嫁给你，一辈子烦你——”顾冰清说我求之不得呢——“你想我还不想呢——别插嘴——第三，你要保证，你不会爱上我。”

顾冰清幽幽地说：“只要你能保证不爱上我，我就保证不爱上你。”

林心湄伸出食指在他额上临空一点，冷笑了一声：“你甭想——”

顾冰清从未想过要去爱林心湄的，总觉得他们之间有些隔阂，说不上那是种什么样的隔阂，有些悠远，感情就像镜子里的东西，看起来真实，可总是把握不住。签约后，觉得自己像盲盒，是被有机安排的神秘物品。

林心湄当然是有心计的，午饭时继母打电话说爸爸给她安排了相亲，来征求她的意见。林心湄潜意识是拒绝的，可她仍然答应了。她就是不要他们窥探到自己的心思。当完成签约仪式后，忽觉身上凭空多添了一些东西，说不清是什么，竟后悔与他签约。

次日的日头平易近人，没有当空的毒晒，原因是昨晚后半夜下了场暴雨。暴雨中夹杂着冰雹，窗玻璃砸碎了一些，跌落在大街上或房子底下的夹道里。顾冰清晚上睡得颇不平静，觉得有股大潮涌来，像黑夜里飞来了鹰隼，无法窥测吉凶。林心湄的伎俩令他慌乱，这时头脑里还有些浅薄的痛，若隐若现的。昨晚，林心湄临走时还没有下雨，不过他瞬间便感到了乌云压顶。林心湄说，明天就看你的了。当时他心里一惊，后悔不该签那份合同，没有立时看明白她的小把戏。

日头转移了，影子斜斜地歪向了一侧，也缩短了，就像他的斗志。昨晚他是威风凛凛的，说这个你放心，别的男人休想靠近你三步远。可这时有些心怯，不，昨晚就有些心怯了。要假装林心湄的男朋友，帮她捣乱她的相亲会——这有些害人的，耳旁忽然有些异样，仿佛多了些歌声。他停住脚步，往四周看了看，没有任何声响，恬静得很。可刚抬起脚，歌声又缥缥缈缈地灌入他的耳中，这才发现林心湄自创的歌曲《爱是个无底洞》有些意味。这么一想，歌声终于清晰了：

可以多情但不可以滥情　可以用情但不可以留情
也许只有冷酷　才能回避美的错误
也许只有放弃　才能获得爱的永恒
I must follow me
（Rapper：
错误犯得灿烂　悲剧演得圆满
矛盾犹豫是真理　幸福自由最阴险）
爱是个无底洞　情为情只是空
犹大的冷笑点化了世人的痛
怎么做都没错　因为谁也没有做对过
爱情还给犹大
我被背叛钉在耶稣的十字架

可以流泪但不可以哭泣　可以欢欲但不可以放纵
也许只有喝醉　才能品出醒的微痛
也许只有远离　才能拥有爱的彩虹
I must follow me
（Rapper：
错误犯得灿烂　悲剧演得圆满
矛盾犹豫是真理　幸福自由最阴险）
爱是个无底洞　情为情只是空
贪婪的肉身虚假了真实的面孔
怎么做都不对　也许堕落才是最唯美
爱情还给童话

我被背叛钉在寓言的十字架

顾冰清拐过两个街口，便看见林心湄站在浮桥上向他招手。顾冰清第一次到桃花岛这样的五星级酒店来，心里只觉得奢华，不敢走进。又见桃花岛四面荡漾着湖水，像湖中孤岛。这湖是人造湖，水有些浑浊，泛着油腥子儿，倒觉得桃花岛亲近了。顾冰清本想一溜小跑过去的，可想了想，还是慢慢地走了过去。

林心湄低声说：“他们在里面等着呢。”

“都来了？”顾冰清底气不足地问。

“你可不能丢我的脸！”林心湄要挟地说。

顾冰清点了点头，可心里仍是空荡荡的，腿有些软，没有气力，才知道这并非什么好差事。进去后，看见萧痕半透明的脸，胆量像是出地的春笋，嗖嗖直长。右手微微碰了一下林心湄的手。林心湄打了一下他的手，不自然地笑了笑，牵着他的手坐到叶羽秋身旁。

叶羽秋脸上涂了些淡粉，衬着房间里的灯光，说不出的纯净，有些雅，有些漂浮，好像和众人是隔离的，是扶摇而上的。看见顾冰清时，笑容中有些慌乱，说不清的，只在眼皮底下荡起微微的波澜。她虽是林家坤的妻子，但并不是林心湄的母亲，她是继母。林心湄的母亲是军医，为救 17 名患者，感染 SARS 死了，简直有些壮美，所以她在林心湄的心中永远像相片中的一样美。她的美和叶羽秋的美不一样，是舒缓的，是母性的。叶羽秋的美是不食人间烟火的，是高贵的、优雅的，属于边缘的情致：一个高脚杯里盛满了红酒，一缕甜甜的青烟缭绕的闲适。叶羽秋 28 岁前还是孤身一人。有人说她曾经有过一场恋爱，是可歌可泣的那种。当然这只是人们的猜测。人们的猜测有些捕风捉影，因为那个男人死了，所以她的故事里不免加上一些人们无法窥测便肆意杜撰的精彩。没人见过那个男人，他应当是高富帅，因为只有这样才能配得上叶羽秋。事实上，尽管林心湄不接受她，尽管她们不是母女，可她很喜欢林心湄，甚至有些溺爱——是那种自恋的溺爱。她觉得林心湄很像很像年轻时的自己，所以林心湄的婚事她早就放在了心上。林家坤跟她说这件事时，她先是感到诧异，恍恍惚惚的，有些不情愿，仿佛林心湄是她的影子，投影在模糊不明的地板上。这时停电了，影子消失了，落寞的、空虚的微怕。

萧痕看见顾冰清，前尘往事陡然翻卷出来，心里一阵酸楚，脸上却是孤傲的神色，看不见在座的任何人，眼睛的余光也只是见缝插针地瞥了顾冰清两眼。顾冰清抬头迎合他的目光，眼睛里绽出了几丝笑意，更觉得事情发生得荒诞；又觉得应该跟他打招呼，这样才不至于心虚，便问："最近回老家了吗？"

萧痕抬了抬眼皮，想跟他说话，陡然想起苏翙来，只觉神伤，将眼睛闭上了。

顾冰清觉得无趣，扭头问身侧的白逐尘最近可好。顾冰清上大学的学费就是白逐尘资助的，经常去他家。白逐尘笑了笑，递给他一个杯子，说还是茉莉花，招呼服务员沏茶。叶羽西看见林心湄牵着顾冰清的手，窥出了林心湄的心思，向她笑了笑，问顾冰清："这些天怎么没去白叔叔家？"

顾冰清瞥了一眼萧痕，说："正在找工作，挺忙的，所以没去。"

叶羽西笑了笑，说："来我公司上班吧，正好和萧痕做同事，你们从小就是好朋友，在工作上也应该能成为好伙伴。"

萧痕睁开眼睛，跟叶羽西说："他不会去的。"

顾冰清讪笑了一声，说："我偏爱文学——一年前和心湄选修了中文。我想进报社呢！"

林心湄怕大人看穿她的小伎俩，心里也是七上八下的，虽然天还没有黑，仍觉是在灯光照耀的晚上，而且自己是万众瞩目的对象，有些被隔离的恍惚，向白逐尘隔窗看雾地笑了笑。

白逐尘微笑说："白叔叔今天可是来吃白食的。"

林心湄被他一逗，心竟然稳了，想起自己的小伎俩，说："放心吧，我一定不会让白叔叔吃白食。"

叶羽秋瞥了林心湄一眼，跟白逐尘说她就这性子，让他多担待些。白逐尘笑着说都是一家人了，不用客气。叶羽秋笑了笑，脸上飞出了小女儿作态的羞红。这种羞红是无意识的，可她控制不住自己，总觉得这个男人和自己有些关联，却又找不出。她望着顾冰清，问林心湄："这位是？"

顾冰清自己回答："我是顾冰清，心湄和萧痕的同学。"叶羽秋意味深长的"哦"了一声。

林心湄点了点头，笑着说："是呀！写的小说叫——*walk on the circle*，中文的意思是《圆上行走》——"声音拖得长且细，到了顾冰清的耳朵里，仿佛变成了一根针。

萧痕轻哼了一声，眉头皱了皱，问顾冰清："你——怎么来了？"

"你说呢？"林心湄怪怪地笑。

"我不知道才问他的。"萧痕冷冷地回答。

顾冰清的答案是："你问林心湄。"

林心湄是避而不答的，也觉得没有义务回答他的话，眼神里尽是退避三舍的意思。大人们的眼神有些咄咄逼人，但她不理会，好像她是局外人，在看顾冰清和萧痕争风吃醋。这些都是她的心计，她知道大人们不会让她尴尬的，谁让她是今天的主角呢。这些都是小孩子的把戏，在大人们的眼中是透明的，是皇帝的新装——这给她加了一层保护衣。在座的人都能够理解年轻人的针锋相对，这是三角恋爱的必然结果。只是他们看不出来，这个三角恋爱是虚构的，是电影架构，所以它少了很多情趣——这一切都是林心湄的手笔。这时，她正躲在酒杯的侧面偷偷发笑呢。

叶羽秋匆忙地在顾冰清脸上一掠，心里的慌乱就有些扩散的迹象，忙说："既然来了，又是小湄的同学，就开开心心地吃顿饭吧！瞧，菜都凉了，咱们吃吧！"

吃饭在这里是"人尽其才"的，骨子里的媚俗一览无余。有些名目可以探究，可以作为吃饭时的谈资，这抚平了尴尬的气氛。这顿饭吃得有些冗长，中间穿插着说些缺胳膊掉腿的话，好比泡了三四道的茶，乏然无味。叶羽秋是沉静的，她的沉静给了林心湄一道安全屏障。叶羽西有些野性的喧哗，是天性使然，眼角眉梢之间点缀些媚波。她学的是服装设计，所以就去了法国。到了法国，她有些改变，譬如说，在中国她眼中的服饰是美的，论据就是古代艺术家们大都"吴带当风，曹衣出水"；到了巴黎，看到那些"光膀子"和"光屁股"的裸体塑像，才发现"裸"是神圣、庄严而美丽的——后来她就学会了怎样使自己变得神圣、庄严而美丽。在她的话语中，众人变成了临界人，时不时地在欧亚大陆之间来回穿梭。叶羽西的联想是纵横捭阖的，可由巴黎公社的枪声联想到武侠小说，问顾冰清："巴黎公社的枪声可以作为武侠小说的素材吗？"不等顾冰清回话，又问林心湄，"你们俩是什么关系？"

"我们俩正在交往！"林心湄嫣然一笑。

这句话有点导火线的作用。顾冰清只觉脑袋有些发蒙，怪林心湄不该在这种场合上说，迷迷糊糊中头脑里透过一丝清醒，说："怎么会搞成这样？"

"本来就是这样！"林心湄笑着说。她的笑有些歉意，像恣意绽放的夏花。

萧痕扑哧一声笑了，说："你们俩在交往？"笑声里满是挑衅的味道。

顾冰清本不想承认，可受不了萧痕的挑衅，抬起头，说："是——是在交往，确切地说，交往好久了！"

叶羽秋对林心湄的小把戏是洞若观火的，可她没有制止，反而有些放任自流，故意纵容。也许是为了弥补丢失的岁月，反正无关性情，就算林心湄答应了，她也不会这么快让她嫁出去的。她看得出来顾冰清根本不是林心湄的男朋友，是个托儿。不过，她仍是感激顾冰清的，觉得有必要替林心湄还这个人情债，便欲扬先抑地说："小湄，你是不是有话要对秋姨说？"

林心湄说："顾冰清想进奢城晚报。"

叶羽秋问顾冰清："你有什么打算？"

"校对！"顾冰清自知之明地说，"校对是个功夫活儿，我曾在一家小报做过。"

叶羽秋喝了一口红酒，说："行呀！"

白逐尘笑着问林心湄："你不让白叔叔吃白食，也和顾冰清有关吧？"

"白叔叔真是高手。"林心湄撒娇地笑，"白叔叔能否在辛夷坞找套房子给他住——最好是免费的。反正您也一直在资助他。"

"就这件事？"白逐尘挑衅地问。

林心湄眉梢上挑："这么说，白叔叔是答应了。"

“你还怕叔叔答应你的事，他做不了？”叶羽西笑着说。她瞧了萧痕一眼，见他脸上堆满了笑意，不知道他心里怎么想。也许这是好事，萧痕本意是不打算相亲的。

“小姨你还别说，我还真有点担心呢。”林心湄开心地笑。

白逐尘笑道：“你也甭担心了，赶明儿就把这事办了——住在我身边，我也能帮你照顾他。”

“他还需要照顾？”林心湄揶揄地说。

众人吃过饭后，叶羽秋推辞身体不适，要先回去。她的推辞是礼节上的，众人没有看出来。林心湄心里有些愧疚，觉得不该这样对待叶羽秋，毕竟母亲不是因她而死的。她对叶羽秋的排斥是有意识中的无意识。先前是有意识的，总觉得叶羽秋不该占去母亲在父亲心中的位置；后来是无意识的，这种排斥是潜移默化的结果。她掏出纸巾，递给叶羽秋。叶羽秋接过纸巾，说：“酒喝多了一点，身子有些不舒服，秋姨就先回去了，要感谢人家的，多尽点力。”

林心湄的脸红又加了一分：“您都知道了。”

叶羽秋笑着说：“顾冰清还是不错的，你也该交朋友了。”

“他？我可看不上。”林心湄鄙夷地说。

叶羽秋叹了口气：“你这孩子。你们再坐会儿，我先回了。”

“姐，你先回去，我一会儿去找你。”叶羽西知道姐姐的心事，心里也替姐姐哀伤，食指和中指弹了一下，发出清脆的“啪”声。

白夜密码

正面 WHITE NIGHTS PASSWORD

第三章　阴谋与爱情

这套阴谋是巧妙的，令人佩服的，

我承认，通过嫉妒来扯断我们心的结合。

——[德]席勒《阴谋与爱情》

6. 黑色的婚姻

叶羽西到林家找姐姐时，叶羽秋不在，她就在家里等。等了半个小时，也不见姐姐回来，就坐不住了，到姐姐的房间翻东西看。叶羽秋的房间与卧室是隔着的，在一楼。二楼两间卧室，一间是林心湄的，靠着床的是个弧形的落地飘窗，地毯上堆满了积木；另一间原是苏翙的，如今空落了，门锁着，都出现斑锈了。叶羽秋的房间没有上锁，里面有电脑、留声机，还有些唱片，都是戏剧。叶羽西拣出一张，打开留声机播了，里面传出来咿咿呀呀的老旦唱腔，凭空增添了一份古朴与怀旧。电脑旁是一个酒隔，里面摆着各式各样的红酒，在隔着窗帘的午后的阳光中仿佛流淌着一圈隐隐的红晕，像极了正出阁的新嫁娘脸上的酡红。叶羽西是品酒的行家，在酒隔里翻拣出一瓶有些年头的红酒，倒了一小杯。再环顾四周，发觉还是老样子，今天与昨天，与遥远的过去并没有什么两样，仿佛日子是个无头苍蝇，只在这屋子里瞎撞，但没有滑溜过去。叶羽西对姐姐的事情知道一些，虽不详尽，但也能将那些碎片构成一个囫囵的故事来。她知道姐姐在嫁给林家坤之前，爱过一个男人，正是这个时节失踪的，至今音信全无。她也知道姐姐是深爱着那个男人的，因为姐姐出阁的那天，哭得一塌糊涂，眼泪都打湿了礼服，看起来有些残破，属于那种“桃花依旧笑春风”后的季节出现的桃红，中间夹杂些令人心碎的东西。

叶羽西等不及了，便到自然法则协会去找姐姐。自然法则协会在黄河岸边一所破旧的教堂里。教堂在辛夷镇的西口，匍匐在一条幽深的小巷子里。小巷子一直延伸到河边。河水泛着昏黄的泡沫，将黄昏的光线全都容纳在它广阔的心胸里。小巷子是窄的，可它的广场并不窄。广场上雕塑着一尊从三星堆出土的青铜立人像的仿制品。从河边飞来的鸟雀有时会栖息在青铜立人像上，有时会将它们的粪便涂抹在高冠里。叶羽西到了教堂，看见姐姐单薄的身子在幽暗的教堂里就像一幅画似的悬在那里，忍不住叹了口气。将车停好，进了教堂，却见姐姐正收拾东西。叶羽秋看到妹妹，告诉她已答应林家坤到戏曲家协会去。叶羽西没有太大反应，只是轻轻地哦了一声，帮着姐姐将东西放进后备厢里。叶羽秋侧头瞥了一眼教堂，神态里有些平静的哀伤。姐妹俩上了车，车子缓缓启动了。

叶羽西瞥了教堂一眼，说："看样子，你是要彻底地离开这个地方，再也不回来了——你真的放开了？"

叶羽秋又看了教堂一眼，说："20 多年了，这时才觉察那种感情是镜中花、水中月，虚虚渺渺的，陷得深了，反而是一种禁锢！人活着，总是自己跟自己过不去，禁锢自己的不是别人，而是自己。"

叶羽西调转车头，回应姐姐的话："这些都是观念上的东西！我去法国，是因为我爱上了逐尘，回来也是因为爱他！我从来不禁锢自己，所以我和逐尘住在一起了——在辛夷坞。"

叶羽秋叹了一口气，说："逐之呢，你怎么办？"

叶羽西不说话，将车子驶进主街道，心想："姐姐，我也不知道该怎么办，因为这两个男人都是我爱的！我是有些贪心，可谁让我先是逐之的女人，后来却又爱上了他弟弟？"叶羽西也是尴尬的，在兄弟俩中间扮演着一个既可爱又可悲的角色。爱情就像河流，有一种水时，轻盈舒畅，可再多一种水，就不可避免地受到水的撞击了。白逐尘离开白家，多多少少有她的因素。表面上，白逐尘是为了就近照顾庄疏臻庄老爷子，但这只是浅层次的，深层次的是因为她——叶羽西的缘故。

忽听叶羽秋嗯了一声："羽西，你瞧，路旁站着的那人是大哥吗？"

叶羽西放慢车速，侧头看了看，见靳名琛正向她招手，便将车驶过去。靳名琛上了车，对姐妹二人说到桃花岛吃饭。从这里去桃花岛，要穿过辛夷镇。教堂的钟声响了六下，一群鸽子从教堂附近的森林公园飞向河床，在河面打个旋，便向小镇的东头辛夷坞飞去。叶羽西经过辛夷坞时，跟姐姐说她和白逐尘就住在那里。

叶羽秋叹了口气，说："搬来多长时间了？姐姐从没进去过。"

"有大半年了。"叶羽西瞥了一眼辛夷坞，"你还是不要去了，等我们结婚了，你再去家里瞧瞧吧。"

叶羽秋说："这样也好。"顿了顿——"大哥，咱们非要到桃花岛吃吗？"

靳名琛呃了一声，说："你们选地方。"

叶羽秋说："回家吃吧。"

"回哪个家？"靳名琛皱了皱眉。

叶羽西轻哼了一声："回姐姐家。"靳名琛闷哼一声不说话。

叶羽秋叹了口气，说："大哥和家坤有多大的深仇大恨，我们结婚十年了，你都没来过家里，你不认我这个妹妹了？"

靳名琛闭上眼睛，叹了口气，又睁开了，说："我怎么会不认你这个妹妹——"

叶羽西说："我倒是很佩服大哥的——我指的是感情——这么多年了，坚守实在不易。"

靳名琛沉默无语，不知怎么回答，路上荡起一阵灰尘，劈头盖脸的扑向车头，眼前顿时一片模糊，等车子穿过，他缓缓地吐了口气，对叶羽西说："大哥这辈子，感情就这样了。"

叶羽秋从反光镜子里看见大哥头上已有白发，想年纪都不小了，忍不住感叹年华消逝，说："都过了大半辈子，还忘不了这情事？大哥若不原谅家坤，又何必要萧痕和小湄相亲？"

靳名琛将视线飘向窗外，眼中的仇恨渐渐浓了，幸亏被昏黄的光遮盖了，消隐了，才没有被她们看到。他心里的仇恨是加剧的，这时又想起死了20多年的妻子庄秋水。实际上，当车子经过辛夷坞时，他就想起了庄秋水——她家就在辛夷坞里，白桦树尽头那个老式的四合院落。昨晚他就来了辛夷坞，伫立在白桦树旁，端详着，仿佛要将自己融进以往的岁月里去。可是，他进不去，仇恨将思绪阻隔了。他是无法忘却仇恨的，"三个孩子，我的妻子和别人生了三个孩子"，这是任何男人都无法容忍的。可是他容忍了，至少是在当时。他有他的想法，这想法足以使他养活妻子和别人生下的孩子——萧痕。"也许，林家坤不知道萧痕是他的孩子——"这是他疑惑的地方，所以他要萧痕和林心湄相亲去试探林家坤。林家坤竟然不阻止，或许是看不起他，有意接他的招。他这样回答叶羽秋："这是爸爸生前的意思。"

叶羽秋叹息道："大哥还惦记着爸爸。爸爸是——"

靳名琛说："爸爸是被我这个不孝子害死的——我也不想这样！"

叶羽西说："还有我的原因吧——总之，咱俩不孝。"

叶羽秋摆了摆手："事情都过去了，爸爸也走四五年了——"顿了顿——"爸爸临走的时候，羽西在场，爸爸分明原谅你了。爸爸责怪你，生你的气，实际上是为你担心。爸爸说：羽西夹在白家两兄弟间，日子挺难的！"

叶羽西眼睛湿润了："我知道爸爸是疼我的。"

靳名琛低下头，缓缓出了口气，说："爸爸去世的时候，我都不在场，愧做儿子了。"

叶羽秋从前视镜里看见靳名琛的沮丧，不忍心怪他，说："大哥躲在病房的走廊上，怎么不在场？你就是怕爸爸闭不上眼。爸爸走前说，他不怪你改了姓氏，那是妈妈的姓。你们闹得凶，不是这个原因。"

"还是华夏文明的事情。"靳名琛叹息一声，"爸爸一直认为具茨山就是华夏文明的发源地，我探寻具茨山也是为了圆爸爸的梦，可他却一直反对！爸爸走的那天，我去医院看他，一是看看爸爸的状况，二是告诉爸爸：我证明了具茨山文字就是比甲骨文早 1500 年的文字——这也是爸爸的猜测！"

"大哥是物理学家，怎么也相信传说呢？"叶羽秋摇了摇头，"具茨山有史前种族——这不是爸爸的猜测吧。"

"这是我的猜测。"靳名琛昂然说。

"什么史前种族？"叶羽西好奇地问，"我怎么没听爸爸说过？"

"在人类文明之前，存在着另一个文明——和人类创造了人类文明一样，史前文明肯定是史前种族创造的——这个秘密就藏在具茨山里，我已经有眉目了。"靳名琛有些兴奋，"所以，今天我找羽秋，就是想让她帮忙的。"

"这些都是无稽之谈。"叶羽秋轻声说，仿佛怕她的生气破坏了夕阳的温情，"大哥，萧痕都这么大了，你也该为他考虑了。这几年，你都没怎么问过他，他对羽西都比对你亲。"

靳名琛绷紧了脸："这么说，你和爸爸一样不愿帮我了——"叶羽秋说不是不愿，"呃，你是愿意了——"顿了顿，"我不会让你为难的，只要你不劝说林家坤阻止我就可以了。"

叶羽秋苦笑道："我才不管你们的事情——"

叶羽西说："大哥，你也不要为难姐姐了，她夹在你们中间也够难受的了，你让姐姐怎么自处？再说了，我觉得你的什么史前种族论，也是扯淡。"

靳名琛愣愣无语，宛如收到回信，信里的内容是让人懊恼的，可写信人就在身旁。他将头靠在椅上，闭上眼睛不说话，眼前闪烁些曲曲弯弯的符号，一个个的都跳了出来。

7. 阴谋和爱情

暗室是空中楼阁，在一座高层建筑中，是城市的制高点。这是靳名琛在奢城的落脚点。只有两种情况他才到这里来，一是见苏心，一是策划谋略。除非特殊情况，他一般不会在具茨山放大他思想的龌龊面。在他的意识里，具茨山是神圣的，是受不得半点玷污的。现在，他站在窗前眺望城市，城市的灯光全在他的脚下，这让他有种君临天下的昏觉；这时他胸中便有了沟壑。站在这里看夜空，有乡村的意味，空寂的宁谧。视野也如海般的阔，仿佛可以看清时世。有时候，也有千军万马从夜空中呼啸而过，他似乎能看清所谓史前种族的形态。他回头凝视暗室，暗室里的古物只是具茨山的冰山一角。然而，就是这些，苏心已经震惊了。同样的，他也感到震惊。他震惊于苏心的震惊，倘若苏心走进山腹里，又将会有什么样的反应呢！也许，她会留在大山里，和他与山终老。关于具茨山的一切，绝不是臆想。他已在具茨山里找出了一些线索。至于早甲骨文 1500 年的文字——他称之为具茨山文字，早已找出了明证。只需一些谋略，便会成功。可他心里还有些担心，担心这件事的多米诺效应，牵一发而动全身啊。也许，这担心是多余的，有些事情是他掌控不了的。

暗室里，光线有些暗，有些幽，也有些冷。在这里，光线是恰到好处，应景。倘若光线再透亮一些，苏心就不喜欢待在这里，在她的意识里，暗室就应该是这样子的。一面镜子，淡影，光线在她性感的肌肤上铺上一团光晕。她脱去了被阳光浸透的衣服，换上轻盈的睡衣，感觉心里仿佛盛放了一捧月光。每次来这里，她都会换上一套新装，只穿一次，然后放在暗室的衣柜里。倘若因衣服的俗气而破坏了这里的幽，她觉得这是罪过。有时候，她会打开暗室的窗，外间便有光挤进来。这时，她会无意识地用手挥赶光，仿佛这里应该是一尘不染的。其实，倘若将暗室拆了，这屋里失去了幽，便兴趣索然了。那些古物在阳光下，就原形毕露了，毫无价值了。她环顾放在暗室的古物，这些古物虽还没有贴上标签，没有得到人们的认同，但她知道这是早晚的事。想起有人曾告诉她，“具茨山是个用之不竭的宝藏，它的每一寸都是人类研究的终极，将来肯定价值连城”，心里又是一阵激动。这是个秘密。这秘密是条链。这条链贯穿她的生活，甚至生命。和公安局长石炜烽结婚，甚至和靳名琛在这里偷情，也只是链条上的点，是权宜之计，是整个谋略的一部分。她的心思，是辽阔的海，一般人是无法触及的，包括她的感情。

暗室里，窗帘涂满了浅蓝色，好像满室都是蓝色的天空。月光不能全射进来。一部分月光的触角宛如靳名琛那双摸惯石头的手，穿过玻璃窗、透过浅蓝色的窗帘抚摸她。“这是个可怜的男人！”她想。她这样想，是因为靳名琛的性无能。这个外强中干的男人，如今站在城市的巅峰，像君王似的俯瞰城市。这让她感觉到，靳名琛是平民式的王。这也激发了她母性的情怀。有时，她觉得靳名琛是她经过十月怀胎孕育而生的孩子，需要她的抚慰。她从床上起来，看窗户上映出靳名琛的影，瘦而硬。她心里忽然一阵酸楚，就像心情涂了一层夜色。她死死地看着影，心里不知是感动，还是难受。在月光下，她用一种接近悲哀的表情看着她的男人、她的孩子，心里忽然有种感动。

其实，苏心是不愿意结婚的。结婚是迫不得已，是在想象之外的。换句话说，这场婚姻是谋略的一部分，这让她觉得婚后就像生活在一座孤岛上，心中全是这座岛屿和岛屿外的宇宙。她有自己的宇宙，在史前，在她的想象中，所以她对靳名琛的史前种族是深信不疑的。当靳名琛答应带她去具茨山内那个梦寐以求的“宫殿”时，她又想到了那个谋略——谋略的一部分是谋杀她丈夫石炜烽。她面无表情，心里却是兴奋，离目标又近了一步，这让她更觉得谋略是天衣无缝的。

月光下，苏心伸出了一根手指，手指僵硬，宛如一尊雕像，又像弓已拉开，箭在弦上。手指上，一枚绿宝石戒指，在月光下发出淡绿的光芒，衬得这房间更加幽了。

8. 五指月

萧痕想不到相亲是这样的结局，说不上好与不好，结局在他心里早有定数，只是过程让他吃惊，没想到林心湄和顾冰清会玩签约情人的把戏。这也合他的意，总算逃过了这一劫，从桃花岛出来，松了一口气，浑身感到惬意。夏天的味道越来越浓了，大约四点钟，白天还很“健壮”。出了酒店，不知去哪里，站在十字路口，彷徨失措。直到瞧见林心湄和顾冰清一前一后出来，上了一辆网约车回奢城大学，才觉得自己不该待在街心。打电话跟石小岚，约她到白夜酒吧喝酒。石小岚正在整理竺小筠案件，听出他语气里有些哀伤，忍不住放下案件去找他。

石小岚到了酒吧，见萧痕已经喝了一瓶啤酒，说：“今天你相亲，我知道，结果怎么样？”

“肯定是石小夕说的。八婆！”萧痕请她坐下，吩咐服务生点酒。

“不许你这么说我妹妹。”石小岚要了一瓶矿泉水，“我只是关心你相亲的结果，过程不重要，我也不问。”

“你这是定案式的询问。”萧痕喝了一杯酒，“刑侦的逻辑在于将细枝末节串联起来，寻找真相，这与考古学有异曲同工之妙。我一个人来酒吧喝酒，这具有答案的昭示性，像是事物的本相，相由心生，由面及里，都印证我仍是孤家寡人。”

石小岚拧开瓶盖，倒了一杯水，抿了一口，说：“挺好的。”

萧痕倒了一杯酒，一仰脖喝下去：“我辞职，不是因为你！”

石小岚幽幽一叹：“我倒希望是因为我！”

“你说这话——”萧痕看了一眼旋转的灯光，“有些分裂！”

“分裂的是你吧！”石小岚犀利地问，“这跟你辞职有关吗？”

萧痕正视她的目光，想了一会儿，说：“无关。”

“你说这么多，无非是——”石小岚静静地说，“托词。”

萧痕喝了一杯酒，轻笑一声："不排除，你还会爱上我的？"

石小岚抿嘴笑了："从你口中说来，爱情就如同便利贴，想贴随时可以贴似的。"

萧痕笑了笑，从衣兜里掏出一张复印的牛顿手稿，问："你能看出来什么？"

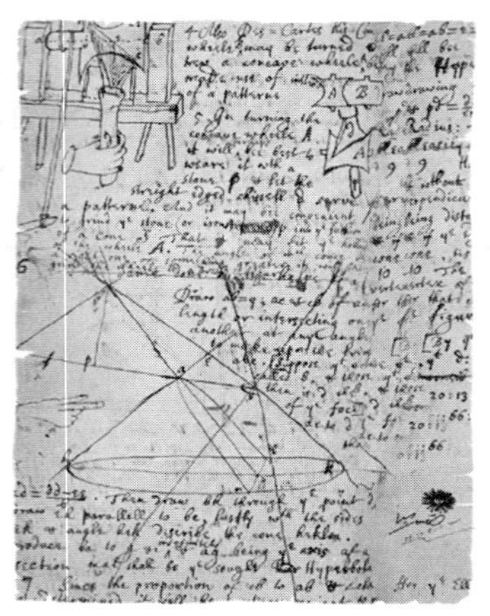

石小岚注视这张牛顿手稿，说："从你那里回去后，我又仔细地看了，研究了很长时间。这几张牛顿手稿的内容就是简单的记录，除了2060世界末日有预测性，有些神学的味道以外，其余的都是科学笔记。那张牛顿肖像图的纸张较为新些，不是牛顿手稿，应该是竺小筠手绘的。至于这张，我看不出有什么玄机？"

萧痕指着图上的断手说："瞧这只手。"

"手？"石小岚有些惊奇，她的惊奇不是发现了这只手，而是萧痕为什么对这只手感兴趣，"我倒没有注意这些。"

"一般人研究牛顿手稿，都是从文字中找出关联性，去推测、探知。其实，有时真理往往隐藏于简单的事物中。譬如说这只手，我觉得指的就是五指月组织。'五指月'这个名字取得不错，与黑手党异曲同工，很具有国际性，不像中国式产物。我有一种大胆的猜测：五指月组织，其实从牛顿时期就已经存在了，或者更早。这个组织的第一任领导者或者某一任领导者就是牛顿，是他在科学与神学的关联环节中思索出来的。换句话说，

五指月组织，就是科学与神学的关联。”说着从兜里又掏出一张手稿，正是竺小�的手绘肖像图，“你再看这张。”

石小岚看图：“这是竺小筠的手绘图。”

“你考虑过这个问题没有？”萧痕喝了一杯酒，指着图说，“竺小筠为什么画牛顿肖像？一个建筑规划师研究牛顿手稿，难道仅仅是因为他崇拜牛顿？而且，常人画牛顿，一般画苹果，画万有引力，很少有人画‘月’。竺小筠通过手绘图在传递一个信息：牛顿在思考‘月’——思考科学和神学的关联性。竺小筠通过研究牛顿手稿，发现了牛顿和五指月组织有着千丝万缕的联系，是以才画了牛顿肖像图。另外，在中国，‘月’属于神学范畴，有嫦娥奔月的故事，有月宫、月老的神话传说。但‘月’又是科学，它是另外一个星球，具有拥有生物生存的可能性，这种生物就是我们常常猜测的外星人。如此推论，是否能说明科学和神学有必然的关联，还是‘月’就是打通科学和神学联结的关卡？”

石小岚凭经验是不会朝这方面发散思维的，这是无稽的，也是无可所依的，听起来就像是故事，可她又隐约感知这故事的真实性，说：“依你而言，假如说五指月组织早就存在，那么这个组织就是一个具有 300 年历史的组织。或者说，是个有信仰的组织——任何一个组织或团体能经过 300 年的锤炼而依然长存的可能性，就是其有信仰的存在。”

萧痕点了点头：“我的猜测是，牛顿在科学领域内构筑起巨大的堡垒之后，又在神学攀登巅峰，他将科学和神学的双塔高度有机地结合在一起，并创建了五指月组织，或者说将五指月组织推向巅峰。我先按照五指月组织是牛顿首创来猜测。300年前，牛顿首创了科学和神学为大一统的神秘组织，这个组织一直存在，而且组织成员要么是科学狂人，要么是神学论者，总的来说是高知分子。甚至可以大胆猜想，薛定谔、爱因斯坦等著名的物理学家都可能是这个组织的成员。”

石小岚点头说：“竺小筠在建筑规划领域内是大师级的，从他身上解释有这个可能性。”

萧痕点了一支烟，说：“好。照这样的思路走下去，牛顿创造了光的世界，掌握了光，并且运用了光。300年后的今天，这个组织的人，可能是五指月组织，亦可能是别的名称，也达到了牛顿的境界，可以用光来杀人。”

石小岚听到此处，明白了萧痕的意思，说：“你的意思是说，竺小筠是被光杀死的。”

“幻灭。”萧痕点了点头，“我无法跟你解释这些，但竺小筠一定是死于一种幻象，由光产生的幻象。这种幻象让他看起来显得平静，使他的灵魂处于美好的状态，正如竺小筠死时的表征。”

“第五维空间逻辑的结果。”石小岚微笑的时候，只有嘴角、眼角荡出笑容，周边有意犹未尽的韵味。石小岚不追问他，她信任他，“竺小筠被光杀死，这究竟是不是谋杀？”

“你知道‘薛定谔的猫’的实验吧。”萧痕掐灭了烟，“生死叠加，就是或生或死，不可定论，一切只有脱离既定的规则去看。你可以说，竺小筠死于光，这不是谋杀；也可以说竺小筠死于利用光杀死他的人，那么这就是谋杀。”

“悬案？”石小岚收起笑容。

“如果你想从这里撕开一个口子调查五指月组织，那么竺小筠的死就要定为自然死亡。”萧痕又点了一支烟，“而且我所说的只是推论，不可作为呈堂证供。”

“置之死地而后生。”石小岚想了片刻，点头道，“就依你说的办。竺小筠案件和扫黑都是我和爸爸负责的，放长线钓大鱼。”她从包里拿出牛顿手稿的真迹，放到桌子上，“有一点我不明白，这么贵重的牛顿手稿，竺小�为什么要在上面签名？”

萧痕笑道：“这可能是种嗜好，如同乾隆皇帝喜欢在名画名作上题诗落款，摆明了是糟蹋艺术。”

石小岚抽出牛顿肖像图，看了一眼，说：“竺小筠手绘牛顿思月图，是想通过这种途径来传递五指月组织的秘密，这是种背叛，所以遭到了杀害。只是利用光来杀人虽说有这样的案件，但利用光产生幻象，并使人致死，却是绝无仅有的，这种手法只可用‘伟大’一词来形容。”

“这一点，咱们的观点高度统一。”萧痕笑道。

石小岚盯着萧痕，说：“你有双重身份，你是喜欢这种感觉，还是不得已而为之？”

“两者皆有。”萧痕笑得有些假，这假映衬他的无奈。这时，这些无奈都随着烟酒深深地印到他骨子里去了。

9. 病毒，场与归藏易

萧痕回到叶家老宅，已是深夜了，二楼窗户上映着一个清癯的身影，知是父亲来了。他心里有些欣慰，毕竟父亲还是关心他的。在车库里，看到白逐尘的车子，有些出乎意料。白逐尘到老宅来做什么？是和叶羽西一块来的吗？萧痕在院子里站了两分钟，听不到叶羽西的声音，心里更觉奇怪，便从后门走到二楼书房的露台上，透过窗户，看见父亲和白逐尘并肩坐在沙发上，表情凝重。只听白逐尘说："你说——苏翙和林心湄不是双胞胎？"

萧痕一下子愣住了，月光下，投在墙壁上的身影一阵抖乱。

靳名琛叹了一口气："苏翙是林家坤和秋水生的，和林心湄是同父异母的姐妹，又怎是双胞胎了？"

白逐尘也叹了一口气："那段孽缘？"

靳名琛扭头眺望窗外，望着一棵梧桐树，呆呆入神。

萧痕见父亲神色里充满着痛苦的憧憬，这是少有的表情，也是怅惘若失。

靳名琛扭过头来，说："那个时候，人因为有梦想而崇高。那也是个伟大的世纪，伟大的年代。巨大的改革洪流，轰鸣的欲望战车，构成了中国最为壮观的图景。这是绝无仅有的，中国再难有这样的人心盛事。"

白逐尘轻叹道："那是个不可复制的年代。"

靳名琛眼神里挤进了悲伤："那个时候，我和秋水刚刚结婚。你知道那个时候，我对生活怀着多大的激情？爱情岂非我的信仰？我的生活因为爱情变得多姿多彩。天空、碧水、苍山、树木、鸟雀，就连风，都是那么美妙。"他说着低下头来，语气渐缓，几不成语。

白逐尘也是无语，只是玩弄中指上的戒指。

靳名琛抬起头，语气坚定："你知道这么多年来，我心里是何等的苦痛吗？萧痕问起他妈的事情，我都没有说过，不知怎么说。他到现在都不知道他妈是秋水，我也从未带他去庄家见他外公。”

萧痕第一次听到母亲的名字，见月光透过斑驳的树叶撒了他一身，情不自禁地伸出手去抓月光，入手一片虚无，心陡然跳得急速。

靳名琛叹了一口气：“秋水出轨，和林家坤好了，我知道。可我竟然忍了，因为我太在乎秋水了。这也是我不肯回奢城的原因，每次见到你们，我都会想起秋水的背叛，我的信仰也一地鸡毛了。不久，秋水怀孕了。不是我的孩子。秋水给林家坤生了一对双胞胎。”

白逐尘说：“小翙就是其中一个。另外一个不是小湄？”

萧痕听闻苏翙竟是自己的妹妹，还有一个妹妹活着世上，想进屋询问父亲，却觉不妥，强自忍住。

白逐尘说：“我记得你好像说过嫂子是死于幻象？”

靳名琛点了点头：“秋水去世前的那段时间，经常看到奇异的幻象，我当时觉得她是精神分裂！”

白逐尘表情变得凝重：“小翙临葬前，林家坤曾找基因专家研究过小翙的基因，当初我不知道他为什么这么做，后来我才知道，小翙的病症和林老、叶老的病症都是相同的，在医学史上从未出现过类似的病例。而现在，我父亲也出现了这样的病症。年前，老爷子经常产生幻觉，看到一些奇怪的场景，就像海市蜃楼。那些场景出现时，老爷子就呆呆地望着天空，根本不知他在想些什么！”

靳名琛说：“或许是一种病毒。”

白逐尘皱了皱眉：“若是病毒——从哪里来的？”

靳名琛说：“光。”

白逐尘说：“光？”

“白光——”靳名琛说，“那是在具茨山某处出现的白光，看到白光的人会产生一种病毒，这种病毒有潜伏期，爆发没有固定的时间。”

“你这只是猜测。”白逐尘轻声说。

靳名琛摇了摇头：“也不完全是。我父亲去世前曾告诉过林老，说那白光出现时，整个天空犹如白昼，就像南极出现的‘白夜’。或者，可以这样认为，咱们父辈都看到过白光。”

白逐尘点头："有这种可能。"

靳名琛嗯了一声说："小翙去世后，我问过萧痕，他说小翙在死前经常产生幻象，在幻象里经常看到白光。秋水在去世前也出现过这种状况，她们都是幻灭的。"

白逐尘说："这也是你一直留在乡下的原因吧？"

靳名琛点头："你知道的，我一直认为具茨山就是华夏文明发源地，所以一直在寻找古文字，因为文字是文明存在的最重要、最合理的证据。"

白逐尘哦了一声，说："你提出的'第五维空间'是不是来自白光产生的幻象？"

靳名琛颔首说："是的。其实，在互联网时代，这种幻象是正常的现象。每个人都产生过幻象，那是因为生存的压力所致。由于网络的普及，世界变成平的，人与人的交流渐渐减少，取而代之的是自我的交流，通过虚拟的世界重塑一个自我，两个自我通过荧光屏进行精神交流，久而久之，就会出现这种幻象，觉得在自己的周围还有另外一个自己存在。"

白逐尘点头："场。"

靳名琛轻轻在腿上一拍："对，幻象的产生，跟场有很大的关系。"

白逐尘眉头舒展："你的意思是，白光会产生一种强大的场，幻灭其实就是病毒在场的作用下破坏了人的中枢神经系统。"

靳名琛长舒了一口气说："这只是猜测，光能产生场，这是物理属性。地球运转时产生磁场，与周围其他星体进行对话。时空和记忆都能够形成场的。"

白逐尘说："若白光的发源体是种场，它就不是凭空而来。它应该是具象的，实体存在的。实际上，有人知道白光发源体的秘密。"

"谁？"靳名琛吃惊地问。

"庄一。"白逐尘淡淡地说。

靳名琛啊了一声道："五指月教父，我老丈人的兄弟。"

白逐尘点了点头，站起身来，走了几步，说："唯有他知道白光发源体和《归藏易》有关。"

"《归藏易》。黄帝时期的易书！"靳名琛幽幽叹息，"《归藏易》是《归藏易》《连山易》《周易》三大易经之首，可惜在秦始皇时期便遗失了。"

“具茨村村民把《归藏易》叫作《具茨天书》，早把《归藏易》遗忘了！”白逐尘叹息一声，“那《归藏易》可是黄帝的智慧呀！”

“只要弄明白《归藏易》的秘密，便会知道白光发源体究竟是何物！”

“那也得找到《归藏易》呀！”白逐尘叹了口气，“只是，庄一现在监狱里，他不愿意说出秘密。”

“他这样做，肯定有他的目的。”靳名琛若有所思地说，“大禹篆刻的那版《归藏易》，或许连文字都没有，仓颉那时未必造出那么多字来！”

“必须找到大禹版《归藏易》，现在的翻译版是毫无用处的！”

10. 空城

这晚的前半夜，萧痕眼前飘忽着一片美丽的桂花林。桂花林中，苏翊的眼睛里挂着纯洁的一片月，眼角处似乎有一勺大的月光，那月光分明就是泪光。她的眼泪浸湿了满地的桂花，也浸湿了他的心。这个时候，他产生了幻象。他看到了一座城，一座空城，而他却成了空城里的一棵树，一棵悲伤的桂花树。他望着窗外高大的梧桐树，拈了两片桂花的叶子，放入晶莹剔透的杯子里，苦笑。

这晚的后半夜，萧痕躺在床上，觉得眼前有一片光飘来飘去，那光附着夺目的白，闪花了他的眼睛。这个时候，他才发现眼睛里竟然有泪。他从床上跳起来，从隔柜里取出苏翊送给他的手表。他们欣赏彼此，有兄妹之情，当时不觉，因为血浓于水。这个时候，他才明白，那感情实质上是亲情。他擦拭着手表，小心翼翼地打开表壳，突然愣住了——表壳的内腔里竟然粘贴着一个油纸袋。

萧痕取出油纸袋，打开了，是一张黄皮纸的残片，纸张不规则，斑驳、破旧，年数久远，像是从某张图纸上撕扯下来的。

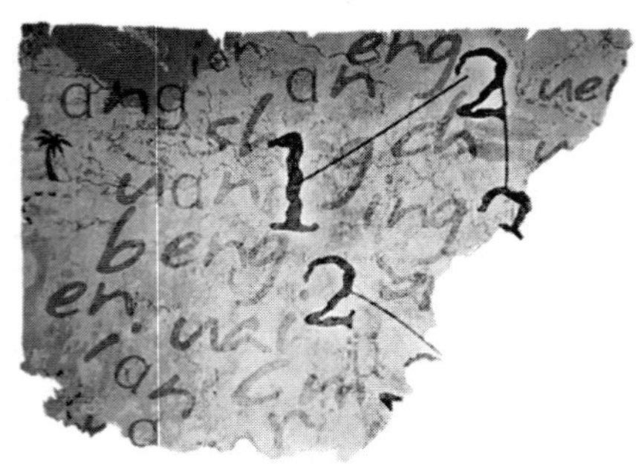

这些排序无章的字母和数字，也许隐藏着不为人知的秘密，而这残片只是秘密的一个截面，或者是一点，但这截面或点是千头万绪的，萧

痕端详良久，仍看不出黄皮纸残片有什么秘密。可苏翙为什么将这张黄皮纸残片放在表里呢？这预示了什么？一阵凉风冲破浓厚的热潮，屋里一阵清爽。难道和苏翙的“白夜”幻象有关？不然的话，以她的年龄和经历，能有什么秘密？萧痕想着，不禁哑然失笑，暗责自己不应该将什么都往“白夜”幻象上想的。也许，这块表是别人送给小翙的呢？萧痕呆坐了几分钟，只觉这些天研究的牛顿手稿，以及今晚听到的和看到的，都有些匪夷所思。只是这些匪夷所思的事情有很大的关联性，它们都和一种事物有联系：光。想起父亲和白逐尘的谈话，只觉背上一凉，竟生出了冷汗。倘若他们的推测无误，那么林、白、庄、叶四家族看到白光的人将会一个个死去，一个闻所未闻的病毒流淌在四家族的每个人身上，每个人的血液之中，并将无穷无尽的遗传给子孙后代。死去的妈妈看见白光死了，也许是遗传父辈的，小翙也是。这样的话，四家族的每个人都携带着这种病毒，只要看见白光，随时会死去的。萧痕越想越吃惊，难道自己所要寻找的那个巨大的 ×，就是这种病毒。

“牛顿手稿中隐含五指月组织和光，五指月组织和‘白夜’幻象之间有什么关联？只有五指月教父才知道‘白夜’幻象的秘密，难道牛顿手稿的猜测是正确的？”萧痕想到此处，心里不由一颤，假如牛顿手稿的猜测是正确的，那么五指月组织存在于奢城的意义就绝非简单了！难道跟父亲对华夏文明发源地的猜想有关？

“庄一！”他在纸上写下庄一的名字，“只要找到庄一，问出《归藏易》的秘密，找到白光发源体，便有可能解救四家族的灾难。”

想到庄一，萧痕的手有些轻微的发抖。这个在奢城闻名遐迩的人物，充满了许多传奇色彩。“我们不是黑帮。”庄一在镜头前微笑地说，他的笑容淡然，仿佛不是去坐牢，而是去赴一次愉快的旅程。网络上，消息如蔓草丛生，这个神秘人物仿佛是从历史的某个截面上走下来的，没有过去，就像神突然出现了，说：“要有光，就有了光。”庄一向红十字会捐赠了一大笔钱。那是一个庞大的数字，只靠黑帮的违法经营，是赚不到那么多钱的。庄一没有想到，这笔钱成为他入狱的证供。在叶老去世的当天，庄一被逮捕了。公安局调查了五指月公司所有的财务，都未查到这笔钱的来源。但令人吃惊的是，庄一入狱后，五指月公司竟比以往更加有秩序，它以各种形式像病毒繁衍似的迅速扩张，枝节繁芜。

“难道那笔钱和具茨山有关？”萧痕想，“或许，是具茨山里的宝藏呢。”他苦笑，心情却豁然开朗，仿佛看到了一片光，那光不是白光，却同样照亮了他的心境。他将黄皮纸残片放进油纸袋里，粘在表壳内腔，轻轻合上。他将表拨到“六点九分”，表停了，无法走动了，仿佛时间按下了暂停键。他抬起头，眼神坚定，给叶羽西发了短信，请了几天假。来到院子里，只见夜风轻柔，有几丝凉意，可他胸间却是一片温热，脚步轻柔敏捷，整个人像被洗涤了，换了血液，那个为情所困的萧痕不见了，绝望被好奇压制了。他到车库里取车，径直驶向具茨山。庄一就在苏翙去世时他看到的那个监狱里。

到了具茨山监狱，天已经亮了。山峦之间，晨光静静的，一片红云隐在晨光中。具茨山监狱在高处，四周渺无人烟，叠叠青山与监狱相互辉映，更添几分宁静。监狱经过了百年延续，在这青山绿水中生长、更迭，就像山中的树，路边的草。监狱建筑不知何年何代的产物，有人说是某个军阀建造的，有人说是日军建造的，每个传闻都有历史，都有微词。军阀建造因为具茨山有宝藏，日军建造是因为要建实验室——病毒实验室。当然，这些又都是传闻，因为人们从没在山里发现宝藏和实验室的残骸，但这传闻依然成为茶余饭后的谈资。中华人民共和国成立后，监狱又经过几次重建，这时已成规模，硬件和软件都堪称完美。

萧痕站在监狱前方的一个小山丘上，端详着监狱，想起传闻时，倒情愿相信后者。也许，监狱下面就有日军留下来的病毒实验室呢，而四家族就是感染了那些病毒，这样的话，事情就好解决了。以现在的医疗水平，八九十年前的病毒不应当是医学界的难题。转念想，若是日军留下的病毒，医生不可能查不清叶老和林老的病症。想到这里，不禁哑然失笑，“这些只是传闻罢了”。

这时，一阵警铃声从监狱传了出来，悠扬清脆，接着一个人从监狱里出来。他认识这个人，石小岚的父亲——耆城市公安局局长石炜烽。他到监狱来做什么？又有什么大案吗？看着石炜烽的车子消失在通往监狱的隧道里，若有所思。又待了片刻，收拾好情绪，准备下去探监，却见白逐尘的车子从隧道里出来，停在铁网外的停车场里。

“他也是来找庄一的。”萧痕忽然笑了，“我这么冒冒失失去找庄一，他又怎么会告诉我那些事？真是昏了头。”望着白逐尘进了监狱，抬头见阳光渐渐毒了，只觉困意袭来，才想起自己一晚没有睡觉。他走下山丘，在小河里洗了脸，顿觉清爽，望着小河蜿蜒向前，目光看不到的地方，小河依然流淌，尽头就是他的家。想起家，鼻子竟然一阵酸痛，情不自禁地叹了口气。

11. 我要越狱

白逐尘进了重刑犯会客室，一间幽静的房子，白色的墙，生锈的钢筋，除此之外，就剩下一张桌子和两把椅子。为了尊重犯人和探监者的人权，会客室没有任何监视器。重刑犯会客室后面是一株竹子，青翠的竹叶已经探到了窗户旁，有几片竹叶甚至挤进了房间里，为会客室增添了一抹蓬勃的生气。白逐尘望着竹叶，竟然痴了，恍若从这几片竹叶里看到了生命复苏的气息。

房门开了，庄一看见白逐尘呆呆地望着竹叶，眼睛里的笑意陡然荡开了，轻声说："也许，我也可以化作一片竹叶，从监狱里飘出去。"

白逐尘回过神来，然后便知道庄一要他来的原因了。不错，白逐尘是庄一的得力干将，可在他骨子里，黑社会是一种很遥远的东西，至少在30岁之前从未想过有一日会与它有交集。当然，他有他的原因，他就是想知道《归藏易》和白光的秘密。可他想不到的是，这个原因反而成了他的禁锢，就像有一座城堡，他走了进去，却发现是座空城。这城不是他的，可他却无力从空城里走出来。也许，他的城是个多面体，他的爱情岂非也是座空城？

这时，他明白庄一留在监狱的原因了，至少庄一在监狱里不用设防，反而自在。但他更明白，五指月组织之所以如日中天，便是因为它的神秘。那神秘令人恐惧，因为你不知道你身后究竟有多少双眼睛，你所见到的每双眼睛，都可能是制衡你的人。

"让每个人都成为你的假想敌人。"这就是五指月组织团结的法宝。五个核心层人物，只有庄一知道他们的身份，所以每个人都是你的假想敌人，这样的话就无人起反心，因为你无法判断谁才是你真正的伙伴。可他也清楚，这种机制是种强压性机制，一旦反弹，势如破竹。就像弹簧一样，压力越大反弹力越强。听完庄一的诉说，他知道这种反弹力已经产生了。

“所以，我要越狱。”庄一说，“五指月组织的核心层中，有至少两人攻破了机制的壁垒，他们已经开始在组织里形成权力层，倘若我还在监狱里，我就是他们砧板上的鱼肉。所以，在他们形成权力层之前，我要设法从监狱里出去。具茨山监狱三面都是悬崖，正面也只有一条道路。可那条路是隧道，端口有警卫把守，根本没办法从地面上走。所以要从地下走。监狱的下面，曾经做过改造，准备建造一个实验室，后来出现了某些状况，实验室被封了。这个故事在监狱里广为流传，也许是传闻，但我更相信它是真实的。因为叶老曾参与实验室的建造。叶老不但是学术界的大儒，也是当年奢城为数不多的土木工程专家。那个实验室的石门就是叶老设计的。你知道叶老对具茨山同样充满了好奇，所以实验室的石门并不是封死的，而是设计了一个机关，石门上有密码器。这个密码器是通过机械组合而成的，一旦密码错误，整个石门就会通过机械转动，引爆里面存放的炸药。这些炸药不会摧毁监狱，但粉碎几个人的性命却是易如反掌。石门所处的地方，就是你现在所看到竹子的地方。”

白逐尘扭过头，指着背后的墙壁，说：“石门就在墙壁的后面？”

庄一点了点头：“准确地说，就是这面墙。这不是一堵普通的墙，它的厚度在一尺左右。那是株老竹，你看到的只是一根竹枝。墙是个空腔，打开石门，便能从实验室里逃走。”

白逐尘皱眉道：“这样做风险很大，因为我们不知道实验室里究竟有什么东西？”

“总要冒风险的，不是吗？”庄一淡然笑了，“窗户下面三寸左右，便是密码器。你现在看不到，因为被刷了一层墙漆。漆是我刷的，所以我见到了那个密码器，上面刻着：东西方文明的差异。”

“东西方文明的差异？”白逐尘皱了皱眉，“这不像密码源！您怎么知道那是密码器？”

庄一微笑道：“不要以常理推断叶老的思维，他并不是理性的人。那肯定是个密码器，以叶老的脾性，他肯定会为石门留下密码的，而且是他费尽心神破译出来的密码，这就是他的脾性——他儿子靳名琛也是这样的脾性。这是他们骄傲的根源。这个密码在一张黄皮纸上，是我们当年在具茨山当知青时发现的。你知道我为红十字会捐赠的钱是从哪里来的吗？那便是在具茨山发现的宝藏。所以我无法向政府解释钱的来源。那个密码便是封锁宝藏石门上的密码，当年是叶老破译出来的。我们当时被宝藏弄晕了，没问密码是如何破译的。我只记得，那张黄皮纸上是一些字母和数字。”

白逐尘嗯了一声：“想要破译密码，就要找到那张黄皮纸。”

“是的。”庄一轻轻咳嗽一声，“以叶老的脾性，那张黄皮纸肯定不会藏在一处。所以，你要花费心思找到它。”

白逐尘点头道：“叔叔放心。”

“事情交给你，我放心。”庄一低声说，“在找它之前，你先完成一件事。”

“什么事？”

“做掉石炜烽。”庄一淡淡地说，“在你来之前，石炜烽刚刚来过，他竟然知道《归藏易》的秘密。《归藏易》是我们四家族的秘密，也只能有四家族知道。为了四家族，只有做掉石炜烽。”他长长地出了一口气，“我知道你一直关注着具茨山，而且早已布下了谋略，呃——你会借刀杀人的，是吗？”

“也许。”白逐尘淡淡地说，“只是，希望叔叔越狱后，能将《归藏易》的秘密说出来，我不希望四家族再有人幻灭。”

“我也不希望。”庄一轻轻闭上眼睛，“因为我也是四家族的一员。”

第四章　复　活

原封不动地深埋在记忆里，而且封存得那么严密，

就像蜜蜂把一窝螟虫封起来。

——[俄]托尔斯泰《复活》

12. 庄家有女初长成

顾冰清总觉得自己是在睡梦中，感觉这一天对他来说是隔离的，不属于他的。就像在做梦，情节有些无序。这是一种错觉，他就沦陷在这种错觉里。这种错觉给了他另一种错觉，好像这一天他是替别人过的。他不知道这个人是谁，可他分明替这个人承担了一天的好。这好是不应该给他的，他也没有资格享受这好。错觉之后，便有些恍惚了。恍恍惚惚中，又觉得这一切都是自己的，自己也分享了这好。6 月 4 日的这天，白逐尘带着他和林心湄到辛夷坞时，他就有些清醒了：这好分明是他的。

辛夷坞因靠近黄河，少了些人为的喧哗，静悄悄的，走到尽头，更是一马平川的寂静。靠近喷泉的地方，沿湖是一排别墅，白桦林工作室独自占了一座。顾冰清和林心湄随着白逐尘绕过喷泉，穿过两行白桦树，便到了那个老式的四合院落。院落有些陈旧，与现代建筑格格不入。院落外面一侧是竹林，背靠着的是黄河大堤的白桦林带，另外一侧是个菜园子。菜园子是属于乡下的，对城市来说是陌生的，就像阴天里的星星，不仅是点缀，更是奢望，也是希冀。白逐尘没有敲门便进去了，像是提前约好的。门虚掩着，院子不是很大，但在这里应当算是空阔的了。正厅三间，西厢房两间，东厢房两间，共七间房子。地是用红砖铺成的，不经常走的地方都长了苔藓。靠近门的左侧也是一小片竹林，右侧种植些花草，有些开得正烂漫。白逐尘走了三四步，便喊了起来："筱娴！"

"白叔叔来了！"从西厢房里跑出一个女孩儿，笑容可掬地迎上白逐尘，陡然看见顾冰清，忽然停住了脚步，喃喃地说："大哥——你终于回来了！"

顾冰清也是一愣："你是——小翙！"

"筱娴！"白逐尘轻轻地喊。

那女孩儿回过神来，淡淡地一笑，大大方方地伸出手，说："你们是白叔叔的朋友吧，我叫庄筱娴。”

“你好，顾冰清。”看见庄筱娴圆润的笑容，手不禁抖了一下。

顾冰清对这双手是陌生的，可他还是忍不住抖了一下。那个圆润的笑容在他心里刻得很深，无论岁月这块磨刀石怎么去打磨，也是销蚀不掉的。因为那个笑容是苏翙一贯的笑容。他总觉得他和苏翙的故事，有些像工笔画的效果，也有些像小说。他跟朋友说起，朋友却说你真是写小说的，真会编故事啊。他总是不经意惨淡一笑，后来也就不说了。有时候，人们对复杂的事物，甚至明知复杂的背后是荒谬的，是欺骗的，也总会相信那是真的，至少盼望那是真的。而对于简单的事物却从不相信，甚至排斥。他心里也多了一种愧疚的怀念。也许只有怀念才是美好的，才是真实的，是无法剥离、根扎在泥土中的。后来，他有些淡忘了，是刻意的，想象中一切都会过去的，可他失败了。就在看见庄筱娴的笑容时，他失败了，知道那个圆润饱满的笑容，永远像一朵花似的，开放在最容易败落又最容易绽放的地方。

庄筱娴是美丽的，她的美丽和林心湄的美丽截然不同。她没有林心湄的妩媚，是素雅的，可以隐藏在芸芸众生里。庄筱娴因刚才的失礼，有些腼腆的害羞，慌忙领着众人进了屋。

这个时候，庄疏臻正擎起三炷香，插在香炉里，三道香烟袅绕升空。回转身看见顾冰清时，也是一愣，问白逐尘：“逐尘，这位是？”

白逐尘笑着回答：“这就是我跟您提过的顾冰清，以后是您的兵。”庄疏臻落寞地叹息一声。白逐尘回身对顾冰清说：“老爷子就是奢城晚报的校对部主任。”

顾冰清说：“这么巧——老爷子好！”林心湄向庄老爷子点头笑了笑。

白逐尘说：“冰清，你以后要多努力啊！老爷子可是严格得很！”

庄老爷子抬了抬眼皮：“都是职业病给闹腾的。”顿了顿——“进屋吧，饭菜都准备好了。”

饭到中途，顾冰清才知庄筱娴的哥哥庄化蝶20多年前神秘失踪了，活不见人，死不见尸的。正好是这天杳无音信的，便选在这天祭奠。顾冰清恍惚觉得有人刻意安排了这一切，但肯定不是林心湄，假如她知道有庄筱娴这么一个人，一定会早告诉他的。在桌子底下，用腿轻轻碰了碰林心湄。

林心湄眼睛里含着笑，瞥向一边，不理会他。顾冰清明白了，这一切她是知道的，她曾来过这里。他扫了庄筱娴一眼，吃惊更增加了一分，想不到竟能见到和苏翊长得如此相像的人，只觉身子一酥，思绪轻飘飘的不知向何处飞去了。

庄老爷子伤感地说："都 20 多年了，要是活着肯定早回来了，这么长时间不回来，肯定是走了，这也怪我，什么名字不好取，非要取个庄化蝶，这下好了，庄周做梦，化蝶而去了。"

白逐尘喝着酒说："我和化蝶不是泛泛之交，是知己。咱们两家也是世交，化蝶不回来，我就是您儿子。都 20 多年了，老爷子也该走出来了。"

庄筱娴不依："哥哥一定还活着，他一定会回来的，就算他不想爸爸，也会想我的。再说了，您要是做了我爸的儿子，我再喊您白叔叔，辈儿都差了。"

庄老爷子轻叹一声："当年的四家族，关系淡了，走动的机会少了。"

林心湄说："大人们还熟，我们小辈儿都生分了。我和筱娴认识还不到半月，要不是她到白叔叔家玩，我都不知她的存在——"庄筱娴伸手在她上拍了一下——"猛一见到她，就想起了我姐姐，她们俩长得真像，好像她们才是双胞胎。"

白逐尘说："赶明儿，我请大家过来，聚聚。"

庄老爷子说："应当去具茨山。也许，化蝶就在大山里——到具茨山探险一直是他的梦想，也许他是在山里看到了一些东西，不愿意回来了。"

白逐尘知道老爷子念子心切，忙给老爷子敬酒，看着庄筱娴说："筱娴 20 多了吧？"庄老爷子点了点头，自顾喝酒。白逐尘感叹道："时间过得真快啊！一晃就 20 多年了！老爷子，冰清，咱们喝酒。"众人喝了。

庄老爷子咂摸着嘴，眼睛有些湿润，说："西厢房有两间，筱娴住了一间，还空了一间，就让他先住着。"

庄筱娴抢断说："爸，晚会儿我得回学校，快毕业了，事多。"

庄老爷子说："抽空把房子跟冰清收拾收拾。"

"不用了，我自己来吧。"顾冰清诚惶诚恐地拒绝。

庄筱娴脸上一红："你——行吗？还是我来吧。"

13. 飞来横祸

顾冰清晚上睡得安稳，这全拜庄筱娴所赐。去奢城晚报前一天，顾冰清搬到了庄家。他的东西不多，只有一个箱子。箱子里的东西很杂乱，却都是值得留念的。譬如一块玉佩，雕刻成心的形状，正面刻着“佳期如梦”四字，背面刻着“世家”二字。玉佩是苏翙的，是她母亲留给她的。顾冰清整理东西时，看到玉佩，心里仍旧是隐隐的痛。再见到庄筱娴时，恍恍惚惚地觉得苏翙没有死，只是短暂的别离，这时又回到了他身边。晚上，林心湄约他和石小夕去酒吧，喝得有点高，晕着头回到庄家。临睡时，酒还没完全醒，庄疏臻陪他聊天。顾冰清对这个严肃的老人有种亲切感，好像老人是他的亲人，他们朝夕相处在一起。庄老爷子兴致挺高，跟他讲了一些趣事，有些是他听过的，譬如辛夷坞的来历；有些是他从未耳闻的，譬如这个四合院落是如何保留下来的。庄老爷子说：“是拼了命的，两台推土机都到了门口，我一个老头子就坐在家门口，坦然处之，后来他们没辙，就在门口栽了两排白桦树遮挡，衬着这片竹林和菜园子，倒成了一景。”

顾冰清第一天到报社，首见的是总编。林心湄斜挎着包站在总编身旁，问他晚上睡得如何，回家又吐了吗，低声又说：“庄筱娴照顾你一晚上？”

顾冰清在总编面前不敢回话，眼睛直转圈，见总编室装修得超过了冯世鉴年龄上的奢侈，仿佛他正值年少。冯世鉴是个中年胖子，脸上一直挂着笑容，遇到好久不见的老朋友第一句话是：“我先前是很瘦的——你知道的。比弼马瘟孙猴子还瘦，这两年，托老婆家茹的福，胖了，成了弥勒佛了。”林家茹就是林家坤的妹妹，在新闻大厦租了三四间房子，办了一本《大奢城》杂志。叶羽秋请他安排个人，冯世鉴一口答应。叶羽秋要他审查审查，冯世鉴点头应了，只是他的审查宛如对别人老婆的评头论足，隔靴搔痒的不在乎。

见面是蜻蜓点水的，是落人情的程序。顾冰清波澜不惊地听完冯世鉴的人情练达，却被林心湄当编辑的事弄乱了心境，从总编室出来后，低声问林心湄："我早想问你了——"林心湄只顾走，嗯了一声——"为什么不去机关单位？"

林心湄有心无心地说："内卷呗！"

"不想，无聊。"顾冰清轻笑一声，"这也是你说的。"

"你还记着？"

"真实理由？"

"为什么？"林心湄摆弄着包包，"因为庄筱娴。"

"因为庄筱娴！"顾冰清吃惊地叫了起来。

"嘘！小声点——我发现庄筱娴对你很上心！"林心湄幽幽地说。

顾冰清伸手去摸林心湄的前额："你脑子肯定糊了，发烧了不是？"

林心湄挥手打掉顾冰清的手，哼了一声："你才发烧了呢！就算是发烧，也不要你管——你只不过是我的签约情人——你，你管不着。"跺了跺脚，抬头见左侧是洗手间，便转身进去了。

顾冰清自讨没趣，弄得浑身不自在，后悔说了那些话，做了那"摸"的动作，感觉脑袋昏沉，像是发烧了，不禁摸了摸前额。忽然想起若是打麻将的"自摸"，那肯定是糊了，禁不住空虚地一"哈"。

顾冰清来到校对部，庄疏臻早把词典、笔、尺子、订书机等工具备好了。顾冰清先前做过校对，老爷子也不啰嗦，找了份新闻出版文件，让他温习。校对部工作分两个时段，下午四个小时、晚上四个小时，上午没有任务。庄疏臻在检查晨报，这给顾冰清提供了清静偷闲的机会。顾冰清趁上厕所的当空，拐到编辑部去找林心湄，却连她的影子也没有见到。

回到校对部，凳子还没有暖热，林心湄进来了，眼睛红红的，像是流过泪，说："石小夕出事了。"

"出了什么事？"顾冰清幸灾乐祸地吃惊。

"她爸开车撞死了人，她也在车上。"

"撞死了人——什么时候的事？"

"昨晚上。"

"昨晚上。"顾冰清愣在那里，喃喃地说："昨晚上咱们仨一块儿喝酒，你说她被潜规则了，她喝醉了酒——”

“嗯。”林心湄从包里拿出纸巾，擦了擦眼睛，轻声问：“我那样刺激她，是不是太过分了？”

“真有点对不住她。”顾冰清魂不守舍地应了一句，“都是爱情惹的祸。”

林心湄哼了一声，戴上耳机，瞥了顾冰清一眼，独自哼着：“爱是个无底洞，情为情只是空……”迈着碎步，若无其事地走了。

顾冰清看着林心湄哼着歌走了，心里茫茫然乱了，觉得这事与自己也有莫大的干系，又觉得石炜烽出事是在所难免的，谁让他飞扬跋扈呢，只可惜牵连了石小夕。他心中有些微怕，不是震惊的，是复读的、回放式的害怕。出去吃点东西，更觉心里空荡荡的，没有着落的空虚，总觉得这工作过于顺利，恐怕顺利的背后又是不顺，一直担着心。食而无味，索性不吃了。回到校对部，见庄筱娴来了，想起林心湄说的话，脸上不禁一红，忙问庄老爷子今天的报纸看了没有。

庄筱娴笑着说：“爸爸虽是做新闻工作的，却从来不看报纸。”

顾冰清说：“老爷子不看报纸，怎么做新闻工作呢？”

庄筱娴咯咯笑了，说：“顾冰清啊顾冰清，你虽是做校对的，可还没有我这个外行懂得多，所有新闻不都要先过你们的眼！”她说话的时候，声音是轻柔的，就像有一缕风在吹拂着。眼睛是透亮的，纯洁的，有些狡黠。

顾冰清笑着应答：“就是就是，老爷子还看什么报纸。”

庄老爷子说：“手机在手，天下我有！谁还看报纸呀！”

顾冰清翻了翻报纸：“老爷子，您听说公安局局长撞死人的事了吗？”

庄老爷子说：“‘醉翁之意不在酒，在于人命之间’——这是今天的新闻头条。”

顾冰清试探地问：“您说，这案子大吗？”

庄老爷子戴上眼镜说，“事，因人而异。”

庄筱娴说：“有人说是她女儿开的车。”

顾冰清吃惊地问：“石小夕开的车？”

庄筱娴咦了一声：“对，就叫石小夕——你没看，怎么知道是石小夕？你认识他？”

顾冰清避重就轻地说："我们一起喝过酒。"

庄筱娴会意地哦了一声，示意顾冰清送她下楼。顾冰清点头应了，送到楼下，忍不住多送了两步，抬头见林心湄笑盈盈地盯着他，仿佛被鹰出其不意地啄了一下，右眼角没来由的一疼。

只听林心湄说："你去哪里了？说好请我吃饭的，却放我鸽子，害我等你半天。"

顾冰清哼了一声："你——你无中生有。"

林心湄走上两步，从背后变戏法地拿出两个冰激凌，递给庄筱娴一个，笑着说："他就这德性，无趣又无聊。你说这么热的天，在一块吃个冰粥什么的，不是很好吗？"

顾冰清怒极反笑："给我买的冰激凌呢？怎么没我的了？"

林心湄伸出右手食指，朝庄筱娴手中指了指，努了一下嘴："有本事你自己要。"

庄筱娴将冰激凌递给顾冰清，微笑着说："君子不夺人所爱——还是你吃吧。"

顾冰清说："算我请你的。"

林心湄哼了一声："你倒会借花献佛。"

"那是。"顾冰清昂着头说。

林心湄拉着庄筱娴的手说："典型小人得志的嘴脸。"

庄筱娴笑着吃冰激凌，问："你们经常吵嘴吗？"

顾冰清哼了一声："我才懒得跟她吵。"

林心湄笑着说："他不好意思说，其实吵架有什么大不了的，富勒还说情侣间的争吵是爱情的更新呢。"

"就是！"庄筱娴避重就轻地回答。

林心湄听出庄筱娴话里的意味，也不再乘胜追击，随便问道："你们什么时候离校？"

庄筱娴说："就这几日。你们呢？"

林心湄说："也是。"

庄筱娴笑道："你们的工作真好，做新闻的。"

林心湄叹息："好什么呀！顾冰清喜欢，我不喜欢。一会儿像难民营，一会儿像鸟笼，一会儿像坐禅，受苦受累的活儿。”

庄筱娴轻笑：“看你说的，你要是不喜欢，为什么做编辑？你呢，好像到了知天命的年龄，我爸就整天这样唠叨。”

林心湄笑了笑：“你呢？签了吗？”

庄筱娴说：“签了。奢城市第一人民医院。”

林心湄淡淡地说：“白衣天使！真的很羡慕你！”

“筱娴，你去学校别晚了！”顾冰清阻止两人没完没了的恭维。

庄筱娴一个人走了，顾冰清望着她的背影发呆。林心湄伸手掐了他一下，说：“别忘了咱们的协议。”

顾冰清白了她一眼说：“我说我就是那个杨白劳，没错吧！”

林心湄试探着问：“你真的喜欢庄筱娴？”

顾冰清脸上一红，啐了一口：“你胡说些什么？哪有的事！”林心湄只是冷笑。顾冰清以牙还牙：“头条上说，是石小夕开的车。”

林心湄脸色一变，愣在那儿：“是石小夕开的车？！”

“可能是石小夕开的车——”顾冰清瞧见林心湄眼神里的惊恐，心里也像被针刺了一下的疼痛，忙退一步——“是不是昨天咱们逼石小夕喝酒才——”他这句话退得有些彻底，不但没有达到海阔天空的效果，反而更加乌云密布。

林心湄听了，默不作声，将冰激凌掷到顾冰清怀里，如僵尸般走了两步。看着眼前被太阳灼烧得铮亮的扶手，身子似失重了一般倚在上面，只觉肌肤像被火烫了一下，忍不住呻吟一声。看见顾冰清无动于衷，将包也掷到他怀里，骂顾冰清冷血，泪水在眼眶里打转。

顾冰清上前扶了她一把，说：“这不关你的事，不要担心了。”

林心湄哼了一声，说：“我才不担心呢！再说了，我也没有做过什么呀！不就是说她被潜了吗？”

顾冰清宽慰她说：“很多人都这么说。”

“我的嘴是不是很毒！”林心湄魂不守舍地说，“我姐要去具茨山，我说她会死在山上的，结果——我不该这么说的。”

“具茨山是座伤心的山，小翙死了，我还活着。”

林心湄扯落了手机绳子，抿着嘴说：“到现在，姐姐的死，你还释怀不了。”

顾冰清淡淡地说，“那是一场梦魇，无法消逝的梦魇。小翙的死，是劫数，是咱们渺小的人类无法逃脱的劫数。石小夕的事也是劫数，不关你的事，真的！”

林心湄捡起手机绳子，在手腕上缠了几圈，轻轻地说：“爱是个无底洞，情为情只是空——”声音低缓，淡淡的悲伤。这悲伤有些悠远，不着边际。

14. 复活

辛夷坞的夜色是纯的。夜融在月光里，分不清哪是夜色，哪是月色。湖面上的夜色融在湖水里，更显得纯净，就像奶乳。顾冰清眼里的夜色，是分乡下和城里两种的。乡下的夜色和辛夷坞的夜色是同出一辙的，同样的纯，只是乡下的夜色里包含着无边无际的宁谧，月光有些凄凉，有些静态的缥缈，有唐诗宋词里的意境。辛夷坞的夜色多了些高贵的仪态，是白天喧哗之后的停歇。这种停歇是模棱两可的，是中性的，是半静半噪的，黑夜之后的白天，又是同样的喧哗。而城里的夜色是稀疏的，被灯光替代了，成了败国逃亡的公孙王侯，就是有一块像样的夜色，也成不了气候。顾冰清许久没有见到这么纯的夜色了，在社区里转悠了一会儿，忽觉社区出奇得静。这静，让他觉得自己有些分裂，感到有东西似乎在复活，也许是感情，也许是人。

晚饭是在庄家吃的，下厨的是林心湄和庄筱娴。林心湄说是来看庄筱娴的，实则是监督顾冰清。林心湄不可能吃顾冰清的醋，可又不希望庄筱娴对他好，便耍了个小心机，对庄筱娴说了实情。庄筱娴惊讶，用沾着面的手拍了拍额头，瞪着眼睛说："顾冰清是你的签约情人。"她的声音有些大，顾冰清隐约听见，还以为她们在吵架，急匆匆地跑进厨房："你们——"见她们谈笑风生，慌忙改口——"饭还没有做好？"

庄筱娴笑着说："你先陪我爸说会儿话，饭一会儿就好。"

林心湄哼了一声："你以为饭是这么好做的，要不你来试试。"

顾冰清举着双手退出厨房，告饶地说："我说错话了——你们忙！"

庄筱娴看着顾冰清去了客厅，小声问："顾冰清是你的签约情人？"

林心湄虚与委蛇地说："那时候我也没办法，你说相什么亲？我不相信爱情的！"

"是吗？"庄筱娴淡淡地说。

吃过饭后，林心湄回家了，顾冰清和庄筱娴出门送她。林心湄拦了一辆出租车，临上车时顺手掐了一下顾冰清，要他小心点。顾冰清皱着眉头问小心什么。林心湄哼了一声，说："小心你的狗命。"骂完后，觉得不好意思，便丢给顾冰清一个妩媚的笑容走了。

这晚的夜色有些零乱，风晃晃悠悠的，月是上弦月，有些像庄筱娴的身姿。辛夷湖是纯净的，风使它具有了美人的娉娉婷婷，有了一颦一笑的韵味。庄筱娴站在辛夷湖的凉亭旁，跟顾冰清说："你和我哥哥长得很像。"

顾冰清吃了一惊，说："我和你哥哥长得很像？"——这才明白庄老爷子为什么对他眷顾有加了——"怪不得那天你喊我哥哥呢！"

"我很喜欢我哥哥的。"庄筱娴悠悠地说。

顾冰清点头："这个我能感觉到。"

庄筱娴捋了捋头发，盯着顾冰清说："不是一般意义上的喜欢。我爱我哥哥——你懂我的意思？"

顾冰清当然懂她的意思，可他没有回答。他是喜欢庄筱娴，可他害怕带给她的又是一场噩梦，所以表情有些唯唯诺诺。

庄筱娴呵呵笑了："你当真了，我逗你玩呢！——我知道你和心湄的事。"

顾冰清脸红了："你知道多少？"

庄筱娴笑着说："多也不算多，只是知道一些要害——签约情人——呵！"

"你是怎么知道的？"

"当然是有人告诉我的。"庄筱娴意味深长地回答。

"林心湄这个长舌妇——"顾冰清狠狠地骂道。

顾冰清虽然这样骂林心湄，但这骂却是善意的褒奖，心里暗自高兴，幸亏林心湄出了这张牌，才避免了今晚的尴尬。眼前的景致是连绵不绝的，辛夷湖被半圈垂柳包围着，有种犹抱琵琶半遮面的情致。另一半完全是植物带，多半是野生植物，竹林是少不了的，还有一些法桐、乌桕、桑槐等高大植物，像极了忠诚的卫士。湖的两岸有一座浮桥连着。

顾冰清伸出手说："来！我带你走浮桥。"

庄筱娴脸上一红，知道走浮桥免不了碰撞，倒显出了腼腆，抬头见顾冰清一脸诚恳，便伸出手让他牵着。顾冰清只是脱口而出，见木已成舟，索性大大方方地牵着她朝浮桥走去。桥是用竹木做的，只能走下一个人，两边用铁链护着。顾冰清刚踏上去，觉得挺稳，倒没有想象中的慌乱，便大了胆子，哈的一声笑了，说这难不倒我。他走了两步，便后悔说了大话，觉得自己是稳的，是协调的，只是桥不稳。庄筱娴闭上眼睛由他带着，心里放得很宽，知道他不会让自己掉进湖里的。起初几步是艰难的，如履薄冰。先前手是牵着的，两人都很安静，走到正中央，手变成挽着的了，庄筱娴整个身子都跑进了顾冰清的怀里。这时桥更加摇晃，先前的幅度只是上弦月的弧度，后来成了半月，觉得自己也不稳，桥也不稳，有些浮生若梦的感觉。两人由安静变成喧哗，庄筱娴的笑声里有些急促的尖叫。这尖叫是兴奋的，是可以扰乱湖水的。快到尽头时，庄筱娴的脚步是故意的凌乱，桥晃得更加厉害。庄筱娴索性抱住了顾冰清，这使顾冰清更加慌乱，脚步加快了，是一溜小跑的，最后觉得自己也稳了，桥也稳了，只留下浮桥在月光下绵绵不绝的晃悠。

二人回去时没有走浮桥，觉得尴尬，便溜着湖边回来。当时的月光狡黠，像林心湄的眼睛。后来上了雾，变得静谧，倒成了庄筱娴的眼睛。回到庄家，顾冰清小声问："今晚——你高兴吗？"

庄筱娴的笑容里点缀了些如星星的蜜："当然高兴了，你不高兴吗？"

顾冰清急促地回答："当然——哈——高兴了。"

庄筱娴心领神会地说："你还是忘不了先前的。"

顾冰清遮遮掩掩地回答："不就是签约情人吗？有什么忘不忘的？"

"我说的不是签约情人。"庄筱娴幽幽地说。

"还有什么事？"顾冰清慢吞吞地说，"今晚你怎么都是半截话。"

"你应该知道我的意思。"庄筱娴干练地说。

"什么意思？"顾冰清有些胆怯。

"小翙！"庄筱娴目不转睛，"第一次见面时，你把我当成了小翙——小翙是谁？"

"林心湄和你说了？"顾冰清小心翼翼地问。

"林心湄和我说什么？"庄筱娴咄咄逼人地反问。

顾冰清昂起了头："为什么突然问起小翙的事？"

“直觉——女人的直觉。”

顾冰清嗯了一声说：“女人的直觉真可怕——小翙是我的女朋友！”

庄筱娴低下了头，眼睛里有些湿润：“噢，你有女朋友了。”

“她死了。”顾冰清望着天空中闪烁的星星说。

“死了？”庄筱娴很吃惊，悲伤地走到顾冰清身边，忽然抱住了他。顾冰清一惊，脑袋里一片混乱，还没想起发生了什么事情，庄筱娴已经松开了手，笑着说：“我知道你和我一样，爱着的或许都是一个影子。我和小翙长得是不是很像？”

顾冰清看着她的眼睛，嗫嚅着说：“像极了，特别是笑的时候。”

庄筱娴伸出了手，在顾冰清手上一捏：“我不该问你的伤心事——就当今天什么事都没发生。”

次日一大早，林心湄过来了，见到庄筱娴，扯着她的手，说：“知道今天你没事儿，我也闲着无聊，咱们去逛商场。”

顾冰清问：“今天不上班吗？”

林心湄在他额上一点：“你睡糊涂了！今天是星期六，休息。”挽着庄筱娴的胳膊，“去吧！”回头对顾冰清说：“你也去，帮我们提东西。”

顾冰清哼了一声：“你还真把我当成你的男朋友了？”

林心湄舍了庄筱娴，抓住顾冰清的胳膊，咯咯笑道：“那还有假！”

顾冰清抽回胳膊，苦笑着说：“我去还不成嘛！”

林心湄褒奖道：“这就对了！”

庄筱娴笑着说：“模范男友。”

顾冰清心里不知怎的一痛，觉得庄筱娴不该说这些话，别人可以说，但她不能，又觉得她这句话一定要反击，便尖酸地回答：“我这还是模范男友啊——”还想再说，忍了忍，顿住了。

林心湄侧头小声对顾冰清说：“我从家里搬出来了。”

顾冰清警觉：“你搬家了——住到辛夷坞？”

林心湄意味深长地说：“怎么！你能住在辛夷坞，我就不能住了。”

“我不是那个意思。”顾冰清躲避地说。

林心湄哼了一声：“反正我是不放心，所以就搬来了。”

顾冰清瞪了林心湄一眼，说：“你可以就近监视我了。”

“监视你——你甭臭美了！”林心湄哼了一声，吃惊地看着顾冰清，没想到他会说这样的话，心里没来由的一乱，忙加重了语气说，“就你这个样子，值得我去监视？”

顾冰清脸上做烧：“就我这样子，你却千挑万选，挑了我做签约情人。”

林心湄伸手掐了他一下：“你可不能跟我顶嘴。”

“这一条——协议里可没有。”顾冰清淡淡地说。

林心湄和庄筱娴一进商场就把顾冰清忘了。他乐得清闲，在书店看书。看了一会儿，觉得后脑勺有些沉，便合了书本出去。刚出书店，便看见庄筱娴走了过来，心里有些慌乱，招了招手，说：“你也来看书？”

庄筱娴羞涩地笑着说：“无聊，来找你。”

顾冰清斜着身子，四下看了看，说：“林心湄呢？”

庄筱娴静静地说：“她在听音乐呢！”

顾冰清羞赧地一笑：“她就这个嗜好。”

庄筱娴说：“她很喜欢音乐吗？”

顾冰清点了点头，说：“还写了几首歌词呢，那首《爱是个无底洞》写得还真不错。”

庄筱娴笑了笑，说：“你们俩倒还真像一对儿，一个爱小说，一个爱音乐，我呢，好像没有什么爱好，整日做些无聊的琐碎事儿，也没什么企求。”

顾冰清笑着说：“这样好，做老婆好。”

庄筱娴眼神里都是笑意：“你的嘴很贫。”

“真的！”顾冰清不好意思地笑了笑，“像林心湄，那脾气谁受得了，就是结婚了，也保不齐儿离婚。”

“你说谁呢？”林心湄在他背后冷冷地说。

庄筱娴笑着说：“顾冰清，你这回惨了！你的小情人生气了。”

林心湄哼了一声：“谁是他的小情人！就他这样子，还配做我的小——情人。”“小”字的余音有些悠远的缠绵。

顾冰清哼了一声：“那正好——我还不想做了呢！”

林心湄朝庄筱娴挤了挤眼睛，两人呵呵地笑了。顾冰清生气地转身要走。林心湄一把抓住他，说："你可别忘了，咱们签的有协议。"

顾冰清转过身来，冷冷地说："协议上可没有规定我不准生气！"

庄筱娴笑着说："更没有规定：生气了，不准我走啊！"

顾冰清扑哧一声笑了："我才不会和小女生一般见识呢。"

林心湄哼了一声："你不和我一般见识，我倒要和你一般见识。说——为什么说我会离婚？"

"瞎猜的！要负法律责任吗？"顾冰清爱理不理地说。

"法律责任倒不必——但家法是免不了的！"林心湄调皮地笑道。

林心湄的家法处置就是要顾冰清请客。顾冰清不服上诉，结果仍维持原判，只好领着二人吃凉皮，气得林心湄骂他守财奴。顾冰清狡辩说："我可是在执行家法，以节俭为主。"吃完凉皮，顾冰清又买了一堆零食，价钱上超过了凉皮的好几倍。

林心湄笑着说："这才像话。"

顾冰清说："在筱娴面前，不能丢你的脸。"

庄筱娴笑着说："你们俩呀——都没个正经。"

林心湄笑了："冰清这么说，是有根据的。"

庄筱娴说："那首《爱是个无底洞》？"

林心湄吃了一惊，问："你怎么知道？"停住了脚步，侧着头对顾冰清说："你敢出卖我！"

顾冰清说："这就叫出卖啊！筱娴，我还有好多趣事呢，你要不要听？"

庄筱娴笑着说："咱们回家再说。"

林心湄听见"回家"二字，脸色一变道："顾冰清，你敢！"

顾冰清耸了耸肩，说："筱娴，我没说错吧！换作是你，你敢要她吗？"林心湄跑过去掐他。

三人回到辛夷坞，沿着湖边散步，时间像抽掉了防火墙的火山，窜流的速度是不可遏止的。回过头来看，却有点睽别经年的味道。傍晚是喧闹的，炊烟是缭绕的，有些弥漫在湖面上，纠结着湖水，产生了雾霭。近景有些恍恍惚惚，远景倒是宁谧清晰。回到庄家时，庄筱娴红着脸说："明天是我的生日。"

顾冰清脸色一变："6 月 9 日是你的生日？"

林心湄看了顾冰清一眼，说：“明天正好是周末，他可以陪你过生日。”

庄筱娴说：“你来吗？”

林心湄说：“我当然要来了，我可不放心他。”

庄筱娴瞪了林心湄一眼：“你又胡说了！”

林心湄自信地说：“我才没有胡说呢！”

庄筱娴抿了抿嘴，对顾冰清说：“你明天有什么要紧的事吗？”

“也没什么要紧的事。”顾冰清回避地笑了笑，“一个朋友，萧痕，他来找我。”

15. 影子的爱情

萧痕来找顾冰清，是因为苏翙的忌日到了。墓地在黄河陵园，靠近黄河，中间隔着一片杂草丛生的地带，常年被河水冲刷，地面上都是沙子，土质非常坚硬，一直荒芜着。这里是黄河激流地带，最险峻的地方，无法看到地下的境况，但经常感到一股股强烈的风从地下涌出来，甚至听到水浪的回响。坟墓分阶梯排列着，高出水平面丈余，在风中显得颇有威势。最后一个阶梯环绕着一汪泉水，周边种植些树木，靠近一株小松柏的便是苏翙的坟墓。二人到了墓地，萧痕见天空接近于空冥，觉得有种不祥，似乎看到一场大风刮来，将这里夷成了平地。

萧痕从包里拿出香、火和祭品，两人拜祭了一番，心头有些沉重，便坐在坟前，看夕阳黄里透红。顾冰清站起身来，捡了几片落叶，心头挤进了几分苍凉。这种苍凉是残存的，这时抖了出来，浑身不由得一阵清爽。

萧痕眼见夕阳渐渐散了，忽然说："石头有魂魄吗——"顾冰清看了看萧痕，猜想他怀念苏翙过重，头脑都昏了。萧痕站起身，微微地叹息一声——"咱们走吧。"

顾冰清替萧痕背了背包，说："也许——小翙没有死。"

萧痕听了，猛地攥住他的手，问："你说什么？！"

"我说——小翙也许没有死！"

萧痕松开了他的手，摇了摇头。顾冰清看着枯黄的夕阳，说："小翙本人是死了，可她又复活了。一个女孩子，和她长得像极了，特别是笑的时候。或许她是小翙生命的延续——至少，我是这么认为的！"

夕阳散了，西天微黄，就像晒干了的柿饼，看起来有些干瘪，少了空旷的意味。早先有过几声雷响，可结果不尽如人意，依旧的闷热。辛夷坞属于滩区，时常有风，只是风里有股淡淡的泥沙味儿，属于乡土的，容易让人想家。从这天往后，天气是一天热过一天的，凉爽全拜托这去留无意的暴雨了。暴雨的凉气是瞬间的，继之而来的燥热更是变本加厉。可人们对短暂的快乐，哪怕快乐之后是更大的痛苦，也总是沉溺、向往、留恋的。

庄筱娴的生日是在家里过的，打开顾冰清的礼物时，表情是意味深长的深邃，暗藏着一些东西。吃过饭后，顾冰清、林心湄、庄筱娴三人去看电影。经过辛夷湖时，顾冰清想起了苏翙，有些感伤，不知用什么来跟以往的事做一个总结。他有点怨恨自己，好像没有良心，每次回忆总会丢失好多情节。他不知道再过些年，这些事会不会像留声机坏了一样，什么也留不下，带不走。可那些丢掉的却是他最愿意珍藏的。有些是爱情，忘不了的，不是曾经的悲伤，而是那段甜蜜的时光。迷迷糊糊中，听到有人吟诗“梨花院落溶溶月，柳絮池塘淡淡风”，忍不住接了一句“落絮无声春坠泪，行云有影月含羞”。刚接完，瞧见庄筱娴正笑盈盈地看着他，陡然清醒了，才知道吟诗的不是苏翙。

林心湄笑着说：“你们倒是心有灵犀一点通。”

庄筱娴捶了林心湄一下：“你胡说些什么？这都是古诗，他是写网文的，还不是信手拈来。”

顾冰清停下脚步，说：“这不是主要原因。”庄筱娴呆住了，她意识里顾冰清是要躲避的——这个懦弱的人，怎么反常了？顾冰清抿了抿嘴，说：“我是想起了一个故事，才接这句诗的。”

庄筱娴哦了一声，有些失落：“故事——唐诗的背后，好像都有故事的吧。”

林心湄说：“这个故事，是他自己的故事——真实的故事。”

庄筱娴淡淡地说：“有关小翙的故事？”

顾冰清说：“今天是她的忌日。”

“她的忌日——和我的生日同一天。”庄筱娴吃惊地问。

“是——也是小翙的生日。”林心湄摇着头说，“这么巧的事情，只有小说里才有。”

顾冰清说：“生日礼物是林心湄帮我买的——”从裤兜里掏出一张纸递给庄筱娴，“这是我画的，本是烧给小翙的，我把它送给你。”

这晚的电影没有看成。庄筱娴接到画后，有些悲伤，从来没有过的悲伤。她知道顾冰清是喜欢她的，因为她是苏翙的影子，可她想不到顾冰清会当着林心湄的面，将画给苏翙的画儿作为生日礼物给她。这是什么意思？苏翙是今天生的，也是今天死的，画是对过去的怀念，活人是死人的影子——你顾冰清把我看成什么了？看成了苏翙的替身？她生命的延续？

她哭着跑回了家里，神情有些绝望。绝望的不是爱情的粉身碎骨，而是她忽然变成了死人。心死了，夜静了，她的哭声有些凄凉，先前是细水长流的，后来就变成了断断续续的，抽抽噎噎，最后听不到哭声了，却从屋里传来一阵心领神会的笑声。笑声是发自内心的，有些浅，好像蛇爬行的声音。可是夜太静了，连呼吸声都听得见，何况是寂静中的笑声？庄筱娴看了画后，会意地笑了。她侧耳细听，却听不到隔壁有人回来，心里有些担心。跑到顾冰清房间的窗户旁看了看，不见顾冰清的人影，心里颇后悔跑了回来，要是先看画的话——没有也许的，她惴惴不安地回房睡了。迷迷糊糊中，顾冰清画的画儿，就像湖水中的蝌蚪似的在她眼前晃来晃去，不得一刻安宁。翻身下床，拉亮灯又看了看，只见画着一块玉佩的模样，正反两面隐隐约约写了六个字，沾了些水，有些模糊，看不清楚。可庄筱娴却能看懂，只是她心里有些奇怪。她坐在床上想：他怎么知道我有块这样的玉佩，正反两面也写了六个字？

次日，顾冰清邀请萧痕和林心湄到庄家吃饭。萧痕见到庄筱娴，为在白桦林旁看到的那个相似苏翙的淡影找到了注脚，原来那天看到的不是幻影，而是庄筱娴。这让他唏嘘不已，那天要是探个究竟，也许早就认识了庄筱娴，早就认回了妹妹。他愣在那里，驻足不前，吓了庄筱娴一跳。顾冰清推了他一下，理解他的行为，却不知他心里的紊乱。萧痕走到客厅里，内心依然紊乱着，不知该怎么面对庄筱娴，该用什么样的身份跟她说话，一直心绪不宁，所以这顿饭的氛围是乌云密布的，饭菜里都含着刀光剑影。

饭菜是庄筱娴准备的，庄老爷子去了报社，中午不回来。庄老爷子是自然主义者，在庄家吃饭，一切都是接近自然的。吃惯了油腻的饭菜，这时有种返璞归真的意味。萧痕直夸庄筱娴做的饭菜好吃，新鲜。庄筱娴微笑不语，觉得自己像个影子，是属于电影画面的，与他们之间隔了一道屏幕。顾冰清也许能进入屏幕里，看清一些真实的影像。可萧痕却是在屏幕之外的。她和萧痕是初识，而他们是同学，虽在自己家里，倒有了客人的感觉，吃菜需要他们要挟的，催逼的。她吃得很少，大部分时间是在听他们谈话，有意识地将自己隔离出来。有些虚幻，不真实，可她宁愿相信那是真实的。庄筱娴回避这种真实，可又回避不及，徘徊在真实与虚幻之间，有些清醒的昏胀。

昨晚，顾冰清请她帮忙做饭时，她是答应了，可答应之后就后悔了，觉得自己是在替别人而活。可她又愿意帮助顾冰清，就算是影子，她也毫不在乎，只是惊奇自己为什么会这么做。第一个影像是她哥哥，刚想起时，倒有些扳平手的兴奋，终于扯平了，他也是我哥哥的影子。她觉得影子的恋爱是身不由己的，没有自由。可正是这种不自由，才有了精神上更大的自由，有些天马行空的驰骋，可以飞翔的，也可以穿越时空。第二个影像就是顾冰清，紧接而来的是一个“爱”字。这种想法使她慌乱了，再也无法平静下来。想起顾冰清画的那块玉佩，觉得这“爱”是心灵相通的，至少顾冰清有先知先觉的能力，知道她有汉白玉做成的心形护身符——或许是爸爸告诉他的，这也证明了爸爸是认同他的。这是个不眠之夜。出去看天，发现夜色无比的纯净，天空仿佛被水洗了一般。院子里的月季花在夜晚散发着淡淡的芳香，夏虫在芳香里也不肯睡，发出悦耳的鸣叫。菜园子里有梭梭的声音，是田鼠在偷吃青菜。庄老爷子从来不打药，菜长得很好，虫子也少，是管理有方的结果。老爷子不愿杀生，有些禅的境界，可老爷子是不信佛的，一切都是自自然然的。夜色是自然的，她的心境也变得自然了，爱也无比纯净了，自然了——是爱的，她想。

不知什么时候下起了雨。雨有些恣意，是顺风而下的，哗哗作响，砸在屋顶上就像黄钟大吕。远处的黄河变成了聆听伯牙弹琴的钟子期，弹奏的正是高山流水。雨下了好一会儿，也不见停。林心湄有些错觉，这错觉不是属于她的，是天外来客。她希望萧痕和庄筱娴能发生些什么事情，最好是爱情了。这种想法是要不得的，这不是说她很在意顾冰清了吗？她不承认自己会爱上别人，她从不相信爱情，也不可能拥有爱情。在她的意识里，爱情是渺茫的，是奢侈品，只有在想象中才有的。她怕这种错觉繁衍生殖，穿透了她的躯体，不禁紧了紧衣服。顾冰清以为她冷，问她要不要紧。林心湄讥笑他说：“你是不是喝醉了？这样的天，我会冷？就是冷了，也不要你管的。”说完便后悔了，这话里分明有只可意会不可言传的东西，她是不该说的，说了就此地无银三百两，忙加了句：“萧痕，你是不是喜欢筱娴？”

萧痕肯定是喜欢庄筱娴的，只是他的喜欢是对妹妹的疼爱、怜悯。他也能看出庄筱娴的心思，见顾冰清对感情唯诺，想帮妹妹完成心愿，便挑衅地说：“你看不出来？”站起来把手一挥，对顾冰清说：“咱们又成情敌了！”

顾冰清皱着眉头说：“你也喜欢林心湄？”

林心湄摆摆手说：“别把我扯进去！”

萧痕醉醺醺地说：“说什么胡话呢你！”

顾冰清说：“林心湄可是我的女朋友！既然你是我的情敌，那就是说你也喜欢她了。”

萧痕冷笑道：“你这个懦夫！”

顾冰清不接他的话，喝了一口酒，脸上飞起了一片红云。

林心湄看着雨丝瘦了，憔悴了，失去了活泼，知道雨快停了，便淡淡地说：“天可真有些凉。”

“是心凉！”顾冰清意味深长地说。

萧痕喝得有些昏，严格地说，是醉了，手脚都不灵便。他的醉有假装的成分，也许只有在这种假装里，他才能放纵自己，才能口无遮拦。

庄筱娴见萧痕喝高了，建议他到花园里坐坐，吹吹凉风。花园里，一部分是花卉，一部分是竹林。雨已经停了，辛夷坞被雨洗礼后，更加脱尘出俗，有种清水出芙蓉的亮丽。垂柳更像婀娜多姿的少女；湖面的雾霭还没有散尽，剩下的凝成一线，与湖水藕断丝连，舍不得离去；菜园子给雨水浣洗得更加的绿，衬得这方空间一体的幽。

庄筱娴跟萧痕介绍：“爸爸喜欢竹子，坚信：宁可食得肉，不可居无竹。实际上，爸爸是吃素的。萧痕，你看那些花，挺有意思的。延龄草是3瓣，野玫瑰是5瓣，血根草是8瓣，我经常数花瓣，总觉得这些花瓣有一定的规律性。”

萧痕听到庄筱娴说花瓣时，他的酒意彻底醒了：牛顿手稿中竺小筠签名旁的花瓣，是有规律性的。这规律是什么？

第五章　红与黑

在法律之前，合乎“自然的”只有狮子的力量，
或者动物饥寒时的需要，更简单地用一个字表示，便是“欲”。
——[法]司汤达《红与黑》

16. 斐波那契数列

这些天，石小岚没在国内，去埃及参加一起国际性案件的侦破行动，她的睿智和机警再次为中国赢得骄傲。在埃及，石小岚看到了金字塔，看到这个无法用科学来解释的建筑物时，她想起了萧痕关于科学和神学之间关联的解释。是的，在竺小筠案件里，她无法用刑侦学来解释这一切，她也明白竺小筠是被谋杀的，可是她找不到有力的证据。回国的飞机上，她陷入了沉思，被一种不可知的力量冲击了，透过机窗看窗外堆积的一层层白云，她的思维仿佛浮着了上面，在那一刹那宛如看到了“白夜”场景。那虚无的白让她觉得力有未逮，胸中积攒的力量找不到倾泻的出口。这种无着力，让她烦躁起来，也让她对自己的能力产生了怀疑。可就在两个小时前，她还亲手击毙了两个国际通缉犯。这让她感知，她所学的理性刑侦学面对竺小筠案件浩渺的宇宙时也不得不用神学来解释。

由于不在国内，石小岚对父亲和妹妹发生的事情一无所知，下机后没有回家。石小岚只觉疲惫极了，回到宿舍便去冲澡。一股热水冲到身上，她心中升起些异动，竟在这时想起了萧痕。只是，她脑海中的萧痕是飘移的，悬在半空中，好像是个魂魄。她吓了一跳，忍不住打量镜中的自己。镜中是一个绝美的身体，那身体上滚动着水珠，宛如一个精美的瓷器。她侧着身子让更多的水珠滚动，就在侧身的一刹那，她发现了一个奇怪的现象：在她的右肩上，竟然有一个刺青。她奇怪极了，她从来不文刺青的，也不知这刺青是什么时候出现的。是的，她从来没有留意过，也没有人告诉她身上有这个刺青。她对着镜子看刺青，刺青很小，不仔细看是看不到的。刺青有些像猫，逼真极了，仿佛这只猫一直附在她身上，就像胎记一样。看着看着，她竟然喜欢上了这刺青——这是人工无法雕刻成的，是天生的——忽觉硬邦邦的自己竟多出了几分天然的妩媚，这让她看起来更像个女人了。

这时萧痕打来电话，告诉她竺小筠案件有了新的进展。石小岚挂了电话，特意换了件刚买的裙子。她很少穿裙子的，看着镜中的自己，有些恍惚，发觉镜中的这个女人不是她，而是萧痕所说的第五维空间里的、深藏着女人缱绻情韵的石小岚。她顾影自怜了片刻，女人的娇羞映衬到脸上，连她自己都看到了羞涩。她努力平复了情绪，下楼驱车赶往叶家老宅。萧痕又要给她惊喜了，这更让她觉得萧痕身上潜藏着她读不懂的信息。

到了叶家老宅，萧痕已在门口等她。萧痕看见穿着裙子的石小岚，也是一阵恍惚。

"我就知道——你还爱我！"石小岚看到了萧痕的恍惚，脸上的娇羞又呈现了。她推开半合的门走进屋里，见萧痕在墙上挂了一个白板，白板上面画着一组花：

石小岚看了看这组花，回头问："这是竺小筠在牛顿手稿上的手绘花？"

"是的。"萧痕走到白板跟前，"从这组花中你看到了什么？"

"我早就有种疑惑，牛顿手稿如此珍贵，竺小筠为什么要在手稿上签名、绘花？"石小岚在沙发上坐下，"我也曾想这些花是不是藏着什么秘密？譬如百合花代表高贵中的纯洁，雏菊代表真爱守候，玫瑰是爱情之花等，可这些含义并没有什么逻辑性的意义。"

"每一种花都有自己的花语，这是常人的认知。"萧痕拿出画笔，顺手在这些花瓣下写出一组数字，"然而，人们对花的认识，很少从花瓣的数目上去看！有时候，事物的表象才是其本质。"

石小岚看到这组数字时，从沙发上站起来，道："这是个数列。"

萧痕点了点头："不错，这正是斐波那契数列。斐波那契数列指的是这样一个数列：0，1，1，2，3，5，8，13，21……这个数列从第三项开始，每一项都等于前两项之和。竺小筠手绘的花瓣的数目，具有斐波那契数列特性。"

石小岚从萧痕手里拿过画笔，在白板上写下 8×8 和 5×13，说："某人把一个 8×8 的方格切成块，拼成一个 5×13 的长方形，故作惊讶地问你：为什么 64 = 65？其实就是利用了斐波那契数列的这个性质：5、8、13 正是数列中相邻的三项，事实上前后两块的面积确实差 1，只不过后面那个图中有一条细长的狭缝，一般人不容易注意到。"

"那个细长的狭缝！"萧痕点了一支烟，"数字的真实性毋庸置疑，但这种真实性之间用斐波那契数列解读时，就存在了'1'的差别。这个差别，就是细长的狭缝，它是否就是科学和神学的关联狭缝。换句话说，斐波那契数列就是解读科学和神学关联的重要公式？另外，很有趣的是：这样一个完全是自然数的数列，通项公式居然是用无理数来表达的。"

"最无理的，最有理的。"石小岚注视着花瓣看，"最无理和最有理，一般意义上讲，它们就是矛盾体，但在斐波那契数列中，它们确实又是一体的。"

萧痕点头道："这也许才是竺小筠要传达的意思。科学和神学虽然矛盾，但从斐波那契数列看，它们是可以完全融入结合的。"

"可是，竺小筠想通过牛顿手稿告诉我们什么呢？"石小岚皱眉问。

"这也正是我所想不通的地方。五指月组织就算是科学和神学的结合产物，但这又能说明什么？"萧痕走了几步，"这只能说明一个问题，竺小筠必定还留下一些东西，牛顿手稿只是一个引子，让我们按照他的指向去寻找。我们只有找到这些东西，才能解答他究竟要告诉我们什么？"

石小岚从包里拿出牛顿手稿真迹，看了片刻，说："竺小筠是个严谨的人，一辈子都和数据打交道，既然花瓣里藏有秘密，那么这些日期有什么秘密吗？"

萧痕从石小岚手里拿过牛顿手稿，然后走到白板前，将这些数字按照日期先后顺序一一写了下来：

2000	11.11		2017
2000	11.25		2017
2001	03.18		2018
2001	05.16		2018
8∶12 2001	08.22	8∶12	2018
18∶13 2001	10.08	18∶13	2018
2002	04.44		2019
00.00 2002	00.00		2019
00.00 2002	00.00		2019

……

石小岚走到白板前，指着“04.44”说：“这个日期非常奇怪？”

“正是因为它奇怪，才说明这些日期藏有秘密，竺小筠故意用这样错误的信息来引人注意。”萧痕陷入了沉思，“可是他为什么用 44 呢？一个月 30 天，为何多出来 14 天？这 14 包含着什么信息？”

“竺小筠将花瓣和日期放在一起，也许斐波那契数列能解答这个问题。”

萧痕停下脚步，拿起画笔，将斐波那契数列写下来：

1　1　2　3　5　8　13　21　……

石小岚皱了皱眉，说：“这些数字和斐波那契数列并没有什么关联性。”

萧痕看了片刻，说：“你看。假如我们不去分析 44 天，还有 00.00 的隐藏信息，就看数字。按照斐波那契数列与日期数字的对应关系，我们可以得到这样的信息：1 对应的就是第一组日期的第一个数字，第二个 1 对应的是第二组日期的第一个数字，2 对应的是第三组日期的第二个数字，3 对应的是第四组日期的第三个数字，5 对应的是第五组日期的第五个数字，这与斐波那契数列是暗合的。到了‘04.44’这一组，斐波那契数列的顺序应该是 13，减去 10，得到 3，以此类推，我们可以得到这样的数字 1、

1、3、1、8、3、4、0、0。”说着将这组数字写到了白板上，“只是这组数字代表了什么？蕴含着什么讯息？”

石小岚从萧痕手里取回牛顿手稿，边看边走到窗边。她陷入了沉思，知道自己进入了一个误区，至少不该随着萧痕的思路去看待竺小筠案件。随着案情向前推进，她用数年构筑的信念一下子崩塌了。是的，有些东西是无法用常理去解释的，越解释越说不明白。她明白这一点，可她不能不去解释，这是她的职业习惯。她从来都不曾想过，有一天她会介入这样的案件中。可思想不是想抽身而退就能退的，这段时间一些奇怪的意象经常在她眼前闪现。那些奇怪的意象有些凌乱，捉摸不透，可她却清楚那是一些场景。她在金字塔前击毙罪犯的那一刻，她的眼前就出现了幻象，她不知道那是不是萧痕所说的“白夜”幻象，开枪的那一刻，她的眼前出现了一幕的白，什么都消失了，金字塔消失了，罪犯消失了，子弹从枪膛里脱离而出，就像射入了一片虚无中。她清晰地看到子弹射出去，然后就听到了摔倒声。她用一颗子弹击毙了两名罪犯。

石小岚想着想着，眼前又出现了错觉，忽然想起右肩上猫的刺青。一股女人的温情从身子里缱绻而出，她忽觉自己孤独极了，渴望有一只温暖的手去抚摸那只猫。然后，她做了一个极其奇怪和大胆的决定，将牛顿手稿扔到茶几上，走到萧痕面前脱去了衣服。

萧痕看着石小岚脱衣服，呆在了那里。在这样的夜里，他看到了一具绝美的身体，一股欲火燃烧了起来。他意识里的萧痕沉寂了，断然不会来骚乱他的心神。这一刻，他欢愉极了！是的，他一直爱着石小岚。他的爱，曾经被坚硬的壳包裹了，冲破不出。当坚壳破碎后，爱的种子便迅速发芽、成长，一下子长满了他的身体、覆盖了他的意识。他被一种实在的爱裹住了思维，眼里、心里都是那样的一具绝美的身体。就像山洪暴发，一股奇妙的力量让他们失去了思考的能力。这是一个奇妙的夜晚。这个夜里，他们拥有了爱，拥有了彼此的身体。

17. 发现坐标

那是一个奇妙的结合。就像命中注定似的，他们将身体和灵魂给了彼此，然后是长时间的端望。当萧痕看到石小岚右肩上猫的刺青时，他一下子僵硬在那里！他的思想被冲垮了，被一种死亡的气息占据了。意识里的萧痕忽然跳跃出来，回到了苏翙死的那一刻，他有一种强烈的感知：石小岚也要死了！

石小岚感知到萧痕的身子由温暖变成冰冷，缓缓从床上坐起来，说："你怎么了？"

萧痕听到石小岚的声音，也坐了起来，从地上捡起衣服，一件一件给她穿上，可在他的意识中，他仿佛是在给石小岚穿寿衣。

"你右肩上有猫的刺青？"萧痕小心翼翼地问。

石小岚抓住了萧痕的手，手就放在猫的刺青上："我也是今天才发现的。"

萧痕抽出手，穿上衣服，点了一支烟，说："你有过幻象没有？就像白夜场景似的那种幻象？"

石小岚隐约感到幻象的产生和猫的刺青有关，说："在埃及击毙罪犯的那一刻，我就看到了类似白夜的场景。"

萧痕更加判定石小岚要死了，可他拦不住，他找不到解救的方法，那蕴藏了两年的悲哀，这时一下子拥挤出来，反而在他脸上看不到悲哀了。悲哀已深深地印到骨子里去了："真正的悲哀不是死亡，而是你面对现实时却无能为力。"

石小岚赞同这句话，这些天她就感到悲哀了，这悲哀是她对现实不得解的悲哀。

萧痕将苏翙的死告诉了石小岚。石小岚听后，悲哀反而消淡了，握紧了萧痕的手说："你是担心我。"她盯着萧痕的眼睛看，"就算死了，也值了。我找回了爱情。”

萧痕也握住了石小岚的手：“这是幻灭，我们都无能为力。竺小筠的幻灭是谋杀，小翙的幻灭也是谋杀，是天杀。”

石小岚站起身来，对于死亡，她并没有感到害怕，从事刑警这么多年，她已将生死置之度外了。她都记不清自己从鬼门关里走了几个来回了，谈起死亡时很淡然，对萧痕说：“有时候，我觉得，只有死亡，爱情才能永恒。”她走到窗前，这时夜已经苏醒了，黑幕被遥远的亮光渐渐冲淡了，已可看清城市的轮廓。打开窗户，天还有些冷，她抱紧了双臂，回头说：“你也不要担心了。要是我死了，你能像思念小翙一样思念我，我情愿去死。”

萧痕被石小岚的态度震惊了。他从石小岚那双透明的眼睛中看到了自己的渺小，看到了自己的懦弱。他走到窗前，拥住石小岚，说：“你死了，我绝不独活。”

石小岚转过身来，捧住萧痕的脸。两人吻在了一起，那是超脱生死去爱的长吻，这长吻洗涤了他们的灵魂，洗涤了窗外混沌的夜色。

长吻结束了，石小岚笑了，她的笑容灿烂极了，这是她第一次笑得如此灿烂。萧痕也笑了，那长久的悲哀一下子从他骨子里消失了。

石小岚从萧痕的怀里出来，发现牛顿手稿竟被她扔进了茶盘里，慌忙去捡。当她捡起竺小筠的手绘肖像图时，发现整张纸都浸湿了。牛顿的肖像已不复存在了，可却显出一行字来。

萧痕也注意到了，从石小岚手里拿过肖像图，只见上面的字迹已经模糊了，再晚片刻，这些字就会消逝，他将字写在白板上：

你来自尘土，终将归于尘土。

石小岚道：“这句话出自《圣经·旧约》。”

“牛顿的神学启示，就是来自《圣经》。”

“竺小筠将这句话藏于牛顿肖像图中，要告诉我们什么？”

萧痕没有回答，只是喃喃地说着：“尘土，一切归于尘土。什么才归于尘土？”

“生命。”石小岚深有感触地说。

萧痕点了点头：“人死了，就要归于尘土。《圣经·创世纪》里说：你必然汗流满面才得糊口，直到你归了土；因为你是从土而出的。你本是尘土，仍要归于尘土。这尘土就是生命归宿，就是……”他忽然灵光一闪，“我知道竺小筠留下什么讯息了。”

“是什么？”石小岚惊喜地问。

萧痕将数字1、1、3、1、8、3、4、0、0分成两列，一列为1、1、3、1、8，一列为3、4、0、0；然后他在这组数字上加了一些元素，成为：

113° 18′

34° 00′

石小岚惊呼：“坐标！”

“黄河陵园！”萧痕在坐标上画了一个圈，“这个坐标指的是一个墓地，小翙的墓地。”

“墓地？小翙的墓地？”石小岚更加吃惊了，“黄河陵园？”

“不错，小翙的墓地就在黄河陵园，因为在黄河边上，我怕水滴穿石，终有一天，这墓地将被黄河侵蚀，成为黄河的一部分，再也寻不到了，所以我就记下了墓地的坐标。”萧痕看着白板，“竺小筠提示的归于尘土，就是说人死了就要进入墓地。”

石小岚将牛顿手稿放入包中，说：“我们这就去黄河陵园。”

半个小时后，他们到了黄河陵园。这时天还没有完全亮，近处的天还是灰蒙蒙的，只有遥远的某处有一丝光亮。黄河还在睡梦中，水面平静如初，没有什么来打扰它的清梦。黄河陵园在这一片静中，更显得肃穆。这里是死一般的沉寂，那些死去的灵魂没有飘荡在空中，而是遁入了地下。他们将车停在墓地的入口，径直走了进去。墓地里零碎地种植了花草，一块块墓碑被花草簇拥着，一个个名字刻在碑上，有声无声间延续着人生脉络。

他们检查一块块墓碑，最终在临近河边的一处陡峭高岗上发现一块墓碑上没有名字，而是雕刻着如同竺小筠在牛顿手稿里的手绘组花，在墓地里显得十分怪异。

石小岚指着墓碑说："这是谁的墓碑？为什么也有这组花？竺小筠的尸体还在太平间。"

萧痕在墓碑四周看了看，说："这墓碑有半年时间了，假如和竺小筠有关联，这坟墓肯定是个空墓。难道竺小筠在这里留下了什么秘密？你在这里等着，我去车里取一些工具。"

"要挖墓？"石小岚警觉自己的身份。

"不是你挖，而是我。"萧痕伸出右手在她脸上轻轻一拂，"要探知秘密，就要把墓挖了。"说着去车上拿了一把铁锹和手电筒，将墓穴挖开了。

18. 死魂灵

挖开墓穴的那一刻，他们愣在了那里。这并不是什么墓穴，而是一个洞。洞并不深，二人跳进了洞里，看见洞底处有一个如同岩洞似的洞口。这洞口在左侧，一直向里延伸。二人打亮手电筒，摸索着进入洞里。过不多时，他们进入了一个神奇的空间里：花花草草在微风中有规律地摇曳着，在它们周围有高大的树木，有几汪碧绿得像缎子似的湖水，有鸟雀在枝头鸣叫。水流声成了伴奏的旋律，风成了抚琴的手。空气里溢满了香气。道路是用美丽的贝壳铺成的，五颜六色的贝壳光滑明镜。倘若在高处看，这些贝壳微微地蠕动着，它们还活着，它们成群结队地从远处爬到这里来，似乎是在完成生存的使命。当它们动起来时，就像火一般的辉煌，宛如一个家族的神秘图腾。

萧痕震惊在这个只能想象的空间里，沿着贝壳铺成的道路穿行。这个陌生的世界似乎在他的梦境里出现过，因为这里的一切：道路的经脉、花草的表皮、树枝的枝茎、湖水的血液，似乎和他的身体融在了一起。他不是走在一个陌生的环境里，而是在自己身体里游走。一片空荡的地方堆砌着无数个骸骨，那些骸骨错落有致地排列着，风掠过处，一团团的磷光在骸骨上流窜着，形成了一道极美的景致。在这种极致中，是死一般的寂静，就连从骸骨的隙缝中轻微游走的风声都能听得见，空中飘荡的尽是自由自在飞翔的魂魄。这里竟然是一座古坟的集聚地。

在这些骸骨中，他们发现了一些东西，这些东西让他们震惊极了。

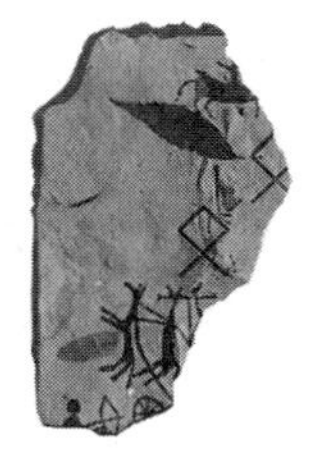

这是两块雕刻着怪异图案的石头，此刻正安静地躺在骸骨堆上，高高地耸立在顶端，宛如丰碑——一将功成万骨枯——它在这里昭示了一个千古定理。这两块石头不是普通的石头，那上面的图案像是最古老的图腾，有奇怪的圆圈，有新石器时代半坡文化的鱼骨，有动物的足，有植物的叶，还有红色的线。他不知道线条文字是什么意思，可他有种感知，这两块石头和具茨山有关，和这个民族最古老的图腾有关。

石小岚看到两块石头时，更是震惊了，她从未见过如此精致的石头，石头上雕刻的图案更像是她在金字塔里见到的无法解释的宗教图腾。她踩着破碎的骨片走到石头前，端详着石头，忍不住伸出手去触摸。可当她拿起石头时，她听到了一道奇异的风声，便觉得这是一个错误，也知道她要死了。

那风声是弓弩声。这时她想起了竺小筠的预言：你本是尘土，终将归于尘土。她知道自己就要归于尘土了。嗤的一声，一支弩箭射向石小岚的左胸。石小岚眼见弩箭射到，条件反射似的扬起了左手，弩箭穿过手指缝射到她的左胸上。她顺势按住伤口，一股血从她手指缝里流出来。萧痕的眼神是惊恐的，看见弩箭扎在石小岚的左胸上，就仿佛有一根针射到了他的眼睛里。弩箭的力度大得很，石小岚的身子向后猛地一抖。萧痕也跟着抖了一下，脖子猛地一紧，差一点呼吸不出来。血光就像水泡似的从眼皮底下浮了上来。石小岚按住伤口时，右手便松开了。就在这时，第二支弩箭已经扎在她的右胸上。萧痕看到石小岚的脸搐动着，胸口都是鲜血，额头上沁出了汗，可她的眼神却是欢快的，她听到风卷起浪的声音，竟有一阵惬意的快感。可这快感是短暂的，两支弩箭结束了她的快感之旅。

这两支弩箭力量猛极了，将她冲到了碧绿得像缎子似的湖水中。本来平静的湖水忽然激荡起来，跌落湖水中的声音就像扯布的尾声，是戛然而止的，水的激流已在瞬间将这声音淹没了，石小岚被一股强烈的漩涡涡旋到水底世界里去了。石小岚只觉一些美丽的漩涡开始搅乱她的意识，这些美丽的意象使她接触到了空冥世界。这些意象闪过之后，最后定格在脑海里的却是萧痕那奇怪的笑容，她忽觉自己幸福极了，她塑造了一座爱情丰碑：她的爱情永恒了！这使她觉得死亡并不可怕，她面带微笑坦然接受了死亡。她的心情愉快极了，觉得自己变成了鸟雀，可以在天空中自由飞翔，甚至可以飞到另外一个世界——一个只有在梦中才能去的地方。

萧痕在一旁呆住了，他知道石小岚要死，可没想到就这么死了。而在她死亡时，他就在一旁看着，却又无能为力。那刚刚消失的悲哀，再次拥挤到骨子里，再也抹不开去。这时的萧痕，一只手伸着，有些僵硬，仿佛想拽住石小岚的衣角；手攥得紧紧的，像一尊石雕似的矗在那里。他脑袋里像被苍白色的雾包裹了，所有的思想都寻不着，只有一些影子在脑袋里飘来飘去。他踉跄地走了几步，却一跤摔在地上，只觉骨头全碎了。

忽然，萧痕清醒了，他从地上跳起来，在墓穴里奔跑，到处找石小岚，可是找不到，石小岚已被激流带走了。他发了疯似的奔跑，直到他看到了那两块石头。现在，那两块形如丰碑的石块被萧痕握在了手里，可他却愿自己成为这万骨中的一骨。他踏上骸骨再走。骸骨的背后竟然是一个洞口，洞口处正有一股风吹来。穿越洞口，是一段漆黑的穴，穴的尽头是一个烧焦的棺材，棺材里也只剩下了骸骨。只是这骸骨还有血有肉，肉还有色彩，血还在流淌，可走上前去看，才发现肉已干枯，血已流尽。他忽觉离“死亡”太近了，或许已经死了，只觉有一道闪电划破最绮丽的风景，将过去、现在和未来连在了一起。他的意识消失了，仿佛刚出蛹的蝉完成了蜕变，周围的一切变得新鲜而刺激了。

萧痕冲出墓穴时，天彻底亮了，白日又喧腾了。萧痕快速地冲下河堤，却一个跟头摔在地上。他从地上爬起来，看了看四周，什么人也没有，有些宁静。几只鸟儿落在他身旁，蹦跳地叫着。萧痕木呆地看了看，心里虚得很，仿佛所有东西都丢失了，不存在了。他看了看黄河，依旧奔腾，汛期来了，河水将一切都消磨了，就连胎记也一样，中华的根被黄河消磨得只剩下了一些根的影子。石小岚在这水中，也许只存在着些根的影子。萧痕觉得心里有些实了，是些郁闷，积压的，没有放出来，这时放了出来，却是一声长长的叹息，他的瞳孔里又呈现出了那一抹奇怪的笑容。

19. 秘境与幻象

一道光醍醐灌顶式的射入身体里，他感到体内的血液被这道光照亮了，透彻了，能看到血管之间斑驳的纹路。他的血管渐渐膨胀，仿佛这光产生了巨大的热量，促使他热血澎湃。萧痕只觉有股热气在体内流动，让他的生命再次活泛，再次鲜亮。他知道，那道光其实不是光，而是他的思想。他也知道，那道光是因为石小岚而产生的。石小岚的死，与苏翙的死不同。石小岚的死，让他的思想透明起来，爱情伴随着石小岚的死，塑成了永恒。这爱情，构成了他内心的全部。爱情永恒了，他的心也永恒了。永恒的心，是静止的一颗心。就像钻石一样，他的心是珍贵的，也是独一无二的，是无法再转移的了。没有找到石小岚的尸体，警方不知她是死在墓穴里的，他们只知石小岚是因参与国际性案件精神受创坠河而死的，于是她的精神成了另一种永恒。

萧痕没有履行承诺，与石小岚一起死。当想起庄筱娴时，他变得无比清醒：庄筱娴是他的妹妹，他们血管里流淌着相同的血液，虽不完全，但至少有一半是相同的。这种认知，宛如平静的湖面上坠下了一块巨石，不但能激起无限的浪花，而且能充实这湖，毁了这湖，让他无法选择死亡。他觉得胸间堆积着一股雄厚的热量，他控制不住，热四处乱窜，仿佛只有撕开胸口，这股热才能泄洪。苏翙的死，石小岚的死，斑驳的黄皮纸残片，精致的杀人石头，这一连串无可解释的秘密接踵而至，打了他一个趔趄。他知道的和不知道的，让他处于一种绝望之中。倘若只有绝望，就像之前的两年里，他忍受了，就挺了过来。可现在，这种绝望是黎明前的黑暗，他知道冲破了这黑暗，就能看到无限的光明。可这道黑幕他无法穿越，有一些力量阻止他去穿越黑幕。这力量他也看不完全，因为这力量隐藏在四家族中，和很多人都有关系，他无法去了解他们的思想和行为。

他的绝望里有一道白光，那是他的希望，是充实生命的光。想起庄筱娴时，他仿佛在这巨大的黑暗之中，看到了一丝光亮。他知道，这光和黑幕没有关系。那只是他情感里的光。这光让他找到了生命的方向。“妹妹！”这是个新颖而奇妙的关系，他周身恍若流淌着一种从没感受过的暖流。现在，他待在房间里，感受这种悸动，恍若处在春暖花开的境地，身体内暖意四溢。这个时候，在他脑海里出现的苏翙也变得实在了，幻化成庄筱娴的影像。想起吃饭时的情形，他明白妹妹是喜欢上了顾冰清。这又令他好奇了，“影子的爱情”是有力量的，这毋庸置疑。就像小翙是母亲的影子，她和母亲一起死于“白夜”幻象。想到这里，他又惊悸而起，庄筱娴也会死于“白夜”幻象吗？石小岚的气息还未完全从室内飘散出去，他吮吸着气息，告诉自己绝不会再让妹妹死于“白夜”幻象，绝不会再让情感里的那道光消失的。

晚上十点多，萧痕来到辛夷坞。这时的风，是凉热掺半的，不是冷热均匀的天，而是温热。风吹动白桦树的叶，哗哗作响，衬得整个社区都是静谧的。实际上，社区收集了一白天的躁动，这时正自混乱、蓬勃，正是故事上演的时间。走过白桦林，来到了庄家门前，他又驻足不前了，不知道见到庄老爷子怎么说，怎么挑明他们之间的关系。按理说，庄老爷子应该知道他的存在，父亲不带他来见外公，外公也不至于不见外孙。他知道这其中定有隐言，也许和《归藏易》、“白夜”幻象有关？呆立片刻，一片树叶落到脚下，他弯腰拾起，但见月光下树叶青翠的纹路，宛如血管似的暴涨，正值生命强盛的时候。他不禁叹气一声，母亲、苏翙、石小岚不也是正值生命旺盛时死去的吗？

敲开了门。开门的是庄筱娴。萧痕看着庄筱娴的眼睛在夜色中漆黑明亮，觉得有很多话要跟她说，却又不知从何说起？他们身体里虽流淌着同样的血液，可毕竟相识不久。话到了嘴边，强自咽下去，向妹妹淡然一笑：“这么晚还没睡？”

庄筱娴见是萧痕，心里落寞，觉得眼前这人应当是顾冰清的，看着萧痕闪烁的目光，想起前几天吃饭时的情景，脸微微地红了，轻声说：“还没睡，我睡了，谁给你开门呢？”

萧痕呵呵笑了：“是啊，看我晕的。”

庄筱娴向门外看了看：“就你一个人吗？他没跟你一起回来？”

萧痕心里一阵温暖："你不睡觉，在等冰清？"

庄筱娴低下头："我才不是等他，我等爸爸。"

萧痕见妹妹羞红了脸，不忍心逗她，笑着说："我是客人呢，你就让我站在门口说话。"

庄筱娴脸上一红，说不好意思，让萧痕进了院子。晚上宁谧，周围清澈，墙角的小竹林像是在国画里，仿佛是浮在那里，消隐的浮动。这方情景，萧痕熟悉又陌生，这时就有些依恋，像是触动了心事般美好的回味。进了客厅，看着妹妹给他倒水，那股藏在胸间的温情陡然翻卷出来，忍不住想告诉她实情。

这时，庄老爷子和顾冰清回来了。顾冰清进了客厅，问萧痕："你怎么来了？"

"他是来找我的。"庄老爷子轻声说。

萧痕心里一惊："外公是知道我的。"向顾冰清点了点头，"我是来找庄老的。"

顾冰清嗯了一声，看见庄筱娴端着水站在一旁，走上前去接过来递给萧痕，和庄筱娴一起离开，各自回屋。

萧痕看着他们离去，将茶杯轻轻放在茶几上，说："您知道我是来找您的？"

"你爸找过我。"庄老爷子轻轻关了门，坐到楠木椅上，掏出烟，点了一支吸了，说："你和小湄相亲的事我也知道了。唉，我不知道你爸的心思。"庄老爷子狠抽了两口烟，叹了口气，"我是你外公——也许你还不知道——知道也好，不知道也罢，总之外公这么多年没去看你，是外公的不对。外公这样做，是无法原谅你妈的死。你爸答应我好好照顾你妈，结果你妈却——"庄老爷子有些哽咽，一支烟尽了，又点了一支——"那是外公一生的憾事。你妈虽不是我的亲生女儿，可我待她比亲生女儿还亲。可惜，你妈却早早地走了。那年，她刚 24 岁。一生中最好的季节还没来，还没有真正的活过，就这么走了。你妈走了，给外公一个桎梏，一个无法走出去的桎梏。因为你妈的死，跟你外公也有关联呢。"

萧痕眼睛湿润："我知道妈妈是死于幻象。"

"幻象？"庄老爷子抬起头，"你知道你妈是怎么死了的？"

“筱娴就是小翙的妹妹。”

“嗯。你们是一母同胞的兄妹。”庄老爷子眼睛里出现了泪光，“你妈死于幻象，她看见了一团白光，然后就病了。她病得不轻，否则你妈也不会——生下小翙和筱娴姊妹俩，也不是她愿意的。那幻象让她分裂了。你妈说，她产生幻象的时候，她觉得有两个自己，一个和你爸生活在一起，一个和别人生活在一起。她也分不清究竟哪个才是她自己。那两年中，你妈经历了精神上和身体上的痛苦，而她的这种痛苦，却又种下了种子，那白光的病毒通过她的血液传递到小翙和筱娴身上，她们姊妹俩也延续了你妈的痛苦。”

“筱娴也出现幻象了？”

“这个倒没有。”庄老爷子痛苦的眼神中露出一丝喜悦，“也许，那病毒不是靠血液传播的，也许小翙不是遗传她母亲，而是意外感染的呢。”——烟又尽了——“希望筱娴不会出现幻象。”

萧痕嗯了一声说：“我有事情向您请教——”庄老爷子示意他说下去——“关于林、白、叶、庄四家族的事，我知道一些，断断续续的，我领会的也是断章取义。有些事情还是不明白。我查了资料，二外公在入狱前曾捐赠一大笔钱给红十字会，直到二外公入狱后这笔钱都没有查明出处。所以，我就猜想这笔钱其实就来自具茨山的宝藏。呃——我想这是无稽的，就是发现了宝藏，也不可能是四家族的，它应当是国家的。要是四家族将宝藏占为己有，那是犯法的，林叔叔也不可能身居要职，大白叔叔也不可能成为奢城首富了。”

庄老爷子遥望月色，说：“有些事情不可能是空穴来风的。”

萧痕啊了一声：“这是真的。”见老爷子一时无语，递给老爷子一支烟，二人点了，烟雾从指缝里升起，弥漫在头顶上，“这些事，我不该问的。知道多了，反而对我不好。”

庄老爷子点头：“你能这样认为，我也感到高兴。我心里有些秘密，40多年了，从来没有对外人说起，今天我想说出来，你愿意听吗？”

“您说，我听。”萧痕谨慎地说。

庄老爷子说：“我和叶老、白老、林老，还有你二外公，曾在具茨山当知青，果真发现了宝藏。一个山洞里，满是金银财宝。当年，在交不交给国家的问题上，我们争论了好久，也没有结果。最后，除了你贪财的二外公取出一部分——那也是宝藏的冰山一角——我们都没有取。”

萧痕说：“这么说，那些宝藏基本上没有动，现在为什么不交给国家呢？”

庄老爷子苦笑道：“真是戏剧性，也许老天是在拯救我们。谁能挡住宝藏的诱惑呢？降了老天！发现宝藏的那天，具茨山竟然发生了前所未有的泥石流，就再也找不到宝藏了。”

萧痕淡淡地说：“你们是偶然发现宝藏的吧。”

庄老爷子又点了一支烟，说：“是偶然。我们在一个山洞里发现了九块石头，很精致的，上面都是些奇怪的图案，有点和线，有古老的人和物，有些图腾的色彩和味道，拼成后成了一幅图。这幅图出现了奇迹，这奇迹就像变色镜，在不同人的眼里，竟然看到了不同的境况：白老看见的是寻宝图，林老看见的是家族图腾，叶老看见了文字——他认为那是华夏最早的文字，我则看见了灾难——具茨山最终被一片汪洋覆盖了，四家族在汪洋中痛苦地挣扎着。当时，我们都吓傻了，将彼此的境况说出来后，整整一个下午，我们都痴坐在那里！我们哪里见过这等境况啊！这是一种震撼，足以改变我们的思维和灵魂。所以，我们无法说动彼此，都坚持自己的所见。在白老的引领下，我们果真发现了宝藏。我们在发现宝藏的同时看见了白光。”

萧痕听闻九块石头时，整个人都震惊了。他和石小岚所见的两块石头，就是那九块石头的一部分；他们只见到了两块，石小岚就死了；假如九块同时呈现，真的会如老爷子说言，具茨山被一片汪洋覆盖？于是问：“您一直在研究自然法则，是不是因为您看到了具茨山的灾难？”

庄老爷子点了点头：“这么多年过去了，除了曾见过宝藏一面，其余的都没有实现——林家能走到今天，也算实现了家族图腾——文字也没有发现，灾难也没有发生。”

“但您心里却有种隐隐的担忧。”

“是呀，这担忧从没有消停过。”

“那九块石头是不是由四家族分开保存着——自古以来，都是这么做的。”

“人心的斗争是可怕的，也是无处不在的。”庄老爷子叹了一口气，“当年发生泥石流时，我们也感到后怕，以为是天谴，便给九块石头取名为‘具茨天书’，并决定将秘密冰封，就连自己的儿女也不告诉。”

“这是办不到的。”萧痕摇了摇头，心里却想：我一直寻找的幻灭之秘难道就是“具茨天书”——《归藏易》？！

庄老爷子无奈地说：“这是理想。后来我们延续家长制，只告诉长子。”

萧痕说：“也就是说灾难随时会发生。”

“但愿不要发生——至少是在我活着的时候。”

萧痕说：“最可怕的不是具茨山被水淹，而是人心被淹、人性被淹。恐怕，当年发现‘具茨天书’不是件好事，它给四家族的子孙后代带来无穷无尽的麻烦。”

庄老爷子说：“正如康熙九王夺嫡。”

“这也是中国的特色。”萧痕顿了顿，“我妈的亲生父亲是白老吗？”

庄老爷子抬起头，一脸的惊愕：“你怎么知道？”

“我妈产生幻象，遗传的因素多些。倘若我妈的病毒是遗传的，那么她的亲生父亲肯定是白老、叶老、林老他们中间的一位。我妈既然嫁给了叶家，叶老自然除外。林家坤和我妈——所以，也不是林老。”

庄老爷子点了点头：“就是白老。白家现在虽然风光，但当时却很穷的。白老的老家就在具茨村，我们从具茨山回来后的第二年，你妈出生了，没有办法抚养，就过继给了我。”

萧痕哦了一声：“筱娴知道这件事吗？”

“你得答应我——”庄老爷子肃容道，“这件事千万不能让筱娴知道。你看——筱娴现在不是挺幸福的吗？”庄老爷子眼里有了泪光。

“是呀！挺幸福的。”

“那就让她幸福吧。”

萧痕知道老爷子的意思，他也觉得这样挺好，知道有这个妹妹存在就好了，何必去相认，去翻家谱呢。在这一点上，他对庄老爷子又是敬佩的。庄老爷子所做的一切，看似难解，其实也只是为了保护庄筱娴。老爷子将筱娴当作女儿，也是为了不让筱娴知道身世，去体验痛苦。“这是大爱！”当他明白这些时，才发现这个不苟言笑的老人的心，是颗钻石般的心。老人的痛苦是深藏在大海的，给筱娴的却是海里沉淀亿万年由沙粒凝结成的钻石。这钻石是最珍贵的一颗心，也是最透亮的一颗心。萧痕出了庄家，走在白桦树的中间，整个身心说不出的愉悦，灵魂仿佛被老人的圣洁洗涤了。这也让他原谅了老人，也让他知道怎么面对妹妹了。“爱，有时是需要隐藏的。”——他也隐藏了此行的目的，没有向老爷子打听庄一，因为他不想让老爷子再沉浸于痛苦中了。这老人和四家族，已经忍受够多的痛苦了。这时，他感到体内的那道光竟然变得圆润温暖，胸间的那股热量也渐渐散向了四肢。“要有光，就有了光。”他看着皎洁的月光撒了一身，眼前恍若出现了一道极美的光。

次日，萧痕告诉顾冰清辞职创办调查事务所，让他帮忙在辛夷坞找房子。顾冰清有些吃惊，问他为什么辞职。萧痕说是为了庄筱娴，挂了电话，目光与远天连在一起，有些深邃的辽远。顾冰清有些感动，更多的却是心痛。萧痕的付出是直白的，有些武士道精神，是可以剖开心腹让人看的。可他却像蜗牛，是隐遁的，不够澄清。顾冰清将此事拜托给了白逐尘。白逐尘爽快答应了，两天后便有了回音。義影视让出一楼左侧三间，一间作卧室，两间办公。叶羽西知道萧痕的心事，了解他的感情，也没劝他。顾冰清、林心湄、庄筱娴三人合伙做了一幅招牌。林心湄请人写了一幅字：“谁能横刀立马，唯我彭大将军”，挂在正墙上，豪气毕现。顾冰清给萧痕写了一首《鹊桥仙》：“少年英气，恩仇全泯。谱就英雄篇章，剑胆琴心常自许。忆前尘，心绪茫茫。拭泪拈花，梦不成眠。莫道儿女情长，负剑高歌江湖梦，更几番侠骨柔肠。”就这样，萧痕的调查事务所完全浮出了水面，在辛夷坞开张了。

20. 权先生

白逐尘担心的事情终于发生了。白老病情恶化了。病毒吞噬了老人的躯体。白逐尘坐在老人的床榻前，心里说不出的难受。父亲本有治愈的希望，可时间已经不允许了。他眼睁睁地看着希望从手边溜走。他不知父亲去世后，还有什么理由帮庄一越狱。这是一个疯狂的计划，若非是庄一，换作他人，或许能成功，可庄一是五指月教父，有多少双眼睛盯着他呢？他看着父亲消瘦的脸颊，禁不住流下泪来，他身体里也流淌着父亲的血液，也许他和过继到庄家的姐姐一样，身上也流淌着病毒的基因呢！

天亮了，雾已经散了，阳光照暖了大地，河水仍汩汩地流淌着，旷野显得纤澄明亮。萧痕在远处的山坡上，透过摆放着一盆幽兰的窗户，看到白逐尘若有所思，心里也悲痛着，仿佛在这一刻他能看透白逐尘的心。萧痕走下山坡，走在石子铺成的小径上，两旁不知名的小草散发着幽香，一直绵延到别墅的院子里。这是奢城最大的独栋别墅，开放式的院子与山坡连接一起，无边无际的绿，远处的高尔夫球场刚刚浇了水，一抹春日的气息。球场和院子的结合处，是一个碧波青绿的湖，一只野鸭独自在湖边叼洗着翅膀，一片落寞景象。倘若推开窗子，便有一臂弯的清风沿湖徐徐而来。这时，房子应该有的生气也被这大的淡漠引向虚无。数十棵成年大树，散落在花园之中，与房子自成一体，周围都熏了香。这时，香气飘向树梢，在树梢上空凝结着一团烟雾。烟雾穿梭在树叶中间，整棵树仿佛被焚香了一般。

萧痕走到别墅前时，白逐尘已经离开了，去通知亲戚朋友前来吊唁。萧痕翻越栅栏，穿过一个走廊，隔着幽兰看这个未曾谋面的外公，心里一酸，站在窗前痴了，时间在这一刻也仿佛停止了。他心里有悲痛，却不是无限扩散的悲痛。这悲痛就像一根针，迅速地在他的软肋处扎了一下，除了知觉上有些呆滞，思想上却无法集合这痛：毕竟躺在病榻上的老人是陌生的。他走了进去，在老人床前的椅子上坐下，望着老人。老人已经不能说话了，可老人仍然有幻象，仍然能和自己交流。老人的身体被病毒腐蚀了，每况愈下，但精神却越来越好，宛如吸毒。老人除了幻象外，已所剩无几了。萧痕看到窗外一树杈上，一盘盘香已经燃尽了，香灰却连成一串，晃晃悠悠的，生命也即将终了。

萧痕轻抚老人的脸颊，陡然间悲痛袭来，忍不住流下了眼泪。他只觉头异常的沉重，情不自禁地垂在老人手上，喃喃地说出自己的心事。这心事是压抑许久的，这时失禁了，一股脑儿的全说了。老人似乎被他的压抑震惊了，眼里噙着泪水。老人微颤着手，艰难地挪移着，蠕动到枕头下，摸出一个油纸袋。萧痕见到油纸袋，心里一惊，抬起头来，疑惑地看着老人。老人蠕动着嘴，可他不知老人的意思。萧痕打开油纸袋，里面仍是一些由字母和数字构成的黄皮纸残片，同样的斑驳。萧痕觉得这些残片定和某种事物有关联的，也许和老人所看到的白光有关？

一缕阳光散落在黄皮纸残片上，照耀在那些平淡无奇的数字和字母上。

这时，萧痕听到院子里充满了人声，慌忙收起残片，深情地看了老人一眼，起身走出了房间。

林家坤、叶羽秋、林心湄都来了，在白老房里待了几分钟。林家坤说了几句安慰话。白逐之神色里少有悲痛，对老人的状况也泰然处之了。叶羽秋静静地不说话，老人的病危只在她眼神里出现一抹悲伤之色，仿佛这生老病死，只不过是生命历程中的一站。林心湄站在叶羽秋身后，默不作声。靳名琛来了，没有进门，只在门前向老人鞠了个躬，仿佛他和老人之间有道鸿沟，他跨越不了，不敢进去。萧痕知道父亲的鸿沟就是母亲的去世。叶羽西没有过多悲伤，对白逐尘说："白老离去，反而是好事，与其痛苦地活着，还不如——"白逐尘心里悲痛着，回望庄老爷子带着庄筱娴走了进来，便向庄老爷子点了点头。庄老爷子走到白老跟前，轻轻拍了拍白老的手，与白老对视了一眼——这短暂的对视又仿佛是一生的对话——庄老爷子轻声说："老伙计，我很快便会去陪你们的。"庄筱娴望着即将离去的老人，忍不住悲痛。实际上，她也不知道为什么悲痛，只觉被种无法解释的情绪拥堵了胸口，禁不住哇的一声哭了。

庄筱娴的哭声，给人们带来一个现实的讯息，白老要去世了。白老虽不能言语，但老人仍有思想，知道这哭声是血浓于水的。仿佛老人和庄筱娴之间有一根弦拴着，庄筱娴的哭声触动了这弦，老人也悲痛了。老人的悲痛让遮掩了精神世界的光亮刹那间变暗了，仿佛老人心中有一盏灯，这时熄了，生命已到了尽头。

白逐尘走到窗前，看着叶羽西远去的背影，心里只觉堵得慌。窗外的喷泉忽然停水了。泉水先前是高耸的，充满激情的，现在水浪渐渐低了，就像无法舒缓的心情，有些颓废的哀伤。后来，水浪只在根部汩汩地吐着唾沫，令他越发堵得慌。这种慌不是慌乱，也不是沉闷，而是欲言又止。有些东西想说出来，可找不到人倾诉，有些胸闷。他的胸闷是一点点儿增加的，这里有环境的成分，譬如外面天是乌云密布，在黑夜里就像一块黑布，是坚韧的，风扯不断的。后来，有了雨点，雨不是暴雨，是细如发的雨，是挑拨心弦的雨。这种雨有些凄凉，夜色被雨水弄浑了，到处都是。菜园子里一地的夜色，是匍匐的；垂柳上的夜色，是吮吸的；湖水里的夜色，是融合的；花叶上的夜色，是散淡的；而他心上的夜色，是不透明的混混沌沌，是令他胸闷，让他堵得慌的。

白逐尘知道叶羽西要到白家那幢独栋别墅，他没有阻拦，只是自嘲地劝慰自己：谁让她是海归呢，还是从法国回来的。自嘲完了，却又陷入深深的自责之中。他先前接触叶羽西的目的不是出自爱，而是报复他的兄长。他对这个长他十多岁的兄长多多少少有些敬畏，就是这敬畏使他感到压抑。白逐之头上的光环太多了，多得无论他走到哪里，便有人说：瞧！这是白逐之的兄弟。而他的名字却很少有人记起，人们对他的了解也只是他是白逐之的兄弟。这使他心中潜滋暗长着一种仿若毒草的东西，使他觉得能够夺走兄长的光环将是他最大的骄傲。他知道叶羽西是白逐之众多光环中最璀璨、最耀眼的，所以他便以极大的热情追求叶羽西，最终他成功了。但从另一个意义上来说，他又失败了，因为他真的爱上了叶羽西。

白逐尘落寞地叹了一口气，还是上了楼阁。楼阁正墙上贴着两幅字，分别写着两首诗，一首是："似梦非梦有且无，秋雨夏雨疏还长。一缕黑发拂冷尘，万波白水逐暖阳。"另一首是："雨夜听秋冰轻羽，缘如浮云风吹过。莫问孽缘何有错，碧霄无恨星如河。"字是狂草，落款是庄化蝶。白逐尘低吟了一遍，便打开电脑，输入名称权先生，看一叶知秋留给他的一封短信——信上说：

> 今夜有些伤感。这伤感是有根底的，不是那些儿女情长的，我也不属于那个年龄了。昨晚下了一场暴雨，总觉得有些心神不宁，要有什么事情发生似的。20多年前的今天，也是同样的闷，也同样一个人待在房子里，牵肠挂肚着同一个人。我是一个不信鬼神的人，可今晚不知怎么了？窗外只要有一丝风吹草动，我就觉得是他回来了，可转身去看时，却只看到几片树叶摇摇曳曳的，心都被摇碎了。

白逐尘看了，颇有些同感，可心里更觉得堵得慌，也没心思聊天了。想起庄化蝶的失踪，便觉得心也被窗外婆娑的树枝给摇碎了，潜意识里生出些"当时楼下水，今日在何处"的感慨，下楼倒了杯红酒，喝了一半，心忽然沉了下去。

这时，叶羽西回来了，身边跟着庄筱娴和林心湄，是在门口碰上的。叶羽西看了看庄筱娴，笑着说："你的身材蛮好的，我给你设计一套衣服吧？"庄筱娴笑着说："那敢情好，听白叔叔说您准备办时装展？"叶羽西说："是啊！出国留学，就是为了圆梦。"庄筱娴和叶羽西闲聊了一会，便回家去了。叶羽西安顿好林心湄，回到卧室，见白逐尘在电脑旁发呆，说："我有一件事要问你。"

白逐尘说：“我知道你要问什么事，那些新闻不是我写的。”

叶羽西皱了皱眉：“有人冒充你的名字？”

“这没有什么稀奇的，网络就是个虚拟的世界，权先生是我的昵称，但不是我一个人的昵称。”

“不过，那人的文风倒是很像你。”

“也许这件事和辛夷坞上市有关系。”白逐尘皱了皱眉，淡淡地说。

“照你的意思，这件事和逐之有关系了？”

“至少他脱不了干系。”

“你说石炜烽有事吗？他女儿刚刚去世，心情肯定不好。”

“难说！可能这是他的一劫，或许他这次就栽了。”

叶羽西幽幽一叹：“网络真的很可怕！”

白逐尘走到窗前，眺望万家灯火，说：“网络具有第四种权力，它可以成就一个人，也可以毁灭一个人。表象是民众的，可在一定程度上却是古代的衙门。”

叶羽西似懂非懂地噢了一声：“石炜烽是他们计划的牺牲品。”

“猜测是这样的。”白逐尘回过头来，叹息道。

21. 动物凶猛

在人类的眼里，鱼是自由的；而在鱼的眼里，人类才是自由的。这是一条小鱼，先前在湖里游，视野就是头顶上的蓝天，所以小鱼有些傲慢，只是这傲慢是天空的傲慢。石炜烽将祖辈积攒下来的财富投到辛夷坞，最原始的想法是资产保值，然而黄河生态战略的国策让他的想法化为泡影。这些只是圈套的口子。石炜烽比谁都清楚。只是他清楚时，已经在套子里了，出不来。圈套跟石头有关。他在林家和白家看到过，妻子也带回家同样的石头，这使他觉得暴风雨要来了。

暴风雨真的来了。正如有些人所猜测的，开车的是石小夕。当时石小夕吓呆了，酒也醒了，她的腿哆嗦着，下不了车去承担责任。苏心也不让，攥紧了她的手，安慰她说："没事的，没事的。"石炜烽打开车门，将女儿推到副位，自己开车走了。

事实上，大海也有大海的承载，好比陆地承载了人类的欲望，大海承载的是鱼类的欲望。在人类的眼里，所看到的只是大海风平浪静时的广阔和风起云涌时的波澜，却看不到大海深层次的东西，譬如利欲熏心的权力争斗，种族之间的吞噬掠夺。鱼类和人类一样，也有战争，也有钩心斗角，也有尔虞我诈。林家坤在辛夷坞的问题上一直引而不发，他关心的是国家利益。他手里是一份图纸，看到上面注明了"具茨山监狱"的字样，眼睛终于泛出一丝暖色，拿起桌上的笔，在右下角写了"五指月"仨字。他知道这么多年小心经营的一切，是容不得他出任何差错的。

叶羽秋虽然占尽了名义上的优势，其实骨子里却是孤寂的。她的孤寂是银河的孤寂，是旁人所不能填补的。这孤寂也是因为思念，只有永恒的思念才能造就无边无际的孤寂。林家坤对后娶的妻子有些敬畏，深深爱上了这个比他小几岁的女人。倘若有些事可以改变，譬如他的前任妻子没有死，他会不会离婚而娶叶羽秋呢？林家坤考虑过这个问题，碍于仕途的原因，或许不会，但或许会——最好，两个都要——这是有些贪心的。所幸啊！老婆死了，而且死得很壮烈！不但没有丢林家的脸，反而给林家带来无限的荣耀。

林家坤痛心地说：“这关，老石过不了，都造成了民愤，毕竟是公安局局长撞死了人，网民都成了正义使者，磨刀霍霍呀！”

“是他女儿开的车？老林，你看这事——”

“你有空就到老石家坐坐，说我会尽力疏通的。”

“这样也好。”叶羽秋点了点头，顿了顿，又说，“辛夷坞和大哥有关系吧！”

林家坤吃了一惊：“你怎么知道？”

叶羽秋叹了一口气说：“都 20 多年了，你还是忘不了庄秋水？你们的感情真的就是这么深？你毁了他的爱情，这已是你的不对了，可你还要阻止他成功。”

林家坤走到窗前，看着自己的妻子，躲避地说：“你看到的只是表象。”

“只是苦了老石。”叶羽秋淡淡地说。

鲨鱼的牙齿是锋利的，可当他失去牙齿时，就像鸟儿失去了翅膀，便成了待宰的羔羊。石炜烽的牙齿就是他手中的权力，一旦失去了，就毫无价值了。那是一场铺天盖地的新闻围剿。在互联网时代，新闻围剿是立体式的，它可以从六合之地如风般无孔不入，其速度之快令人咋舌。围剿向来如秋风扫落叶般迅捷，新闻围剿却是海啸，不动则已，动则铺天盖地。在互联网时代，新闻围剿是可恶的，因为它是非不分、主次不明，怪诞的事情传播得更快，正统的事情却少人问津。新闻围剿有着独裁者的霸道，它将好的坏的，不经筛选地当头罩来，让你无法躲闪。新闻围剿有着虚伪的民主和自由，它操纵在少数人的手中，大部分人只是被动式阅读的读者。奢城这场新闻围剿，是计划经济的产物，它事先部署好，在约定好的时间内统一发布，覆盖了整个新老媒体，但凡阅读之处，皆在探究石炜烽事件的真相。那些虚构出来的证据链宛如定海神针，一针见血地剖析了整个案件，令整个城市为之心惊，似乎能从字里行间里闻到肃杀之气和刺鼻的血腥味儿。

媒体网站头版头条，长篇累牍，将石炜烽事件渲染得绘声绘色，大有语不惊人死不休的架势；微信、微博等自媒体也变了法的做文章，有些不择手段，或者是饥不择食。这只能怪石炜烽不走运，谁让他正好碰上权先生呢。舆论里果然含着刀剑，是万箭齐发的，是如猛虎的。关于石炜烽事件，本来只是一起交通事故，是要交给法庭来审判的，可媒体却把审判的权力交给了义愤填膺的网民。报纸连续一个星期多版面的轰炸，网络点击量早已逾百亿，深挖石炜烽 40 多年的经历，足够写一本传记了。石炜烽事件在六月份已经成为街头巷尾的谈资，民声溅浮，要求惩治凶手。受害人的家属由老百姓护驾，在公安局大门口搭帐篷住下了。在第十天的时候，石炜烽事件达到了高潮。结果是大家所预料到的，也遂了大家的心愿，石炜烽成为媒体这张狮子口的牺牲品：收审。

第六章　忏悔录

这是世界上绝无仅有、也许永远不会再有的，
一幅完全依照本来面目和全部事实描绘出来的人像。
——[法]卢梭《忏悔录》

22. 青莲，青莲

萧痕的思想是可以烛照的。他的思想只是一个芽，刚拱出地面，需要细心的呵护，才能成为苍天树木。所以，在我们眼中的萧痕，看起来有些稚嫩。但至少，他是有思想的，不愿意混混沌沌地过日子。日子，对他来说，也是一个混沌的概念。而思想就像刚出生的孩子，灵魂已附在他的生命里，只是还没有融入血脉之中。萧痕的灵魂是孤独的，同样也是自由的。没有人来约束他，他也不允许别人禁锢他的思想。孤独已成了他的好朋友，恍如在一个荒岛上，只有孤独陪伴他。一有时间，他就将孤独拿出来，像雕刻一件稀世珍宝似的雕琢、打磨，这时孤独就成了一面镜子，他在镜子里可以看清自己的灵魂和思想。他已少有悲哀，悲哀已沉淀在灵魂深处，就像无可救药的顽疾。如有悲哀，这悲哀已不是苏翙和石小岚的悲哀，而是具茨山的悲哀。他悲哀的是靳名琛的痴迷与具茨山的灾难。这悲哀是时有时无的，没有爱情来得完整和强烈。

晚上的时候，萧痕做了一个梦，梦很奇怪，画面很清晰，画布上都是冰梢。醒来的时候记忆犹新，这才发现梦境又在具茨山上。在梦中，他在时空中穿梭着，几千年的历史仿佛只有一梦的空间。那些重现的历史，使他的梦圆润丰满。从梦中醒来，还是夜里。人群早散了。走出辛夷坞，四处打量这个刚刚起步的城镇。上半夜，它还是璀璨的，有灯光，有星星，空气还算清新。可到了下半夜，它就黯淡了。不像 CBD 是个不夜城，晚上站在高处看像是璀璨的星河。他孤独地穿行在小镇中，不知道往哪里走。夜风里吹来阵阵花香，叫不出它们的名字。它们就匍匐在路边，长在砖头和石板的夹缝中。有些鸟雀从河边飞到小镇里栖息。他不知不觉中走到了教堂。教堂在黑夜中只能看见一道淡淡的影子，就像用简笔画画出教堂的轮廓然后贴在黑色的空间里。在教堂前面，他觉得应该缅怀些什么，可又不知缅怀什么好。

下半夜，城镇开始上雾了，雾有些散淡，不是浓雾。这种散雾驱逐了部分黑暗。夜风从河面上吹过来，教堂上的青铜太阳形器晃了晃，一颗星星就隐藏在青铜太阳形器的中心，看起来它们本属一体似的。他在夜风中走着，步伐像《小夜曲》一样轻柔，仿佛是行走在露珠儿上似的。

过不多久，太阳升了起来，四周变得晶莹剔透，广场也变得异常纯净。他在青铜立人像前伫立着，思想和肉体都不存在了，仿佛有种神秘的力量从头顶贯彻到体内，而他被一种新的思想和肉体取代了。太阳完全升起了，在河水的光芒中，他的影子直插向教堂的小巷里去，心中的烦恼忽又升了起来。可当他想起梦中的混事，只听到磕巴一声，这声音仿佛来自他的体内，又仿佛来自浩瀚的宇宙，就在那一刻，他似乎看到了一片强大的白光，穿透整个宇宙的阻隔，刷的一声都射到他眼睛里来了，迅速地充斥了灵魂的幽暗。

回到事务所，打开门，见地上有封快递。正面没有写字，显然不是快递员送来的。他走出门，四处看了看，不见一个人的影子。回到桌前，翻看快递，见背面写着“青莲”的字样。快递里是一张照片、一份协议。他的眉突然皱紧了，那张照片赫然是父亲和一个女人的合照。女人他见过，在辛夷坞的售楼部，和石小夕一起来的，是石小夕的继母。那女人的年龄介于石炜烽和石小夕之间，眼神中有些幽。这幽是一口深井，令男人们想探知水井的秘密。让萧痕吃惊的不是这些，他不会阻止父亲和女人交往，甚至迫切希望父亲结束他的单身生活，只是这女人是有夫之妇，父亲不应该这样子做的。这照片也让他尴尬：照片的背景是城市的某个高层建筑，然后是一间房子，房子有些幽，靳名琛赤身裸体；女人也是，只不过女人裸得不够彻底。难道父亲偷情被人知道了——这是毋庸置疑的，有照片为证——有人要报复父亲！他惊出了一身汗，接着看协议，又愣住了。协议是一份股份代持协议，是石炜烽投资辛夷坞的铁证。这让他迷惑了，“青莲”到底是谁？为什么送快递给他？他恍惚觉得石炜烽事件不会是撞死人这么简单，背后应当有一个巨大的阴谋，他甚至能感到这巨大的阴谋和他有些关联，只觉阴云密布，一时之间，无法自处。

他走出门，漫无目的地走着，只想将头脑中的阴云驱散，不知不觉中走到了白桦林工作室，见白逐尘在敞开的窗前喝红酒，仰头看着晨光将社区的雾霭击碎、撞散，仿佛痴了。萧痕按响门铃进去，对白逐尘说："我是来感谢您的帮助的。"

白逐尘坐在客厅的沙发上，红酒换成了清茶，笑着说："这是你小姑安排的，有什么谢的。"

萧痕觉得应该将心事说跟他听，可又不想损害父亲的尊严，说了一些不着边际的话："我搬到这里也有两个星期了，没有在小姑那里做得踏实，经常产生一些幻象，能看到一些发生了的但不应该我看到的事情，头疼死了。"

白逐尘从茶几下拿出一本杂志，翻看其中的一篇，指着标题说："第五维空间——这是你父亲的大作。我觉得你就处在第五维空间里。其实，有很多人都曾进过第五维空间，只是不知道那是第五维空间罢了。有些人经常在恍惚中发现正在做的事情，好像曾经发生过，甚至连将要发生的场景的细枝末节都知道。医生说，这种症状是潜度的精神分裂症，我觉得不是。在某种角度上，我赞同你父亲的论点，是走进了第五维空间。这些，在今后或许能成为我们探知未来世界的理论支持。"

萧痕皱了皱眉："未来世界？呃——对于调查员来说，这些都是幻象。"

白逐尘望着萧痕："你应该回家看看你父亲。"

"我爸写这样的论文，是不是也进入了第五维空间？换句话说，他有精神分裂症。"萧痕皱着眉说。

"不好说。"白逐尘拍了拍萧痕的肩，"最好给你父亲一些慰藉，不能再刺激他。或许就像你说的，你父亲经常产生幻觉，要是精神分裂，那就可怕了。"

萧痕答应白逐尘回家看看，便要告辞回去。白逐尘留他吃饭，可他无心吃。回到调查事务所，考虑了半晌，最终下定决心，带着照片回家和父亲谈谈。这时，他竟有些近乡情怯了，两年多没有回家，家成了什么样子？他不敢想，也不用想，因为该上路了，回家——将协议塞进信封，出门碰见庄筱娴，拜托她寄到公安局。

23. 活死人

一个世纪前，具茨村还只是一个小渔村，你可以将它看成国画里的风景。山脚下的河是丰腴的，它的肢体向四处延伸，形成了一个个湖泊。村落之间被湖泊隔开了。整体来看，具茨村就像一个人体，湖泊就是人的脉络，而村落就像人的主要器官，在脉络之间有条理的分布着。村落的景致有些像威尼斯的缩影，只不过它的形象有些土，没有贯穿于城市之间的那些优美的建筑物，它的景致是天然的。村落的四周都是芦苇，风一吹芦苇就哗哗作响，芦苇花浩浩荡荡地吹得漫天飞舞。水比画里的还清澈，几乎能看见底部土地的纹路、四处游弋的水族动物。在芦苇荡里，有说不清的故事，可现在它和湖泊、村落一样都被埋藏在地下了。

具茨村在萧痕的记忆中并不陌生，20岁之前，他几乎串遍了大街小巷。具茨村骨子里有些沧桑，看起来就像一个瘦骨嶙峋的老人。老人的眼睛是浑浊的，却透着能包容一切的黄，仿佛大地和大地的子女不是走在它的肌肤上，而是在它的眼睛中穿梭。20岁之后，他就觉得是在村落的血液中穿梭，只能听到象征根的情结的流水声，汩汩地伴随着他的记忆流动。当他再走进它的眼睛中时，忽觉村落变大了，他变小了，只能看到它的瞳孔上蒙了一层灰蒙蒙的细沙，和风中的尘埃融在一起，织成一道无法审视的网。可他分明听到一个沉重的声音说：萧痕，你回到家了。他知道那是他自己的声音，忽然发现对村子还是充满感情的。他站在门前，有些怀念童年的小屋。小屋的后窗下种植着草本植物，里面匍匐着拉小夜曲的蟋蟀；前面飞舞着流动的小星星——萤火虫，一些被爸爸捉了，放进他的小屋里——关上门窗，他的小屋就成了童话世界里的金殿。

这一切都成了记忆，年头久了，连记忆都布满了沧桑。当他随父亲走到具茨山，穿过一个防空洞，来到一个幽暗的角落时，他才发现，他对村落和山的了解还是肤浅的。那是个曲折迂回的山洞，若非由父亲带领着，他就是发现了，也不敢进去。在这黑魆魆的空间里，他仿佛看见一团黑雾笼罩在头顶上，压得他缓不过气来，只觉周围有些奇怪的声音，仿佛是水流声，似乎在具茨山的下面是纵横交错的湖泊。周围并不是一幕的黑，还有些光亮，只是那些光亮不是持续的，而是忽明忽暗，宛如光明和黑暗交替着投向这片空间。然后，他便瞧见山洞里竟然有冰柱，仿佛是天庭里支撑天空的柱子，支撑着具茨山屹立万年。山洞宽阔极了，仿佛在山间延伸着，一直通到山的腹部，这让人怀疑整个具茨山都是用冰柱支撑的。可惜它不是。不久，他们就走到了尽头。尽头竟然透着光，走到近前，才发现是个小瀑布。那瀑布吸取山中的水，将它们抛向空中、流到山下，而在水柱的循环中产生了光和影。

前半夜，他能看到光和影，也能看见光附近的流水纯净得像月光泻了下来。在这纯净的明或暗中，他看到一个半球体形状的房子，就是父亲所谓的“宫殿”了。这时，黑暗浸漫，只能看到“宫殿”的半球体轮廓。半球体宫殿是固定在地上的，仿佛它是一颗罪恶的种子，是从这块土地上生长出来的。半球体宫殿四周是潜水洼，中间点状排布着几个石礅，石礅上都生满了青色的苔藓，旁边点缀着排列无序的鹅卵石，仿佛是不经意间从高处撒落的。一颗石子被风吹落，落地的声音轻微，仿佛是落到了大海里，惊扰不了环境的宁静。他仔细审视山洞，发现置身于一个荒凉的境地上，周围是盘根错节的石刻、冰柱、汩汩的水流。在光和影的交替中，半球体宫殿仿佛是一座隔离生死的屏障。后半夜，这里便全部暗了。在漆黑的空间里，只能感到自己在呼吸、肢体在活动，其余的仿佛都死了。

进了半球体宫殿，空间比他想象的要宽阔，原因是壁上镶嵌了两道弧形的中空玻璃。中空的地方装置着一套医学仪器和冷冻设施，连接在一个玻璃棺上。玻璃棺里躺着一个美得令人窒息的女人。女人的容貌只能靠想象的。她虽然躺在棺材里，可仍然遮不住她那纯净的、妖娆的美。这种美不属于性感之类的，而是退去性感外衣真正的妩媚。她的风致属于让人欣赏的那类，可以挂在画廊里、贴在床头上细嚼慢咽地欣赏。她的五官是精雕细凿的，仿佛是出自某个技艺超过罗丹的雕塑家的精美杰作。和其他雕塑不同的是，这尊雕塑的肌肤如活人一般的细腻、光滑，仿佛在她沉睡时溜了一层月光，只是月光有些消隐了。这不但没有减少她的风韵，反而增加了她的风韵——流动的，轻缓的——让人忍不住伸出手去挡住月华的消逝，这时指尖便流淌着一种销魂的触动。在晶莹剔透的棺材里，甚至能看到血管里还流淌着如同性感的玫瑰嘴唇般的血液。她的鼻息如同大地的脉搏在轻微的颤动。身上穿着一件宽松的袍子，袍子上面绣着一幅从马王堆出土的彩绘帛画“T”字形非衣。

靳名琛深情地望着女人，瞳孔里映满了女人的笑，而他心里同样流淌着幸福。他心里一阵荡气回肠，瞳孔里的笑突然变成了泪，心里默默念道：“秋水，我又来看你了，20 多年了，你就这样躺在这里，你心里是快活，还是痛苦？也许，你是在沉睡，在经历你的‘白夜’，等‘白夜’消失了，你便会醒过来——”回头见萧痕也痴痴地看着“庄秋水”，展颜一笑，对儿子说——“这就是马王堆女尸，不是湖南长沙的那个。”

萧痕沉浸在一种臆想中。这臆想是无意识的，就像做梦，满腹的问题却不知该问哪一个。再往里走，过了一个转角，灯光变得柔和了许多。萧痕忽觉眼前一亮，被一种奇异震撼了。这里简直是一个艺术长廊，无论远古的、先秦的、两汉的，还是近代的，都能找到一些历史的见证。他走在长廊中，仿佛走进了一个极其优美的宫殿。细细的呼吸，仿佛能在这些艺术中嗅到国家几经起伏的沧桑。它们就像一个个经年的老者，在缅怀着所属的那个社会的辉煌和惨淡，以及在时间的夹缝中流淌的无数的魂灵和在青山之下埋藏的白骨。凝下神来，长廊里仿佛响起了无数道声音，这些声音粗听起来显得嘈杂，可当你只穿越一个时代的长河时，就会发现声音变得清晰了、单调了，就像一个流动的音符在四周响起，眼前便会浮现那个时代大体轮廓的影子。

二人驻足在汉代画廊前，上面有一幅“庄秋水”袍子上的彩绘帛画 T 形非衣。长隔里放着在埃及第二十一王朝法老仆人墓中一具女性木乃伊身上发现的中国丝绸茱萸纹绣，枕内填满香草、佩兰等香料的西汉药枕，以流云、卷枝花草和小鸟组成的循环图案的信期绣丝锦袍。萧痕望着T形非衣说："这些都是从哪里收集来的？"

"20多年了！这是我20多年的心血！"靳名琛从暗隔底下抽出一张沙发，沙发有些破旧了，甚至上面都有了油亮的黑斑，"你所看到的，只有一小部分是真品，大部分是赝品。"

"那具女尸呢？"

"那只是一具尸体，已经没有思想和灵魂依附的尸体。"

"是干尸？"

"可以这样说！只要没有思想和灵魂的躯体，都是行尸走肉，都可以称为干尸。"靳名琛叹了口气，"要储存好尸体，古人的方法是用液态汞，这也是马王堆女尸不被腐蚀的原因。液态汞古人常用于炼丹——那种长生不死的仙丹——秦始皇墓中，埃及和希腊古墓中，都有'液态的银'，而亚里士多德则称为液态汞。但液态汞有毒，分寸难掌握，我就用了这样的装置冰冻她。"

"只是——"萧痕皱了皱眉，"您要干尸做什么？"

靳名琛没有回答他，继续说："你对量子物理学有研究，也做过'薛定谔的猫'的实验。我只是有这样一个假设：假如在具茨山内部有许多这样的尸体，它们都有几千年的历史了——我称之为史前种族。它们可能死了，也可能没有死。死亡是生命的终结，死亡物种的尸体不出几年只会留下枯骨，然而它们的尸体却完美无缺，经过几千年甚至上万年，它们的尸体还保存完好，它们或许没有死。它们就是薛定谔的'猫'，处于生死叠加中。假如可以通过科学的手法将它们唤醒，当然这属于神学的范畴——谁又能断言科学和神学之间没有存在着某些关联——它们复活了，它们与人类共存于地球，最终战争爆发了，它们可能又统一了这个地球，一个物种的轮回又产生了。"

"您真的认为死去的人能复活？"萧痕疑惑不解。

靳名琛点头道："《圣经》与《可兰经》都写着上帝或真主将于未来某个时间对人类进行'末日大审判'，届时死去的人将复活。这里所说的'死去的人’最大可能就是这些薛定谔的‘猫’，这是启示。”

萧痕又一次震惊了，对于父亲的猜测他无法加以反驳，在石小岚死的墓穴里，他就曾见过这样的尸体。尸体与石头在一起，这又预示着什么？——难道那就是父亲口中的“史前种族”。这，不是他所能解释的，连科学家都不能证明史前种族的存在。然而那具“尸体”却是他亲眼所见，又如同父亲所言，难道真有史前物种的存在？而这些物种就在具茨山里？他所见到的虽只有一具，但这座山腹中或许藏着更多的“尸体”？可这解释又太牵强，太无稽了。

“我一直觉得史前种族是存在的。”靳名琛将身子斜靠在沙发上，腰部以下都陷入了沙发中，这样他的颈椎就会好受些，“专家们提出史前种族存在论，甚至归纳史前种族毁灭是因为破坏生态平衡造成的。地球上无所不在的磁波、核子、病毒，终于覆盖了整个地球表面，破坏了生态平衡，温度迅速升高，极地冰川融化，陆地最终被海洋覆盖，文明最终被生物赖以生存的水环境给淹没了。水！它是个变色龙，是个双刃剑，地球——我们的，她们的——最终会被水所淹没的。在这种推论面前，人类显得多无知，还有温室效应。南极的冰川和珠穆朗玛峰的雪峰已有融化的迹象，太平洋、大西洋、印度洋、北冰洋的水位一年年的增长，这就是史前种族毁灭的迹象——人类也在一步步走向毁灭。”

萧痕听了心神俱疲，却又似有所悟：“我总觉得人类自诞生到毁灭的过程，就像白夜，是透明的混沌，人类清楚自己的行为效力，知道这样做或那样做会造成什么样的后果，可仍乐不思蜀地做。”

靳名琛点头说：“这是个恰当的比喻，人类存在的过程就是一段白夜，它相对于浩瀚的宇宙来说，只是一夜，一个白夜。”

“宇宙是岁月，它只是日子。”萧痕总结。

靳名琛移了移身子，发出“吱吱”的声响，是沙发擦着地板了，给这静添了几许生气，却又旋即消失了。

“关于史前种族，我有一些研究，觉得中国夏、商、周时的宗教信仰，应该是延续史前种族的，信奉太阳，这是三星堆文明——”靳名琛站起身来，眼中放出了光亮，“——更是史前文明！自然法则协会前的青铜立人像，真品也是从三星堆出土的。仔细想想，三星堆文化的神秘，与史前文明联系起来也说得过去。这些东西一直搅在我的脑子里，以至于走不出这座大山。有时，我觉得人类自诞生到毁灭是必然的，而人类的这个过程，就像从这山洞看外面一样，混混沌沌的，不甚清楚，就像一个白夜。”

萧痕对这个故事充满了好奇，只是他的好奇是深居简出的，仿佛在这之前他听说过这个故事似的，并没有陷进去，一直在他的意图边缘行走，这时竟不知跟父亲说什么好了，就像病已膏肓，无药可救了。在父亲的天地里，他看到了一个遐想的世界，一个荒诞的世界，甚至看到了人类自诞生到毁灭的整个过程，所以父亲的最大愿望就是找到史前种族，为人类延续血脉找到可供研究的资源。这是父亲告诉他的。

24. 网络暴力下的牺牲品

午后是静的，这种静不是闲看落花的静，而是浮躁背后的静；不是隔离的，是浮躁衬托出来的。报社也是静的，是少有人来的静。庄老爷子偶尔说起顾冰清人虽年轻，但能坐得住，可是写了好几部书呢。同事表示佩服，说咱们做校对的要是能出来一个大作家，脸上也是增彩不少。顾冰清只是讪笑，不知道说什么好，进退由不得他。幸亏庄老爷子打了手势，众人止住了谄媚。

下午的时光如流水。黄昏时，天空左上角有一大片褐红，像是褐红的下方要下雨了。这几日，雨水多了起来，时而间隔着下场暴雨。黄河水位已经涨到了白桦林带，甚至传来轻微的轰隆声，像过年时的爆竹似的，一阵接着一阵。起初水面只是起了小风浪，浪花并不是纯黄色，而是淡黄玻璃色。渐渐地，有些地方形成了黄色的浪花。又过了几天，风大了，出现了高大的波浪，风回旋着，削去波浪上的花朵，出现了长波形状，水面也变成了黄色，布满了稠密的浪花层，空气中充满了水滴和飞沫。辛夷湖的水位也涨了，湖水都漫过了浮桥，水面和地面都快持平了，倒有些“湖中有岛，岛中有湖”的景致。辛夷坞变得更加的幽静了。

顾冰清和林心湄一起从报社回来，路经黄河大桥，顾冰清停下脚步，说：“我想做一下《西厢记》里的张生。”

林心湄有些慌乱，仿佛有根羽毛骚动了她的神经，身子不由得微微一颤，咬着牙说：“那我就做一次莺莺。”林心湄将头微微地靠在顾冰清的肩上，心里有种异样。她有些恐慌了，知道这是要不得的，别人可以，她不可以。这是信仰的问题。爱情对林心湄而言，是一个无底洞。有时候，她想无底洞是黑魆魆的，她看不透里面有什么东西，心里就更加胆怯，不敢朝里面走。有时候，她又想无底洞是透着光亮的，就像阳光形成的漩涡，一看就透明。她什么都看透了，就不想再占为己有了。可是现在，她靠在顾冰清的肩膀上，心忽然慌乱了。她的慌乱是不自觉的，所以就有种开山裂石般猛烈，继而听到顾冰清沉重的呼吸声和无节制的心跳声，才觉察出顾冰清和她有同样的心思，一张脸儿陡然出现了缕缕绯红。

“筱娴这两天睡不着，萧痕不知去哪里了？她怀疑萧痕出事了？”顾冰清悲伤地说。

林心湄惊愕：“怎么可能呢？筱娴寄信时，我陪她一起去的。这没什么？不就是一封检举信？”愣了愣，“难道萧痕发现了什么惊天阴谋？难道和石叔叔的事有关？”

一辆货车从黄河大桥上疾驶而过，荡起一天的尘土，将夜色染得有些混浊。顾冰清知道自己的心境布满了灰尘，可他是无法擦拭的，这也许要用岁月的刷子。有时候，他觉得自己是在尘封这些灰尘，因为当灰尘被彻底清洗时，他身上就没有什么值得保存的了，空有一副臭皮囊，跟死了有什么区别？夜风渐凉，空气中凝结了许多雾气，再过几个小时，就会形成露珠匍匐在地面上了。

顾冰清叹了口气，意味深长地说：“你爸和白逐之、石炜烽关系匪浅啊。”

林心湄抬起头，抿了抿嘴：“你——什么意思？”

“我没什么意思。”顾冰清抬头看月。

林心湄生气了，白了他一眼，冷冷地说：“你话里分明有意思。”

“我只是猜测。”顾冰清淡淡地说。

林心湄被顾冰清的语气给激怒了。顾冰清也等着她的惩罚，他伸出胳膊，摆好了姿势等着她掐。林心湄一看这阵势，倒觉得委屈，忍不住垂下头哭了。顾冰清见她哭了，吃惊地说：“林心湄——你也会哭！”

林心湄扬起脸，笑着说：“我怎么会哭？只是被风沙眯了眼睛。”

“是——是吗？”顾冰清淡淡地说。

“当然是了！”林心湄底气不足，怕顾冰清见缝插针地解剖她，又说：“我想回家一趟。”

顾冰清皱了皱眉，说：“那只是我的猜测。”

林心湄不理他，在路边拦了一辆出租车。林心湄上车后，柔情似水地看了顾冰清一眼。顾冰清呆呆地望着出租车渐渐地变成了一个点，林心湄的影子忽然变大了。

林心湄回到家里，已是深夜了。家里还亮着灯，窗户上映出一个人的影子，有些像工笔画画出来的窈窕淑女，一看便知是叶羽秋了。林心湄进了屋，只觉家里有些空落，幸亏天热，才不觉得房子大。房子里充满了凉气，空气却有些混浊，满屋子的烟气还没有散尽。叶羽秋听见开门的声音，还以为是林家坤回来了，在卧室里没有动，后来听不到响声了，便知道是林心湄。叶羽秋忍不住叹了一口气，不知道林心湄怎么有这样的习惯，照她的性子，在家应当是粗手粗脚的，也许是老林管教得太严了吧。叶羽秋下了楼，看见林心湄坐在客厅里一个人发呆，便到厨房里切了西瓜端到客厅里。

林心湄看了一眼叶羽秋，说："秋姨，家里来客人了？"

叶羽秋递给她一块西瓜，说："你大白叔叔来了，说你石叔叔的事儿。"

林心湄晚上失眠了，事态的发展有些乱，弄不清楚，一晚上翻来覆去的睡不着，总觉得无法向顾冰清交代。这时，她是彻底睡不着了。为什么要向顾冰清交代呢？这代表了什么信息，难道自己有些喜欢这个沉闷的人了？这不可能的，她不怀疑自己的信念，爱情是不可靠的。谁又能担保顾冰清不会为了某个女人背叛她呢？也许就是庄筱娴。林心湄在黑暗中，重重的呸了一声，怎么有这么龌龊的想法！顾冰清只是自己的签约情人，当不得真的！再说了，自己又没有打算要爱他的！——这肯定是和庄筱娴有关系的——催化剂！是催化剂！林心湄有些后悔，不应该和庄筱娴争风吃醋的——为什么要争风吃醋呢？为什么要选择顾冰清做签约情人呢？这使她害怕了，总觉得自己以往小心翼翼坚守的东西，现在正处于崩溃的边缘。不能崩溃的！她想，这些是她骄傲的根本！她胡思乱想着，感觉有些口渴，下床倒水喝。拉开窗帘，却见外面天已经放亮了。

林心湄走出家门，心里却无法排解一种滋扰，感觉平常家里太静了，少了一股家的味道。家对她来说是淡薄的，只能看见个轮廓，好像有很多门，又仿佛没有门。有时候，她走进了门里，也领略到门里的温暖，可总觉得那不是自己想要的，又觉得门里的空间太小了，处处受到压制。然而，门外的世界虽是无边无际，可属于自己的领地还没有门里的大。实际上，这只是她浅薄的想象，她知道为什么有这种心态的——当然是因为母亲。在家的时候，她总是那样深深地怀念着母亲，仿佛怀念是她在家唯一能做的事。她不希望自己活在怀念里，所以总找借口在外面游荡。爸爸说她不想家，也不要家了，还不如找一个人嫁了。叶羽秋却说："这也怪不得小湄，你整天忙得不顾家，她还回家干什么呢？"爸爸生气了，对叶羽秋说："你不是在家吗？"叶羽秋淡淡一笑，笑声里有些落寞，说："小湄回家又不是看我的。"所以，爸爸对她发火了，而且火气很大。可是，她居然没有生气，觉得自己终于找到了不回家的理由。有时候，她倒觉得辛夷坞有种家的感觉，久违了的。她想，这也许是顾冰清在的缘故——她想起了自以为浅薄的旧事——她自己把自己吓了一跳，连忙缩回了刚刚探出意识之外的念头。可这念头却像被泼上水的灰烬，根子里还残存着复燃的活力，这股默默酝酿的、被压抑着的活力揪着她的心，仿佛在晴天白日里斜挂着几团浓密的黑云。和顾冰清吵嘴，她虽不在意，可那情景总是如影随形，像一把纤巧的刷子，一刻不停地骚扰她的意识。在那种意识里，她看不清那个沦陷在情爱里的女人是不是她自己，可她羡慕那个女人，甚至是嫉妒。这使她吓了一跳，心中的滋扰更是纷乱芜杂。

顾冰清知道伤了林心湄的心，准备晚上请她吃饭。回到辛夷坞时，见她和庄筱娴在凉亭里吃冰激凌，有说有笑的，心里不禁有些生气。庄筱娴看见顾冰清黑着脸走来，便笑着招手。顾冰清走到凉亭前，责怪她们还有心思吃冰激凌！

林心湄扬了扬眉说："为什么没有心思吃？"

顾冰清哼了一声说："萧痕失踪了，你们也不帮忙找找。"

庄筱娴笑着说："萧痕他——"

林心湄嘘了一声说："筱娴，我们可是说好了的。"

庄筱娴笑了笑说："心湄，还是算了吧。"

林心湄呸了一声，骂道："你这个反骨贼！"

庄筱娴不理她，说："萧痕没失踪，他回老家了——他刚刚打电话给我。"

顾冰清哦了一声："没失踪就好。"转过身就走，刚走了几步远，心里挂念林心湄，又走了回来，哼了一声说："我是最后一个知道这件事的。"

林心湄望着湖面被飘落的柳叶荡起的一圈圈涟漪，抿着嘴直笑。

庄筱娴眨了眨眼睛说：“你别生气了，我跟你道歉。”

顾冰清说：“我没生你的气。”

林心湄一瞪眼睛说：“你是在生我的气。”

顾冰清哼了一声说：“我才不敢生你的气呢。”

林心湄站起来挽住顾冰清的胳膊说：“你真生我的气了！”

顾冰清说：“你羞不羞？”

林心湄说：“有什么羞的，你是我的签约情人嘛！”

庄筱娴笑着说：“就是。”顾冰清看了一眼庄筱娴。庄筱娴却扭过脸去了。

晚上，三人给萧痕打电话。林心湄说为他担心了好几天，如何慰劳她。萧痕答应回去请她们吃饭。庄筱娴插话说吃满汉全席。萧痕说只要她想吃就请。庄筱娴脸上一红，闭上了嘴。林心湄咯咯的直笑。轮到庄筱娴说话，庄筱娴只说盼望他早日回来，说完便将手机给了顾冰清。

顾冰清说：“有些出乎我的意料。”

出乎意料的事情并不止这一件。两个星期后，石炜烽被判处死刑。石炜烽整个人都变了，有些神经质。石小岚死后，他就虚脱了，经年积累下来的斗志颓废了，拾不起来了。女儿是他的脊骨，他的精神寄托，失去了女儿，他的追求就变得苍白了。他知道暴风雨来了，而他成了牺牲品。林家坤只跟他说了一句话。有时候，一句话就够了，就可以死了。石炜烽也是。林家坤说：“死，有时重于泰山。”就这一句话，石炜烽意识到自己要死了。丝吐尽了，就要死，这是蜘蛛的生存法则，也是他的。他毫不怀疑互联网的戾气，冷笑说：“石炜烽事件——呵——石炜烽事件——成了一个名词了。”

林家坤叹了口气，问：“股份代持协议怎么会到公安局？”

石炜烽知道暴风雨来了，无论如何是躲不过去了，而且这是一场带着阴谋的暴风雨。这时倒静了下来，不答反问：“上面派人来了吗？”

林家坤叹了口气说：“上面传下话来，说醉翁之意不在酒啊！”

石炜烽嘿嘿笑了：“我知道副市长的意思了。”

林家坤唉了一声，说：“你老婆和小夕的事，你就放心吧。”

石炜烽是清醒的，只是他的清醒是混沌中的清醒，半透凉的。林家坤告诉他，给石小夕和苏心存了钱。他明白了这是他牺牲的价值，是他应得的。所以，他明白自己死得其所。石炜烽定案之后，石小夕却如疯了一般，到公检法部门说开车的是她，不是她父亲，她父亲是冤枉的。公检法各部门都表示哀痛，也很敬佩她的孝心，可没人相信，说石小夕肯定是受了刺激，精神失常了。石小夕听了，只是笑，倒真像是精神失常了，看着父亲倒下的那一刻，竟然是仰天的一声大笑。石炜烽被处决的那天，已到了秋收季节。当时的天不够澄清，有些微微的透黄，黄里还透着红，不是秋高气爽的天。这个时候，奢城是平静的，可媒体却是更加不平静，或许媒体就从来没有平静过。媒体给石炜烽事件做了总结性的报道，是若无其事的。人们也早已忘了这件事。石炜烽临死的时候，头脑算是清醒的，道出了网民不言的事实。他说："我这是给网络暴力活活逼死的啊！"

白夜密码

正面 WHITE NIGHTS PASSWORD

第七章 傲慢与偏见

将感情埋藏得太深有时是件坏事。

——[英]简·奥斯汀《傲慢与偏见》

25. 早甲骨文 1500 年的文字

“奢城是需要批判的。”白逐尘跟靳名琛说。靳名琛知道他说的是人心，也赞同他的观点，但不愿意批判。白逐尘说这句话时，是在说石炜烽事件。城市的丑恶在他的笔端流淌时，他便觉得城市其实是个巨大的垃圾场。作为一个 VC 家，他也在制造丑恶。所以，这句话也是对自己说的。他的心也需要批判。至少，他在批判。

在石炜烽事件中，白逐尘也发现了一些东西，譬如叶羽秋辞去自然法则协会会长的职务，譬如叶羽西的心思，譬如石小岚的死，譬如萧痕的异常行为，他对这些细节的揣摩是小心翼翼的，仿佛这些小细节就像遭到蚁蠹的船上的小孔，能颠覆一些事情的。他并不了解靳名琛，姐姐要是没有死，或许他们能成为朋友，但现在却是不能了。虽然也有交往，但这交往只是一种礼节，只是照面，偶有深度的交谈，也是各取所需。

石炜烽事件也有太多的巧合，像一个精心的布局。布局的不是一个人，而是一群人，众志成城将石炜烽送上了断头台。这让他越法深入了解庄一，这是庄一常用的手法——围棋式布局，场面宏大，每个棋子都是棋局的核心。白逐尘越是了解，越感到害怕。虽然他是五指月门徒，但他有自己的生活和理想，不想陷得太深。他只想探询出《归藏易》和白光发源体的秘密，从而去解救父亲乃至四家族的苦痛。父亲的去世，让他恍然了，疑惑这样做还有何意义？可石炜烽事件让他惊醒了，知道有些事情即使他不去做，别人也会去做，譬如庄一的越狱。以庄一的脾性，不可能将赌注全押在他一个人身上。这让他异常清醒，他帮庄一越狱，至少还能解救四家族病毒之厄！越狱是要从长计议的，他也需要一个精心的布局。庄一同意他的想法，建议他从具茨山入手。白逐尘对庄一更加刮目相看了，庄一虽在监狱里，但对外面发生的一切却是了如指掌。

白逐尘问：“具茨山跟叶老留下的黄皮纸有什么关系？”

庄一笑了："也许有关系！东西方文明的差异——具茨山倘若真是华夏文明的发源地，可能会有些线索！而且，我们无法保证一定能找到黄皮纸，从具茨山入手，至少能给我们提供另一条路。或许，通过对具茨山的研究，我们能自个找到密码呢！"

白逐尘对庄一更是佩服得五体投地了，他也该学学这种本领了。石炜烽死后，他又见了几次庄一，庄一比以往更平静，仿佛越狱只是一次轻松的旅程。不过，白逐尘明白，庄一肯定是选择了不同方式越狱，也许五指月组织的核心层都行动起来了。这也让他知道，庄一的越狱是势在必行的。庄一只是告诉他："靳名琛一定会找你谈具茨山的。"

白逐尘皱眉道："叔叔这么确定？"

庄一的笑意更浓了："他一定会去找你的！"

靳名琛来的时候，带着一封信，信的字体是娟秀的，署名是叶羽秋，只写了几句话，是客套话，也有要挟的味道。叶羽秋写的信和她的人一样，是含蓄的，风韵藏在了字里行间。抬头的一句话是：逐尘。什么称呼都没加，好像白逐尘是她的丈夫或者兄弟，至少是她的亲人。这就让他无法拒绝了。信的末尾留有手机号，显然是让他回电，知道这件事得办好。

冯世鉴陪同靳名琛来访，等白逐尘看完了信，便竖起了大拇指，说："老靳是我学长，一个了不起的人物！"

"世鉴虚夸了！"靳名琛神态高傲地说。

冯世鉴讪笑一声："呵呵，一个人用一辈子的时间去研究一座山，这要不是了不起，那便是最了不起了。"

"靳大哥有事直接找我就行，能办的一定办，何须这些礼套？"白逐尘晃了晃信，轻笑，"咱们坐下来谈。"

三人坐下，白逐尘泡了茶。谈了一会儿，才知道冯世鉴和靳名琛来的目的。原来靳名琛找到了华夏文明起源地的明证。靳名琛说："16 年了，正好是金庸笔下杨过和小龙女相会的时间。"

白逐尘问："现在怎么样了？"

"已经发现了最早的文字。"

"最早的文字不是甲骨文吗？"

“先前是，现在不是了，我发现的具茨山文字是早甲骨文1500年的文字，我本来是找世鉴帮忙出书的，可世鉴踢皮球，把我一耸，弄到你这儿来了。”

冯世鉴笑道：“老靳说笑了，白总是咱们奢城的大VC家，我跟他一比，可是小巫——小巫巫了。”说着，伸出右手小指，在指尖上轻微的一掐。

白逐尘摆手道：“要策划这么大的事情——这可是事关华夏文明起源的大事——非要老冯这个口舌帮忙不可的了。”

冯世鉴笑道：“只要是能帮上忙的，甭说咱们的交情了，就我们的校友情分，我也是随召随到。”

靳名琛说：“我觉得媒体是时代的一面镜子。只是有时它是哈哈镜，变了形的，有时却没有了光亮，徒有一张面具。”

“哈——你这是将我的军。”冯世鉴大笑，“媒体生存的底线是它的订阅量，读者的眼球才是大主宰者。”忽然手机响了，接了电话，回头对二人说：“是家茹，说有急事，要我立刻赶回去。嘿嘿，是立刻！白总，老靳的事就转交给你了，我先走了。”

白逐尘看着冯世鉴走了，又看了看信：“关于具茨山的事，我们早就谈过，咱们两家是世交，能帮忙的，自是尽力。关于学术界一直争论的史前文明，你有什么看法？”

“我认为史前文明是存在的。我也找到了一些线索，只不过没有确切明证！再说了，华夏文明的发源地虽然找到了，但还没有得到认可。”靳名琛表面上是兴奋的，心却一直沉着，20年来一直这样沉着，始终没有浮起来过，仿佛心上拴着一块大石。这大石既是仇恨，又是等待和希望。在他的记忆里，仿佛也只有“仇恨、等待、希望”这三件东西了。而日常琐碎的东西似乎成了泡沫，时常浮现在眼前，却不太真实。

“这是一个震惊世界的伟大发现，它的意义超过了殷墟甲骨文！启开华夏文明的源头，找到神话传说中存在的物证，这是我国考古界多少前辈宗师苦苦追寻的梦想啊！”

“中华民族有5000年的文明史，恐怕这是每一个中华儿女都得以骄傲的常识，可有谁能够去证明它？中华文明真的只有5000年的历史吗？在人类文明之前究竟是什么文明？这些千古的历史谜团，让多少专家学者皓首穷经去破译，但苦于没有发现的物证，只能从先秦后汉最早的史书记载里，追寻上古的神话传说去解读答案，从龟背罄竹上去遥想没有文字记载的历史！郭沫若临终时，为一生没找到甲骨文之前的文字物证而难闭慧目，然而郭老始终坚信一定会找到上古的文化遗存，只是岁月流逝，这已成为郭老的遗憾了！”

“你放心好了，这一点爱国心我还是有的。”

“有你这一句话，我就觉得这么多年受的苦，值了！那关于出书方面的事，就有劳你了。”

“这么大的工程，出书只是一个单元，是远远不够的。”

“你有何高见？”

“这样浩繁的石刻工程，照理说，在当时绝不是个人行为，而是一个历经长时期的有组织的群体活动。既然是一个有组织的活动，这样丰富的内容，应该是先人的图书博物馆。先人把那个时期的文明用当时所能用的工具和方法，系统地记录保存下来，留给他的子子孙孙，这不能不使我们对华夏的祖先肃然起敬。”这时电话响了，白逐尘去接电话，回来后兴高采烈地说：“你运气真好，刚才是古籍出版社的一个朋友，对这个选题很感兴趣。”

靳名琛摇了摇手：“这个不是首要问题。”

“我知道，首要问题是炒作具茨山。”

“行家！”靳名琛竖起大拇指。

“跟你比起来，可就差得远了。”

“我只不过是先头部队，是小卒子。”

“你这个小卒子可要掀起文化界的腥风血雨啊！”

“那还得靠你的力挽狂澜呢！”

“就是为了郭老也得帮这个忙！”

二人又闲聊了一会，便商榷运作模式。按照靳名琛提供的资料，具茨山华夏文明之源的文化遗存物证，已有两千多处石刻。其中有近百幅易图图谱，包括阴阳二气如环图、纳甲图、方圆相生图、地方图、太极图、六十四卦卦气图等，发现的具茨山文字符号分布更广，洋洋洒洒刻满无数的石壁。另有多块形似龟状的巨石，其背上均刻有排列有序的图符，印证了几千年来关于“背负洛书”的传说。洛书勾股图、老阴数合勾股图、日月星象图以及千百幅尚无法破解的神秘图符刻满山间，更发现了古城遗址，石刻雕塑。涉及了文字起源、易图起源、道教之源、夏历之源、天文历象、农业文明、金属使用、数学起源、雕塑起源、原始宗教、战争记录、库币货币、大禹治水、中日棋道之源、宋明理学之源、河图洛书之源，果真是一座璀璨的华夏文明宝库。

白逐尘送走靳名琛，回到书房翻阅资料。他以往虽对具茨山有所了解，但并没有真正的走进去，这时才发现具茨山所蕴藏的秘密超出了他的想象，他被这座大山震惊了。关于白光的见解又入木三分了，甚至觉得白光和人类历史有着密不可分的联系，它贯穿了人类历史的过去、现在以及未来。找到白光发源体，破译出白光的秘密，便可了解5000年华夏文明史，更可以了解未知的世界。那白光的病毒或许就是在催促人类进化——人类的每次进化都充满了痛苦和裂变——这时，他才了解靳名琛为什么对史前种族的存在如此肯定了，也了解靳名琛的“希望”——现实是苦难的，未来的世界里也许充满了欢笑？

晚上，白逐尘跟叶羽秋通了电话。叶羽秋没有惊喜，好像早知道白逐尘会打电话给她的，回答也是老朋友的问好，只不过加了几句客套话，是关于林心湄的。叶羽秋说：“小湄是比较任性的，你担当着点儿。”

“小湄这孩子挺不错的，有自己的想法，也有主见。”

“和我年轻时候一个模样。”

白逐尘顺着她的话说：“这个我能感觉到。”

叶羽秋笑了：“逐尘，你——怪不得羽西爱你爱得死去活来！瞧你这话说的，好像咱们认识了很久似的！”

白逐尘也笑了：“就像古书上说的——相见恨晚。”

“你还相见恨晚呢。”叶羽秋心如止水地说。

二人间隔了几秒钟，都没有说话。白逐尘觉得自己是男人，应该先打破沉默的，说：“你很关心小湄！”

叶羽秋略显伤感，说：“我是她——后妈！虽然她不认我！”

白逐尘说：“慢慢来！孩子都是这样的！亲妈在她的心目中永远是最

神圣、最美丽的。”

叶羽秋叹息一声：“是呀！可能我永远也无法取代她亲妈的位置。”

“那也不一定，事在人为嘛！”

叶羽秋在电话那头苦涩地笑了，不想再谈下去，便问他妹妹的事。白逐尘躲避地说：“羽西这些天比较忙，为服装展的事。”

叶羽秋又忍不住地叹息：“唉，我这个妹子，去了一趟法国，人也变成了法国。”

白逐尘强颜欢笑，说：“这也没有什么不好，人类总要进化的。”

叶羽秋听出这话里有些别的东西，忍不住说：“逐尘！这可不是你的真心话？”

“这是小湄说的。”

“这孩子！是跟她小姨学的吧？”

白逐尘替林心湄解围：“这个倒不是，现在都Z世代了，聊的都是内卷、佛系、躺平、凡尔赛，奢城晚报开了个Z世代专栏，小湄是主笔，冰清说除了她，还就没有人能达到那个高度。”

“是吗？这孩子——”叶羽秋淡淡地说，“顾冰清——他们现在怎么样了？”

白逐尘想了想说：“还不错吧。哦，对了，你对冰清有什么看法？”

“挺好的一个孩子。”

“我也觉得。”

两人又聊了几句，白逐尘询问林家坤对于具茨山的反应。叶羽秋的回答有些避讳，说：“老林说黄河汛期到了，比以往都凶猛，辛夷坞可能要拆迁。”

白逐尘叹息道：“我也有所耳闻。”

“辛夷坞是个好地方，戏曲家协会的几个方家就住在里面，听说常在你那儿开派对。”

“是啊！这帮艺术家们天真得就像个孩子。”

“关于具茨山，老林并不上心。”

“这不能怪林副市长，谁让具茨山是个那么大的谜团？”

“也许吧，你准备怎么做？”叶羽秋轻轻地叹了一口气。

"这是大哥的事，我得亲自运作！对了，老冯那儿呢？"

"世鉴和老林一个态度。唉！文化遗产了，考古发现了，他们很难上心——"叶羽秋退一步海阔天空地说，"提起辛夷坞，老林都心痛啊！要拆迁了，毕竟这是市政府建设国际化大都市的一个规划嘛！可是，黄河永远是悬在奢城头上的一把利剑，一不小心，奢城就会变成黄河的祭品。"

白逐尘叹气道："所以，政府最关心的是黄河战略，像具茨山这样的小事，还是由我们这些小人物来做吧。"

叶羽秋笑了："逐尘——你还有小孩子气。"

"就这脾性！"白逐尘自我解嘲地说。

"这脾性好啊！至少很坦率——"叶羽秋挂了电话，觉得意犹未尽，可她不能够多聊的，怕说漏了嘴，譬如史前种族，譬如对靳名琛的救赎。她不想让别人来分享她的秘密。也许，她就是靠这些秘密来支撑日子的，没了秘密，便没了依靠，日子就更无生趣了。她对林家坤和靳名琛的恩怨是不过问的，也不想让这件事分散她的精力，她还要靠这些精力来悉心经营她的心事呢！所以，她跟白逐尘说话都是模棱两可的，也可以说是敷衍。她跟白逐尘说话也些嗔责的味道，属于男女之间儿女情长的，不应该从她口中流露出来。可是她说了，脸也红了，站在窗边看着窗外一地的夜色，忍不住叹了一口气。

叶羽秋倒了一杯红酒，端到电脑旁，寻了权先生，跟他聊了一些琐碎的事，有些"一具独弦琴，拨动檐雨念珠"的意象。权先生的回复都是"风乍起，吹皱一池春水"的直抒胸臆。可叶羽秋只能够躲避，因为她是林家坤的妻子，有些事情是不能出格的，所以她只能在网上"醉里挑灯看剑"。叶羽秋还有些忧伤，这忧伤就像胎记一样，深深地烙在她的心底，永世也无法消磨——她爱的那个男人，身上也有块胎记。胎记就像只展翅欲飞的蝴蝶，通体红彤彤的，仿佛正在涅槃的凤凰，男人的名字也是含"蝶"字的。叶羽秋跟权先生聊天是有些假借的，感情是给庄化蝶的，得到的却是权先生。她有时陷了进去，不能自拔，有时却跳了出来，完全置身事外。所以权先生感觉她总是若即若离的，免不了有些伤感："翩然一叶已知秋，人生之曲何有终。尘缘天定皆无力，月光如水照大同。"又跟叶羽秋说："自由的灵魂是孤独的，永远飞翔在人类思想的最前列。"叶羽秋看到这句话，有些不安，觉得不应该这样对他。何况这只是网恋，永远也见不到人的，便半推半就的情意绵绵。

叶羽秋有些恍惚，低声哼着“蝴蝶飞过万水千山去”，意识里有了些异样，出现了幻觉——她眼前飘忽着庄化蝶的影子——手不禁一抖，高脚杯跌落了，红酒泼在地毯上，猩红的液体迅速印在地毯里。叶羽秋站起来，颤抖着，伸手去摸庄化蝶的脸，可触手的只是一手掌的空虚。她心里一颤，整个人忽然痉挛了，瘫在沙发上，愣愣地看着窗帘被风吹起又收缩了回去，紧紧地箍在窗棂上，仿佛它的血肉被风吸干了，成了木乃伊。叶羽秋魂不守舍地拾起高脚杯，流泪了。她的泪有些干瘪，泪和红酒一样，滴落在地毯上，转瞬间便消失了。

26.SCE-1 病毒

林家坤下午主持一个会议，吃过饭后夜已经深了。饭前给叶羽秋发了微信，并不着急回家，看了一会儿党史文件，突然手机响了。他看着手机上显示出“竺大筠”的名字，眉头渐渐皱了，已有两年没联系了，难道竺大筠破译出小翊的基因病毒了？忙接听电话，却听竺大筠沉声说：“你过来一趟。”林家坤挂了电话，看着办公桌上一个相框发呆，相框里是苏翊和他的合影，背景是苏翊高中毕业典礼。那个时候，苏翊脸上的笑容是灿烂的。林家坤心里一疼，伸手盖上相框。他现在没心情去经营他的悲伤，死者已矣，小翊的死只是一个警钟，预示着他另一个女儿也可能步其后尘，这是他不允许再发生的事情。“筱娴！”他打开抽屉，里面是庄筱娴的照片，有好多张，从儿时到现在，基本上都有。他答应过庄老爷子不去见这个女儿，可心里却无法不牵挂着女儿！他看着照片，呆了几分钟，便驱车赶到奢城市第一人民医院。

竺大筠是基因生物学家，见林家坤来了，便带着他走进暗室，说：“首先，感谢你的帮忙，我兄弟的尸体才得以运回老家，落叶归根呢！”

林家坤笑道：“举手之劳，何足挂齿。”

竺大筠摇了摇头：“这件事我没有求你，你也没有告诉我是你做的，但我知道是你做的。人老了，对这个看得最重了。大恩不言谢。”顿了顿，“你是不是隐瞒了一些事实？当然，你若不说，我也不勉强！”

林家坤皱眉道：“隐瞒事实？不可能。我所知道的全都告诉你了。小翊就是因为在具茨山看到白光而发病的。”

竺大筠摇了摇头，从实验台上拿起一张纸，纸上写着几个字母“S、E、C”，说：“这个你没有告诉我！”

林家坤盯着竺大筠，说：“这几个字母有什么奇特之处吗？”

竺大筠盯着林家坤：“一种病毒的缩写，你应该清楚？”

林家坤忽然叹了一口气："你是怎么知道的？"

竺大筠沉声说："你应该告诉我实情。"

"是的。"林家坤点了点头，"你知道我为何在政界一帆风顺？便是因为五指月。我和五指月有千丝万缕的联系。它并非一般意义上的黑社会组织，它具有国际化的特点，在国外有一股强大的势力，统称为五指月。奢城的五指月只是这个体系的一个分支，你刚刚所说的病毒就是这个组织研制的。"

竺大筠皱眉道："关于'SCE-1 病毒'你了解多少？"

林家坤看了看纸上的字母，叹气一声："我了解不多，稍微知道一些。五指月就像月光，根本无法了解它究竟蔓延多广。在具茨山应当有它的实验基地，正在研究一些类似'马王堆女尸'的'人'。"

"马王堆女尸？一些？"竺大筠惊奇地问，"在具茨山发现了许多类似'马王堆女尸'的人？"

林家坤点了点头："也许是其他种族。"

"接着说。"竺大筠的眉头皱在了一起。

林家坤继续说："在长沙出土的马王堆女尸，已经死了 2000 多年，尸体仍旧完好无缺。可在具茨山发现的类马王堆女尸，却有 5000 多年的历史。当时马王堆女尸出土的时候，整个尸首和刚死的人差不多，外形完好无缺，全身柔软有弹性，皮肤细密而滑腻，部分关节还可以转动，甚至手足上的纹路也可以看得清清楚楚。棺内有 20 厘米深的无色液体，当时人们传说是那些液体让女尸保存得如此新鲜。一时之间，关于神秘药水的种种传说，成了街头巷尾议论的热门话题，甚至被危言耸听地描绘成世界悬案，甚至还有人重金购买这种使尸体千秋不朽的药水。"

竺大筠说："在汉代方术盛行，当时保存尸体最权威的说法是玉能寒尸，即说玉能够保持恒常的低温，避免尸体腐烂。但在河北满城发掘汉中山靖王刘胜夫妇墓时，二人身上虽身着灿烂如新的金缕玉衣，但尸体却早已变成了枯骨，证明这种对抗自然的努力不过是一种迷信，毫无科学根据。"

林家坤沉声说："五指月相信这种神秘药水是存在的。"

竺大筠看了林家坤一眼，说："科学家最后分析说，外界传言的神秘药水其实不是防腐药水，而是土壤中的水分渗入了墓中，在几千年时间里凝结聚集而成的。”

林家坤点头道：“这方面的报道我也看了，可那些液体只有十分微弱的抑菌作用，却不是尸体得以保全的主要原因。真正的原因是，在尸体入棺后的最初阶段，肠道曾发生过细菌繁殖、发酵的腐败过程，但在特定的条件下，腐败未能继续下去，原因是棺内封闭良好，所以空气不多。尸体初期腐败过程中就耗尽了棺内氧气，棺内各种有机物在厌氧甲烷的作用下，形成了燃性沼气。沼气不断累积，棺内压力增大，增强了抵抗外界渗水的能力，所以棺内基本上保存着最初有棺外渗进来的水，而这些水经过土壤、白膏泥等渗入棺内后，就形成了带有少量硫化汞的防腐物质，尸体长期浸在这种液体中，保持了新鲜和湿润。”

竺大筠嗯了一声：“你的意思是硫化汞就是传说中的神秘药水？在自然界中，硫化汞以矿物形式出现，在水中的溶解度非常小。在苏联卡顿山区曾发现过一个神奇的湖泊，成为神秘的水妖湖。那湖水明亮如镜，四周风光秀丽，后来被证实液体就是硫化汞。还有《道德经》里也有‘天一生水’的说法，古人炼丹，希望找到长生不老药，他们炼的就是硫化汞。”

“不是硫化汞。”林家坤摇了摇头，“是一种神秘之水，《道德经》里的‘天一生水’，生的不是硫化汞，而是一种我们目前无法认知的东西，五指月称之为 SCE-1 病毒。”

“你过来，我给你看一样东西。”竺大筠从实验台上拿起一叠纸，“小翙的确是中毒而死的！这是一种从未出现过的病毒！很可能与五指月有关。”顿了顿，在纸上写了一组数列，“对于病毒这种生物信息载体而言，其中绝大多数序列都具有编码功能。我对全基因组进行注释的时候，发现其包含一段较长的‘无用’核苷酸序列。于是，我进行了深入的研究和破译，并把这段序列命名为 SEC-1——神秘基因一号。”

“你怎么知道‘SCE-1 病毒’的？”

竺大筠轻叹道：“庄化蝶——这个人你应该知道吧？”

林家坤皱了皱眉：“我知道。”

“他是我的学生，得意门生。”竺大筠叹了口气，“20 多年前，他失踪了，现在是死是活不得而知。这是他告诉我的，他正是因为研究‘SCE-1

病毒’而失踪的。我在20多年前就知道‘SCE-1病毒’的存在。”

林家坤踱了几步，问：“对于‘SCE-1病毒’他知道多少？”

“了解不多，只是知道有这种病毒的存在。”竺大�顿了顿，“还有一件奇异的事情？”

“什么事情？”

“前几天石炜烽的妻子送来一种基因，我不知道她是怎么知道我在研究这种基因的？”

“是石炜烽告诉她的——”林家坤挥了挥手，“这是我的失误。”

竺大�嗯了一声，说：“基因显示，和小翙一样，也是死于‘SCE-1病毒’。”

“是谁的基因？”林家坤惊奇地问。

竺大筠摇了摇头：“不知道，但有一点可以肯定的是，基因的主人是个女人，死了24年的女人。”

“24年。”林家坤愣了！24年，是一段相隔生死的距离：24年的那头，庄秋水还活着，他和她的感情就像一场幻象，虽然有痛苦，但也有憧憬，有幸福的眼泪和痛苦的记忆；24年的这头，却是一片茫然，仿佛那段感情已经不复存在了，时间久了，感情淡了，或者是转移了，转移到活着的人身上。这个时候，他明白苏心给竺大筠的基因便是庄秋水的基因。庄秋水虽然死了，但尸体并没有腐化。他也明白石炜烽死前要见靳名琛的意图了，石炜烽肯定将一些秘密跟靳名琛说了，而这秘密又是靳名琛能够破解的——也许是靳名琛找到了防止尸体腐蚀的药水！不然的话，石炜烽又岂能在死前见他的情敌呢！靳名琛在这个时候发现了具茨山文字，提出史前种族概念，是巧合，还是他知道了些什么？这和五指月组织有关联吗？林家坤终于明白庄一为什么要越狱了。回家的路上，林家坤终于拨通了一直引而不发的电话。

“是时候让庄一越狱了！”林家坤打开车窗，看见辛夷坞朦胧的影，想起住在社区里健康快乐生活着的女儿，心头不禁荡起了一阵温暖。

27. 出狱与入狱

石炜烽被枪决时，萧痕正一个人坐在山顶上看山，看风景寂寥的远。山顶笼罩了些雾，看起来就像一座乳白色的坟墓，死气沉沉的。在上雾之前，下了一场小雨，整座山都被打湿了，在夕阳下微微的一凝视，便可看见远方光灿灿的明亮——他似乎看到了一颗子弹穿透了石炜烽的脑袋。自看到父亲的“宫殿”，他整个人都惊呆了。那晚，他一个人坐在那里发呆，衬着一圈晕黄的灯光，便似回到了几千年前的场景里去了，一股怀旧与感伤的味道。他本要劝说父亲的，现在却被父亲劝说了，只觉在历史面前以往坚持的都是虚空。他觉得可以在历史的尘埃里找到已故的母亲、苏翙和石小岚的灵魂。他囤积许久的感情，忽然在这里爆发了。可这种爆发也是沉闷的，仿佛他的感情被历史紧紧地箍住了，发不出任何声响。他忍受不住这种窒闷，不到天亮就离开了父亲的“宫殿”，再也不想回去了。

林家坤的来电令他吃惊，也感到累。这累是种压抑，愧疚就像一粒种子，已经长成了参天大树，只要面对林家坤便会有这种压抑感。这之后，便是长时间的缅怀。一些即将淡忘的旧事，这时又汹涌而至。

萧痕见到林家坤，才知是关于杜笙的事。林家坤说：“杜笙是你的战友？”

“是的，他曾救过我的命。”萧痕想起在警队的岁月，想起杜笙为了救他差一点被狼咬死了，想起三个月前杜笙被关进了监狱，一时之间，心里就像打翻了五味瓶似的，“杜笙能减刑么？”

林家坤点头道：“小湄开了口，我也和刑侦大队说了。呃，你清楚的，我的身份是不便介入此事的。”

“我清楚。”

“所以，我只能说你是我姑爷。这个身份办事，就顺理成章了。”

“我明白。”

从刑侦大队回到叶家老宅，萧痕身上的酒气就散了十之八九，杜笙半个月后就能获释，所以这酒喝得很经心。这时，一轮圆月悬挂在枝头，中秋节就要到了。酒意未消前，他想起了父亲，感情一下子涌了出来，才知骨子里还是惦念父亲的。坐在院子里的木椅上，他想起了许多事情，一些是父亲的，一些是顾冰清的。想起顾冰清，他心里温暖了许多。这个从小玩到大的伙伴，虽然有些隔阂，可如今却是同一个心思：好好的爱怜庄筱娴。想到庄筱娴，他整个的清醒了，在院子里一枝鲜艳的鸡冠花旁，开心地笑了。第二天一早，他便到具茨山监狱找杜笙，告诉他这个好消息。杜笙听了，却叹了口气，拍了拍萧痕的手，一句话也没说扭头走了。萧痕看着杜笙的背影，心事又全都涌上了心头。

杜笙走回铁网里，隔着深红的铁门，忍不住回头看了看。他虽然看不到萧痕，可仍遥望着。还是放风的时间，尘土从他身后扬了起来，太阳仍然很毒，仿佛要将留给他的一丝希望榨干。半个月后的国庆节，他被释放的当日，也将是他离开这个世界的时候。在萧痕来探监之前，他就去见了庄一，然后便知道这个偷天换日计划。那天，庄一将成为他，大摇大摆地走出监狱，而他却成为庄一死在监狱里。他的尸体会被迅速地拉出去火化。这一切都是安排好的，当庄一走出监狱的那一刻，他必须死。杜笙只觉身体发虚，空乏的无力，沿着铁网坐在了草地上。他忽然感到窒息，仿佛有人从背后卡住了他的脖子，想置他于死地。接着，全身抖了起来，他被一种悲哀弄得失控了，死亡的恐惧一下子扑了过来，将他重重地击昏了。

中秋节晚上，萧痕请庄筱娴、林心湄、顾冰清到桃花岛吃满汉全席，算是践行诺言。这晚，应当是柳暗花明的一晚。他心里已没有郁积，是万里无云的好心情。他对庄筱娴毫无忌惮的关爱，虽会使他们误会，可他顾及不了。他太了解顾冰清了，知道这个人不会随随便便地去爱一个人，就算爱了，若没有好的由头也不会去爱的。他想帮助妹妹，也只能旁敲侧击了。林心湄仿佛隐在月光里，一晚上都不说话，仿佛感知了顾冰清的凄凉，心里替他哀婉着。

到了国庆节，萧痕一早就赶到具茨山监狱接杜笙。老远的，他看到杜笙穿越铁网一步步走来。他向杜笙招手，杜笙没有反应，缓步走过草地，仿佛是行走在运动场上的体育健儿。

萧痕忽然明白上次杜笙的反应了。

现在，这个正要跨越铁网的人，不是杜笙。

杜笙的腿是颠簸的，左腿有些轻微的残，这是救他时造成的：那只狼咬残了他的腿。

萧痕环顾四周，猛然看到消防室的警铃，便一个箭步跳跃起来，整个人重重地撞击在警铃上。这一刻，他的思维几乎停顿了，不管这个人是谁，只有一个目的：越狱！他不可能让一个罪犯就这样逃出监狱。刹那间铃声一片，狱警迅速地出来了，他被一个狱警果断地击晕了。

穿行在草地上的“杜笙”猛地停在了那里，他的一只脚已迈出了铁网，可他忽然间又收了回来。他抬头看了一眼瞭望台上的狱警，眼神里充满了失望，然后迅速转身走回了狱室。

萧痕醒来，头上还隐隐作痛，耳旁有滴水的声音，一股臭酸味夹着闷热的潮湿，忍不住睁开眼来，才发觉身处一个暗室。头上已不流血了，只是血渍还没有除尽。他背靠在墙上，眼睛渐渐适应了黑暗。这时，他才想起撞响了警铃，被一个狱警打晕了。可他也疑惑了，怎么会在这里呢？究竟发生了什么事情？暗室的上方有一个通气孔，一缕微弱的光线从上面散到暗室里，冰凉的石板将一股凉意传到他的身上，禁不住打了一个寒战！

他被误解了！他不是罪犯！

他去拍门，却发现门是石门，任凭他敲打，外面也听不到一丝响声。这真是一个巧夺天工的暗室。任何人在入狱前被关上一两天，都会被这种与世隔绝的黑给冲垮的。这时候，他才明白黑暗和白夜是同出一辙的，是孪生姐妹，同样的让人感到空虚、害怕。幸亏，他早已适应了白夜的虚空，所以在黑暗里还没有惧意。希望是一个精灵，能让他战胜恐惧。他毕竟不是罪犯，心里没有抵挡恐惧的意识，所以黑暗无法产生邪恶的手去骚扰他，去折磨他。实际上，他的意识为他树立了一块丰碑，一个英雄的符号，他为他的举动感到无比自豪和满足。再过一段时间，狱警就会搞清楚状况，便会了解他的目的。

当完全适应黑暗时，他便发现黑暗其实是一个巨大的实体，人能够穿行其间、融入其间的。他看着通气孔左右布满了水滴，光线撞击着水面，形成一道七彩光环。对暗室来说，这简直是一道绝美的景观，一个让人产生希望的源泉。这时，他便听到一股潮水的涌动，就像一道光射入了湖水里，仿佛沉寂在地下多年的幽魂的叹息声。他站起来，靠在墙壁上，用身体去探知涌动，竟发现那涌动和他的脉搏跳动是如此吻合。或许，他感知的涌动就是他身体的血液与水的流动呢？可他马上否决了这一点，在这堵墙后面，应当是一个蓄水池。这时他明白了，这暗室其实就在消防室隔壁。

过了两个小时，通气孔的光线消失了，夜幕降临了，暗室便完全暗了下来。因为墙壁是用石块砌成的，外面的声音传不到暗室里。所以，暗室也是一个静室。这静，不是静谧，静谧里还有动植物生长的声音；这静是提纯后的静。在这静里，他仿佛处在一个没有生气的地方，一个幽冥之地。这个时候，恐惧就开始拜访他了。恐惧先是伸出手骚扰他的意识，暗示要来和他互通款曲。萧痕被这只手弄得魂不守舍了，就像一只刚被困在笼子里的野兽，他在暗室里不停地走动着，仿佛一旦停下来，便会融入黑暗与静里，成为死的样品。实际上，他的意识已有了缺口，那个坚固的堡垒开始坍塌了——他后悔自己不该撞响警铃。后来，恐惧就像寄生虫似的，一下子裹住了他的意识，将他钉在了石板上，长久呆立不动！这时，黑暗和静将他裹得严严实实，整个暗室与隔壁池水涌动的声音都结成了一体，成为一个巨大的实体。

当萧痕被带到审判庭时，整个人都萎缩了，仿佛是霜打的茄子，死死地盯着审判员头顶上的灯光，目光呆滞。从具茨山监狱到审判庭，一路上风声、树叶的哗哗声、发动机的嗡嗡声、枪支与车皮的摩擦声、狱警的说话声，都像巨雷似的撞击着他的耳膜，所以他躲避这些声音，与它们游弋着。到了审判庭，却见林家坤坐在审判员侧旁，低声跟审判员说着什么，像是在为他求情。萧痕不需要，眼睛始终盯着那道灯光，仿佛光能给他带来希望。开庭的时候，那些声音还没有消失，他听到审判员的审问声，只觉耳旁轰的一声响，所有的声音都消失了，整个世界都静了下来。这时，他的眼睛终于从灯光转移了，看到审判员滑稽地张嘴闭嘴，却发不出任何声音，所以他笑了。他的笑声使整个审判庭静了下来，没有人再说话了，整个审判庭只有他的笑声，盘旋着，飞翔着，仿佛他的灵魂和意识都脱体而出了。

所以，审判员一致裁决："鉴于罪犯神经中枢受到刺激，并有浅度精神分裂，判刑两月。"

28.“官场”现形记

立秋以后，天气并没有转凉，倒是更加燥热。这种燥，大多的成分是闷，连呼吸也不顺畅。这季节，黄河两岸的庄稼是一分为二的，北岸引水灌溉较为方面，种植了水稻，这时看起来已含苞待放了；南岸种植的是玉米，已亭亭玉立了。进入九月份，河水慢慢消退了，河滩渐渐干枯。奢城缺少雨水，经常一个月不见一滴雨，土地就像长了藓，一块一块的，龟裂了。偶尔有雨，这时节的雨也和以往的不同，没有自己的性格，属于“少年不知愁滋味，为赋新词强说愁”的。秋分之后，黄河两岸的白桦林带更加郁郁葱葱，风里透着丝丝凉意，在黄河上空流窜着。辛夷坞的秋意有些张狂，湖水有些幽，是深不见底的凉。垂柳从亭亭玉立变得风韵十足，枝条更加柔软，在秋风中婀娜多姿。周围的树木、灌木蓬蓬勃勃地与秋天嬉戏。

这段时日，白逐尘和靳名琛拜访了易学专家易问天先生。易问天头顶脱落了，有些像琉球半岛，头皮上长了些癣，带着一副老花镜。见到两人，左手一指，示意他们坐下。靳名琛有些生气，白逐尘拉着他坐下。易问天从抽屉里拿出放大镜，在一张画满符号的纸上扫来扫去，头佝偻着，有些像倭寇。过了几分钟，才想起有人来访，哦了一声，放下放大镜，摘了老花镜，从桌子后面踱出来，斜歪着头，在两人面前走了一圈，叹了口气，说：“一生忙忙碌碌，始终逃不过一个‘情’字！”

白逐尘听出弦外之音，忙问：“老先生，请教。”

“天机不可泄露。”

“老先生故弄玄虚。”

易问天眉头一皱：“故弄玄虚？易学是中国文化的精髓，周文王能建立周朝，一是大势所趋，不得不建立新朝；二是周文王精通易学——这观面相只不过是易学最浅显的学问，你说我老头子连这些都不会，还做什么易学会长？”

白逐尘笑道：“老先生生气了？”

易问天嘟囔一句：“我才不会生你们这些外行的气！不过，我说一些事情，你看准不准？”戴上老花镜，要白逐尘站起来，绕着他看了一圈，说：“观你面相，你还没有成家，没有子嗣。”

“老先生，说得对。”白逐尘有些惊讶。

易问天摇了摇头：“有些事从面相上看不出来，譬如你虽然没有子嗣，但身边并不缺少女人，还不止一个。”易问天右手五指全张，摇了摇头，又蜷下两个，说：“你命中注定有几个女人，这两年你命犯桃花，可有一劫，不过也是你寻觅知音的时期，可能会找到你的命中人。”

白逐尘心诚地求教：“可否指点迷津。”

“你可听说过白夜？”

“是一种极光。”

“白夜来临之时，没有黑夜，也就是出现了永恒的事物，譬如说爱情——你命中注定，业果均在‘白夜’二字上。”

白逐尘再请教，易问天便不说了，问他们有什么事情。白逐尘连忙说了，指着靳名琛说：“这位就是具茨山文化的发现者靳名琛靳先生。”

靳名琛从背包里拿出一册图集，递给易问天，说：“我在具茨山发现了大量的石刻符号，可能与古代的易图、炎黄史迹、古文字起源等相关，想请您鉴定一下。”

易问天哦了一声，打开图集，看了一眼，连忙取了放大镜，边看边询问靳名琛一些关于具茨山的事情，眼光时不时地从老花镜上方射出来，盯着靳名琛看；然后又接着鉴定，先前是仔细地看，到后来就略微的一翻。看完后，合上画册，说：“在看这本画册之前，我没有理由相信这一事实的存在，因为其中牵扯到的都是重大的历史文化问题，如果其中的任何一项得到认定，将足以改写历史教科书！可看了之后，我就更没有理由相信这一事实的存在了！”

靳名琛瞪大了眼睛：“为什么？”

易问天说：“这本图集中，一个又一个方与圆的图案组合，对于我来说，既是熟悉的，又是陌生的！现在流传的易图，只是宋代以来出现并演化的，其根源据说要上溯到三皇五帝时期，但缺乏相应的文献和实物依据，具茨山这一类符号的系统繁杂，远出于我的认识之外。”

“那也不能代表这些东西都是子虚乌有的。”

“兵马俑从发现到人们认知，前后经过了十余年的时间。不是我不能给你鉴定、下结论，因为这实在是超出了我的能力范围。在奢城里，恐怕没有一个专家敢下结论的。”

白逐尘插话问：“以老先生的看法，我们应该怎么做？”

易问天说：“姑且不考虑具茨山文化的真实性，就算具茨山文化是真的，也不是哪一个专家能说了算的。最好还是通过媒体呼吁，让大家一同来认识具茨山，只有这样，具茨山文化才能浮出水面。”看了看靳名琛，“只怕靳先生不会这么做。”

靳名琛哼了一声：“我就不信，咱们奢城没有一个慧眼识珠的专家。”

易问天摇了摇头，摘了老花镜，说：“中国有句古话：宝剑惟德者居之，才能展露其光华——白逐尘，你懂？”

靳名琛收拾了图集，说了声“告辞”，便背着背包走了。白逐尘和易问天客套了一番，忙辞别去追靳名琛。走出门外，却不见靳名琛的身影。暗自思忖易问天的话，觉得这老先生的话里藏着玄机，有一些事物的影子，在面前影影绰绰的，看不清真实面孔，心里有些茫茫然。走到一家咖啡馆前，觉得头脑昏胀，便进去要了杯咖啡。咖啡的味道有些苦涩，在嘴里噙了一会，再细水长流的咽下去，便有些甘甜了，头脑也清醒了许多。想起易问天所说的“白夜”，觉得挺有意思，混沌中有些澄清：没想到困扰四家族的“白夜”幻象，竟也有爱永恒的意思。忽想起庄化蝶，总觉得“白夜”二字和他有些牵连。他记得庄化蝶说过“白夜”二字，不过他说的不是白光，更不是极光。喝完了一杯咖啡，有些伤感，又向服务员要了一杯葡萄酒和一碟瓜子，边嗑边想心事。忽想起庄化蝶的未婚妻好像姓叶，白夜——难道这“夜”字，就是姓氏“叶”字，难道那时候庄化蝶知道自己要死，让他照顾姓叶的未婚妻。就算他有这个意思，白逐尘嘿嘿笑了，都20多年了，到哪里去找那位姓叶的姑娘？可易问天为什么说自己的业果在“白夜”二字呢？难道这“白”便是自己的姓氏“白”了？当年庄化蝶想撮合自己和那个姑娘，可惜了庄化蝶的一片苦心。爱情，又岂能随便转移的。忽然开心的笑了，叶羽西不也是姓“叶”吗？难道上天注定了我们的一世情缘，呵！有些像言情小说里的故事——这个时候，窗外，有个女孩正向他招手，是林心湄——心里一动，暗想：叶羽秋不也是姓“叶”吗？想到此处，心里涌起一阵从未有过的慌乱。

林心湄不是一个人，还有顾冰清。白逐尘看到顾冰清，庄化蝶的形象就更加突出了。林心湄领着顾冰清进了咖啡馆，要了两杯咖啡。白逐尘问他们有什么事情。林心湄说：“白叔叔，您知道冰清写小说吗？”

白逐尘笑答：“刚知道，小滑头告诉我的。”林心湄羞涩地瞥了他一眼。白逐尘看着林心湄害羞的表情，眼前却浮现了叶羽秋淡淡的笑容，心里不由得一惊，忙问顾冰清写了没有。顾冰清把自己的意思说了，原来他是想将具茨山作为小说的大背景，写一个反映时代画卷的传奇故事。白逐尘觉得思路不错，把具茨山作为大背景确实是一个好想法。

顾冰清说：“人类所有的烦恼，无不是来源于欲望与失落的苦痛，我就是想把我的感受写出来。”白逐尘赞同顾冰清的想法，表示愿意让他看具茨山的资料。

林心湄喝着咖啡，问顾冰清：“你觉得这咖啡喝着怎么样？”

“咖啡——我没有研究过。”顾冰清听了一愣，不知道她这句话的意思。

“女人——你研究过吗？”

顾冰清脸上一红，嗫嚅着说：“你问这个做什么？”

林心湄用勺子在咖啡杯里搅来搅去：“你研究过我吗——”顾冰清瞪大了眼睛，说不出话来。林心湄盯着他看——“要写好小说，必须得研究女人，我是你的女友，就免费让你研究了。关于具茨山，以后陪着白叔叔到处走走，多收集一些素材！”

白逐尘笑道：“你这个小滑头，设好了圈套。不过，我赞同你的看法。”

一天晚上，林心湄约庄筱娴散步，庄筱娴出来晚了，在凉亭里遇到了顾冰清。林心湄说顾冰清和庄化蝶长得像，推断他是庄化蝶的儿子。顾冰清瞪了她一眼，说她胡说八道。林心湄说他不愿做庄化蝶的儿子，是怕跟庄筱娴差辈儿。顾冰清被她看透心事，默默地不作声。

林心湄呸了一声：“你就这么大的出息！一个小姑娘就把你给禁锢了！难道你不觉得有些事情很奇怪吗？”

顾冰清抬起头说："我不觉得。"

林心湄哼了一声："其实你心里比我还好奇，只是你不想捅破，这是你心中的香格里拉嘛！"

顾冰清白了林心湄一眼："什么香格里拉——才不是。"

林心湄笑道："咱家的冰冰——"顾冰清插话说，你少发嗲。林心湄眉头一皱——"咱家的顾冰清，真是个没情趣的家伙。"

这时，庄筱娴走了过来，坐在林心湄的旁边，说："你还真是说准了——他就是没情趣。"

"你们俩——唱双簧！"顾冰清哼了一声。

庄筱娴幽幽地看了顾冰清一眼："谁有空陪你唱双簧。"

林心湄眼皮向上一挑："就你——还不配！哦，对了，我还有话要跟你说呢。"

庄筱娴站起来，说："方便吗？我要不要回避？"

顾冰清拉着庄筱娴坐下，说："干吗回避，有什么不方便的。"

"那可说不准。"林心湄坏坏一笑，向顾冰清望去，"你跟白叔叔跑了几天，有什么收获吗？"

顾冰清摇头："颗粒无收，没有专家愿意站出来。这也怪不得他们。你想呀！要是他们肯定了具茨山文化，无疑是说他们研究的心血是白费了！这不是自己打自己的脸吗？特别是咱们奢城的甲骨文专家，叫什么魏名慎、李名琛——后面这个和靳叔叔的名字重了俩字，先声明，以下言论不是说靳叔叔——我总感觉他们有些虚，说什么不为名利，可连自己的名字都含有'名'字。这也倒罢了，人谁不为名利呢！可是你瞧瞧他们的名字，一个'慎'，害怕出名；一个'琛'，怕出名浅了——"庄筱娴本是闷着脸，这时被顾冰清的浅薄逗笑了，呵呵笑着说，"琛"可是珍宝的意思——"这不更加明显了，得到了珍宝，不就是有'利'了吗？还不如魏名慎含蓄呢！"

林心湄笑道："这叫真小人！"

顾冰清说："魏名慎眼睛里分明有惊艳，甚至说靳叔叔了不起，气死考古学家，说这是咱们中国最伟大的考古发现。白叔叔问和甲骨文比较如何。魏名慎伸了伸麻秆粗的胳膊，打了一个哈欠，好像白叔叔这话问得无聊极了。他拉开窗帘，仰天打了一个喷嚏，说：‘喷嚏打出来，就是舒服。’靳叔叔也不发话，表情像在看小丑演戏似的。回来的路上，我问靳叔叔为什么有这种态度，靳叔叔只是冷笑。白叔叔说：‘他恃才傲物！老靳在文字方面的研究，早超过了文字专家。’靳叔叔说：‘这些宵小之辈，还不配和我切磋。’靳叔叔是怒极反笑，因为李名琛说：‘这位靳先生说什么具茨山文字，我可是闻所未闻了，就算这是个伟大的发现，我也不能自己砍自己一刀吧’！”

林心湄冷笑说：“他是靠研究甲骨文吃饭的，若是肯定了具茨山文字，他吃饭的家伙就没有了，他可不是笨蛋。”

顾冰清叹息道：“是呀！后来，我们去找文字鉴定专家，叫什么莫高。这个老先生倒是学富五车，也比较正直。从他的相貌上就可以看出来，慈眉善目的——”

庄筱娴笑着说：“你也会看相？”

顾冰清扬起了脸，笑道：“我怎么不会？你看林心湄的面相，一看就是个爱美的——”

林心湄哼了一声：“哪个女人不爱美？整容现在是刚需！”

顾冰清笑道：“你们俩就不需要整容了，够漂亮的了。要是再漂亮些，奢城的男人会集体发疯的。”

庄筱娴脸上一红：“说什么胡话呢——你？”

林心湄得意扬扬地笑了：“要是能达到这个效果，今晚就是死了也值。”

顾冰清哼了一声：“看把你美死了——”庄筱娴拉了拉顾冰清的衣服，让他讲靳名琛的事——“莫老先生不远视，也不用放大镜，用的是近视镜。看图集的时候，脸都快趴在上面了，好像要与那些文字接吻——这是他自己说的——老先生看后说：‘云母石，这种石头是比较软的，哈，当然得看与什么石头比了，譬如与金刚石，自然是软多了，要是与石墨和滑石比，那就硬多了——滑石可是人类目前所知的最软的石头，所以说呀，小白、小靳，咱不能说具茨山文字就是中国最早的文字，它比起甲骨文是早了一千多年，可要是在哪里发现了滑石文字，保不准它比具茨山文字早上五六千年呢——呵呵，说笑了。’老先生从冰箱里拿出一瓶奶，笑着说：‘我老了，倒有些孩子气，小孩子喜欢喝奶，我也喜欢。’白叔叔说：‘您这是返老还童。’老先生呵呵笑道：‘是，是，返老还童，呵呵，据我个人分析，研究文字也要从物理学角度分析，譬如说甲骨文和具茨山文字，要从物理学角度推算，就好证明了——达尔文的进化论可以证明这一点——在当时，甲骨比较坚硬，是很难刻的，要用刀子或者尖利的器物刻。根据人类的习性，譬如结绳记事。用刀子显然不是人类的首选，也就是说在甲骨上刻字也不是首选的，云母石很好刻，而且不怕风化，又发现了这么大的文字谷，可以推算应当在那时就有文字记载了，也就是说具茨山文字较甲骨文要早。若从专业角度上看，文字的起源是从具象文字向抽象文字发展的，譬如说甲骨文是具象文字，也就是象形文字，演变到今天就成了抽象文字；然而根据事物的发展规律，却是先有抽象的，再有具象的，在甲骨文之前也许就有一种抽象的文字，便是这具茨山文字了！’”

庄筱娴笑着问：“这不是有专家认定了吗？”

林心湄冷笑着说：“没那么简单。”

顾冰清说：“是呀！当时听老先生这样说，我们都很高兴。可老先生有些儒酸，给我们出了一道难题。他说：‘这些都是我的推算，算不得数的。当然了，小靳要是能找出一个字和甲骨文一模一样的，我就会给你证明。要不然，我也无能为力。’”

庄筱娴皱着眉头说：“怎么可能一模一样？就说现在的文字，是由繁体字演化而来的，同一个字写法也不一样。”

林心湄摇头说：“这也说不准，好多简化字和繁体字写法是一样的。”

顾冰清说：“也是！这事要看靳叔叔的造化了。”

林心湄扯着庄筱娴的手，笑着说：“明天什么时候走？”

顾冰清一愣：“走？”

林心湄哦了一声，朝顾冰清微微一笑：“筱娴没告诉你？”

“当然告诉我了！”顾冰清躲避似的回答，“不就是去北京培训的事吗？你要幸灾乐祸吗？”

林心湄一扬眉，眼角、鼻尖、嘴角上都堆起了笑容，笑容是微笑的，只是这种笑容有些缩手缩脚，像遭受冬霜的花蕾，有些萎缩，哈的一声说：“你管得着吗？”抚摸了一下庄筱娴的手，轻声说：“不打扰你们了——”

顾冰清望着林心湄，心里有股说不出的味道，有种幽怨，却是淡淡的，是忧伤，不知为谁而伤的忧伤。只觉骨子里一阵奇怪的酸麻，忍不住抬起手，挥了挥。

这时，林心湄的手机响了。林心湄接听时，脸上的笑容被寒风吹得荡然无存，铁青着脸，挂了电话说："萧痕入狱了！"

顾冰清、庄筱娴二人"啊"了一声，愣在了哪里。

白夜密码

正面 WHITE NIGHTS PASSWORD

第八章 肖申克的救赎

希望是个好东西，也许是世间最好的东西，

而好的东西总不会逝去。

——【美】斯蒂芬·金《肖申克的救赎》

29. 古蜀家族的族徽

警车驶入隧道，壁灯的微光驱散了部分黑暗，将隧道变得幽深曲折。隧道是依山而造，石头的阴槽面显示出隧道大概有近百年的历史，不能断定是军阀还是日军的杰作。低水洼处的石凹间长了草，一些喜阴的飞虫在微光中飞来飞去。在隧道的拐点，光线相融，使前方看起来有些荒芜、迷离的悠远。警车拐了一个弯，萧痕的目光也与灯光相融了，他的眼神在灯光中看起来漆黑明亮，这说明他根本就没有痴呆。萧痕想起在审判庭上的举动，脸上荡起了一丝笑意，意识却回到了十天前。

十天前，中秋节。萧痕回到事务所，夜已经深了。这两天没有回叶家老宅。家里只有他一个人，时间久了，已没有了家的气息，仿佛家也有生命，不去关注气息也会枯萎。刚到事务所门口，却见父亲杵在门口，仿佛融进了门前的那一小片黑暗里。

靳名琛看着儿子，忍不住叹了口气："我不该逼你的，你要是不喜欢林心湄，那就算了。"

萧痕见父亲投影在地上清癯的身影形单影只的，心中不由一酸，急忙去开门说："您怎么来了？"

靳名琛进了屋，说："到城里办点事，顺便来看看你！"

萧痕让父亲坐在沙发上，说："还是华夏文明的事？我听说白叔叔帮您了？有他帮忙，应该有些成效的？"

"我没抱多大希望。"靳名琛摇了摇头，"华夏文明是个大事儿，是我毕生的心愿。可以说是个理想王国，只是这种理想不大容易实现。这次，也很难有大的起色。"

"既然没有希望，为何还要劳师动众的？"萧痕疑惑不解。

"这只是一个幌子。"靳名琛看了看儿子，"我不知道你对石炜烽事件有什么看法？”

“爸——”萧痕心里一阵激荡，“上次我回去，本是要劝您，可我没有，因为我被您的理想震撼了。或者说，您一直生活在理想中，那是您的理想，您的世界，没有人能够走进去的世界。”

“我知道你要说什么，你回去，我就知道你的目的。”靳名琛笑了，“现在，我又是孤身一人了。”

“爸，您——”萧痕心里难过，“我觉得石炜烽就算该死，也不该这样死的！”

“石炜烽不该死。”靳名琛摇了摇头，“是有人该死，但绝不是他。他虽然有些傲慢，但至少是一个好公安。”

“他是一个好公安？他肇事逃逸。”

“我说的是大义！”

“什么大义？”

“为一己是小义，为大众是大义。”

“他为大众做了什么？他可是闹得民愤怨浮。”

“这并不稀奇，有些人只有死了之后，人们才会感知他是伟大的。”靳名琛顿了顿，“你知道石炜烽为什么会死？”

“舆论的力量。”

“是的。”靳名琛点头，“他是被舆论害死的，这只是其一。”

“还有别的原因？”

“他发现了一些秘密，这秘密和一个古老家族有关。”靳名琛从沙发上站起来，“今天，我跟你说的，你能做便做，做不了算罢。”

“什么事情？”萧痕皱眉问。

“石炜烽死前，我去过监狱，是他要我去的。他给了我一样东西。”靳名琛从兜里掏出几张折皱的纸，取出其中的一张，递给萧痕，说：“你看看这是什么？”

萧痕见纸上画着一个青铜器，器中为圆凸形，周围有五芒，呈放射状，芒外有一周晕圈；在圆凸中心及晕圈上各有一小孔作固定使用，整体形似太阳，又像汽车的方向盘。

萧痕拿起纸张，看了看，摇头说："这是什么？这是石炜烽交给您的东西？"

靳名琛点了点头："这是从三星堆出土的青铜器，叫作青铜太阳形器。此太阳形器直径 84.5 厘米，出土于三星堆二号祭祀坑。我查阅过资料，这种青铜器件是太阳神崇拜的象征物，故称作太阳形器。"

萧痕哦了一声，问："石炜烽为什么给您这个东西，难道是文物盗窃案？"

靳名琛摇了摇头，说："没有这么简单。当初我也是这样认为，所以就没在意。"

"倘若是一起普通的文物盗窃案，奢城有很多文物专家，石炜烽为什么找您？"萧痕仍盯着图片。

"毕竟我们关系微妙。"靳名琛苦笑一声，"他找到我，说明这并不是一起普通的文物盗窃案。后来，我经过演绎和拓展，发现了一个秘密。"

萧痕抬起了头："什么秘密？"

靳名琛将剩余的纸张一字排开，说："你看看这个演变？"

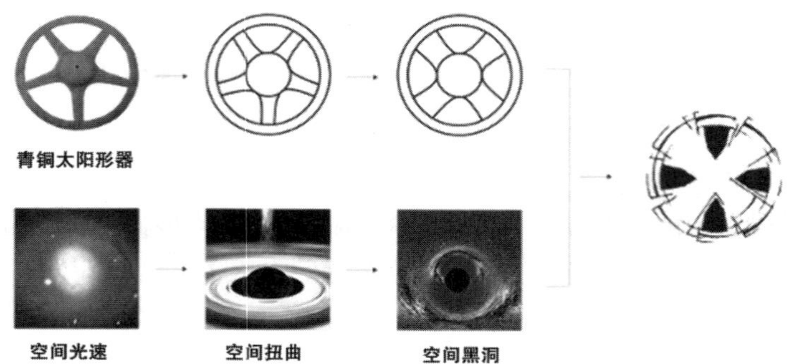

萧痕指着最后一张纸说：“您为什么最后落脚到这个 × 形状的标志上？”

“这就是我刚刚说过的，这是一个古老家族的族徽。”

“什么古老家族？”

“不知道。”

“理由呢？”

“青铜太阳形器是三星堆文物，隶属于广汉文化，大约4000年前的古蜀，是一个失落的文明古国。三星堆是古蜀人的都城，那个时代的人信奉日神，所以这个形似太阳的青铜器实质上就是古蜀家族的标志。”靳名琛叹了口气，“考古的意义就在于，通过当时的器件和文字资料，再现当时的历史图景，把残缺、破碎的历史连接统一起来。”

萧痕赞同父亲的观点，在看到标志时，他就有种联想：这也许是五指月组织的徽标。他有过将这些想法告诉父亲的念头，可他忍住了。石小岚的死，让他有种恐慌，确信有种神秘的力量阻止人们去猜测、探知，在往深里研究死亡就会继续发生。他选择顺着父亲的思路往下说：“您的意思是，有一个用 × 形状标志作为族徽的家族存在，而石炜烽是因为发现了这个家族秘密才死的。”

“也许它不是一个家族，而是一个组织。”靳名琛点头，“有没有可能是五指月组织？”

萧痕不答反问：“石炜烽还跟您说了什么？”

“他跟我提及了一个叫杜笙的人。”

“杜笙？”萧痕皱了皱眉，“国庆节他就要出狱了！”

“是吗？”靳名琛皱眉道，“杜笙是石炜烽安排入狱的。”

“为什么？”

“他也不知道，他只是受人所托。”

“是谁？”

“林家坤。”

“林家坤？”萧痕跳了起来，“可他为什么又安排杜笙出狱？”

“安排杜笙出狱？”靳名琛皱眉道。

“是的。”萧痕点了点头，“杜笙提前获释，是林家坤帮的忙。”

“阴谋。”靳名琛走了几步，“其中一定有阴谋。”

“有什么阴谋？”

“杜笙在哪个监狱？”

“具茨山监狱。”

靳名琛哦了一声：“如果所料不差，这件事肯定和庄一有关。”

30. 以太 Ether

靳名琛走到窗前，推开了窗户，窗外是万家灯火的气象。靳名琛向夜空眺望了一眼，见月亮更加圆了，他的愁绪忽然一下子满了，竟觉得有满腹的话要跟儿子说。他不是个轻易感伤的人，可在这“夜凉如水”的佳期，他控制不住自己的情绪，还是将一些秘密跟儿子说了。当然，这些秘密不能算是他的秘密，是大家的秘密，所以他说了出来；那些深藏在心底深处的秘密，他无法说出来，也不能说出来。

这些秘密萧痕早就听说了，可仍被父亲的信任感动了，说：“这么说，小翙真的是死于幻象了。”

“小翙是个好姑娘，本不该死的。”靳名琛拍了拍儿子肩，“要是庄一能说出《归藏易》的秘密，他们也许就不会死了。”

“真的只有庄一知道秘密吗？”

“只有他。”靳名琛点了点头，“我怀疑这个神秘组织和五指月组织有关，他一定知道这个形似 × 的标志。”顿了顿，又说，“其实，我的专业并非考古，而是物理，特别是量子物理，我和庄化蝶——你舅舅——在国外学的都是量子物理学。”

“我知道——”萧痕心绪里还有些悲伤，“第五维空间！您这一理论的提出在物理学界引起了不小的震动。”

靳名琛淡然一笑道：“这不是我的原创。这也并非物理学理论。我是将基因学的概念转化到物理学中，算是一场物理学试验。这个试验就是人们产生的自我分裂——有人说是幻象，我通过对这种分裂式的幻象，向精神分裂学提出一个疑问。”

萧痕敬佩父亲，说：“超物理学范畴——这本就是一种原创。”

“你是说‘超弦革命’吧！”靳名琛笑道，“你从小就在数学和物理学上有创见，没有送你到国外学习，是我一生的遗憾。”

“我看过您的第五维空间论！”萧痕摇了摇头，是说父亲不必遗憾，“对第五维空间也有些了解，属于量子物理学的范畴。”

“第五维空间的理论基础，就是延续几百年量子物理学大战——光的微粒说和波动说。”靳名琛点了点头，“这是一出传奇故事，其中悲欢起落，穿插着物理史上最伟大的名字：牛顿、胡克、惠更斯、托马斯·杨、菲涅尔、傅科、麦克斯韦、赫兹、汤姆逊、爱因斯坦、歌德、哈本、薛定谔……在长达300年的争斗后，波尔提出光的二象性，说光既是粒子，也是波，这是一种折中，并非真的用理论依据解释了光的本质，或许人类根本就无法真正解释光的本质。”

“第五维空间是光造成的？”萧痕问。

“是。”靳名琛点了点头，“具体地说，是靠一种媒介。”

“媒介？”

“光波媒介！”

“以太！”

“就是以太！”靳名琛的眼睛明亮起来，“光，是每个人见得最多的东西。自古以来，它就被理所当然地认为是宇宙最原始的事物之一。在远古的神话中，往往是‘一道亮光’劈开了混沌和黑暗，于是世界开始了运转。在《圣经》里，神要创造世界，首先要创造的就是光。可是，光究竟是一种什么东西？或者，它究竟是不是一种东西呢？正是这个疑问，才爆发了微粒说和波动说大战。17世纪中期，波动说认为，光不是一种物质粒子，而是由于介质的振动所产生的一种波。但是波动说有一个基本的难题，那就是任何波动都需要有介质才能够传递，如声音，在真空里就无法传播。而光则不然，它似乎不需要任何媒介就可以任意地前进。举一个简单的例子，星光可以穿过几乎虚无一物的太空来到地球，这对波动说显然是非常不利的。但是波动说巧妙地摆脱了这个难题：它假设了一种看不见摸不着的介质来实现光的传播，这种介质有一个十分响亮而让人印象深刻的名字，叫作‘以太’。亚里士多德在《论天》一书里阐述了他对天体的认识。他认为日月星辰围绕着地球运转，但其组成却不同于地上的四大元素：水、火、气、土。天上的事物应该是完美无缺的，它们只能由一种更为纯洁的元素所构成，这就是亚里士多德所谓的‘第五元素’——

以太。而自从这个概念被借用到科学里来之后，以太在历史上的地位可以说是相当微妙的，一方面，它曾经扮演过如此重要的角色，以致成为整个物理学的基础；另一方面，当它荣耀不再时，也曾受尽嘲笑。虽然它不甘心地再三挣扎，改换头面，赋予自己新的意义，却仍然逃不了最终被抛弃的命运，甚至有段时间几乎成了伪科学的专用词。但无论怎样，以太的概念在科学史上还是占有它的地位的，它曾经代表的光媒以及绝对参考系，虽然已经退出了舞台，但直到今天，仍然能够唤起我们对那段黄金岁月的怀念。它就像是一张泛黄的照片，记载了一个贵族光荣的过去。"

"今天，以太 Ether 作为词根来命名网络协议 Ethernet，是不是生出几许慨叹？"萧痕轻笑了一声，"第五维空间——幻象——就是靠以太形成的。然而，人们从未看到或者摸到这种'以太'，也没有实验测定到它的存在。光波 30 万千米 / 秒，是一个惊人的高速。通过传统的波动论，我们必然可以得出它的传播媒介的性质：这种媒介必定是十分坚硬，比最硬的金刚石还要硬上不知多少倍。星光穿越几亿亿千米的以太来到地球，然而这些坚硬无比的以太却不能阻挡任何一颗行星或者彗星的运动，哪怕是最微小的也不行！"

"就像风穿过一小片丛林！"靳名琛轻声说，"这是托马斯·杨说的。他的解释是以太是一种刚性粒子，但它却是如此稀薄，以致物质在穿过它们时几乎完全不受到任何阻力。菲涅耳的部分拖曳假说认为，以太在真空中也是绝对静止的，只有在透明物体中，可以部分地被拖曳。"

萧痕好奇地问："这种假设出来的东西，难道在宇宙之中真的存在？"

靳名琛点头道："我和庄化蝶都是这么认为的：以太真的存在！一切传播都是靠以太作为媒介的。我提出的第五维空间，其实是我们两个共同的结晶。按照埃弗莱特的看法，世界和观测者是叠加状态。当光穿过双缝后，整个世界，包括我们本身成了两个独立的叠加，在每一个世界里，光以一种可能出现。但不幸的是，埃弗莱特用了一个容易误导和引起歧义的词——'分裂'。他打了一个比方，说宇宙像一个阿米巴变形虫，当光通过双缝后，这个虫子自我裂变，繁殖成为两个几乎一模一样的变形虫。唯一的不同是，一个虫子记得光从左而过，另一个虫子记得光从右而过。实际上，若给第五维空间一个最合适的比喻，就是镜像，以太是面镜子，人们所谓的精神分裂，其实是人通过光作用于以太上——也就是作用在镜子上而产生的'影子'，只是这影子不是咱们所谓的影子，它是实体存在的。"

"可以这样认为吗？"萧痕只觉脑海中涌起一种奇异的力量，思维变得活跃起来，"以太也是形成场的媒介！由第五维空间产生的'影'，之所以有生命、有思想，是以太产生了场，将人身上的元素真实地投在影上，而产生了另外一个人。"

"可以这么认为。"靳名琛嘉许。

萧痕继续说："接着假设下去，如果这种以太真能提炼出来的话，形成一种物质，我们就可以复制人，不是简单的克隆人，克隆人没有思想、没有灵魂，而复制人则是将人的生命和思想延续下去，也就是所谓的长生不老。"

"这就是人类的未来！"靳名琛叹了口气，"换句话说，人类若能长久的延续下去，和以太有着绝对的密切关系。"

"但是——"萧痕脸上出现了讽刺的痛苦，"假如这种以太真的存在，它就是双刃剑。这是种假设，我们知道，光既是粒子，又是波，那么根据光的叠加原理和二象性，光本身就可以传播场——是微粒的光吸附物质，是波动的光传播物质——假如这不只是理论，那么我们将一种病毒与以太融合，这时病毒就可以与光同体，光到达的地方，就有病毒的存在，这时整个人类就会毁灭。"

"这绝不是危言耸听，伟大的量子物理给人类带来了光明，同样也可以给人类带来黑暗，毁灭整个人类。"靳名琛面无表情，"一百年前，爱因斯坦曾经说过：'科学没有宗教，是跛足的；宗教没有科学，则是盲目的。'这个和牛顿一样，同时将科学和宗教当作信仰的天才，说这句话时，也许蕴含了一个预言。这就是我感到不安的原因——"指着 × 形状标志——"三星堆文明，是一种宗教信仰，他们信仰太阳，和《圣经》一样信仰光，认为光产生了宇宙万物。光，连接着宗教和科学，这并非巧合！这个神秘组织的标志，也许就是一个科学组织，他们利用量子物理学毁灭或者控制人类。"

萧痕虽猜出五指月组织跟牛顿有关联，但仍给父亲的推断震惊了。也许这只是父亲的臆想，300 年了，以太从来都没有存在过，现在也不会存在，以太只不过是量子物理学家们为了支撑自己的理论王国而假想出来的不存在的东西，可他同父亲一样，仍给这种不存在的东西震惊了。继之而来的是后怕，后悔知道了这推测。这推测就像病毒似的，依附到他的身体中去了，与他的思想融为一体，再也分不开了。

十天后，警车上。被判入狱两月的萧痕，想起和父亲的谈话时，整个人都像绷紧了弦似的。昨晚，待在暗室里固若金汤的黑暗中，他忽然升起了一个奇异的想法。这个想法，就像希望似的将那偌大的恐惧赶走了，他被一股说不出来的激情感动了。他要入狱，接近庄一，探知《归藏易》的秘密。他不为别的，说大了，就虚假了。他这样做，就是为了保护妹妹，不让庄筱娴步苏翙的后尘。他有这个想法时，便觉得有道光从身体里射出，照彻了暗室。在黑暗中，他如同在白昼一样，斗志复苏了，心情变得快乐无比了。这黑暗，顿时成了他的殿堂。

31. 生死叠加

“薛定谔的猫？是只什么样的猫？”

从监狱出来，庄筱娴忍不住问顾冰清。她脸上的泪痕未干，显是刚刚哭过。当知道萧痕入狱的那一刻，她的心没来由地一疼，仿佛萧痕是她身上的一块肉，这时肉被剜了，钻心似的疼。她不知道这是血肉相连的结果，所以疑惑为什么会心疼萧痕。他们虽然要好，但只是朋友，顶多是遗憾，或者埋怨萧痕的不小心。这让她坐卧不安了，这心疼里到底包含着什么样的信息呢？林心湄似乎就没有她的心疼，还能去编稿子。可她不行，刚到房里，悲伤便造访她了，心里酸酸的。这悲伤不是大悲伤，却像细无声的春雨，渐渐地囤积起来；到了后半夜，这悲伤便占据了她整个身心。这时，她忍不住了，哭了。第二天没有去北京培训，和顾冰清、林心湄到监狱去看萧痕，她的泪更止不住了。眼前的萧痕，神情呆滞，眼睛里似乎藏着一束光，这束光是韬光养晦的光，黯淡无色，却又仿佛在蕴涵着、吸纳着亮！她看到这眼神时，忍不住哭了。萧痕见到他们，脸上没有表情，仿佛被不可预知的监狱生活给吓怕了！让她更伤心的是，萧痕见到他们，嘴里只念叨着一句话：“我是一只薛定谔的猫！”他是一只猫——一只被困在笼子里失去野性和力量的老虎蜕变成的猫——她再也忍不住，扭过头不去看萧痕。

“萧痕没有病，他很正常，没有精神分裂。”顾冰清淡淡地说。出了监狱，穿过幽深的隧道，一束光刺痛了他的眼睛。

“你——你怎么这么说呢？”庄筱娴被顾冰清的态度漠然了，语气不免有些责怨。

“萧痕可能真的没病。”林心湄皱着眉头说。在监狱里，她一直保持着安静，控制着悲伤。也许，她本就没有悲伤，两个月后，萧痕就会出来，这只不过是人生的一个短暂磨难而已。毕竟，希望是可预知的。

“你们为何这么说？”庄筱娴也觉得有些蹊跷了。

“猫——”顾冰清边走边说，“薛定谔的猫。”

“这只猫有什么奇特吗？薛定谔是谁？”庄筱娴不解地问。

“薛定谔是和爱因斯坦同时期的物理学家，曾获得过诺贝尔奖——薛定谔的猫是他的一个著名实验。”顾冰清揉了揉眼睛，见山脉绵延向前，一山的苍翠，禁不住叹了口气，“薛定谔设想了一个理想实验：设想有一个箱子，里面有一只活猫。一个装有镭的容器及一个装有氰化物的小瓶也放在箱子之中。镭原子会发生衰变。在这个装有活猫的密闭箱子里，如果镭发生衰变，即打碎瓶子，使氰化物从小瓶之中释放出来，从而杀死猫；如果镭不发生衰变，小瓶也不会破碎，猫会活下去。按照哥本哈根解释，在打开箱子看猫的死活之前，猫既是死的，也是活的，因为两种可能性都存在。而且，箱子中的猫会保持这种既死又活的状态，直到有人打开箱子，发现猫要么是死的，要么是活的为止。”

林心湄说：“这就是大名鼎鼎、威震科学界的‘薛定谔的猫’？我觉得他是在扯淡。”

庄筱娴说：“这只猫真可怜！都不知道它是生是死。”

“箱中之猫处于‘死—活叠加态’——既死了又活着！要等到打开箱子看猫一眼才决定其生死。正像哈姆雷特王子所说：‘是死，还是活，这可真是一个问题。’只有打开盒子时，哈姆雷特王子的犹豫才终结，我们知道了猫的确定态：死，或者活。”顾冰清解释说，“生死叠加，可理解为半生半死。萧痕处于精神分裂的边缘，这我知道，他是有浅度的精神分裂症。这说明他跟入狱前的状态是一样的，精神分裂并不是他入狱的原因。”

林心湄点头说：“萧痕就是在装病！”

顾冰清哼了一声：“他为什么要装病入狱呢？”

庄筱娴摇了摇头：“我还是不理解。”

顾冰清说：“我和萧痕讨论过这只猫，他没事的。”

林心湄笑着说：“不理解不要紧，你要是认为萧痕没事，他就没事；要是认为他有事，他就有事了。”

“我当然希望他没事——这就是薛定谔的猫了。”庄筱娴被林心湄逗笑了，烦恼似乎一下全消了，“明天还要再来具茨山呢！我从没来过具茨山，今天没心情，明天再好好看山——与国同庆，也让自己放松一下。”

回到白桦林工作室，白逐尘正好找他们，询问萧痕的事情，并叮嘱他们要准备厚衣服，山上很冷。顾冰清笑着说这些常识还是有的，要白逐尘也多带些。白逐尘笑道：“这个我倒不用操心。”

林心湄说：“小姨也去。”顾冰清问林心湄她怎么也去——“小姨想设计一套关于中国文化的服装，看了具茨山的资料，说是有了灵感，要亲自体验，看能不能将东西方文化天衣无缝地融汇在一起，其实呢，小姨还不是防着白叔叔，不准他和姑姑走得近。”

顾冰清吃惊地问：“你姑姑？”

林心湄说：“总编太太。”

叶羽西从楼上洗完澡下来，只穿了一件睡袍，看着白逐尘的眼神里，露出一股雾蒙蒙的光，说：“你小姨可不是小心眼的人。”

顾冰清笑道：“可是，爱情总会让情侣变得神经质。”

叶羽西笑道：“小湄，我发现顾冰清还是不错的，你们干脆把‘签约’二字去了吧？”

林心湄俏脸一扬：“我可看不上他！小姨要是看上他，我就让给小姨得了。”

叶羽西笑道：“你这孩子！小姨要是再年轻十岁，不用你说，顾冰清也逃不出我的手掌心，现在老了，也只有逐尘要我了。”

林心湄撇撇嘴：“小姨怎么有老的感觉了！白叔叔，这可是你的不是了！”

白逐尘从酒阁里拿出一瓶红酒，倒了两杯，递给叶羽西一杯，笑着说：“小湄就是有点得理不饶人。”

林心湄说：“我曾经说什么来着，白叔叔就是偏心眼，总是帮着小姨对付我。”

白逐尘喝了口酒，说：“这回我帮小湄！”牵着叶羽西的手，上楼去了。

林心湄对着他们的背影甩了一下手：“嘁——还不是老法子，真是老土。”

国庆节当天，天气晴朗。车子是中巴，《大奢城》杂志社的专用车。中巴开进辛夷坞，在白桦林工作室楼前停下，从车里走出一个近 40 岁的女人。女人有些刻意的妩媚，化了妆，眉毛修剪了，像一弯新月，透着柔情。女人的目光是透亮的，有些高傲，高傲中多半是精明强干。白逐尘在门口等着，见那女人下了车，便去迎接。两人寒暄了两句，进了屋。所有人都在屋里等着。林心湄跑到女人面前，笑着说："姑姑，我在这儿呢！"

这女人便是冯世鉴的老婆林家茹，看见林心湄，下颌内敛，眉毛一挑，瞪着眼睛说："家都不回，在逐尘这儿瞎胡闹。"

林心湄拉住林家茹的手说："这么多天不见姑姑，姑姑又年轻了，咱俩站在一起，倒像姐妹。"

林家茹蹙着眉头，说："没大没小，逐尘，是不是你教的？"

白逐尘微微一笑："我们是好闺蜜。"

林家茹摇头："你们别教坏了小湄！"

叶羽西笑道："是小湄教坏了我们！"

林家茹冷笑道："这不是乱了套了。"

白逐尘咳嗽一声，讪笑道："咱们出发吧。"

林心湄向白逐尘挤了一下眼睛，笑着说："白叔叔、小姨、姑姑，咱们车上再说，反正有的是时间。"

从奢城到具茨山有一个多小时的路程。林家茹和叶羽西安静得很。叶羽西知道林家茹欣赏白逐尘，心里倒是高兴，有些宝物外露的喜不自胜。可林家茹的高傲，叶羽西看了不舒服，便有意识地靠在白逐尘的肩膀上睡了。林家茹坐在白逐尘的一侧，看见叶羽西的"壮举"，有意识地离白逐尘远一些睡了。沿途的风光成了顾冰清他们精神上的美餐，有些轻微的吵闹。

林心湄说："具茨山上可能有蛇。"

庄筱娴对顾冰清说："你会保护她的，是吗？你们是签约情人呢！"

林心湄嗤鼻道："他不行！有了危险，说不定还要我保护他呢。"

顾冰清说："我不介意。"

庄筱娴不说话，从反光镜里看顾冰清。顾冰清只是淡淡地微笑，心里有些郁闷，是长久积压的。看见车子正从黄河大桥上驶过，窗外是碧水连天的景色，心里不由得一阵舒畅，禁不住缓了一口气。陡然看见反光镜里庄筱娴幽怨的眼神，只觉刚才疏散的郁闷，唰的一声全都又回来了。头有些沉，脖子忍不住磕巴一声，整个人瘫在了座椅上。

32. 靳名琛的王国

到了靳名琛家里，众人眼前一亮。靳名琛的住房建在花园里，被靳名琛称之为“寒柳草堂”。寒柳草堂是欺世盗名的：四五亩的花园里没有一棵柳树。草堂是五间石屋，全是用整块大石砌成。众人随着靳名琛进去，过处无不散发着淡淡的香气，有些悠远的辽阔。花园没有围墙，一面是山，三面是田野，没有围墙的束缚，倒显得更宽阔。花园延伸的地方，是郁郁葱葱的青翠；几座假山点缀在草丛中；一排用石头雕成的十二生肖像，分两列排在石屋两侧，像极了臣民；石屋建在高处，砌了九层台阶，可以“一览花园小”，倒有些帝王之气。有几株桃树，是老气横秋的，枝蔓都已腐朽了。石屋后面是一片竹林，竹林有些张狂的粗糙，没有规矩，有些散乱，不像清高君子，倒像匿藏的流寇。竹林后面便是一望无际的具茨山脉。

众人拾级而上，进了石屋。但见石屋一间是书房，两间是卧室，正中间是客厅，另外一间是厨房。正厅的大墙上，挂着一幅摄影作品《具茨山全貌图》，落款是：靳名琛。图的左上角是一只灰白色的鹰，在唳空高飞。两侧是两幅字画，也是靳名琛自己写的，但见字体豪放不足，内敛有余。一幅写的是清朝赵士麟的《望具茨山》：“淑气何磅礴，升高望具茨。阶庭生屈轶，山坞访神芝。四相随朱略，千官拥翠旗。受图与铸鼎。千古至今疑。”一幅写的是清朝潘耒的《具茨山》：“行尽平原不见山，晴霄今喜见潺颜。层峰迥出空同表，透色横铺汝颖间。轩后不来云晻霭，仙童无处药斑斓。中州大有殊庭在，乞得闲身取次攀。”音响里正播放着歌曲《百年孤寂》——

……

背影是真的　人是假的

没什么执着
一百年前你不是你　我不是我
悲哀是真的　泪是假的
本来没因果
一百年后没有你也没有我
风　属于天的
我借来吹吹
却吹起人间烟火
天　属于谁的
我借来欣赏
却看到你的轮廓
……

靳名琛给众人倒了茶，说："让大家大老远地跑来，靳某可是有罪了。更对不起大家的是，我这里只有这几间房子，你们今晚住的地方，还没有着落呢？"

白逐尘笑道："这个你就不用担心了，车里可以休息。"

林家茹说："来得及的话，回去也成。"

靳名琛皱眉道："要拍摄具茨山，再粗略恐怕也要两天时间。一天的话，只能拍个部分、轮廓，不足以诠释具茨山的全貌——今晚怎么说也是不行了。"

白逐尘说："你这儿不是有现成的资料吗？让他们选择一下也行。不用拍的，这次也就不拍了，等有机会再专程赶来拍摄——他们杂志赶稿子呢！"

靳名琛说："我这儿有一本书，自己编的，你们可以先看一下，大致了解了解，明天再有选择性地拍摄——"进书房拿了一本书出来，上面写着《具茨天书》四字，里面大部分都是影印的拓片和图片——"前些日子，我和白总跑了一段时间，那些专家们也提出了一些见解。白总说我有些傲，其实不是我傲，而是他们的见解太小儿科了。你们看图，我跟你们解释解释。"

白逐尘道："说得详细些，家茹尽量记得详尽。"

林家茹笑道："尽力而为。"

靳名琛一皱眉头说："尽力而为？那怎么行！咱们既然做了，就要做好，否则还不如不做。"

白逐尘接口说："家茹做事一向尽心尽力，你就把心放在肚子里好了。"

靳名琛呵呵一笑，说："白总说哪里话了，世鉴和我是校友，我岂能不放心？林总做事雷厉风行，我是早就耳闻了。要不然，你一打电话，我怎么就会同意了呢？换了别人，我还真是不同意呢。"

林家茹冷笑一声："是——是吗？"

靳名琛忙转移话题，说："十几年来，我在这几十座人迹罕至的峰峦峡谷之间，倒是悟出些东西。那些数不清的神秘石刻图谱，穿过悠悠时光的岁月长河，以一种无比神秘玄奥的方式，向人们讲述着几千年来我们对上古往事的不可见与不可知。但愿这次《大奢城》杂志能将具茨山昭见天日，也让具茨山如《长恨歌》里描写的那样：回眸一笑百媚生，六宫粉黛无颜色——"林家茹问他是否有论据论证具茨山就是华夏文明的发源地——"论据是有，只不过现在还不充分。若从古文明开始探索，倒是可以推断的。先说结绳记事，《周易集解》引《九家易》说：'古者无文字，其有约誓之事，事大，大其绳，事小，小其绳。'结绳记事是一种常见的原始记事法，上古的埃及、中国、日本、秘鲁都曾用过，一直沿用到近代的某些部落。在具茨山的记事符号系统里，也保存了结绳记事的方法，只不过把'绳'演变成了刻在岩石上的线条，把打的结转化为凿在石头上的凹痕。从结绳记事到画卦的演进，在具茨山也清晰地凸现了——明日到山上就可以看到了。再演进就是契刻。《说文解字》有'黄帝之史仓颉，见鸟兽蹄迒之迹，知分理之可相别异也，初造书契'的记载，上古时期理应为'结绳记事，契木为文'的时代，只不过，在这里'刻木'又变成了'刻石'，木条也变成了石柱，有点类似于古巴比伦王国的汉穆拉比法典。"

白逐尘道："《尚书大传·略说》里记载：'黄帝始礼文法度，兴事创业'，这石柱之上会不会刻有'黄帝法典'呢？"

靳名琛假意竖起大拇指，说：“不想你也是学识渊博呢！”

白逐尘摆手笑道：“哪里——我昨晚刚看的。”

靳名琛微皱了皱眉：“我是这么推算的，可没有专家证明，也是枉然！报纸上登过的几个字，专家说是现在的‘杲’字或‘午’字，虽然写法不同，但都代表一个意思，即‘中午的太阳’，该字符与仰韶文化时期的庙底沟中发现的很多象形符号相近，应该是我国最早的象形文字，它也见于同期的大汶口文化，要早于甲骨文。另外一个符号，是商代的城徽，寓意为‘玄鸮’，右上方是‘玄’字，代表黑色，左边是‘鸮’字，是一种鸟，就是猫头鹰，当时称为凤鸟，是大鹏的意思。”

林家茹问：“难道没有一个字与甲骨文相近？”

靳名琛道：“有是有的，譬如古代城堡的‘城’字，就是《具茨天书》封底的那个字，和甲骨文就有几分像。”说着，翻到封底，上面镂刻着两个字：

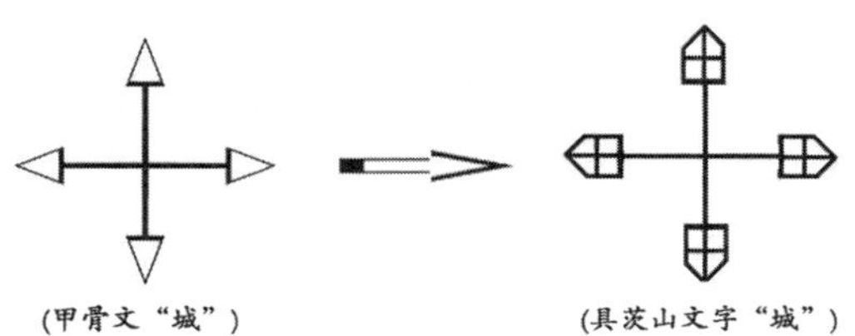

(甲骨文“城”)　(具茨山文字“城”)

众人看起来，果有几分相似。林家茹点了点头，说：“由此可以推断，具茨山文字就是比甲骨文早了。”

众人听了，是心潮澎湃的，可听后又觉得古文化这东西离自己太遥远了，只能作为感叹的素材，进不了心里面去。乍听之下，是波澜壮阔的，有几分惊世骇俗，可听多了就索然无味了。几个记录的，先前是笔走龙蛇，生怕有些要点记丢了，后来就不想记了，一律皱着眉头。顾冰清来之前，是要把具茨山作为小说大背景的，甚至连场景都勾勒好了，可真正接触它，倒反而生分了，不知要用它哪一部分好。就像和分开很久的情人约会，赴约之前，觉得有千言万语要说的，可等见面后却是“欲辩已忘言”了。林心湄和庄筱娴有些烦琐的无聊，来的时候都不知道为什么要来，只觉要来的，就来了；来了之后，更不知道自己为什么来了，有些浑浑噩噩的。林心湄曾经来过，算是重温，激情更减。庄筱娴站在花园里望着具茨山，心里回荡着旧事，仿佛能看到一个和她相像的女孩子从山顶上跌落下来，不禁痴了。靳名琛请他们吃饭，被他们拒绝了，吃的都是自己带的，就在寒柳草堂的幽静之处。天空有些幽静，四周沉寂，几里开外时不时地传来几声犬吠，缕缕炊烟袅袅升空，曲线变幻万千，说不出的玲珑，乡村的黄昏有些画里的景致。众人享受着乡村的情致，吃饭的心境也豁然开朗了。

顾冰清倒是精神旺盛，他是有目的而来，背后有绳子拴着，有些刻意的投入，找到靳名琛，跟他说了萧痕的事。

靳名琛皱了皱眉："他犯了什么事？"

顾冰清摇了摇头："我也不清楚，判了俩月。"

"你去看过他了？"

"昨天去的。"

"萧痕有你这个朋友，是他的运气。"靳名琛叹了口气。

"叔叔说哪里去了，小时候我常来打扰您，没有您的指点，我又怎能考上大学呢！只是辜负了您的希望，萧痕喜欢数学和物理学，而我则喜欢文学，您的藏书我是看了不少。"

靳名琛笑道："那也是你好学。萧痕跟你说了什么？"

"他说是一只猫——薛定谔的猫！"

靳名琛皱眉说："薛定谔的猫？"

顾冰清嗯了一声说："这个实验您曾经做过，也告诉过我们，所以我觉得萧痕入狱并非犯了什么罪。"

靳名琛点了点头："生死叠加是一种状态，可能生也可能死。萧痕说他是一只猫，其实是说他精神没有问题，他只是在跟某人或者某事开个玩笑，也许跟他的职业有关，只是入狱调查的方式有些欠妥。"

顾冰清心宽了，远远看到林心湄和庄筱娴正在看他，便辞别靳名琛，从房间里出来。

林心湄坐在石凳上，见顾冰清和靳名琛聊得甚欢，斜着身子问庄筱娴："你说冰清什么时候喜欢上考古了？"

庄筱娴自信地说："他肯定不会学考古。"

林心湄从石凳上跳下来，捏了一下庄筱娴的鼻子："说——冰清跟你说了什么秘密？”

庄筱娴脸一红：“他哪有什么秘密跟我说！”

林心湄说：“肯定有！”瞧见顾冰清，便问他，“是不是？”

顾冰清看着庄筱娴，有些神伤，幽幽地说：“也许吧！”

庄筱娴眼睛一酸，泪珠儿在眼眶里直打转，声音有些颤抖：“你——”

林心湄笑道：“怎么——哭了？顾冰清，你又欺负咱们的筱娴了？”

庄筱娴哼了一声：“谁也没有欺负我，我只是有些伤感——”破涕为笑，“我就这毛病，一到快过年了，就有些伤感，没有理由的伤感。”

林心湄道：“我知道你为什么有这种毛病？”

“为什么？”庄筱娴杯弓蛇影地问。

林心湄附耳说：“因为你缺少爱情的滋润——”

庄筱娴打了林心湄一下：“去你的——”

寒柳草堂的夜色和辛夷坞的夜色是不同的，有些清凉。前半夜是透明的，可以看见花草树木，在里面行走，有点像迷宫，道路连着道路，分不清哪里是主，哪里是次。后半夜雾渐渐大了，遮了假山花草，只留下高大树木灰蒙蒙的影子。这时的寒柳草堂就像一个王国，天下就是这一隅之地了。石屋的乳白色和雾气融在一起，渐渐地也分辨不出。这石屋是属于消隐的，和寒柳草堂分离了，有些高处不胜寒的苍凉。

顾冰清前半夜没有一丝困意，先前和他们聊天，多半是谈论寒柳草堂，再者就是具茨山和靳名琛本人。语气里都是吃惊的，有的是敬仰，有的是敬佩，有的却是讥笑。靳名琛不再婚也是个谈资，这个话题就有些流言蜚语了，猜测也莫衷一是。自古以来“寡妇门前是非多”，靳名琛有些这方面的意味。有人说他将青春和生命都奉献给了一座山，肯定是爱情受到了挫折。大家对这个推断保持一致的赞同，也给靳名琛为什么不再婚找到了理由，赞叹靳名琛还是一个多情种子。事情找到了答案，便失去了谈话的兴趣，一个个打着哈欠睡了。顾冰清经过庄筱娴的座位，见她脸上有泪光，一颗泪珠挂在睫毛上，似落非落，不禁住了脚步。庄筱娴发现顾冰清在看她，微笑着向他一点头，扯了毯子合眼睡了。

顾冰清后半夜便给这一颗泪珠儿搅得没有一丝睡意，总觉得不是为靳名琛的多情流的，而是为他流的。车停在寒柳草堂里面，被雾气包围着，这个世界也就浓缩在这一团团的雾气之中。顾冰清在那一小片的世界里，感觉他的世界也在渐渐收缩，最后变成了一个人的影子。影子先前看不清楚，面目有些模糊，或许是太近或太远的缘故。后来影子也渐渐收缩，最后成了一个笑容。顾冰清才豁然明白：他的世界原来就是苏翙和庄筱娴的笑容——林心湄在睡梦中，悄然的一个翻身，脸上也挂着一抹笑容，有些像庄筱娴会意的笑容——这时，他的世界里又多了一个笑容。这些笑容也渐渐收缩，最后倏的一下，躲到他的世界里去了，看不见了。顾冰清轻微地叹息一声，整个世界像坍塌了一样，耳旁轰的一声响，整个身躯像压了万斤巨石一样，也坍塌了。

天明便去爬具茨山，靳名琛为了节省时间，便带着众人走近道。山路有些崎岖，汽车行了将近一个小时便过不去了，前面是一条羊肠小道。众人下了车，随着靳名琛前行。一路上，看到的尽是刻画着深深圆点的巨石。圆点的排序不尽相同，有的像北斗星星座，有的像易经图谱，还有的像一只海龟负载洛书的样子。由于岁月的冲刷，各个圆点的表层深浅不一，还有一些石头上刻画着深深的正方孔。被靳名琛称之为“幻石”的石头，盘桓在具茨山顶，无路可行，只好从山坡上拽着枯草直上。才爬了一半，众人都累得不行了。叶羽西和林家茹在半山腰驻足不前，白逐尘陪着她们也歇了。林心湄没心思去看，坐在岩石上一边和叶羽西聊天，一边听着音乐。远看具茨山是郁郁葱葱的，好像是条绿色的长龙。待进了山里，却发现山脉虽是连绵不绝的，但每一座山体的颜色都不尽相同，有的嫩绿，有的深绿，有的鹅黄，有一座甚至是墨绿的，远看起来就像涂了墨一般。爬到最高处的，除了靳名琛本人，也只有顾冰清、庄筱娴和一个记者了。在最高处，只见一块疑是天外飞来的巨石，形同龟背，表面相对平坦，刻满了密密麻麻的神秘文字，并有许多诡异的圆形图案，斜刺地横立在山顶，像极了远古漂来的神龟。

靳名琛指着巨石说：“这就是‘幻石’了。”说着攀上巨石，附着双手，遥望苍天：眼神是倨傲的，有些望尽中原、赤壁怀古的味道。有风吹来，掀起他的衣衫，猎猎作响。他的身躯是挺拔的，手指却瘦骨嶙峋，像极了一只翱翔九天之外的鹰隼。

“我看他像一只鹰！”庄筱娴回头对顾冰清说，“他家里那幅《具茨山全貌图》里就有一只灰白色的鹰，那是他的自喻吧！”

幻石下面是浓密的草丛，不是连体的浓密，而是一块一块的，像布了奇门异阵。顾冰清和庄筱娴绕着巨石，走到裂口处，却见巨石下面是一个深不见底的山洞。庄筱娴探头望了望，只觉一股凉风从下往上直冲上来，忍不住往后移了移。却不想一只脚卡在了石缝里，猛觉一阵撕心裂肺的痛，脚扭了。顾冰清没了观看具茨山景的情致，背着庄筱娴下山，途中喊了白逐尘他们，到车里找了药箱，简易地包扎一下，直接回奢城去了。

33. 薛定谔的猫

阳光对于其他监狱来说是种奢侈，具茨山监狱的阳光却是廉价的，没有任何阻隔，阳光笼罩着山头和监狱。但在午后三点之后，隧道上方的山体将会遮住阳光，给监狱投下一个巨大的影，监狱便阴森森的。监狱除了西面被山体阻隔着，其他三面是悬崖，整个监狱依山而建，巨大的石墙、密集的电网以及西山的山体，成了监狱的天然屏障。监狱的建筑全是用石头砌成的，可以说监狱是与山同体的。一些石头缝中，都生了草，嫩绿嫩绿的，给监狱带来了朝气，但一些风化了的石头、被虫蛀了的门窗，却使得监狱充满了陈旧的气息。和其他监狱不同的是它的历史，经过了几次重建，很多死角建筑都被废弃了。在这些废墟中间，流传着许多故事和秘密，时间久了，都成了监狱文化的一部分。狱室分为重刑犯区、轻刑犯区、精神病区，三座建筑体中间用天桥连通着，中间设有岗哨。废墟被数道铁网隔开了三块空白地，地面上长满了草，是三类犯人各自放风的场所。里面有篮球场、乒乓球台等娱乐设施，以及简易的看台，被称为“操场”。与监狱工厂一墙一网之隔的精神病区，与其他两区不同，一条用两道铁网隔成的道路直通向隧道左侧的医务室，方便精神病犯就医治疗。精神病区的狱室是开通式的，二三十个犯人被安排到三间大房里，里面的设施和医院有些相似，墙体和床单被褥都是雪白的，衬着监狱独有的静，有种凄然的味道。一些病人的呻吟声和喃喃地诉语声，倒给精神病区带来了一丝生气。

萧痕入狱后，便被送往精神病区，他没有拒绝治疗，那长久禁锢他的幻象或许可以通过治疗减轻或者消失的。见到顾冰清他们时，他没有解释，事实上，他不知道说什么好。他也不能说出真相，这样还得解释为什么入狱，倒省了不少口舌。他只是说了一句“薛定谔的猫”，是在暗示顾冰清。他相信顾冰清能猜出来，然后告诉庄筱娴和林心湄，不让她们担心。白逐尘、叶羽西、叶羽秋和父亲一起来的，说了一些安慰和怜惜的话，要他在监狱里注意身体。靳名琛临走时摇头叹息，隐晦地说不值当。一周后，杜笙来看他，有意无意间提到了林家坤，萧痕忽然明白林家坤的用意了，也明白进了林家坤设的圈套。他心里只觉凄然，心神有些恍惚，被一些看不透的东西给迷惑了；这迷惑一直持续到林家坤来看他。

林家坤在重刑犯会客室里等着他，看着伸进窗户的竹叶，若有所思，见萧痕走进来，便回转身。两人四目相对，半晌无语。过了片刻，林家坤走到椅子前坐下，说：“你也坐。”

萧痕坐下，不吭声，知道林家坤和监狱长打了招呼。

林家坤说：“‘薛定谔的猫’——你是怎么知道这个计划的？”

萧痕心中一愣，“薛定谔的猫”牵连到一个计划，这真是所料不及的，看了看林家坤，仍不吭声。

林家坤笑了笑：“小湄回家跟我提及过，我知道你的精神没有问题，你只是用幻象与精神分裂的共性，制造了一种假象。”

萧痕轻嗯了一声，说：“你也知道‘薛定谔的猫’？”

“我当然知道那只猫！”林家坤淡淡地说，“是你父亲跟你说的吗？他究竟发现了什么秘密？”

“譬如组织什么的。”萧痕在桌子上用手指画一个 × 符号，“是这个组织。”

“五指月组织！你父亲竟然发现了这个秘密。”林家坤点了点头，“看来，你真是知道‘薛定谔的猫’计划了。”

“也许。”萧痕轻笑。

林家坤叹了口气：“‘薛定谔的猫’计划关系到筱娴的生命。”

“你说什么？”萧痕皱了皱眉。

“‘薛定谔的猫’计划是五指月最机密的计划。”林家坤站起身来，走了几步，“这个计划包含着一个伟大的构想，原理就是‘薛定谔的猫’。

在具茨山某个山腹中，存放着大量类马王堆女尸的活死人——在集团内部称之为‘薛定谔的猫’——这些猫都处于生死叠加状态，这是科学的解释——这些猫可能是假死。那些活死人的基因，显示出他们是5000年前的人，这和‘薛定谔的猫’有异曲同工之处。”

“生死叠加？”萧痕的眉头皱得更紧了，“五指月研究这些‘猫’有什么意图？”

“不知道。”林家坤摇了摇头，“对于五指月，我只知道这些。”

萧痕轻轻哦了一声，问：“这个计划和筱娴有什么关系？”

林家坤抿了抿嘴：“筱娴之所以没有产生幻象，是因为五指月提供了一种名为SCE-1的药水。我安排医院给筱娴注射之后，便不再产生幻象，但每隔五年要注射一次。而SCE-1药水已经用完了。”

“筱娴随时会产生幻象的！”萧痕从椅子上站起来，“SCE-1药水是谁给你的？”

“庄一。”林家坤淡淡地说。

“庄一。”萧痕愣了，“教父？”

“是的。”林家坤点了点头，“就是他给我的SCE-1药水。”

“这就是你帮庄一越狱的原因。”萧痕轻哼了一声，“你要我帮庄一越狱。”

“确切地说，是救筱娴，你妹妹。”林家坤顿了顿，“法院知道你是假装，你也没有犯罪，所以不用入狱。判刑是我的主意。”

萧痕淡淡地说：“我怎么帮他越狱？”

“我这里有一张图纸。”林家坤掏出手机，找到相册里的图片。

萧痕看了看图纸，见是监狱供水管道的结构图。由于近百年间修整了三次管道，所以整个结构图异常混乱。萧痕看着图纸，只觉心思恍惚，仿佛看到有光从图纸上射出来，他意识到自己要产生幻象了，忙凝神不看图纸。林家坤击中了他的软肋，为了妹妹，他一定会帮庄一越狱。回到狱室后，却有些后悔了，暗责自己不该答应林家坤，怎能帮助罪犯越狱呢？这样自己不也成了罪犯吗？只是，那些道德上的金科玉律瞬间便倒塌了，被亲情的力量击垮了！

“薛定谔的猫，是只什么样的猫？”萧痕在监狱图书馆里翻检着书籍，想找本漫画杂志，临摹一只猫。他整个心思都放在了这只猫上，仿佛这只猫会给他带来奇迹。灯光一闪闪的，日光灯管的启动器出了问题，还没来得及修。在灯光的晃动间，他觉得整个身体都在晃动似的。监狱生活不是他想象得那么糟糕，那些监狱亚文化并没有在他身上产生效应，因为他只是一个短暂的过客。实际上，监狱就像海洋一样，表面是平静的，深处却是暗流涌动，每时每刻都有精神上的践踏或身体上的杀戮，仿佛一幅充满灰暗的画板，天空静寂，飞鸟疲软，风却似一支支利剑隔离着天空与飞鸟。

34. 歌德哈本解释

萧痕在一本漫画里找到了一只猫，然后临摹下来。这只猫在灯光下显得迟钝，似睡着了，仿佛被囿在它周围的某种力量压迫着，整个身躯蜷曲在一起，舒张不了。萧痕看着猫，嘴角边挂着一抹冷笑。在回狱室的路上，他将这只猫贴在了食堂门口。当然，这引起了一场小小的波动。第二天，整个监狱便骚动起来，犯人们围在食堂门口讨论着“猫”。因为一只猫，无聊的日子里突然有了某种莫可名状的乐趣来。在食堂、图书馆、操场、狱室里，犯人们都兴致勃勃地讨论着这只猫。萧痕坐在精神病区的看台上，眯着眼看太阳的光圈像水的波纹似的荡了满天，心情愉悦地沐浴着阳光。他看似平静，实际上正等着这只猫引发的多米诺效应。这是他的计谋，他要用这只猫找到庄一。入狱半个月来，他从未见过庄一，似乎庄一从监狱里消失了，或者不吃饭、不放风，就像庄一只是监狱的传奇，从来就没这个人似的。

“庄一是五指月教父，一定会对这只猫感兴趣的。”萧痕动了动身子，心想，“只是，他怎么知道是我在找他？”

他从看台上站起来，环顾四周，发现阳光渐渐转移了，西山山体的背影渐渐覆盖了操场，食堂朝东的一面墙前已全部暗了下来。望着精神病区的操场上有些烧焦的炭灰，然后看到精神病区的厕所面朝西，这时一缕光芒从玻璃上反射过来射入他的眼睛，忽然想起一个绝妙的主意来。放风结束时，他经过炭灰旁，抓了一把炭灰放进兜里。等进了狱室，他迅速地走进厕所，将门关上，用炭灰在墙上画了一个大大的“×”。这时，环绕在西山山头最后一缕阳光射进厕所里，一个奇怪的现象发生了：在食堂的东墙体上，隐隐约约出现一个巨大的“×”来！

“小孔成像！”萧痕看着他的杰作，笑了，“阳光和画的 × 是光源，厕所的窗户是小孔！”

面临萧痕的是一个冗长的审问。当然，他准备好了说辞——物理学实验，他在图书馆里看到了这个著名实验，所以想实验一下。他的举动不但没有受到惩罚，反而得到表扬和提倡，在监狱板报里刊登了他的"壮举"，以及他的小孔成像实验。那个巨大的"×"在板报栏里占据了一大半面积。

在小孔成像实验之后，萧痕便成了监狱的传奇人物，一个精神病犯人钻研物理学实验的消息不胫而走。这之后的几天，萧痕都泡在图书馆里，等庄一来找他。监狱是个藏不住消息的地方，他的一连串举动肯定会引起庄一的注意。第三天晚上，一个老者走进了图书馆，他的脸上挂着和蔼可亲的笑容，仿佛是邻家的长者。他的脚步轻柔，仿佛去照料沉睡的孩子。他站在门口，轻轻咳嗽一声，声音低柔，不仔细听根本就听不到。可是看书的犯人们都警觉到了，然后一个个将图书放回书架上，走了。萧痕看着老者，知道此人是庄一无疑了。

那老者走到萧痕桌前坐下，又轻轻咳嗽一声，说："小孔成像实验是你做的？"

"是。"萧痕笑了，"还有那只猫。"

"我就是庄一。"老者笑了，"我觉得你才是那只猫。"

"薛定谔的那只猫。"

"你不应该在精神病区。"庄一盯着萧痕看，"你的精神没任何问题，你只是产生了幻象。"

"幻象。"

"嗯。按辈分，你该叫我外公。关于你的一切，我已经知道了。你从小对数学和物理学感兴趣，当过警察，做过地产，现在是调查员。"庄一点了点头，"呃，这很好。我已经原谅你上次帮杜笙，毕竟他是你的战友，但有一个条件。"

"越狱。"萧痕笑着说，"我已经有了计划。"

"你有什么计划？"

"抱歉，我不想让你知道。"萧痕冷静说。

"抱歉，我不能不知道。"庄一轻轻咳嗽一声，"实际上，你什么都想知道，结果你该知道的却不知道。"

“譬如‘薛定谔的猫’计划。”

庄一看着萧痕，端详良久，才说：“你真想知道？”

萧痕点了点头，说：“这是我的条件。”

“好吧。”庄一站起身来，“你既然想知道，我就告诉你。五指月，并非黑社会组织，而是一个用科学研究神学的组织。是不是很奇怪？科学与神学是两个对立的东西，怎么会结合在一起呢？这也没什么大惊小怪的，牛顿是一个，爱因斯坦是一个，你父亲也是一个。你父亲在物理学上的成就不小，但他寻找华夏文明发源地，相信黄帝在具茨山升天之说，这又是神学。也许，科学就是来自神学。上帝说：要有光，就有了光。而光是科学界乐此不疲探讨的话题，便有了历经几百年的量子物理学大战。这个战争，其实是有关人类未来的战争。人类只有真正认识了光，才能在光的世界里探知人类未来生存和发展的方向。这也是你父亲一生为之所奋斗的。三星堆文明对太阳的崇拜，既是对光的崇拜，也可以说是对量子物理学的崇拜。”

“五指月为什么一直研究光？”

“光的传播是靠一种媒介。”

“以太。”

“就是以太！”庄一点了点头，“以太究竟存不存在，一直是科学界之谜。五指月相信以太的存在，并成功分离了光的微粒和波动。SCE-1 病毒实际上是一种侵蚀人体基因的病毒缩写，传染性极强。这种病毒就是靠以太为媒介，而传播病毒的。”

“SCE-1 病毒？就是 SCE-1 药水吗？”萧痕皱了皱眉，“你为什么给庄筱娴注射病毒？”

庄一笑了：“以毒攻毒的道理，我想你应该懂的。”

萧痕不解地问：“这和类马王堆女尸有什么关系？”

“这就是‘薛定谔的猫’计划。”庄一坐回到凳子上，“你知道薛定谔的那只猫为什么而诞生？”

“为了推翻‘歌德哈本解释’。”

“实际上，‘歌德哈本解释’才是正统的量子物理学理论，它坚持‘只有测量结果可以被认为是真实的。’五指月研究这种病毒，就是‘薛定谔的猫’计划的序曲：‘歌德哈本解释’计划。”

“‘歌德哈本解释’计划？”萧痕皱了皱眉。

庄一嗯了一声，抬头瞟了一眼头顶上的灯光，说：“通过科学实验，验证以太的存在，分离光的微粒和波动。”

“‘歌德哈本解释’计划成功了吗？”

“三个月前，五指月成功找到了那看不见摸不着的以太！最近SCE-1病毒将研制出来，很快便能检测了。”

萧痕皱眉道：“倘若‘歌德哈本解释’计划成功，SCE-1病毒将会给人类带来恐慌和疾病——这违背了科学家的职业准则。”

“人类的每一步进化，对生命奥秘的探知，都将伴随着种种身体上的痛苦和精神上的折磨，都必将有牺牲。虽然，生命中的谜团和人类的未来从来都没有答案，但至少有人去寻找。”庄一起身，向门口走去，“你制订好详细的越狱计划后，在食堂门前再贴一张猫，我就会来图书馆找你。”

35. 廊桥遗梦

暮秋时一场连绵的大雨，河堤上有些土都脱落了。幸亏修补得及时，加固了南侧的大堤，辛夷坞这才幸免于难。后来，大雨总算是停了，但小雨却如少女的愁绪，风扯不断，甚至越扯越长。小雨持续了一两个星期。在一个萧冷的午后，一群落叶席卷了奢城。小雨停了，风却没有停，天气越来越冷了。林家坤来到新闻大厦，冯世鉴正和一个记者谈话。冯世鉴看见林家坤，跟那记者说：“靳名琛的资料很翔实。”转身将资料递给了林家坤。那记者见过副市长，心思机敏，便谦辞了几句，寻了个借口离开。

“我了解靳名琛，他现在所掌握的资料，绝对可以让具茨山文化和甲骨文、兵马俑一样，成为世界文化遗产的。”林家坤低头看资料，“甚至更好。”

“大哥这次又为奢城建设国际化大都市立下大功了。”冯世鉴笑了笑，“小弟愿做大哥的当头炮。”

“这不是件容易的事。”

冯世鉴哈了一声：“容易的事还有什么意思？大哥也不会做了！”

林家坤点了点头，会心地笑了，忽然叹了口气，说：“只是具茨山在奢城和禹城的交界处，恐怕和禹城要有一场争夺战。”

“禹城只是一个弹丸之地，媒体宣传它是不行的。”

“是啊！成与不成，世鉴，宣传可是至关重要！”

“大哥——”冯世鉴双手互揽着，“宣传这一块你就放心好了，尽管交给世鉴办就是了。”

林家坤笑着说好，又看了看靳名琛的资料，说：“我听说家茹的《大奢城》杂志要报道靳名琛？”

“好像是，前几天她还去了一趟具茨山，看来是要报道的。”

林家坤踱了几步，说：“世鉴，我跟你说一个秘密。”

"大哥请说。"

"靳名琛研究具茨山文化有20多年了，10多年前我就知道这件事。"

冯世鉴皱了皱眉："怎么没听大哥说过？"

林家坤淡淡地说："时机一直不成熟，我也就没说。具茨山是华夏文明发源地想来是不假的，我也曾问过北京这方面的专家，都说很有可能，这件事一定要争取到咱们奢城来，建设国际化大都市要有厚重的文化底蕴嘛！"

冯世鉴呵呵笑道："我知道大哥的意思，无论如何，具茨山文化遗产要归咱们奢城所有。"

林家坤点头道："家茹报道时，你也推一把，炒火具茨山。靳名琛那里你亲自跑一趟，必要时就以奢城市政府的名义，把资料全拿到奢城来。"

冯世鉴敲着桌子说："我一定会赶在禹城前面的。"

"放心吧，你也会青史留名的，所有活动均由你来运作！"

"大哥，建设国际化大都市是咱们一千万奢城人的梦想！"

靳名琛在睡梦中，梦见具茨山爬满了蛇，半夜便被惊醒了。醒来后，见自己还躺在床上，才知道是在做梦，一身的虚汗，睡衣都湿透了。他总觉得要发生什么事情，疑神疑鬼的，像极了半夜大喊"鸡肋"的曹操。睡不着觉，便穿了衣服起来，在寒柳草堂溜达了一圈。眼前都是雾蒙蒙的，只有脚下那一方寸大小的景致是清晰的。雾沾在枝叶上，湿漉漉的，枝叶有些下沉。雾多了，枝叶沉得厉害。这时雾水就慢慢地形成一颗颗小水珠，沿着枝叶蜗牛爬行似的滑落。水珠将落未落时，悬挂在枝尖上，让人揪心。

靳名琛半夜里的叹息是无奈的，也有些落寞，郁郁寡欢。寒柳草堂杵在雾里，有些像败国王侯的废墟，说不出的苍凉。靳名琛心里也升起了雾，不够澄清，有些茫茫然，还有些暌别经年的味道。在这样的夜色中，从心里淡化出来的影像往往是最深刻的。在寒柳草堂中，靳名琛眼前的影像就是具茨山，山体的形状先前是雄伟的，可渐渐地眼睛上了些雾，具茨山也变得雾茫茫的。后来雄伟消失了，具茨山有些窈窕了，变成了一个淡淡的美人，在半空中扭动着腰肢。他叹了口气，人也变得脆弱了，在一个石凳上坐下，哭了。他有些悲痛，这悲痛是寒柳草堂的悲痛。没有人体会他的悲痛，就像没有人来关心寒柳草堂的悲痛。因为这悲痛深深掩藏在雾里，和雾融在一起，也变成了雾，看不到悲痛了，就像一滴雨水落到大海里，连个声音也没有。仇恨与爱情一样深邃，都是无边无际的。在这样的夜里，他觉得仇恨和爱情竟然同等了起来，同样的根深蒂固。

靳名琛想着想着，雾气渐渐地将他裹了起来，躲在雾中，如释重负，发觉将身上的仇恨卸下来后，就只剩下怀念了。靳名琛怀念的当然也是女人。可这怀念只能加深仇恨。庄秋水如此，苏心亦如此。他知道苏心接触他的目的，可他就是那样喜欢她，甘愿入她的瓮。半年了，苏心的冷落让他更加清醒，更加明了爱情也可以与阴谋并融的——他爱上了她。苏心和庄秋水不一样，他和苏心可以成为宇宙的核心，忽略石炜烽的存在，或者忽略谋划者的存在；而庄秋水和林家坤却忽视了他的存在。他深恶痛绝的就是被别人冷落。那冷落太长了，好像他一直都活在那个黑夜中，20多年就像过了一个漆黑的夜。

这一夜，靳名琛没有睡觉。到天明时，头脑有些昏，精力无法集中。本想整理《具茨天书》，现在只好搁浅了。上床睡时，想起昨晚梦见的群蛇，猜不出里面的玄机。《周公解梦》上说：梦见群蛇，美女缠身——这解梦显然是无稽的，简直是放屁！他怎么会是美女缠身呢？靳名琛想着想着，迷迷糊糊地睡了。正在睡梦中，却听见冯世鉴哈哈大笑的声音，忙从床上爬了起来。

靳名琛见冯世鉴不是一个人来的，心里不禁咯噔一声，皮笑肉不笑地说："你怎么来了？嗯？还有这么多伙计！看来是顺路拐过来的？你也真是的，头一次来我这里吧？"

冯世鉴哦了一声："你这是打兄弟的脸呢！"

靳名琛呵呵笑道："说笑了，说笑了，屋里请。"

冯世鉴等人将摄影器材放在石桌上，随靳名琛进了屋。众人看了他的《具茨山全貌图》，心里也有"言有尽而意无穷"的感叹。冯世鉴笑了笑："老靳的画，可真有些'照之有余辉，揽之不盈手'啊！"

靳名琛皱了皱眉："你说什么？"

"画！"冯世鉴指着《具茨山全貌图》。

"那不是画。"靳名琛鄙夷地笑。

"那不是画——是什么？"冯世鉴吃惊地问。

“眼花了吧——那是摄影作品。”

冯世鉴讪笑道：“噢，原来是摄影作品。这就是你获大奖的作品！”

靳名琛摇头说：“这《具茨山全貌图》是华夏文明的起源图，意义可不一样，现在参加大赛，准拿个大奖！”

“你这话我相信！哦，对了，具茨山现在研究得怎么样？”

“‘蓬莱文章建安骨，中间小谢又清发。’我也只不过和谢朓的诗一样，在华夏文明起源的问题上，起个承先启后的作用。”

“能承先启后，就功在当代了，你还想怎么着？”

“有些事情你不知道，也不懂，我都不知道该怎么跟你说？”

冯世鉴背着双手，踱了几步，笑吟吟地说：“我的话你明白不明白？”

“明白一些。”靳名琛冷笑。

冯世鉴走到门口，看着太阳挂在中天，暖暖和和的，指了指寒柳草堂，说：“老靳，你看！这花园可是你的心血，也是你励志的地方。当年嫂子去世时，我虽然没来看你，但还哭了一回，这你弟妹可以作证，那时候我们正在谈恋爱！老靳，知道你的花园有多大吗？据我所知，私家花园中，谁都没有你的大——你还求什么呢？”

靳名琛呵呵笑道：“你可是饱汉子不知饿汉子饥啊！”

冯世鉴咦了一声：“你什么时候也爱上这一口了？”

“哪一口？”靳名琛皱着眉头笑。

“女人！”冯世鉴在他肩上拍了一下，“你的饱汉子不知饿汉子饥，不就是说我比你多了一个女人吗？”

“你——你也太小看我了。”

“噢，那你是什么意思？”冯世鉴皱着眉头反问。

靳名琛感叹道：“人生自古谁无死，留取丹心照汗青。”

冯世鉴呵呵笑道：“我还以为是什么事呢，这个还不容易！我这次专程赶来，就是帮你出版《具茨天书》的，还要在奢城召开新闻发布会，开展世界文化遗产的申报工作，这次学长可真是要‘照汗青’了！”

靳名琛冷笑道：“恐怕‘照汗青’的不是我，而是别人吧？”

冯世鉴肃容道：“你——这是什么意思？”

“是不是林家坤让你来的？”

冯世鉴一愣，旋即笑了："我大哥——他是管城建的——怎么能管文化方面的事？"

靳名琛冷笑道："林家坤有多少花花肠子，我还不知道？具茨山申报世界文化遗产之后，不是还得有人来建设开发吗？"

冯世鉴拍了拍靳名琛的肩膀，尴尬地笑道："学长，你想过没有，以你个人之力，是不可能让具茨山成为世界文化遗产的！咱们国家花了多大精力，投入了多少资金，不就是为了找到华夏文明的起源吗？你现在想据为己有，隐瞒不报，这可是中华民族的罪人了。"

靳名琛叹了口气道："自古以来，民不与官斗，我岂能不知？不过，这20多年来，我投资也不少啊！"

冯世鉴点了点头："你的难处我了解，再说了，这对你只有好处！你是第一个发现者，还成了考古学家吧？《具茨天书》的主编会不是你？"

靳名琛俯首走了两步："我担心的不是这些。我担心的是一个人，两座城，一场战争。"

冯世鉴点了点头："一个人，我家坤大哥；两座城，奢城和禹城；一场战争，世界文化遗产争夺战。"

靳名琛叹了口气："就怕到时候，什么发现者了、考古学家了、主编了都会淹没在战火的硝烟之中。"

冯世鉴呵呵笑道："你我都过了不惑之年吧！"

"你说的我懂！"靳名琛回头看了看《具茨山全貌图》，心里不住地冷笑。

冯世鉴皱眉问："不过，你怕家坤大哥——这我真有些愚钝了？"

靳名琛眼望天外云卷云舒，嗤了一声鼻："我怕他？哼！有些事情愚钝些反而更好。"

"是20年前的那件事？"冯世鉴叹息道。

"你知道些什么？"靳名琛皱着眉头反问。

"知道一些影子，有的是传闻，有的是造谣，有的是流言，岂能全信？"

"世事不可考，往事却可鉴。"靳名琛淡淡地说。

林家茹是白桦林工作室的常客，她对艺术沙龙没有兴趣，只对白逐尘感兴趣。林家茹和冯世鉴的婚姻，虽过了七年之痒，但林家茹在家里的飞扬跋扈，使她怀念小鸟依人的自己。在家里，冯世鉴得看她的脸色行事，这就造成了她性格上的单一，所以她对白逐尘表现的却是另一面。

林家茹从车里出来，见到白逐尘，脚下一个趔趄，差一点钻到白逐尘的怀里。白逐尘连忙扶住她，要她小心点。林家茹觉得他的关心千金难买，笑意全堆在了脸上，在他肩上一按，站稳了身子，说："逐尘——你真体贴。"

白逐尘笑道："那得分人。"

"你真的体贴人！"

"是吗？老冯呢？他比我更体贴吧？"

林家茹先是哼了一声，然后微微一笑，说："哪比得上你呀？"

"听你这话，咱俩好像有什么似的？"

"有什么——不好吗？"

"你们俩不进来吗？"叶羽西站在门口看着二人，语气里有些轻蔑，"女强人今晚要给咱们女人争口气呀！"

林家茹一颗心虚实相间着，不知该用什么态度回敬她的话，先前的酸楚还没有散尽，便叹了一口气说："你不知道女强人心中的苦。"

林心湄听见林家茹说话，从叶羽西背后探出头来，笑着说："我知道姑姑心中的苦。"

林家茹看见林心湄，有种落叶归根的感觉，心踏实了，语气也变得圆润，笑骂道："你个小鬼头，知道些什么？"哼了一声——"你怎么辞职了？做什么歌手？你爸不气疯了才怪！"

林心湄说："谁说不是呢！姑姑劝劝我爸，让他同意了吧？"

林家茹嗔骂道："我才不帮你劝！我也不同意你做歌手！"

林心湄甩开林家茹的手，说："你不帮我就算了，反正我已经签了合同。"

叶羽西笑着说："小湄在音乐上确实有天赋，要是不作为，怪可惜的！"

林家茹哼了一声，不理叶羽西，仍对林心湄说："有音乐天赋很好呀，去你秋姨的戏曲家协会。"

林心湄笑道："姑姑太'凡尔赛'了！"

叶羽西说："不妨找你秋姨帮忙，准成。"

林心湄抿了抿嘴，说："这可是最后一张牌了！我这就要回家，晚上就不在这里住了。"

叶羽西说："小湄，咱们一起走。"

白逐尘一愣："你也走？"

叶羽西点头道："老冯和叶总轮番轰炸，禹城不给力，具茨山世界文化申报权被奢城拿下了，我呢获得些战利品，设计新闻发布会迎宾服装。这几天一直开会，今晚就不回来了。"

白逐尘的哀伤写在脸上，艺术沙龙也跟着索然无味，众人随意地吃了些甜品，然后一股脑儿地走了。林家茹想走，可脚却像钉在了地上，移不动分毫。她心里有些悲哀，这悲哀不是她自己的，她是在替白逐尘悲哀，看见他的笑容里多半是伪装，知道他的豁达也只是比一般人多一点。白逐尘等众人走了，忽觉房子里空荡荡的，自己就像一个暮秋的蝉虫，发出的悲鸣是断断续续的。他的孤寂也断断续续地来了。

林家茹幽幽一叹："逐尘，你好好休息吧，我也该走了。"

白逐尘眼神里有些幽怨，忽然拉住林家茹的手说："家茹，今晚留下来陪我，好吗？"

林家茹心里一荡，握紧了白逐尘的手。

夜色有点儿浑，也许是天气的原因，四周的空气是低沉的，有些触觉上的闷。夜色虽被雾水洗礼了，可仍洗不了天地沧桑的浑。白逐尘的触角是属于中性的，先前的伤感已消失了。林家茹站在客厅里没有动，外套像落叶似的飘落了，顶灯照射出来的光，将她的身子影影绰绰地投放在地板上。客厅里有些静谧，可以听得见他们的心跳。他们的心跳是急速的，有些慌乱。光线渐渐变得模糊，眼前的事物也越来越大，越来越模糊，最后天与地都消失了。四周什么也没有了，只有轻微的声音，宛如海水轻抖泡沫的声响，在耳边来回荡漾着。这些只是序幕，是曲子的前奏，不免有些摄魂夺魄。当序幕缓缓降落时，两人松开了，中间有了些空气，头顶的光像一道剑光似的从中间穿过直射在地板上。两人的眼睛变得迷离，仿佛上了些雾，是属于含情脉脉的。白逐尘的手指在林家茹的肌肤上轻轻弹了一下，像是弹奏古筝前的试音。林家茹笑了，惬意地笑。白逐尘在她耳垂下轻轻吻了一下，林家茹的身子抖得就像风中飘忽的柳絮，仰着脸，星眸是如丝的，嘴唇是颤抖的，眼睛是微合的，眉毛在墙面上的投影是一弯如柳芽的新月。

白逐尘醒来时，夜色还是很浑，林家茹躺在他身边，睡得正香。窗外好像飘了一些雨丝，不仔细观察是看不到的。白逐尘和林家茹做爱的时候，觉得天地之间好像塞满了实体，没有一丝透气的间隙，所以他感到很满足。这时，雨丝穿透了耳膜，天地之间说不出的寂寥，他才发现自己仍旧是孤独的。穿了睡衣起来，心里静得可怕，仿佛可以在千年的时空里来回穿梭，灵魂似乎可以出窍，在夜空中飞翔。心却在遥远不知深处的地方微微叹息一声，待传到耳旁，却是轰然不绝。这才知道人生在世，都是挺着一条身子和世界上恒河沙数的人打交道，就算是肌肤相亲生死两茫茫的时刻，都有些虚假的成分，独有自己和自己打起交道来，这“喜怒哀乐”四字才是个货真价实的，是断假不来的，心里一阵黑白分明的喟叹。

36. 越狱

监狱图书馆开放时间是晚上六点十分到七点十分，之后便有活动安排或者教官培训；周末图书馆从下午三点开放，放风时间也延长到晚饭前。这天正是周末，萧痕端着托盘及餐具走进食堂，便见庄一向他招手。萧痕走过去，见庄一手里拿着他早饭时贴在食堂墙上临摹的猫，说："下午三点操场见。"说完扭头走了。

三点是放风的时间，精神病区和重刑犯区中间隔着一道铁网。萧痕到时，见庄一坐在重刑犯区的看台上，正好背靠着他。庄一听到脚步声，没有回头，说："越狱计划制订好了？"

"嗯。"萧痕将背贴在铁网上，背对着庄一，"竺小筠是不是你杀的？幻灭究竟是怎么回事？"

庄一沉默了片刻，说："你竟然知道竺小筠是幻灭？这非你能力所为？"

"科学本身没什么秘密。"萧痕哼了一声，"你告诉我幻灭的秘密，我就帮你越狱。"

"我想咱们已经达成协议了。"庄一轻轻一笑。

萧痕淡淡地说："可我想知道。"

庄一哼了一声："你这是得寸进尺。"

"随你怎么说。"萧痕低头将脚下的一粒小石子踢到操场中间，"筱娴是我的妹妹，我之所以帮你越狱，就是想弄明白幻灭的事，'薛定谔的猫'和'歌德哈本解释'这两个计划和我没有关系。"

"不是我不告诉你，"庄一摇了摇头，"因为我也不知道。"

"是吗？"萧痕轻哼一声，"如果你不知道，我不会帮你越狱，下个月我就要出狱了，我不会去冒这个险。"

庄一扭过头，见萧痕要走，便说："幻灭的秘密其实就是'薛定谔的猫’计划，因为这个计划还没有进行，而我只是一个执行者，不可能知道幻灭的秘密。”顿了顿又说：“信不信由你。而且，我不是个能容忍被威胁的人，无论是不是在监狱。”

“我知道。”萧痕也扭过头来，“《归藏易》的秘密你应该知道吧？”

“没有人知道。”庄一摇了摇头。

“你见过《归藏易》，岂能不知道它的秘密？”

“我只知道寻找《归藏易》秘密的方法。”庄一抬头看西山山体将要消失的阳光。

萧痕凝神问：“是什么？”

“一张黄皮纸。”庄一收回目光，沉声说，“上面是数字和字母的组合。”

萧痕愣住了，他到监狱来是寻找《归藏易》秘密的，却不想找到秘密的钥匙早就见过，但转念想到自己见过的黄皮纸只是残片，便问：“黄皮纸是分割的吗？”

“它是一个整体，不过可能被分割了。”

萧痕嗯了一声，又问：“‘薛定谔的猫’计划和《归藏易》有什么关联？”

“‘五岳归来不看山，黄山归来不看岳’，这就是‘薛定谔的猫’计划和《归藏易》之间的关联，你明白其中一个，就无须明白第二个了。”庄一看了看周围的狱警，“咱们最好到图书馆里谈，在这里时间久了，会被怀疑的。”

萧痕答应了，二人绕过操场，一前一后进了图书馆。看书的犯人见庄一来了，便都相继离去了。萧痕坐在庄一对面，说：“你也是监狱的教父？”

“什么教父不教父的。”庄一轻笑，“只不过监狱里的小事情，我过问一下而已，兄弟们也买我的账，给我几分薄面。毕竟，他们的家人在外面我可以照顾一些的。”

“前半月你在哪里？”

“被关了半月禁闭。”

“是我造成的？”

“杜笙差一点死了，大队长怀疑是我干的。”庄一轻叹一声，“我又不是第一次关禁闭，早就习惯了。”

萧痕从书架上拿起一本杂志和一支铅笔，在杂志的空白处画了数道线。

庄一说："你画的是什么？"

萧痕轻声说："监狱供水管道结构图。"

庄一若有所思，问："这是越狱的一个环节？"

"对。"萧痕点了点头，用铅笔指着消防室，"我们会从这里越狱。"

庄一皱了皱眉："消防室紧靠着隧道和岗哨，从那里越狱岂不是自寻死路？"

"最危险的地方就是最安全的地方。"萧痕摇了摇头，指着消防室旁边的石房，"这个石房你知道吧？"

"我刚从那里回来。"

"这里就是禁闭室。"萧痕用笔在禁闭室处画了一个圈，"禁闭室紧靠消防室的蓄水池。你也知道，监狱供水是个烦琐的事，需要从山下运，前几年供水系统修改后，依靠天然供水，雨水净化后再供水。"

庄一舒展了眉，说："你的意思是，蓄水池的一端在消防室内，另一段在监狱外面。"

萧痕点了点头："应当是在靠近西山山体的某处悬崖上，是个天然露台，大量雨水或者接引山泉水到蓄水池，那么在天然露台和蓄水池的连接处，必有出口。"

庄一嗯了一声，说："现在的问题是，我们如何才能进入消防室。"

"这是越狱的关键环节。"萧痕将铅笔轻轻放在杂志上，"消防室的蓄水池是整个监狱的供水系统，它的管道必然和所有的地下管道相连，咱们找到最近的管道口，设法打通，从管道钻进去，进入消防室。"

"最近的管道口？"庄一眉头微微一皱，"应该是监狱工厂。"

"是的。就是监狱工厂。"萧痕走了几步，"另一个问题是，我们不知道消防室的构造，所以我要想方设法进入消防室，确保能行得通。"

"如何才能进消防室？"

"火。"

"火？"

萧痕点头道："只有发生火灾，才有机会进入消防室。"

"就是发生了火灾，咱们被铁网围着，也不可能进入消防室的。"庄一若有所思，“除非咱们在操场外面。”

“监狱工厂。”萧痕和庄一异口同声。

萧痕回到桌前，指着杂志上的结构图，说：“监狱工厂起火了，消防员肯定会冲进去救火的，在这个空隙，我就能混进去。”

“所以，我要做的第一件事，就是把你弄到监狱工厂。”庄一笑了，“幸亏我还有这个能力。不过，你属于精神病犯。”

“一个星期后，我就会转到轻刑犯区。”萧痕看了看庄一，“这个你能做到——林家坤。”

庄一看着窗外的夕阳只剩下一条尾巴了，轻叹了一声，起身走出了图书馆。萧痕看着庄一走了，将杂志画图纸的那一张撕了，揉成一团，出了图书馆，走到下水道口旁丢了进去。这之后的一个星期，萧痕忙碌了起来，医生的检查和心理医生查询，一个接一个程序，枝节繁杂。到了下一个周末，萧痕成功搬出了精神病区，进了轻刑犯区。监狱工厂是个家具厂，需要一个懂得测量的犯人，萧痕因“小孔成像”实验被安排进了监狱工厂。在萧痕进监狱工厂的第三天，杜笙以运输公司司机的身份，开着一辆货车驶进了监狱工厂。在装货时，货车突然起火，火势蔓延到监狱工厂里，烟雾笼罩着消防室和监狱工厂。消防员迅速救火，萧痕趁乱穿上杜笙带给他的消防服，跑进了消防室。

萧痕四下环顾，小心翼翼地躲避其他消防员，走进了水泵房；水泵房的地下管道淌着水，一直淌到一个侧门；侧门后面是一段潮湿的走廊，绕过走廊，便是蓄水池了。萧痕脱去衣服，放到暗处，跳进蓄水池里。池水阴冷，他游到底部，便见幽暗的石墙角有光亮，竟然是个暗网；暗网与外面天然露台相连，隔离一些枯叶、杂草、塑料布片等。萧痕去掉暗网，勉强可以钻过去。从暗网里钻出来，仍旧是个水槽，他游到上方，却见露台悬在半空中，惊叹大自然的巧夺天工。萧痕站在露台上，深深吸了口新鲜空气，整个人都觉得畅快起来，抬头看山脉绵延向前。站在露台上的他，在这偌大的山系中，宛如拉长了镜头，缩小到一个点。空中飘荡着烟雾，先前是浓密的，渐渐变得稀薄，火势快要控制住了。萧痕钻回了蓄水池，待回到消防室，火势已经灭了，消防员正在清理现场。他走进监狱工厂，绕到一间盛放杂物的房间，脱了消防服，拿起庄一放在那里的火柴，浇上汽油点了。萧痕看着火苗一闪一闪的，眼睛中的笑意密了，一缕青烟从他的眼前掠过，袅袅地飘向了窗外。

萧痕虽然只在林家坤的手机里看到过监狱供水管道结构图，但奇怪的是，靠近消防室的这段就像早已在他意识里存在着似的，宛如失忆，这时被幻象的光给恢复了，记得特别牢。在监狱工厂里，因庄一的安排，他可以一个人在检测室里做测量，这给他提供了空间和时间。监狱工厂的下水管道就在排污室里，跟检测室一墙之隔，由于污水满地，所以少有人去。进入监狱工厂第一个星期，萧痕一边做工，一边记录工人作息时间及警官巡逻时间。萧痕发现每隔半小时，就有工人到排污室里清除机器排污时带出的木屑，以防堵塞；每隔半小时，警官便巡逻一次；工人和警官的间隔时间是十分钟，也就是说有二十分钟排污室是空无一人的。萧痕在这空当，进入排污室里。正如结构图所示，监狱工厂的下水管道用的虽是PC管，但并非直接埋入地下，因为管道是七八十年前建造的，用的是石材，大约有一人高，PC管用钢筋固定在管道的上方。萧痕撬开下水道的盖子，沿着管道向前走，大约三分钟，便走到了消防室的水泵房，打开盖子便可进入蓄水池。他计算了时间，从蓄水池到天然露台需要三分钟，整个过程只需要十分钟。他再返回来刚好二十分钟，也就是说这中间不能有半秒的停顿，否则就会被发现。萧痕很清楚，他只能将庄一送到天然露台上。他也必须回到监狱里，否则将会增加五年的刑期。实际上，若非为了救妹妹，他不可能帮庄一越狱的，他很清楚这是犯罪。一切计划好后，他让庄一联系杜筌，设法在天然露台上留下攀岩的绳索，越狱后沿着悬崖下去，便可神不知鬼不觉地消失。

入狱后的第四个星期，萧痕便开始越狱了。在越狱前，萧痕和杜筌通了电话，知道杜筌已将绳索放在了天然露台上。萧痕和庄一在检测室等着警官巡视，警官一走便到排污室，沿着管道进入蓄水池，然后成功地钻出暗网。庄一没想到越狱如此顺利，先前的紧张这时也没有了，游出水面时，不禁长出了一口气，只觉眼前满眼苍翠，满山绿意盎然，整个人也精神抖擞起来。

忽听萧痕咦了一声，说："绳索呢？"

庄一清醒过来，见露台上空无一物，哪里有什么绳索。

“快回去！”萧痕拉着庄一跃入水中，沿着回路返回监狱工厂。二人刚出排污室，便见工人已到了排污室门口。回到检测室，庄一神情变得异常可怕。

萧痕皱眉问：“出了什么问题？”

“没什么问题。”庄一冷笑，“也许杜笙根本无法接近监狱。”

“就算他无法接近——”萧痕在桌子上重重击了一下，“可他为何说绳索已放在了露台上？”

“只有一种解释。”庄一笑道，“他不想我越狱。”

萧痕回到狱室，只觉浑身酸疼，可他顾不得休息，算计着日子，再有一个月就出狱了，若无法帮庄一越狱，他就无法得到 SCE-1 药水，妹妹就有可能产生幻象，说不定还要步母亲、苏翙和石小岚的后尘。就在这时，他接到通知，由于表现良好，被提前释放了，要立即出狱。

萧痕穿过操场时，只觉如芒在背，不禁回头看了看，却见庄一坐在铁网后面的看台上，伸出双手打了一个 × 标志来……

白夜密码

正面 WHITE NIGHTS PASSWORD

第九章　罪与罚

没有痛苦，只有卑微的幸福。

——[俄]陀思妥耶夫斯基《罪与罚》

37. 伪君子

奢城市政府决定在元旦举行新闻发布会，出版《具茨天书》一事也提上了日程。图书根据冯世鉴提供的资料，由白桦林工作室编撰。冯世鉴这些日子比较忙，一方面编辑《具茨天书》，一方面忙报社的事务，在家待的时间就短了。冯世鉴有些纳闷，以往回家晚了，林家茹都是伸鼻子瞪眼的，这些日子却躲在梳妆台前顾影自怜，不免有些担心。他担心林家茹是否红杏出墙，给他戴绿帽子。车子在夜风中穿梭，他却感到说不出的闷热，将外套脱了，还是有些闷，觉得心脏有了压力。先前跳得急速，他倒没有害怕，知道它为什么跳得快。后来心脏跳得慢了，有些苟延残喘的味道，就开始害怕了。到了家里，不见光亮，便将车停入车库，开了门进去。他没有开灯，心里还有渺渺茫茫的希望，希望老婆是睡着了——林家茹睡觉很沉的。冯世鉴走到卧室，趁着凄凉的月光，看见“人去床空”，没有一丝人间烟火的迹象，狐疑像海水退潮似的，唰的一声全拥挤到他的身体里。

天明醒时，阳光在他脸上专注地停留一会儿，便被摇曳的树枝给分割了。冯世鉴觉得头疼，想是昨晚喝太多酒的缘故，强忍着爬起来，一抬头，却看见林家茹坐在梳妆台前卸妆，忍不住冷笑了两声，说：“打扮这么漂亮，卸了岂不可惜？”

林家茹丢给他一个背影，在镜子里朝冯世鉴瞪了一眼：“怎么着？昨晚陪那个狐狸精喝了些猫尿，就跟姑奶奶我发火了！”

冯世鉴见林家茹发火了，走到她身后，媚笑道：“我哪敢跟姑奶奶发火，我只是心里闷得慌！”

林家茹卸完了妆，转过身来：“我说世鉴呢，你也老大不小了，咱们要是有儿子，也该上大学了，你怎么也不知道自爱呢？那个唱豫剧的彭苓，虽说和她老公离婚了，可还住在一块儿，你就是爱听豫剧，也不能只听她一个人唱。”

冯世鉴抻着脸说：“什么唱豫剧的，我哪里认识？我是喜欢听豫剧，这不假，可我怎么会找一个唱豫剧的呢？”

林家茹冷笑：“你的意思是，你又找了别的女人？”

冯世鉴赔笑：“老婆大人哎，我哪里有那个精力！你一个我都应付不来！”

林家茹哼了一声，回身去抹晚妆，说：“这个我信。”

冯世鉴愤愤不平地说：“天早就亮了，你还抹什么晚妆？”

林家茹不理会他的口气：“我愿意！你能管得着吗？”

冯世鉴踱了几步，轻声问：“昨晚去哪了？”

林家茹描了描眉，回答：“你管我去哪里！”

冯世鉴声色俱厉地说：“你可是我老婆！”

林家茹呵了一声：“是不是酒喝多了，有胆子发酒疯了！”

冯世鉴哼了一声：“我才不会发酒疯呢！”

林家茹回过身来，走到冯世鉴身旁，捧着他的脸，给了他一个若无其事的吻，说：“我去了哪里？还不是杂志的事！我回来时，你已醉得不省人事了，一个人躺在地板上，就像死猪一样！保姆回老家了，就我一个人搬你，累得我浑身是汗！你闻闻，还一身的酒味呢！你一句安慰的话都没有，倒发起火来了。”

冯世鉴赔笑：“老婆大人，真是对不住，下回保证不在家喝了。”

林家茹冷笑：“到彭苓家里喝？到时候，她老公一定阉了你！”

冯世鉴顺口说：“他敢！”

林家茹哦了一声：“这么说还真有此事了！”

冯世鉴讪笑：“我只是接你的话往下说的，又不是我真这么做了！天地良心，我和她真的没什么！”

林家茹不理他，脱了衣服，换上睡衣，向卫生间走去。

冯世鉴向前走了两步：“家茹！真的！你不相信？”

林家茹向身后挥了挥手，打了一个哈欠，说：“你就是和她有什么，也没什么关系！我不和你说了，我要洗个澡睡觉。”

冯世鉴停住脚步，脸上浮现出一个奇怪的笑容。这笑容慢慢地收缩，渐渐地只留下眼睛里的一丝笑意了。

林家坤这段时间忙得不可开交，这日得了一会儿空闲，思绪时有时无，一半是休息，一半是遐想，这样过了半小时，想起叶羽秋一个人在家，觉得对不住她，便驱车回家看看。到了家里，却见冯世鉴正和叶羽秋叙旧，谈的都是高中时期的段子，有些故事已经青黄不接了，可两人说起来还是津津有味。

冯世鉴见林家坤回来了，便收了笑容，一脸悲伤地说："大哥，你得为我做主啊！"

林家坤皱了皱眉："出了什么事情？是家茹的事吗？"

叶羽秋见冯世鉴点头，微叹道："你们都是四十的人了，还整天跟个小孩子似的。"

林家坤换了鞋，坐在沙发上，倒了茶喝，说："你也是的，你就不能让着她点儿。"

叶羽秋道："老林，你别怪世鉴了！家茹的脾气是出奇的坏，旁人可真是受不了，亏了世鉴涵养好，能忍。"

冯世鉴低着头说："这次我真忍不了了，我要和家茹离婚。"

"乱弹琴！"林家坤厉声道，"说离婚就离婚啊！"

叶羽秋按着林家坤的手，说："老林！别动怒，有话好好说。"

林家坤道："你瞧瞧，他都是一社的总编了，还有这个心思。"

冯世鉴抬起头："家茹有了外遇！"

"你——你说什么？"林家坤手一颤，茶杯啪的一声摔在地上，碎片四散。

冯世鉴的脸皮一抖："家茹——她有了外遇！"

"谁？"林家坤沉声问。

"白——逐——尘。"冯世鉴一字一顿地回答。

叶羽秋皱了皱眉："白逐尘——他怎么会？他不是和羽西在一起吗？你搞清楚了没有？"

冯世鉴从上衣口袋里拿出一个信封："这是他们的照片。"

林家坤抽出来看了，沉声说："你不能和家茹离婚。羽秋，打电话让家茹来——”叶羽秋劝他冷静，说别心急。林家坤看了看冯世鉴说：“《具茨天书》的主编——你来做，你直接找靳名琛去谈，就说是我的意思。”

冯世鉴沉声道：“我不是这个意思。我也不想和家茹离婚，可就是咽不下这口气。”

林家坤淡淡地说：“大哥给你出了这口气——能咽下了吧？”

冯世鉴点了点头，说：“我明天就去找靳名琛。”

林家坤疲惫地挥了挥手：“今天我有些累，你先回去吧。”

冯世鉴说：“是。”拿起照片走了。

叶羽秋煮了咖啡，给林家坤端了一杯，说：“老林，这样做——合适吗？”

林家坤叹了一口气，说：“我知道你的心思，我不会亏待大哥的。一个主编，大哥不会在乎的！世鉴一肚子坏水，我早就瞧得明明白白，他要真想和家茹离婚，倒不会这样了！他就是觊觎名利，不这样做，万一事儿传出去，林家可丢不起这个脸。我林家的声誉，也绝不允许这样的事情发生。”

叶羽秋叹了口气，回房给叶羽西打电话，问她知不知道这件事。叶羽西轻声说：“我知道，随他的意，只要他高兴就行，我不怪他！”

叶羽秋生气了，她生气时也是优雅的，嘴唇有些颤抖，声音仍是轻声细语的，说：“羽西，你怎能这样说呢？你要摆明立场！就算你觉得无所谓，可你也要想想林家和叶家的声誉？”

叶羽西沉默了一会儿，说：“姐，你就是因为这个才毁了你一生的幸福。”她的声音变得有些凄楚，“我知道你嫁给林家坤不幸福，你就没真正为自己考虑过！”

叶羽秋淡淡地说：“这是你姐的命。”

叶羽西哼了一声，说：“我就不信命，我就要过自己的生活。”

“不是谁都像你一样的。”

叶羽西叹息一声，说：“姐，我知道你命苦，我也知道你心里的秘密，你心里有个男人，我是知道的，姐一直在等他回来，是不是？这也是你一直不要孩子的原因。”

叶羽秋淡淡地说：“我身子虽不自由，可我的灵魂却是自由的。”

叶羽西哦了一声："逐尘也是这样说的。"

叶羽秋唉了一声："逐尘他就是不克制，发生了这样荒唐的事！为了咱们叶家，为了大哥——还有他的'理想'——你帮姐处理好。"

叶羽西黯然神伤地说："我给咱们叶家丢脸了。"

"嗯。我是祝福你，也羡慕你，能过自己的生活。"

"姐放心，这件事包在我身上。"叶羽西悲伤地说。

姐妹俩又随便聊了几句，问了一些生活上的琐事，互相叮嘱对方要注意身体。挂了电话，叶羽秋心里落寞，有些先吐为快后的黯然失落。蓦地想起靳名琛的"理想"，便在窗户旁的沙发坐下，躲进那个荒诞的传说中，将自己隐遁在一片光怪陆离的虚无的世界里，只觉整个精神空间塞得实实的，说不出的充盈。窗外，有的树木已是光秃秃的，像一根刺似的，峭立向天；有的却零星地开了些嫩花；柳条更加婀娜，在暮秋的季节里，摇曳出一地的风情。

回家的路上，冯世鉴是哼着豫剧的。回到家里，见林家茹杀气腾腾地坐在客厅，心里胆怯，忍不住摸了摸上衣口袋，见相片还在，便壮了壮胆，稳步走进客厅，大马金刀地坐下。林家茹的眼睛是向上的，一直盯着天花板，冯世鉴的态度她还不看在眼里。冯世鉴没想到她如此镇定，在气势上镇不住她，倒有些弱了，低声问她什么时候回来的。

林家茹冷笑："什么时候？你说呢？"

冯世鉴底气不足地回答："我怎么知道？"

林家茹鄙夷地说："你离开大哥家的时候。"

"大哥都跟你说了？"冯世鉴哼了一声，提高了声音，"既然如此，我也不多费口舌了。"

林家茹指着冯世鉴："我还真看错你了！我一直把你当作懦夫，没想到你是刘邦，心比天高啊！"

冯世鉴被她撕破了脸皮，倒不胆怯了，说："我冯世鉴并不是个懦夫，也不是无能之辈，谁不想名利双收呢！"

林家茹伸出手来："相片——"冯世鉴掏出来，扔给她。林家茹看了看相片，笑了——"私家侦探拍得还真不错。"

冯世鉴蹙眉问："你怎么知道是私家侦探拍的？"

林家茹笑了："这一点你就不如白逐尘了！那个私家侦探拍到照片后，第一个观众不是你冯世鉴，而是白逐尘。他把相片给了白逐尘，白逐尘看了还夸拍得好呢！"

冯世鉴点了点头："这么说，我是小看了白逐尘。"

林家茹从沙发上取出一个纸包，递给冯世鉴，说："我也有相片给你，是那个私家侦探免费帮我拍的。"

冯世鉴狐疑地打开看了，正是他和彭苓幽会的镜头，脸色顿时一变，不过心倒是稳了，放下照片，不紧不慢地说："是！我和彭苓是那个关系，你说怎么办吧！"

林家茹冷笑："你说我该怎么办？"

冯世鉴闭上眼睛："你跟大哥说，《具茨天书》的主编我是要定了。"

林家茹站起身来，坐到冯世鉴的身侧，伸出胳膊环住冯世鉴的脖子，在他的两腮吻了吻，说："我就喜欢你这个样子！你要是早这个样子，我就不会出轨了——"冯世鉴有些茫然。林家茹将手放在冯世鉴的腿上，柔声说："哪个女人不希望自己的丈夫有野心？再说了，不管黑猫白猫，逮到老鼠就是好猫！"

冯世鉴心神一荡，抱住了林家茹，激动地说："我和你不一样，我需要机遇！我发誓，我再也不找彭苓了！"

林家茹被冯世鉴抱在怀里，心里荡起一些温暖，泪水不禁流了下来，说："咱们都这么大了，还——我也答应你，我也不去辛夷坞了，我帮你完成你的梦想！咱们也不做丁克家庭了，我知道你想要孩子，我太自私了，咱们就要个孩子吧！"

冯世鉴噙着眼泪喊了声："家茹！"

林家茹给冯世鉴拭了眼泪，笑道："瞧你！都四十的人了，还哭！"

冯世鉴破涕为笑，拿起桌上的照片，说："还多亏了这些照片！明天我就去靳名琛那里。"

林家茹说："我和你一起去。"

冯世鉴夫妇一早便到了寒柳草堂。靳名琛见他们一块来，倒是有些吃惊。冯世鉴也不藏着掖着，把来意开门见山地说了。靳名琛听了，没有太大的反应，只是挥了挥手，有些“坐看云起时”的无奈，说他早就算到了。林家茹的笑容是透明的，不相信靳名琛能算到这一点。靳名琛笑道：“这你们就小瞧我了？研究具茨山这么多年，我还不懂些《周易》上的卦辞？”

林家茹摇了摇头：“没想到你还能笑出来。”

靳名琛哈哈笑道：“我还知道这是林家坤的主意。”

林家茹看了看靳名琛，眼睛又斜向一边，说：“你们为了庄秋水，唉，这恨可都20多年了，还不能消除吗？”

靳名琛挥了挥手，黯然神伤地吟了一首诗：“锦瑟无端五十弦，一弦一柱思华年。庄生晓梦迷蝴蝶，望帝春心托杜鹃。沧海明月珠有泪，蓝田日暖玉生烟。此情可待成追忆，只是当时已惘然。”

冯世鉴说：“这是李商隐的诗。”

林家茹精干地问：“我大哥不会亏待你吧？”

靳名琛嘿嘿笑道：“女强人就是女强人！林家坤今天一早便给我汇了一笔钱。嘿嘿，我哪里又懂什么卦辞了！”

冯世鉴看了看墙上挂着的《具茨山全貌图》，大彻大悟地哦了一声。

38. 本相

白逐尘看过照片后，只是淡淡地笑了笑，挽着叶羽西的手臂上楼去了。照例在洗过澡后，叶羽西只穿着晚装，有些隔着窗纱看月光的情调。她站在床边，清水出芙蓉般，睫毛是修过的，粘着一些亮晶晶的东西，像金属的碎片。通常情况下，白逐尘会温柔地亲吻这些碎片，意识里是万家灯火背后的宁谧，而这次却是一反常态。这夜的月色，也有些凄迷，仿佛月光上面荡了一层尘土。

叶羽西脸上却是一尘不染的，枕着白逐尘的胳膊，问："今天你是怎么了？"

"解脱了。"白逐尘亲吻她。

叶羽西侧过身来："解脱——什么解脱？"

白逐尘叹了口气，看着天花板，说："和家茹的事儿，对不住你。羽西，我知道你在乎！看照片的时候，我留意了你的脸色。"

叶羽西抿了抿嘴："我毕竟是女人。"

白逐尘抱住叶羽西："我只想要你一个人，其他的我都不想要。"

叶羽西心里掠过一股别样的温情，忍不住缩了缩手脚，整个人都钻进了白逐尘怀里。

这件事情虽起了波澜，却是小风小浪，翻不了船的，也没有暗流涌动。这晚，白逐尘陪着叶羽西过了一个春暖花开的夜，然后是尽情地欢愉。后半夜，看着叶羽西甜甜睡去，忽觉说不出的寂寞。吃了一些夜宵，又喝了一杯红酒，肚子踏实了，可心里还是落寞。在客厅里坐了一会儿，陡然想起了庄化蝶，有种"铁马冰河入梦来"的错觉，便去上网，发现一叶知秋还在线上，便和她聊了起来。白逐尘是喜欢和一叶知秋聊的，总觉得她有些孤独，有些忧伤，还有些易安居士的风骨：早年荷塘踏香，沉醉不知归路。这时，白逐尘就成了柏拉图。

这日下午，下起了大雪。雪下得很大，白皑皑的。这是一场最急的飘雪，也是空前绝后的。奢城好多年没下过这样的雪了。雪先是覆盖了原野，后来才覆盖了城市。从一个制高点看，这个城市就变成了一座雪城，一个雪堆连着一个雪堆，偶有黑的一个斑点，正是环城而绕的河流。这是一个不夜城，没有了黑暗，任何地方都是雪白的，藏不了任何灰垢。这样的雪夜有“白夜”的味道，也许这就是永恒的城市极光，它的光芒就像一个极大的光束，从地球上一个叫奢城的角落，射向苍茫的宇宙，射透万事万物，天地之间也变得无比纯净了。光芒是散落的，就像流星最璀璨的迸散，照彻了城市。城市先前是静止的，静静地观赏大雪的飘落，后来城市喧嚣了，移动了，出现了一个斑点，又出现一个斑点，斑点越来越多，在城市的大街小巷中快速地移动，构成了“白夜”里最有情致的一景：人们出来了。这之前，大地是沉寂的，是死的；这时活了，复苏了，大地就有些震颤了。

白逐尘是选择在窗户旁看雪的。雪花从窗户前飘过，像一个个素雅的小精灵，有的继续飘落，归于大地了；有的已疲惫了，就躺在窗户的凸处，贴伏在那里。白逐尘看得入迷，整个人宛如入定了一般，躯体是在的，可灵魂已经出壳了。他想起了易问天关于“白夜”的话，有些证实了自己的猜想，这一生的感情就是寄托在这“白夜”二字的。又想感情这东西是勉强不得的，也控制不了，譬如，他现在想起了叶羽秋，这也是无法控制的。他想在这个“白夜”里，叶羽秋也许和他一样，静静地待在窗户旁看雪花飘落。在这样的“白夜”里，她是否也固守着她的那种情致呢？白逐尘想得有些深邃，这个时候，他是魂不守舍的。有时候，他觉得自己也有叶羽秋的那种情致。那种情致有些逃避的意味，不敢面对一些东西，譬如情感。窗外的雪飘得仍急，辛夷坞的花啊草啊的，上面都覆盖了雪花，一切都琼妆素裹了，变了样。

白逐尘感到有些温暖，知道叶羽西从后面抱住了他，便丢给她一个会心的笑，反过来抱住叶羽西，笑道：“来赏雪了。”叶羽西松开了白逐尘，问他喝不喝酒。白逐尘说照例。叶羽西便拿出两个杯子，取了一瓶红酒，都倒了三分，递给白逐尘一杯。

白逐尘喝了一口，将酒杯放在眼前，说：“这雪景当真衬了这红酒的颜色才好看。”

叶羽西也将酒杯放在眼前，果见白雪的背景中出现了模模糊糊的红色，像少女含羞时的窘态，说不出的好看，说：“你当真学会了欣赏女人。”

白逐尘放下了酒杯，笑道：“喝酒和女人有什么关系？”

“你是真不知道，还是装作不知道。”叶羽西幽幽地说，“逐尘，你看明天这雪能停吗？”

白逐尘看了看天，近处是一片白，远处却是灰，再远处就又变得白了，摇了摇头说：“说不准，这雪和梅雨有些相似，可能一下就是几天。”

叶羽西喝了一口红酒，淡淡地说：“你觉得我姐姐如何？”

白逐尘皱了皱眉，避重就轻地说：“你姐姐和你一样，都是奢城有名的美人儿。”

叶羽西呵呵笑了：“逐尘，你——你不说老实话。”她顿了顿，声音变得空灵，看破红尘似的说：“我看得出来——你喜欢我姐姐。”

白逐尘被吓住了，感觉不妙，这个时候有些慌乱，身子不禁一个趔趄，酒杯晃悠了一下，酒差一点洒了，说：“你在说什么呢！”

叶羽西不理他，慢慢地走到窗户旁，喝了一口红酒，指着窗外的一隅，说：“逐尘——你看，他们有些像鱼，无拘无束的。”

白逐尘走到窗户旁，顺着她手指的方向看了看，却见是顾冰清、萧痕、林心湄和庄筱娴在辛夷湖旁打雪仗，笑了笑说：“我小时候也常打雪仗。那个时候，雪下得就和这一样大，经常性的，我记得每一次都是这样。回家睡觉时，雪还没有下。天明去上学，就发现外面已是白茫茫的一片了，便招呼着同伴，吆喝着，玩闹着去上学。”

叶羽西感伤地说：“我和姐姐从小就不喜欢玩雪，不知为什么，一看见雪，就伤感，觉得这是天使的眼泪，肯定是人类做了什么孽，才惹得天使流泪了。”说着，扑哧一声笑了，“逐尘，我是不是很傻？反正我就是不喜欢雪。我姐姐不一样，她虽然不喜欢玩雪，可却喜欢赏雪。有一次，我问她为什么喜欢赏雪，却不喜欢玩雪，姐姐说：‘雪是个艺术品，糟蹋了，岂不可惜了。’”

白逐尘笑着说：“‘独秀一枝倚岩栽，琼姿只为故人开。无意根植白水畔，冰魂已然伴君来。’雪是个艺术品，你不也是个艺术品？”

叶羽西含情脉脉地望着白逐尘，一片雪花忽然穿透窗户的隙缝，落在了她的酒杯里，嗤的一声，融化了。

辛夷坞大地苍茫一片，湖面上透着热气，融化了飘雪。可这热气是短暂的，过不了这个白夜，湖上就会落满雪。雪然后结成冰，将自己的躯体凝固了，冷眼看自己的身后事。辛夷湖旁，萧痕牵着庄筱娴的手，对顾冰清说：“你要是不追筱娴的话，我可就要追了。”

顾冰清只觉胸口轰的一声响，不知被什么狠命地击了一下，刚想说话，却觉得胸腔一阵撕心裂肺的疼。话到喉咙里，就是溜不出来，只听到耳边传来自己沉闷的一声“哼”。

林心湄的眼睛也瞪大了，指着萧痕说：“你要追庄筱娴——”

萧痕哼了一声：“有什么问题吗？”

庄筱娴待在那里，有些难为情，意识里顾冰清会替她解围的。可哪知等了半天，只见顾冰清站在那里，有些猥琐，身子佝偻着，像是肚子受到了痛击，只能捂着肚子，说不出话来。她准备向前安慰他，却见顾冰清的身子忽然直了，面对面地站在萧痕的面前，表情有些惊讶，嘴角动了动。庄筱娴希望他说一些“语不惊人死不休”的话来，可顾冰清的嘴一咧，只是傻笑了两声，竟然转身一个人走了。庄筱娴只觉气苦，心里不顺畅，向林心湄微微一笑，也不说话，转身追顾冰清去了。林心湄看了看萧痕，耸了耸肩，抖了抖身上的雪，哼着《爱是个无底洞》回白桦林工作室了。只留下萧痕一个人，望着天空飘忽的雪花，舒展了双臂，伸出舌头，一个微卷，将一片雪花卷入嘴中，脸上露出一个惬意的微笑。

雪下了一夜，中间间断了一阵子，不过时间是稍短的。下半夜刮起了大风，树枝上的雪坠落了许多，大风持续了半个小时，便停止了。树枝上，花叶上，都又落满了雪，压得枝丫都下垂了。街道上厚厚的一层雪。这夜也算得上是个白夜，雪厚厚的，映衬着一轮凄迷的月，天地之间也是苍茫茫的。白夜里，顾冰清没有睡觉，被一种极光包围着。他总觉得庄筱娴的出现是种巧合，可他不相信有这么巧合的事。他听白逐尘说过，有种东西象征着永恒，那就是极光——意识里的极光将他照射得异常透明，清晰得似乎可以看见自己的骨骼，还有心脏。庄筱娴的意思再明显不过了，是爱上了自己，可他却不能接受。他不是不爱庄筱娴，而是找不出理由使自己相信这个世上的确存在着奇迹——两个人相爱本来就是一种奇迹，何况在一生中能和两个长得相似的人相爱呢？顾冰清有些迟钝，也有些自卑，更缺乏勇气，思想混混沌沌的，觉得自己应该站起来走向隔壁的屋子里，抱住庄筱娴，然后吻她。他这么一想，就觉得身上像火烧了一般。他站起来打开门，想走过去，只觉肢体都生了锈，不能灵活运转，甚至连一句完整的话都想不出来，更不知道闯到她屋子里该怎么说，憋得脸一阵通红，在雪夜里站了一阵，整个人都变成了雪人，才忍不住叹息一声，回到自己的房间。

庄筱娴也没有睡觉，就站在窗户边，看着顾冰清举棋不定。顾冰清出来了，她心跳得厉害，仿佛要蹦出来似的，心想要是顾冰清突然闯进来抱住她，该怎么办？就这样让他抱着，还是半推半就呢？她是情愿让他抱的，也不用半推半就，直接投怀送抱得了。想到这里时，也是羞得通红，整个人酥在那里，动不得分毫。暗想顾冰清要是闯进来，她什么也做不了，只能眼巴巴地看着他为所欲为。庄筱娴有些慌乱，眼睛是闭上的，等着顾冰清进来。她等了一阵子，不见顾冰清进来，睁开眼睛，却见顾冰清已变成了雪人，气得她暗骂顾冰清是懦夫，挪着脚步躺进了被窝里，伤心地哭了。

窗外，雪一直下，一直在缩减。辛夷湖旁的梅花开了，景致像美人痣，成了冬日的绝景。天明时，雪就更小了，窈窕淑女似的从早晨飘到中午便停止了。天气虽然冷，可到了上午，便暖和了起来，大地是白绿相间的。黄河两岸不是银装素裹，而是穿上了一件斑驳可体的紧身纱衣，一侧碧绿的麦田变成了一幅青白参差的油彩画。

39.X 号

一把钥匙，长约五寸，银白色。

匙柄正反面分别刻着“V”和倒“V”。

萧痕刚一出狱，石小夕便往他的账户里汇了一大笔钱，要他查明石炜烽的死因。对于石炜烽的死，他心里是愧疚的，就是没有石小夕的嘱托，为了石小岚也要去调查的。而且石炜烽事件可能和庄一越狱有关，这也关系到妹妹的生命。萧痕端详着钥匙，钥匙没什么奇特之处，只不过是自然法则协会储藏柜的钥匙，无论如何和父亲扯不上关系，可石小夕的快递里却只有这把钥匙和一张父亲的照片。照片他曾见过，人物是父亲和苏心。他想不到石小夕竟也有这张照片？上次的快递绝不是石小夕送的，她不可能将自己的父亲送上断头台！他注视良久，钥匙上的刻字就像箭羽似的直插胸口，心痛极了。他的心痛，多半是为了父亲，觉得自己是战场，父亲和对手靠他来传递战争。在他的意识中，父亲不应该是这样子的，他情愿父亲是个普通的父亲，能够和他朝夕相处的父亲。他担心极了，也许这都是华夏文明惹的祸，也许父亲就不该用一生去研究具茨山？

萧痕到教堂时，鸟雀还在睡梦中，他坐在用青石砌成的台子上，痴痴地望着河面。河面正对教堂的方向，停泊着一艘破旧的轮船：X 号。

X 号轮船仿佛是生长在河里似的，20 多年都未移动过，不能再行驶了；船体上“V”和倒“V”组成的标志，也已成了灰色，边角都已钝了。

阳光爬满城市上空，教堂前的广场里挤满了人。这群人从城市里来，在城市的各个角落都留下了同一种声音：“反对违反自然法则，反对破坏环境，反对制造温室效应！”这声音就像一道利器，撕破了天空的宁谧。实际上，这种情形一直存在着，只不过是一小股，是零星的，散碎的，不成气候。太阳终于扫过了小巷子，当它的光芒将教堂上方的青铜太阳形器的影子投在小巷子的墙壁上时，萧痕已经走上了教堂门口的 11 道石梯。

再走几步，一缕阳光正好照射在眼睛上，他伸开手掌遮住眼睛，掌心里便出现了一道极其优美的影子。

到了正午，人群散去了，广场上一片狼藉。横幅挂在教堂四周，有些被扯落了，但不够尽兴，只有一角悬挂在墙壁上，就像一个国家衰落时的景象。叶羽秋看到这些情景，有种被人扰了清梦似的，只觉心中空荡荡的，刚刚充盈的充实，一下子就消散了。她不禁捂住了胸口，按住正往无底深渊坠落的心。可这些都是徒劳，这颗心在20年前就已经坠落了，到现在还在坠落，没有到达底部。到达底部的时候，也就是心死的时候了，那时的她也许就更加虚弱了。

她走进教堂，关上门，便被一半明、一半暗的景色给包裹了。她又回到了教堂，好长时间没来了，记忆都生了茧子，不剜开看不到真实的境况。她眷恋教堂，只是坚守那一片虚空。她亲手缝制了一件袍子，是送给庄老爷子，接任会长的贺礼。她将袍子叠好放在神龛上，四顾环视教堂。教堂有些破旧，是20年前的建筑了，就算是人，也由青涩变得成熟，或由成熟变得衰老了。这20年，又是最宝贵的20年，就像甘蔗，是最好吃的中间的那段。面对教堂的景物，虽然都是死的，可她都当它们是活的。有些地方腐朽了，有些地方长了枝蔓，有些地方的砖缝里都长了些嫩草，似乎有种欣欣向荣的景象。这倒衬得她的心有些老。实际上，她的心还是20年前的那颗心。那颗心已寄存在庄化蝶身上，20年了还在他身上。婚姻与爱情不同，婚姻是禁锢，是属于人间烟火的，处处充满了生活的景致。而爱情就不同了，它属于天上人间，可以长出翅膀飞来飞去的。叶羽秋的心是属于爱情的。可爱情又是磨人的，得到了磨人，因为变成了婚姻；得不到更磨人，因为只能飞翔。她躲在一种接近透明的思想里，尽量使自己和现实脱离，以最大限度地融进那个虚幻但又真实的空间里去。教堂里说不出的静，这静更能牵扯起她应有的生气。在这种静里，她就哼起了戏剧：“月儿圆，月儿圆，让思念飞到九霄云外，穿越似水流年！”曲子的尾声合着她的叹息声，衬得曲子更加哀婉。这个时候，她总是看着一株嫩草在砖缝中不屈地挺着，倒觉得很像她自己。

教堂有人打扫，但从来不动砖缝里的草、腐朽的木板以及教堂后院的糟木上在连绵大雨过后长出的木耳。打扫教堂的是庄老爷子。庄老爷子到这里是怀念儿子的，老人和女人便构成了教堂里最有内涵的图景。打扫完毕后，二人就一前一后地坐在教堂里，呆呆地出神。眼睛四处看看，也不知看什么，总觉得要看的。这图景有十多年了，老人和女人也熟稔了，后来才知道思念的竟然是同一个人。他们的熟稔是心有灵犀的，早些时候，还相互打听些消息，说几句话，这几年来，连话都不说了，只一个轻微的眼神便可传达意思了。后来，老人和女人的心都“腐朽”了，长出些草儿，也都枯了，整个的从上到下都没有一丝生气。

叶羽秋看着阳光中的尘埃纠缠不休，忍不住叹了口气。侧门微微开着，后院也是静的。她只这么一望，便收回了目光，又静静地去看阳光中穿梭着的尘埃。老人的影子投射在地板上，覆盖了叶羽秋目光所及之处。老人的脚步有些沉，走到叶羽秋面前，看着她，足足有两分钟。这是前所未有的长时间。时间过得真慢，好像这两分钟一分钟贯穿了过去，一分钟跨越了将来。

庄老爷子低声说：“你决定了。”

叶羽秋回肠荡气地叹了口气：“20 年前就决定了。”

庄老爷子说：“化蝶不会回来了。”

“明知不会回来，心里却期盼他能回来。”叶羽秋眼睛里蕴出些泪光，幸亏趁着这幽，别人看不到。她的记忆像血一样流淌着，流了 20 多年，血还是流不尽，永远也流不尽。那是一个源泉，情感只占了一小部分，更多的是一种深深的期待。期待什么，她也不知道。她只知需要期待，她活着也许就是为了期待。

庄老爷子叹了口气，说：“你是市长夫人，都是有家有口的人了，不该再等他！我不一样，他是我儿子，我该等。”

叶羽秋低下头，不说话，任凭时间擦肩而过。

庄老爷子说：“忘了吧，你做得够好的了！我儿子泉下有知，也是感激不尽的。”

“我才不要他感激。”

二人又陷入了沉默，周遭死一般的寂静。老爷子待了片刻，便将袍子拿起，放到神龛下面的一个抽屉里，跟叶羽秋说让她从此不要来了。庄老爷子走了，教堂又恢复了它的寂静。

萧痕是从后院进来的，阳光将他单薄的身子修整得更加单薄。等庄老爷子走了，他走进教堂，在叶羽秋的对面坐下，看见她脸上的红晕渐渐消失，说："大姑，这就是你做自然法则协会会长的原因。"

叶羽秋看着萧痕，想起了哥哥，忍不住叹了口气："等待是无止境的，你不觉得？"

"我知道，我也能了解，我知道您一直等待庄化蝶。"

"你——你知道这事？"

"是小姑告诉我的。不过，她不知道是庄化蝶，我也是刚刚知道的。"

"你偷听——"叶羽秋叹了口气，"自从小翙走了之后，咱俩都没好好谈过。过去的，都过去了，你再坚持，你再等待，也如镜中花、水中月。"

"您也不在坚持着？"

"我不一样。"叶羽秋淡淡地说，"庄化蝶是死，是失踪，还不能确定。何况，我不只是在等待，还在救赎。"

"救赎？"

"为了你爸。"叶羽秋向门外眺望了片刻，又收回目光，"前几个月你回老家了，知道你爸的理想了吧？我觉得有些荒谬。"

"我也觉得荒谬。可我和爸一样，都愿躲在那种荒谬里，宁可信其有，也不信其无——也许真的存在呢？我爸言之凿凿的，又引经据典，没理由不相信。"

"就算你爸是对的，也不应该不择手段。所以，我到这里来，也是为他救赎。"二人聊了片刻，叶羽秋询问萧痕近况。萧痕含糊其词。叶羽秋看得出萧痕不想讲，说他们父子一个模样，找个借口回去了。

从教堂到X号轮船，沿着小巷子走，穿过马路，不出十分钟便到了。X号轮船在阳光下显得苍老，仿佛岁月的沧桑已经刻满舱体。舱体的主体色是米黄色，几乎与黄河融为了一体。主体舱分三层，二楼是隔柜。一楼连着舱底基本上废置了，被一扇古铜色的、破旧的门遮住了。这艘庞大怪物不知何时变得死气沉沉，只有在汛期时，它才艰难地挪动着脚步，将它的姿势稍微变了变。可这变化太微弱了，不仔细观察基本上察觉不出来。——让视线再回到巨轮上。用大石砌成的台子与从舱门伸出来的梯子持平，台子中间零碎地撒些鹅卵石，仿佛一张纯美的脸上长了雀斑，有种朦胧的情致。从底部瞧 X 号轮船，还可以看到它昔日的华丽，有些地方脱落了，可以看到船体是用精钢打造的，一些铆钉泛着灰白色，要么是钢的，要么是铝的。在它的身侧，正有一些汽艇像鱼似的游弋。一条半尺长的鱼从水里跳出来，又迅速钻回去了。它的尾巴打在水面上，溅起了一蓬破碎的水花，X 号轮船在水里巨大的身影只有船头摇晃了一下，旋即又平稳了。等到夕阳弥漫时，天空似乎与黄河融为一体，仿佛最远处的水面被掀了起来，挂在天空的末尾处，整个空间看起来就像悬在眼前的水墨画。

萧痕走上 X 号轮船，进了储藏室，四顾打量了一下。储藏室装饰得古朴，猩红的地毯——也许在没有褪色之前，它的颜色是那种充满魅惑的玫瑰红，或者是深红色——铺满了走廊。站在窗前，可以远视辽阔的水面。风从水面上回旋着扑来，有股泥沙味儿，很容易让人觉得身处古墓里。储藏室的木门已经腐朽了，但门框还相当结实，只是门心的漆脱落了，一块一块的，像脸上起了藓。萧痕推开门时，一些木屑从门上扑扑簌簌地落下来，门后面是几排铁皮柜。一些会员正在收拾东西，将一些彩旗、口哨放进柜子里，回头看看天是否会下雨，都准备回去了。

萧痕寻到石炜烽的铁皮柜，在里面找到了一个包裹，一个沉甸甸的包裹。

40. 死亡的石头

萧痕回到调查事务所，打开包裹，刚看到一块精致的石头时，便给震惊了。他曾见过这样的石头，石小岚就是因为这石头死的。他小心翼翼地将石头拿出来，共有三块：

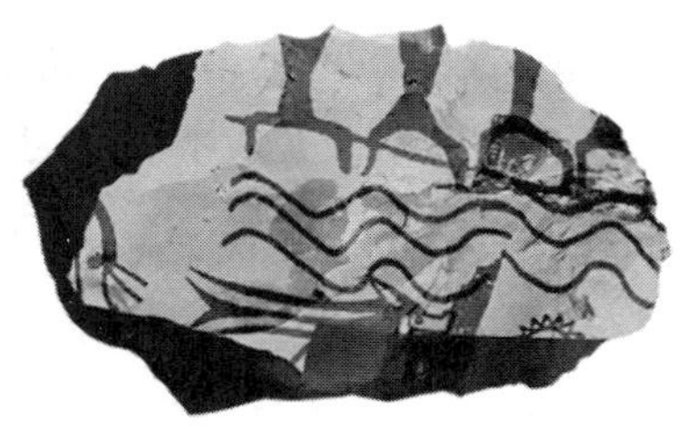

这三块石头雕刻着同样的图案，虽然只是些残片，但他似乎能看到这些图案形成一体时，便会流动起来，便会蓬勃出一种奇异的力量。图案里有如同青铜太阳形器的图形，这让他有种恍惚，想起父亲言及的古老家族，隐约感知《归藏易》所隐藏的秘密超出了牛顿所揭示的科学与神学的关联！也许，五指月组织不止300年的历史，它更加古老，古老到可以绵延到史前。图案里雕刻着一些三角形图案，仿佛隐藏着一个古老而神秘的寓言。在这寓言里，有具茨山，有光，有科学和神学的关联。一块石头上有水纹的图案，便想起了庄老爷子看到具茨山最终被水淹没。他伸出手却不敢去触摸，仿佛这些石头上隐藏着神秘的古老的咒语，一旦触摸便会死亡。竺小�、石小岚、石炜烽，就是因为这些石块才死亡的，而他见到了五块，是不是也要死亡了？想到死亡，他心中竟有些快意，竟是如此的渴望死亡，这样他就能与石小岚一起飞翔了。他又看到一些人物图像，他们跳着奇异的舞蹈，像是举行某种神秘的宗教仪式。

这时，他只觉整个房间仿佛要坍塌了，禁不住一阵眩晕。他把石小岚临死前见到的石头也拿出来，放在一起，将这五块石头做成拓片，扫描到电脑里，绘成了半幅残图。

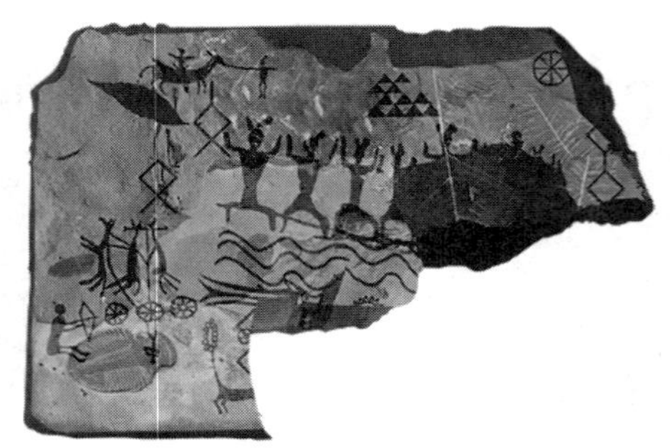

这半幅残图拼成的一刹那，图上的线条和图案仿佛要跳跃出来似的，扰得他心跳加快。再看片刻，又觉得图纸变成了一条河流，河流只有一截，看不清是哪条河。图纸不全，倘若凑够了，便能清晰地看到河的面貌。河流似乎平静，又似乎在翻腾，介于之间的，有种山雨欲来风满楼的意味。又过片刻，在河的上方仿佛出现了白日，数道白光四射，都射到了水面上，整个画面变成一幕白，那些线条刹那间消失了，竟然出现了“白夜”的意象来。想起苏翙的幻灭，这一切仿佛变成了死亡的征兆。

这时候，萧痕害怕了，惊呆了，仿佛能感知具茨山也要死似的。他颤抖着查看包裹里的东西，石炜烽还留下一张字条。萧痕看完，刹那间明白石炜烽的死因了，也明白石炜烽知道自己要死。石炜烽不该知道这些秘密的，这些秘密足以让人迈向死亡。这秘密和这石头，正是造成石炜烽死亡的原因——辛夷坞的问题只是表象。秘密是关于具茨山的，石炜烽在白家别墅发现了具茨山有宝藏的秘密，而寻宝图正是这些石头。石炜烽心动了，所以他偷了白家的石头，但这要了他的命。

萧痕这才明白父亲整理的《具茨山书》只不过是理想，是他的一厢情愿，《归藏易》不在父亲手里，而是分布在四家族。他也能联想到父亲和石炜烽事件有关联，但不是主谋。送照片协议的，也许是主谋。这些他没有害怕，反而觉得是挑战。“终究一天，我要揪出这个人来。”萧痕害怕的是《归藏易》的秘密，是具茨山的灾难。他见了半幅，已经震惊了，倘若是整幅图，将会是怎样的图景呢？这秘密仿佛带了某种魔咒似的，不让他平静。这时，他便懊悔知晓了秘密，可他又觉得充实，仿佛秘密能洗涤他的生命，使他的人生变得光芒四射。而石炜烽事件对于这秘密而言，却如饭后的擦嘴，变得可有可无了。

一个冰冷的午后，他结束了和石小夕的交易。

在石小夕的意识中，这个冬天，只下了一场雪。是一场大雪。石小夕看不到积雪，只能看到雪从自家的窗户浩浩荡荡的飘过，就像时间的碎片，没有完整的轮廓。家在城市的空中，高层建筑将人心和视野甚至欲望提了上去。石小夕透过窗户看城市时，觉得自己像悬浮在空中似的。自父亲被枪决之后，她基本上都待在家里。家是支离破碎的，就像她的心。她从这屋走向那屋，又从那屋走向这屋，屋里空荡荡的，还弥漫着父亲的骨灰味儿。她长久吮吸这味儿，觉得自己也腐朽了，颓废了，就像期待春日的枯树。一段时间，她连家都待不了，觉得天大地大却无她的容身之地。她差点疯了，一日一日在悲痛中穿梭着。这悲痛腐蚀着她的思想和灵魂，让她找不到自己了。

幸亏，有苏心在。苏心这段日子也很少出去，甚至连靳名琛也不去找了。她看着石小夕日渐憔悴，怜悯心又起了，就像对靳名琛一样，忽觉石小夕比靳名琛还要可怜。在这个比她小不了几岁的女孩面前，她觉得要给小夕爱，给小夕慰藉和关怀。她就是这样的人，要不她不会为了一个男人而嫁给石炜烽，也不会怜悯靳名琛的悲哀。每当怜悯别人时，她就觉得自己高尚了，活得也有价值了。她甚至觉得，她怜悯别人，也是在怜悯自己。她就在那种给予和获取中怜悯着，感动着；就算感动不了别人，至少感动了自己；这样她就在沉重中充实和快乐起来。整个冬天，她就这样感动着自己。她和石小夕拥抱，就像母女，或者恋人，说不清的。可石小夕却有自己的感知，每当和苏心拥抱时，她就忘记了悲痛，甚至忘记了苏心是她的后妈。她感到一种久违了的温存和心跳，她会在这种感动中忘情痛哭。她向苏心倾诉，澎湃的感情像潮水一般流淌，她和苏心就沉浸在这种涌动中，恍若在大海之间，只有她们彼此，宇宙消失了，悲痛消失了，就连时间也消失了。

这段时间，石小夕和苏心处于一种晃动中，身体和精神都是晃动的，似乎要冲破一种东西，就像正在破茧的蚕。苏心带她走进了一个迷局里，那些美妙时刻将她的精神世界弄得捉摸不定，身体的每个关节都变得格外灵动，整个人都迷失了——可她喜欢这种迷失。在这种迷失里，她可以忽略一些东西，譬如父亲和姐姐的死，譬如苏心是她后妈。她感到自己就像小舟在海水里游弋，没有方向，有种虚脱的乏力，周围都是破碎的水沫，水沫忽地团在一起，又忽地四散开去。可苏心终究是个现实的女人，终归要回到现实中去。她也知道这是一段畸形恋情，所以首先完成了自我解救，就像对靳名琛一样，当她意识到自己营造的感动到了极点，便又觉得那情感是虚无的，便会急流勇退。

有一天，石小夕在父亲的日记里找到一张照片，是苏心和靳名琛的合影。那晚，她喝得醉醺醺的，头脑里一片空白，四周的静仿佛将一切都挖空了。可是，她的眼睛明亮，就像挂在夜幕中的月。窗外有风。风呼啸着从窗旁刮过。她望着苏心，咬着牙，不让声音挤出牙缝，可是一种难言的气流在喉咙里索索地向前冲着，将她的思维、意识、感觉汇集一处，大脑里只剩下一根刺，那刺尖索索的，光秃秃的，在她头脑的空白处一扎一扎的。

“滚！”她只蹦出了这一个字。

白夜密码

正面 WHITE NIGHTS PASSWORD

第十章　神　曲

站起来吧！道路还长，且充满艰难；

现在太阳已经升到早晨之半。

——[意]但丁《神曲》

41.M–845

这是一个萧冷的午后。大雪过后的天，有些湿润的冷，风不枯燥，带着哨子在屋檐上卷舒。再过几个时辰，风消退了，西天的夕阳黄的不够彻底，土黄土黄的，匕首似的枯枝仿佛就是泥土下的根。在事务所前的小花园里，萧痕懒洋洋地躺在躺椅上，眼睛如军刺似的看着远方那一坨土黄。他理解石小夕的苦楚与无奈，石小夕眼睛的颜色就像那一坨土黄，原本的血丝不见了，散淡到瞳孔里去了。他之所以和石小夕终止交易，是因为不想连累她，否则就无法向石小岚交代。一想起石小岚，他的意识里就有生死相随的快乐。石小岚死了，带着他的心也死了。死亡，对他来说，是期待，是目的。石小岚是他心中的痛，那痛没有个止境，宛如一条溪流，蜿蜒向前，“一江春水向东流”。他将腿上一块晶莹剔透的木块化石拿起，看着上边雕刻着一个标志、一个字母和三个数字，不禁长叹一声。

这时夕阳突然亮了起来，宛如回光返照，将一大束如血似的光撒到只如手掌大小的木块化石上。

这块木块化石原本在石炜烽的包裹里，和那三块精致的石头放在一起，就像一段经年无法忘却的历史一样，谜似的横亘在浩瀚的宇宙中。一块木块形成的化石，非经历万年难以形成，这说明木块化石的年代久远的无法想象。而这上面的雕刻，也不知是何年何月的事情了。他无法推测木块化石和雕刻的时间，但上面的标识却一眼就能辨。那标识就是父亲让他看的五指月组织的标识，或者说是古蜀家族的族徽。如果父亲的推测是正确的，那么标识雕刻在木块化石上也许已经有数千年的历史了。那么，牛顿也绝非五指月组织的创始人。有些问题，他搞不清楚，也没有文献让他查询。譬如，若这个标识是古蜀家族的族徽，那么它是如何流传到遥远的英吉利海峡的？那个英吉利海峡的爵士如何成了五指月组织的领导人？一连串的疑惑，让他对五指月组织更有探寻的冲动。

这个标识就像魔咒似的，仿佛在沉寂了数千年之后，仍带着摧毁万物的咒语。石炜烽的死，肯定与这个标识有关了，他并非死于《归藏易》的石头，那不足以让他失去生命。就是因为他见到了这个标识，调查五指月组织，所以他被诅咒了，灵魂和肉体分离了，生命终结了。石小岚的死多少也与调查五指月组织有关。这么多年来，五指月组织就像谜似的，让人看不清楚，更不知它的过去。或许，调查五指月组织的刑警都和石小岚一样，死了。假如石小夕深究这件事，恐怕下场也和石小岚一样。萧痕不想石小夕步入险境，所以与她终止了交易。萧痕第一次将石小岚的死与五指月组织联系到一起，他迅速肯定了自己的联想。确切地说，石小岚的死和他有关联，是他一步步带着石小岚步入死亡的。这也是他要破译木块化石密码的动机，他就是想完成她的夙愿，这成为他活下去的终极意义。要不，他的生命就只剩下躯壳了，没有精神属性的躯体就是行尸走肉了。

“M-845”——这组雕刻在木块化石上的字母和数字，究竟隐藏着什么秘密？

萧痕研究了几天，收获甚微。“845”这组数字和五指月标识放在一起，不难联想到这就是父亲对标识纵深延展的初始——青铜太阳形器的直径。

但M呢？M究竟表达着什么信息？

萧痕想得头痛欲裂，禁不住微叹一声，想到要是父亲在，以父亲对量子物理学和古蜀家族的研究，也许对他有所帮助。可是，只痴迷于具茨山的父亲，在他坐牢时也只是象征性地去探望，又怎会花大气力帮他调查五指月组织。

萧痕从躺椅上站起，拿着木块化石回屋，顺手拿了一些鱼食，撒在门口的鱼缸里。当他透过玻璃看到眼睛突兀的金鱼时，忽然愣在了那里，脑海里回荡起小时候和父亲的对话。他还记得那个场景，也终于发现父亲的喜爱不只是具茨山和工夫茶，还有养金鱼。一次，他趴在父亲圆形的鱼缸前看金鱼，却被父亲阻止了。父亲给他讲了一个有趣的故事：在意大利有一项法案，禁止市民将金鱼养在圆形鱼缸里观赏，因为鱼缸弯曲的表面会让金鱼眼中的“现实”世界变得扭曲。他还记得父亲对他说：“抛开这一法案给可怜的金鱼带来的福祉不谈，这个故事还提出了一个有趣的哲学问题：我们怎么知道所感知到的‘现实’是真实的？金鱼看见的世界和我们所谓的‘现实’不同，但我们怎么能肯定它看到的就不如我们真实？”靳名琛跟儿子说，摸着儿子的头顶，微微叹息一声，说：“也许，我们终其一生，也在透过一块弯曲的镜片看世界。”

萧痕走到桌前，拿起一支铅笔来，在纸上迅速写下 Master（统领）、Miracle（奇迹）、Mystery（神秘）几个单词来，并把单词前面的 M 圈起来，又写下“M 理论”的字样。他迅速整理一下思路，明白这就是父亲曾和他谈起的“弦论”。

“金鱼眼中的世界，也许是真实的世界，全世界的物理学家都惊异于意大利的这一法律。”小时候，父亲坐在鱼缸前的石凳上对儿子说。

“这种说法不对，用光的折射来讲，金鱼换动一下位置，它所见到的世界都会变化，那么这个真实的世界，就不是唯一的真实世界。”小时候，萧痕蹲在父亲前面，盯着金鱼看。

“这就是弦论。”靳名琛低下头来，惊诧地看着儿子，想不到儿子小小年纪竟有这样的看法，“在追寻终极物理理论的探寻中，从未有哪个理论像弦论这样让人满怀希望，又如此饱受质疑。弦论是 20 世纪 70 年代被首次提出的一种尝试，目的就是将自然界中所有的作用力都统一到同一个理论框架中——确切地说，是要把引力并入量子物理体系中。但这有一个尴尬问题：存在着 5 种不同的弦论。这 5 种弦论困扰着整个量子物理体系，所以我就提出了超引力论。”

“超引力论？超强的吸引力？”

“可以这么理解，它是一个概念，同时也是一种力。就像我们做的真空试验，被抽成真空的球五匹马都拉不开，前辈们早就验证了这种力量的存在。我相信有一种超引力存在，这种超引力就如同地吸引力，就是地球内核的力量，假如这种力量被用到一个封闭的特质的容器里，那么这个容器将如同地球一样坚不可摧。这就是 M 理论的延伸——多宇宙理论，那个封闭的容器就是多出的一个宇宙，和现实的宇宙平衡的一个宇宙，所以用人们创造的武器是无法攻破它的。”

“这是您和庄叔叔一起研究的理论。”萧痕眼前浮现小时候的自己，那个求知欲强的少年，如今沦陷在“现实”的世界中了。他几多迷茫，看不清真实的世界，或许他就是条金鱼，透过玻璃看到的世界才是真实的。

萧痕在“M 理论”字样上画了一个圈，这时他模模糊糊地想起“M-845”在哪里见到过，眼前有一道影子，影影绰绰的，看不清这影子是谁的倒影，猜不到所处的境地。这时，他想起父亲发表文章时的笔名就是“M”，这跟父亲究竟有什么关系？想起父亲时，又想起父亲在具茨山山腹中的“宫殿”，对父亲不禁佩服起来。父亲能用一生之力来打造自己的宫殿，建造梦的王国，也许父亲如同金鱼一样，那个宫殿才是父亲现实的世界，而真正的现实却只是梦境。

“宫殿？”萧痕眼前的那道影子真实起来，父亲“宫殿”前一块石碑上雕刻的数字就是“M-845”，他只随父亲去过一次，石碑恍惚在眼前，字母和数字虽然有些模糊，但他能确信就是“M-845”。当时只觉奇怪，却没有深究。难道这块化石的指向就是父亲的“宫殿”？难道父亲和五指月组织有密切的关联？想到这里，他坐不住了，带上木块化石，连夜赶往具茨山。这时，夜幕降临了，冬日的夜有些萧索，没有边际的冷，趁着凄迷的月光，夜更加漫长。

山里的夜寂寥无边，寥寥数星宛如山的物语，有些形影相吊的意味，它们相互傍依，将空间的距离缩小到一线之间，看起来星星仿佛长在山尖上似的。萧痕到达具茨山时，城市的夜正值璀璨，这里却是说不出的幽静和萧冷。虽然只去过父亲的“宫殿”一次，但他却如长年累月生活在那里似的，竟然轻车熟路。月色渐浓，他已伫立在那半球状宫殿门前良久。那道模糊的影子如今清晰地呈现在眼前，就在半球状宫殿的左侧面。这石碑只是一个摆设，像丰碑似的矗在那里，上面雕刻的 M-845 字母和数字已经剥落了，显得这石碑有些年头了。第一次到这里来，他无暇打量父亲的宫殿。现在，他看得分明，那半球状宫殿一半隐藏在山体中，露出的那一半就像冰柱似的透亮，这透亮竟然随着夜色的渐变而渐变，当夜色浓时，它竟然成了灰色，与夜融为了一体。难怪第一次来时，竟然没有看清楚宫殿是透亮的。这时，不知从哪里透过来的月光笼罩在球体上，整个宫殿发亮起来，宛如一颗巨大的夜明珠，竟似天上的月坠落到凡间。此时，萧痕更加震惊于父亲的发现了，这绝对是大自然的鬼斧神工。实际上，令他惊奇的还有宫殿里那透明棺材以及冷冻装置。在这样一个荒无人烟的境地，根本就没有电，它的供电是如何实现的？

“我知道你对这个很好奇？”宫殿的门滑开了，靳名琛走了出来，回头看着球体随着月色的转移颜色渐渐变暗，最终与夜色融为一体，成了黑暗的一部分。

“我从未见过这样的东西！”

“在浩渺的宇宙里，有两种力量是惊人的，一种是人类通过实践产生的力量，一种是大自然本身的力量。我们将人类通过实践产生的力量称为科学，而大自然本身的力量就是神力，是鬼斧神工，是神学。这两种力量看似矛盾，但却是双胞胎，属于同一个母体——宇宙。”

“您的意思是，这个东西就是科学和神学的统一体。”

“对。”靳名琛在黑暗中向儿子点了点头，“上次，我跟你说过五指月是一个科学与神学的大一统组织，这绝不是一个概念。”指着半球状宫殿，说：“确切地说，这就是五指月研究的成果——是我的杰作。”

黑暗中，萧痕将目光转向父亲，说：“这么说，您也是五指月的一员？”

“我是五指月的金手指。”靳名琛叹了一口气，“先不谈这个。说说这个球体。你所看到的半圆，只是一部分，还有一半镶嵌在山体里，但它却不是静止不动的。实际上，这个宫殿的转动从未停止，就像地球的自转一样。我给它命名为‘小地球’。从外面看，‘小地球’一刻不停地旋转，但里面却非常平稳。”

“这跟多宇宙解释有什么关系？”

“既然这个世界是个多宇宙体，也就是说不止这个我们认知、经常观察的宇宙，它还存在着许多我们看不见但却又真切存在的宇宙。每个人都在不同的 5 个现实空间存活着，而每一个空间都是现实存在的，都是一个小宇宙。那么，地球也不止我们生活在其上的这一个。利用第五维空间理论，我就造了一个小地球。它是地球的浓缩体，虽然直径只有 84.5 米，但它所产生的超吸引力等同于地吸引力，甚至连威力最强的核力都攻不破。”

萧痕这时才明白“M–845”的含义。原来“M–845”指的就是父亲研制的“小地球”，其中的 M 就是 MWI（Many Worlds Interpretation，多宇宙解释）的头一个字母，而 845 就是“小地球”的直径。在父亲面前，他只觉自己的学识如沧海一粟，莫不恭敬，道：“将地球微缩成一间房子，恰好验证人们所谈及的‘地球村’或‘世界是平的’，其实在人们的意识中，量子物理学已经深入到生活的点滴之中。”

“科技影响未来，这一点也不为过。这个‘小地球’是地球的浓缩，所以坍塌不了，攻不破，打不开。”靳名琛在黑暗中微微一笑，“其实，这并非我的原创，这一理论早就记载在古蜀家族里，我只是一个实践者。”

“有一点我不理解，古蜀家族辉煌时期的中国，是个讲究神力的国家，虽说一两千年后出现了中国历史上最璀璨的百家争鸣，但纵横数千年，中国都没有量子物理学，古蜀家族怎么可能记载？”

42. 复活，又见复活

这时，月光又洒了下来，“小地球”也渐渐亮了，果然它在转动着，只是被亮光包裹着，不仔细辨认根本看不出来。靳名琛看着儿子眼中露出的求知欲，以及小小年纪对科学、数学和量子物理学有如此之深的研究，已是不易，眼中不禁露出嘉许之色，笑道：“在没有加入五指月之前，我也和你一样，对此深表疑惑。但加入之后，和中外斐然的物理学家、科学家一起探知了许多不为人知的秘密，我就对此深信不疑了。这跟我常常谈及的史前种族有关。古蜀家族所掌握的科技不是人类所创造的，而是继承了史前种族的技能。这种技能在现实世界中留存的事物很多，有我们发现了的，也有的还未探知。譬如金字塔，这就是史前文明的杰作。古蜀家族信奉太阳，以太阳为崇拜物，在数千年之后，牛顿发现了光的重大意义和使命，这绝不是巧合。”

萧痕点了点头，道：“看来所谓的奇迹并不存在，之所以有奇迹，是因为我们从未探知。”

靳名琛笑道：“那也不一定，来，我让你见证一个奇迹的存在。”

萧痕随父亲进入“小地球”。刚到门前，就觉得诧异了，第一次来时的寒冷不复存在了，贴附在玻璃上的冰花也被一抹绿色所代替，竟有温暖如春的感觉。在这寒冷的冬季里，这“小地球”里竟时逢春天。走进“小地球”，让他一直疑惑不解的棺材和冷冻装置也不见了，替代它的是一个供暖设备。等走到父亲收集文物的长廊时，他一下子就矗在了那里，也终于知道父亲所谓的奇迹了！

这绝对是一个奇迹！

这奇迹让他惊呆了！

因为在长廊的尽头，石小岚正笑盈盈地看着他。石小岚的脸色有些苍白，还没有完全恢复，但她的笑容却比春色还要美。她坐在木椅上，神色安详，有种经历死亡之后的平静。就像春风荡漾的湖水，风稍微浅一些，只吹得动表面，这时湖面看来就恰似波平如镜了。

靳名琛回头对萧痕说：“这是不是奇迹？”

萧痕没有回答，他已经无法回答了，只觉头脑里一片空白，仿佛有一团雾，看不清事情的真相。他突然跳了起来，宛如具有了超能量，“静如处子、动如脱兔”，一下子就到了石小岚的面前。

石小岚看着他，如春水般笑了：“我还活着。”

“活着！”萧痕的头脑里轰响着这两个字，仿佛这一刻世界都不存在了，一切都不重要了，只要石小岚还“活着”，就是世界消失了，宇宙消失了，他们变成偌大空间的一粒尘埃也无所谓了。他伸出双臂，将石小岚紧紧拥在怀里，亲吻她的脸。两张唇贴在一起时，那种久违的真实一下子回来了，像攀附虫似的紧紧裹住了他们。这时，就连时间和空间都似不存在了，任何事、任何人都无法去打扰他们享受那真实！他们就陶醉在那真实里，这让他们的世界也变得真实了，生命具有了光彩，活力复苏了，石小岚的脸颊上终于有了“死后复苏”的那一抹浅浅的红晕。

靳名琛没有打扰他们。他知道这一刻只能让时间凝固、空间消散，看着二人陶醉在爱中，他眼角竟然湿润了；回头注视着曾经棺材的所在，仿佛又看到了妻子那绝美的笑颜，回到让他如痴如醉的岁月里去了。过了良久，他忍不住轻叹了一声。他的叹息声很微弱，但在萧痕和石小岚的耳中，就像一根针似的刺破他们的忘却。

萧痕松开石小岚，回头看了看父亲，跟石小岚说：“真的没想到，还能见到活着的你。”

石小岚也看着靳名琛，说：“是你爸救了我。”

靳名琛指着椅子说：“咱们坐下来谈。”

萧痕牵着石小岚的手坐下，问父亲：“您怎么救了小岚？”

“这需从头说起。”靳名琛拿出一盒烟，从中抽出两支，让给儿子一支，自己点上，吸了一口烟，说：“首先，说一下我的身份，我是五指月中国分支机构的长老之一。五指月是个国际性组织，目前它的总部不在中国。五指月是个庞大的网络，这个网络在第一次世界大战和第二次世界大战，都起到过关键性的作用。原子弹的研究者海森堡就是当年的五指月教父。”

萧痕道："难道小岚和五指月有关？"

"渊源颇深。"靳名琛点了点头，说："我先从古蜀家族说起。古蜀家族的任务是保护《归藏易》。从创始之时，就分了两个派系，每个派系都采取母系氏族制，也就是家族族长必须是女的。为使秘密传承下去，这两个派系基本上都是轮流做族长。实际上，族长只是象征，当两大派系经过几千年的流传后，派系的首领操纵了古蜀家族的实际权力。而这两个派系中的一个就是五指月。五指月的首领称为教父。几千年过去了，五指月越来越壮大，而另外一个派系却销声匿迹了，这样整个古蜀家族都被五指月所掌控。"

石小岚道："我和五指月有什么关联？"

靳名琛说："五指月延承古蜀家族的家规，每隔 24 年要选举一位族长。另外一个派系虽不存在了，但两个宗族却是存在的，就像英国、荷兰和日本的皇室一样，族长只是形式上的权力者。所以每一届都要从两个宗族培养的圣女中选举。而小岚就是其中一个圣女。"

"圣女？"石小岚惊诧地问，"我是古蜀家族的圣女？"

靳名琛点了点头道："另外一个圣女就是苏婳。"

萧痕似乎找到了其中的关联，道："圣女的肩上都有一个猫的印记？"

靳名琛道："这正是古蜀家族的秘技。族长在培养继承者时，圣女一出生就种下'猫种'，这种神秘的接种方式，就连现在的科学也无法掌握，但这秘技确实已经流传几千年了。"点了一支烟，又道："这种接种方式很奇怪，因为它可以在身体里隐藏 24 年，而且当'猫'形成时，五指月能接收到光在猫印记上产生的波，而找到继承者。"

"时间有些不对。"石小岚斩钉截铁地说，"我已经 29 岁了。"

"那不是你真实的年龄。"靳名琛摇了摇头，"你和萧痕同岁，今年 24 岁。你的年龄是我让石炜烽虚报的，目的是保护你。"

石小岚皱了皱眉："我爸也是五指月的一员？"

"不错，你爸是五指月的火手指。"靳名琛微叹一声，"这么多年来，奢城公安局无法调查五指月，多多少少与你爸有些关系。但你爸并不是在保护五指月，实际上，恰恰相反，你爸是卧底，是真正的刑警。你爸就是要摧毁五指月，才想方设法打入组织内部的。结果，被庄一识破了，也因此而死了。”

石小岚皱眉问：“据说，五指月的五大长老互不相识，您是怎么知道爸爸是五指月长老的？”

靳名琛掐灭了烟，道：“石炜烽到五指月做卧底，实际上是我的意思。我这一生的终极目的，就是摧毁五指月。但事与愿违，当竺小�被光谋杀后，我和石炜烽就知道组织已经溃烂了，已有人突破了这个瓶颈，而且迅速地掌控了五指月中国分支机构。”

萧痕这才明白父亲说石炜烽是为大义而死的意思，问：“您知道是谁吗？”

靳名琛点了点头：“当然知道，就是这个人想要小岚的命。”

“是谁？”

“白——逐——尘。”靳名琛一字一顿地说。

“白叔叔也是五指月的长老？”萧痕吃惊地问。

“白逐尘不但是五指月的长老，而且跟总部保持着密切的联系，他的实际权力超过了庄一。”

“您找白逐尘运作具茨山，是在欲盖弥彰？”

“具茨山蕴藏的宝藏，是人类共有的财富。我之所以运作此事，就是让人们知道它所蕴含的价值，这样五指月就不能打具茨山的主意了，这就是所谓大隐于朝的道理。”靳名琛叹了口气，道：“竺小�被光谋杀，我知道是白逐尘的杰作，因为能用光杀人的只有一人。”

“白逐尘有这样的能耐？”萧痕不解。

“这个人不是白逐尘，而是庄化蝶。”

萧痕更是迷惑了：“庄化蝶还活着？”

靳名琛冷哼一声：“他不但活着，而且还是五指月教父。当然，这只是我的推测，因为这 20 多年来，我从未见到过他。但利用光杀人的技法，只有我们俩知道，也做过研究。庄化蝶在物理学和量子物理学方面的研究都超过我，说他失踪了或死了，我是不会相信的。”

萧痕道：“在黄河陵园的洞穴里，小岚被弩箭射中了，这是白逐尘干的？”

“正是。”靳名琛点了点头，“白逐尘是庄化蝶最好的朋友，更是庄化蝶最忠实的搭档，所以我就想到白逐尘必定是五指月的长老之一。后来，我就跟踪他。他在洞穴里暗算小岚时，我看得一清二楚，所以才有机会救了小岚。那时，小岚基本上是命悬一线，幸亏我这‘小地球’里有冷冻装置。”

萧痕指着曾摆放棺材的位置，说：“棺材怎么不见了？那具干尸呢？”

“那不是干尸，她还有生命。”靳名琛眼神里融进几许悲哀，“你知道她是谁吗？她就是古蜀家族的上任族长。按照你的理解，她死了有 24 年。但在古蜀家族看来，她根本就没有死，她还活着，她的意识还在，她身体里储存的宝藏还在。那宝藏的意义，与宇宙星河具有同等的价值，因为只有她才知道《归藏易》的秘密。”

“马王堆女尸？”萧痕问。

“马王堆女尸算什么，跟她比起来，就好比一珠光与浩瀚的星群做比较。”靳名琛语气里存着不屑，“你知道我一直坚信史前种族的存在，五指月也坚信《归藏易》的秘密足以改变世界。”

“究竟是什么秘密，让五指月经年累月的去破译？”

“只有古蜀家族的族长知道。”靳名琛神色傲然起来，“我在五指月就是保存好她的‘尸体’。五指月之所以保留族长的‘尸体’，是在等着下一任族长的降临，去传承《归藏易》的秘密。”

“她已经死了，至少是生命已经终结，怎么将秘密告诉下一任族长？”萧痕百思不得其解。

靳名琛从沙发上站了起来，来回走了几步，说：“这就是古蜀家族的伟大和神秘之处！”微微叹息一声，“你说得对，她实际上已经死了，我所保存的只是她的意识。你在棺材外面看，她似栩栩如生，但不能打开棺材，否则她就会烟消云散。”

萧痕惊呼起来：“生死叠加——薛定谔的猫！”

“不错，就是薛定谔的猫！”靳名琛浅笑，“薛定谔是个伟大的量子物理学家，他一生的成就不亚于爱因斯坦和牛顿。就这个‘薛定谔的猫’实验，已经超越了爱因斯坦的相对论和牛顿对光的研究。薛定谔曾经是五指月教父，他做此实验的目的，表面上是为了推翻爱因斯坦的相对论和歌德哈本解释，实际上是为了破译《归藏易》的秘密。但他穷其一生，也没有破译出来。”

萧痕道：“这么说，她就是处在生死叠加，无谓生死，因为生有两重含义，一种是肉体的生命，一种是精神的意识。”

靳名琛点头道：“这些毕竟不是普通人所能理解的。古蜀家族为使《归藏易》的秘密不被宵小之辈获知，就创造了这一伟大秘技。或许，这秘技本身就是从史前种族遗留下来的。他们为圣女接种后，就将她们送出宗族。他们认为只有这样，才能磨炼圣女。到她们 24 岁时，‘猫’的光波就散发出来，然后找到她们。继任大典是古蜀家族最神秘的圣典之一。在继任之前，族长根本不会通过语言和文字来告诉圣女《归藏易》的秘密，而是将头脑中的意识传输给圣女。这样，圣女既得到了秘密，又不被外人所知。之后，再经过七年零七个月，圣女完全掌握《归藏易》的秘密后，才举行真正的继任大典。”

萧痕眉头皱了一下，忽然舒展了，道：“棺材之所以不见了，她也消失了，是因为她的意识已经传递给了下任族长，也就是小岚。您用第五维空间原理，让她的意识传输到小岚的头脑里。”

“你说的对！”靳名琛眼里露出嘉许之色，“这也是为什么小岚能死而复生的原因。那两支弩箭都击中了她的要害，本来无生存的希望。我利用第五维空间原理，在棺材和小岚之间，放置一种刚被五指月研究出来的物质：以太，并将她们置身于这个‘小地球’之内，这样就完成了这一秘技，将《归藏易》的秘密植入小岚的头脑里。”

石小岚越听越是困惑，确切地说，她根本听不懂。这些离她的生活太远了，太陌生了，虽然这些年来她也见到过许多神秘事件，但与此不能相提并论。她将这些事情串联起来，只能弄明白一件事，她跟五指月有关联，跟古蜀家族有关联；她之前一直调查的五指月组织，竟然是她的家人。这有些滑稽了，宛如所有的罪恶都因她而起似的。

萧痕看出石小岚的困惑，说：“既然小岚已经掌握了《归藏易》的秘密，但为何看起来却一无所知似的。”

“只有经过七年零七个月的融汇，她才能真正掌握《归藏易》的秘密。”靳名琛坐回到沙发上，“这正是关键所在。经过几十年的实验和论证，我和庄化蝶掌握了这个原理，称之为‘白夜式意识复苏’。意识复苏分为三个层次，而取三之意，就是‘道生一、一生二、二生三、三生万物’的概念，又是‘三境界：看山是山，看水是水；看山不是山，看水不是水；看山是山，看水是水’的形象描述。第一个层次：看山是山，看水是水。小岚得到的意识，当看到一些场景和事物时，她就会想起发生了什么事情，就能想到一些关联。第二个层次：看山不是山，看水不是水，是埋藏在意识里更深层的，需要更强烈的引导才能获知。这个层次是通过普通的事物获知不了意识的，就像信息的获知，跟波长、波峰、波谷有关。第三个层次：看山是山，看水是水，是无限延伸的意识记忆。这层意识就像我们求知，感悟是信息的回馈，是‘生万物’的层次，通过融会贯通，意识会无限延伸。等到三层意识完全融汇，她就真正掌握了《归藏易》的秘密。”

萧痕忽然想起一事，问道：“小岚肩上的猫刺青是古蜀家族的接种技法，为什么古蜀家族要选择猫？”

“猫是所有物种中最神秘的一种动物，它的灵性也绝非其他动物所能相比，所以才被选定为古蜀家族的守护者。”靳名琛说，“另外，还有种说法，猫是史前种族的崇拜物，相当于人类崇拜的龙，所以人类的十二生肖才没有猫。”

“‘薛定谔的猫’计划究竟是怎么回事？”

“五指月之所以制订‘薛定谔的猫’计划，就是因为古蜀家族的秘技。我们在具茨山山腹中发现了成千上万的‘类马王堆女尸’，在埃及金字塔、希腊古建、玛雅古城堡下面，也发现了许多‘类马王堆女尸’，这绝不是一种巧合，这些‘类马王堆女尸’的存在，一定和《归藏易》有关。我们相信，这些‘类马王堆女尸’正在等待复活，而一旦复活，你们也能想象到此景的可怕。这也是五指月耗费巨资制订‘薛定谔的猫’计划的原因。”

“这些‘类马王堆女尸’真的能复活？”石小岚不解地问。

“一定能复活。”靳名琛傲然道，“这种复活的技巧，正在被实验。一旦实验成功，五指月将正式启动‘薛定谔的猫’计划。”微微叹了一口气，“古蜀家族已不如从前了，已经完全沦落成傀儡了，甚至比这更可悲。因为圣女已经不被尊重，她们成了实验的小白鼠，五指月正在做圣女复活实验！之所以选择圣女，是因为她们的血统最纯正。”

萧痕惊愕道："小岚被暗算，是让她做小白鼠？"

靳名琛摇了摇头："真正的小白鼠不是她！两年前，我和石炜烽决定破坏'薛定谔的猫'计划，所以一直留意小岚身体里'猫种'的激活。小岚出事那晚，'猫种'刚被激活，五指月根本没来得及接受讯息，小岚就被白逐尘暗算了，生命变得微弱，也破坏了'猫'的光波。我利用第五维空间将《归藏易》的秘密传输给她时，已将'猫种'蛰伏了。下次激活又要等七年零七个月的时间，所以小岚暂时是安全的。白逐尘暗杀小岚，是因为她调查竺小筠，他怕最终查到他头上。小岚从国外回来，就被白逐尘监控了，他知道你们去黄河陵园。"

"难道是小翙？"萧痕皱了皱眉，从椅子上猛然站起，"是小翙！她两年前死于幻灭，是被五指月谋杀的！"

靳名琛点了点头："在五指月实验基地里，小翙被实验两年了，和古蜀家族族长一样，她看似是死了，但意识没有消失。如果实验成功了，'薛定谔的猫'计划就会启动。"

43. 麦琪的礼物

这些天，时间过得嫌慢些。辛夷坞有些冷清，炊烟是淡淡的，天气不但冷，而且峻，有些陡峭。顾冰清接到父亲的电话，姥爷去世了，要他回去。顾冰清赶紧丢下工作，请了一个星期的假。庄筱娴送他到车站，哪知早到了两小时。空气是一阵冷过一阵的，顾冰清让她回去，庄筱娴抬头看下弦月只剩下一条淡淡的尾巴，默然不语。二人随便地走了走，拐过了一个街口，竟然到了古玩城。顾冰清来了兴致，一拍脑门，笑着跟庄筱娴说："认识这么久了，好像还没送过你礼物？"

庄筱娴心里欢喜，嘴上却哼了一声："你现在才想起来送。"

顾冰清木讷地说："萧痕是不是早送给你了？"

庄筱娴点了点头，拉着他的手过马路。一辆出租车在他们身边停下，司机问他们坐不坐车。顾冰清心里郁闷，向司机挥了挥手。司机得了不坐车的讯息，啐的一口，向他身处的方位吐了一口痰。顾冰清甩脱庄筱娴的手，指着司机说："你这人怎么这样。"那司机不理他，调转了车头，丢给他一个车屁股，吐了一口黑烟，哧溜一声开走了。

顾冰清恨恨地说："都像这样，咱们还怎么建设国际化大都市。"

庄筱娴笑道："你生什么气呀！"

顾冰清呵呵一声："我生气了吗？我怎么会生他的气？"

庄筱娴意味深长地说："你是说——你不会生谁的气？"

顾冰清不说话，一把抓住庄筱娴的手，想说他是在生萧痕的气。严格地说，是吃萧痕的醋。可话到嘴边，却又说不出来，放了庄筱娴的手，讪笑道："我谁的气也不生。"

庄筱娴暗骂他是懦夫，苦笑说："你准备送给我什么礼物呢？"

"你要什么礼物，我就送给你什么礼物。"

“真的？”庄筱娴扬了扬眉问。

“当然！”顾冰清肯定地回答。

庄筱娴幽幽地说：“你知道我最想要的是什么礼物。”

顾冰清点了点头，说：“咱们到古玩城，我去化妆，扮成你哥。”

庄筱娴眼圈儿一红，眼泪啪嗒啪嗒地掉了下来。顾冰清想掏纸巾，在身上寻了个遍也没找着。庄筱娴看他笨拙的样子，扑哧一声忍不住笑了。顾冰清见她笑了，也是嘿嘿地傻笑。庄筱娴从口袋里掏出一包纸巾，右手一伸，说：“你帮我擦！”说完之后，觉得不好意思，便又缩回了手。

顾冰清心神不禁一荡，攥住她缩回的手，说：“我帮你擦！”抽了一片纸巾，在她脸上涂抹了一下，眼泪没有擦掉，反而弄疼了庄筱娴。

庄筱娴气得一把夺过纸巾，嗔骂道：“你——”却又骂不出来，心里一震，羞赧地低下了头。

顾冰清见她的一颦一笑虽和苏翙有些相似，但也只是面上的相像，精髓却是千差万别，心里也是格外的一惊，慌忙拉了庄筱娴的手进古玩城。自然没有化妆，古玩城里卖的都是古玩。顾冰清在精品店挑了一件长命锁给她，祝愿她长命百岁。庄筱娴接了，却是一脸的不高兴，说：“我才不愿长命百岁呢。”

顾冰清神情一滞，笑着说：“难道你想做短命鬼。”

庄筱娴瞪了他一眼，眼神中却是欢喜。顾冰清看了有些心慌，忙躲避她的目光。庄筱娴幽幽地说：“我可不愿做一个老不死的，到时候人老珠黄了，都变丑了，还不如早死了呢——”看着长命锁，又说：“你也真够老土的。”

顾冰清申辩道：“这是传统。”

庄筱娴笑了笑：“那你怎么不送给我一个中国结呢？”

“老土就老土，你要不要。”顾冰清往前一递。庄筱娴不说话，将长命锁系在手腕上，在顾冰清眼前一晃，笑了。顾冰清付了钱，又陪着庄筱娴转了转，瞧了一些字画。转了一会儿，顾冰清一看表，说：“时间快到了，咱们回去吧。”

“你这就要走了？”

“这就走。”

“天明就到了？”

“准时的话，天明就到！网上说，又出现SARS病人了，是不是真的？”

“别信网上的谣传！”

两人说说笑笑，出了古玩城。庄筱娴发现站台票丢了，又重新买了一张。庄筱娴苦笑道：“你路上要小心了。”

二人到了站台，顾冰清说：“你回去的时候，要小心些，天都黑透了。”

庄筱娴笑道：“你害怕别人吃了我。”

顾冰清脸上一红，怔怔地说：“我才不怕呢，反正有人保护你。”

庄筱娴笑了：“你还不是在吃萧痕的醋。”

“我怎么会吃他的醋？”顾冰清一窘。

“是呀！你怎么会为我吃醋？你只会为苏翙吃醋？”庄筱娴幽幽地说。

顾冰清心里咯噔一声，好像那颗心掉了，有些失控了，说：“你在吃苏翙的醋。”

庄筱娴眼睛一挤，眼泪又啪嗒啪嗒地掉了下来，沉声说：“不错，我就是吃苏翙的醋，为什么你这么爱她，她死了——你还这么爱她，她要是活着——不知道你会怎么爱她？”

“这个我没有想过，她活着——我该怎么爱她？”顾冰清一怔，瞥见庄筱娴的眼泪，赶忙伸手给她擦了。庄筱娴将顾冰清的手按在脸上。顾冰清手一麻，忍不住又缩回了手。

庄筱娴看见他的窘态，破涕为笑：“你不是会给女孩子擦眼泪？”

顾冰清机械地回答：“我本来就会——”话一出口，就后悔了，连忙将剩余的话缩了回去。

“本来就会呀！”庄筱娴淡淡地哦了一声。

这时，火车进站了。顾冰清让她回去。庄筱娴摇头不应，在一旁看着顾冰清上车，觉得四周空荡荡的，什么也没有了，车厢里坐满了人，站台上却只有她一个人，孤零零的。她忍不住打了一个机灵，忽然跑过去，抓住了顾冰清的手，说：“你还欠我一个哥哥呢？”

列车员警告火车开动了，庄筱娴这才放了手，随着火车跑了几步。顾冰清站在车门前，心里都是庄筱娴的影子，有欢笑的，有哭泣的，有摇曳的，有安静的，只觉自己被庄筱娴包围了，火车消失了，天地也消失了，忍不住说："我把我自己给你——行吗？"

这句话庄筱娴听得明白，眼看着火车快速驶走了，只觉自己和四周的大地连在了一起，也仿佛痉挛了，动不得分毫，忍不住蹲在那里，哇的一声哭了。

顾冰清回家有些心怯，不知跟父母说什么好，便托词早睡，刚灭灯，却听门吱的一声响，忙翻身坐起，却见父亲从门缝里挤进来。顾冰清从床上下来，问父亲怎么还没睡，便去拉灯。父亲伸手按住灯绳，说："别——"

顾冰清不明就里，问："怎么了？"

父亲嘴唇翕动着，抽出两支烟，放在儿子前的小桌子上一支，自己点了一支吸了，说："两年前，你带一个姑娘回来，挺漂亮的，可像你妈——"顾冰清皱了皱眉，想不出林心湄和母亲哪里相像——"这几年也没了你们的消息，不知那姑娘怎么样了？"

"好着呢，我们在一起工作。"

"你不知道——"父亲轻嗯了一声，抬头看窗外的月，"顾家出了个大学生，你爹脸上光彩着呢，只是——"父亲狠狠地掐灭了烟，"你娘不让我说，可我觉得应该告诉你。"

"什么事？爷俩有什么不好说的。"

"这件事——"父亲嘴唇又开始翕动，"你不是我们顾家的——你亲生父亲对我有恩，所以我就是砸锅卖铁，也要供你读书——恩，得报！"

顾冰清虽有些吃惊，但心里没有喜或悲，只是感到一阵酸楚，握紧了父亲的手。在黑暗里感知父亲在点头，拿起桌上的烟吸了。黑暗里看不清父亲的表情，但能感知父亲的手很稳，手上满是茧子，手掌已经粗糙不堪。他抿了抿嘴，泪水从眼眶里挤了出来，滴到父亲手上，父亲的手猛地一抖。顾冰清流泪，并不是因为知道了身世，而是感恩父亲的付出。"滴水之恩，当以涌泉相报"，父亲做到了，他能么？他扔了烟，握紧了父亲的手，说："别告诉娘——就当我不知道这个秘密。"

父亲站起身来，对儿子说："那姑娘跟你亲妈挺像的，我只见过她的照片，是你生父让我看的，你生父叫庄化蝶。"

顾冰清听到这个名字时，并没有特别的激动，很长时间了，他与这个名字已有不可分割的事实，他所承担的好找到了根源，就如释重负了，扶父亲出去，说："他是谁不重要，重要的是你才是我爸，永远都是。"

父子俩站在门口，见月亮将夜色熏染得如此纯粹，不禁痴了。

44. 山雨欲来风满楼

萧痕和石小岚走出具茨山时，天还沉寂在夜中，远处的山尖稍微有些光亮，像一抹灰白的云。萧痕已无心思触摸山的平静美，此时，他的一颗心都是悬着的。他相信父亲所言，但怕这些都是父亲的猜测。苏翙还“活”着的消息，让他坐立不安，那血浓于水的情感，让他的躯体燥热起来，一刻也待不下去，恨不得飞到黄河陵园。车子在崎岖的山道上飞也似的向前驶去，就连车灯也来不及照亮前方的路。石小岚本要在山上修养一段时间，可她不放心萧痕，要陪着一起去。死亡使他们更加珍惜此刻的拥有，他们都有同样的心思，怕这一去再也不复返了。萧痕已不是局外人了，如果靳名琛所言属实，苏翙是古蜀家族的人，那么他也是。他们的心中，都有种山雨欲来风满楼的意味。

天刚微微亮，他们就到了黄河陵园。萧痕下了车，却驻足不前了，他害怕揭开谜底。就算苏翙没有“死”又能如何？就算找到了妹妹的“意识”又能如何？难道“薛定谔的猫”实验真的能使妹妹复活？然而，假如妹妹复活了，那么复活的绝不是她一人，而是成千上万个“地下魂魄”。这一个地下军团的复活将给世界带来什么样的境况？他不敢想象。

石小岚知道萧痕的心思，说：“真相总要浮出水面的。”

萧痕握紧了石小岚的手，说：“幸亏你还活着。”

“至少还能再活七年零七个月。”石小岚轻笑道，“这已经足够了，我能在你身边这么长时间，而且我的意识将永远流传下去，我就心满意足了。咱们的爱情，真的流芳百世了。”

“肉体虽逝，精神不灭。”萧痕拥住石小岚，沉醉在爱里。河边的风大，吹得树枝咯吱乱响。萧痕松开石小岚，从后车厢里拿出铁锹来，牵住石小岚的手，说：“来，我们一起见证真相。”

那株小松柏仍忠实地守卫着苏翙的坟墓，像标枪似的矗在那里。等萧痕挖开坟墓时，望着空穴，不禁长长舒了一口气。苏翙的尸体果然不在，她真的还"活"着。萧痕从兜里拿出烟来，点了一支吸上，望着昏睡的浅河，只觉现实的一切都是罪恶的产物，就连黄河也是。在人们的眼里，黄河既是孕育华夏文明的母亲河，又是罪恶的源头。几个月前，黄河咆哮如雷，恍若凶神恶煞。如今却蜕变了，萎缩了，河床不知缩小了几倍。

"我们一定要找到五指月实验基地。"石小岚望着晨光笼罩住了河边的梯田，轻声说，"我们一定要找到苏翙，她不仅是你的妹妹，在几千年前，我们还有同一血缘——我们的身体里隐藏着同一个秘密。"

"找到了小翙，你怎么办？小翙的意识虽然还在，但她的生命已经不存在了。找到了又如何？难道我真的希望小翙能复活，成为地下军团的一员？"一支烟燃到了根部，烟灰没有立刻落下来，而是颤颤地挂在烟蒂上，等烟烧到了手，萧痕才感知到，手一抖，烟灰飘落下来，被一股疾风吹散，撒得遍地都是。

石小岚幽幽一叹："死者已矣！"

"死者已矣！"萧痕点了点头，"小翙已经死了，寻与不寻，结果都一样。不让你受到伤害，才是我要做的。"

石小岚轻轻依偎在萧痕的胸前，说："还不如死了，一死百了。可我死不了，生命虽有一天会逝去，但意识不灭，身为古蜀家族的圣女，注定了我的悲哀。也许，我的悲哀并不是我一人的，而是积攒了几千年来几百人的悲哀。这悲哀，是亘古不灭的悲哀。"

萧痕轻轻在她背后拍了拍，道："想让悲哀消失，只有一条路可走。"

"毁灭它，毁灭五指月，毁灭古蜀家族。"石小岚离开萧痕的怀抱，"这就是爸爸的选择。爸爸之所以这样选择，是因为爸爸爱我。虽然，爸爸并不是我的亲生爸爸。"

萧痕眺望黄河，张开双臂让风从膀臂上溜过，道："只有毁灭，才能真正复活。"

石小岚突然想起一事，在地上捡起一根树枝，找到一片沙地，在上面画了一组图形：

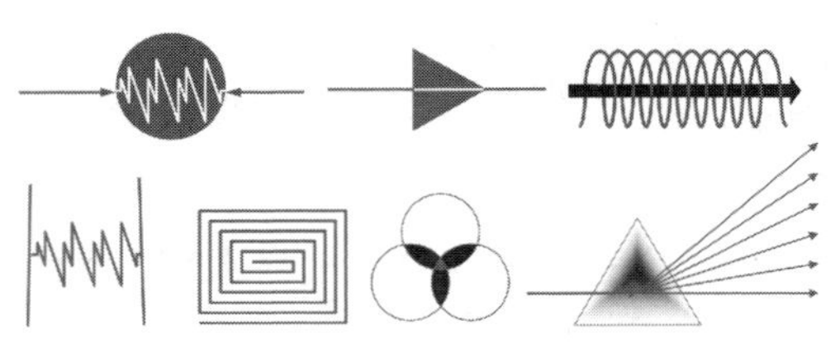

萧痕看了，皱眉道："这是罗兰贝格图库，做广告提案的专业工具。"

石小岚扔了树枝，拍拍手站起来，说："这是我出事前去埃及时，爸爸给我看的图形。爸爸那时肯定预感到他要出事，所以才给我看这些的。这看似风马牛不相及的东西，是不是也隐含了什么信息？"

"这很奇怪！"萧痕皱眉说，"罗兰贝格图库是专业图库，只有行业的人才会去了解，石叔叔为什么让你看这些？"心里忽觉一阵拥堵，是想起了他寻找的"×"仍是未知数。

萧痕心里混乱极了，《归藏易》的秘密不得而解，苏翙和白老留下的黄皮纸残片也成了不解之谜。这些交织在一起，越来越看不清事情的真相，或许真相就藏在这些看似没有关联的东西上，但缺少一根线将它们串联起来。他盯着图形看了片刻，仍想不出石炜烽的意图。这些图形指示着什么？石炜烽究竟了解多少秘密？困扰像蜘蛛织网似的越来越密，弄得他头昏脑涨的。

忽然，他脑海里闪现出一些奇怪的事物来，这些事物毫无规律，就像乱码似的飞进他的头脑里，一些看似毫无牵扯的关联陡然出来了，就像灵感似的不知从何处飘来，漫无目的问石小岚："你爸爸为你买了一套房子？"

"是的，你怎么知道？"石小岚吃惊地反问。

萧痕这时捕捉到了灵感的尾巴，继续问："名字就叫罗兰贝格社区？"

"是的。"

"罗兰贝格社区的规划设计师就是竺小筠。"萧痕的思路渐渐清晰，"罗兰贝格社区共有 7 栋高层？"

"是的。"

"你买的是第几单元？哪个房间？"

"第 7 单元，18 层，第 2 间房。"

萧痕明白了，石炜烽留下的图形和这套房子有关。那些图形说明了一切。这七个图形，就代表7栋高层。罗兰贝格图库缩写是PPT，P对应的手机号数字就是7，表示第7单元；第二个P，是手机7的英文字母“P–Q–R–S”的排序“1”；T对应的手机号数字是8，又是英文TWO，也就是2。正是罗兰贝格社区7单元18层2房间。

石小岚再次被萧痕的推理震惊了，她也明白萧痕的“神通”是与生俱来的，牵着他的手说：“咱们去罗兰贝格社区！”

罗兰贝格社区在城市的中心，是高层建筑群，18层是顶层，可以俯瞰整个社区。晨光笼罩在这幢银灰色的建筑上，照射在一间房子的玻璃上，反射的光正好射进萧痕和石小岚的眼睛里。那间房子正是他们要找的房子。这是一梯两户的房子，18层是7单元的顶楼，一间房子上端写明了2的符号。他们现在就伫立在门前。石小岚在密码锁上输入一组数字，门叮的一声开了。

石小岚不常到这里来，这是父亲送给她成为国际刑警的礼物，她没有接受，这礼物太奢侈了，她不是寄生虫，所以情愿住在单位宿舍里。屋子里静悄悄的，没有人。一扇侧门微微开着，却是晦晦的幽暗。有细长的风挤进窗户缝吹到房子里，灰尘便荡了起来，石小岚的目光便落在了那堆文物上。那些文物在屋里显得灰突突的，甚至有的长了苔藓，有的脱了一层皮。它们默默无声地堆积在那里，无情的岁月已将昔日的辉煌吞噬殆尽；它们的青春已经消磨了，如今变成颓废的朽木。岁月无情地摧残着它们的躯体，但也留下了无穷无尽的经历，当再浮出水面时，这些经历将会重演它们的辉煌。

在这些文物的显眼处，石小岚看到了一个木盒子。盒子上放着一张字条：“小岚收。”纸条旁边，是一个油纸袋，里面竟是萧痕苦苦寻找的黄皮纸残片。她拿起盒子，却发现盒子是有密码的。

这是奇特的密码器，因为密码源竟是：东西方文明的差异。

盒子有些斑驳，上面是幅雕刻：一群蛮荒的人，在一个蛮荒的土地上呐喊着；他们伸展着双臂，举着一个巨大的白球，白球里藏着数不清的人，他们的身体像细胞一样裂变着。

萧痕见木盒雕刻的人物与《归藏易》石块上的人物极其相似，觉得这是幻象，可他被这幻象震撼了，虚妄与真实像寒风吹断梅花花瓣一样，一缕缕的撕裂了，就像梦境的无数个神经末梢。花瓣被一种强烈的吸引力卷了起来，这些花瓣团成一团，飞旋着，像一个地球仪。这个时候，他迷惑了，忘记了过去、现在和将来，他的意识里只有空白，空蒙蒙的一片，仿佛大地初开时的混沌，眼前却恍惚着父亲的影像。

萧痕从桌子上拿起油低袋，却没有立即取出残片。这残片的秘密对他来说，虽然充满了魅惑，但同样的倦乏。指尖触及之处有个硬东西，萧痕摸出来，却是一个标识，有些破旧，上面生了锈。萧痕将上面的锈除去，标识上的符号显露出来，竟然是一个电厂的标志 VV。

石小岚看到标识时，轻轻哦了一声："这个标识我见过，是百合集团具茨山电厂的标识。"

"这是百合集团的电厂？"萧痕盯着标识看，"难道具茨山电厂跟五指月组织实验基地有关？"

"你的想法总是很奇特？"石小岚好奇萧痕的猜测。

"有关具茨山的一切我都很敏感。"萧痕翻检着石炜烽收藏的文物，说："这些都是具茨山上的文物，这标识又是具茨山电厂，它们之间绝对有关联。只要找到这关联，就能洞察你爸的心思。"

石小岚道："爸爸的死，一定跟这些文物和电厂有关，不然的话，爸爸不会将这些东西放在这里！"

"也许我爸知道这里面的关联？"萧痕抬起头来，向窗外看了看。阳光渐渐毒了，一扫冬日的萧瑟。这里的视野很开阔，附近的建筑都在视野之内，居高俯瞰，有种会当凌绝顶的感觉。当光线稍弱时，他突然察觉在这些建筑的某处，有一双眼睛在盯着自己，下意识地将窗子关了。

他们回到具茨山的"小地球"，将"VV"的电厂标识交给了靳名琛。靳名琛看到标志，匆忙走到书桌前，打开他绘制的《具茨天书》，找到一幅图，喊萧痕和石小岚一起看，说："错不了，五指月实验基地就是具茨山电厂，和我的猜测相吻合。"

萧痕将木块化石交给父亲，说："这也是石叔叔留下来的。"

靳名琛接过木块化石，盯住上面的标志、数字和文字看了半晌，说："石炜烽早将这秘密告诉你了！"

“什么秘密？”萧痕不得其解。

“看 M。”靳名琛指着木块化石上的“M”字母说。

“我就是从字母 M 上推测出来跟您有关的。”

“这是石炜烽想要告诉你的信息之一。”靳名琛拿出一张纸，在上面写了一个“M”字母，然后翻转过来，成了一个“W”，说：“看这个字母 W，W 是百合集团的标志，具茨山电厂是百合集团的产业。再将 W 分开看，就成了‘VV’，也就是说，石炜烽将这个信息传递了，M → W → VV，M 代表的多宇宙解释，可以说是五指月研究‘薛定谔的猫’计划的关键，而与之关联的‘VV’就是具茨山电厂，他所传达的信息就是：五指月实验基地在具茨山电厂。”

“爸爸已经找到五指月实验基地了。”石小岚眼睛湿润了，“爸爸差一步就成功了。”

“咱们也就差这一步了。”靳名琛指着他绘制的《具茨天书》中的那幅图说，“你们看，具茨山电厂只有两座锥形斜塔，高达 495 米。我很好奇这个造型，没有这样的电厂！”

萧痕见图上画着两幅锥形斜塔的草图，上面标注着测量的数据，问：“这是您的目测！”

“是的，数据都是我目测后计算出来的。”靳名琛指着数据说，“你应该坚信，我计算出来的结果，跟实际尺度是毫厘不差的。”

“具茨山电厂是百合集团的产业，大白叔叔难道也是五指月的人？”萧痕皱着眉问。

“应该是第五位长老，木手指。”靳名琛陷入了沉思。

“接下来，我们该如何做？”萧痕问。

“验证。”

“验证？”

“验证我的推论是否正确。”靳名琛将标识放在草图上，“如果我猜得不错，石炜烽就是因为找到这个标识才被发现的。”

“我们如何验证？”石小岚问。

萧痕道：“直接去电厂查看。”

靳名琛摇了摇头：“如果电厂是五指月实验基地，我们直接去就是送死。因为每个基地都有两名狙击手，他们都是雇佣军，一旦进入他们的视野之内，必死无疑。”

“狙击手？”萧痕抿了抿嘴，“我都忘了我也是狙击手。”

“也许，你真的要狙击。”靳名琛在沙发上坐下，“不过，验证不需要我们去，有人去验证。”

萧痕皱了皱眉：“谁？”

“杜笙。”靳名琛轻声说，“他是石炜烽安插在庄一身边的卧底。”

45.14 局

这是城市少有的四合院落，虽然破旧，墙体上还有一个大大的“拆”字，但映衬着院子里那株老梅，依然还有些古韵，生机盎然。屋檐上还有残雪，被阳光晒了一会儿，一滴滴地落在水泥地上。一个被长年累月滴成的水洼积满了水，一束光线在水面上射出五颜六色的图案来。杜笙就靠在廊前的躺椅上，侧头看着水洼，懒洋洋地晒太阳。

杜笙在这里躲藏了好几个月，自破坏了庄一的越狱计划之后，他就像老鼠一样隐匿了。他也明白大隐于朝的道理，所以并没有远走他乡。实际上，他是个卧底，参与了 14 局一项名为“射月”的行动。顾名思义，“射月”行动就是毁灭五指月组织。刚开始时，他觉得这只是一次例常行动，但后来却发现五指月组织竟像海绵一样，无论他怎么用力，怎么去挖资料，海绵里水就是挤不尽。他甚至觉得这海绵是浸泡在大海里的，五指月组织就像海洋一样宽广、无边无际，他根本就无法探测到底。所以，他采取了最直接的方式，打入五指月组织内部，去做卧底。可就算他是零距离的接近庄一，也探究不到五指月组织的根底。

石炜烽是他的联系人，但不是他的上级。他将获取的秘密设法交给石炜烽，再由石炜烽交给他的上级。为了更接近庄一，在石炜烽的安排下，他入狱暗中调查。可还没等他出狱，石炜烽却死了。更令他悲哀的是，石炜烽竟是被舆论害死的。石炜烽虽是“射月”行动小组的成员，但组织无法拯救他，牵一发而动全身啊，五指月组织早就由黑洗白，组织成员散布在社会各个阶层、各个层面，任何纰漏都可能被他们窥探，因石炜烽而毁了整个行动就前功尽弃了。石炜烽不在了，他就成了断线的风筝。出狱后，他设法与行动小组联系，可联系不到。就在绝望时，他想到了萧痕，将石炜烽留给他的钥匙交给了石小夕。

前几个月，杜笙有些迷失，就像失忆的人，找不到和自己关联的事物。他的档案是编造的，五指月组织盘根错节，一个小小的疏忽就会导致全盘皆输，所以在他参加 14 局射月行动小组时，他的真实档案就销毁了。所以，他成了一个被警队开除的暴力犯，证据就是他的跛脚。他就像一个无家可归的孩子，迷失在这个城市里。当破坏庄一的越狱计划后，他连迷失的机会也没有了，五指月组织对他发出了追杀的通牒。所以，他躲进了这个四合院落。四合院落周围是城中村，高低不平的建筑将四合院落围在了一起，偶尔还有垃圾从高处抛下来。他经常躺在椅子上，看着垃圾被抛来抛去。他在村里的小作坊打些零工，勉强度日，有时他站在熙熙攘攘的街道上，看着川流不息的人群，忽然就迷失了，觉得自己可能会永远迷失下去。

可就在一天早上，他遇到了一个人，让他再次“复苏”了。那天早上，他和往常一样，慵懒地躺在椅上，眯着眼睛享受日光。这时，一辆车驶进了四合院，一个人下了车，径直向他走来。

杜笙认识这个人，不自觉地从躺椅上站起来，说：“林副市长。”

这个人就是林家坤，他走到离杜笙还有九步远的地方停了下来，说：“月破山还在。”

杜笙整个神经都绷紧了，这是他这段时间听到的最悦耳的声音，说：“月未破，山焉在？”

“我的代号是后裔。”林家坤走上前握住杜笙的手，“我找你好久了。”

“组长。”杜笙握住林家坤的手，眼睛一下子湿润了。

林家坤环顾四周，走进正堂里。房间很简陋，该拆迁了。偌大的房间里只有两张木藤椅。林家坤坐下，让杜笙坐在对面，说：“若非这里要拆迁，我还真不知你藏在这里。”

“大隐于朝。”

林家坤点了点头，看着正堂上挂着的一幅山水图，竟有些呆住了。他虽是射月行动小组组长，但也只不过是一个过客。他志不在此，而在仕途。正因为如此，他才被选为小组组长，谁又能想到他会被卷进来？对于具茨山，他有浓厚的情感。具茨山就像谜一样，庄秋水更像谜一样，当了解五指月组织和庄秋水的关系时，他恍惚觉得冥冥之中早有安排。当见到行动小组成员时，他更有这种感觉了。靳名琛竟也是小组成员之一，这是他做梦也想不到的。他和靳名琛对于具茨山的争夺，是真假参半的。他们之间的争斗是永无止境的，但这不妨碍合作。他们有统一的目的，也对彼此了解。将具茨山浮出水面，这是他们共同的想法，只有炒热了具茨山，五指月组织才能显山露水。所以，这一场具茨山争夺战，看似精彩，实际上是他们的计谋。但他们又有各自的小伎俩，合作并斗争着，这让争夺战越发精彩。不错，争夺战果然达到了目的，卷进了很多人，其中就有白逐尘。

杜笙看着林家坤发呆，轻声问："我的任务不变？"

林家坤轻哦了一声，道："任务稍微变了一点，放弃跟随庄一，直接找到五指月实验基地。这段时间，你和小组联系不上，又遭到五指月追杀，任务搁置了，现在要弥补过来。"

杜笙摇了摇头："任务没有搁置，有人帮我调查。"

"谁？"林家坤皱了皱眉，"你没有权利发展下线！"

"不是下线，而是志同道合。"杜笙说出他的计划。

林家坤听了，眉头舒展了，笑道："你的想法很好，他是个不错的人才。你现在配合他行动，找到五指月实验基地，摧毁它！"

残雪一点一点地消融，屋檐上所剩无几了。晨光倾洒到盛开的老梅上，有种凄艳的绝美，没有雪的映衬，就失去了那种入骨的傲。杜笙眼皮忽然跳了一下，只觉如芒在背。多年的经验，让他在一刹那捕捉到危险的信号。但他没有任何反应。他知道这一天终究是会来的，想逃脱五指月组织的追杀，可能性微乎其微。他也在等这一天。林家坤走后，叮嘱他小心行事，他没有。不是他丧失信心，找到五指月实验基地比摆脱追杀还难。所以，他反其道而行之，大张旗鼓地去寻找。这不表明他没有谋略，因为他相信萧痕定不负他之所望。果然，萧痕找到了石炜烽留下的线索，找到了电厂标识，他在望远镜里看到，辨认出是电厂的标识，直接去了具茨山电厂。在具茨山电厂，他遭到了狙击，胸口被狙击手的 M118 特种弹头射穿了。

杜笙知道杀手是循着血迹找到这里的，现在鲜血已浸满了他的胸膛。他知道自己活不过一刻钟，然后因失血过多而死亡。杀手们的脚步声渐渐清晰，他脸上露出了淡淡笑容，仿佛那脚步声是一首动人的乐曲，节拍分明，节奏竟与他的心跳保持惊人的一致。他用手抚摸伤口，血还在汩汩地流淌着，顺着他的肌肤滴落在水洼里，浸染了积水，血红的一片。他静听这最后的乐音，心跳急速，但面容却是出奇的平静，因为他的血没有白流，生命有了价值。

12个杀手在他面前一字排开，枪支都装上了消音器。12支枪口对着他，却没有一个人扣扳机。他们看着杜笙胸前的伤口，看着鲜血一滴滴地落在水洼里。他们都是有经验的老手，也了解M118特种弹头的威力，知道眼前的生命也只有几分钟了。他们忽然有了同病相怜的酸楚，枪口渐渐低落、低落，最终都垂在了腿前，然后一个个转身离去了。他们知道，任谁也救不了他了，这个生命就此终结了。

杜笙看着他们离去，眼睛里堆积了一抹复杂的笑容，那笑容安详极了，仿佛死亡才会安乐。他的意识一息尚存，眼前飘忽着在具茨山电厂看到的那璀璨华丽的场景。那场景就像璀璨的烟火，惊艳了他的灵魂，让他觉得执着于这身臭皮囊毫无意义。杜笙闭上眼睛时，他的意识是愉悦的，是飞翔的，在那神秘的璀璨华丽的场景里欢快地奔跃着……

在他生命终逝的那一刻，从他身上掉下一个手机来，屏幕上是刚刚发出的信息：一幅草图和一个字母数字组合M40A1……

46. 爱是个无底洞

十一月份的夜晚有些空冥，天空近乎透明，只有些稀薄的云像被扯得四分五裂的棉花絮，点缀在树梢的不远处。黄昏过后，天空有过几分钟的裂变，东部出现一道猩红的彩霞，西部却是乌云压顶，有些“东边日出西边雨，道是无晴却有晴”的意味。不过几分钟，东西两方的景象忽然消失了，天地之间变得透明起来。寒风是陡峭的，夜晚里的风没有个准确的方向，是从四面八方吹过来的，周体的冷峭。

顾冰清得知庄化蝶是他的生父后，心里不知是喜是悲。他明白，他和庄筱娴是不能在一起了，冥冥之中早就注定了，这就是一个孽缘。按照辈分算起来，庄筱娴是他的姑姑。这让他悲哀极了。伫立在门前，透过窗户看到庄筱娴躺在床上看书，想着他们今生再也无缘，忽觉自己只剩下个虚无的壳留在那里。顾冰清也有灵光一闪的，知道出现了第五维空间。在第五维空间里，他轻飘飘地悬浮在半空中，动与不动都由不得他，好像整个人都落入了棉花堆里；又仿佛这个宇宙消失了，整个空间只留下飘来飘去的云，宛如一个巨大的无底洞，深幽幽的看不到底；整个天地间只留下他一个人，心里的世界忽然变得空虚了，心碎了，整个人也变成了一团思想。他什么都明白——他倒希望自己什么也不明白——所以，他是可悲的。这时，连他的思想也承受不了了，“砰”的一声，思想爆炸了，一切都消失了，四周只留下一片蒙蒙的雾：他已经化为尘埃，消融在苍白的景象里。就在那“砰”的一声思想爆炸的瞬间，他又回到了现实，整个人就像条从水里跃出来的鱼：他在地上翻滚着，秽物吐得满地都是，也沾得他满身都是。忽然，他的动作戛然而止了，像干瘪的鱼临死前绝望地抖了抖身子，先前是轻微的颤抖，后来是一阵急抖，整个人都被抖了起来，最后唰的一声便站了起来，茫然地看了看四周，呆了片刻，向后退了两步，一个趔趄，又一屁股坐了下去。眼见就要坐在地上了，却见他宛如练成了佛教的“二指禅”，右手食指与中指在地上凌空一点，手指似乎都没有触地，整个人却像纸做的一样，被风一吹，忽的一下直挺挺地站了起来，晃了一晃斜飘飘地跑了出去。

伫立在庄家门外的林心湄惊愕了，她从未见到此番情景，身子禁不住一颤，忙去追顾冰清，却连他的影子也看不见了。她不知道发生了什么事情，变化太快了，太不可思议了。走过白桦树林，怕他坠了河，便沿着辛夷湖四周找了找。湖面静得就像一面镜子，清澈得能照出人的影子，也没有丝毫的波动，仿佛风只是在湖面的上空肆掠，与湖面隔了一点空间。林心湄走到白桦林工作室门口，却见顾冰清像死狗一样，忠诚地趴在台阶上，像是睡着了。林心湄用脚尖踢了踢他，他却一动不动。林心湄起初感到茫然，不知该怎么办好。继之而来的是慌张，赶紧蹲下来去摸顾冰清的鼻息，却见他的鼻息四平八稳。林心湄想他可能是休克了，便喊白逐尘送他去医院。刚走到门前，却见门上贴了一张条子，正是白逐尘留的，大意是说他这两天有事，不回来了。

林心湄开了门，将顾冰清拖到房间，见他浑身都是秽物，便脱了他的外衣拿去洗。洗着洗着，心里一荡，脸上没来由的发烧，想怎么会给顾冰清洗衣服，忽觉身后有些异样，不禁回头，却将自己的脸送到了顾冰清嘴边——顾冰清不知何时摸到了她身后——顾冰清好像没有意识，看见林心湄丰满的嘴唇，忍不住凑过去吻她。林心湄彻底慌乱了，不知该怎么躲避，连气息都变得热而沉了，整个人仿佛虚脱了。灯光从上面斜射下来，射向欲望的无底洞里。他们在欲望的漩涡里还没有来得及挣扎，一个跟头便栽了下去，重重地摔倒在地毯上，被一片光华陆离的景致包裹了。这景致就像糖果纸，抖了抖边角，便将两人裹住了；又像一个巨大的无底洞，将两人吸了进去，四周的空间越来越虚空。两人抱在一起，身体都找到了温暖，这寒冷的天气似乎也离他们远去了。

顾冰清醒来时，窗外的景致是清新的，周遭飘荡着一缕凄迷的歌声。听了一会儿，察觉出是林心湄的声音，忙探头寻找，却见林心湄坐在梳妆台前，正自梳着头，歌声顾影自怜地飘来飘去。这才发现自己躺在林心湄的房间里，慌忙从床上跳下来。脚刚着地，忽见自己赤身裸体，又迅速钻到被窝里。他木木呆呆地问怎么会在这里。林心湄不理他，自顾唱她的歌。

歌词听不清楚，声音有些空蒙。

顾冰清脸上一红，问："你在做什么？"

林心湄嘘了一声："我在创作《白天爱上黑夜》。"

"白天爱上黑夜？"顾冰清心里陡然塞进了一股异样的情愫，一下子酥在了那里。

"我在姐姐的日记里看到一个传说。"林心湄幽幽地说，"传说中说，有两块雕刻着'秋水长天'和'佳期如梦'字样的玉佩，只要有对相爱的人拥有了这对玉佩，他们的爱情便像极光一样，会永恒的。用霍金的'物质黑洞说'解释，爱情最终变成了物质，散布在宇宙之内，自然是永恒的。"

顾冰清没听过这个传说，想不到这两块玉佩竟然包含着如此深奥的学问和这么凄美的爱情，魂不守舍地说："照这个意思，爱情岂非就是个无底洞了？啊！爱是个无底洞！"

林心湄怔怔地说："爱是个无底洞——是爱情永恒的意思？"

"传说中是这个意思，你说你不相信爱情，其实你比谁都相信爱情的，你比谁都想拥有爱情。"顾冰清轻咳一声："我昨天和你——是不是——"

林心湄转过身来，眼睛里都是笑意，回答说："是。"

"我会负责的！"顾冰清扬起头，找到自己的衣服，从衣兜里掏出苏翙那块雕刻着"佳期如梦"的玉佩递给林心湄，说："这就是传说中的玉佩，先给你一块，另一块我会找到给你的。"

林心湄接了玉佩，手不禁一抖，不想传说竟然是真的。她控制住情绪，笑了笑："你负责什么？"

顾冰清愣了愣："要不我就娶你。"

林心湄从椅子上站起来，笑吟吟地走到顾冰清跟前，忽将睡衣解开了，沿着她的肩膀滑了下去。顾冰清只觉眩晕。林心湄仍在笑，弯腰捡了睡衣又穿在身上，说："我没有什么意思！昨天有些浑的不是你本人，所以我不要你负责。和我上床的不是你，而是另一个顾冰清，你明白吗？"

顾冰清呆了呆，说："我知道我有些奇怪的，连我自己也搞不明白！我时常会出现幻觉，好像有另外一个我从身体里跳出来，做一些莫名其妙的事情。"

林心湄点了点头，淡淡地说："每个人都会出现第五维空间的——这是你告诉我的——所以我的第一次不是给了你，而是给了另外一个虚幻的顾冰清——第五维空间里的。所以，我让你看了我的身体，因为我也看了你的身体，现在咱们两不相欠。”

顾冰清仰面躺在床上，说：“其实在个体的人之中，有两个自我的：一个是虚的，一个是实的。一个是灵感的创作者，属于精神上的；一个是生活的创造者，属于物质上的。”

林心湄幽幽地说：“你别忘了——我们还是情人！我只是和你做了一些关于情人之间的事情，你总算名副其实了。”

顾冰清在被窝里穿衣服，说：“我们为何不能假戏真做呢？”

林心湄笑道：“假戏真做了还有什么意思？你要是想负责的话，不妨考虑到明年续约，还做我的签约情人！”

顾冰清点了点头，说：“我一定会续约的。”

“我不会勉强你的！”林心湄抿了抿嘴，在镜子前换了衣服，斜着眼睛左右看了看。

顾冰清穿好衣服，从床上跳下来找拖鞋，说：“这次续约我是心甘情愿的！只是，你骗不了我，你心里是渴望爱情的，可你为什么一直躲避呢？”

林心湄整理好衣服，盯着顾冰清说：“我只是觉得相爱的人像刺猬。”

“刺猬？”顾冰清雾里看花地问。

白夜密码

正面 WHITE NIGHTS PASSWORD

第十一章　飘

他似乎始终能克制住自己，

驾驭自己的感情，就像有一副马嚼子似的。

——[美]玛格丽特·米切尔《飘》

47. 咫尺与天涯

中午或黄昏，炊烟先是有一束升空的，宛如窈窕淑女的腰肢，数缕的，细挑的。后来炊烟多了，是一起袅袅升空的，在辛夷坞上空凝聚着不散，形成一团苍白色的浓烟。浓烟有些飘忽，也有些沉，它是随风而动的，可以隐藏在树丛之间，也可以消融在辛夷湖里。大多的时候随风而逝，在波澜壮阔的黄河上空打一个转儿，便倏地消逝不见了。

顾冰清一个人待在院子里，望着炊烟升起，有种浮生若梦的错觉，仿佛在等待什么复苏似的。顾冰清觉得命运再捉弄他，当看见庄老爷子坐在堂屋里看一块刻着“秋水长天”四字的玉佩，这才了解他和庄筱娴一点血缘关系都没有。他坐在窗旁，静静地看着窗外，想起苏翙的死，脸上平静得很，有种闲看落花的仪态，恍若看到苏翙和庄筱娴同时出现在一个画面里，二人近在咫尺，却无法看到彼此。她们一个生存在现实的空间里，一个生存在第五维空间里。这时，两个空间交汇了，相融了，才造就了这些无法解释的巧合。

自萧痕辞职后，叶羽西便劝说顾冰清转行做广告。顾冰清犹豫不决，下不了决定，便跟老爷子说了。庄老爷子支持他做广告，顾冰清就辞职去海棠广告。这日从公司回来，一路上担着心，庄筱娴参加了SEC防疫小组，要住在医院，这让他有些魂不守舍。回到庄家时，天空上了些夜色，四周是单薄的云，中间有些黄，天空是随意地画了几笔灰色，有种天马行空的随意。院子里静悄悄的，庄老爷子去外地出差，今晚又要他一个人过了。寒意袭来，他忍不住抱紧了身子。

当庄筱娴站在他面前时，他觉得是在梦中，忍不住摸了摸她的脸，喃喃地说：“筱娴，你要是真在我面前该有多好呀，我会这样摸你的脸，吻你的唇，可是——可是你我虽近在咫尺，却又远隔天涯。”说着说着，眼泪流了下来。

庄筱娴再也忍耐不住，一把抱住了他。顾冰清一个机灵，才发现庄筱娴真的回来了，也抱紧了她。月光静静地洒落了一地，像银白色的鳞片。庄筱娴扬起脸，叶子间的月光就落在她的脸上，不由得笑了，牵着他的手走进屋里。

顾冰清知道这事要主动，便伸出了手，但伸到半途又缩了回来。庄筱娴用笑容鼓励他。后来，他的手是伸出去了，却不好意思脱衣服。庄筱娴微笑等着，也不催。两个人的呼吸是渐渐加重的，这时有些重磅炸弹的味道了，似乎随时都可引爆。庄筱娴替他解了围，自己脱了，右肩上一个猫的刺青发出幽幽的光。顾冰清身上渐渐发烧，有些醉了，像喝了酒一样，胆量是腾的一声蹿上来的。庄筱娴躺在被窝里，身子有些轻微的抖动。她虽然做好了准备，可还是忍不住去固守。顾冰清从被子一角像标枪似的钻了进去，寻觅到庄筱娴的身子。庄筱娴忍不住收缩一下。这动作虽是轻微的，可顾冰清却感受到了，又缩回了手。庄筱娴凑过嘴来，吻住顾冰清的唇。顾冰清的手先前是背后的，支撑着身子，后来就跳出来搂住了庄筱娴，忘情地亲吻她。庄筱娴忽然进入了情节里，可眼泪却流了下来。顾冰清就吻她的眼泪，一直吻干了。

林心湄就站在窗外，什么也看不到。夜的寒意里有些清凉，月光如水。现在，月光却像奶乳一样洒了她一身，沾在她的头发上、睫毛上。她的眼睛一眨也不眨，直直地盯着窗玻璃，躯体好像没了知觉，已经死了，沉没了，隐藏在巨大的黑夜里。林心湄伫立在那里，直到屋里有了轻微的喘息，她才意识到自己的存在。然后，她抬起脚，转身走了。她的脚步轻柔，有些凌波微步的味道，在一地的夜风中穿梭着。来到门口，但见两列白桦树将道路积压得悠远的长，月光透过婆娑的树枝，在地上零星地投影了一些斑点，晃晃悠悠的，仿佛天空有人在提着灯笼急跑，心中不由得猛地一震，忍不住又呆立在那里。

林心湄表面上看似与顾冰清亲密无间，但她的无间是有隔离的无间，就像相切的两个圆，圆心不可能重叠在一起。最美好的时刻，心思是相同的，这让他们感觉在恋爱。而实际上，林心湄和顾冰清都不能将心完全的交出来。顾冰清的世界里有庄筱娴，他的投入就有了折扣，情感里不能完全盛装林心湄。林心湄更无法将心掏出来。和顾冰清发生关系后，她试着和他交往，先前是出于好奇，或者是弥补，不是因为她，顾冰清已和庄筱娴交往了，庄筱娴也不会参加SEC小组不回来，所以她才去庄家安慰他。

林心湄知道顾冰清是出于责任，正是这责任让她脾气变坏起来。幽会了几次，感觉像偷情，偷偷摸摸的，仿佛要躲着什么似的。越是这样，越感到奇妙。顾冰清对她的负责是真心的，她看得出来，所以她也配合着假装沉醉，却不想弄假成真了，竟然喜欢上了这情调。她对着镜子看自己，觉得镜子里的人不是她，而是另外一个林心湄。那个林心湄竟有小女生的怨嗔和心思，甚至有了和顾冰清共度一生的想法。这让她害怕了，好像有这想法的女人不应该是她林心湄，而是别的女人，譬如苏翙，譬如庄筱娴。想到她们，一颗心竟升起了狐疑：也许顾冰清和她们也曾这样醉生梦死过。顾冰清完全、刻意地投入，让她觉得是在敷衍。有时候，在蚀骨销魂的时刻，竟觉得沉醉在温柔乡里的女人不是她。这让她感到痛苦，也知这痛苦的根源所在。这些嗔、痴、怨、恨，本不该在她身上发生的。她开始恨破坏她信念的自己，这让她惊悸而起，觉得该醒来培固她的信念——爱情是个无底洞，她已经跳进了洞里，庆幸认识、见机的早，还能跳出来。这时才知道信念也如小动物有思想和生命的，能够行走，不经常呵护也会变了方向。转念一想，这也许会伤害顾冰清，可她照顾不周了——信念是她骄傲的根底，也只有让顾冰清痛苦了。

林心湄听到了一些声音，很细微的，就仿佛一场春雨过后，春笋拱破土壤的声音。她呆立窗外，肠胃里仿佛藏了一根针，只要一动，便被刺痛，知道是爱上顾冰清了。在一个月前，她还没有这种感觉，也不相信爱情的存在，可这一刻，她才发现自己错了。也许就像顾冰清说的，爱是个无底洞分明是爱情永恒的意思。现在，她爱的人在和别的女人沦陷在无底洞里，于是她逃了出来，隐藏在白桦树丛里，将自己变成了一棵树。

林心湄坐在喷泉的池边，有些心碎落魄的伤感。把玩着顾冰清送给她的玉佩，忽觉另一个林心湄从躯体里跳了出来，在她眼前游荡。她想她不应该产生第五维空间的，可这是什么呢？是她的影子？还是她的潜意识？也许她以前是相信爱情的，后来发生了一些事情改变了她的潜意识，所以才摈弃爱情。她忽然想起来了，是父亲的缘故。对父亲的感情，她是想对他好的，可每当想对他好时，心里就有另外一个自己挺身而出，强烈排斥。她觉得父亲背叛了母亲，好像母亲在这世上走一遭，就是为了生下她。从此以后，她就厌恶爱情了。林心湄在喷泉旁边，轻声哭泣。要不是父亲，也许现在已和顾冰清结婚了。她越这样想，越感到悲戚。后来，她意识里的林心湄就红杏出墙了，在身边旋转着，飞翔着。

路过调查事务所时，林心湄看见屋里还有灯光，便敲开了门，要萧痕给她温暖。萧痕正在灯光下看玉佩，看玉佩上“秋水长天”的字样。这是庄筱娴给他的，他知道这里面的信息：妹妹已经选择了顾冰清。妹妹送给他玉佩，是不想让他伤心，也不好意思说出口，就将最珍贵的东西给了他。

林心湄看到玉佩，整个人都痴了，从脖子上摘下刻着“佳期如梦”的玉佩，告诉萧痕极光传说。林心湄看着两块玉佩，意识里只觉玉佩在桌子上猛地一亮，竟然旋转起来，光芒越来越盛，后来一屋子全是白光。她不禁闭上眼睛，感受光芒贴在脸上的感觉，觉得她和顾冰清一起飞出了窗外，飞向了天空。远处是一片极光，照得天与地都如水银一般的白。忽觉一阵凉风吹来，忍不住打了个激灵，睁开眼睛，才发现只是一个幻觉。

林心湄红润的脸色变得苍白，她的手冰冷有力，眼睛潮湿，流泪了。

萧痕看着她的眼睛，读懂了她的意思，说：“你其实很爱冰清的。”

“你和我假结婚吧！”林心湄心里一颤，侧头抱住了萧痕。

还在“白夜”里，顾冰清的投入也不完全，看得见林心湄的影子投在厨房的墙壁上，绰绰的。那时，他没有思想，意识都放在庄筱娴的身上。这时清醒过来，心里面觉得堵得慌，不知道该怎么面对林心湄。虽然如此，他也感到无比兴奋，就像在黑暗里看到了光明。这个时候，他觉得林心湄是先知先觉的，爱本就是一个无底洞。在和林心湄的无底洞里，是身不由己的，好像有什么推着他去爱。那爱不是纯粹的，更是鬼使神差，就像生命中偶尔发生的精彩，这精彩超出了他的想象，像烟花绽放的璀璨，弄乱了他的思想。他也知道，那种爱只有经过炼狱，才能粹燃出崇高的爱；这是一种境界，是林心湄的境界，不是他的。和庄筱娴在一起就不一样了，那种爱不需要猜度，不需要挖空心思，是四散在周围的，无论到哪里都能感受到爱的存在，就像浸染在肌肤里的香水，可以带到任何地方散发它的幽香。

一股米粥的清香飘荡在四合院中，又一个美丽的清晨。庄筱娴沉醉在爱与喜悦中，她的世界是纯净的，就像初夏的池塘里一枝摇曳的睡莲。晚上的缠绵，是让她战栗的，她的身子就是她的思想、她的白地，而这战栗的背后却是对陌生世界的好奇与憧憬；在这种憧憬中，她的世界变得无比纯净了。

短暂的相聚，庄筱娴回医院去了。顾冰清送到门口，回味着庄筱娴离去时的嫣然一笑，骨头都酥了，这让他感怀良久，一转身，看见林心湄和萧痕有说有笑地走着。林心湄瞧见顾冰清，刚刚平复的心情又乱了，恍若她被挤出了自己的世界，找不到自己了。这时，她更明了，她还是爱着顾冰清的，爱情是“刺猬”，相爱就会遍体鳞伤，违心地跟顾冰清说：“你说的是对的——爱是个无底洞，就是相信爱情的意思。”

萧痕理解林心湄，知道她的伤，也被她心如止水的酸楚震住了，不由自主地握紧她的手：“我更相信玉佩的寓言——冰清，我们要结婚了。”

“你们要结婚了？”顾冰清头晕了，这变化太快了，超出了他的想象，嘴角露出一丝笑容，“祝福你们。”

“我——也祝福你和筱娴。”林心湄中肯地说，拉着顾冰清走了两步，“忘了吧，一切。就当这一切做了一个梦，在梦里咱们相爱过。”

“这就足够了——”顾冰清低着头说，“不是吗？”

“是的，这就足够了。”林心湄点了点头，“就当是一段历史吧，尘封彼此的美好，或许比结婚还要有意义。”

“我情愿它是一段剪影。”

“一段剪影。”林心湄咀嚼着，“别让筱娴知道咱们交往的事！”

顾冰清抬头望了萧痕一眼，说：“萧痕是个好男人——你要把握好！”

“我会的——你也是。”林心湄觉得有些心酸，“咱们在一起时，为什么不会对彼此好呢？”

顾冰清抿了抿嘴，说：“相爱的人是刺猬——你说的，或许咱们相爱吧。”

“或许。”眼泪溢满了眼眶，林心湄克制住，不让泪水流下来，“或许吧——”她说，悠远的心醉。

48. 牛顿手稿的秘密

这些天发生的事情，有些炫人耳目，迷惑心神。无论是听到的，还是看到的，都让萧痕迷失了，迷失在那横跨整个人类文明的伟大猜想中。他只能把这些称之为猜想的，因为这些事情无法用一条轴线贯联。可这些散乱的猜想，却又是最强烈的魅惑。靳名琛将这猜想定名为“白夜猜想”，父亲这一生都在苦苦思索着破译猜想的密码，也为之付诸行动。“小地球”的研制成功，证明父亲的猜想也非全是无稽。在这魅惑中，他还有感激，感激这猜想让石小岚死而复生。石小岚的意识非常紊乱，她的意识中掺杂着不知多少人的意识，让她的身体虚弱极了，只有留在“小地球”中静养。何况，她本已是个“死人”，烈士陵园里还有她的墓碑呢！

萧痕答应林心湄的请求，也是受到了极光传说的蛊惑。帮她假结婚，也只有她想得出。他知道林心湄的小心思，他想成全的不是林心湄，而是庄筱娴，所以才配合她作假。这也不是林心湄第一次作假，签约情人才是首开先河。答应之后，才知道这是不明智的，对石小岚的愧疚不是一点一点堆积的，而是一下子塞满了，慌忙驱车去了具茨山。

萧痕到了“小地球”，见父亲正在画具茨山电厂两座锥形斜塔之间形似青铜太阳形器的圆。石小岚站在一侧看草图，只觉头脑里闪烁出一些奇怪的符号和图形。那些符号、图形凌乱极了，飘忽不定，无法将它们拼成完整的图形，但她确信这草图在哪里见过。她的头忽觉痛极了，忍不住按住太阳穴，轻轻揉了揉，说来奇怪，这痛陡然间又消失了。

靳名琛窥测了石小岚的举动，问：“你有反应了？”

石小岚点了点头：“头痛了一下。”

萧痕走到石小岚跟前，轻轻揽住她的肩：“头痛了就休息。”

“就像针扎了一样疼？”靳名琛抬起头问，“是不是有些奇怪的符号和图形闪现？”

石小岚道："是的，您怎么知道？"

"你的头痛只持续了几分之一秒，原理就是反物质原理。"靳名琛放下笔，从一旁叠放的资料里拿出一篇资料，题目是《欧洲俘获反物质，数克可摧毁地球》，说："1995 年，欧洲核子研究中心首次制造出了 9 个反氢原子。但反氢原子只要与周围环境中的正氢原子相遇就会湮灭，因此实验室中造出来的反氢原子稍纵即逝，根本无从研究它的真面目。"

"反物质是目前科学领域最大的谜团之一。"萧痕很奇怪石小岚的头痛怎么与反物质有关，"科学家称反物质就像是宇宙的镜子。按照现行理论，宇宙大爆炸之初，产生了等量的正物质和反物质。但现实情况是，我们的世界由正物质组成——反物质似乎莫名消失了，至少到现在仍然无法直接观测到它的存在。"

"那是他们无能。"靳名琛傲然道，"早在几千年前，甚至更遥远的年代，甚至超过了人类存在的年限，反物质就已经存在了。当 1 克物质和 1 克它的反物质相撞湮灭时，能释放巨大的能量，科学家按照爱因斯坦提出的质能关系式 $E=mc^2$ 进行计算，物质和反物质湮灭时所释放的能量是核裂变能的 1000 倍。因此，科学家称，反物质运用在军事领域，将是远超过核弹的'末日武器'，只需几克就能摧毁地球。但殊不知，反物质也是一种波，一种物质。"

"反物质是一种波？"萧痕皱眉问。

靳名琛点了点头，道："小岚的头痛，是数千年存留的意识在她头脑里相互作用产生的效果，那些积攒了数千年的意识，实际上就是一种其他的波，波与波相互缠绕，发生变化，最终成为一种反物质，那就是以太。"

萧痕吃惊地问："小岚能释放以太？"

靳名琛道："圣女接受族长意识到继任族长，这一时期最为关键，但却没有一人被害，原因是圣女在接受意识转变时产生了以太，这以太不仅是最坚硬、最稀薄的反物质，而且能使人像变色龙似的，随着环境的变化而变化色彩，使之与当时的环境融为一体。"

萧痕道："这难道就是隐身术？"

"隐身术是不存在的。"靳名琛拿起笔继续画图，"这是科学，并非无稽之谈，'小地球'之所以能变色，正是以太的作用。"

萧痕道："真的找到了以太？"

靳名琛停笔，抬起头看着儿子，道："五指月花了十几年的时间，斥巨资研究以太，还真让他们研制成功了。这个曾经引发光学大战的反物质，功用超出了以往科学家们的想象。你肯定疑惑这里的电力是如何产生的，是不是？"

萧痕点了点头，说："我一直想不通。"

靳名琛又从叠放的资料拿出一篇文章，题目是《阳光是未来唯一能源》，说："美国加州理工学院化学专家刘易斯曾做了一次关于能源危机的演讲，令人振聋发聩。他指出，为了遏制全球变暖不断加剧的势头，到2050年，人类必须至少生产出10万亿瓦不含碳的清洁能源，但现实是就算地球上所有的江河湖泊都筑上堤坝，建成水电站，也只能提供5万亿瓦的电能。核能可以解决这个问题，但前提是在未来50年里，每两天就必须建成一个新反应堆。按照他的推测，跟牛顿爵士的2060年地球灭亡的推论是一致的，没有能源，地球必将毁灭。后来，他提供了一种解决思路：太阳在一个小时内照射在地球上的能量，足够人类使用一年，为了得到救赎，人类必须收集太阳能，像植物一样俘获太阳光，并就地产生燃料。我们可以使用这些燃料，就像使用石油天然气一样，用于驱动汽车、产生热量以及发电。"

萧痕听了，更觉得是天方夜谭，说："收集太阳光作为能源，这有些匪夷所思。光的速度和热量，是任何物质都无法收集的。"

"植物利用太阳能将二氧化碳和水转化成可以使用和存储的化学原料——葡萄糖，那么我们就可以设计一种人造树叶，利用太阳光分解成水产生氢燃料。这一技术，早在半年前我就试验成功了，不足为奇。"靳名琛神色忽然变得虔诚起来，"其实，早在300年前，牛顿早就设计了一个'能量盒'来收集阳光，只是这一秘密没有流传，无人所知。"

萧痕听到这里，已经无法思索了，看着父亲从一侧桌子上拿出一沓手稿，竟然是《牛顿手稿》真迹。石小岚见到手稿，想起父亲，一时呆立无语。

靳名琛将手稿依次排开，指着其中的一幅图说："这就是牛顿设计的能量盒。"

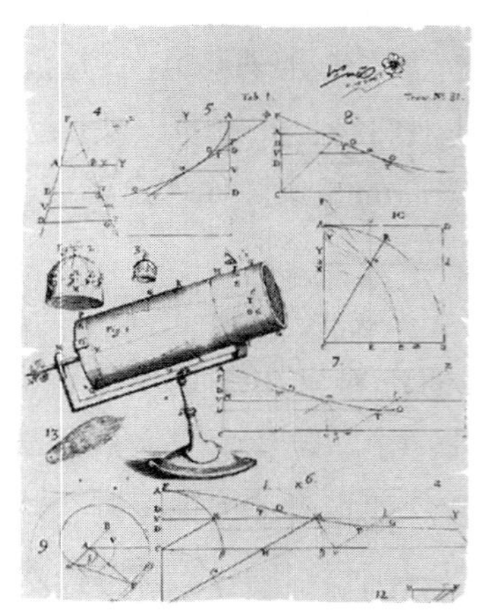

萧痕说："这分明是天文望远镜的草图。"

靳名琛摇了摇头，道："能量盒的设计图纸其实就是他设计的天文望远镜。这个图形，看似是天文望远镜，实则是接收阳光能量的'能量盒'。未来之世界，能源将是核心，随着煤炭、石油等能源的枯竭，阳光能源将是未来开发的新能源项目。300年前的牛顿，就已经意识到这一点。他设计了能量盒，将阳光能量收集在这一个盒子里，而形成最强悍的能量盒，取之不竭，用之不尽。牛顿设计的灵感来源，就是《归藏易》。"

萧痕道："能量盒的原理是什么？"

靳名琛指着另一幅图说："能量盒的原理很简单，就是三棱镜原理，大量的太阳光通过三棱镜收集，进入能量盒的筒，然后光转化成大面积光束，并形成可使用的能量，再通过三棱镜形成集约式光速——光束波——射出去。这里有一个最关键的因素：直接收集到的太阳能威力巨大，普通的三棱镜根本用不了，接收到的瞬间便已融化。这个三棱镜的材质是独特的，是用第五元素制作的。"

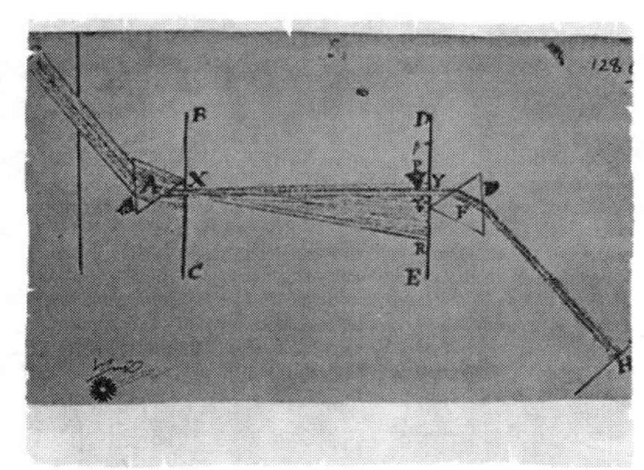

萧痕道："以太。"

靳名琛点了点头，道："以太的坚硬度比金刚石要硬上几万倍，但又是极其稀薄的，是最稀薄的刚性粒子，十分坚硬，所以能接收太阳能。通过反物质理论制作出来的以太，可以让光毫无差厘地穿过，并且对光线毫无损伤。因其稀薄，几乎看不到其存在，所以能量盒看似是空腔。"

萧痕道："这里的电力，就是能量盒提供的？"

靳名琛道："'小地球'所用的能量盒就是牛顿的杰作，能量储存了300年依然充足。"

萧痕道："这个'小地球'也是牛顿的杰作吧？"

靳名琛摇头笑道："不是。牛顿没来过中国，但爱因斯坦在1922年来过。这个'小地球'或许是爱因斯坦的杰作，或许他也被牛顿的发明震惊了，认为它是发明的巅峰，谁也无法超越，所以他晚年和牛顿一样去研究神学，从更广的角度来理解科学。"

石小岚眼前闪烁起一些民国时期的画面，摇头道："这不是爱因斯坦的作品。1922年11月13日，爱因斯坦抵达上海，在著名画家王一亭的梓园用餐。那晚，爱因斯坦展示了牛顿的设计图纸和能量盒，引起了王一亭学生的注意。王一亭的学生叫萧天，他偷走了设计图和能量盒，来到了具茨山，找到了这个所在，以图施为，巧夺天工设计成了'小地球'，并装上能量盒。"

"萧天！"靳名琛叹了口气，"萧天是我外公！"一回头见石小岚拿起笔，在草图下方画了一个形似地球的圆，并标了一个数字"845"，禁不住哦了一声，道："这球体就是五指月实验基地。"

萧痕问石小岚："你在意识里闪现了这些？"

石小岚仿佛还沉浸在她的意识里，没有听见他的问话，接着又连续画了三个同心圆，欲往下画，笔却从手里滑脱，竟似这几个圆耗尽了她所有的气力。

靳名琛拿起草图，与《牛顿手稿》比对，发现石小岚所画的光圈和牛顿画能量盒的草图中的光圈极其相似。他像突然明白了什么似的，拿起笔在先前的草图上重笔勾勒出一个图形来，并在上面标出一组数字。

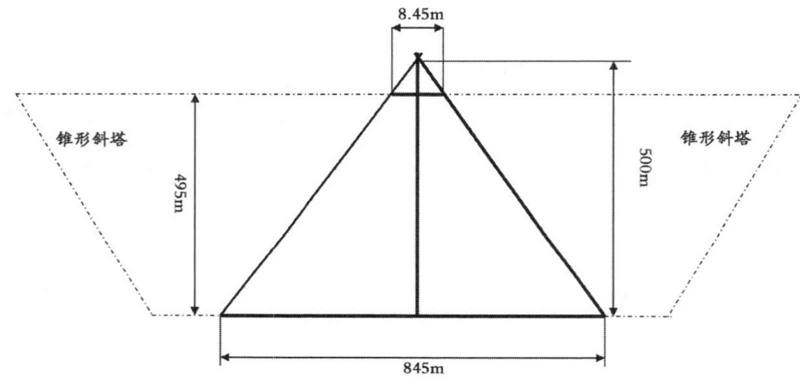

锥形斜塔灰空间草绘图

靳名琛沉思了片刻，道："我明白了，这也是牛顿手稿隐藏的秘密。五指月实验基地，实际上是个大的能量盒。你们看，我所画的是两座锥形斜塔构成的灰空间剖面图。看看这个比例，最上面的青铜太阳形器的直径是 8.45 米，而五指月实验基地的直径是 845 米。再看塔高是 495 米，两个锥形斜塔的倾斜线向上延伸交汇一点，这个比例恰构成这样一个图形。而这个图形的比例是 1 ∶ 10，转化成小岚画的圆圈，它们的直径可理解为光波，而波长比也是 1 ∶ 10，无数个 1 ∶ 10 依次向外延伸，可扩展至无穷远，也就是当有一束光垂直射在青铜太阳形器的圆心，那这一束光将吸引所有的光都汇集到这里来，给五指月实验基地提供用之不竭的太阳光。这些太阳光通过转化器进入地下，转化成电能，供实验室使用。这就说明，实验室里必定有个能量盒装置，将吸收的太阳光进行能量转化。"

萧痕皱了皱眉，说："也就是说，五指月实验基地里必定也有另一个‘小地球’。”

靳名琛将笔掷在纸上，回答：“这正是牛顿手稿蕴藏的秘密。现在，一切都清楚了。萧天，我外公，是五指月教父，他有幸偷得牛顿伟大的猜想，有幸找到华夏文明发源地，有幸在科学和神学的狭缝中创造了奇迹。原来萧天早就为五指月设计了这个实验室，我这个‘小地球’只不过是牛顿猜想的试验品，真正的‘地球’在五指月实验基地里。”

石小岚看着图纸，问：“靳叔叔，我记得您先前的草图里并没有青铜太阳形器，电厂究竟有没有青铜太阳形器？”

靳名琛道：“我之前没有留意，只是对锥形斜塔感兴趣，才画了草图。直到杜笙以生命的代价画清楚电厂草图，我才想到两座锥形斜塔的顶端确实被一个青铜太阳形器连接着。”

“生命的代价？”萧痕眉头皱得更紧了，“杜笙死了？”

“死了，被型号为 M40A1 的狙击步枪射穿了胸膛！”

49. 围城效应

叶羽秋坐在落地窗前，窗外是一地的绿。夕阳是从侧面射过来的，射到卧室的正墙上，就像影子似的一点一点地偏移。叶羽秋目不转睛地看着夕阳的影子，觉得她的影子也一点一点地偏移了。她的影子就是林心湄。自林心湄说晚带男友回家吃饭，叶羽秋便开始恍惚了。她问是不是顾冰清，林心湄回答得有些酸楚，说不是，声音里有无限的落寞。叶羽秋听出来了，挂了电话后，便是轻微叹息。这叹息不仅仅是为林心湄，更多的是为她自己。林家坤知道这个消息时，一脸的阴霾。20 多年前，相同的场景，只是多了一个孩子，孩子是她和庄化蝶生的。她领着庄化蝶和孩子回家见父亲时，父亲的脸色比林家坤还阴霾，在书房里来回踱步，将瓷碟摔碎了好几个。庄化蝶是有傲骨的，很鄙夷父亲的举动，抱着孩子趾高气扬地走了。结局是不欢而散的，庄化蝶再也没有进过叶家。可她不在意这些，还是像影子一样跟随着他，直到他从这个世上消失了，不见了，她也无法做他的影子了。伤感是无限的，她晚上睡得不好，眼圈有些黑，这也是无法顾及的。夕阳照在酒杯上，有些残阳如血的味道。每当这时候，她都会喝上一杯红酒。她不知道这个习惯是为了纪念庄化蝶，还是真的陶醉在了这一小杯的红酒中。每次喝酒时，心里都有山雨欲来风满楼的味道，和这红酒一结合，倒是生出了一种别致的情趣。

夕阳散尽了，叶羽秋从沙发里出来，让保姆到街上买些菜，为林心湄准备晚饭。林家坤很晚才能回来，都是给网上谣传 SARS 复发的新闻给闹腾的。做饭的时候，她还是伤感。她没让保姆帮忙，想为林心湄好好做顿饭。她不知该怎样帮林心湄，是同意呢？还是反对？这得看林心湄的意思。叶羽秋微微地摇了摇头，她是看透了——结婚了，是围城；不结婚，也是围城——都在自己的精神家园里跳出来，又跳进去。饭做好了，摆在桌子上，然后点了一支烟。烟雾从手指缝里斜斜地飘了出来，在她面前形成了一个“面具”。她就躲在面具里，静静地看着她做的饭。这有些等待的味道，是等待庄化蝶的。20 年前庄化蝶彻底失踪的那一晚，她也是做了一桌子的菜，等着他回来——那晚她第一次抽起了烟。

月光不知什么时候升了起来，在卧室里形成了一个光圈，幽静、凄迷，将她心里的愧疚都泛浮了起来。这愧疚是愧对庄化蝶的，因为她的精神世界又闯进了别的男人——而且是两个人，这更使她感到愧疚了。一个男人是权先生，能聊得来的，有时候她觉得这个男人就是庄化蝶。想到这里时，她的心开始跳动了。这有些奇怪的，她的心早成了一潭死水，可现在却复活了。庄化蝶失踪的那晚跟她说，要将她介绍给一个姓“白”的男人——有时候，她想那个姓白的要是白逐尘的话，她也许会考虑的。可她知道这是不可能的，要是白逐尘，这 20 年来岂能不和她联系？这个时候，一支烟尽了，她有些失落了。这种失落是恍恍惚惚的，就像影子从身边消失，却抓不住它时的那种失落。

叶羽秋还想抽第二支烟，这时开门的声音响起。赶忙收拾干净表情，见进来的人竟是萧痕，有些出乎意料的惊喜。林心湄拉着萧痕的手进了屋，换了鞋，情形还真有些像夫妻。叶羽秋含笑不语，躲在一旁看着。

萧痕看见餐桌上一桌子的菜，歉意地笑：“真是麻烦大姑了。”

叶羽秋微笑着说：“有什么麻烦的，在家里也闲得无聊，什么时候想吃家里饭了，就和小湄一块过来。”

林心湄挽着叶羽秋的胳膊，抿了抿嘴，将礼物递给了叶羽秋，说：“妈——您看看礼物。”

叶羽秋身子一颤，神情忽然变了，有些不自然，也有些感动，但更多的却是不相信，嘴唇抖动着，说：“小湄——你喊我什么？”

林心湄肃容说：“我喊您——妈。”

叶羽秋接礼物的手是颤抖的，眼睛里有些潮湿，连忙让她们吃饭。叶羽秋和林心湄看起来不是同一类人，其实骨子里却是一脉相承的，好比传统戏曲和流行歌曲，虽然各成一派，却是源远流长。就像音乐使她们的世界充满了色彩一样，灾难使她们感到了前所未有的孤独——也许人类只有在大难降临时，才能闪耀出人性的光芒。

这顿饭吃得有些感恩。叶羽秋觉得这个晚上过得不真实，可她情愿躲在这种不真实里。吃饭的时候，她一直往林心湄碗里夹菜，自己却一口都没有吃。林心湄躲在这种感恩里，眼泪止不住地流，她自己也给自己感动了。叶羽秋一直笑，仿佛忘记了萧痕的存在。萧痕看着她们，心里也是感动的，刚吃了两口，便觉得饱了。林心湄是强迫自己往下咽的——他也是！他是放开了吃的，好像她们从他的视野里消失了。

林心湄噎住了。叶羽秋慌忙拿了饮料，说："你看，秋姨忘了给你们拿饮料了。"

林心湄咽下一口菜，轻声地说："不是秋姨——是妈！"

叶羽秋睫毛上挂着泪水，在灯光下像一颗颗晶莹的水晶，笑着说："是——是妈！"

萧痕被林心湄感动了，对她说："你搬回家住吧。"

林心湄看了看萧痕，点了点头，说："那我就陪妈住一段时间，过些日子，再搬回那边住。"

叶羽秋看着萧痕，仿佛看见一个淡淡的人影从她身边消失了——好像是顾冰清的影子——忽觉萧痕要比顾冰清好一些。她说不出来那是种什么好，只是觉得顾冰清的人像隐藏在画里的，有些内敛，和庄化蝶有些像；而萧痕倒有些狂放之气，不是傲然的，而是大大方方的，气质上像白逐尘。想到这里时，她的脸有些轻微发烧。她被萧痕感动了，问他们什么时候定下的。萧痕就跟叶羽秋讲了极光传说，讲完了，和林心湄一块取下玉佩给叶羽秋看。叶羽秋接过玉佩，身子禁不住一颤，忙凑近灯光看，并问顾冰清和庄筱娴是不是在谈恋爱。萧痕说是。叶羽秋心里一动，波澜不惊地问庄筱娴和庄疏臻的关系。实际上，她知道他们的关系，可她觉得此刻有必要求证一下，得到了肯定答案，胸口从看玉佩开始便憋的一口气长长吐了出来，侧身擦了眼泪，扭头看了看被风吹起的窗帘。

这时，林家坤回来了。林家坤看见萧痕，眼角都皱在了一起。林心湄不等林家坤问话，便说："妈同意我们的事——爸您呢？"

林家坤一愣，看了看叶羽秋，说："你叫羽秋叫妈？"

林心湄淡淡地说："不要说我长大了，这不凡尔赛。"

叶羽秋笑道："这孩子——"

林家坤对叶羽秋说："我已经吃过了。"

叶羽秋示意林心湄和萧痕坐到对面去，将玉佩递给林家坤。林家坤看见玉佩，神情猛地一紧，慌忙握住了玉佩。

叶羽秋轻声说："这是萧痕和小湄的。"

林家坤松开了手，看着上面的字，轻轻地说："秋水长天——佳期如梦——乾坤——世家——"

林心湄心里一动，说："世家——乾坤——这不是爸爸的名字吗？"

林家坤一愣，笑道："你爸爸的名字是你爷爷取的，也很普通。"

萧痕忽然明白这玉佩是林家坤送给母亲的，并没什么极光传说，是臆造的，心里一阵轻松，不着边际地问："'秋水长天'是取自《庄子》里的'秋水'吗？"

叶羽秋点了点头，说："应当是的——是吗？老林！"林家坤回避似的嗯了一声。

林心湄噘了噘嘴："爸爸，您要是同意，就和妈一样，干脆地给句话。"

叶羽秋淡淡地说："小湄明天搬回来住呢！"

林家坤看了看叶羽秋，笑着说："是吗？只要你妈高兴了，你和萧痕的事——我就同意。"

林心湄笑道："妈——您高兴吗？"

叶羽秋点了点头，笑道："妈——高兴！"

林家坤拿着玉佩走到窗前，轻轻地抚摸着。叶羽秋递给林家坤一包烟。林家坤接了，歉意地看了看叶羽秋，抽出一支吸了。烟雾将他整个人迅速地包围了，仿佛他只是一个虚幻出来的影子，在烟雾里出来了，又进去了；进去了，又出来了。

50. 自戕事件

十点多钟，萧痕走了。林心湄送他，萧痕不让，叮嘱她好好陪着叶羽秋。叶羽秋看着他们互相叮咛，心里又起了悲哀。这是不正常的，他们之间不该这么客气的，就像自己和林家坤，这会产生一种假象，看似爱着，其实心没有放在对方身上。这悲哀迅速被温情充斥了，她的日子也仿佛有了生气。晚上，她陪着林心湄睡，二人相偎着，聊着心事，宛如母女。楼下，林家坤目睹二人的融洽，心境仿佛一下子开阔了，多年前的旧事也一下子涌上心头。他感怀着，略带些伤感，为了一些死去的人，譬如庄秋水、苏翙；也为活着的人，譬如林心湄、庄筱娴。他知道庄筱娴是他的女儿，可他无法面对，也不允许——副市长的私生女，这是最好的题材了。他答应庄秋水从不打扰庄筱娴的生活，他做到了，只是累，爱和思念常常让他喘不过气来，特别是苏翙死后的几个月，他更加忍不住想去认庄筱娴。到了庄家，被庄老爷子赶了回来，他才意识到庄筱娴只能成为他生命的延续，却成不了他生活的一部分。

林家坤点上烟，烟雾从指缝里逸出，袅袅的升腾。一支烟没结束，手机响了，接通电话，却听靳名琛嗤的一声笑，说："最近可好？"

"还好——有什么事情吗？"靳名琛的来电令他有些吃惊。

"听说，萧痕要和心湄结婚了？他们怎就发生了关系？"靳名琛轻笑着说。他愉快极了，20多年了，他都没有这样愉快过，复仇的快感让他斗志高昂。

"无所谓了，反正是要结婚的——这不是你的意思嘛？"林家坤舒展了眉，想着楼上叶羽秋和林心湄正在说心事，心里也快乐着。

"是啊！是——这是我的意思。"靳名琛轻哈了一声。

"20多年了，咱们不该这么执着了！你看，连孩子辈都要结婚了，咱们也老了，你的孩子——萧痕，比咱们当年都优秀。"

“不是我的孩子——萧痕，他是你的孩子。”靳名琛的笑声加大了，“萧痕，是你和秋水生的孩子，我不能的——你知道我的病。现在，你的儿子要和你的女儿结婚了，哈哈。”

林家坤心里一惊，这20多年，靳名琛不但没有忘记仇恨，反而变本加厉了，竟然用儿子作武器，幸亏他没有掉以轻心，处处防范着他——他微笑着，谦逊、和蔼地说：“你一直活在仇恨的围城里——萧痕不是我的孩子，他是你的——我和秋水发生关系前，她就怀孕了，你是在她怀孕后才有病的。我这里有秋水写的证明，她临死前写的。她太了解你了，就怕你报复，所以留了字据给我，我明天寄给你。”

月光下，靳名琛站在花园深处，整个人仿佛痴了。花园里，花正绽放，香正袭人，冬日的月虽多了凉意，但看起来离人近了，倘若伸手揽月，仿佛能感知月的孤寂。子时，露水还没有落下来，正在月光的末梢处凝聚，整个空间都湿漉漉的，宛若靳名琛的心情。当的一声，手机跌落在一块石头上，壳裂了，四散一地。他整个人虚脱了，倘若有风，便可被风刮起，像魂魄似的悬在花园上方。他的思想被一个不好的消息穿透了，灵魂便钻了出来，探头探脑的审视着他。仇恨将他的思想腐蚀了，成为他的支撑。这时，支撑倒戈相向了，像叛军似的都来攻击他。20多年了，他用仇恨编织了自己的世界，在这个世界里，他是自由的，灵魂可以飞翔，所以他才觉得具茨山有意义，他才用全部心思去探究它，去思考生命。可没想到，他仇恨的种子，却是生命的种子。命运仿佛给他开了一个致命的玩笑，他曾经所恨的竟是应该所爱的，这让他感到悲哀。更悲哀的是，他设计的阴谋一刹那间不攻自破，所坚持的东西瞬间土崩瓦解了。他所经历的一生，前半生在结网，后半生在破网，这一生都终结在这一张复仇的网上了，他给自己的一生设计了一个阴谋。这一生便恍若做了一个梦，这梦跨越了整个的“白夜”。梦醒来，他才发现梦只是依附在仇恨的核上；仇恨自戕了，整个人一下子虚了，巨大的失落笼罩着他；而在梦境中穿梭着的关于人类诞生与毁灭、欲望与失落的“白夜”也变得混沌、虚无，不成景象。这个时候，他觉得生命是渺小的，人类是微不足道的，这样的人生也毫无价值可言了，在他思想的“白夜”里，无法自由的行走。

具茨山华夏城项目规划已经做好了，主创是白逐尘。这是一个世外桃源，独占山湖风月。顾冰清因对具茨山有了解，被任命为项目的文案。顾冰清看了规划图，也被白逐尘的创意给震惊了。整个建筑的格局，仿造《桃花源记》，一入主入口，大有“初极狭，才通人，复兴数十步，豁然开朗”的意境，中间也有“良田、美池、桑竹之属”。从图纸上看，整个建筑群占据了具茨山的核心点，宛如山的精华全集中在这里了。山体虽还没有改造，从图纸上也能看出它的气韵。就算是阳光普照，别墅群还是若隐若现的，被山岚、绿草、枝蔓点缀着，仿佛是从山上直接长出来似的。顾冰清刚做地产，激情高昂，不像老手的慵懒。每天下了班，他都会去医院，在门口那棵白桦树下等着庄筱娴出来，和她聊聊天，说说话儿，直到医院晚班开始了，他才悻悻回家。通常，他都会将华夏城的琐事说给庄筱娴听，她听得愉快，他也讲得愉快，时间都是如流水过去的。

华夏城项目的形象代言人是石小夕，她坐在办公室里，正呆望着一幅她的二次元画像发呆，心如止水，颤动的是窗外一轮明月的光影。苏心不打招呼的搬走了，让她觉得这个世界充满了长久的悲哀。这悲哀仿佛是一个长长的“白夜”，能看到光明，却永远走不出去，她心里仿佛有一条小船，轻轻的摇晃着，心境里有月光，月光凄凉，月光照耀下的一棵小树旁是苏心妩媚的倩影。

这晚，九点钟还是晴朗的天，九点钟过后不知从哪里飘了一片阴云，倾盆大雨当头浇了下来。石小夕瞧见大雨，心情突然变得阴郁，本是约好去见苏心的，刚刚收到苏心的微信，说晚上有事，放了她鸽子。她与顾冰清正在从具茨山回来的路上，经过医院，顾冰清说有事要到医院去。石小夕说：“这么大的雨你也去见庄筱娴，真是羡慕你。”顾冰清下了车，跟石小夕说：“你也该找男朋友了。”石小夕心碎的点头，让司机开车。走了一会儿，想起苏心的回绝，只觉心里酸楚，要不去找苏心，这晚肯定睡不好，便让司机掉头。到了苏心住处，她又驻足不前了，想不出苏心为什么放她鸽子，是不是家里有人，这样冒失进去，会不会唐突。可她控制不住自己，本想按门铃，却又想偷偷进去。轻轻地开了门，便听到一阵水声，苏心在洗澡，肯定是刚才淋雨了。她走到浴池前，透过玻璃看见苏心的影，这影就像一幅无声话剧，通过肢体能看到言语。她从这言语中看到苏心其实是愉快的，甚至在等着什么人来。

这时，电话猛的响了，吓了石小夕一跳，想喊苏心接电话，却听见“喂”的一声，苏心在浴室里接了。石小夕看了看电话，想偷听苏心在和谁通话，又觉得这样不好，同样的她控制不住自己，悄悄地拿起客厅里的电话，听见苏心说：“逐——”

“叫我权——”一个男中音说。

“权，”苏心的声音低了下来，“为什么不来？”

“来不了——我还在巴黎——下雾了，耽搁了。”

“嗯——你能打电话来，我也高兴。”

“你在洗澡，我能闻到你身上的香味儿。”

“你——就是这句话，你害了我一辈子！你真的会和我在一起？我知道你身边的女人很多。”

“真的，你为了我的事，不但委身嫁给了石炜烽，还要取乐靳名琛，是我对不住你。”

“这没什么，他们对我都挺好。只是，我不该明知石炜烽会死，而不告诉他。”

“这是他的命——”

“是他的命！我到现在都不清楚谁才是主凶，谋略是你制定的，可参与谋略的人，都觉得自己是主角。”

“主凶是命运，他要不是知道了秘密，也不会死。”

“嗯，你那里怎么样？”

“我就是告诉你好消息的。《归藏易》的海外发行权以及华夏文明探索起源投资合同都签了。”

“咱们的付出有了收获。”

“这只是冰山一角。”

“冯世鉴那里呢？他会怎么想？呃，你和他妻子上床，他竟然不找你麻烦，真是佩服他！”

“这是成功所付出的代价——他知道，所以高兴还来不及呢！《归藏易》的主编是他，以他的智慧和实力，这已是他所能想到的极限了。要不是我帮他，他很难有这种成就的。”

“明天能回来吗？”

“后天。”

“好的——等你回来。”

苏心刚说“好的”，石小夕就挂了电话，这一刻她的神经都绷紧了，双拳紧握着，仇恨像投射下来的雨丝似的，一下子都涌进了身体里。她的身子说不出的燥热，仇恨的火焰在胸中燃烧，可看见苏心的身影又映在玻璃上时，她的仇恨顿时化成了怜悯。这复杂的情绪，让她不知所措。意识里是悲哀的，心里一阵乏味的空虚，觉得心身像闹了别扭，说不出的难受，悄悄开了门走了。

苏心洗好澡出来，没有见到石小夕，却见靳名琛敲门进来，不禁愕然。

“你拍我们在一起的照片，我知道，也知道你的用途！”靳名琛看着苏心，幽怨地叹息道：“我知道你的心事。我今天来，只是想告诉你，那个充满幻想的殿堂——具茨山，我们曾经心醉的地方，被我烧了，一片大火，在山腹里熊熊燃烧。那火光璀璨极了，仿佛将整个人类历史都烧着了，我们的梦也升腾了，与火永生了——”靳名琛笑了，他的笑容里仿佛也镂刻着一片火海。他退了几步又说：“你们的谋略也失败了，不是吗？你们所想得到的，现在只剩下灰烬了，你们的梦也随风而逝了，你们也一无所有了，你们所坚持的，也只是一片虚空——”他转过身，身子一个趔趄，又转过头来看苏心。

白夜密码

正面 WHITE NIGHTS PASSWORD

第十二章　长恨歌

这城市里最深藏不露的罪与罚，

祸与福，都瞒不过它们的眼睛。

——[中国]王安忆《长恨歌》

51. 生死狙击

萧痕想不到父亲竟然烧掉了“小地球”，但他理解父亲的举动。父亲是只鹰，是那只翱翔天际的领头鹰，绝不屈于人后。正如父亲所言，具茨山是他的梦，而他梦境中最深的就是“小地球”，他以为自己洞察了牛顿猜想，却想不到还没达到萧天的水准。萧痕不知父亲之所以烧掉“小地球”，还有更复杂的原因。“小地球”的构建，足以使他蔑视群雄，凭他之力如何能掌握牛顿猜想？靳名琛的精神世界坍塌了，萧痕是他的儿子，而他却将自己的儿子作为复仇的种子，这击中了他的软肋，让他觉得所坚持的不过是浮云，“小地球”的世界也成了一片浮云。

萧痕在林心湄的生命中充当了一次过客，林心湄能认叶羽秋，这也是件好事情，毕竟活着才是最美的精彩。死了，一切都晚了。他体味过，哀莫大于心死。这时悲哀又来了，是杜笙带来了。他们不仅是战友，更是兄弟，有过命的交情。杜笙死了，他悲哀起来，但这悲哀却是浅浅的。他了解杜笙的选择。有时，死亡所淬炼的美丽才最震慑人心。

萧痕离开林家后，去了奢城大学。夜已深了，校园寂静极了。他走在小树林里，脚下的落叶随风滚动着。树林常年没有修整，到处是杂草。树林的尽头就是操场，台阶上的塑料瓶从高处滚落下来，声音清晰可闻。他径直走到树林尽头，一棵疤痕累累的梨树只剩下枯枝翘指向天。他看着树，静静地伫立一会儿，只觉眼皮沉重，忍不住闭上了。过了一会儿，他睁开眼睛，伸出手触摸梨树。他知道，这树里面藏着一把 M40A1 狙击步枪。这是杜笙的枪。

这支 M40A1 狙击步枪已握在萧痕手里。这是一支老枪，沉重的枪管和木制枪托，冷冰冰的，但握在他的手中却是热血沸腾。他眼前的“小地球”已不复存在，只留下烧焦的铁皮、残破的卷轴、椅子的腿，还有一堆灰烬。“小地球”已不成景象，宛如亡国的破落。萧痕站在那里，垂着头，像是在为他心中曾经存在过的幻象哀悼。

石小岚眼里露出少有的羡慕，从萧痕手里接过枪，说："在冷战时，M40A1 狙击步枪被称为'绿色枪王'，是现代狙击步枪的先驱，射击精度很高，采用 5 发整体式弹仓供弹。该枪发射 M118 特种弹头比赛弹，初速 777 米 / 秒，最大有效射程为 800 米。"

萧痕看着被烧得满目疮痍的"小地球"，心里竟然痛极了，这是父亲一生的心血，现在已付之一炬，成了灰烬。父亲也不知去哪里了，也许还在具茨山某一个不为人知的角落。父亲的骄傲，让他傲然一生。梦醒了，父亲的脊梁是否还挺得直？也许这才是父亲所要的人生，当达到最顶点时与另外一个东西相撞，粉身碎骨，在最辉煌的时刻，终止！

萧痕不敢想，也不愿去想，没有时间去想了。血债血来偿，杜笙的血流尽了，下一个流血的人，不是敌人，就是他自己。他从石小岚的手里接过枪，说："杜笙就是死在 M40A1 狙击步枪下，五指月的狙击手之所以选择这种狙击步枪，就是因为他们隐藏在大山丛林之间。"

"隐藏在大山丛林之间？"石小岚皱了皱眉，她虽然对枪支有所研究，但对 M40A1 狙击枪所知不多。

"绿色枪王，就是它的颜色最适宜隐藏在大山丛林之间。狙击手在你的身边，也不一定能发现。"

"狙击手要占据最有利的位置，才能掌控全局。"

"位置只是其中的一个因素，超长距离狙击要考虑很多因素，温度、湿度、风向、扬尘、提前量、光的强度都会影响射击精度，子弹在空中飞行 6 到 10 秒，因此地球的自转也是考虑因素。"

"这么多因素？"

"在阻击战中，真正的高手拼的还不止这些，还有心理。"

"就像刺客一样，一击不中，否则就可能死于对手枪下。"

"是的。"萧痕将枪推上膛，"一个好的狙击手，必须是一个耐得住寂寞的人。在无限大的空间和时间里，你所选择的不多，只有一刻。而这一刻，却又是长时间的寂寞堆积而成的。"

"狙击手享受的不是射击的过程，而是寂寞。"

萧痕点了点头："为了射中目标，有时你需要在狙击点待上很长很长一段时间。这段时间，你的周围还随时有狙击手狙击。而你却要在一个特定的时间和空间里，选择凝固。凝固时间，凝固空间，凝固所有一切在动的东西。等待那千钧一发之际，扣动扳机，打破那令人窒息的寂寞。”

萧痕是会享受寂寞的。在这大山丛林之间，他已经一天一夜没有合眼了。这是一个说不上好的狙击位置，1000 米外就是具茨山电厂。而周围都是光秃秃、一望无际的山脉。在这群山连绵的山脊上，这又是最让狙击手攻击的点。在这个狙击点上狙击，反而成了狙击的靶子。

在选择这个狙击点时，石小岚持有不同意见：“在这里是必死无疑。”

“置之死地而后生。”萧痕匍匐在山脊上，用狙击枪查看电厂周围的环境，“杜笙之所以能到达电厂，是因为他是高明的狙击手。当狙击手发现他时，他已经到了电厂，拿到了他想要的。否则，一入距离电厂 500 米的范围，必遭狙击。”

“那两个狙击手就在电厂？”石小岚问。

萧痕抬起头，说：“绝不会在电厂，他们就在距离电厂 500 米的范围内隐藏着，这样可攻可守，方圆 1000 米的距离都在狙击范围。”

“对付一个隐藏的狙击手已经很危险了，同时对付两个狙击手，岂非难上加难？”

“难度是相对的。”萧痕拿起狙击枪，换了一个方位，继续同样的动作，“狙击手拼的不是人多，而是谁最能享受寂寞。”

石小岚皱着眉头问：“只是这个狙击点，很容易被发现，还是换个狙击点。”

“最危险的地方才是最安全的。”萧痕又换一个地方继续观察，“这里是狙击手最不愿选择的地方，换句话说，也是他们最松弛的观察点。这也是咱们能在距电厂 1000 米的距离观察的原因。当然，要想不被狙击，还有两个关键点。”

“哪两个关键点？”

萧痕将狙击枪稍微往下滑，将身子隐藏在山脊后，说：“第一个关键点是目标吸引，只要我能听到他们的枪声，就能判断他们的方位所在，就能狙击他们。”

石小岚道：“我可以去。”

“你不能去。”萧痕摇了摇头，“太危险。确切地说，是必死无疑。”

“你二个关键点是什么？”

“玻璃。”萧痕笑了，“12 块玻璃，都矗立在最受攻击的观察点上。”

“为什么用玻璃？”石小岚不解地问。

“山人自有妙用。”

萧痕隐藏在一个山脊上，12 块玻璃分插在电厂左右的山脊之间。他的头一侧，就是一块大玻璃。玻璃在两天前就安置在山脊上了，只是他做了简单的机械传动装置，这些玻璃都放在一个架子上，底座有升降的电子摇柄。这些摇柄的控制器就在他的身侧。他在接近黎明时潜伏在山脊上，选择这个时间，是因为这时人的防范意识最薄弱。然后，他就趴在狙击点，一动不动。冬日的阳光笼罩着山体，冷风吹动着山上的树和草；而萧痕的着色，使他成了或山，或树，或草，忠诚地成为山的一部分。整个白天，萧痕都在观察。他知道这两个狙击手是相当高明的，他们选择的狙击点是这个区域范围内最好的。这一点萧痕能判断出。但一个白天，萧痕在瞄准镜中都没有发现任何蛛丝马迹。这是一个暗点，或隐藏在树木之间，或在山体之间，所以他观察不到。可他又知道，只要他稍微地动一下，就会听到“砰”的一声，一颗子弹就会打爆他的头颅。萧痕没得选择，只要敌人不动，他是绝对不能动的，这点他最清楚。在山脊上，他仿佛与山融为了一体。在瞄准镜里，具茨山电厂就像丰碑似的矗在大山上。电厂只有两座锥形斜塔，其他的什么也没有，仿佛这斜塔是从山中长出来似的。晚上的月光，洒在山头上，幸亏他处在下坡，才没在地上投射出影子来。深夜时，山上的风更冷，四周寂静极了，如果狙击手枪上膛，上膛声绝对清晰耳闻，但这里只有风声，树叶的哗哗声，草的摇动声，以及雾水滴落在树叶上发出的声音……

萧痕知道，到天明时，狙击手再无行动，他就再难坚持了。但他已骑虎难下，只要狙击手在伏击，他身体部位的任何微动，就会被狙击手观察到。晨光从东方照射到对面的山脊上，他忽然感到虚脱极了，那一刻他觉得周遭的山体都在上升，他的宇宙失衡了，远处的树木都向他飞也似的飘移过来，他知道这将是他伏击的极限。两年多了，从未狙击过，这时已达不到昔日的巅峰。极度的凝神过度地消耗着他的体能，他很清楚这意味着什么，等体能消耗殆尽，就算没有被狙击手打爆脑袋，也将心竭而死。

萧痕唯一能做的就是按动控制器。这时12块玻璃从山脊上徐徐升起，晨光照射在玻璃上，经过玻璃的反射，数万道光线缠绕在一起，整个山体都布满了晨光，所有的隐蔽物一下子都暴露出来了，然后他在瞄准镜里看到一个狙击手已经扣动了扳机。

"砰"的一声，M118特种弹头击中了目标，一个人应声而倒。

那个狙击手并没有狙击他，而是射中了从远处奔来的靳名琛！

萧痕在狙击手扣动扳机时，冷静地朝狙击手开了一枪，一颗头颅爆裂了，从瞄准镜里看，鲜血一下子浸染了整个画幕。

这时，"砰"的一声，一颗子弹打碎了他身侧的玻璃。

就在玻璃碎的一刹那，萧痕从玻璃里看到了另外一个狙击手的藏身地，就在他的对面，狙击手正在向他瞄准。他来不及调整准星，应手开了一枪。在瞄准镜里，只见血红一片，另一个狙击手从一棵大树的树干上摔了下来。

萧痕没有动，他不确定父亲说的是否属实，是否还有其他的狙击手。过了半个时辰，四周再无动作，也无枪响。令他惊奇的是，具茨山电厂竟然没有任何动静，仿佛这枪声是司空见惯了。更令他惊奇的是，被击中的父亲竟然从地上爬起来，在他的瞄准镜里，父亲的嘴角挂着少有的笑容，但面容显得苍老了许多。萧痕看得分明，父亲的身子微微发抖，M118特种弹的冲击力是常人难以承受的。

萧痕从山脊上爬起来，端着狙击枪朝父亲跑过去，问："射中哪儿了？"

靳名琛笑道："你该清楚，M118特种弹射穿不了以太。"

"以太！"萧痕吃惊地道："以太在哪里？在您身上？"

靳名琛点头道："这些以太是我提纯的，就是运用在'小地球'上的以太。"

"您烧了'小地球'，难道就是为了以身饮弹？"

"这是唯一能帮你同时对付两个狙击手的办法。"靳名琛抬头看晨光射在山头上，"要我选择'小地球'，还是我的儿子？我当然选择儿子！"

萧痕眼睛一酸，向前拥住了父亲。这是他第一次与父亲这样相拥。这时，他才发现父亲已有白发了，双鬓处更是明显。以往，他都没仔细观察过父亲，一股愧疚涌上心头，道：“爸爸……”

靳名琛在儿子背上轻轻拍了拍：“都过去了！”

父子二人相视一笑，心头都觉透亮了，亲情洗涤了以往的隔膜，彼此的心终于相融了。

靳名琛指着锥形斜塔道：“斜塔的下面就是五指月实验基地，我收到信息，在杜笙死后，这里的科学家都转移了。”

“他们都走了？这里已是空壳了？”

“他们已经成功研制了SCE-1病毒，也该走了，应该奔赴下一个战场，下一个课题。”靳名琛叹了口气，“牛顿终极的发明还在，这是任谁也带不走的，它是具茨山的一部分。”

父子二人走到锥形斜塔面前，只见斜塔如云，山地平坦，根本就没有进入的入口。靳名琛抬头看高空中的青铜太阳形器，只见垂直地面上也有同样大小的青铜太阳形器，便走到形器圆心上，脚刚一踏上，只见两个斜塔之间闪烁出一个光屏来。

光屏如同电脑的屏幕，上面是一个登录密码。

萧痕从未见过这样的屏幕，甚是好奇，问：“这是什么？”

靳名琛皱了皱眉，说：“五指月科技至斯，也难怪他们能执行‘薛定谔的猫’计划。”说着，他在光屏上输入了一个登录密码，接着画面闪动，密码竟然是对的，“这是五指月长老的特权，可进入五指月官网。”

当画面不再闪动时，他们被光屏的画面震撼了。他们从未见过如此华丽、如此璀璨的场面。一个与地球简直一模一样的“地球”在转动着，“地球”转动时产生一束束光来，这些光是五颜六色的，光束强劲地激射，随着“地球”飞速转动，最终形成一个五颜六色的光圈来。光圈的每一种颜色都是如此的纯粹，黄是纯粹的黄，红是纯粹的红，蓝是纯粹的蓝……七种纯粹的光延伸出无数种光线来，已不再是五颜六色了，而是数以亿计的颜色，这些颜色将“地球”包裹起来。再转动下去，画面纯粹起来，颜色消失不见了，只留下极致的白色。而在白色深处，是一个晶莹剔透的悬棺。悬棺里有一粒种子，种子是人的形状，看不清晰，因为这粒种子和极致的白色融为一体了，无法分辨。倘若想看清楚，必须将这极致的白色消隐掉。而在这个悬棺上，雕刻着一些由线、点、面组成的图案，赫然就是具茨山文字。在文字的中间，有一些流星，正向浩瀚的天空激射，遥远处更是一幕的白。

陡然间，光屏一闪，将极致的白定格在那里，显出一行字来：

“这里是五指月实验基地，刚才您看到的是 10D24K 真实实验场景，目前实验同步进行中，进入请输入密码。密码源是：东西方文明的差异。请登录。”

萧痕顿时愣住，又是那个该死的密码源！

52. 肋骨

萧痕晚上喝了些酒，次日醒来，太阳都已升起了，脑袋里还有些尖锐似的疼，就像有一根针窝藏在里面。想弄点醒酒的东西，这时手机响了，是庄筱娴一个同事俞晴打来的，接通电话，却听俞晴哭着说："快找顾冰清，筱娴感染了 SARS！"

萧痕呆住了，手机啪的一声摔在地板上，外壳裂了，一片碎星溅在他的脸上。他没有丝毫感觉，只是脑袋里的那根针滑溜到心脏旁，猛地扎了他一下，猝然倒在床上。

顾冰清更是慌乱，连心都碎了，就像玻璃跌落在地上，免不了碎成一块一块的，而每一个碎片也是一整块玻璃。他的心碎了以后，反而生出更多的心，心变小了，却变多了，有悲痛的心，有伤感的心，有焦急的心，有牵挂的心……还有自杀的心——倘若心没有碎，这便是一个完整的沉闷的心了。这时"沉闷"分解了，露出了真面目，却是一些零碎的组合。就像人有十二根肋骨，每根都是上帝从男人身上取下变成女人的肋骨——女人是男人的碎片，又是男人的全部，譬如庄筱娴就是他的全部。顾冰清知道庄筱娴感染 SARS 时，似乎听到他的肋骨"轰"的一声，猝然倒地。

顾冰清浑身颤抖着，倒了杯开水，还没有喝，水已洒了一身。他在只能走下几步的空间里来回踱步，杯子里的水全泼在了脚上，都吱吱的升起了白烟，可他不觉得疼。猛然看见萧痕闯进公司来，吓了一跳，杯子"啪哒"一声掉在了地上，摔得满地的碎片，每一块碎片上都印出了他完整的狰狞的脸。正巧庄老爷子来找叶羽西，让她帮忙为自然法则协会设计一个宣传册。庄老爷子从叶羽西屋里出来，按着顾冰清的肩膀，不使他抖动得厉害，吩咐萧痕收拾碎片，将顾冰清拖到椅子上。老爷子先是面无表情，后来挤出了些苦笑，不知是在笑谁？也许是自嘲？他没想到自己坚守自然法则，反对破坏大自然，而庄筱娴竟会感染上 SARS——这有些追古溯今的，古代铸剑士铸成一柄旷古绝有的宝剑时，第一个祭剑的往往是他的亲人。

顾冰清坐在椅子上，手里握着铅笔，铅笔已成了弓形，愣愣地说："一切都是假的！我很佛系！我很佛系！"手一抖，啪的一声，铅笔应声而断，愣了愣，一耸椅子，冲了出去。一路上，他的脑袋如同炸开了一般，脸上作烧，身子发虚，仿佛也感染上了SARS。这个时候，他倒是有些欢喜的，希望自己也感染上SARS，也被送到医院隔离起来，这样就能和庄筱娴在一起了。他有些兴奋，跑得也快了，没有顾及皮鞋是个劣质品，左脚向前趋了一下，脚趾头便旁若无人地露出头来，右上角裂开了。顾冰清嫌它是个累赘，便跳了起来，跑着脱了鞋子，顺手抛了。

萧痕赶了过来，脸色阴郁着，看见俞晴站在门口花园旁，便拖着顾冰清跑过去。俞晴挥着手说筱娴让他们回去。顾冰清问庄筱娴怎么样了。俞晴沉声说还好。萧痕不放心，问庄筱娴真的还好吗。俞晴凄惨一笑，忽然哭了，慢慢地蹲在花园旁边，抽搐着。顾冰清知道怎么回事了，整个人扑通一声坐在了地上，眼前一幕的白，呼吸也渐渐地迟钝了。忽听自己的心就像老式钟表一样，时间长了，钟摆断了，只听啪哒一声，轰然响着跌落心底。顾冰清只觉声音是从心底传到耳朵里的，一阵绵延不绝的轰鸣，将他的神经惊得竖了起来，整个人便昏倒在地上。

顾冰清醒来时，已在庄家了。只有他一个人，院子里很静，宛如他和院子已融为一体，被周围的喧嚣隔离了出来。他跳下床，要去开门。手刚触到门，忽觉有些害怕，好像一些事物击中了他的软肋，又颤巍巍地回到床上，忧伤地颓废着。房间里很幽，洋溢着淡淡的香气，是庄筱娴做的香囊，若有若无的，与尘埃一起跳动。顾冰清坐在床上，一直看着房间由幽变成灰，再由灰变成黑。这时候，夜幕降临了，月亮也升了起来，黑暗又消失了，房间里又变得幽了。

手机响了，有些惊魂，像尘世的丧钟被撞响了。顾冰清从床上跌落下来，惊恐地看着在桌上旋转的手机。他爬到桌旁，猛地拿起手机看，见是天气预报，心想已是半夜了。陡然想起网上说绿豆可以治疗SARS，忙煮了一锅绿豆粥。半夜里，院子里飘着一院子的粥香。绿豆粥做好了，顾冰清看了看表，离天明还有一段时间，可他等不及了，便盛了饭去医院。

到医院时，天才灰蒙蒙的亮，他提着饭盒，站在白桦树下，眼神里既有无限的空虚，也有无限的充实，又是悲痛又是欢喜。天亮的时候，拨通了俞晴的手机。俞晴出来了，接过饭盒，一句话也没有说，转身便走。顾冰清想问庄筱娴的情况，却又害怕，只说了绿豆粥能治 SARS。俞晴听了，住了脚步，眼泪又忍不住流了下来，回身点了点头，径直走了。顾冰清心里刚升起的光亮又熄灭了，眼神里没有了充实，只剩下无限的虚空。回去的路上，看见萧痕也提着饭盒赶来，便问他是不是绿豆粥。萧痕将饭盒狠狠地掷到路中央，粥撒了一地，映着晨光亮晶晶的，像是在眨着眼嘲笑。顾冰清觉得恍惚，要萧痕扶着他回去，两人也不说话，各自悲哀着。到了辛夷坞，便各自回去了。

白逐尘和叶羽西晚上才得知消息，叶羽西的表情悲戚，说答应给庄筱娴做一套服装的。白逐尘惊愕了，脸上仍残留着微笑，舍了叶羽西，一个人上楼了。到了卧室，将门反锁了，从暗格里拿出一个箱子。箱子里是一瓶上好的红酒，酒瓶上写着一行小字：雨夜听秋，白夜逐尘。落款是庄化蝶。白逐尘摸着瓶子，喃喃地说："雨夜听秋，白夜逐尘。"然后颓废地坐在沙发上。他想："筱娴竟然感染上了 SARS！"当然，感染 SARS 并不一定代表死亡，可毕竟距离死神太近了，近得只剩下一吻的距离。白逐尘打开酒瓶，倒了一杯红酒。红酒已存放了 20 年，这时酒更加醇正。他喝了一口，被呛住了。

叶羽西一直敲门，白逐尘虽不愿她进来，可还是开了门，也给她倒了一杯红酒。叶羽西细细地嘬了一口，说："醇正得很。"白逐尘点了点头，问筱娴的情况如何。叶羽西摇了摇头，说："冰清都昏了过去，萧痕刚送他回来，看来是糟透了。"

白逐尘手一抖，红酒洒出了一些，说："冰清是能沉得住气的，情况肯定是不妙了。"将酒杯放在桌子上，一直咬着牙，嘴唇上都沁出了血。

叶羽西从后面抱住了他，说："我知道筱娴不是庄老爷子的女儿。"

白逐尘侧着头问："你知道了？你是怎么知道的？"

叶羽西松开了手，将白逐尘转了过来，拉着他坐在床上，说："我姐说的。"

白逐尘一愣："叶羽秋——她是怎么知道的？"

叶羽西淡淡地说："我也不知道，刚才在电话里说的。"

这时，林心湄来了。她是来找萧痕的，萧痕不在，便转到白桦林工作室来。三人说了说庄筱娴的事，林心湄悲伤起来，有些莫名的失落。她明白萧痕和顾冰清的心里都藏着庄筱娴，谁也代替不了，就像她心里有顾冰清一样。她回到家里，却见父亲埋头看手机，泪水都滴落在屏幕上。叶羽秋坐在卧室的窗台边，吸着烟，烟雾将她整个人都隔离了，看不到她是否也流泪了。

林家坤的手机响了，是竺大筠打来的。竺大筠沉声说："筱娴感染的不是 SARS，而是 SCE-1 病毒！"

林家坤的脸色变得异常可怖，手机从手中滑了下来，跌落在地板上，摔碎了。

这晚的前半夜，月色无比纯净。人走在路上，都没有影子。医院是幽静的，可以听见很远的地方有流水声。顾冰清站在医院侧门前，心里茫茫然的，意识里只有一幕的白——那是白夜。今晚却有些灰突突的，好比他的心境。庄老爷子佝偻着身子，像一块历史的丰碑，就在顾冰清身后矗着，稳稳不动，毫无表情。萧痕穿着黑色风衣，表情是悲痛的，从东街绕了过来。林心湄穿着件白色风衣，表情是悲伤的，俞晴从侧门出来，引着四人换了隔离衣，来到了隔离区。

庄筱娴的世界是空的，也是简单的，只有些线条，有的是婀娜多姿，有的是横平竖直，有的是奇形怪状，这些线条就组成了她生活的全部。这时，生活的面纱被揭开了，变成了无数个无规则的碎片。可在她的空的世界里，她分明感觉到生活是由三条线组成的：一条线是庄化蝶，一条线是庄老爷子，一条线是顾冰清。还有一些细小的线条，她知道这些是留在她回忆中的人。正是这些线条，勾勒了她全部的生活画面。可这全部对她来说是遗憾的，最终还是没等到哥哥回来，也许是回来了——他的影子回来了，可又要失去了，这次不是她失去了生活，而是生活失去了她。

庄筱娴的呼吸微弱了，可她的听觉却是异常敏锐。她连脚步声中细微的差别都分辨出来了：步伐散漫的是顾冰清，脚步轻柔的是庄老爷子，脚步沉重的是萧痕，脚步轻中有沉的是林心湄，脚步急促的是俞晴。她睁开了眼睛，眼皮有些沉重，看到顾冰清时眼睛猛地一亮，伸了伸手，想去抓他的手，可手只伸了几寸，便颓废地落了下来。顾冰清奔过去，抓住庄筱娴的手，泪浸湿了口罩，浸出的泪水滴落在庄筱娴的手背上。庄筱娴的手抖了抖，有了些气力，握住了顾冰清的手，张了张嘴，一字一顿地说："我——看——到——了——白——夜——"

顾冰清握紧了她的手，看了看四周，周围的墙是白的，隔离衣是白的，口罩也是白色的，周体是一幕的白。在这种白中，他看见了庄筱娴凄惨的笑容，身子陡然软了，想瘫在地上，可他挺住了——萧痕从后面架住了他。萧痕向庄筱娴笑了笑，笑容是可掬的，有些像狗熊的憨笑。林心湄躲在俞晴的身后，静静地看着萧痕的举动，忍不住流下泪来。庄老爷子走到床的另一侧，给庄筱娴掖了掖被子，满脸的疼爱，目光中都是怜惜。庄筱娴看了众人一眼，轻轻地念起了徐志摩的诗《再别康桥》——

轻轻的我走了
正如我轻轻的来　轻轻地招手
作别西天的云彩　那河畔的金柳
是夕阳中的新娘　波光里的艳影
在我的心头荡漾
……

众人听来，不禁潸然落泪。庄筱娴念诗的时候，虽然虚弱，却一直微笑着，她在床上轻轻地摇了摇头，说："不哭！ SARS 嘛！自然要 smile and return smile！（微笑并保持微笑）"

顾冰清一咧嘴，露出了笑容，可他的笑容里分明含着恨。这恨是散淡的，不知道要恨什么，可是他要恨，他不得不恨。他恨的时候，却要笑出来。他笑的时候，心里是更加恨。这时候，他的表情有些凄楚了，后来哭了，是恸哭。庄筱娴的手更加乏力，更加沉，这是回光返照，他们都知道。萧痕扯落了口罩，在庄筱娴的脸颊上吻了一下。顾冰清惊呆了，庄老爷子惊呆了，林心湄也惊呆了，所有的人都惊呆了，包括庄筱娴——这可是生命之吻呢！

顾冰清愣了一下，也扯落了口罩，抱住庄筱娴的头，亲吻她的嘴唇。她的嘴唇有些发抖，更多的却是温暖。她的手已经凉了，可嘴唇仍然温暖着。庄老爷子流泪了，不为什么，只为他们的这一吻，这一份爱！庄老爷子流着泪解下口罩，在庄筱娴的额头上吻了一下，眼泪滴落在她的额头上，瞬间滑落到她的眼睛里，和她的眼泪融在了一起，沿着脸颊滚落了下来。林心湄忽然变成了一尊雕塑，没有了思想，连意识也没有了，只有一具空壳，在病房里矗着。俞晴抓紧了林心湄的胳膊，痛哭了。

庄筱娴的手渐渐虚了，从顾冰清的手里缩短了几寸，伴着一丝微弱的声音，断断续续地说："我——永——远——是——你——的——肋——骨——"最后一个字是由余音带出来的，刚说到"肋"字时，她的头一歪，带着幸福的微笑走了。

顾冰清瘫在地上，喃喃地念着《圣经》里的句子："这是我骨中的骨，肉中的肉——"

庄筱娴是带着那些"生命之吻"走的，当萧痕、顾冰清、庄疏臻一个挨一个亲吻她的脸颊时，她的生命在那一刹那璀璨如夏花。她的生命虽被SEC-1病毒夺取了，但亲人的吻让她感动了，震惊了，死亡也变得淡漠，不再那么可怕了。她抓紧顾冰清的手渐渐松了，身体的机能已经消失了。她虽然死亡了，可意识还没有消失。她能感知萧痕的愤慨和悲伤，那是一种从生命深处散发出来的悲伤，她便闻到了"死亡"的味道——只是，这"死亡"的信息来自萧痕。她能在那一刻感知萧痕也要死了。她不了解萧痕对她的感情，更不知萧痕其实是她哥哥。在她的意识还存留之际，她冰冷的手松开了顾冰清紧握的手掌。

庄筱娴的意识也是欢快地飘荡，仿佛人刚死时，灵魂要冲破体内。她的意识更无节制，在她感知的白色空间里忽焉上下、忽焉左右，就像水花的喷溅，灿烂无比。她只觉得一个具有生命的东西，从她的意识中成长了，仿佛在亘古以前就有一粒种子埋藏在她的意识中。

那种子迅速地发芽、成长，赫然便是她自己。

53. 白地

萧痕含着泪，看了看窗外一幕的夜色，心里的尘埃忽然荡了起来，飘走了，心变得无比纯净。他凄楚地笑了笑，扯落脖子上的玉佩，掷在顾冰清的怀里，念着林心湄刚写了一小半的歌曲《walk on the circle》："想喝一杯酒，酩酊着跟你走，你是鸟儿飞了，翅膀我却没有，你是鱼儿河中游，我向何处走，在这凄惨的夜，你是我的宇宙，醉眼蒙眬的世界，眨眨眼挥挥手，肉身坠入了尘埃，没有一丝温柔，夜未央，吻还在心头……"步伐坚定地走了。

下半夜的月色是恍恍惚惚的，好像月光只透过摇曳的树枝射在地面上。空气有些闷，萧痕从侧门出来，只觉胸口憋着一股粗气，压抑得他不能走动，一屁股坐在白桦树下。庄筱娴的死，就像做梦，等到他醒过来，这奇奇怪怪的梦境还印在心头，惊得他跳了起来，发疯似的乱跑。跑了一阵，衣服都湿透了，忽然停在那里，意识里一片混沌，不知道为什么要跑，跑到这里干什么。他有些浑噩，瞧着自己，摸了摸自己的身子，想找自己，可他找不到了，他似乎变成了"另外一个人"，不像影子，也不是幻觉，可他分明感觉到另外的这个人，是一个比他更宝贵的一个——这是第五维空间的萧痕。

在第五维空间里，萧痕是欢快的，有些像雀，也有些像鹰，有时候他在低飞，有时候他在高飞。实际上，他是这两种鸟的结合体，无论飞得多高，下面都是看不到底的——也不是黑魆魆的空间，而是一个白色的无底洞。就像一个漩涡，或者是欲望，是深不见底的。就像哲学，是简单的，也是丰富的；是浅显的，也是深邃的。哲学是欲望的沉默，而艺术是欲望的眼泪与骨灰。萧痕在这里是塑造艺术的，他自由自在地飞翔时，心是广阔的，可以俯视尘世的一切。这个时候，他看到了一片白地。白地里只有一种花，花叫不出来名字，花是素白的，一朵连着一朵，就像一片白色的海。苏翙和庄筱娴在白地里奔跑着，跳跃着。她们的身子是柔软的，似乎没有骨头，也没有肋骨。她的身体是透明的，处处透露着精致；她分明是用羽翼做成的，像那只透明的巴西蝴蝶，偶尔一挥动翅膀，便引得白地里的白花恣意地张扬了。

当他穿梭在大街上，听到邮电大楼上的大钟传来当当的响声，心也跟着跳动起来，免不了颤动，才恍然大悟：她们死了，都死了——他也死了，心死了——他的心沉了下去，也找到了自己，他只是一个固守着“白地”的可怜人！他的肋骨不是轰然倒地的，而是一寸一寸地断裂，成了碎片。到了拐角，辛夷坞影影绰绰地投影在大街上，他却感到路仿佛尽了，只看得见一片白色的空间。

萧痕站在那里，月光将他的影子斜斜地挂在树干上，好像这树便是他的肋骨，倘若月光再稍微移动，他的影子便会轰然倒地。他抬起头，看到一个影子正在缓缓地移动着，也像苏翙和庄筱娴。他有些恍惚了，擦了擦眼睛，终于看清了，却是顾冰清失魂落魄地走着。

林心湄坐在喷泉旁，看见顾冰清失了魂似的走来，便站起身，想安慰他；忽见他痴痴呆呆的，忙惊恐地跑过去，抓住他的肩，问他怎么了。顾冰清看着林心湄，眼神里还是茫然，仿佛不认识这个人，又似乎这个人就是他自己，嘴里喃喃地说：“筱娴死了——她死了——”林心湄的心一阵绞心地疼，知道自己担心顾冰清，还爱着这个人。她晚上没有睡觉，这时心受到了撞击，竟有些天旋地转了，身子慢慢地向下坠去。顾冰清向前走了一步，林心湄正好跌落在他怀里。顾冰清有些痴了，忘记了林心湄的存在，这时只觉得手臂里有了些实物，便慌忙抓住了，抱了林心湄便走。林心湄失去了主张，不知该怎么办好了，也是茫茫然的。顾冰清抱着林心湄直接跨过池子，跳进了喷泉里。两人只觉身子一凉，便都清醒了。林心湄慌忙从他怀里挣脱出来，一步跨过池子，向辛夷坞外面跑去。她跑到花园旁，忍不住回头看了看顾冰清，却见他双臂弯曲着，仍是抱着她的姿势，心里不由得落泪了，也沉了下去——心是摘了下来，可剖开了心看，却发现心里面包藏着好多人：一张张脸浮现了，又消失了，消失了，又浮现了，猛然间脑海里跳跃着《walk on the circle》的歌词：

（Rapper：
想喝一杯酒　酩酊着跟你走
你是鸟儿　飞了　翅膀　我却没有
你是鱼儿河中游　我向何处走
在这凄惨的夜　你是我的宇宙
醉眼蒙眬的世界　眨眨眼挥挥手
肉身坠入了尘埃　没有一丝温柔
夜未央　吻还在心头）
爱是一个圈
它是条奇怪的曲线
永远的首尾相连
结局却无法演绎圆满
walk on the circle
足迹却是一个圆

（Rapper：
捧起一把土　执拗地陪你哭
恨的面前踟蹰　爱比不爱还苦
你的温存永回味　疯狂喊残酷
在这痛苦的夜　你是我的支柱
终究分别的爱情　刻在心铭于骨
灵魂飞到了天国　爱永远是凄楚
心在沉　梦已被放逐）
爱是一个圈
它是条奇怪的曲线
永远的首尾相连
结局却无法演绎圆满
walk on the circle
足迹却是一个圆

面对庄筱娴的死亡，顾冰清的心被触动了，觉得生命是极其脆弱的，有些事情错过了，这辈子就无法弥补。回到辛夷坞，他将实情告诉了庄老爷子，他父亲就是庄化蝶，他就是老爷子的孙子。庄老爷子感怀良久，爷俩坐在客厅里，不知说什么好。没有认亲前，都刻意将对方看成亲人，仿佛有说不完的话；认亲了，话却没有了，觉得说什么都俗。实际上，他们什么也没想，只觉一切来得自然，仿佛本该就这样的，倘若庄筱娴还在，此刻是多么的其乐融融。

庄老爷子说："你亲妈不是别人，就是叶羽秋！"

顾冰清只觉一切跟剧本似的，他现在成了剧中人，说的话是别人的，不是自己的，所以他说不出来他的感受，仿佛这一切只能逆来顺受，这让他不知道怎么面对叶羽秋。

叶羽秋得知顾冰清是她儿子时，差一点昏过去。她倚在门框上，看着空荡荡的房子，一颗心却平静不下来。这时，有些影子彻底从她身边消失了，她伸手去抓，只抓住了影子的末梢，但这已足够分辨出那是对庄化蝶的爱情了。她虽然走出了教堂，可爱情却是藕断丝连的，想忘也容不得自己忘。可在获悉儿子的消息时，她明白自己坚守的不是虚空。她知道有些东西是挡不住的，挡不住它的消失，同样也挡不住它的到来，譬如岁月，譬如亲情。手机忽然响了，叶羽秋听着铃声，觉得家中有了些生气。她怕这生气消失了，一直没有接。每响一下，她都数着，心也跳一次。电灯闪了闪，灭了。她忽然感到前所未有的无助，坐也不是，站也不是。想起顾冰清时，彻底慌乱了，从来没有过的，也不算是，20 年前曾经有过这样的慌乱，20 年后这种慌乱又来了。这时再也坐不住了，也失去了往常的仪态，驱车冲向大街，冲向辛夷坞。

一路上，叶羽秋都觉得有个声音在告诉她，事情到了最后，有些藏得很深的东西也该浮出水面了。老远就看见了辛夷坞。在夕阳下显得形影难支，仿佛里面囤积了一股可以冲破一切的哀伤。她看见顾冰清站在桥上看着她赶来，只觉眼前出现了幻觉，感到自己的慌乱竟是最大的真实。她冲了过去，紧紧地搂住顾冰清，将他的头埋在自己的胸前，宛如夕阳投进"白夜"来临之前的巨大虚空里。这一刻，又是空泛的静，这静延伸到他们所能感知的地方，仿佛时间已将空间裹住了，那一瞬间，时间、空间、距离和虚空都消失了，天地之间变得说不出的实在。

这两个清晨，庄老爷子把屋子打扫得干干净净，把几上玻璃瓶中的水更去，换上新水。阳光一照，瓶上就出现了一道美丽的光圈。庄老爷子就把寻找了一个清晨的花儿插在里面，整个屋子里都是剔透。屋子是虚的，空空的，以前觉得拥挤，现在却宽阔了，一个人走来走去，像在宇宙中行走，没有尽头。屋子里最实的，无非是那些花儿，抑或是镜框中的一张照片：庄老爷子牵着儿子的手，灿烂地笑着，身影是在耕田。庄老爷子取下照片，然后抽着烟，入神地看着。庄老爷子抽自己卷的烟丝，烟袋锅子是庄化蝶买回来的，颇为精巧，20多年了，都发黄了。天天把烟袋锅子夹在指间，指甲也被熏黄了，如同那个坐了几十年的板凳，同样的幽亮。

庄老爷子懒散地躺在椅上，重重地抽口烟，喷出，闭眼听屋后白桦树哗哗作响。老爷子的意识里也飘过具茨山的影子，甚至觉得儿子就可能在具茨山上，想回来，却无法回来，是被无法解开的结阻隔了，这些结也许就是具茨山的秘密。这一瞬间，老爷子觉得有关具茨山的一切都是无比的真实。但这一瞬间过后，所有的意象又都成为虚假的泡影，一碰到它，这些情景便如梦一般地消失了。他尽力伸出手，却仍摸不住，指尖流淌的就有些残酷的味道了。

庄老爷子选择喝了点小酒。喝着喝着，就有些惆怅了，屋子里太静了，钟表嘀嗒嘀嗒地响着，他心里更加的虚。夜，是挡不住的，它来临了，院子里更加深幽。日子也显得太腻味，若同在油手上抹满肥皂沫，狠命地搓，却越搓越恶心。更可怕的是，他还记得苏轼的诗句：人有悲欢离合，月有阴晴圆缺——欺骗有时也像毒品，离了它，人便更加虚弱。老爷子在脑中搜索着老街的影子，老街直接通往黄河，老街的历史也有些泛黄，房子也是，黯暗的房子里透出一股乡村的气味。一个个排列的老字号招牌店，有糖堆儿店、炒板栗店、炒瓜子店，他常带着外孙女进去，一样买点尝尝，他不吃，只让筱娴吃。他只是倚着斑驳的墙，望着惨淡的夕阳，等着儿子回来。可这些记忆有些霉了，有些忘却了，甚至连完整的轮廓都记不清了，大概只能记起一个模糊的影像，冠上哪里的风景都是可以的。

庄老爷子觉得心有些疼，尼古丁一直刺激着他的神经，他知道自己老了：手上已是青筋暴露，脸上已是沟沟壑壑——老了，就像是一盏即将耗完油的煤油灯，梦残了，心冷了，唯一的心态就是平静，丢入一颗小石子也不会起波澜。照片上的情景成了他最后的一道风景线，所有人都消失了，只有这道风景依然矗立着，像浮雕。后来，这风景忽又成了影像，仿若是放飞的风筝，越飞越远，最后在老爷子的泪眼里只剩下一个光点，然后"啪"的一声砸在相框上。

顾冰清的头还是昏昏的，身子烧灼似的痛，虚弱乏力，甚至连呼吸都忘记了。苏翙死了，庄筱娴死了，他不知身边人谁还将面临死亡？顾冰清不敢合眼，一合眼就会做梦，做同样的梦。有些是奢望的，可他就躲在这种奢望中，就像荆棘鸟，一生都在寻找荆棘，一生也完结在荆棘上。他就这样做着梦，觉得身体不存在了，意识却是痛苦的。他在享受着这种痛苦，意识里变成了一只荆棘鸟，在雾霭中苦苦地寻觅着。忽然听到"咣"的一声响，心神不由得一紧，茫然地从床上坐起来，惊恐地看了看四周。声音还没有完全落幕，是从老爷子屋里传出来的。顾冰清赶紧跑过去，见老爷子从躺椅上摔落下来。他跑过去查看鼻息，见老爷子没了呼吸，慌忙给医院打电话。

当夜，庄老爷子走了，死于心脏病猝发。

54. 悟，密码与死棋

这个时候，萧痕的思想是透明的，整个人安详极了，终于找到了飞翔的感觉。他感到说不出的愉快，周身一阵疲惫的轻松，就像斗牛场里的公牛，死亡才是真正的歇息。庄筱娴的死，让他的伤口再也无法愈合了，时不时地隐隐发痛，可他顾不上了。他到了具茨山，找到了苏翙的死亡之地，找到了一个山洞。在山洞里，他禅坐着；这山洞是山的眼睛，在高处，能看到山向远方绵延，能看到远方的世界里充满了欢笑。

这时，手机响了，是父亲打来了。父亲说："筱娴和小翙是死于同一种病毒，不是SARS，而是SCE-1病毒，一种不具有传染性的病毒！"

萧痕静静地听父亲说，心里没有起任何波澜，这些和他没有关联了，至少此刻他的心里再也盛装不下这些东西了，直到父亲说："筱娴也是古蜀家族的圣女，她的尸体被五指月弄走了。"

"不可能！"萧痕坚决地说，"筱娴和小翙是双胞胎，为什么小翙身体里的'猫'两年前就被激活了，而筱娴却在两年后？"

"这跟林家坤有关。"靳名琛幽幽地说，"小翙死后，林家坤知道筱娴会感染神秘病毒，所以才跟庄一达成交易，要到SCE-1药水。就是这种尚未研制成功的药水压制了筱娴身上'猫'种的激活。但当药水实效后，'猫'种还是被激活了。"

萧痕蹭的一声跳出了山洞。这一刻他再也静不下来了，假如父亲所言属实，庄筱娴的死跟他就有关了；要是他早破译密码源，庄一越狱成功，他就会得到SCE-1药水，庄筱娴身上的"猫"种也就不会被激活了，也不会成为"薛定谔的猫"实验的小白鼠了！

萧痕到了太平间，表情哀戚。太平间里死一般的宁静，一股死亡的味道仿佛裹在身边，又仿佛离得很远。太平间里冷飕飕的，太平间外已结了冰花，萧痕站在寒风里呆呆出神，一脸的哀伤。他的风衣在风中一动不动，像糊上了一层冰花，在他的眼中铮亮地闪着寒光。他还是一动不动地矗着，仿佛是铸造在死亡空间里的雕塑。正如父亲所言，庄筱娴的尸体果然不见了，萧痕再也无法容忍了，他必须尽快破译密码源，尽快进入“地球”里！

这几天，对于萧痕来说，是非常难熬的。他整理思绪，从头到尾，哪怕是一个细微之处，他总是细心揣摩。“东西方文明的差异”，这不是一个密码源，也许本就没有确切的答案。或许是密码盒的制作者故意开的一个玩笑。从网上查到的关于东西方文明的起源、延承、流向贴满了整个墙壁，里面有许多数字，倘若将这些数字组合，便有上亿个数列，也就是有上亿个密码。这上亿密码却又相当于没有一个密码。望着墙壁上的图形、文字和数字，他更加断定这不是个密码源。这时，他想起石炜烽留给石小岚的黄皮纸残片。那些残片本属于叶家的，为让石炜烽接近庄一，父亲给了石炜烽，如今已物归原主，转交给了萧痕。当他想起这张残片时，脑海中闪现出一个奇妙的图形。这图形有些模糊，看不清楚，便找了出来展开，但见灯光下一片斑驳。

萧痕注视良久，忽觉那个奇妙的图形清晰了——那是他的潜意识。他的潜意识要他将黄皮纸残片组合在一起。他找出苏翊和白老留给他的残片，将它们按照残破的齿向吻合，他发现了一个秘密。目光所及之处，是一张能凸显整个轮廓的图形。

萧痕看着图形，明白了一切。也许，这黄皮纸里隐藏着密码和《归藏易》的秘密。庄一说的未必就不正确，也许木盒里盛放的就是剩下的石头呢？而且这张黄皮纸和林、白、叶、庄四家族有着密切的关系，就像《归藏易》一样，这张黄皮纸分了四份，他手上的三份是林、白、叶三家的，最后一份定是在庄家。

站在庄家的院子里，萧痕看着小竹林在夜风里显得消隐、淡漠，心想："外公会将石头和残片放在哪里呢？倘若我是外公，会将它们放在哪里？"他环顾四周，忽然笑了，仿佛想到了一些开心事，径直走向小竹林。小竹林的土壤湿松，白天刚浇过水，月光下土壤里零星地点缀着的小石块显得黑突突的。萧痕挨着翻捡石块，心想："外公是自然主义者，一切都顺从自然，那么外公一定认为石头是从土地上长出来的，应该回到土地中去，这院子里只有这片小竹林有土壤，外公定会将石头放在这里的。"忽然，他的手停住了，因为在一棵老竹侧旁刚拱出地面的笋上，挂着一个油纸袋，想是先前埋在地下，这时被竹笋带出了地面。

萧痕将油纸袋取出，手指微动间，发现油纸袋下面有两块精致的石头，石头上都长了苔藓，仿佛石头一直在山上似的，上面的图纹和他发现的石头惊人的相似，定是《归藏易》的两块石头无疑了。

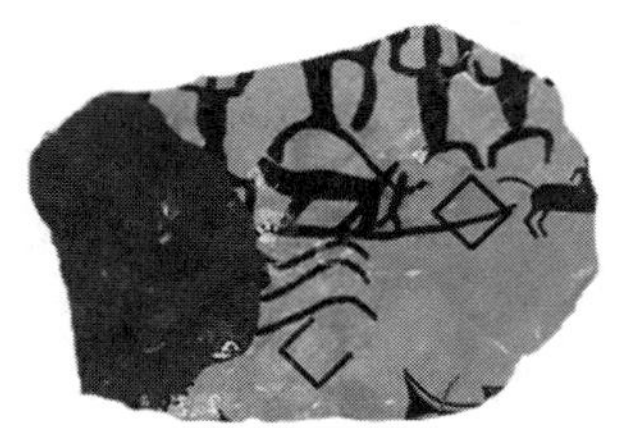

回到事务所，萧痕将庄老爷子的黄皮纸残片取出，和其他三份放在一起，果然吻合，正是一张完整的图纸。

萧痕看着图纸上的数字和字母，眉头紧皱着，这些字母和数字究竟隐藏着什么秘密？这和“东西方文明的差异”有什么关系？扭头看到墙壁上贴着一则关于父亲的报道，忽然明白其中的蹊跷了。

东西方文明的差异，也许就是父亲所说的文字之间的差异？

要不然，父亲研究华夏文明也不会从文字入手了！

倘若东西方文明的差异和文字有关，可它又是什么样的文字呢？

那些散布无序的 26 个英文字母就代表英文，剩余的恰好是汉语字母表，表示中文，原来东西方文明的差异竟然是英文和中文的差异！

萧痕将英文和中文字母按照音节顺序抄了下来，进行类比：

1-2-3-4，代表中文音节，单音节，双音节，三音节，四音节。

2-6-2-4，代表 26 个英文字母，24 个单音节。

1-5-2-6，代表 15 个双音节，26 个英文字母。

2-6-1-0，代表 26 个英文字母，10 个三音节。

0-4-2-6，代表 4 个四音节，26 个英文字母。

他明白那些数字的含义了。“东西方文明的差异”就是这 5 个数列的音节差：1-2，2-11，3-16，4-22。

由此可以推出盒子的密码是：1-2-2-11-3-16-4-22。

萧痕小心翼翼地将密码输入木盒的密码器中，只听轻微的一声“波”，盒子打开了，里面是一张图纸。萧痕取了出来，却见图纸竟是具茨山监狱地下层的设计图。萧痕愣住了，难道这个密码和具茨山监狱有关？难道有人想得到这张图纸越狱？萧痕查看了图纸，突然笑了，原来这是一张无出路的地下层，不禁对地下层的设计者刮目相看了。这个地下层忠实地成了监狱的一部分。

夜早已深了，辛夷坞沦陷在黑暗里，唯他这里有一盏灯，去迎接即将到来的黎明。这微弱的灯光被外面偌大的黑暗包裹了，显得如沧海一粟，甚至可以减为无。刻有《归藏易》的石头接踵而至，在他脑海里像串成一线似的来回跳跃。现在石头共有七块，他在电脑中将图纸绘了出来。

萧痕在图纸的外部加上山的影子，这时灾难的气味更加浓了。“白夜”的景象更加凸现了，可在“白夜”的背后并不是天空，而是水幕——具茨山最终要被水淹没。这是他的结论，也是庄老爷子所看到的灾难。可水从哪儿来的呢？具茨山下的小河，虽说是黄河支脉，可早已断流了。具茨山怎么会被水淹呢？只有一种解释，这水来自具茨山，是山体的水喷涌而出。也许，找到剩下的两块石头，便可以发现灾难的触点、水的源头了。

林家坤还在悲痛中，他休了假，一个人待在家里。他的悲痛大部分是悲哀，悲哀自己虽然位高权重，可女儿死的时候，他却无能为力。林家坤站在窗前，看着窗外的树枝被风吹得摇曳不停，不禁重重的叹息，这叹息里有悲恸，也有无奈。他想起了庄秋水，想起了庄秋水的幻灭。20多年前，庄秋水死于幻灭时，林家坤那时的悲恸多于无奈。现在，历史又在重演，悲恸却少了。他深深感知：这世上最大的悲伤不是死亡，而是无奈。

林家坤低下头来，眼前一片模糊，他产生了错觉，恍惚觉得死的不是庄筱娴，而是庄秋水。他又回到了那个岁月，又触摸到了那份悸动。那个他曾经爱过的女人，曾经为他生了两个女儿的女人，忽然从他生命里消失了。在那一刻，他仿佛看到了“白夜”，看到他在“白夜”里一个人孤独地行走在棉花团里，无助乏力。在那团虚无中，他像是在寻找什么东西，可他什么看不到，前面只是一幕的白、一幕的空。

萧痕敲门的时候，林家坤还站在窗前。林家坤得知萧痕的来意后，摇了摇头说：“林家的石头一年前就丢了，我帮不了你。我觉得《归藏易》就是灾难，而不是我们所看到的名利。这是灾难，灾难来临时，谁也挡不住。石头找不到了，也许大自然是要惩罚人心的，所以才让石头凭空消失了。”

萧痕这才明白黄河陵园墓穴里的两块石头就是林家的，从林家出来后，驱车去了具茨村。到了寒柳草堂，却见父亲坐在花园的石凳上，神情萎靡，像是老了许多，默默地注视着他走来。

萧痕走到父亲身边，见他眼角边有泪痕，知道他刚刚哭过，问父亲：“为什么不离开这里？”

“救赎。”

“救赎？”

“为那只猫。”

“薛定谔的猫。”

萧痕跟父亲说明来意。靳名琛悲哀地看着儿子，说：“石头是有生命的，我一直这么觉得。那两块石头，给了我很多启示，也帮我找到了具茨山文字。可那两块石头，也给了我仇恨和灾难。你真的要石头吗？”

“我就是来拿石头的。”萧痕看着父亲的悲哀，一只手按在父亲的肩膀上，“这是命中注定的。命中注定，要我成为你的儿子。命中注定，要我找到石头，解读《归藏易》的秘密。这都是命中注定的。”

靳名琛按住儿子的手，轻轻叹息一声，带着儿子找石头。那两块石头就在花园的一个角落里，和许多石头躺在一块。那些石头上也有些圆坑、线条，都是从具茨山上寻来的，上面就雕刻着具茨山文字。靳名琛拿起石块，用衣袖擦干净了，递给儿子，然后走到一块大石旁。大石上是一套茶托和茶具，靳名琛烧了开水，父子二人面对而坐，喝茶，这是他们父子第一次坐下来喝茶。

萧痕待到深夜，带着两块石块走了。黎明之前，夜静得可怕。庄家也是静悄悄的，仿佛没了庄筱娴，这个院落也失去了生气。回到事务所，他将父亲给的两块石头拿出来，放在桌面上。

他将九块石头摆在眼前，这时才看明白这些石块上竟然刻有具茨山文字，那些文字他认识，只是一些简单的数字。他将父亲给的石头上的图纹拓出来，然后扫描到电脑里，添加到《归藏易》上，构成了一幅图。

萧痕绘制了完整的《归藏易》。当看到《归藏易》时，他整个人就呆住了，这是一幅奇怪的图景，这分明是一幅远古的图腾：有人物、有动物、有河流、有文字，那是具茨山独有的文字，内容却很简单，一个边

代表数字“1”，可是这简单的文字里却包含着一个文明的图腾，一种古老的文化从此绵延开去，如同《道德经》的“道生一,一生二,二生三,三生万物”。看着看着，他只觉眼前一白，那个该死的“白夜”场景又呈现了，他看到了一幅生动的图景：水在山的腹部涌动着，突然从那块刻着仿佛象征某种图腾的纹饰的石块上喷薄而出，一下子模糊了整个画面。而那块石头，在萧痕的记忆中，又是那么深刻——苏翙的死亡之地。画面上涂满了水绡，整座山连同一些人都被水淹没了。瞧不清那些人的面目，只能看见是些人的线条在扭动、挣扎，甚至看到了自己的线条——只是他的线条是静止的，静静竖立着，仿佛已经扎根在山体上，水冲不走，风刮不走。画面涂满了水，白色的水，整个的一幕“白夜”。他似乎明白了，命运选择让他绘成了《归藏易》，是让他与山同体的——他是属于大山的。而他所探寻的“薛定谔的猫”计划等只不过是灾难的诱因，最终将随灾难的发生而消失。象征华夏文明的具茨山被水淹没的同时，他的思想和意识也不存在了。他想起庄一告诉他的“五岳归来不看山，黄山归来不看岳”，竟然一语成谶。他看到了《归藏易》，“薛定谔的猫”计划已经不值一谈了。

白夜密码

正面 WHITE NIGHTS PASSWORD

第十三章　尘埃落定

上天啊，如果灵魂真有轮回，

叫我下一生再回到这个地方，我爱这个美丽的地方！

——[中国] 阿来《尘埃落定》

55.“逝”

辛夷坞本是乡村的碎片，大海的鱼鳞，不久它就与黄河又绵延一体了，终于有了根，也有了生气。拆迁尘埃落定了，定在元旦，居民相继搬走了。这个情景是楚囚对泣的，也像翻日历，有些恍若隔世。留下的人，准备着庄筱娴的葬礼。葬礼只是一种仪式，庄筱娴连骨灰都没有留下。叶羽西第一次做寿衣，选择了最轻盈的白色，凭着她对庄筱娴的记忆，一针一线的缝制。艺术家群落出现了前所未有的喧哗，林心湄创作了《白天爱上黑夜》，她选择的不是独唱，而是合唱。这几天，辛夷坞的上空飘荡的全是忧伤的曲调。

具茨山华夏城定在春节前动工。白逐之为了运作华夏城，是有些取舍的，明显的就是抽调了海外资金。这些只是表面的取舍。深层次的取舍，就有些众叛亲离的味道——叶羽西彻底离开了。庄筱娴死了，她震惊了，感到体内流窜着一股前所未有的落寞，在内心深处的一个小角落里发现了一些正在发芽的碎片。那些碎片是关于女人的最细微的“质”，恍惚间发现自己也不过是一个女人，一个需要安定下来有个温情的家的女人，一个需要有人能为她生为她死的女人。这种新的思维打动了她。在这种思维中，她充满了辽阔无边的安宁。这使她像普通的女人一样，在心里好奇地装扮自己，并用从身体里探出来的第三只手，将心门悄然打开了。

叶羽西不赞成白逐之开发具茨山，无法接受一个和她观念相左的人。在白逐之的卧室里，睡衣从她的肩上滑下，有些乘风归去的味道。她环顾这里，是那么熟悉，也是那么陌生。白逐之坐在楼下的客厅里，眼神里有些悲伤，可更多的是孤傲。“这个男人！”她微微的一声叹息，就像秋天来了，落叶无可奈何地飘落在脚下。脚下是一块海洋色的地毯，是这个男人专程从法国买回来的。卧室里一尘不染，隔壁套间是她的天堂，一架一架的服装，都是她精心设计的。她拿出一件，罩住她的裸体，有些轻舞飞扬，可却遮不住温暖，就像落叶挡不住大地的冷缩。这是她的毕业设计。那个时候的她，是个二十一二岁的小姑娘，眼神里都是属于那个年华的自信。这时看起来，只有感叹年华似水。

“难道没有伤感吗？总得有些伤感呀！”可是她没有，这让她觉得离开是必然的。她设计的具茨山系列服装赢得了好评，这些服装就悬挂在眼前。服饰是采集于自然的，有些小图案，是她亲自从山上拓出来的，小石头饰品也是没有经过打磨的。可这些小图案和小石头，或许再回首时就荡然无存了。这时，她有些悲伤了，眼泪悬挂在睫毛上，嘴抿得像海洋里的小岛。她随手扯了一件衣服，下了楼。

白逐之看着叶羽西下楼，嘴角边荡起了笑容，看见她脸上的眼泪，心里忍不住一痛，想说话安慰她，却又忍住了，只是淡淡地说：“你想走，我也不留你。”

叶羽西停住脚步，站在楼梯上，望着白逐之，说：“我早就走了，自从我和逐尘在一起时，我就走了。没有走的，只是我的梦想。”

白逐之挥了挥手：“这个我知道。”

叶羽西走下楼来，在他对面坐下，说：“林家坤说我大哥像只鹰，其实你也像只鹰。”

白逐之抬起头，有些吃惊：“我像只鹰？”

叶羽西笑道：“我总是这么觉得！”她昂起头，坚定地说：“像鹰有什么不好？像鹰的男人很 Men 的！只不过你是一头秃鹰，太残忍了！那可是五六千年的古文明，这样开发了岂不可惜？”

白逐之笑了：“都像你这个想法，咱们建设国际化大都市、弘扬民族文化的愿望不都成了空谈？将老子的太清宫、孔子的孔府家庙，还有一些轩辕丘、商殷废墟、明朝王陵等这些有文化特色的东西，都聚集在具茨山上，建造一座真正的华夏文明城，这样具茨山必定成为最有意义的旅游胜地，到那时万里长城、北京故宫之类也要臣服于具茨山了。”

叶羽西叹了口气：“这样一来，肯定要破坏具茨山的原始面貌，破坏生态平衡了！将不属于具茨山的东西搬到具茨山来，这好比将世界上最美的器官都聚集在一个人身上，反而就不美了！还是保持原貌的好。”

白逐之说：“鸟儿有两只翅膀，只保护不开发就好比一只翅膀的鸟，飞不起来，也活不长久。”

“又是你的哲学！”叶羽西幽幽地说，“我走了，你一点也不悲伤？”

“你走了，还会有人陪我。”

“你给我一间房子。”她提出申请时，有些蛮横。

“放你的衣服？”白逐之盯着叶羽西的眼睛说，“这里永远都属于你的，你走与不走，都是你的。”

叶羽西哭了，不只是悲伤，还有些心疼。她心里有些扯不断的东西，就像树根深扎在泥土中，拔出来时不免被扯得遍体鳞伤。从心里面掏出来，一件件的翻检，有些零碎，没有整体的概念。这表明她做事从来没有一个完整的脉络，是随心所欲的。她要走，没有理由就走了。也许她还会回来，那时可能也是毫无理由，自自然然就回来了。白逐之是了解她的，所以他给了她一个根，和随时可以扎根的土壤。叶羽西有些飘忽，就像脱体的花，飘飞的过程中没有一丝担心，因为它知道这辽阔的大地到处是它落叶归根的地方，所以它可以尽情地飘摇。这个晚上，她也是飘摇的，就在那海洋般的地毯上。她匍匐在那里，像一条美人鱼，眼神里都是温顺，呼吸平缓，像没有欲望的鸟儿在天空中滑翔，一上一下、一升一降之间，都充满了欢愉。夜色尚浓，她悄悄爬了起来，穿了一件素雅的衣服，站在地板上审视着还在沉睡中的男人。最后，她用手指拢了拢头发，脸上绽露出只属于女性的笑容。这笑容淡化到白逐之眼里，是凝固的，像一团雾，洇到眼前，再也化不开去。

窗外，天空还停留在黑夜中，曙光没有露出来，花园里的风轻微地呻吟，花草没有一刻安静过，就是在沉睡中也是摇摇晃晃的。别离的时刻，自然是充满伤感的。叶羽西钻进车里，才有眼泪流下来。她知道白逐之是醒着的。男人像鹰一样，从不流泪的，这眼泪只有她流了。坐在车里，放了音乐，曲子是轻柔的，听不明白是哪首曲子，只觉得曲调像小夜曲。她没有心情去纠缠这些的，她所有的心思都放在了这个夜里。她没有发动车子，想看看白天是如何从黑夜里挣脱出来的。院子里很静，远处还可以听到鸡鸣——离天明不远了。忽觉头顶上一亮，便知道白逐之起来了，站在阳台上看着她。她没有动，只觉脖子有些痒，有种被人窥视的窘态。音乐忽然变了，有些急躁，她忍不住发动了车子，车灯在黑夜中扫了一片光明出来。

到了辛夷坞，天还没有亮。经过辛夷湖时，她听到轻微的响声，好像有什么东西落到了湖中，等车子驶过去，这响声忽然消失了，没有留下一丝痕迹。白桦林工作室还亮着灯，她知道白逐尘一夜没睡，等着她回来，心里仿佛塞了一团火，暖烘烘的。她熄了火，从车里走出来。环顾辛夷坞的夜色，有些灰蒙蒙的，就像一块黑布掉了颜色，变成了灰白。在台子上停了良久，心里不知是欢喜，还是悲伤，忍不住叹息一声。

白逐尘是看透了，但没有看破，红尘中还有些牵挂。静下来时，初始有些惬意，可渐渐就恐惧了，这恐惧是种海市蜃楼，眼前经常浮现一些奇怪的事物，有黄河，有 SARS，有白夜极光，有凤凰涅槃，有秋水长天，有叶羽西的微妙变化……庄筱娴死后，叶羽西就内敛了，这在穿衣方面就能看到，喜欢上了旗袍。旗袍是她自己设计的，还给白逐尘设计了一套唐装。白逐尘穿过，果然有唐人的倜傥不拘。这些都是表面上的，她骨子里有些柔情似水，有些贤淑了，却失去了她的本色。所以，看起来她有些苦闷，有些不适应。通常的，她都是穿着自己设计的服装，躲在楼上顾影自怜。白逐尘有些担心，害怕她这样会衣带渐宽。心里也有些害怕，知道他这一生不可能拥有一个完整的叶羽西。也许过些日子，她适应了，也就好了，他心里这样想，可另一个想法却咄咄逼人地浮了出来：这样是适应了，可她的灵魂却是凝固了，变质了，这样的叶羽西还是叶羽西吗？这使他内心的孤独更加无边无际，也增加了他的心痛。他的心痛是如秋雨的，虽然不是大呼小叫的痛，却是连绵不绝的。

白逐尘打电话给叶羽秋时，心里还在痛着。这让叶羽秋感应到了，问他是不是身体不舒服。白逐尘心里分明更加一痛，好比在伤口上撒了盐，忙掩饰道："身体很好，没有不舒服。"

叶羽秋也觉得有些心疼，说："是累的吧？筱娴的后事准备得怎样了？"

白逐尘喝了一口茶，镇定了一些："差不多了。葬礼在元旦。我觉得小湄做歌手还不错，你认为呢？"

"你也知道，林家看重声誉，娱乐圈是非多，老林不同意。"

"真的连一点余地都没有了？"

“余地多着呢——老林昨晚同意了。”

白逐尘吃惊地问：“同意了——这次又多亏了你！”

叶羽秋淡淡地笑了：“这次我什么忙也没有帮上。”

白逐尘呵呵笑了：“你又是如此。”

叶羽秋在电话那头是含笑不语的，看着窗外红彤彤的太阳渐渐升起，凝了凝神，觉得这样不礼貌，便说话了：“真的！这次小湄动用了她母亲，她说老林要是不同意，她就陪她母亲去！你也知道，小湄的性子是执拗的，老林也怕她出事，就只好同意了！”

白逐尘随声附和着说：“小湄有天赋，你这个戏曲家协会会长有一天要甘拜下风的。”

“我呀——哪里又懂什么戏曲了，还不是附赘悬疣，是个多余的人！”叶羽秋幽幽地说。

白逐尘诚恳地说：“自然不是多余的人，最多是附庸风雅！”说着，笑了笑，表示后半句是调笑。

叶羽秋会意地笑了，说：“都不是什么好东西！”想起日常的空虚和乏味，忍不住叹了口气，甚是落寞。

白逐尘不小心触动了她的痛处，觉得不好意思，讪笑道：“我有件事要麻烦你。”

叶羽秋叹了口气，说：“是不是羽西的事？她没有服装就不开心？你是要我和羽西谈谈？要不咱们晚上一起吃顿饭吧？”

白逐尘没想到叶羽秋能洞察他的心思，竟一时接不上话，浑浑噩噩地说：“在桃花岛吃吧？”

叶羽秋又叹了口气：“就在桃花岛吧。”

白逐尘悲伤地说：“我只是想让她开心些！也许我和羽西只能过这种生活！有时候，我觉得要结婚的话，只能选你这样的。”

叶羽秋脸上微微一红，幽幽地说：“是吗？”

“是的！”白逐尘肯定地回答。

桃花岛有些污浊，白逐尘之前竟没有察觉出来，不禁喟然。跨过了浮桥，桥是稳的，可他的心却不稳。叶羽西一副心如止水的样子，衬着四面湖水荡起的水雾，仿佛她整个人随时都可以融入雾里，消失不见的。实际上，叶羽西颇不平静，知道白逐尘的意思，也知内心的东西是掩饰不住的。叶羽秋心里堵得慌，却又不知道为谁而堵，觉得妹妹对不住白逐尘。想到白逐尘时，她心里更是一痛。这痛让她吓了一跳，心跳得急促，黑暗里拉了拉叶羽西的手。叶羽西知道姐姐心疼她，便丢给她一个凄美的笑容，拍了拍姐姐的手，轻声说："姐姐，没事的。"

叶羽秋有些魂不守舍："妹妹，没事的。"

叶羽西忽然爽朗地一笑："姐姐，咱们到别地吃吧？"

叶羽秋看了看白逐尘，问："你看如何？"

白逐尘意味深长地说："羽西不是喜欢这里吗？"

叶羽西淡淡地说："口味变了。"

白逐尘盯着叶羽西看，说："你真的不想在这里吃了？"

叶羽西说："不想在这里吃了，永远！"

白逐尘愣了愣，喃喃地说："永远——"

56."天浴"

"地球"光圈的瑰丽奢华，一直在萧痕的眼前闪烁。那些璀璨无比的光圈，似乎能勾魂摄魄，能将他引到如入无人之境的境地。那光圈仿佛具有超强的引力，能夺取地球上的事物能量，人们再无法看清楚山、河、树木、绿地。那些因吸收光的能量而具象存在的事物，这时失去了能量，都消隐在宇宙中了，看不见了。只有自己的意识被光圈魅惑着，跳动着，心愉快极了，又恐慌极了。在这无任何事物存在的地球上，一切都似隐藏在苍茫的雾中。在偌大的宇宙中，地球只不过是沧海一粟，人类又是地球的一粒芥子。

困扰他的还有《归藏易》的秘密，这秘密也昭示着同一个道理，要有一场灾难爆发了，这灾难比 SARS 还要迅猛、凶悍，因为它要摧毁一切，淹没一切。他看到具茨山被水淹了，这只不过是一个点，当这个点再无限延伸的话，整个地球都要被水淹没了。人类创造的法则终将毁灭在大自然法则之下。当他看透这一点时，一颗心反而平静了。辨明苏翙和庄筱娴的生死叠加已经毫无意义了，因为她们的生命也只不过是宇宙的一粒芥子！

石小岚和石小夕终于见面了，石小夕也了解父亲始终是她的骄傲，眼神里竟闪出一丝不为人知的光来。萧痕看着她们姐妹俩沉浸在喜悦中，也同样分享着喜悦。"小地球"已经烧了，石小岚就搬回了家，在石小夕的照顾下，身体已恢复完好。她没有小女人的骄横和猜忌，对萧痕帮助林心湄的事并没有怨责，反而有些感动。何况她的意识里不知蕴藏着多少不属于她的情感呢！对于庄筱娴的死，她悲哀极了，不只是同病相怜，毕竟她们是"一家人"，身体里流淌着同一个基因！她的头痛时常发生，所以要在家里静养。屋子里有父亲的痕迹，这让她觉得父亲并没有走远，还在暗中保护自己。保护她的何止是父亲一人，那是一个宗族，一个延续了数千年的宗族。

除夕前一天，萧痕最终还是去了具茨山电厂。父亲没有跟去，他的梦已经破灭了，唯留下救赎。这让他想起了牛顿和爱因斯坦晚年，研究神学是否也在救赎？科学和神学的关联是否就是“梦”，是否就是父亲所说的“白夜密码”？当他进入实验基地时，才发现这一切都是虚无，唯有眼前更加瑰丽的场景才是无比的真实。

牛顿猜想是何其伟大！

“地球”内部竟然是一个小宇宙！

在一个晶莹剔透的悬棺周围环绕着星系，它们在空中旋转着，形成了日、月、星河。地球是宇宙的一颗星，而在这里，宇宙竟然在“地壳”内存在着，高速运转的恒星、行星目不暇接，星云的庞大和灿烂令人惊叹，甚至还有黑洞悬浮在半空中……这里简直就是宇宙的浓缩版！

在“小宇宙”里，那个晶莹剔透的悬棺夺人双目，而悬棺里的人就是苏翙和庄晓娴。萧痕的双腿禁不住一软，双膝跪倒在地。当他触及地面，才发现地是不存在的，这“地面”的物质材料就是以太。面对如此场景，他已经无力走进去了。他彻底被击垮了，被牛顿伟大的猜想给击败了。他有何幸，能见到这个前所未有的伟大场景！除了伟大，他再也找不出任何词语形容这个场景了。

这时，萧痕才明白为何父亲不进来，原来父亲早就猜到这个场景了。父亲承受不了这“伟大”，却又想让儿子见证这伟大的猜想！

萧痕从衣兜里拿出一叠纸，铺在看不见的以太上，一张一张的铺开。这就是《牛顿手稿》真迹。父亲给他时，叮嘱他到“地球”内部时再看。牛顿手稿，他都一一看过，但没有找到其中的关联，这时他看到伟大的“小宇宙”，那些看似无关的图形确实存在着关联性。

这就是“宇宙模型图”，当上面的半圆合在一起时，就构成了他所见到的“小宇宙”，原来牛顿早将他的秘密公布于众，只是后人目光短浅，竟没有发现牛顿手稿的终极目的。

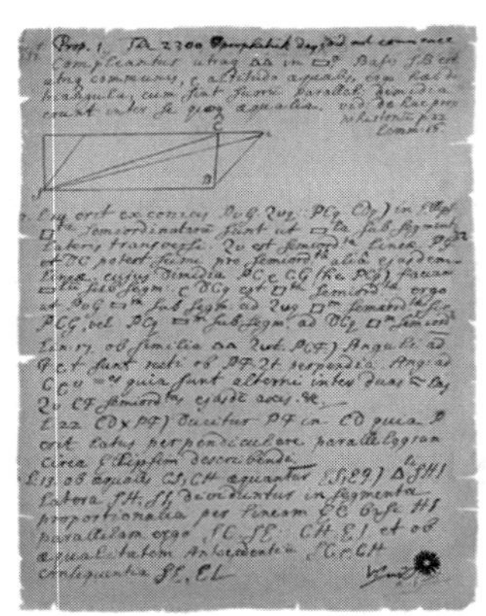

牛顿手稿中所画的图形，就是那个悬浮在“小宇宙”中间、盛放苏翙和庄筱娴的悬棺。萧痕看着牛顿手稿，心头的郁积顿时不见了，面对这浩瀚的“宇宙”，一切都显得渺小至极，生死、瘟疫、灾难也统统消失不见了，只留下宇宙的星群在有节律地转动，形成控制一切的大自然。而在这宇宙星河的中间，竟然是人类的意识，这让萧痕感到造物主的伟大。人类才是整个宇宙的主宰，但在宇宙中，人类却是生死叠加着。就算世界末日来了，地球毁灭了，成为宇宙的一颗星，但人类的意识却没有消失，它和宇宙融为了一体，成为宇宙间最光彩夺目的东西。

萧痕爬起来，沿着虚空的路向前走，一直走到悬棺的下方。果如父亲所料，悬棺下方有一个 84.5 厘米的圆形空隙。就在他刚到电厂，还没有进入“地球”之前，父亲竟然出现了，将牛顿手稿和青铜太阳形器的真品给了他。

靳名琛跟儿子说：“牛顿爵士的大多数手稿，在 20 世纪 30 年代的一个拍卖会上，被一位名叫亚伯拉罕·雅胡达的神秘收藏家买走，这些手稿的下落一直不为世人所知，因此后世科学家无从知道牛顿穷极半生之力，到底在手稿上算出了什么？你今天所见到的，也许和这些有关。”靳名琛没有再多说，也拒绝和儿子一起进去。他只是叮嘱儿子，当阳光垂直照射时，将青铜太阳形器放在悬棺下方的空隙里。

萧痕不知父亲的用意，此时也无暇去想了。他抬头看悬棺上方，见阳光已经错过了垂直照射度，就将青铜太阳形器放进空隙里。然后坐在悬棺下方，仰头看璀璨的星河，看行星、恒星绕着悬棺运转，看虚无的空间，顿时觉得他也与宇宙融为了一体，再也找不到自己了……

57. “疯”

《具茨天书》新闻发布会的头一晚，夜没有上密颜色，是无精打采的，有些像贪睡的孩子。由于网上谣传 SARS 复发，新闻发布会一直从元旦拖到了除夕前一天。会场头顶上的一块天空，纯净的寂寥，天幕上撒了一些淡淡的云絮儿。新闻发布会林家坤亲自坐镇，冯世鉴陪同。冯世鉴作为主编，春风得意，在镜头前有些恍惚，左手揽着林家茹的蛮腰，右手不住地弹跳。剪彩仪式时，有些激动，觉得剪子太紧了，竟然没有撑开。林家茹从彩带后面伸出手，只用了拇指和食指便撑开了，心里暗骂冯世鉴烂泥扶不上墙，脸上笑容灿烂，仿佛她才是今天的主角。白逐之、叶羽西和白逐尘都是特邀嘉宾，也参加了剪彩仪式。礼仪小姐的旗袍是叶羽西设计的，上面点缀了一些斑点，正是具茨山特有的符号，是用拓片烙上去的。

剪彩完毕，记者们到大厅观看具茨山的宣传图片，当中最醒目的一张就是山顶的幻石。冯世鉴这时心很稳了，讲解是如何发现具茨山的，当然是窃取了靳名琛的功劳。他说：“幻石就在具茨山的险峰上，专家鉴定已有五六千年了，形状就是这个样子，我和靳名琛专家——我的一个老校友——我们用了两年时间才找到这块石刻文字。专家们说，这篇文字可以证明具茨山是华夏文明的起源地。”

记者们纷纷聚焦具茨山顶幻石图片，闪光灯哗哗的闪烁。

忽听有人冷笑道：“这张图片恐怕证明不了！”

冯世鉴愕然回首，见说话之人正是靳名琛，心里不由一惊，皱着眉头说：“这不是你说的吗？”

靳名琛从记者群里挤进来，背上背着一个包，挥了挥手，制止了记者们的喧闹，说：“我就是靳名琛。”

有个记者问：“你就是发现具茨山的考古专家？”

靳名琛冷笑道：“什么考古专家——这具茨山是我一人发现，一人研究的。”

记者们有些混乱，交头接耳地问出了什么事情。冯世鉴脸色难看，回头看了看林家坤。林家坤在一旁默默不语，向冯世鉴点了点头，又向秘书丢了个眼色。冯世鉴会意，呵呵笑道：“老校友——你是不是喝多了？”

靳名琛嘿嘿笑道：“我从来就不喝酒！”

冯世鉴指着幻石，冷笑道：“你说这不能证明具茨山是华夏文明的发源地——有什么根据？”

“我自然有根据——”靳名琛卸下背包，从里面拿出一个布包，小心翼翼地打开，竟然是由四家族秘藏的九块石头所组成的《归藏易》图案，“这才是真正的《具茨天书》！他们的幻石是假的，因为那是我凿出来的！真正的幻石不是那篇文字，而是文字下面的天书。”

冯世鉴皱了皱眉：“文字下面的天书？”

“当年我发现幻石时，为了保护好不被破坏，便照着原状略改了一下，寻了一块大石凿了立在那里，掩藏真正的幻石——就是我手中的这幅图案。”靳名琛淡淡地说，“这幅图案可以发光，白天夜晚不定时的发光。正因为它能发光，所以我才找块大石挡住它。它发出的光，是一种强烈的白光，一种平常人都不曾见过的白光。在发光时，会产生极光现象，如同北极的‘白夜’。而看到‘白夜’场景的人，会产生幻象，会幻灭。我将这个秘密隐藏了，将它看成我的生命。可它是杀人凶手，这却是我不曾料到的。今天我之所以拿出来，就是想将这个千古之谜公布于世。”

冯世鉴冷笑道：“简直是无稽之谈！”

靳名琛嘿嘿笑了一声：“怎么？沉不住气了——”盯着冯世鉴，鄙夷地笑——“中国有句古话：螳螂捕蝉，黄雀在后——这还不够，黄雀之后，还有雄鹰呢——我并不在意什么主编，什么考古学家！我只想对大家说：具茨山的发现者，是我！所有者——也应当是我！”

这时，从人群中涌出四五个医生，跑过去将靳名琛反手拧了。一个年长的医生说：“靳专家因研究具茨山过度疲劳，精神失常了！唉！为了具茨山，靳专家可是鞠躬尽瘁，死而后已啊！”靳名琛闻言大怒，大骂冯世鉴欺世盗名，又骂林家坤是个伪君子。记者想采访林家坤，却发现林家坤早已走了。

冯世鉴知道这是林家坤的主意，便附和着说："记者朋友们！真是抱歉！我本来是不想说的，可是——唉！我的老校友已经精神失常了！本来这主编应当是我们两人共担的，可我不愿意人们知道他精神失常的事！因为我很了解我的老校友，他是个孤傲的人——我很了解他，所以就擅自做主，只给了他一个考古专家的称号，因为我知道成为一个考古专家是他一生的梦想——虽然他并不是真正的专家！可他对具茨山的研究早已超过专家了——是的，我是有些欺世盗名，因为我私自给他安了一个考古专家的称号！老校友今天骂我欺世盗名，并没有骂错，我也不怪他——只是我要替林副市长喊冤了。林副市长为了具茨山申报世界文化遗产的事，整个人都憔悴了许多，这是大家有目共睹的！我的老校友——靳名琛真是胡言乱语了。想到老校友为了具茨山——唉！20多年呢！20多年的热血都洒给了这座山！为了这座山，竟然——"说着竟热泪纵横了，"今天能举行这个新闻发布会，我的老校友可是厥功至伟！今天，在这里我谨代表我个人，向他致以最崇高的敬意！"下面一阵激烈的鼓掌，闪光灯咔嚓咔嚓地闪烁不停。冯世鉴擦了擦眼泪，朝年长医生挥了挥手，示意他们拉走靳名琛。

靳名琛忽然不说话了，眼神里有些孤傲。只不过这种孤傲是散淡的，就像人失去了精气神，眼神聚不拢，有些散光了。刚走到大门口，靳名琛忽然咯咯地笑了，声音有些尖锐，有些恣意，似乎可以撕破天幕，有种针尖对麦芒的味道。有些言语，言语是混乱的，让人摸不着头脑，说具茨山是他一人的，具茨山是他的梦，他的梦破碎了，所以他疯了。他疯的时候，是飞翔的——由四个医生抬起来——有种众星捧月的威仪，没有丝毫的落魄。广场上一群鸽子飞过，上空还漂浮着没有落尽的彩带。太阳忽然被一片乌云遮盖了，一阵冷风倏地掠过，飘落下几丝雨。雨还有些清瘦，落在靳名琛脸上，瞬间便消融了。这滴雨融了，另一滴雨又飘落在脸上，转眼间，雨滴膨胀了，变得肥硕了。乌云散去了，太阳也消失了，风更加得急。雨滴飘落得也急了，等到靳名琛被推进车里，雨滴已变成黄豆般大了，天空一阵空前绝后的寂寥。

靳名琛疯了，关在精神病院里。和别的精神病人不一样，他只是偶尔叹息，好像没有疯，只是在这里躲避。这是精神病院里特殊的病号，在一株老梅的旁边搭建了一间茅草屋，他就住在茅草屋里。很多人怀疑他没有疯，因为他还知道“具茨”就是“茅草”的意思，可他的眼神却是痴呆的，言语也混乱。林副市长发下话来，无论他做什么都不要干涉，所以他在寒柳草堂是自由的，在精神病院里也是自由的。

靳名琛其实没有疯。在茅草屋里，他从衣兜里拿出一张纸来，赫然也是《牛顿手稿》：

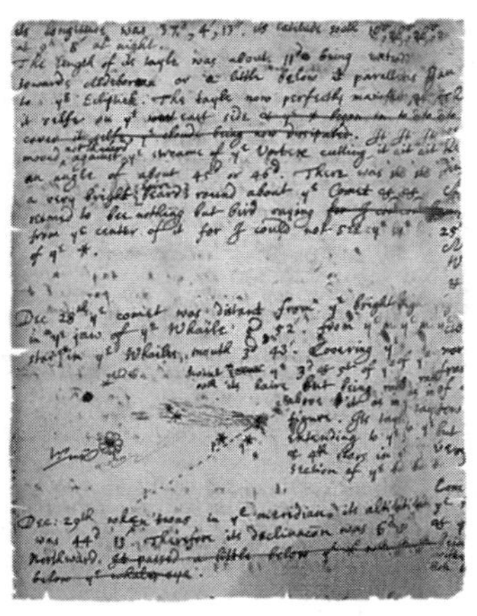

靳名琛注视着手稿里的一束光和星星，脸上渐渐浮现了崇拜的神色。他这一生都在研究史前种族，研究《归藏易》，研究具茨山，研究光，其实牛顿早就发现了这些秘密。牛顿没有将这些付诸实施，因为时机还没有成熟，因为古蜀家族的圣女是双生子的概率很小！现在，时机成熟了，是他靳名琛帮助牛顿完成了科学界中最伟大的终极猜想！

“双子星座！”靳名琛笑了，这才是牛顿的终极猜想！他知道，萧痕已将青铜太阳形器放在“地球”里悬棺下方的空隙里，只要等到光线垂直射到锥形斜塔的青铜太阳形器的圆心，哪怕只有一束，这一束光将吸收整个城市的阳光进入悬棺里的储存器中。那时，“地球”就会爆炸，而悬棺却会被强大的光波冲进太空，悬浮在星系中，真正成为宇宙中的一颗星。这在手稿里有启示，能量盒将会给悬棺提供用之不竭的能量而永存于宇宙之中。因苏翙和庄筱娴是“双生子”，这颗星就是“双子星座”。

“双子星座将是2060年拯救地球的秘密武器！”靳名琛自言自语，“牛顿在圣经上得到了世界末日的启示，但他预言圣人到时将再次降临地球，而这圣人就是双生子！”

58. “困”

除夕前一天，也是庄老爷子父女的下葬时间，葬礼就在辛夷坞里举行。庄筱娴没有骨灰，便将院子作为坟冢了。这天早上，天气是万里挑一的好，可意外总是轰然而来——2020 年 1 月 23 日，武汉突然宣布封城，新冠肺炎疫情暴发！疫情笼罩着的奢城，就像烤红薯，是外焦内热的，城市的上空被强大的病毒笼罩着，似乎病毒的基因都飘浮在空气中，人们随时都可能感染上的。黄河水位也突然上涨了，就像发怒的苍龙，随时都会腾空而起，将它巨大的隐忍爆发出来淹没整个城市。

辛夷坞是哀伤的，空气里有些沉闷，人们的心里也是压抑的。好天气没有持续多长时间，上午十点，起了大风，将大街小巷的尘埃、垃圾都刮到天上去了。这场大风刮了半小时方才变小，街道变得前所未有的洁净，只是空中不时地飘过一簇簇的塑料袋子，浩浩荡荡的，都向黄河里飘去了。参加葬礼的人都陆续来了。白逐之是第一个赶来的，他一个人站在门口两列白桦树中间，朝庄家的院子鞠了一个躬，便转身走了。

林家坤走在白桦树中间，心里有些沉，这个老人——他的岳父死了，死的还有他的女儿。他知道庄筱娴是他的女儿，可他的女儿却永远不知他是她的父亲。这两三年里，他失去了亲人，死了父亲，也死了女儿，可他的心却没有死，因为他终于摧毁了五指月组织。14 局射月行动小组虽然或死或疯，但任务却是完成了。再过一个小时，五指月组织将不复存在了。五指月实验基地将被萧痕炸毁——这是靳名琛告诉他的。他心里空荡荡的，只觉高处不胜寒，竟升起了前所未有的落寞，禁不住握紧了叶羽秋的手。叶羽秋的手却出奇的稳定，看着丈夫，心里也是空荡荡的。他们走到庄家门口，看到顾冰清和林心湄就站在门前，脖子上戴着刻有“佳期如梦”和“秋水长天”的玉佩，像两尊雕塑似的端望着黑漆漆的大门。林心湄看见父亲来了，便迎了上去，递给父亲一个日记簿。林家坤看了看女儿，心里有了些温暖，问她这是什么。林心湄抿了抿嘴，说："这是庄老爷子的日记簿，里面有他的遗书。"

林家坤翻开日记簿看了看，皱着眉头说："老爷子早就猜到这场灾难要来了。"

叶羽秋叹了口气，说："和庄子一样，写了一本书，自己什么都看透了，可他却早死了妻子。"

林家坤唉了一声："老爷子说他尊崇的是自然法则，要人们回到自然中去！可这和咱们建设国际化大都市是相悖的。"看着遗书，心里忽然有些意识，对叶羽秋说："老爷子早就猜到他要死了！"

林心湄魂不守舍地说："筱娴临死前，老爷子吻过她。"说着，惊恐地看了看顾冰清。顾冰清痴痴地回望了她一眼。

叶羽秋瞧见两人细微的举动，一连串的往事飞速地浮现在她的脑海里，再也忍不住，掏出手绢捂住嘴，转身跑了。她跑了几步，便停了下来，回头看了看顾冰清和林心湄攥着胸口的衣服——也许都是隔着衣服攥着玉佩——表情是似喜似悲的，眼前仿佛出现了庄化蝶和她的影子，更是伤心。刚走出白桦林，要向左转，忍不住回头看了看顾冰清，怕他也感染上新冠肺炎。上天眷顾她，让她找到了儿子，可上天也会让她失去儿子的，这让她心里很痛。和儿子相认不到一周，这一周来，她都恍惚着，躲在家里不出来，不敢相信这是真的。武汉封城了，她跟儿子打电话，安抚他，让他回家住。顾冰清不愿意，要母亲保密，不要说出他们的关系，至少不要在这个时候说——这个时候，再多的喜悦也充斥不了这偌大的悲哀。她答应了，也了解儿子的想法，喜悦仍像蜜似的在心里积淀着，更让她觉得来之不易。

她站在白桦林的尽头，望着儿子，也为他祈祷。看到儿子也痴痴地望着她，神情又是一阵恍惚。向前走了几步，却听见从喷泉的右侧传来乐曲声。曲调有些凄美，她忍不住循着曲声走。走着走着，一抬头，看见"白桦林工作室"几个字，心里不由得一惊。曲声是从门内传出来的，不是一个人唱，而是一群人唱。有老的，有少的，有男的，有女的，唱得不怎么好，可声音很美。这种美不是精致的美，而是粗糙的美，回归自然的美。叶羽秋拾级而上，轻轻地推开了门。她惊呆了，白桦林工作室坐满了人，他们手中有的拿着乐器，有的却拿着锅碗瓢盆，神情里充满了欢愉，正在忘情地唱着：

（Rapper：
夜妩媚的脸　淹没白日的喧
流星洒落的雨　淋湿宇宙的船
夜总在流浪　白日总在追赶
时光累了　只流下一声轻叹
是非对错永纠缠　缘是一线牵
腮边挂满相思泪　寂寞碧霄寒）
有一条线
它很短暂
霎时消失不见
痴痴地一厢情愿
Love is forever
白天爱上黑夜
是宇宙辛酸的浪漫
相逢既是分手
永恒就在瞬间
Love is forever

（Rapper：
爱朦胧的眼　沉醉梦的欢颜
天籁传来的风　吹动沧海的帆
爱总在漂泊　梦儿总在呢喃
岁月老了　纵然有万语千言
生死爱恨无界线　吻别在天边
此情绵绵无绝期　缠绵到永远）
有一条线
它很短暂

霎时消失不见
痴痴地一厢情愿
Love is forever
白天爱上黑夜
是宇宙辛酸的浪漫
相逢既是分手
永恒就在瞬间
Love is forever

在大厅的正中央，挂着一副狂草：“自由的灵魂是孤独的，永远飞翔在人类思想的最前列。”叶羽西斜倚在窗前，眼里飘忽着点点泪光，就像美人鱼的鳞片，痴痴地看着叶羽秋吃惊的样子——这是她第一次看到姐姐这样吃惊。白逐尘坐在窗前，手中握着一杯红酒，穿着一身白衣，脸色有些像海浪卷起的泡沫颜色。窗外的一道斜阳透过窗玻璃，折射到他手中的玻璃杯上，又从玻璃杯里折射到他和叶羽秋的眼睛里——就像光线由白色变幻成七色，又从七色变幻成白色——便有了一幕的白。叶羽秋忍不住心神一荡，刹那间明白了：这个白逐尘就是权先生，他们共同思念的那个人就是庄化蝶啊。

白逐尘看着光线变幻着色彩，耳旁的乐曲声渐渐远离了，他整个人虽坐在那里，可思绪早就飘向了具茨山。当华夏城奠基仪式的炮声响起时，具茨山监狱的重刑犯会客室里的轰隆声将消隐在庞杂的礼炮声中。这是他精心设计的越狱计划，每一个细节都设计得天衣无缝，就像一个裁缝，计划里每一个细节都有他的针脚。早在十几年前，他就被庄化蝶的“薛定谔的猫”计划给震撼了，知道自己的所知、所思、所想只不过是井底之蛙，难登大雅之堂，不可与日月争辉。他连“东西方文明的差异”都无法破译，何谈其他呢？他从未去过实验基地，更没见过庄化蝶所说的牛顿终极猜想，但他同样被地球光圈给魅惑了。他是明智的，选择了跟随与忠诚，所以他和白逐之还活着。五指月组织长老的名单，他早就知道。在庄一要杀掉石炜烽之前，他就接到了庄化蝶的指令。庄化蝶不但要杀掉石炜烽，就连庄一、靳名琛、竺小筠都要杀掉，他要毁掉五指月组织中国分支机构。白逐尘亲眼见证了庄化蝶用光杀死了竺小筠，他被这伟大的杀人技巧给震惊了。当然，他也不落其后，兵不血刃地杀掉了石炜烽。

他的计划是包罗万象的，利用了很多人，包括萧痕、顾冰清、林心湄、石小夕以及死去的庄筱娴，只不过他们不知道罢了。倘若他们知道真相，细想起来，就会发现在他们身上经历的巧合，不一定都是巧合。有些巧合是人为的，譬如石炜烽事件，譬如萧痕对“东西方文明差异”密码源的破译——他就是“青莲”，譬如顾冰清那令人震惊的巧合的身世。至于苏心，他有些愧疚，他会补偿她，给她好的生活。在他的计划里，他只用了一招，就是情感。他利用了每个人的情感——在这个意义上讲，他觉得自己又是高尚的，他使每个人都找到了真正的所需——“情感”是永远不会失效的，也是防不胜防的软武器。在这个计划里，他利用了一部分人，也成全了一部分，最主要的是成全了他自己。乐曲到了尾声，屋里一下子静了，他就看到了叶羽秋，看到她脸上愉悦的神情和眼里荡起的笑意，不禁酥在了那里！

这个时刻，庄一已经输入了密码。整个墙面从中裂开了，那种机械力道摧毁了墙面上厚厚的墙漆。庄一看着前来探监的石小夕，被她的微笑感动了——这个人将完成他的救赎，轻声说：“谢谢！”

石小夕看着杀害父亲的主凶，笑意更浓了。这时，她体会到姐姐做刑警的意义了，这一刻她感到幸福极了，在死之前能完成灵魂的救赎，完成父亲的遗愿：阻止庄一越狱，父亲也就瞑目了，她也算不枉此生。

庄一笑了，他被石小夕的笑感染了，被未知的景况激荡得身子都抖了起来。石门正在悄悄合上，数秒钟前从外面射进来的光线渐渐缩短了。实验室里充满了土壤的味道，以及一些腐朽的尸体的臭酸味儿。一个机械手正摩擦着一块锈迹斑斑的铁皮，倘若速度和力道再大一些的话——假如石门经强力打开——便会因摩擦而产生火花，下面的炸药引线就会被点燃。这个时候，他忽觉胸闷一点点的加速，环顾四周，竟没有发现任何光亮——除了即将合上的石门处还残留些亮光。他意识到死亡已临近，他将死在这个实验里——这是一个没有出口的实验室。突觉身子一沉，头上竟受到了狠命一击。在他昏厥的一刹那，才发现石小夕拿起炸药，点燃了引线。

这个时候，庄一明白了一切，眼前出现了幻象，似乎能穿破黑暗看到白逐尘的笑容。在即将倒下的瞬间，他从石小夕的手里抢了炸药，并成功地扔到即将合上的石门外。接着轰的一声响，一股浓烈的火药味儿笼罩了整个空间，接着颤了两颤，重刑犯会客室瞬间坍塌了，成了废墟。庄一沦陷在巨大的黑暗中，火药的浓烟飘进了实验室，凝滞在空中。在黑暗里，庄一只觉身处的这个世界变得无比虚无，触手可及之处都是看得见摸不着的烟雾。这烟雾一下子将他吞噬了。

这里真的被黑暗吞噬了，不仅是具茨山监狱，整个奢城都被黑暗吞噬了。就在阳光最强烈的时候，城市上空的光忽然不见了，仿佛光被超吸引力卷走了，都飞到具茨山去了。然后，具茨山上空形成了前所未有的极光，那光白极了，亮极了，仿佛太阳坠落到了山顶。就在光最亮的时候，人们看见有一团光冲天而起，那光就像火箭似的在漆黑的空中画出一道极美的痕迹，向遥远的天空飞去。当只能瞧见那团光的尾巴时，黑暗消失了，阳光又普照着大地……

59.“根”

深藏在人心的罪恶，忽然像雨后春笋般拱出了地面，展露了“小荷才露尖尖角”的冰山一角。早上九点整，华夏城奠基仪式开始。当第一锹下去时，山上已经干枯的泉开始淤水。等到十点，泉水终于冲下山来。十二点整，一阵强烈的震动从地球核心传了过来，水终于漫山了。罪恶与真相就像温泉的泡沫似的，一个个都浮了上来。具茨山，华夏文明的发源地，一个文明的图腾，被水淹没了，删减掉陈词滥调的细枝末节，只剩这个“白夜”了。

在被阳光投射的那块破落的、生了苔藓的、刻有象征某种图腾的纹饰的大石上，不知什么时候，落了两只鸽子。一只白色的，像白光似的肃然而立；一只黑色的，像参加某种葬礼似的注视着远方。这时，一股强风掠过，白鸽子一头跌落到无底的深渊里去了，几片羽毛晃晃悠悠被吹拂到上空。黑鸽子突然发出只有同类才能听得懂的哀鸣，回首望着满目疮痍的山，还有一些白鸽子散碎的羽毛从半空中飘落下来，从那对忧伤的眼神中坠落一行热泪来……

辛夷湖旁的一棵垂柳下，落满了纸钱。忽然一阵强风吹来，卷起了纸钱，将它们都吹散到半空中去，接着又像白花似的纷纷扬扬的飘落下来。顾冰清就这样一直矗着，盯着庄家的四合院看。身子是虚的，四周是空的，他整个人好像都融进去了，仿佛他的身子和他整个精神世界，都分裂成一个个用肉眼看不到的分子，和白花混在了一处。顾冰清只觉胸口挤压着一股闷气，呼吸不出来，便解开上衣扣子，指尖一声脆响，却是触到了那块刻着“秋水长天”的玉佩。林心湄听见响声，心猛地一颤，羞涩地看了看顾冰清，将吊在脖子上刻着“佳期如梦”的玉佩往领子里掖了掖，连绳子也瞧不见了。

葬礼结束时，顾冰清觉得非常倦乏，眼皮就像挂了一个民族的辉煌和屈辱似的沉重。过了良久，拉了林心湄的手就跑。林心湄的心猛跳了一下，就像停止走动的表被外力震动后惯性地动了，只能看到复苏的迹象。她知道她的心已经死了。先前死过一次，在不相信爱情的日子里，她的心就没有活过。后来活了，却很短暂，又死了。在这生生死死当中，她终于明白爱情并不是浮生的梦幻，也不是想象的瑰丽，而是一种无法放下的牵挂。她用了好长时间才明白，可是太长了，长得一切都发生了变化。这时，她茫茫然地觉得心活了，就任凭顾冰清牵着。顾冰清也是茫茫然，他的心思全在林心湄的手上了，好像这双手能指引他的幸福。跑出去了，却没有目的，只觉要跑，便跑了。转了几个弯，一抬头竟到了教堂。教堂只剩下一个躯壳了，静悄悄的。平常的时候，教堂也是如此的静，可这时的静中却充满了心碎的哀怨。青铜立人像孤零零地待在广场里，无神的眼睛依旧向黄河深处眺望，与X号轮船对峙着。它的肃杀，衬得教堂更加的静。教堂的破旧，也给这情景涂抹了一笔。二人刚走上台阶，便被这肃杀给震撼了，待在那里，不敢再走近了。

陡然间，眼前变得漆黑一片，城市的光忽然都汇集到具茨山上了，然后他们便看到了“白夜”，看到了一团光冲向浩瀚的宇宙。他们被眼前的景象震惊了。当黑暗消失、阳光重回世间时，二人忽觉脖子一凉，忍不住回头看了看，飘到脖子里的竟然是一片雪花。

外面下起了雪。雪下得很大，也很疾。太阳还挂在中天，这时却被雪涂成白色的了。雪花先前是随风飘落的，没有方向，只要哪里有空隙，它就往哪里飘去。不一会儿，整个黄河铺了一层雪。后来，风消失了。风的消失是戛然而止的，风速正大的时候，忽然停止了，雪也有了方向，径直地朝地上射下来。整个过程，雪花先是“沉”了下来，没有遇到风时，它就这样“沉”着，就像茶叶沉到水杯里，有种悠闲的景致。后来，雪花遇到了风，它就开始飘了，没有方向。这个时候，风消失了，雪花终于万众一心了，直接投向了“根”的怀抱，宛如落叶归根。雪下了好长时间，下着下着，终于形成了“白夜”。

在顾冰清和林心湄的眼里，却是看到了另一种景象：天地之间都是一幕的白，极光产生了——这个时候，他们仿佛回到了人类牧歌式的童年，纯朴、恬静、辽阔、悠远，人类没有了极度膨胀的欲望，世间也没有了瘟疫和战争——传说中，只要相爱的人拥有了刻有“秋水长天”和“佳期如梦”的玉佩，他们的爱情也像极光一样，会永恒的。

当“白夜”产生时，萧痕坐在苏翙死亡之地前的山洞里，就像一粒种子似的，深扎在这片土壤里；有了“根”，就变成了一棵树。当泉水开始涌动时，他的心猛地一跳，竟有股说不出的喜悦，这喜悦一直延伸到“白夜”降临。这个时候，他的心便跳得平静了，静得仿佛死了一般，静得仿佛能感知他和石小岚接吻的热度了。白夜产生了，他的眼光盯着“白夜”，凝固不动。这双凝固的眼睛不像人世上一切人的眼睛。在透明的瞳孔里，有些东西描绘不出来，眼神里充满了幻灭的希望所留下的安宁。“白夜”先前是大片的，过不多久，他眼里的“白夜”就小了，越来越小，最后成了一个点缩在他的眼睛里。而他的意识，却是和“白夜”融为了一体。这一刻，除了白茫茫的一片之外，什么也没有了。

具茨山顶的阳光，有些粗硕，就像音乐的线条，或者简体画的隐藏线，只能在想象中才能勾勒出它的姿态。实际上，这时是看不到阳光的，因为具茨山出现了前所未有的极光，“白夜”出现了。阳光被极度夸张的白色遮盖了，淡得就像窈窕淑女温柔的眼波，是隐藏在“心有灵犀”之后的。

这时，萧痕终于明白了：这才是牛顿的终极猜想，苏翙和庄筱娴——他的双胞胎妹妹，并没有“死亡”，而是永恒了，成了宇宙星河中最璀璨的双子星座！

“肉体虽逝，精神不灭！”

在极美的画幕中，石小岚忽然出现在他的身侧，轻轻将他扶起，挽住他的胳膊走到洞口，只见“白夜”下的具茨山得春水宠爱，竟似仙境，他们脸上也如春水般荡起一抹会心的微笑，久久未逝……